詩經名著評介

（第三集）

趙制陽　著

目　錄

夏序

　　臺灣趙制陽教授是海峽兩岸同行都很熟悉的詩經學專家，二十多年以來，一直以研評詩經學名著爲題，發表一系列專論，先後彙集爲《詩經名著評介》三集。第一集出版於一九八三年，第二集出版於一九九三年，第三集一九九九年付梓。三本書共彙集論文六十篇，近八十萬言，從累累碩果，足見其用功之勤。二十多年歲月，由中年而老年，矢志不輟地長期鑽研同類課題，足見其浸沉之深。這些論文的內容，評古量今，臧否古今中外名家名作，涉及公案斷訟、歷史文化、名物制度考證、學術爭鳴，足見其識見之廣、學養之富。尤其第三集的文章，都是他在七十歲以後的幾年中寫成的，他爲弘揚民族文化、推進《詩經》學術研究的執著精神，令人感佩。

　　制陽教授與我是同代人。我曾經拜讀過他惠贈的《詩經名著評介》第一、二集和《詩經虛字通辨》、《詩經賦比興綜論》等專著。儘管兩岸長期隔阻，社會制度、意識形態有所不同，但學術相通，本根相連，所以五年前，在首屆詩經國際學術會議上一見如故。讀其文，有滔滔雄辯之銳勢；見其人，則溫柔敦厚，恂恂君子。一九九六年我應邀訪問臺灣，在講學的間際，制陽夫婦趕來臺北，驅車陪我往日月潭遊覽兩日，得以暢談。他一生除求學教學治學之外，沒做過別的事，而治學又專治《詩經》，毫無個人功利目的，他把自己的一生奉獻給《詩經》學術研究。像他這樣，「皓首窮經」，而且「終生一經」，鍥而不捨，老而彌堅，令我十分欽羨。目前，他將編成的《詩經名著評介》第三集書稿寄來，囑我寫一篇序。其實，序齡，制陽教授長我兩年，論勤奮、論專一、論學養，他都是學長，本來不應該由我作序，然學長之囑，卻之不恭。我拜讀書稿，有些心得體會，那就寫出來以報雅命。

　　近幾年讀先賢時達的著述，對學術研究受到時代的制約，深有感觸。歷史上的許多大師，其最高的成就只能達到他那個時代的某個領域的高峰，他們風靡一時的學說曾經推動社會或學術的發展，仍要爲以後世代的人們所繼續豐

富、發展、改造，或者以新的學說所取代。人類的認識，總是處於不斷豐富、發展和革新的過程，由少積多，由淺入深，由片面到全面，由低級向高級發展，在這個認識的運動過程中，同時伴隨著修正、改造和揚棄。學術文化從來不會停留在一個水準上，每一位學者都只能在他的時代所能達到的水準上把認識向前推進一段或者一步，後人從他那裡接過接力棒再繼續前進。從啟蒙時代的思想家到現代政治經濟學說，從人類對自然元素的初步認識到當代尖端科技理論，學術文化的進化付出了世世代代人的艱苦探索，經歷著無數次的革新。這就是幾千年的學術史。

一個時代有一個時代的學術文化。不以人的主觀意志為轉移，任何一個時代的學術文化，都是人類學術文化的繼續和發展；都是在新的歷史條件下對過去學術文化的革新和進化。

一個時代的學術文化，由哲學的、自然科學的、社會科學和人文科學的許多相互聯繫又各自獨立的科學部門所構成，它們各有其學科內涵和特殊的本質，所以，每個學科都有自身相對獨立的發展史。

研究學術史，清理某一學科的發展過程，就是掌握前人的研究成果，辨析其成敗得失，總結學科發展的規律，明瞭研究的現狀，梳理尚待解決或深化的問題，很明顯，這是進一步研究的重要基礎。我們可以這樣說：沒有繼承，便沒有發展；沒有對傳統得失的辨識，便沒有革新和進步。

詩經學有兩千多年的發展史。在二十世紀初葉之前，它是中國傳統經學的一個分支學科；在「五四」新文化運動之後，它成為中國古代文化、文學和語言學的一個分支學科，而且在世界範圍內形成兩個世紀以來世界漢學研究的持續不衰的熱點。《詩經》不僅僅是一部古代詩歌總集，一部世界文學名著，而具有文化學的、歷史學的、語言學的更為豐富的內涵。從古代到現代，從中國到外國，每一個時代都有眾多的研究學者和不同的學術流派，確實是名家輩出，著述如林，研究資料浩若煙海。清理它的發展過程，對詩經學的繼續進展，自然具有重要的意義。

清理詩經學的發展過程，當然應該進行宏觀的全面的研究，即建構它的框架，理清發展的脈絡及其與時代、政治和科學文化的聯繫，探討不同學派發生、發展和衰落及其得失興替，梳理各個公案的癥結，總結詩經學的發展規律。這樣的宏觀研究，又必須以微觀的研究為前提，從一個個學派、史實、一

個個名家名著的評析入手。沒有認眞的名家名著研究，所謂學術史的建構，便會是缺乏堅實基礎的沙灘上的樓閣。

趙制陽教授的《詩經名著評介》，正是這項重要工程基礎的組成部分，也是他爲現代詩經學的發展作出的貢獻。

隨著現代學術研究領域的擴展，現代詩經學是一項全方位的、多層面的、多元的複雜的系統工程。這項工程的基礎部分，我認爲就是清理詩經學的發展過程，繼承前人優秀的研究遺產，以其正確的認識作爲我們繼續研究的起點，以其正反兩個方面的研究經驗作爲借鑑。沒有這個繼承和這個借鑑，我們就不會有研究的高起點和選題的自覺性，而徒勞於低水準的重覆或陷入前人早已撥清的迷誤。我想，這就是制陽敎授這部「評古量今」著作的現實意義吧。

兩千多年的詩經學，其發展過程從總體上可以劃分爲傳統詩經學和現代詩經學兩大發展階段。現代詩經學是傳統詩經學的繼承、發展和革新，它們有密切的聯繫又有本質上的不同。所以，全面地清理詩經學的發展過程，既要「評古」，又要「量今」。

兩千年的傳統詩經學內容廣博，現存著述五百多種，分屬於各個時代的不同學派，其中影響久遠的名著約一百多種，留下了豐富的研究資料，提出了許多尚待解決或尚待深入探討的問題。我們對這些遺產，當然應該進行全面的分析、總結和梳理。「評古」，就是把研究的對象放在一定的歷史進程之中，在歷史環境、社會思潮、學術源流的背景上，進行科學的分析，肯定其在詩經學發展過程中的創造性貢獻，總結其建樹和有益的經驗，辨析其缺失，對歷代困擾的公案則探討其難決的癥結，梳理出條縷。制陽敎授的研討，按照他在第一集《自序》所述，對古籍「不是全信，不是全不信，深入研究，作理性的探討」，他自述其著力之處有七點：揭示原著重點，推崇前賢業績，檢討得失、原委，消除偶像觀念，重視研究方法，掌握基本問題，縷清歷史線索；這七點著力處，體現了我們清理遺產的原則和方法。

當然，詩經學的問題很多，許多公案爭訟千年，迄無定論。以歷代名著而言，各家各派學說紛紛紜紜，一家有一家之是非，如何臧否得失，判斷是非，全在研討者的見識。以制陽敎授的學養和縝密，提出了他的見解，其中不乏眞知灼見，頗多創獲，在同類著作中達到較好的水準，這是制陽敎授這三集專著的顯著特點之一。

　　制陽教授專著的第二個顯著特點是不「厚古薄今」，對現代詩經學表現了充分的關注。在他的三集《評介》的六十篇文章中，有十五篇文章「量今」，即研評現代詩經學名家的名著，佔全書的四分之一，加上在「評古」文章中也時而穿插的對今人論述的評論，那麼，「量今」的份量還要多一些。

　　現代詩經學是傳統詩經學在近百年的革新和發展，雖然只有近百年的歷史，但從學術研究的指導思想和治學方法來看，都有質的飛躍。就總體而言，現代詩經學對《詩經》的認識，較之古人已有很大的提高，研究領域已有很大的拓展，出現了幾個重要的學派，產生了有廣泛影響的名家名著，積累了幾千種著述和論文，運用過多種多樣的方法論，包括借鑑西方的研究方法和理論。這樣豐富的研究資料和研究經驗，需要我們這一代及時地進行總結。現代詩經學是我們時代的學術，那些大師、名家，大多分別是我們的老師或太老師，他們的著作曾經是我們學習《詩經》的啟蒙讀本，我們是經過他們的傳承，接下《詩經》研究的薪火。因此，清理現代詩經學的發展過程，研評現代名家名著，明其成果，辨其得失，對我們具有更為直接的現實意義。

　　我們通常以「五四」新文化運動為現代學術文化和現代詩經學誕生的時代。作為從傳統學術到現代學術文化的過渡，還有一批以王國維、章太炎、劉師培為代表的國學大師，他們在厚實的傳統學術基礎上，已經開始部分地吸取近代學術思想、文藝學理論、現代語言學和現代古文字學來研究《詩經》，傳承給「五四」時代的大師們。從他們到「五四」新文化的先驅者胡適、魯迅以及郭沫若、傅斯年、錢穆、俞平伯、顧頡剛、聞一多、于省吾、屈萬里、潘重規、高亨、陳子展等前輩學者，到我們這一代七十歲出頭的學人，已經傳承了四代；如今我們這一代的學生的學生，在學術論壇上風華正茂。我們這一代生不逢時，由於戰爭動亂和政治臺風的襲擊未能多念書，所以沒出息，而我們以前的三代學者，是現代詩經學的開拓者和奠基者，「國故整理」學派、「古史辨」學派、馬克思主義歷史學派、文化人類學學派、古文字學學派，以及文學欣賞、敦煌卷子研究等等，在《詩經》研究領域都有貢獻，也都有不同程度的缺失。我們這一代如果不及時進行總結，後人對這些材料不熟悉，困難性就大得多。

　　趙制陽教授在《評介》中先後評介了魯迅、郭沫若、顧頡剛和古史辨派、俞平伯、錢穆、傅斯年、聞家驊，還有瑞典學者高本漢的《詩經》研究，並且

對當代學者錢鍾書、孫作雲、李辰冬的論著提出辨論。這是一個很好的開端。這類選題，希望在學術界能夠推廣。

一般說來，評論自己的老師和太老師，尤其是臧否其得失，指出其錯誤和缺點，是比較困難的。困難的原因，不外是傳統的「師法門戶」和「為師長諱」的敬師觀念。這些顧慮是不必要的。整個學術史證明，墨守「師法」，恪遵「門戶」，阻礙學術進步；老師希望弟子青出於藍，真正的學者無不歡迎學生提出自己的缺失，來推動學術進步。現代學術界流行過某人說的一句話：「吾愛吾師，吾更愛真理」。他是批評胡適先生時說的，胡適先生就很有雅量，為學界樹立了長者風範。

對於當代名流，尤其是對學術界權威性學者寫駁論，一般說來，需要超人的見識和勇氣。其實，在學術史上，從來沒有百分之百完全正確的學者，沒有句句是真理的人物，「造神運動」儘管一時熱火朝天，最後沒有不垮的。即便是真理，有人提出辯論，真理也是越辯越明。學術研究領域必須打破對權威的盲從和迷信，通過百家爭鳴，學術文化才能發展進步。

真正實現「百家爭鳴」並不容易，這除了需要寬鬆的政治環境，需要被批評者的雅量，也需要批評者本人做到「有理、有據、有節」。「有理有據」，用不著解釋，如制陽教授駁李辰冬教授的「荒唐的童話」，駁孫作雲教授的「農奴」說，都以自己的見識和邏輯論證，徵引古文獻大批資料和考證；儘管大陸正興起「錢學熱」，對錢鍾書的《毛詩正義》的七篇辨駁文章，至少也言之成理，持之有據，有自己明確的見識。至於誰是誰非，大家可以辯論，真理越辯越明。

「有節」，這裡需要解釋一下。有節，我認為就是心平氣和，不動肝火，平等商榷，與人為善。大陸流行的說法是「不打棍子，不戴帽子，不捉辮子」，這話，臺灣同行可能不大理解，其實意思就是平等相待，避免居高臨下、盛氣凌人，不扯到政治問題。兩岸的學術交流過程中，應該多開展商榷和討論，這個「三不」，可以換成「一多」，即多一點寬容和體諒。任何人讀書作文，都必然要受到他的生活條件和佔社會統治地位的意識形態的影響，也不可避免地會使用某些特定的詞語。這種情況，不僅大陸有，臺灣也有，這不奇怪，如果一點沒有，反而是奇怪的。人們在一定環境中總有某些通行的概念，並且習慣於運用這些概念思維，這是兩岸長期隔阻所形成的差異。在這類問題

上，不妨多一點體諒。學術相通，本根相連，畢竟我們的共同點多，有些問題也不妨求同存異。至於對待具體的學術問題，我則主張積極開展學術爭鳴，如制陽教授所主張的：讓學術離開政治。

拉拉雜雜，若有不當，即請指正。

國際詩經學會會長
河北師範大學教授　　夏傳才　一九九八年二月三日於思無邪齋

自序

　　這是我的第三本《詩經名著評介》，共收十二篇論文。前九篇發表於《孔孟學報》，只有最後一篇討論錢鍾書先生的《詩經正義》，都是小題目，分作七篇短文來寫。有兩篇發表於《中國語文月刊》；有五篇發表於《孔孟月刊》。一文一案，短文可了，自無長篇大論的必要。至於其他各篇，大都以一部《詩經》專著為對象；從「前言」到「結論」，評介方式一如前二冊。

　　茲簡述各篇論文的內容如下：

一、《魯詩故評介》：

　　相傳《魯詩故》為漢初申培所撰。今所見馬國翰《玉海山房輯佚書》所編錄之《魯詩故》，實非申公原著，多為信《魯詩》之後人之撰。如《爾雅》、《楚辭》、司馬遷《史記》、劉向《列女傳》、《說苑》、《新序》、蔡邕《石經》、《獨斷》等書，馬氏以為屬《魯詩》者選輯而成。《漢書・儒林傳》云：「申公獨以《詩經》為訓故以教，亡傳，疑者闕弗傳。」既言僅為「訓故」而「亡傳」，可知申公詮釋《詩經》著重詞語解釋，不作人事敘述。這與劉向《列女傳》等說《詩》方式實屬不類。以此反證，劉向等所言顯然有違申公作意。

　　本文先介紹申公生平及其傳承，次敘《魯詩》釋文優點，再敘其問題之所在。尤其關於詩旨問題，《生民》、《玄鳥》「感天而生」問題，古今聚訟無已，筆者執其兩端，一抒管見，期於平實。

二、《韓詩外傳評介》：

　　相傳這是漢初韓嬰之作，我則頗為懷疑。今本分為十卷，共有三百零九章。書中只分卷次，並無章節，也無項目之名，僅將一篇篇短文湊在一起而已。它的行文方式，先說一個歷史人物的故事，涵有某種儒家教義，最後引《詩經》裡的章句作為證明；或全採議論方式，用來闡釋某些詩文的涵義；甚或有不引詩文，逕自發表議論的。如探討其淵源，古有四例：㈠《左傳》所載

公卿大夫朝會宴享時賦《詩》「斷章取義」之例；㈡孔子與其弟子說《詩》觸類引申之例；㈢孟子說理時引《詩》爲證之例；㈣荀子爲文「以《詩》證事」或「以事明詩」之例。在四者之中，取法於孟、荀者多；其與詩文本義，則多所忽略。

　　《韓詩外傳》之所以傳世久遠，爲其旨在宣揚儒家教義；其次則是文詞簡潔生動，可視爲短篇古文的優良讀物。然如深究其內容，其最大問題，即是經文與傳文往往對不上頭，成爲各自表述的現象。另有一些則但見傳文，不見經文，失卻作傳的本意。再以所敘的人物故事來說，其眞實性、妥當性以及故事的來源都有值得深究的地方。如果出於杜撰、抄襲、或過份強調教義，都會影響文章的價值。何況還有以怪異現象爲說的，有違「子不語：怪力亂神」的儒家教義。因此，我懷疑這些文章會是經學大師韓嬰的作品。

　　主張《外傳》十卷中，前四卷即是《內傳》的，有楊樹達、徐復觀、余崇生等人；各有所見，言之成理。我則從《漢志》、《隋志》所載，韓嬰當時的學術地位以及《外傳》不具詮釋功能、《玉海山房輯佚書》所錄《內傳》十六條等資料來考察，足以證明《內傳》有別於《外傳》。亦即今本《外傳》的前四卷，絕無可能是《內傳》。

三、《蘇轍詩集傳評介》：

　　朱熹《語類》曾說：「蘇黃門詩疏放覺得好。」又說：「子由詩解好處多。」故在《朱傳》中時有「蘇氏曰」之引文，可見《蘇傳》在詞語詮釋方面確有可取的見解。然其主要觀點多有可議者：

　　㈠信《毛詩序》首句「而盡去其餘」問題：蘇氏以爲《詩序》首句是孔子傳給子夏的舊說，首句以下是毛公等人附加的，所以他信首句，去其餘。其實《詩序》的問題在首句，首句以下只是補充說明而已，刪與不刪，無關宏旨。

　　㈡一些基本觀點問題：如說《周南》、《召南》的詩與文王、周公、召公有關；孔子編詩以《二南》爲《正風》，其他十二國爲《變風》。其排列次序，依亡國先後而定，即先亡者排在後頭，後亡者排在前頭。《豳風》之所以殿後，是與其他國的詩不是同類的緣故。「《小雅》言政事之得失，《大雅》言道德之存亡。政事雖大，形也，故謂之小；道德不可以形盡也，故謂之大。」若此之類，旨在推演舊說，自有新義；其實處處都是問題。

　　㈢信《詩序》的人事編敘問題：如《鄭風‧將仲子》裡的「仲子」說是

「祭仲」;《有女同車》裡的「女子」說是「齊女文姜」;《狡童》裡的「狡童」說是「鄭昭公忽」;《綠衣》為「莊姜自傷之作」等,都是於史無據,於理不通的編敘。

(四)詩篇編次問題:蘇氏主張詩篇的編次應予調整,如說平王在桓王之前,鄭國昭公在文公之前,因此平王的詩《葛藟》應調到桓王的詩《兔爰》之前。鄭國莊公的詩《遵大路》,昭公的詩《有女同車》、《山有扶蘇》、《蘀兮》、《狡童》篇應調到《清人》之前。他這一主張影響後世學者朱熹及其後學王柏等人,都有重訂篇次之議。可是這些所謂平王詩、桓王詩、莊公詩、昭公詩,所據何來?以史說詩,如不加以存疑與考證,則只有在附會中打轉了。一旦擺脫序說,肯定這些都是「民俗歌謠」,還會想及篇次的問題嗎?

四、《鄭樵詩辨妄評介》:

《詩辨妄》影響深遠,先是朱熹據之以反《序》,近世學者顧頡剛、屈萬里、何定生據之以說「興」。他說:「《詩序》皆是村野妄人作。」朱熹於是說:「《詩序》實不可信。向見鄭漁仲有《詩辨妄》,力詆《詩序》,……始亦疑之,後來仔細看一兩篇,因質之《史記》、《國語》,然後知《詩序》之果不足信。」他從此改變態度,起而反《序》,捨棄史事的附會,以「民俗歌謠」說《國風》,成為《詩經》學上的一大躍進。至於鄭氏說「興」,為人所樂道的,即是「凡興者,所見在此,所得在彼;不可以事類推,不可以理義求也」這幾句話。這用來反對《傳》、《箋》等說「興」為「比」的過錯,是有道理的;但不可這樣,不可那樣,只是消極的防範,沒有積極的制約,「興」的本義究竟如何?始終不曾有個清楚的交代。以致顧頡剛、屈萬里、何定生等舉例說「興」,都認為只有「聲」的作用,沒有「義」關連。果真如此,「興」又有什麼值得標榜的?其實,「興」不取義,不等於完全無義。按之三百篇,有的起興文句是屬於音節作用的,可以說是全不取義;有的起興文句是屬於情景引發的,不能說它是毫意義的了。何況情景引發的「興」義後世詩人廣為應用,成為文藝技巧高下的指標呢!

詩與樂本來互為表裡的。論先後,先有詩,後有樂;論主後關係,詩為主,樂為後。鄭氏云:「臣之序詩,專為聲歌。」又說:「三百篇之詩全在聲歌,自置詩博士以來,學者不聞一篇之詩。」可是三百篇的聲歌早已失傳,要學者何處去求聲歌?聲歌雖已失傳,可是詩文猶存,《詩經》學者致力於詩文

涵義的探討，爲其惟一可行的途徑。雖詮釋未必中肯，亦不宜一概抹殺，而說「學者不聞一篇之詩」。如從其說，則詩義何得而講？相傳鄭氏曾有《詩傳訓詁》一書。顧名思義，當是詮釋詩文之作。這與鄭氏主聲不主義的原有主張豈不自相矛盾？

所以如探究鄭樵對詩學的貢獻，恐怕只有反《序》一端而已，其他則失之偏頗，不宜過份予以推崇的。

五、《王質詩總聞評介》：

說詩不提《詩序》，這是歐陽修、蘇轍、朱熹等人所不及的。詩旨討論如《行露》、《小星》、《氓》、《狡童》等，都直接從詩文中求義，頗近詩人作意。然其最大缺點，即沒有「風謠」觀念。雖然丟了《詩序》，卻仍然離不開史事的附會。此外，許多新解都不是經過謹慎處理的，如訓《二南》的「南」，即是「舜作五絃之琴，以歌南風」之「南」；說賦比興亦是詩體，與風雅頌同類。理由是「當是賦比興三詩亡，風雅頌三詩獨存的緣故」。討論風雅頌之義，不從其立名本身上說，卻只談後世用樂的情形。新解不如舊說，徒見其標新立異而已。

至於「十聞」之訓，看似分類詳備，實則徒有其名。如「聞訓」，其意即在於詩文訓詁，原是解釋詩文最基本的工作，各家《詩傳》莫不窮篇累牘爲之。可是王氏所訓，全書僅三十八篇，每篇僅訓一、二字。「聞章」不談章義，只談一首詩分幾章的問題，且全書僅十一次。「聞句」不談句義，只談一章的句數，全書僅十五次。「聞字」偏於《毛詩》與《三家詩》用字的不同處，全書也只有二十三次。篇尾的「總聞」，本該屬於總論性質，卻多題外文章，蹈空之言。如此分項，有名無實，不免令人失望。然而與此相反的，卻有一項「有實無名」之作，即每篇之中常有一段詮釋文字，不加「聞某」之名，卻有「聞某」之實，所佔篇幅往往多於其他各項，成爲體制外的一段文字。究其所以有這一現象，當是行文布局時思慮不周的緣故。尤其，分項多而無當，不切實際，直接影響該書的品質。

六、《呂氏家塾讀詩記評介》：

該書作於蘇轍《詩集傳》、王質《詩總聞》、鄭樵《詩辨妄》、朱熹《詩集傳》之後，在各家質疑古文詩說之際，呂祖謙則獨尊《詩序》、《毛傳》，成爲當時觀念最保守的人。他引程氏之言曰：「學《詩》而不求《序》，猶欲

入室而不由戶也。」

《讀詩記》之行文方式：先引《詩序》作爲篇旨；章句解釋則先引《毛傳》，次引各家視爲有當之文，作爲定解。有些詩篇附以己意，然僅一百三十一篇，不及全書的一半；故以傳注一端言之，偏於「述而不作」。這是各家詩傳中罕有的現象。雖然朱熹在《讀詩記・原序》贊之云：「兼總眾說，巨細不遺；挈領持綱，首尾該貫。……融會通徹，渾然若出於一家之言。」繼之陸鈌《序》云：「有司馬子長貫穿之巧」，「有杜元凱眞積之悟」，「有鄭漁仲考據之精」，以示《讀詩記》之文剪綴諸家，自然渾成；義理考據，均稱充當；但是前提已受《詩序》所拘限，即使亦有創意，實無濟於全書的格局。

呂氏的見解，值得質疑者多，例如：

㈠《國風》正變之說：《讀詩記》於《陳風・澤陂》云：「《變風》始於《雞鳴》，終於《澤陂》，凡一百二十八篇。」其實「正、變」之說，始於《詩序》，成於《鄭箋》。以《國風》言，《二南》爲《正風》，其他十三國爲《變風》。凡信古文詩說者莫不以此爲準。呂氏說「始於《雞鳴》，終於《澤陂》」，有何依據？《雞鳴》至《澤陂》，共計五十首，較之呂氏說的一百二十八首少了七十八首，是何緣故？《雞鳴》之前，《澤陂》之後原爲《變風》的詩尚有八十五首，將何所歸？如都歸於《正風》，則其中《桑中》、《將仲子》，《狡童》、《褰裳》、《溱洧》等篇被朱熹列爲「淫奔」的詩，一旦列於《正風》，則正、變分際又在那裡？

㈡三百篇分經傳之議：《讀詩記》於《正小雅》題解下云：「按《楚辭》，屈原《離騷》爲之經，自宋玉《九辯》以下皆謂之傳。以此例考之，《鹿鳴》以下，《小雅》之經也，《六月》以下，《小雅》之傳也。……。」經、傳原是主、從關係，有經始有傳，如《春秋》之於公羊、穀梁、左氏之傳；《詩經》之於齊、魯、韓、毛四傳。傳是詮釋經文的。三百篇各自獨立，可曾見《變小雅》的那些詩是爲詮釋《正小雅》那些詩而作的？說《離騷》爲經，宋玉《九辯》以下爲傳，這原是一些文人不通的倡議，本該斥之爲無稽之談，豈可引以爲據？

㈢六義分類之訓：《讀詩記》在《關雎》篇云：「《關雎》具風比興三義，……風之義易見，惟興與比相近而難辨。」六義之說，素以風雅頌爲一類，賦比興爲一類；前者屬詩篇的分類，後者屬詩文的作法。一旦將風與比興

歸於一類，當作法來說，則「賦」可否與雅頌說成是同一類的？說「《關雎》
具風、比、興三義」，《關雎》中有無屬於《賦》法的詩句呢？「關關雎鳩，
在河之洲」是「興」，「窈窕淑女，君子好逑」，是「賦」。《關雎》中屬於
「賦」的句子最多，三百篇中「賦」爲最基本的作法，這是一個鐵的事實，能
說只有「風比興」而沒有「賦」嗎？

其他如《二南》王化之說，《關雎》與《麟趾》、《鵲巢》與《騶虞》相
應之說等，都是毛、鄭附會之言，呂氏信之，足證其觀念保守而無可稱述矣！

七、《魯迅論詩經評介》：

魯迅不是經學家，對《詩經》研究不深，並無專著，僅在其《漢文學史綱
要》中說到《詩》的部份，作了常識性的敍述，實無創見。此外，在《魯迅全
集》裡，多的是諷古刺今的文章，常會隨其興之所至，引用一些《詩經》的文
句或孔子的話語，作爲指桑罵槐的素材。比如他反對讀經，反對尊孔，撇開經
籍的精義與孔子的修爲不談，但取科舉考試的「八股文」以及政府藉尊孔來鞏
固其權位來說。把孟子稱讚孔子「聖之時也」，說成「倘翻成現代語，除了
『摩登聖人』實在也沒有別的法。……孔夫子的做定了『摩登聖人』是死了以
後的事，活著的時候卻是頗吃苦頭的。」「孔夫子到死了以後，我以爲可以說
運氣比較的好了一點，因爲他不會嚕囌了，種種的權勢者便用種種的白粉給他
來化妝，一直抬到嚇人的高度。」「在三十年前，凡是企圖獲得權勢的人，就
是希望做官的人，都是讀四書和五經，做八股，……名之爲『敲門磚』，……
孔子這人，其實是自從死了以後，也總是當著敲門磚的差使的。」由此可見，
在魯迅的心目中，孔子是舊社會統治階級的維護者，四書、五經是科舉制度下
的「敲門磚」，要想中國革新進步，非批判孔子，反對讀經不可。

在此觀念下，魯迅對《詩經》的章句以及孔子的話語，都只是以揶揄的態
度出之。如孔子曾說：「《詩》三百，一言以蔽之，曰：思無邪！」又說：
「溫柔敦厚是詩教也。」他曲解得十分怪異，把尊孔、讀經說成是「當政者對
人民的一種精神麻痺」。這樣的論證方式，政治意義大於學術意義，自無學術
價值之可言。

魯迅死於一九三六年，時年五十五歲。這算是他的幸運。如果活到「文革
時期」，親見那威力無比的「敲門磚」，不僅敲開他的門，恐怕還會敲碎他的
「夢」哩！

八、《郭沫若詩經論文評介》：

主要的有《卷耳集》，選了四十首詩譯成白話詩，作出新的詮釋。《中國古代社會研究》裡，有《詩經時代的變革與其思想上的反映》一文，是中國人馬克斯主義研究《詩經》的開山之作。《十批判書》與《青銅器時代》兩書中《詩經研究》部份，將中國的奴隸制度下限落在秦漢之際，認爲《詩經》中的農夫都是奴隸。

可是他的《詩經》研究，植根不深，態度輕率。他說：「我對於各詩的解釋，是很大膽的。……我不要擺渡的船，我僅憑我的力所能及，在這詩海中游泳。」他說「不要擺渡的船」，表示不需要讀前人的注疏；其結果是將《七月》的「滌場」，譯爲「開心見腸」；「獻羔祭韭」，譯爲「犒勞在田裡的管家」。又如訓《大田》的「耜」爲「犁頭」；訓《雞鳴》的「雜佩」爲「荷包」；都是不讀前人註疏所鬧出來的笑話。

他的詩篇翻譯，出現的問題更多，如《卷耳》篇原只七十個字，卻譯了五六一字。首章四句分兩段來寫，說了半天，只說到「采采卷耳」第一句，卻不見「不盈頃筐」的譯文。所敘詩中人物，主、客不分，人事混淆。如以譯事三原則「信、達、雅」觀之，其所有譯文都不符合要求，實難稱之爲夠水準的作品。

以奴隸制度說《詩》，爲其政治理念所使然。說西周爲奴隸制度社會，可是周初有封建制度的具體史料；說封建制度始於秦漢之際，可是秦朝有「廢封建、建郡縣」的歷史事實。尤其，以奴隸制度解讀三百篇，奴隸主掌握了政治、經濟大權，奴隸任其使喚。郭氏卻說《詩經》中有奴隸主怨恨、諷刺新起的封建主的詩，有奴隸主厭世的詩。將《秦風・黃鳥》篇說成是「奴隸主怨天詩」。他捏造了歷史，扭曲了詩文。學術研究在政治意識下面臨窒息的命運。《古史辨》第三冊周作人在《談「談談詩經」》一文中說：

> 一人的專制與多數人的專制等於是一專制，守舊的果然是武斷，過於求新者也容易流爲別的武斷。

專制必然帶來武斷，政治的專制必然造成學術的武斷。郭氏的論文從《詩經》研究而言，恐已成爲不良的示範。

九、《錢穆讀詩經評介》：

錢氏志在復古，他要人讀《詩》必尊毛、鄭之說，直指「《詩經》乃古代王官之學，爲當時治天下之具，則其書必然與周公有關，必然與周公之制禮作樂有關」。於是他反對民國以來一般知名學者不尚漢儒詩說，以民歌說《國風》、以本文求詩義的態度。可是他僅在自設前提，自作結論，連「豳」都要說成是在山西汾河流域的「汾」。他說「汾即邠，邠即豳」，其結論是「周公居東，即是居豳」。錢氏原以史學名世，不想其時空概念如此不清，實在令人訝異。

說他時空概念不清，如擴大來說，即是他標舉的「王官之學」、「周公制禮作樂」、「西周初期政治史上的大措施」三者統歸於周公，說這是「討論《詩經》所宜先決定的第一義」。可是周公時那來「王官之學」？周公「制禮制樂」與三百篇何干？說周公首先創制《雅》《頌》《二南》，有何依據？《毛詩序》僅將《清廟》、《七月》、《鴟鴞》三首說成是周公作，古人已在質疑。錢氏卻以爲《詩序》說的不夠，要說：「其列指某詩爲周公者，亦甚不少，其間宜有雖非周公親作，而秉承周公之意爲之者。欲求深明古詩眞相，必由此處著眼。」這樣說來，三百篇一部份是周公親自作的，一部份不是周公作的，是秉承周公之意作的，所以都可說成是周公作的。這是把歷史資料擺在一邊，自己編造了一套資料，要人相信這就是「討論《詩經》所宜首先決定的第一義」。他志在復古，但他的復古理論與「國學大師」的令譽是不很搭調的。

十、《俞平伯讀詩札記評介》：

《讀詩札記》有兩個本子：一在《古史辨》第三冊裡，稱爲《葺芷繚衡室讀詩札記》，一在《俞平伯學術論著自選集》裡：前者僅討論《國風》六首詩，後者則有九首，而且每首加上《故訓淺釋》，故較前者爲詳。惟前者尙有《商頌的年代》一文，故所論的範圍較廣。

在《古史辨》時，一般學者說《國風》的詩，不尙《詩序》的史事附會。都當民間歌謠來看。故俞氏的詩文詮釋，藉文法的分析以定其詞性與含義，從詩人的立場探討詩文的布局與作意。新解新證，隨處可見。一旦遇到不可知的詩文涵義與人事問題，則直言「不知」，不求強解；其治學態度，較爲平實可取。

《商頌》作於何世？素有兩派主張：古文主「商」，今文主「宋」。俞氏

則偏於「主宋」一派。理由是：㈠商代無楚國之名，而《殷武》有「奮發荊楚」之句。㈡「商質而周文」，不應《周頌》簡，《商頌》反繁。㈢《商頌》與《魯頌》比，大約是同時代的作品。《魯頌》是美魯僖公的，可以推知《商頌》是美宋襄公的。

大陸知名學者張松如教授著《商頌研究》一書，主張《商頌》作於商朝，理由是：㈠古籍所載正考父校（或「得」）《商頌》之文，可以相信《商頌》是商朝古頌。㈡既定名爲《商頌》，即表示來自商朝。如果是頌宋襄公的，就該稱爲《宋頌》，不叫《商頌》了。㈢《竹書紀年》載「昭王十六年，伐楚荊」，又西周彝器所鑄金文有「佳王伐楚伯在炎」、「王伐楚侯。周公某，禽祝」等詞。郭沫若《西周金文辭大系》斷二器爲成王伐淮夷踐奄時器。並稱「周公自周公旦，禽即伯禽」。㈣近世湖北、江西發現大量商代遺物，當可證明宋襄公之前，甚至商代即有楚國之名。㈤宋桓公、襄公父子伐楚無功，不宜有頌。㈥至於「商質而周文」問題，以爲同一時代的詩文有繁有簡，有古奧，有平易；有些現象「不是歷史進化者所能解釋得清楚的」。

張教授請「國際《詩經》學會」會長夏傳才教授爲此書作序。序文中除稱許此書爲「我們所見到的第一本全面論述《商頌》的專著外，並提出他個人的看法，如說：「事實上，從內容到形式，有商代的東西，也有春秋時代的東西。」因此，他認爲五篇《商頌》「制作時間長」，不同意把它「只拘於商或宋一代」。

我比較贊同夏教授這一觀點。即依現有的五首《商頌》來看，絕無可能是商朝的原著。有無改作，實不可知；至於伐「楚」的事即使出在成王之世；或近世湖北、江西等古代楚國境內發現大量的商代遺物，都不足以證明五首《商頌》即是商朝的作品；因爲「商質而周文」，這是歷史事實。這些新近發現遺物中的文字，正好爲這一事實的輔證。如能找到商朝遺物中類似《商頌》的東西，其證明效果就會大多了，誰還會不信呢？

十一、《談錢鍾書先生詩經正義》：

錢著《詩經正義》載於《管錐編》《周易正義》之後。見其涉獵之廣，引徵之博，時人罕與其匹，讀之令人感佩。惟錢先生所持觀點，容有可議之處。筆者嘗試以七篇短文提出討論，發現錢先生對《詩經》的基本觀點，似仍逗留在漢儒階段。引徵雖極繁富，卻予人以「博而寡要」之感。故略陳管見，短文

淺議，或有當於「獻曝」之微意乎！

　　本書請夏傳才教授作序，蒙其俯充，至為感激。夏敎授任敎於河北師大，著有《十三經概論》、《詩經研究史概要》、《思無邪齋詩經論稿》、《詩經語言藝術》等書。道德文章，為世所重。於一九九三年八月十日創立《國際經學會》，並在石家莊舉行成立大會暨第一次學術討論會。一時國內外《詩經》學者會聚一堂，發表論文，以後定期舉行討論會與發行《會務通訊》。如今會務已上軌道，績效顯著，夏會長之賢勞，會友莫不稱道。

　　在石家莊開會時，二位年輕會友：政大侯美珍、東吳郭麗娟前來自我介紹，表示她們都曾讀過我的《詩經名著評介》，印象深刻。從此我們「以文會友」，相與通信鼓勵。尤其她們關心我的研究工作，常為我找尋研究資料，使我想要的都能要到。這對我的幫助實在太大了。這樣的「道上朋友」，能不感激嗎？當年的碩士研究生，現在都在大學任敎，侯美珍還在政大博士班進修，時有論文發表。「後生可畏」，當拭目以待。

《魯詩故》評介

壹、前言

馬國翰《玉海山房輯佚書目‧經編詩類》首列《魯詩故》三卷，其序文云：

> 《魯詩故》三卷，漢申培撰。培，魯人，官至大中大夫，儒林有傳。培，魯人，故所傳詩稱魯詩。本傳云：「少與楚元王俱事齊人浮丘伯，受詩。」又云：「申公獨以《詩經》爲訓故以教，亡傳，疑者則闕弗傳。」《漢書‧藝文志》云：「《詩經》魯、齊、韓三家，二十八卷。《魯詩故》二十五卷，《魯說》二十八卷。」故，訓通名；或稱傳者，殆如《毛詩》之故訓傳乎？其書亡於西晉，故隋、唐《志》皆不著錄。王應麟嘗輯三家佚說，爲《詩考》，魯僅十四條。考儒林本傳：「申公弟子爲博士十餘人：孔安國至臨淮太守，周霸膠西內史，夏寬城陽內史，碭魯賜東海太守，蘭陵繆生長沙內史，徐偃膠西中尉，鄒人闕門慶忌膠東內史。」又曰：「韋賢治《詩》又治《禮》，至丞相。由是《魯詩》有韋氏學。」又《王式傳》云：「山陽張長安幼君先事式，後東平唐長賓、沛褚少孫亦來事式；由是《魯詩》有張、唐、褚氏之學。……又司馬遷從孔安國問《古文尚書》，於申公爲再傳弟子；《史記》引《詩》亦爲《魯詩》無疑。」《困學記聞》云：「《魯詩》出於浮邱伯，以授楚元王交，劉向乃交之孫，其說蓋本《魯詩》。朱氏彝尊、范氏家相皆從之。」案《漢書‧藝文志》謂三家魯近之。《班志‧藝文》本《七略》，則劉氏世傳《魯詩》又一確證矣！朱氏《經義考》謂：「蔡邕《石經》，悉本《魯詩》。今《獨斷》所載《周頌》三十一章，其序

與《毛詩》雖然繁簡有不同，而其義則一」云云。……由是推之，邕所撰述，其引用不與毛同者，皆《魯詩》也。臧庸《拜經日記》云：「《爾雅》《魯詩》之學。」

馬氏這段序文說明：

一、《魯詩故》是漢初申培所撰的。

二、申培傳自齊人浮邱伯。

三、《魯詩故》亡於西晉。宋人王應麟作《詩考》，《魯詩》僅得十四條，可見馬氏此書所輯佚者，雖稱申培所撰，實多後人之作。（下文當詳論之）

四、《魯詩》之傳承系統，自浮邱伯、申培始，下及孔安國、周霸、夏寬、碭魯賜、繆生、徐偃、闕門慶忌、韋賢、韋玄成、王式、張長安、唐長賓、褚少孫等人，除「申公弟子爲博士十餘人」未列名外，其中韋賢、韋玄成父子均官至丞相，孔安國、碭魯賜官至太守。

五、司馬遷曾師事孔安國，故知《史記》引《詩》亦爲《魯詩》。

六、楚元王交曾師事浮邱伯，劉向乃交之孫，故知其說亦屬《魯詩》。向所撰《列女傳》、《說苑》、《新序》等皆是。

七、蔡邕《石經》、《獨斷》中與毛異者，皆爲《魯詩》。

八、《爾雅》所言《詩》，亦是《魯詩》。

這是將《魯詩》的傳承系統與主要書籍，作了扼要的敍述。至於申公的生平，《漢書·儒林傳》載：

> 申公，魯人也。少與楚元王交俱事齊人浮丘伯受《詩》。漢興，高祖過魯，申公以弟子從師入見於魯南宮。呂后時，浮丘伯在長安，楚元王遣子郢與申公俱卒學。元王薨，郢嗣立爲楚王，令申公傅太子戊。戊不好學，病申公。及戊立爲王，胥靡（註一）申公。申公愧之，歸魯，退居家教，終身不出門。復謝賓客，獨王命召之乃往。弟子自遠方至受業者千餘人。申公獨以《詩經》爲訓詁以教，亡傳，疑者則闕弗傳。

這是申公一生的簡歷，說申公教《詩》只訓詁而無傳。「訓詁」是「疏通文

義」；「傳」是「徵引事實」。（註二）則知申公敎《詩》，偏於章句解釋，不作篇旨與人事的探討。所謂「疑者則闕弗傳」，即對可疑的地方，寧可略而不談，這是比較平實的治學態度。《漢書‧藝文志》所謂「於不得已，魯爲近之」，這從三家比較上說，自是可信的，但從馬氏所輯佚的《魯詩故》來看，這話是有待商榷的。

貳、釋義較優之例

一、《召南‧騶虞》：「彼茁者葭，壹發五豝，于嗟乎騶虞。」《毛傳》：「騶虞，義獸也。白虎黑文，不食生物，有至信之德則應之。」將「騶虞」訓爲「不食生物」的「義獸」，不僅自古至今無此動物，缺乏佐證；而且從全章看來，上句說「一發五豝」，讚美獵事有成，下句改口讚美一隻義獸，成爲不相干的組合，上下文氣如何連貫？《魯詩故》云：「騶虞，天子掌鳥獸之官。」又《新書‧禮篇》：「騶者，天子之囿也，虞者，囿之司獸者也。」又曰：「古有梁騶。梁騶者，天子獵之田曲也。」將「騶虞」說成是掌鳥獸的官吏，相當於國家野生動物園的園長，打獵時控馭全局，獵事有成，予以讚美。這是比較合於情理的一種解釋。

二、《召南‧行露》：「室家不足。」《鄭箋》：「室家不足，謂媒妁之言不和，六禮之來強委之。」其中「不和」、「強委之」，仍屬揣測之詞，未必如此。《魯說》（註三）曰：「言夫家之禮不備足也。」說得簡單明瞭。至於「不備足」的實際情形如何，無從得知，可略而不論。

三、《召南‧小星》：「抱衾與裯。」《毛傳》：「衾，被也，裯，被單也。」三家「裯」作「幬」。《魯說》曰：「幬，謂之帳。」《韓說》曰：「幬，單帳也。」按之行旅所需即是「被」與「帳」。「衾」既是「被」，何需再帶？三家作「幬」，《爾雅》曰：「幬謂之帳。」其下註曰：「江東呼單帳也。」「單帳」既是江東人之稱，召南不在江東，可見《韓說》與《爾雅》訓「單帳」也是不適當的。

四、《邶風‧匏有苦葉》：「深則厲，淺則揭。」《毛傳》：「以衣涉水爲厲，謂由帶以上也。揭，褰衣也。遭時制宜，如遇水深則厲，淺則揭矣。」其釋「厲」與「揭」之區分不甚明確。《魯說》曰：「揭者，揭衣也。以衣涉

水爲厲，由膝以下爲涉，由帶以上爲厲。」如此揭、涉、厲三字的涵義，按水深及於人體的部位來分，清晰可見。

五、《邶風·匏有苦葉》：「招招舟子。」《毛傳》：「招招，號召之貌。」《魯說》曰：「以手曰招，以言曰召。」「號召」偏於口說；「招招」偏於以手示意，故《魯說》爲長。

六、《大雅·公劉》《詩序》云：「《公劉》，召康公戒成王也。成王將蒞政，戒以民事，美公劉之厚於民，而獻是詩。」所敍人事實無所據。《魯詩故》曰：

> 公劉雖在戎狄之間，復修后稷之業，務耕種，行地宜，自漆沮度渭，取材用。行者有資，居者有畜積，民賴是慶，百姓懷之，多徙而保歸焉。周道之興自此始，故詩人樂思其德。

這是從詩文的內容求義，較能符合公劉自邰遷豳的實際情形。

七、《小雅·采薇》：

> 采薇采薇，薇亦作止。曰歸曰歸，歲亦莫止。靡室靡家，玁狁之故。不遑啓居，玁狁之故。（首章）昔我往矣，楊柳依依。今我來思，雨雪霏霏。行道遲遲，載渴載飢。我心傷悲，莫知我哀。（末章）

《毛詩序》曰：「《采薇》，遣戍役也。文王之時，西有昆夷之患，北有玁狁之難，以天子之命命將率，遣戍役以守衛中國，故歌《采薇》以遣之。」這是以爲此詩作於文王爲西伯時，以紂王之命命將帥，戍役邊防，守衛中國。然從詩文觀之，未必是文王時事，作者當是戍役者，非遣戍役者。此詩《魯說》曰：

> 懿王之時，王室遂衰，詩人作刺。又曰：

> 古者師出不踰時者，爲怨思也。天道一時生，一時養，人皆天之貴物也。踰時則內有怨女，外有曠夫。詩曰：「昔我往矣，楊柳依依。今我來思，雨雪霏霏。」又曰：

家有《采薇》之思。

這是以「怨思」爲全文重點，說明戍役者自道其心境，較能符合全文旨趣。至於《詩序》說是文王時詩，三家說是懿王時詩，均無實據，不足採信。

參、詮釋問題舉隅

一、常用繁體字之例：

(1)《周南·樛木》：「南有樛木，葛藟縈之。」《毛傳》：「縈，旋也，成就也。」故「縈」有「迴旋」、「纏繞」之義。《魯詩》「縈」作「藥」。《說文》：「藥，草旋貌。」兩字同義，何須用繁體的「藥」字。

(2)《周南·桃夭》：「桃之夭夭，灼灼其華。」《毛傳》：「夭夭，其少壯也。灼灼，華之盛也。」魯、韓「夭夭」作「枖枖」，又作「媄媄」。《魯、韓說》曰：「媄媄，茂也。灼灼，明也。」「夭夭」一詞可通「枖枖」與「媄媄」，何必捨簡就繁，且其詞義解釋也不如《毛傳》。

(3)《周南·芣苢》：「采采芣苢，薄言袺之。采采芣苢，薄言襭之。」《毛傳》：「袺，執衽也，扱衽曰襭。」「衽」是「衣襟」。「袺」是手提衣襟成兜以儲所得之物。「襭」是將衣襟結於腰間以儲物，不用手提。《魯說》曰：「袺謂之袺，襭謂之褢。」「袺」，《玉篇》：「衣被也。」揚子《方言》：「襜謂之被。」《爾雅·釋器》：「衣蔽前謂之襜。」《釋名》：「衽謂之襜。」繞了一大圈，「袺」原來與「衽」同義而異名，何不用「衽」而用「袺」？「褢」爲「懷」之古字。《玉篇》：「襭，衽也。以衣襟扱物也。」注：「扱衣上衽於帶。」可見「襭」不宜訓爲「懷」，「胸懷」、「懷抱」，都是指心胸所在的胸部，「襭」卻在腰帶以下，以見《魯說》「襭謂之褢」的不當。

(4)《召南·草蟲》「憂心忡忡」，《魯詩》作「憂心蟲蟲」。《楚辭·九歌·雲中君》：「極勞心兮蟲蟲。」注：「蟲，一作忡。」「蟲」與「忡」既同音同義，何須用此筆畫繁多而不常見的「蟲」字。

(5)《衛風·淇奧》「綠竹猗猗。」《魯詩》作「菉薄猗猗。」「薄」，《說文》：「謂萹筑也。生於水者謂之薄也。」又曰：「《石經》亦作薄。

按：《石經》者，《魯詩》也。」「薄」音「毒」，字甚冷僻，爲何不用常見
的「竹」字？

(6)《召南・草蟲》：「喓喓草蟲，趯趯阜螽。」《毛傳》：「喓喓，聲
也。草蟲，常羊也。趯趯，躍也。阜螽，蠜也。」「常羊」與「蠜」均非通俗
之名，自無詮釋效果。《魯說》曰：「草螽負蠜蟲螽蠜。」此訓更難以讀解，
意謂：「草螽即是負蠜，蟲螽即是蠜。」「蠜」音凡，《爾雅・疏》云：「蟲
螽一名蠜。李巡曰：蝗子也。陸機《疏》云：「今人謂蝗子爲螽子。草蟲一名
負蠜，一名常羊，小大長短似蝗也。……長而青，長角長股，股鳴者也。」由
此可知，草蟲青綠色，身體似蝗而較狹長，兩根觸角較長，足亦較爲細長。兩
股摩擦發聲似紡織之聲，故俗稱紡織娘。「蟲」同「阜」，「阜螽」是「蝗
子」，是蝗蟲翅膀未長成者。如注疏者逕訓「草蟲」爲紡織娘，「阜螽」爲蝗
子，豈不省事？

(7)《大雅・生民》：「釋之叟叟，烝之浮浮。」《毛傳》：「叟叟，聲
也；浮浮，氣也。」「釋」是以水洗米，洗米時在盛器中發出「叟叟」的聲
音。「烝」是蒸米，蒸米時蒸氣上騰貌。故知「叟叟」爲狀聲之詞，「浮浮」
爲狀氣之詞。《魯詩故》將此二句書作「釋之溞溞，烝之烰烰」。《爾雅・釋
訓》云：「溞溞，淅也。」郝懿行《義疏》云：

> 溞者，《詩》作叟。《釋文》：「叟字又作溲，淘米聲也。」然則
> 《詩》及《爾雅》正文當作溲，《毛詩》古文省作叟，《爾雅》今文變
> 作蚤耳。

故知「叟」爲「溲」之省；「溞」爲「溲」之變。兩者相較，「溞」字較繁而
難解，不如「叟」字易識。「烰烰」狀蒸氣昇騰，含義明確。「烰」音
「浮」，訓「蒸」。郝懿行《義疏》云：「烝者，《說文》云：『火氣上行
也。』孫炎曰：『烰烰，炊之氣。』聲借作浮。」「烰」從「火」，「烰烰」
從造字本義說，當從郝氏作「火氣上行」解。孫炎所謂「聲借作浮」，意謂這
是因同音借作「浮」字來用的。「蒸汽」用「浮」，「火氣」用「烰」。本字
可用，何必用此費解的借字呢？

古籍之所以有傳疏注釋，旨在以今譯古，以淺說深，使人一看就懂。《魯

詩》則不然，屢見反其道而行，故其詮釋之功不彰。

二、用字或釋義不當之例：

㈠《陳風‧澤陂》：「有美一人，傷如之何？寤寐無爲，涕泗滂沱。」《魯詩》：「有美一人，陽如之何？」並注：「陽，予也。」「陽如之何？」即「予如之何？」以爲「予」可訓「我」。此訓是否可通，須從《爾雅》上看。《爾雅‧釋詁下》首段云：

> 卬、吾、台、予、朕、身、甫、余、言，我也。

這是說上面這些字都與「我」字同義。可是接著又說：

> 台、朕、賚、畀、卜、陽，予也。

在這一組的字義裡，「予」字是動詞，同「與」字，不是當代名詞「我」字解的。所以其下的《釋詁》云：

> 予即與也；皆謂賜予。台爲遺舜也，讀與貽同。朕者我與之也。賚、畀、卜皆賜予也。

由此推之，「卜」字底下的「陽」字亦當作「賜予」解，不應作「我」字解。可見《魯詩》將「傷如之何」改爲「陽如之何」，出於誤解。

㈡《鄭風‧溱洧》：「溱與洧方渙渙兮，士與女方秉蘭兮。」「渙渙」，春水盛貌。「蘭」即「蘭」。《魯詩》「渙渙」作「灌灌」；「蘭」作「菅」。「灌灌」，《漢書‧地理志》引《詩》亦作「灌灌」，注云：「灌灌，水流盛也。」似不如「渙渙」之盈溢而生動也。「菅」是一種似蘆葦的野草，無觀賞價值，自不如蘭之芬芳可愛。

㈢《小雅‧小弁》：「弁彼鸒斯，歸飛提提。」《毛傳》：「弁，樂也，鸒，鴉烏也。提提，群貌。」《鄭箋》：「樂乎彼鴉烏，出食在野甚飽，群飛而提提然。」《魯詩故》則書《小弁》爲《小卞》。「卞」無「樂」義，且《孟子‧公孫丑》載：

　　高子曰：「《小弁》，小人之詩也。」孟子曰：「何以言之？」
曰：「怨。」曰：「固哉高叟之言詩也。《小弁》之怨，親親也；親
親，仁也。」

可見孟子之時即書「小弁」；《魯詩》改爲「小卞」，並不適當。

　　㈣《魯詩故》云：「《小雅》譏小民之得失，其流及上。」這是以爲詩人
作《小雅》的詩，旨在譏刺小民的得失。這話如按之詩文，恐非事實。《朱
傳》云：「雅者，正也；正樂之歌也。……正小雅，宴享之樂也。……受釐陳
戒之辭也。」按之詩文，確實如此，沒有一篇是「譏小民之得失」的。至於變
小雅的詩，多「怨誹」之言，表示對朝政與征役生活的不滿，絕少以「譏小民
之得失」爲行文主旨的。試想一想，小民地位卑微，一生供人役使，連生存權
都被剝奪了，還有什麼「得失」可譏的？

　　㈤《齊風·著》：「俟我乎著乎而」；《毛傳》：「門屏之間曰著。」其
與第二章「俟我乎庭乎而」；第三章「俟我乎堂乎而」相應，說明婚禮當日婿
迎新婦由著至庭至堂三揖爲禮。《魯詩故》云：「著，地名，即濟南郡著縣
也。」「著」如果是指濟南郡著縣說的，則二、三章的「庭」與「堂」又該在
那些郡縣呢？「俟」是「等候」、「相迎」之意，下二章明言所迎的地點是住
宅的「庭」與「堂」，以此類推，「著」亦必然是指「庭」之前的一個所在而
言的。《毛傳》說是在《門屏之間》，這是可信的，因爲屏後即是「庭」，
「庭」上即是「堂」。故知《魯詩故》的解說絕不可通。

　　㈥《衛風·碩人》：「大夫夙退，無使君勞。」《鄭箋》：「無使君勞
者，以君夫人新爲妃耦，宜親親之故也。君，即衛君。」《魯詩故》曰：「君
謂小君也。」「小君」即是「君夫人」。《禮·曲禮》：「夫人自稱於諸侯曰
寡小君。」《疏》：「君之妻曰小君。而云『寡』者，亦從君爲謙也。」莊姜
爲新嫁之衛君夫人，不負行政責任，大夫有所陳奏，自有莊公作主，怎會偏勞
其新婚夫人？

　　㈦《小雅·伐木》《毛詩序》云：「《伐木》，燕朋友故舊也。」這是切
合詩文旨趣的話。《魯詩故》曰：「周德衰，頌聲既寢，伐木有鳥鳴之刺。」
這三句話即出現三個問題：其一，何以見得《伐木》是「刺衰」之作？詩文所

敍是「宴朋友故舊」的事,與朝政何干?其二,「頌聲既寢」是什麼意思?宴請客人旨在敍賓主之情,與歌功頌德的「頌聲」屬性不同,那有「既寢」的問題?其三,「伐木有鳥鳴之刺」,這句話說的更不得體。「伐木丁丁,鳥鳴嚶嚶」,原是「起興」之詞。其下所敍「嚶其鳴矣,求其友聲。相彼鳥矣,猶求友聲;矧伊人矣,不求友生?神之聽之,終和且平。」以鳥之和鳴,喻人之求友;但求相互親睦,以至於「終和且平」。如此行文,何來譏刺之義?

　　(八)《魯詩故》中釋義含混而不夠充分的情形甚多,如《衛風‧碩人》的「螓首蛾眉」,《魯詩故》:「蛾眉,好貌。」《魏風‧葛屨》的「好人提提」,《魯詩故》書為「媞媞」,並云:「媞媞,好貌。」《檜風‧匪風》的「匪風飄兮」,《魯詩故》云;「飄,風貌。」《小雅‧正月》的「憂心隱隱」,《魯詩故》云:「隱,憂也。」這些詞語詮釋,籠統含混,不夠充分,詮釋的功能無由彰顯。

肆、詩旨問題討論

　　一、《周南‧關雎》之下,《魯詩故》云:

> 周道缺,詩人本之衽席,《關雎》作。

其下注云:

> 司馬遷《史記‧十二諸侯年表》。案:《漢書‧儒林傳》:遷從孔安國問。安國為申公弟子,則《史記》所引述皆《魯詩》也。後倣此。

這是以為「周道缺」這段話引自《史記》,司馬遷師事孔安國,孔安國為申公弟子,故知《史記》所引述的詩旨,出於《魯詩》。

　　此外,《關雎》詩旨之敍尚有:

> 后夫人雞鳴佩玉去君所,周康后不然,詩人歎而傷之。(《漢書‧杜欽傳‧注》)

　　　　昔周王承文王之盛，一朝晏起，夫人不鳴璜，宮門不擊柝，《關
　　雎》之人，見幾而作。（袁宏《後漢紀・楊賜上書》）
　　　　周之康王夫人晏出朝，《關雎》預見，思得淑女，以配君子；夫雎
　　鳩之鳥，猶尚見乘居而匹處也。（劉向《列女傳》卷三）

這些話全部歸屬《魯詩》。但如加以分析，有的只說周王，不予指實，有的卻
明指是康王。至於一朝晏起的人，有的說是康王，有的說是康后。如從上朝這
件事來說，王是主體，如有晏起，不責王而責后，豈是公道之言？何況這些人
事編敘，全屬子虛烏有，與詩文所敘不相契合，敎人如何信得？

　　二、《周南・芣苢》之詩旨，王應麟《詩考》引《列女傳》云：

　　　　《芣苢》，蔡人之妻作。蔡人之妻者，宋人之女也。既嫁於蔡而夫
　　有惡疾，其母將改嫁之。女曰：「夫不幸，乃妾之不幸也，奈何去之？
　　適人之道，壹與之醮，終身不改，不幸遇惡疾，不改其意。且夫采采芣
　　苢之草，雖其臭惡，猶始於拵采之，終於懷擷之，浸以日親，況於夫婦
　　之道乎？彼無大故，又不遺妾，何以得去？」終不聽。其母乃作《芣
　　苢》之詩。君子曰：「宋女之意甚貞而壹也。」（《列女傳》卷四）

這是以爲《芣苢》這首是宋女之母作的。其所以作這首詩，是其女嫁給一位患
有惡疾的男子，母欲將她改嫁，她卻堅持一經舉行婚禮，即應終身不改。並以
採惡臭的芣苢爲喻；以爲芣苢雖有惡臭，日以採拵擷懷，亦覺可親，何況對待
其夫呢？其母爲女所感，就作了《芣苢》這首詩。

　　這樣的詩旨演述，自然難以令人滿意。理由是：㈠《芣苢》一詩應是實敘
其事，而非設喻之言。《魯詩故》（註四）云：「且夫采芣苢之草，雖其臭
惡，猶始於拵采之，終於懷擷之，浸以日親，況於夫婦之道乎？」這是以採芣
苢的感受比況夫婦的情誼。宋女並沒有去採芣苢。但是採芣苢如出於虛構的，
宋女爲表示貞信之意，自可向其母直接說明，何須作此喻意不明的虛構？㈡芣
苢爲民間常見之草，聞之毫無氣味，《魯詩》取其「惡臭」之意以喻女夫之
「惡疾」，根本不合事實。㈢說《芣苢》之詩爲宋女之母作，更不成理由，母
見其女執意貞一，默許可矣，何須讚揚。而且按文求義，全篇不涉人事，《魯

詩》所云宋女與其故事出處何在？如無史籍爲證，教人如何相信？㈣《毛詩序》云：「《芣苢》，后妃之美也。和平，則婦人樂有子也。」《草木疏》云：「其子治婦人生難。」我國《藥性大字典》載：

> 芣苢，一名車前子，一名蝦蟆衣，入藥用種子。功效：用爲利尿藥。治心臟病、水腫病等。又用於女子陰部之痛癢，兼治難產。又治目赤痛。清肺肝風熱，滲膀胱濕熱，強陰、益精、明目。

療效如此之多，故知《芣苢》之詠，其來有自。

說此詩者，當推方玉潤。《詩經原始》云：

> 讀者試平心靜氣涵泳此詩，恍聽田家婦女三三五五於平原繡野、風和日麗中，群歌互答，餘音裊裊，若遠若近，忽斷忽續，不知其情之何以移，而神之何以曠，則此詩可不必細繹而自得其妙焉！

這才是詮譯《芣苢》符合民歌本色的神來之筆！

三、《邶風‧柏舟》：

> 汎彼柏舟，亦汎其流，耿耿不寐，如有隱憂。微我無酒，以遨以遊。
> 我心匪鑑，不可以茹。亦有兄弟，不可以據。薄言往愬，逢彼之怒。
> 我心匪石，不可轉也。我心匪席，不可卷也。威儀棣棣，不可選也。
> 憂心悄悄，慍于群小。覯閔既多，受侮不少。靜言思之，寤辟有摽。

《毛詩序》云：「仁而不遇也。衛頃公之時，仁人不遇，小人在側。」《朱傳》：「婦人不得於其夫，故以柏舟自比。」一從朝政上說，一從民間夫婦上說。但均未實指其人事。《魯詩故》云：

　　衛寡姜夫人作。寡姜夫人者，齊后之女也，嫁於衛，至城門而衛君
死。保母曰：「可以還矣。」女不聽，遂入，持三年之喪。畢，弟立請
曰：「衛小國也，不容二庖，請願同庖。」終不聽。衛君使人愬於齊兄
弟；齊兄弟皆欲與君。使人告女，女終不聽，乃作詩曰：「我心匪石，
不可轉也；我心匪席，不可卷也。」厄窮而不閔，勞辱而不苟，然後能
自致也。言不失也，然後可以濟難矣。詩曰：「威儀逮逮，不可選
也。」言其左右無賢臣，皆順君之意也。君子美其貞一，故舉而列之於
詩也。（《列女傳》卷四）

　　將《邶風·柏舟》定為寡姜夫人作，觀其所敘，誠有斷章取義之嫌。茲質疑如
下：㈠寡姜夫人既已入衛，在衛都守喪三年，當心如止水，貞一自守，謝絕人
事，排除欲念。可是詩文所敘，則大不然。如首章敘汎舟遨遊的事，守寡的人
可否發此心願？飲酒遨遊多屬男子的活動，女子少有，何況是一位貞節之婦？
㈡文中言「持三年之喪」，即夫人入城後在衛守喪三年，不曾歸寧。可是詩
言：「亦有兄弟，不可以據，薄言往愬，逢彼之怒。」「往愬」，即是「回娘
家訴苦」。這那裡是一位節婦的行徑？㈢兄弟不是無情，而是同情，希望她不
作無謂的犧牲，答應新君的要求，追求未來的幸福；怎可還說兄弟的不是？㈣
末章所述，全非貞婦口氣，「憂心悄悄，慍于群小。」衛君向未婚的寡嫂求
婚，旁人替衛君勸說，都是情理中事，豈可以「群小」斥之？「覯閔既多，受
侮不少」。她不從所請，一言可了，怎會橫加痛苦與侮辱？「靜言思之，寤辟
有摽。」表示氣憤不已，激動得以手擊胸，發出摽然的響聲。這些描狀會與寡
姜夫人的身份與心態能相契合嗎？況且，《魯詩》編為寡姜夫人作《柏舟》，
所據何來？

　　四、《邶風·燕燕》：

　　燕燕于飛，差池其羽。之子于歸，遠送于野。瞻望弗及，泣涕如
雨。

　　燕燕于飛，頡之頏之。之子于歸，遠于將之。瞻望弗及，佇立以
泣。

　　燕燕于飛，下上其音。之子于歸，遠送于南。瞻望弗及，實勞我心。

　　仲氏任只，其心塞淵。終溫且惠，淑愼其身。先君之思，以勗寡人。

　　《毛詩序》云：「《燕燕》，莊姜送歸妾也。」「歸妾」是誰？以爲即是莊公之妾戴嬀。說戴嬀生子名完，莊公死後即位爲桓公。桓公在位十六年，被莊公嬖妾之子州吁所弑，以致戴嬀大歸。莊姜遠送之，而作《燕燕》這首詩。可是《史記》明載戴嬀先死，莊公才令莊姜收完爲己子。怎有可能在州吁弑桓公之後還有莊姜送戴嬀的事？可見《毛詩序》這一人事編敍是難以成立的。《魯詩故》云：

　　　　《燕燕》，定姜送婦作。衛定姜者，衛定公之夫人，公子之母也。公子既娶而死，其婦無子，畢三年之喪。定姜歸其婦，自送之于野，恩愛哀思，悲心感慟，立而望之，揮泣垂涕。及賦詩曰：「燕燕于飛，差池其羽。之子于歸，遠送于野。瞻望弗及，泣涕如雨。」送去歸泣而望之。又作詩曰：「先君之思，以勗寡人。」君子謂：「定姜爲慈姑，過而之厚。」

這一人事編敍，仍有不通之處：衛定公之子死時既稱「公子」，表示衛定公尚在位，詩有「先君之思」句。定公未死，豈可稱之爲「先君」？其次，「寡人」通常爲國君的謙稱。未聞國君夫人可以自稱爲「寡人」的。

　　《魯詩故》又在「先君之思，以勗寡人」之下云：

　　　　此衛夫人定姜之詩也。定姜無子，立庶子衎爲獻公。畜，孝也。獻公無禮于定姜，定姜作詩言獻公，當思先君定公，以孝于寡人。（《禮記‧坊記》鄭玄注）

這一說法表示定公已死，定姜作詩可以稱定公爲先君。可是從《燕燕》全首來看，送別的對象只有一人，末章「仲氏任只」的「仲氏」，爲其主角。送行者

一往情深，爲她「瞻望弗及，泣涕如雨」；爲她「佇立以泣」、「實勞我心」。末章才說到她的品德誠實而深遠，性情溫和而柔順。這會是定姜對「無禮」的獻公說的話嗎？最後兩句：「先君之思，以勗寡人。」原只是一句話：「她要以常『思先君』的話來勉勵我。」可是《魯詩故》把文義說反了，說是定姜要獻公「當思先君定公，以孝于寡人」。這是完全不顧文法的話；這也是完全不顧整篇結構與情趣的話。

一首詩出現兩個故事，兩種說法。會是申公作《魯詩故》的本意嗎？

《燕燕》篇詩旨，王質《詩總聞》以爲是「國君送女弟遠適他國之詩」。莊姜、定姜的人事一概不提，較能合詩文旨趣。

五、《邶風·式微》：

> 式微式微，胡不歸！微君之故，胡爲乎中露！
> 式微式微，胡不歸！微君之故，胡爲乎泥中！

《毛詩序》：「《式微》，黎侯寓于衛，其臣勸以歸也。」《鄭箋》：「黎侯爲狄人所逐，棄其國而寄於衛。衛處之以二邑，因安之。可以歸而不歸，故其臣勸之也。」《魯詩故》云：

> 黎莊夫人及傅母二人作。黎莊夫人者，衛侯之女，黎莊公之夫人也。既往而不同欲，所務者異，未嘗得見，甚不得意，又恐其已見遣，而不以時去。謂夫人曰：「夫婦之道，有義則合，無義則去。今不得意，胡不去乎？」乃作詩曰：「式微式微！胡不歸！」夫人曰：「微君之故，胡爲乎中路！」終執貞壹，不違婦道，以俟君命。君子故序之以編詩。（《列女傳》卷四）

這首詩的《魯詩》解說，可有四個問題：

(一)春秋時兩國通婚，多出於門第的搭配與政治的考量。以小事大，基於奧援。黎小而衛大，衛女下嫁釐侯，釐侯實屬高攀；還敢有「未嘗得見」與「不納」之舉嗎？

(二)《詩序》與《鄭箋》所敍的《式微》史事，當屬可信。釐侯爲狄人所

逐，投奔衛國；這時夫人一身維繫黎國安危，釐侯心懷感激，奉承之猶恐不及，還會因「不同欲」而冷落其夫人嗎？

㈢《式微》二章，每章四句。《魯詩》說成是傅母與夫人對吟的組合。以為夫人居黎宮而受釐侯「不曾得見」之辱，乃興不如歸去之歎。其實，詩文「微君之故，胡為乎中路」、「胡為乎泥中」，已表明她們已經歷了戰敗逃亡之苦。既經逃亡，可見她們已不在黎，而在衛。在衛思歸，益見釐侯之微，夫人之貴。由此推之，二人對吟之說不能成立，故事出於虛構。

㈣《魯詩》不提釐侯為狄人所逐，投奔衛國事。如無戰敗逃亡，怎會有「胡為乎中路」、「胡為乎泥中」的話？說詩不顧詩文章句，教人如何信得？

六、《鄘風‧干旄》首章：

> 孑孑干旄，在浚之郊。素絲紕之，良馬駒之。彼姝者子，何以畀之？

《詩序》云：「《干旄》，美好善也。衛文公臣子多好善，賢者樂告以善道也。」此說可議者有二：㈠何以見得此為衛文公時詩？㈡姚際恆云：「《北風》『靜女其姝』，稱女以姝。《齊風‧東方之日》亦曰：『彼姝者子』以稱女子。今稱賢者以姝，似覺未安。」故王靜芝《詩經通釋》云：「愚意以為：詩中所寫車馬之盛，蓋衛之大夫。而彼姝者子則與大夫同乘，是大夫之妻也。……茲以本篇為衛大夫夫婦出遊之詩，庶幾是之。」《魯詩故》曰：

> 宣姜者，齊侯之女，衛宣公夫人也。初宣公夫人夷姜生伋子，以為太子；又娶於齊，曰宣姜，生壽及朔。夷姜既死，宣姜欲立壽，及與壽弟朔謀構伋，公使伋子之齊，宣姜乃陰使力士待之界上而殺，曰：「有四馬白旄至者，必要而殺之。」壽聞之以告太子曰：「太子其避之。」伋曰：「不可，夫棄父之命，則惡用子也。」壽度太子必行，乃與太子飲，奪之旄而行，盜殺之。伋子醒，求旄不得，遽往追之，壽已死矣。伋子痛壽為己死，乃謂盜曰：「所欲殺者乃我也，此何罪？請殺我。」二子既死，朔遂立為太子。（《列女傳》卷七）

福山王照圓《列女傳補注》云：

> 案詩曰：「孑孑干旄，在浚之郊。素絲紕之，良馬四之。彼姝者
> 子。何以畀之？」今以《傳》推之，疑即爲此事而作也。必用白旄者，
> 取易以識別也。以詩言素絲，故知爲白旄也。浚，衛之界上，邑姜（註
> 五）使力士待伋之地也。姝，忠順貌。姝子，謂伋子也。畀，與也。言
> 彼四馬白旄忠順之子，何故以畀之？深痛惜之辭也。此蓋出於《魯詩》
> 之說。

將《干旄》說成是詠宣姜殺伋子這一故事的，其說極爲牽強：㈠《魯詩》所敍
《干旄》所同者，僅一「旄」字，「旄」即是牛尾毛。干上加牛尾毛，作爲一
個隊伍或一個使節的標幟，這是極平常的事，何以見得《干旄》篇的「干
旄」，即是伋子所持的「干旄」？㈡從《干旄》篇所敍的地點上看，「在浚之
郊」、「在浚之都」、「在浚之城」，表示其人所至之地只在浚邑都城附近，
與伋、壽被殺之地「界上」（即齊、衛兩國邊界）顯然不同。㈢從詩文上看，
《干旄》旨在敍述一位馭四馬出遊浚邑近郊的人，有美女爲伴，心存愛意，將
思有以贈之。這與伋、壽被殺的情景完全不符。王照圓的補證，僅憑一個
「旄」字，任意推演，不作整體的考量，自然是不具考證價值的。

七、《衛風・碩人》：

> 碩人其頎，衣錦褧衣，齊侯之子，衛侯之妻。東宮之妹，邢侯之
> 姨，譚公維私。
> 手如柔荑，膚如凝脂，領如蝤蠐，齒如瓠犀，螓首蛾眉。巧笑倩
> 兮，美目盼兮。
> 碩人敖敖，說于農郊。四牡有驕，朱幩鑣鑣，翟茀以朝。大夫夙
> 退，無使君勞。
> 河水洋洋，北流活活。施罛濊濊，鱣鮪發發，葭菼揭揭。庶姜孽
> 孽，庶士有朅。

《詩序》云：「《碩人》，閔莊姜也。莊公惑于嬖妾，使驕上僭。莊姜賢

而不答，終以無子。國人閔而憂之。」這一詩旨解說，前人以爲有對有不對。對的是「碩人」確是莊姜，全篇都在寫莊姜出嫁的事，錯的是莊姜出嫁時，怎知婚後的「賢而不答」與「終以無子」？而且史籍上亦無這一記載。或以「無子」推之；實則「無子」多出於生理因素，未必由於「不答」的緣故。《魯詩故》曰：

> 傳母者，齊女之傳母也。女爲衛莊公夫人，號曰莊姜，姜交好，始往，操行衰惰，有冶容之行，淫佚之心。傳母見其婦道不正，諭之曰：「子之家世世尊榮，當爲民法，則子之質聰達於事，當爲人表式。儀貌莊麗，不可不自修整。衣錦絅裳，飾在輿馬是不貴德也。」乃作詩曰：「碩人其頎，衣錦絅衣。齊侯之子，衛侯之妻。東宮之妹，邢侯之姨，譚公維私。」砥礪女子之以高節，以爲人君之子弟爲國之夫人，尤不可有邪僻之行焉，女遂感而自修。君子善傳母之防未然也。（《列女傳》卷一）

《魯詩故》這一人事編敍，令人質疑；㈠何以見得這首詩是莊姜的傳母作？《列女傳》敍傳母的言行獨多，未見所據，亦多不合情理。㈡傳母見莊姜「操行衰惰，有冶容之行，淫佚之心」，以爲莊姜「婦道不正」，才賦《碩人》作爲砥礪。可是這些不良的行狀，所據何書？有無史料可稽？㈢《碩人》四章：首章敍其貴，次章敍其美，三章敍其出嫁陣容之盛，四章敍其母家齊國之富。原是讚頌之詞，何來規勸砥礪之言？

八、《陳風‧墓門》

> 墓門有棘，斧以斯之。夫也不良，國人知之。知而不已，誰昔然矣！
>
> 墓門有梅，有鴞萃止。夫也不良，歌以訊止。訊予不顧，顛倒思予。

《詩序》云：「《墓門》，刺陳佗也。陳佗無良師傅，以至于不義，惡加于萬民焉。」此說朱熹即已不取，云：「所謂不良之人，亦不知何所指也。」

《魯詩故》則有兩段文字，其一云：

> 解居父聘吳，過陳之墓門，見婦人負其子，欲與之淫泆，肆其情欲。婦人則引詩刺之曰：「墓門有棘，有鴞萃止。」言墓門有棘，雖無人猶有鴞，汝獨不愧也？」（《楚辭‧天問》章句）

其二云：

> 辨女者，陳國采桑之女也。晉大夫解居甫使於宋，道過陳，遇採桑之女，止而戲之曰：「女爲我歌，我將舍女。」採桑女乃爲之歌曰：「墓門有棘，斧以斯之。夫也不良，國人知之。知而不已，誰昔然矣。」大夫又曰：「爲我歌其二。」女曰：「墓門有楳，有鴞萃止。夫也不良，歌以訊之。訊予不顧，顛倒思予。」大夫曰：「其楳則有，其鴞安在？」女曰：「陳小國也，攝乎大國之間，因之以饑饉，加之以師旅。其人且亡，況鴞乎！」大夫乃服而釋之。君子謂辨女貞正而有辭，柔順而有守。（《列女傳》卷八）

這兩段文章，出現一個共同的問題，即是不在訓釋詩文，而是拿詩文來演述所編的故事。《韓詩外傳》裡即有許多這類的例子。至於所敍故事，顯然違情悖理：

（一）一位負有君命的使臣，途經一個友邦之國，會否見到一位女子就引發淫念，想要發洩他的「情欲」？大國使臣必有隨員，會否在眾人面前隨地苟合？古人有言：「士大夫之無恥，是謂國恥。」解居父應否顧及國家的體面和陳國人士對他不利的反應？

（二）「墓門」，《朱傳》云：「墓道之門，塚間幽閒稀行，故生棘薪也。」一個大國使臣，通常走的是國道，怎會到此荒蕪的墓園裡來？

（三）兩段文字的說法自相矛盾：《楚辭》說是解居父「聘吳」，《列女傳》說是「使宋」；《楚辭》說是「見婦人負其子，欲與之淫泆」，《列女傳》說是「遇採桑女，止而戲之」。尤其，採桑女最後說的「陳小國也，攝乎大國之間，因之以饑饉，加之以師旅」這幾句，是襲取《論語‧先進》子路說的話。

所不同的是子路說「千乘之國，攝乎大國之間」；《列女傳》將「千乘之國」改爲「陳小國也」而已。可是《論語》是孔子再傳弟子編輯成書的，時間已在戰國中葉以後，此時晉、宋、陳、吳等國都已滅亡。可見《列女傳》所編的故事存有時空錯置的破綻。亦即解居父如果是《春秋》時人，就不可能有子路的話流傳於世；如果是戰國時人，晉、宋、陳都已滅亡，就不可能有自晉使宋，道經陳國的事。劉向編故事，一時興起，臨文痛快，夾帶幾句子路的話。沒有想到，只此夾帶，讓自己陷入泥淖之中而無以自拔了！

伍、「感天而生」問題探討

《大雅‧生民》「厥初生民」句之下《魯詩故》云：

> 文王之先爲后稷，后稷亦無父而生。后稷母爲姜嫄，出見大人蹟而履踐之，知於身則生后稷。姜嫄以爲無父，賤而棄之道中，牛羊避不踐也。抱之山中，山者養之。又捐之大澤，鳥覆席食之。姜嫄怪之，於是知其天子，乃取長之。堯知其賢，才立以爲大農，姓之曰姬氏。姬者，本也。詩人美而頌之曰：「厥初生民。」深修益成而道后稷之始也。（《史記。三代世表》褚少孫引詩傳）

又云：

> 契母姜嫄者，邰侯之女也。當堯之時，行見巨人迹，好而履之，婦而有娠，浸以益大，心怪惡之。卜筮禋祀，以求無子，終生子。以爲不祥而棄之隘巷，牛羊避而不踐。乃送之平林之中，後伐平林者咸蓋之覆之，乃取置寒冰之上，飛鳥傴翼之。姜嫄以爲異，乃收之以歸，因命曰棄。……（《列女傳》卷一）

這兩段話都本《魯詩》而說的；可是《魯詩》傳人褚少孫即疑之，《史記‧三代世表》載：「褚先生曰：『不然，《詩》言契生于卵，后稷人迹者，欲見其有天命精誠之意耳。鬼神不能自成，須人而生，奈何無父而生乎？』」這話原

是很明達的，可是他接著說：「一言有父，一言無父，信以傳信，疑以傳疑，故兩言之。」如此一轉，又回到了原點。將「鬼神不能自成」的見解予以否定了。

關於這個問題，古文詩說則不然。「履帝武」的「帝」，《毛傳》云：「高辛氏之帝也。」又在《詩序》「《生民》，尊祖也。」之下注云：「嫄，音原，姜姓，嫄名，有邰氏之女，帝嚳元妃，后稷母也。」可見毛公以為姜嫄有夫，其夫即是高辛氏帝嚳。由於有夫，才隨夫「克禋克祀，以弗無子」；亦即去祀郊禖，除其無子之疾。如果姜嫄未婚，何來無子之疾？又怎會向神去求子？這樣說首章的文理較為通適，可是問題在於第三章，孩子出生後，姜嫄為何予以丟棄？主張無父生子者，以為這是主要的理由，有人以為在上古時期，人類先有以女人為中心的母系社會，沒有固定的大夫，以至於孩子只知有母不知其父。所謂「無父而生」，不是真的無父，更不是「感天而生」，而是男人不負責任遠走他鄉去了。這一說法也有一個盲點，即當時的社會風氣果真如此，姜嫄又何必將孩子一再丟棄？

《列女傳》的說法則更離奇：「當堯之時，行見巨人迹，好而履之，婦而有娠，浸以日大，心怪惡之。卜筮禋祀，以求無子，終生子。以為不祥而棄之。……」他把《生民》首章的文序「克禋克祀，以弗無子。履帝武敏歆」有意顛倒來說了，以為姜嫄懷孕在先，禋祀在後，將「以弗無子」說成「但求無子」，也即「不要肚子裡的孩子」。這樣說，不僅不合文法，也不符作意。因為《生民》開頭說：「厥生初民，時維姜嫄。生民如之何？」是對姜嫄生子的事含有期盼的語氣；所以接著才有「克禋克祀，以弗無子」的話，《朱傳》云：「弗之言祓也。祓無子，求有子。」這是明達之言，以證《列女傳》的別解絕不可通。

可是贊同「感天而生」的人，代不絕書。《呂氏家塾讀詩記》云：

張氏（註六）曰：「生民之事，不足怪，人固有無種而生，當民生之始，何嘗有種，固亦因化而有。」

蘇氏（註七）曰：「物之異於常物者，其取天地之氣宏多，故其生也或異，學者以耳目之陋而不信萬物之變。聖人則不然，河圖、洛書、稷、契之生，皆與《詩》、《易》不以為怪，其說蓋廣如此。」

朱氏（註八）曰：「毛公說姜嫄出祀郊禖，履帝嚳之迹而行，將事齊（同齋字）敏。鄭氏（註九）說；「姜嫄見大人迹而履其拇。」二家之說不同，古今諸儒多是毛而非鄭。然《史記》亦云：「姜嫄見大人迹，心忻然，欲踐之；踐之而身動如孕。」則非鄭之臆說矣！

以上呂氏列舉張載、蘇轍、朱熹、鄭玄的話，都是贊同「感天而生」的。分析他們的觀點，將人分成兩類：一類是常人，一類是非常人。非常人「因化而生」，得自「天地之氣宏多」，所以出生即有神奇現象，「後人不可僅以耳目之所限」來論其是非的。這一二分法，在古人，是被肯定的，而且被統治者廣為應用。在今人，則是被否定的，因為人的生理條件人人相同，不可能不經人道「感天而生」的。朱熹曾說：「古今諸儒多是毛而非鄭。」這即表示直至朱熹之世，有關「履帝武」的解讀，贊同《毛傳》的居多。這確是事實，從三家淪亡，《毛詩》獨傳可以知之。但如究其原因，恐怕與孔子的治學態度有些關係。《論語》裡說；「子不語怪、力、亂、神。」又說；「知之為知之，不知為不知，是知也。」前一段話說明孔子對於怪誕、鬼神等方面的話，是不說的。後一段話是說孔子只信已知的，不說不知的。所謂已知的事，是經驗與理性思考為依據的。姜嫄無夫生子，說是感天而生，這是違反人類生理的，孔子自然不會相信。信《魯詩》的褚少孫即曾說；「鬼神不能自成，須人而生。」這種懷疑精神，正符合孔子不迷信、重理性的治學態度。毛公在這些地方，比較接近孔子的思考模式。

林耀潾先生《西漢三家詩學研究》第三章云：

綜觀《大雅・生民》及《商頌・玄鳥》二詩，今文三家詩主「聖人無父感天而生說」，古文毛詩主「聖人有父不感天而生說」，今文三家詩說保留神秘色彩的神話傳說，古文毛詩說則為後起的理性說法。依「詩之本義」言之，三家詩說得其實，若后稷及契之父均為高辛氏帝，《詩》何以不言？而但言姜嫄履跡及天命玄鳥？

這是說從詩文本意看，確實是一個神話，毛公改說姜嫄有夫，夫即是高辛氏帝嚳，感生之說自然不能成立，但是《詩》何以不言？史何以不載？關於這一

點，筆者略陳拙見如下：

一、真實性問題：有詩文原貌的真實，亦有內容虛構的真實，如從表面上看，詩人本來是要以神話方式來作詩的，後人反以為沒有神話色彩，說有為無，當然是不對的。但是三百篇到了孔子選為教材以後，認為神話本來不是事實，有違理性思考，加以修改，這樣反而比較接近事實。褚少孫原是申公的三傳弟子（註一○），反而說了與毛公相同與申公相反的話，足以證明不取神話之真而求詩文所敍人事之真，這是比較符合儒家教義的。

二、姜嫄有無丈夫問題：今文家拿高辛帝不可能是姜嫄之夫來維護其無夫生子之說，其理由是不夠充分的。姜嫄之夫除了高辛帝，難道不會是別的男人嗎？亦即否定了高辛帝，不等於即須肯定是天帝，即須接受感天而生的觀點。我們相信姜嫄有夫，但是是怎樣的丈夫，不得而知。有人以上古母系社會來解說，當時家庭以婦女為中心，男人無家庭觀念，隨時遊走，所以孩子只知其母，不知其父。以此類推，后稷的身世有可能是有父而不知其人的人。

三、后稷有無被一再丟棄問題：后稷出生的故事，作者有意予以神話化的，除了「履帝武」以外，丟棄的描述你會信以為真嗎？剛生下的嬰兒，必須給予適當的保溫與照顧。可是姜嫄生下后稷後，即將他丟棄在一個小巷子裡，牛羊過來庇護他。試問：初生的牛羊有找母乳吸食的本能，才能生存；初生的嬰兒無此本能，牛羊會抱他餵奶嗎？姜嫄看他沒有死，又將他丟棄在平林中。伐木的人看見了抱他起來，想要收養他，可是姜嫄不允許，再將他丟棄在寒冰之上。有大鳥飛來，張開翅膀覆蓋著他，以至於他還活著。後來鳥飛走了，嬰兒才大聲地在啼哭。試問：一個初生嬰兒置於冰天雪地中能活多久？鳥的體溫足以供應嬰兒的需要嗎？鳥非哺乳動物，拿什麼給嬰兒吃才不致於餓死？如果說這原是神話，不適合作理性分析；可是當儒者作為教材的時候，就該落實到一個嬰兒的生理條件，作出人性化的答案來才算合理。因此，筆者以為，這段姜嫄丟棄后稷的敍述，不是事實，出於虛構。如是事實，姜嫄成為親手滅子的罪人了，還配尊之為「聖母」嗎？

四、「君權神授」問題：「感天生子」之說，原是專制帝王便於統治的有意編造。自古以來，統治者將君權與神權結合在一起，謂之「天命所歸」；其作法即是編造一些神話故事為正史，教人信從。但是像《生民》與《玄鳥》這兩個故事，將兩代照應的時間拉得太長了，難以令人置信。后稷生於唐、虞之

世，擔任的是農官，相當於一個農業部長。如果他是其母「感天而生」的，是天帝之子，即是「眞命天子」，就該掌握君權，登上天子的寶座。不然，也該應驗到乃子乃孫身上，神話才算落實。何以歷經夏、商兩代一千多年，才說周文、武的天命得之於姜嫄與后稷？古人好編神奇故事，如說黃帝生而靈異，漢高祖之母夢與神通，其父見蛟龍與其婦交因而懷孕，遂產高祖。這些神話明知出於編造，但還都是及身應驗，怎會祖孫相距千年才應驗呢？

說到這裡，似可作一結論：《生民》是周人有意編造遠祖姜嫄生后稷的一個神話故事。今文家說其有，古文家說其無；後世學者雖意見分歧，但是信古文的人比較多。亦即凡是神話，都出於虛構，與儒家教義相左、與人類生理相背，自然是不值得採信的。

林耀潾先生《西漢三家詩學研究》中引岑仲勉《周初生民之神話解釋》一文，其中有云：

　　夫人道生子，實也，周民言其始祖之生，不經人道，虛也，唯周民確抱如此迷信，實也，而解者或欲轉爲理性，虛也。詩人昧其虛而信爲實，經生失其實誤爲虛。

這段話讀來令人有一頭霧水的感覺。如加以分析，即出現如下的問題：

㈠「虛」、「實」兩詞涵義不明確：什麼叫做「虛」？是說「不經人道生子」即是「虛」。「虛」即是「虛假」，是對姜嫄履神跡生后稷這一說法的否定。即使詩人有此迷信，寫成《生民》這樣的詩，亦不得視之爲「實」。爲什麼？因爲該文開頭說：「夫人道生子，實也。」這既是前提性的一句話，認爲是一個客觀眞理，又怎會倒過來說，將「不經人道生子」的「迷信」說成是「實」呢？文中的「解者」與「經生」都是指毛公而說的，因爲祇有他是主張「人道生子」的。既然開頭「人道生子」是「實」，這原是出於理性思考而得的通理，爲什麼又說「解者或轉爲理性」，卻變爲「虛」呢？「詩人昧其虛而信爲實」，這話說得對，即作《生民》的詩人把神話當信史來寫，亦即把假的當眞的來說，這是詩人明顯的錯誤；末了怎會又說「經生失其實而誤爲虛」呢？毛公主張「人道生子」，不信神話，觀點始終一致，從何處見其「失其實而誤爲虛」呢？原因是岑氏在這裡已將詩人的「虛」轉爲「實」來說了，亦即

《生民》的故事雖然是迷信的，虛構的，但是詩人是當眞來寫的，學者就該當眞來信。毛公不信，即犯上「失其實而誤爲虛」的錯誤。「失其實」的「實」，即詩人「以虛爲實」的「實」。這一「實」字的涵義顯然與「人道生子，實也」的「實」完全不同。「誤爲虛」，說毛公把詩人編的故事說成是「虛構」的神話，這是錯誤的。毛公眞的錯了嗎？毛公錯了，亦即主張「人道生子」錯了，爲什麼一開始就說「夫人道生子，實也」的呢？這裡岑氏想以「虛」、「實」兩字定是非，可是說到後頭，此「虛」非彼「虛」，此「實」非彼「實」；以致自相混淆，令人有界說不明、理路不清之感；結果自然是「不知所云」了！

　　㈡「經生」與「詩人」之分際難以辨明：李耀潾先生在岑氏此文之後評議云：

　　　　岑氏所言極確。有「詩人之眞實」，有「經生之眞實」，辨明其間分際，四家詩說何以不同，可知矣。

這段話亦似有討論餘地，即詩人如以虛構的神話故事當信史來說，要人去信，人若不信，是基於理性的考慮，應該予以肯定，不能以「詩人之眞實」一句話，掩蓋其「虛妄」的本質。尤其岑氏這段話，有前後矛盾、理路不清的毛病，贊之爲「所言極確」，似亦有些過當。至於說「有經生之眞實」這句話，似已忘了申培、轅固、韓嬰、毛公都是「經生」，前三人主張「不經人道生子」，即是從詩人觀點來說的。可見「經生之眞實」不一定與「詩人之眞實」對立的。與「詩人之眞實」眞正對立的，惟有毛公一人。《毛傳》附會人事，爲世人所詬病。如《生民》開頭云：「姜姓，嫄名，有邰氏之女，帝嚳元妃，后稷母也。」《玄鳥》篇《毛傳》云：「玄鳥，鳦也。春分玄鳥降，湯之先祖有娀氏女簡狄配高辛氏帝，帝率與之祈于郊禖而生契，故本其爲天所命以玄鳥至而生焉。」可是高辛氏帝嚳在位七十年，傳帝摯。帝摯在位九年，傳帝堯。帝堯爲帝嚳之子，在位一百年，（註一一）禪位於帝舜。舜始命棄爲后稷之官，掌農事；命契爲司徒之官，掌教育。這時距帝嚳的晚年約有一百一二十年。可見后稷與契絕非帝嚳之子，《毛傳》這類人事編敍絕不可信。可是兩說相權，後儒仍多取《毛傳》而致三家式微者，不迷信說詩，似爲其原因之一。

　　㈢從孔子的治學態度來看：孔子是人本主義者。取《詩經》作教材，自以教育功能為依歸，《論語》載：「子不語怪、力、亂、神。」可見孔子面對學生時，不談怪誕、暴力、作亂、鬼神四方面的話。究其原因，暴力、作亂，足以破壞社會的安定，造成人民的痛苦。怪誕、鬼神足以迷惑人們的心志，忽視以人為本位的倫常觀念與理性思考。既然如此，可以想見孔子講解《生民》時，有可能不談「履神跡」的話，作出較為「理性」的解說。毛公作《詩傳》時，體會孔子的治學態度，自會信守孔子的教言，從「人道生子」上說，作成理性的敘述。則這一「經生之真實」，豈不愈於「詩人之真實」乎？

　　五、神話的本質與價值問題：趙沛霖先生《論詩經的神話學價值》一文（註一二）中有云：

　　　　上帝觀念與祖先觀念的疊合，直接導致了神話與歷史傳說的銜接和融合，進而透發了神話的歷史化。周人把鞏固自己統治的主觀要求說成天意的體現，目的在于證明自己統治的神聖性與合理性，其狹隘功利特徵非常明顯。

　　　　當然，這幾篇史詩（註一三）還只是使歷史與神話相銜接與融合，而不是把神話直接轉變為歷史，但是僅此已足以證明天地一氣、神人相通、神話與歷史互滲。按照周人的邏輯，既然神能參與和干涉人間事務，寫下了轟轟烈烈的歷史，那麼焉知荒誕離奇的往昔神話沒有事實的根據？

這兩段話的要點是：⑴在周人的史詩裏加入上帝的觀念，是將神話與歷史傳說融合在一起，造成神話的歷史化。⑵周人將自己的統治說成是天意的體現，旨在證明其統治的神聖性與合理性。⑶神話既可與歷史互滲，古代一些荒誕離奇的神話，焉知沒有歷史的根據？

　　讀文至此，筆者的感想是：

　　㈠「履帝武」的「帝」如訓為「天帝」，即是「神話」。所謂「神話」，辭書（註一四）上說：「以神格為中心的古代傳說也。亦即原始民族思想的產物。」由於姜嫄生后稷的歷史故事滲入「履帝武」的神話，這即是神話的歷史化。如以歷史人物為中心，不如說歷史的神話化。

㈡許多統治者的神話都是爲鞏固其統治權而編造出來的,不能相信在當時即已流傳這一神話。例如姜嫄生后稷遠在堯舜時代,相隔一千餘年,才有周武王的伐商稱帝。在這一千餘年中,没有文字可供記載,姬姓氏族一再遷徙流離,怎有可能產生像《生民》篇那樣共分八章,每章八句或十句的冗長史詩來呢?《詩序》云:「《生民》,尊祖也。后稷生於姜嫄,文武之功起於后稷。故推以配天焉。」「尊祖」、「配天」,是《生民》的主旨所在。是周人稱帝以後將其遠祖的歷史神話化而成的;自然不能當眞史來看。

㈢顧頡剛曾說:「古史是層累地造成的,發生的次序和排列的系統恰是一個反背。」(註一五)所謂「層累地造成的」,是指上古歷史人物故事,愈早所記愈少;愈晚所記愈多。歷史資料是這樣層層累積而成的。這是與眞實史料的保存隨著年代愈久愈少的情況正好是相反的。趙沛霖先生在《論詩經的神話學價值》中說:

> 至上神起源於祖先崇拜,是祖先神升華的結果。這一點可從甲骨文中得到證明。「帝」字最早見于殷商,殷人稱至上神爲帝。據郭沫若考證,殷人所說的「帝」、「上帝」,實際所指即高祖夒。帝夒又化爲帝俊、帝舜、帝嚳,實指一人。至於晚商稱死去的先王爲帝甲、帝乙等,則是其祖先意義的推衍。

這裡給了我們一個訊息,即在周人祖先崇拜的心態下,有可能將人帝與天帝混合著說的。其次,中國自商以前的上古史,傳聞異詞,可信性甚少。所謂「眞史」已不可信,周人尊祖以配天的神話故事還能信嗎?

所以,所謂「詩人的眞實」,原只是荒唐的神話。毛公有見於此,撇開不談,是基於理性的考量;我們應該予以肯定的。他在「帝」字的注釋裡,爲了要從人帝裡找對象,定爲高辛帝,這還是以爲詩文是可信的。如果我們認爲詩人言之鑿鑿者,都只是「尊祖」、「配天」下的「造神」活動而已,還有需要去問「履帝武」的「帝」是那一個人嗎?

陸、《魯詩故》與申公的關係探討

馬國翰《魯詩故‧序》云：「《魯詩故》三卷，漢申培撰。」此所謂「三卷」，係馬氏輯佚之卷次，非漢世所傳之二十卷本，該書傳至東晉，即已亡佚。（註一六）審究馬氏輯佚本，乃是截取各書屬《魯詩》系統者彙集而成的，是否出於申培之意？仍是一大問題。茲討論如下：

一、從所引資料觀之：《魯詩故》中所列舉詮釋《詩經》詞語章句一共五一〇則，其文詞就其出處而言，引自《楚辭》的一三九則，引自《列女傳》的一三八則，引自《說苑》的八一則，引自《新序》的二九則，引自《漢書》的四四則，引自蔡邕《獨斷》的二九則，蔡邕《石經》、《琴操》以及辭賦的四〇則，引自《史記》的二二則，引自《孝經》、《爾雅》的各一三則，引自《釋文》、《後漢書》的各八則。其他還有引自《禮記》、《周禮》、杜佑《通典》、《白虎通義》等書，由此可知：

㈠所謂《魯詩故》，原只是馬國翰蒐集各書有關《詩經》的詮註而成的。其中最多的是《楚辭》，其次是劉向與蔡邕的作品。尤其劉向《列女傳》，以人物故事說書，所佔篇幅最多。可是考其年代，劉向後申公二百年，蔡邕又後劉向二百年，其所言詩義會是申公的本意嗎？詩說師徒相授，傳承愈久，代次愈多，愈失其真。這是共同現象，《魯詩》豈能獨免？

㈡劉向好以歷史人物的故事說詩，連篇累牘，偏於詩旨的闡述。可是《漢書‧儒林傳》云：「申公獨以《詩經》為訓詁以教，亡傳，疑者則闕弗傳。」這裡的「訓詁」與「傳」對立而言，當是「訓詁」，偏於詞語的解釋；「傳」則偏於人事的敘述與詩旨的說明，僅為「訓詁」而「無傳」。如果真是這樣，則劉向之文不符申公作意，為其自我設想，不宜編列於《魯詩故》之中。作為該書的主要素材。

㈢申公說詩，一首詩或一個詞應只有一種說法，不可能有歧義現象。可是《魯詩故》說《關雎》，一說「周王一朝晏起，夫人不鳴璜」；一說「周之康王夫人晏出朝，《關雎》預見」。說《燕燕》，一說定姜送婦作；一說定姜為庶子獻公作。說《墓門》，一說解居父聘吳；一說解居父使宋。既見傳聞異詞，解說分歧，足證已非申公本意。

二、從詮釋問題觀之：《魯詩故》凡有所訓，其下均註出處。如開卷「關雎」一詞之下云：「周道缺，詩人本之衽席，《關雎》作。」以為《關雎》這首詩是詩人本之夫婦之道而作成的。這段話從那裡引來的呢？其下註云：「司

馬遷《史記・十二諸侯年表》。案《漢書・儒林傳》：『遷從孔安國問，安國為申公弟子，則《史記》所引述者皆《魯詩》也。』」以為作《史記》的司馬遷是孔安國的學生，孔安國又是申公的學生，以此推論，《史記》所載詩義即是申公的意思。

但是，《關雎》為什麼說是「周道缺」之詩呢？接著說：「后夫人雞鳴佩玉去君所；周康后不然，詩人歎而傷之。」以為以前的后夫人每天都在雞鳴時，即要去君王的寢室，服侍君王去上朝，可是康王之后卻不能這樣做，詩人因感傷才作《關雎》這首詩。這段話是誰說的呢？其下註云：「《漢書・杜欽傳》：『佩玉晏鳴，《關雎》歎之。』李奇注云云。臣瓚曰：『此事見《魯詩》。』」可是《漢書》無《杜欽傳》　所謂「佩玉晏鳴，《關雎》歎之」之文，更無稽矣！

在「關關雎鳩，在河之洲」之下，《魯詩故》云：

> 周之康王夫人晏出朝，關雎預見，思得淑女，以配君子，夫雎鳩之鳥猶尚見乘居而匹處也。

這段話說得比較詳細些，以為周康王夫人晏出朝，作《關雎》的詩人見微知著，才作《關雎》這首詩來表達「思得淑女，以配君子」之意。並藉雎鳩有「乘居而匹處」的美德來規勸康王與夫人。這話是誰說的呢？其下註云：「《列女傳》卷三。」可是《列女傳》不僅卷三無此文，全書亦無此文。

又在「窈窕淑女，君子好逑」下《魯詩故》云：「言賢女能為君子和好眾妾。」其一註云：「《列女傳》卷一。」按《列女傳》卷一有《湯妃有㜪》一文云：

> 有㜪，湯之妃也。統領九嬪，後宮有序，咸無妒媢逆理之人，卒致王功。君子謂妃明而有序。《詩》云：『窈窕淑女，君子好逑。』言賢女能為君子和好眾妾，其有㜪之謂也。

如憑此說，則詩中之「淑女」是「眾妾」，亦即「九嬪」，是后妃（賢女）為君子和好而得的。所以「窈窕淑女，君子好逑」在解讀時，必須加上一個幕後

人物，即是「后妃」。這一說法極為牽強，卻與《毛詩》同調。《毛傳》云：「言后妃有《關雎》之德，是幽閒貞專之善女宜為君子之好匹。」《孔疏》云：「幽閒之善女，謂三夫人九嬪。」可見他們都把「窈窕淑女」說成是「眾妾」。我們從《魯詩故》說《關雎》這幾段文字，可有如下幾個疑問：

　　㈠資料來源不一，時代亦有先後，說這些解說會是申公原來的意思嗎？

　　㈡所引據的資料，有些原書不載，究竟是出於虛構抑是今本已佚？

　　㈢《關雎》的時世與人事原無可考，而且原是一首賀婚的詩：《毛詩》說是美「后妃之德」的，《魯詩》說是刺「康后晏起」的，一美一刺，你能信誰？

　　㈣信今文詩說者，常以三家說詩重視詩文本義相自許，並以為比較可信。但如將《魯詩故》及其相關資料作深入探討，即會發現其附會情形實不亞於《毛詩》。主今文者可曾將有關詮釋之文仔細研讀過？

柒、結　論

　　一、從《漢書藝文志》所載申公說《詩》態度來看：《漢書‧藝文志》云：「申公獨以《詩經》為訓故以教，無傳，疑者則闕弗傳。」「訓故」，偏於文詞的解釋；「傳」則包涵詩旨的探討與人事的敘述。只作「訓故」而不作「傳」，即不會有如《列女傳》那樣的故事編敘。又《漢書‧藝文志》云：「漢興，魯申公為詩訓詁，而齊轅固，燕韓生皆為傳。或取《春秋》，采雜說，咸非其本義。與不得已，魯最近之。」這也是說明申公的說詩特點是在「訓詁」，不在作「傳」。《列女傳》的故事編敘正好是「取《春秋》，采雜說」而成的，足以反證《列女傳》的說詩的方式不符申公的本意。

　　二、從馬國翰所編的《魯詩故》來看：馬氏將後世如劉向《列女傳》、《說苑》、《新序》，蔡邕《獨斷》、《琴操》，以及《史記》、《後漢書》等有關《魯詩》的文詞湊集在一起，定名為《魯詩故》。其實這個《魯詩故》有異於申公原著。如劉向後申公二百年，蔡邕又後劉向二百年，年代愈久，愈失其真。馬氏僅作資料拼湊工作，並未下鑑別與整理功夫，以至出現不通、矛盾與錯誤等現象，其詮釋《詩經》的功能無從彰顯。

　　三、從「感天生子」的詩文作意來看：《生民》、《玄鳥》二詩，三家詩

主「感天生子」之說，本屬迷信，為毛公所不取。主今文者則以為詩人原意即是如此，按文求義，不能說有為無。況且「君權神授」為上古人類普遍存在的迷信思想，豈可抹殺？筆者則以為孔子是人本主義者，亦是理性主義者。孔子說詩不可能有此迷信思想。毛公主「有父生子」之說，即是從孔子這一思想來的。如作進一步探討，自古以來，統治者為了鞏固自己的地位，將君權與神權結合在一起，謂之「天命所歸」。其作法即是編造神話融入歷史，教人信從。如果你信以為真，就算中了他的計；如果你不信，視為一種「政治騙局」，當然不把他當真來看了。這即是《生民》的神話故事，詩人雖當真來寫，毛公卻不予採信的道理所在。

　　四、從三家皆亡，《毛詩》獨傳的現象來看：三家詩原是兩漢顯學：設學官，立博士，多為朝廷命官，非信《毛詩》者所能企及。鄭玄原習今文，後竟捨今文而為《毛詩》作《箋》，即已顯示《毛詩》的優越性。待《毛傳》、《鄭箋》傳世以後，即廣為流傳，相習成風，以致三家相繼亡佚。其間即有「優勝劣敗」的自然規律在。然而，《毛詩》勝了三家，不表示《毛詩》即是定說。自宋以後，疑之者眾，問題一一呈現。但如說貶抑了毛、鄭，三家之說得以復興，這卻不然。讀《魯詩故》後，使我相信古人在學術研究的大方向上，一直是選擇較優者向前推進的！

　　總之，《魯詩故》非申公所撰，亦非申公所授。後人闡釋或有所據，然而傳聞異詞，各逞臆說，難免失真。故該書詞語解說，尚多可取；詩人作意，則須存疑。

附註：

註一　《史記‧集解》徐廣曰：「胥靡，腐刑。」《漢書‧儒林‧申傳註》云：「師古曰：『胥靡，相係而作役。』」晉灼曰：「靡，隨也。古者相隨坐輕刑之名。」師古曰：「聯繫使相隨而服役之，故謂之胥靡，猶今之役囚徒，以鎖聯綴耳。晉說近之。」可見「胥靡」不是腐刑，是與其他囚犯相聯繫而服役的囚犯。

註二　見《孔孟月刊》第二十八卷第五期施炳華著《兩漢四家詩盛衰綜論》。

註三　以下所云《魯說》，係據王先謙《詩三家義集疏》所引者。

註四　《魯詩故》之文，大都引自《列女傳》、《新序》、《說苑》、《獨斷》、

　　《楚辭》等書。故雖稱《魯詩故》，其實申公原書已亡，爲馬國翰從各書輯佚而成的。

註五　邑姜係太子伋之母，其時已去世；該是「宣姜」之誤。

註六　呂祖謙所稱「張氏」，即是張載。

註七　呂祖謙所稱「蘇氏」，即是蘇轍。

註八　呂祖謙所稱「朱氏」，即是朱熹。

註九　朱熹此處所稱「鄭氏」，即是鄭玄。

註一〇　據林耀潾《西漢三家詩學研究》第三章《西漢魯詩學傳承表》載：「申公——徐公——王式（博士）——褚少孫（博士）。褚氏爲申公之後第三代傳人。

註一一　見《辭海》附錄《中外歷代大事年表》。

註一二　趙沛霖先生任職天津社會科學院。該文發表於《第二屆詩經國際學術研討會論文集》。

註一三　趙先生文中列舉《周南・漢廣》、《大雅・生民》、《公劉》、《緜》、《皇矣》、《大明》六首皆具神話色彩的詩。

註一四　參閱《辭海》「神話」一詞的解釋。

註一五　《古史辨》第一冊《自序》。

註一六　王先謙《三家詩義集疏・序例》云：「《魯詩故》二十卷。」又云：「終漢之世，三家並立學官，而魯學爲極盛焉，魏晉改代，屢經兵燹，學官失業。《齊詩》旣亡，《魯詩》不過江東，其學遂以寖微。」

《韓詩外傳》評介

壹、前言

漢初傳詩，今文三家——齊、魯、韓。韓是韓嬰，《漢書‧儒林傳》云：

> 韓嬰，燕人也。孝文帝時爲博士，景帝時至常山太傅。嬰推詩人之意作內外傳數萬言，其語頗與齊、魯間殊，然歸一也。淮南賁生受之。燕、趙間言詩由韓生。……武帝時，嬰常與董仲舒論於上前。其人精悍，處事分明，仲舒不能難也。後其孫商爲博士。孝宣時涿郡韓生，其後也，以《易》進，待詔殿中，曰：所受《易》，即先太傅所傳也。

可見韓嬰在文帝時即爲博士，歷事三朝，享有高壽。《漢書‧藝文志》云：

> 《韓故》三十六卷，《韓詩內傳》四卷，《韓詩外傳》六卷，《韓說》四十一卷。

其中《韓詩內傳》與《韓詩外傳》爲韓嬰所作，已載於《儒林傳》；可是《韓詩內傳》，《隋書‧經籍志》已不載。齊、魯二家的著作，早在魏晉之間相繼亡佚；三家詩說傳到今天的，就只有《韓詩外傳》這部書了。

今本《韓詩外傳》分爲十卷，共有三百零九章。書中只分卷次，並無章節，也無項目之名，僅將一篇篇短文湊在一起而已。它的行文方式，先說一個歷史故事，涵有某種儒家敎義，最後引《詩經》裡的章句作爲證明；或全採議論方式，用來闡釋某些詩文的含義；甚至還有不引詩文，逕自發表議論的。

《漢書·藝文志》云:「或取《春秋》,采雜說,咸非詩本義。」《韓詩外傳》正是這樣的一部書。

貳、韓嬰以前說《詩》的例子

《韓詩外傳》這一行文方式,如探討其淵源,可有下列四例:

一、《左傳》所載公卿大夫朝會宴享時賦詩「斷章取義」之例:

如《左傳》昭公十六年載:

> 鄭六卿餞宣子於郊,宣子曰:「二三君子請皆賦,起亦觀其志。」子齹賦《野有蔓草》,宣子曰:「孺子善哉!吾有望矣。」子產賦鄭之《羔裘》,宣子曰:「起不堪也!」子大叔賦《褰裳》,宣子曰:「起在此,敢勤子至於他人乎!……子游賦《風雨》;子旗賦《有女同車》;子柳賦《蘀兮》。宣子喜曰:「鄭其庶乎!」二三君子以君命貺起,賦不出鄭志,皆妮燕好也。……

韓宣子名「起」,是晉國大臣;當時晉強鄭弱,他聘問鄭國,鄭六卿宴請他,他想知道鄭人之志,請各人賦詩。鄭六卿相繼賦詩,所表達的志都是希望這位貴賓對鄭國有所幫助。但是不好直說,只好藉一些情詩來表達。比如子齹賦《野有蔓草》,取的是「邂逅相遇,適我願兮」,宣子領會對方有攀交情之意,就回覆說:「我有希望了!」子大叔賦《褰裳》,取的是「子不我思,豈無他人」,宣子聽了,就說:「我在這裡,怎會讓你去找別人呢?」子產賦《羔裘》,取的是「彼其之子,舍命不渝」、「彼其之子,邦之司直」、「彼其之子,邦之彥兮」。是讚美對方忠貞、正直、一國之棟樑;所以宣子答以「起不堪也」!意思是說:「我怎麼敢當呢?」

這是藉賦詩來達成外交目的的一種方法。所以古人說:「登高而賦,可以為大夫。」在朝會宴享、國賓禮聘時,大都有此作用。所以《左傳》襄公二十八年載盧蒲葵云:「賦詩斷章,余取所求焉」,「斷章取義」,遂成了說詩的一種方式。

二、孔子與其弟子說詩「觸類引申」之例:

如《論語‧學而》篇云：

> 子貢曰：「貧而無諂，富而無驕，如何？」子曰：「可也，未若貧而樂，富而好禮者也。」子貢曰：「詩云：『如切如磋，如琢如磨』，其斯之謂乎？」子曰：「賜也，始可與言詩已矣，告諸往而知來者！」

《論語‧八佾》篇云：

> 子夏問曰：「『巧笑倩兮，美目盼兮，素以為絢兮』。何謂也？」子曰：「繪事後素。」曰：「禮後乎？」子曰：「起予者商也，始可與言詩已矣！」

前一例是說人的行為好了還要更好。子貢將《衛風‧淇奧》篇的「如切如磋，如琢如磨」來說，即如治骨角，切好了再磋光；又如治玉石，雕琢成了再磨細。這是將人類的行為層次與工匠的作業層次聯類對比，產生更明白的說理效果。第二例是子夏問「素以為絢」的涵義，孔子答以「繪事後素」，意謂「畫面上先以素色為底，然後加上要畫的色彩」。這原是極平常的事，可是子夏立即觸類引申，答以「禮後乎？」亦即從人類的行為上說，要先有基本的修養，然後以禮為規範，才能成為文質彬彬的君子。像這樣的說詩工夫，是相當不容易的，所以孔子對子貢與子夏的答覆，表示十分讚賞。

三、孟子說理時引詩為證之例：

如《孟子‧梁惠王》上篇云：

> 孟子見梁惠王，王立於沼上，顧鴻雁麋鹿，曰：「賢者亦樂此乎？」孟子對曰：「賢者而後樂此，不賢者雖有此不樂也。《詩》云：『經始靈台，經之營之；庶民攻之，不日成之。』（註一）……古之人於民皆樂，故能樂之。」

同篇又載：

　　（齊宣）王曰：「寡人有疾，寡人好貨。」對曰：「昔者公劉好
貨，《詩》云：『乃積乃倉，乃裹餱糧。于橐于囊，思戢用光。……」
（註二）王如好貨，與百姓同之，於王何有？」

　　　王曰：「寡人有疾，寡人好色。」對曰：「昔者大王好色，愛厥
妃。《詩》云：「古公亶父，來朝走馬，率西水滸，至於岐下。爰及姜
女，聿來胥宇。』（註三）當是時也，內無怨女，外無曠夫。王如好
色，與百姓同之；於王何有？」

可見孟子為了要宣揚儒家教義，不管對方說什麼，他都要歸到主題上去，並且
適切地引述《詩經》裡的文句，作為佐證；好像時下的人引用權威人士的話來
證明自己的話是可信的那樣，讓對方易於信服。

　　孟子在《離婁》篇裡說：

　　　王者之迹熄而《詩》亡，《詩》亡然後《春秋》作。

　　這話已將《詩》與《春秋》說成是先後相承的兩部書。《春秋》除了記敘
史事以外，還涵有褒貶歷史人物的微言大義。這一觀點影響後世學者，說
《詩》要向深處求。

　　四、荀子為文「以詩證事」或「以事明詩」之例：
荀子文章中引《詩》的現象極為普遍，例如《勸學》篇云：

　　　行衢道者不至，事兩君者不容；目不能兩視而明，耳不能兩聽而
聰。……《詩》曰：「鳲鳩在桑，其子七兮。淑人君子，其儀一兮。其
儀一兮，心如結兮。」（註四）故君子結於一也。

又，《富國》篇云：

　　　人皆亂，我獨治。人皆危，我獨安，人皆失喪之，我按起而治之。
……《詩》曰：「淑人君子，其儀不忒；其儀不忒，正是四國。」（註
五）此之謂也。

又，《法行》篇云：

> 　子貢問於孔子曰：「君子之所以貴玉而賤珉（註六）者，何也？爲
> 夫玉之少而珉之多邪？」孔子曰：「惡！賜，是何言也？夫君子豈多而
> 賤之，少而貴之哉？夫玉者，君子之比德焉。溫潤而澤，仁也；栗而
> 理，知也；堅剛而不屈，義也；廉而不劌，行也；⋯⋯故雖有珉之雕
> 雕，不若玉之章章。《詩》曰：『言念君子，溫其如玉。』（註七）此
> 之謂也。」

以上前二例，是將自己的理念說清楚以後，再拿《詩經》的話作爲證明，這即
是「以詩證事」的作法。後一例是孔子說明玉之可貴，在於象徵君子仁、知、
義等多種美德。最後引《秦風・小戎》的「言念君子，溫其如玉」作結，這即
是「以事明詩」的作法。亦即爲了要多了解「溫其如玉」的涵義，才拿「君子
比德」這番話用來說明的。

　由此看來，在《韓詩外傳》之前，《左傳》、《論語》、《孟子》、《荀
子》說《詩》，多已脫離詮釋章句的範圍。漢世學者，自會有所取法，惟《韓
詩外傳》取法於孟、荀者多，其於詩文本義，則多所忽略。

參、《韓詩外傳》的引據與傳承

　《韓詩外傳》的文章，如考究其來歷，大都引自先秦典籍。賴炎元先生
《韓詩外傳考證》（註八）云：

> 　全書凡三百章，互見於諸書者，凡十之七八，其見於經部者：有
> 《尚書大傳》、《春秋左氏傳》、《春秋公羊傳》、《春秋穀梁傳》、
> 《春秋繁露》、《孟子》、《孝經》、《爾雅》、《禮緯含文嘉》。互
> 見於史部者：有《國語》、《戰國策》、《史記》、《漢書》、《列女
> 傳》、《高士傳》、《吳越春秋》。互見於子部者：有《管子》、《晏
> 子》、《老子》、《莊子》、《文子》、《荀子》、《尸子》、《韓非

子》、《呂氏春秋》、《鄧析子》、《新書》、《淮南子》、《新序》、《說苑》、《孔子家語》、《孔叢子》。……然其用《荀子》者最多，凡五十有八條。汪容甫云：「《韓詩》，荀卿子之別子。」

由此可見，《韓詩外傳》的文章大都是前有所引、後有所承的。當以韓嬰之世為分界，如成書於韓嬰之前的，有與《外傳》類似的文章，即有可能為韓嬰所引；如成書於韓嬰之後的，有與《外傳》類似的文章，即有可能引自《外傳》。茲舉例如下：

《外傳》卷第四載：

> 晏子聘魯，上堂則趨，授玉則跪，子貢怪之，問孔子曰：「晏子知禮乎？今者晏子來聘魯，上堂則趨，授玉則跪，何也？」孔子曰：「其有方矣，待其見我，我將問焉。」俄而，晏子至。孔子問之，晏子對曰：「夫上堂之禮，君行一，臣行二，今君行疾，臣不趨乎！今君之受幣也卑，臣敢不跪乎！」孔子曰：「善。禮中有禮，賜寡使也，何足以識禮也。」

《晏子春秋・內篇雜上》載：

> 晏子使魯，仲尼使門弟子往觀。子貢反，報曰：「孰謂晏子習于禮乎！夫禮曰：「登階不歷，堂上不趨，授玉不跪。今晏子皆反此，孰謂晏子習于禮者。」晏子既已有事於魯君，退見仲尼。仲尼曰：「夫禮登階不歷，堂上不趨，授玉不跪。夫子反此，禮乎？」晏子曰：「嬰聞，兩楹之間，君臣有位焉，君行其一，臣行其二，君子來遨，是以登階歷，堂上趨，以及位也。君授玉卑，故跪以下之。且吾聞之，大者不踰閑，小者出入可也。」晏子出，仲尼送之以賓客之禮，反與門弟子曰：「不法之禮，維晏子為能行之。」

可見《外傳》本章所敍，實本之《晏子春秋》，惟文字略有改易而已。

《外傳》卷第四載：

　　　天子不言多少，諸侯不言利害，大夫不言得喪，士不言通財貨、不爲賈道。故駟馬之家，不恃雞豚之息；伐冰之家，不圖牛羊之入；千乘之軍，不通貨財，冢卿不修幣施，大夫不爲場圃，委積之臣，不貪市井之利。是以貧窮者所懽，而孤寡有所措其手足也。⋯⋯

《荀子‧大略》篇載：

　　　故天子不言多少，諸侯不言利害，大夫不言得喪，士不通貨財，有國之君不息牛羊，錯質之臣不息雞豚，冢卿不修幣，大夫不爲場圃，從士以上皆羞利而不與民爭業，樂分施而恥積藏，然故民不困財，貧窶者有所竄其手。

兩文大同小異，可見《外傳》之文襲取《荀子》而成。《外傳》襲取《荀子》之文多至五十八條，以至汪容甫（中）在《荀卿子通論》中，有「《韓詩》，荀卿子之別子」之說。
　　《外傳》卷第三載：

　　　舜生於諸馮，遷於負夏，卒於鳴條，東夷之人也；文王生於岐周，卒於畢郢，西夷之人也；地之相去也，千有餘里，世之相後也，千有餘歲，然得志行於中國，若合符節。孔子曰：「先聖後聖，其揆一也。」

《孟子‧離婁》篇載：

　　　孟子曰：「舜生於諸馮，遷於負夏，卒於鳴條，東夷之人也；文王生於岐周，卒於畢郢，西夷之人也；地之相去千里，世之相後也，千有餘歲，得志行乎中國，若合符節。先聖後聖，其揆一也。」

兩文相同，只是「先聖後聖，其揆一也」，韓嬰改作是孔子說的話。
　　《外傳》中成篇抄襲前人的文章而不注出處的，不勝枚舉。這一作風影響

後人，視抄襲爲當然。看來都是好文章，其實都只是「天下文章一大抄」，使你搞不清楚這些文章到底是誰作的？例如：

《韓詩外傳》卷第四載：

　　客有見周公者，應之於門曰：「何以道旦也？」客曰：「在外則言外，在內則言內，入乎，將毋？」周公曰：「請入。」客曰：「立即言義，坐即言仁，坐乎，將毋？」周公曰：「請坐。」客曰：「疾言則翕翕，徐言則不聞，言乎，將毋？」周公：「唯唯，旦也喻。」明日，興師誅管蔡。故客善以不言之說，周公善聽不言之說。若周公可謂能聽言矣！故君子之告人也微，其救人之急也婉。

《呂氏春秋·審應覽精諭》載：

　　勝書說周公旦曰：「廷、小人眾，徐言則不聞，疾言則人知之，徐言乎？疾言乎？」周公旦曰：「徐言。」勝書曰：「有事於此，而精言之而不明。勿言之而不成，精言乎？勿言乎？」周公旦曰：「勿言。」故勝書能以不言說，而周公旦能以不言聽；此之謂不言之聽，不言之謀，不聞之事，殷雖惡周，不能疵也。

《說苑·指武》載：

　　齊人王滿生見周公，周公出見之。曰：「先生遠辱，何以教之？」王滿生曰：「言內事者於內，言外事者於外，言內事乎？言外事乎？」周公導入。王滿生曰：「敬從布席。」周公不導坐。王滿生曰：「言大事者坐，言小事者倚；今言大事乎？言小事乎？」周公導坐，王滿生坐。周公曰：「先生何以教之？」王滿生曰：「臣聞，聖人不言而知，非聖人者，雖言不知；今欲言乎？無言乎？」周公俛念，有頃不對。王滿生筆牘書之曰：「社稷且危，傅之以膺。」周公仰視見書曰：「唯唯，謹奉命矣。」明日誅管蔡。

以上三家所記，如以年代分，《呂氏春秋》在前，其次《外傳》，其次《說苑》。以內容分，《呂氏春秋》較簡，未提誅管蔡事，《外傳》始提「興師誅管蔡」，敍事較詳。《說苑》添枝加葉，使故事更為生動，且以「明日誅管蔡」作結，可見劉向依據《外傳》為文。至於訪客，《呂氏春秋》說是勝書，《說苑》說是王滿生，《外傳》則不提其姓名，僅以「客」稱之。像這樣的以周公為對象的人事編敍，顯然出於杜撰。試想，周公東征，為情勢所逼，必然經過長期的考慮才作決定的，豈僅得之於一人的暗示？尤其如「在內則言內，在外則言外」、「立則言義，坐則言仁」、「言大事則坐，言小事則倚」，看似有趣，實則淺薄無聊，平民尚且不可，豈可對聖智絕倫的周公？

《韓詩外傳》卷第二載：

> 原天命，治心術，理好惡，適情性，而治道畢矣。原天命，則不惑禍福；不惑禍福，則動靜修。治心術則不妄喜怒，不妄喜怒則賞罰不阿。理好惡則不貪無用，不貪無用則不害物性。適情性則不過欲，不過欲則養性知足。四者不求於外，不假於人，反諸己而存矣。

《淮南子・詮言訓》載：

> 原天命，治心術，理好憎，適性情，而治道通矣。原天命則不惑禍福；治心術則不妄喜怒，理好憎則不貪無用；適性情則欲不過節；不惑禍福則動靜循理；不妄喜怒則賞罰不阿；不貪無用則不欲害性；欲不過節則養性知足。凡此四者，弗求於外，弗假於人，反己而得矣。

《文子・符言》載：

> 《老子》曰：「原天命，治心術，理好憎，……」

以上三家文詞，《淮南子》與《文子》幾乎完全相同。《文子》經人考證是後人偽作的，可見這位偽作者當在淮南王劉安之後；他這篇文章是抄自《淮南子》的。劉安後於韓嬰，兩文同式而小異，可見《淮南子》此文資取於《外

傳》。這裡即有《外傳》被後人一再傳抄的實例。可是抄襲最多的,不是《淮南子》,而是《說苑》。如再進一步探討,也不是《說苑》,而是《韓詩外傳》。

肆、《韓詩外傳》優點舉述

　　三家詩在北宋以前循齊、魯、韓次序先後亡佚,至今不亡者只有《韓詩外傳》。如從「優勝劣敗」的歷史法則推之,《韓詩外傳》必然有其可取的地方。探討其原因,可歸納下列五端:

一、宏揚儒家教義,以「禮」說詩之例

(一)《外傳》卷三載:

> 傳曰:「魯有父子訟者,康子欲殺。」孔子曰:「未可殺也。夫民父子訟之為不義久矣,是則上失其道;上有道,是人亡矣。」訟者聞之,請無訟。「……《詩》曰:『人而無禮,胡不遄死!』為上無禮,則不免乎患;為下無禮,則不免乎刑;上下無禮,胡不遄死!」季康子避席再拜曰:「僕雖不敏,請承此語矣!」

這是引孔子的話來說明「禮」的重要性。「人而無禮,胡不遄死」,是《鄘風·相鼠》裡的句子。孔子藉以說明不論那種身分的人,如果無禮,都會有嚴重後果的。

(二)《外傳》卷四載:

> 禮者,治辯之極也,強國之本也,威行之道也,功名之統也。王公由之,所以一天下也;不由之,所以隕社稷也。是故堅甲利兵,不足以為武;高城深池,不足以為固;嚴令繁刑,不足以為威;由其道則行,不由其道則廢。……

本章旨在說明禮為治國之本;王公要以禮統治天下;不然,雖有堅甲利兵、高城深池、嚴令繁刑,均不足以安定其國家。但這章文詞大都引自《荀子·議兵

篇》。

㈢《外傳》卷四載：

> 君人者，以禮分施，均徧而不偏，臣以禮事君，忠順而不解？父寬
> 惠而有禮，子敬愛而致恭，兄慈愛而見友，弟敬詘而不慢，夫照臨而有
> 別，妻柔順而聽從。……此全道也；偏立則亂，具立則治。請問兼能之
> 奈何？曰審禮。昔者先王審理以惠天下，故德及天地，動無不當。……

本章將「禮」分施到各人各事上說，君、臣、父、子、兄、弟、夫、妻均須審
禮，表現於行為的，即是忠順、寬惠、恭敬、慈愛、柔順諸德目，是謂「全
道」。「偏立則亂」、「具立則治」；亦即要各種身分的人都能審禮而行，不
可偏廢，才能成其治平之道。

本章文詞亦多資取於《荀子・君道篇》。

《荀子・勸學篇》云：「學惡乎始？惡乎終？曰：其數則始乎誦經，終乎
讀禮。……禮者，法之大分、類之綱紀也。故學至乎禮而止矣，夫是之謂道德
之極。」韓嬰重禮的觀念，想必受荀子這些言論的影響。

此外，《外傳》中取忠、孝、仁、信、義、勇、廉諸德目為說的文章很
多，限於篇幅，不再舉述。

二、有正確的歷史觀，足以影響後學之例

㈠《外傳》卷五載：

> 昔者，禹以夏王，桀以夏亡；湯以殷興，紂以殷亡；故無常安之
> 國，宜治之民。得賢則昌，不肖則亡；自古及今，未有不然者也。……
> 故殷可以鑑於夏，而周可以鑑於殷。詩曰：「殷鑑不遠，在夏后之
> 世。」

此章以歷史興亡為鑑，取夏、商二朝為例，成為歷史演變的一個定律；雖非創
舉，亦足以詔示來世。

㈡《外傳》卷三載：

　　　夫五帝之前無傳人，非無聖人，久故也；五帝之中無傳政，非無善

　　政，久故也。虞夏有傳政，不如殷周之察也，非無善政，久故也。夫傳

　　者久則愈略，近則愈詳；略則舉大，詳則舉細。故愚者聞其大不知其

　　細，聞其細不知其大，是以久而差。

這是說歷史上年代愈久，所知愈少；年代愈近，所知愈多；不能說五帝之前無

聖人，五帝之中無善政。虞夏遠於殷周，所以殷周史事的記載詳於虞夏。

　　這是有正確歷史觀的一番話；但是這番話與《荀子・非相篇》的文詞大致

相同，也是韓嬰資取而得的。

三、文筆生動，堪稱小品典範之例

㈠《外傳》卷十載：

　　　齊景公遊於牛山之上，而北望齊曰：「美哉國乎！鬱鬱泰山（註一

　　〇），使古而無死者，則寡人將去此而何之？」俯而泣沾襟，國子高子

　　曰：「然，臣賴君之賜，疏食惡肉可得而食也，駑馬柴車可得而乘也，

　　且猶不欲死，況君乎！」俯泣。晏子曰：「樂哉！今日嬰之遊也，見怯

　　君一，而諫臣二；使古而無死者，則太公至今猶存，吾君方今將被簑笠

　　而立於畎畝之中，惟事之恤，何暇念死乎？」景公慙，而舉觴自罰，因

　　罰二臣。

此文簡潔生動，富有機趣，且具人生哲理。古人云：「諫有五，諷爲上。」於

此可見。雖然韓嬰之前，《晏子春秋・諫上》、《列子・力命》等均有類似記

敍，但人物與情節有異，文筆亦不如此文，以見其改寫之功力。

㈡《外傳》卷九載：

　　　孔子行，聞哭聲甚悲。孔子曰：「驅驅，前有賢者。」至則皋魚

　　也。被褐擁鎌，哭於道旁。孔子辟車，與之言曰：「子非有喪，何哭之

　　悲也？」皋魚曰：「吾失之三矣：少而學、游諸侯，以後吾親，失之一

　　也；高尚吾志，間吾事君，失之二也；與朋友厚而小絕之，失之三矣。

　　樹欲靜而風不止，子欲養而親不待也。往而不可得見者親也，吾請從此

辭矣。」立槁而死。孔子曰：「弟子誠之，足以識矣。」於是門人辭歸
而養親者，十有三人。

本章記孔子與皋魚對話之事，《孔子家語‧致思》、《說苑‧敬慎》中均有載，
惟不如《外傳》之簡練；且《外傳》在先。文中皋魚所敍三事，一爲事親，二
爲事君，三爲交友，均爲人倫大端。尤其「樹欲靜而風不止，子欲養而親不
待」二句，成爲千古孝思名言，可抵一部《孝經》讀。

（三）《外傳》卷四載：

> 齊桓公伐山戎，其道過燕，燕君送之出境。桓公問管仲曰：「諸侯
> 相送，固出境乎？」管仲曰：「非天子不出境。」桓公曰：「然畏而失
> 禮也。寡人不可使燕失禮。」乃割燕君所至之地以與燕。諸侯聞之，皆
> 朝於齊。

本章敍燕君送桓公出境，桓公知其出於畏懼而失禮，即將燕君所到的齊國土地
割讓給他，這是犧牲自己成全別人的高尚行爲，以致他國都來朝貢，願奉桓公
爲盟主。像這一類小品文，敍事說理互相融合，自有旨趣，在該書中隨處可
見，爲該書傳誦至今的一大原因。

四、所用詞語較優之例

（一）《外傳》卷二《中谷有蓷》「愒其泣矣，何嗟及矣」，其中「愒」字，
《毛詩》、《朱傳》均書爲「啜」。王先謙云：「啜，無泣義，《韓》『啜』
作『愒』者，《韓詩外傳》二引此詩作『愒其泣矣』。《眾經音義》四引《聲
類》：『愒，短氣也。』又十九引《字林》：『愒，憂也。』人憂則氣短而下
泣，明此詩當作愒。」

又，《說文》：「啜，嘗也。」啜無泣義，即使以借義說「啜」可通爲
「愒」，亦當視「愒」爲正字，《外傳》較優。

（二）《外傳》卷三《商頌‧長發》「率禮不越」，《毛詩》、《朱傳》均爲
「率履不越」；後人順《毛詩》將《外傳》的「禮」改爲「履」，亦爲「率履
不越」。按蔡邕《集胡公碑》、《說苑‧復恩》、《漢書‧宣帝紀、蕭望之傳》
均書「率禮不越」。可見三家詩皆作「禮」。《毛傳》：「履，禮也。」《釋

文》：「鄭讀履爲禮。」可見「履」與「禮」字義相通。三家詩用本字，《毛詩》用借字。「率禮不越」之「禮」既是本字，就不宜用借字的「履」了。

㈢《外傳》卷四載：

> 傳曰：「舜彈五絃之琴，以歌南風，而天下治。周平公酒不離於前，鐘石不解於懸，而宇內亦治。」

本章「周平公」是何許人？《韓詩外傳今註今譯》（註九）卷四註者云：「周代無周平公。《淮南子・詮言訓・泰族訓》作周公，亦不可信。」

　　茲查《竹書紀年》「成王十年」載：「王命周平公治東都。」註：「《書序》曰：『周公既没，命君陳分正東郊成周，作君陳。』」沈約按：「周平公，即君陳，周公之子，伯禽之弟。」《竹書紀年義證》云：「周平公者，文公（制陽按：周公在《竹書紀年》中稱周文公。）次子，平，謚也。」《韓詩外傳》曰：『周平公酒不離于前，鐘石不解于懸，而宇內亦治。』即此平公也。」由此可見周平公確有其人，這時周公尚在世。《紀年》載：「周文公出居于豐。」《義證》云：「周公制禮三年，典物大備，故退老于豐也。」亦即此時周公正告老隱退。次年（即成王十一年）《紀年》載：「周文公薨于豐。」可見《書序》說周平公治東都在其父周公死後，這也是不對的。《書序》「既没」二字，以爲當是「既老」之訛。

伍、《韓詩外傳》問題探討

一、《經》與《傳》相應問題

　　一般典籍的本文稱之爲《經》，詮釋本文的稱之爲《傳》。因此《傳》必依存於《經》；如果某一《傳》文不能適切地解說《經》文，或所言與《經》文全不相干，或雖稱之爲《傳》，而全篇不見《經》文，這則《傳》文就成爲問題。《韓詩外傳》即有這些問題。茲舉例如下：

　　㈠《外傳》卷一載：

> 傳曰：「不仁之至忽其親，不忠之至倍其君，不信之至欺其友。此

三者，聖王之所殺而不赦也。」詩曰：「人而無禮，不死何為！」

此章所敍為仁、忠、信三個德目，以為不仁、不忠、不信之至，會忽其親、背其君、欺其友。犯上這三種過錯的人，聖王會下令「殺無赦」的。但是這與「禮」何干？引《鄘風‧相鼠》「人而無禮，不死何為」來佐證，又能證明甚麼？

　　㈡《外傳》卷八載：

　　　齊莊公出獵，有螳螂舉足將搏其輪。問其御者：「此何虫也？」御曰：「此螳螂也。其為虫，知進而不知退，不量力而輕就敵。」莊公曰：「以為人，必為天下勇士矣。」於是回車避去，而勇士歸之。詩曰：「湯降不遲。」

此章敍螳螂之勇以喻戰士之勇。齊莊公回車之舉，只表示其勇可嘉而已。《商頌‧長發》的「湯降不遲」，《朱傳》云：「降，猶生也。遲，久也。湯之生也，應期而降，適當其時也。」這與前文談勇的故事又有甚麼關係？

　　㈢《外傳》卷二載：

　　　子賤治單父，彈鳴琴，身不下堂，而單父治。巫馬期以星出，以星入，日夜不處，以身親之，而單父亦治。巫馬期問於子賤，子賤曰：「我任人，子任力。任人者佚，任力者勞。」人謂子賤，……任其數而已。巫馬期則不然，……雖治，猶未至也。詩曰：「子有衣裳，弗曳弗妻；子有車馬，弗馳弗驅。」

此章敍宓子賤治單父，身不下堂，就把單父治理得很好。巫馬期治單父，終日忙碌，不得休息，單父也被他治理得很好。這是兩個人有無注重領導方法所產生的差異。《唐風‧山有樞》「子有衣裳，弗曳弗妻。子有車馬，弗馳弗驅。宛其死矣，他人是愉。」原是勸人及時行樂的話，與前文所敍宓子賤、巫馬期治單父的事如何相應？

　　觀察《韓詩外傳》全書，《經》、《傳》之間不相應者甚多，亦即《傳》

文不能詮釋詩義，失去作《傳》的用意。這是該書最成問題的地方。

二、所敍人物故事眞實性問題

㈠《外傳》卷九載；

> 孟子妻獨居，踞，孟子入戶視之，白其母曰：「婦無禮，請去
> 之。」母曰：「何也？」曰：「踞。」其母曰：「何知之？」孟子曰：
> 「我親見之。」母曰：「乃汝無禮也，非婦無禮。《禮》不云乎：『將
> 入門，問孰存；將上堂，聲必揚；將入戶，視必下。』不掩人不備也。
> 今汝往燕私之處，入戶不有聲，令人踞而視之，是汝之無禮也，非婦無
> 禮也。」於是孟子自責，不敢出婦。

此章所敍孟子出妻事，不合情理者三：(1)「踞」是臀部著席，兩腳盤屈在前，
形似畚箕，所以又稱「箕踞」。這種坐法佛家以爲正統。中國古人習於跪坐，
小腿後屈，臀部坐在小腿與足跟之間。這一坐姿難以持久，孟子妻在房中無人
時改變一下坐姿，實有所需；而且即使違禮，也是微不足道的，孟子怎會作出
如此嚴厲的處分？(2)儒家素重禮教，孟子既稱儒學大師，其母所言上堂入室應
有的禮貌，都是日常生活規範，孟子怎會不知？(3)孟子一生志在濟世，以仁義
相號召，處處從大處著眼，怎會做出於情不合、於禮無據的決定來？崔述《洙
泗考信餘錄》云：「孟子曰：『中也養不中，才也養不才。』然則於妻亦當如
是。若爲聖賢妻而必至於出，天下誰復爲聖賢妻者？此皆必無之事。」這是以
爲這個故事的眞實性是大有問題的。不然，孟子的爲人就大有可議了！

㈡《外傳》卷一載：

> 曾子仕於莒，得粟三秉，方是之時，曾子重其祿而輕其身。親沒之
> 後，齊迎以相，楚迎以令尹，晉迎以上卿，方是之時，曾子重其身而輕
> 其祿。……

又《外傳》卷七載：

> 曾子曰：「吾嘗仕齊爲吏，祿不過鐘釜，嘗猶欣欣而喜者，非以爲

多也，樂其逮親也。既沒之後，吾嘗南遊於楚，得尊官焉，堂高九仞，
榱題三圍，轉轂百乘，猶北向而泣者，非爲賤也，悲不逮養親也。
……」

上述二章敍曾子自陳親在時，雖官卑祿薄，亦自喜樂；親沒後，雖高官厚祿，
亦自哀泣。但所敍情事，令人質疑。崔述《洙泗考信餘錄》云：「余案：此特
因曾子以孝著，故言孝者必歸之耳。親存則不擇官而仕，親沒則富貴如浮雲，
此君子之常，況於曾子，其理固應如是，然其事則必無之事。曾子，孔門高
弟，如欲辭尊就卑，固自易易，不必於齊於莒；而齊迎以相，楚迎以令尹，晉
迎以上卿，乃戰國之風氣，春秋時固未有如是者。且楚僭王猾夏，曾子必不仕
楚；而堂高九仞，榱題三圍，轉轂百乘，亦非曾子之所爲也。」崔氏所言甚
是，惟「親沒則富貴如浮雲」，恐非人情之常。如以儒家敎義，親沒即應事
君，此爲人倫大端；惟「事君」當在本國，如遠仕齊、楚，但求利祿而已，雖
「堂高九仞，轉轂百乘」，形同戰國之策士，自無高義之可言，曾子豈竟熱衷
於此？

　　㈢《外傳》卷二載：

　　　　子夏讀《詩》已畢，夫子問曰：「爾亦何大於《詩》矣？」子夏對
　　曰：「《詩》之於事，昭昭乎若日月之明，燎燎乎若星辰之錯行，上有
　　堯舜之道，下有三王之義，弟子不敢忘。……」夫子造然變容，曰：
　　「嘻！吾子始可以言《詩》已矣。……」

此章記子夏讀《詩》的感言中，有「上有堯舜之道，下有三王之義」的話；然
考三百篇中從無言及堯舜之文。《尙書大傳》云：「子夏讀《書》畢，孔子問
曰：『吾子何爲於《書》？』子夏曰：『《書》之論事，昭昭若日月焉。……
上見堯舜之道，下見三王之義，可以忘死生矣。』孔子愀然變容曰：『子殆可
以言《書》矣！』……」《孔叢子・論書》亦有類似之文。可見孔子與子夏所
談的是《書》，不是《詩》；因爲《書經》裡記敍「堯舜之道，三王之義」，
子夏讀之，才會有「昭昭乎若日月之明」之感，《詩經》則無，可見韓嬰將
《書》說成《詩》，有張冠李戴之失。

　　我們審究《外傳》內容，許多故事都不是真實的。不論是抄襲前人的，或是自我編造的，似可列於《說部》，不宜列於《經部》。

三、過分強調儒家教義問題

㈠《外傳》卷五載：

> 　　子夏問曰：「《關雎》何以為《國風》始也？」孔子曰：「《關雎》至矣乎！夫《關雎》之人，仰則天，俯則地，……如神龍變化，斐斐文章。大哉！《關雎》之道也，萬物之所繫，群生之所懸命也，河洛出圖書，麟鳳翔乎郊，不由《關雎》之道，則《關雎》之事將奚由至矣哉！夫六經之策，皆歸論汲汲，蓋取之乎《關雎》，《關雎》之事大矣哉！馮馮翊翊，自東自西，自南自北，無思不服。子其勉強之，思服之，天地之間，生民之屬，王道之原，不外此矣。」子夏喟然歎曰：「大哉！《關雎》乃天地之基也。」

　　《關雎》的內容原是極其淺近明白的。孔子在《論語・八佾》裡說：「《關雎》，樂而不淫，哀而不傷。」說的原是很平實的話。《外傳》這篇文章，借孔子之口，大談《關雎》之義，舉凡天地萬物的演化，神龍麟鳳的騰翔，河圖洛書的出現，六經的著述，人倫的講求，王道的淵源，都包含在裡面。這即是過份強調儒家教義的一篇代表作。《關雎》裡的「窈窕淑女，君子好逑」，「求之不得，輾轉反側」，「琴瑟友之」，「鐘鼓樂之」，都是一望而知的人事敍述，《外傳》所敍無所不包的含義，與詩文完全對不上頭，還說這些話是孔子說的，豈不是冤枉了孔子。

㈡《外傳》卷一載：

> 　　申徒狄非其世，將自投於河。崔嘉聞而止之曰：「吾聞聖人仁士之於天地之間也，民之父母也。今為濡足之故，不救溺人，可乎？」申徒狄曰：「不然。桀殺關龍逢，紂殺王子比干，而亡天下。吳殺子胥，陳殺泄冶，而滅其國。故亡國殘家，非無聖賢也，不用故也。」遂抱石而沈於河。君子聞之，曰：「廉矣！如仁與？則吾未之見也。」詩曰：「天實為之，謂之何哉！」

本章的問題有四：㈠申徒狄爲什麼要自殺？是爲當時政治腐敗嗎？政治腐敗非己所爲，亦非己所能改，何須自殺？㈡爲自己有「聖智」之德，不被當政者重用之故嗎？這樣的自殺本身即與「聖智」之德相違背，有什麼值得稱許的？㈢至於君子以「廉」讚之，亦非所宜。「廉」重操守，申徒狄的自殺行爲與操守何干？㈣他的自殺完全出於自己不當的決定，豈可引用《邶風‧北門》「天實爲之，謂之何哉」作爲解說？難道曾受不可抗拒的外力所影響嗎？

㈢《外傳》卷九載：

> 田子方至魏，魏太子從車百乘而迎之郊，太子再拜謁田子方，田子方不下車。太子不說曰：「敢問何如則可以驕人矣？」田子方曰：「吾聞以天下驕人而亡者，有矣。（以一國驕人而亡者，有矣。）由此觀之，則貧賤可以驕人矣。夫志不得，則接履而適秦楚耳，安得而不貧賤乎？」於是太子再拜而後退，田子方遂不下車。

本章敍田子方以傲慢態度對待歡迎他的魏太子，並談惟有貧賤可以驕人，其實他的行爲乖張失禮，不值得標榜。自古以來，人皆厭棄貧賤，貧賤者憑什麼來驕人？

《外傳》中強調「貧賤」可以驕人的故事不少，這是誤解儒家「安貧樂道」的觀念所致。《論語‧學而》云：「子貢曰：『貧而無諂，富而無驕，何如？』子曰：『可也。未若貧而樂，富而好禮者也。』」孔子說的「貧而樂」，即是「安貧樂道」的意思。其所以安於貧賤的物質生活，是由於有充實的精神生活足以自樂的緣故。這與「貧賤可以驕人」的話，走的是完全不同的路子。又，《論語‧子罕》云：「子曰：『衣敝縕袍與衣狐貉者立，而不恥者，其由也與！』」語譯之，即「穿了破舊棉袍子和狐貉皮衣的人站在一起，不感到可恥的，大概只有仲由才能夠吧！」孔子這話明顯地表示貧賤的人見到富貴的人，都會感到自卑的，只有子路有特殊的修養，才不會介意。這是孔子觀察人性所得的通理。可見貧賤者「不恥」已很難得，「驕人」則匪夷所思矣！《外傳》卷九載戴晉生敝衣冠往見梁王，梁王願以祿位邀之，他卻大談自由的可貴，然後「辭而去，終不復往」。《外傳》卷一載鮑焦「衣敝膚見，挈

畚持蔬,遇子貢於道」,子貢問他何以如此窮陋?他則責怪執政者沒有重用
他,世人也不瞭解他。他終於站在洛水旁絕食而死。同卷載孔子的學生原憲窮
陋不堪,子貢乘肥馬衣輕裘來看他,問他何以致此?他則以反諷的口氣批評世
人,只知迎合世俗,親近小人;求學是爲了功名,敎人是爲了酬金,不行仁
義,卻講求車馬的修飾與衣服的華麗;這些事他是不屑爲的。子貢聽了,表現
出慚愧的臉色,沒有告辭就走了。

像這一類故事,把貧窮、不仕與淸高混在一起,對世人產生一種誤導,即
這些貧窮而不肯去做官的人,都是有道君子,他們的窮陋或自殺,都是高尙行
爲的表現,是值得欽敬的。但如以孔、孟的言行來看,這些都只是過分強調儒
家敎義下的不合情理的編敍,是不值得標榜的。

㈣《外傳》卷二載:

> 楚昭王有士曰石奢,其爲人也,公而好直,王使爲理。於是道有殺
> 人者,石奢追之,則父也。還返於廷,曰:「殺人者,臣之父也。以父
> 成政,非孝也;不行君法,非忠也;弛罪廢法,而伏其辜,臣之所守
> 也。」遂伏斧鑕,曰:「命在君。」君曰:「追而不及,庸有罪乎?子
> 其治事矣。」石奢曰:「不然,不私其父,非孝也;不行君法,非忠
> 也;以死罪生,不廉也。君欲赦之,上之惠也;臣不能失法,下之義
> 也。」遂不去斧鑕,刎頸而死乎廷。君子聞之曰:「貞夫法哉!石先生
> 乎!」孔子曰:「子爲父隱,父爲子隱,直在其中矣。」詩曰:「彼己
> 之子,邦之司直。」石先生之謂也。

此章敍石奢爲楚昭王的司法官,因其父殺人,如執法治父之罪,則不孝;如不
執法赦父之罪,則不忠。因此自請處死。昭王以爲他不該有罪,要他繼續任
職。他卻執意自殺,刎頸而死。《呂氏春秋》贊其「可謂忠且孝矣」;實則石
奢自刎之後,其父之罪仍在,昭王則失一良臣,有何忠、孝之可言?《外傳》
引孔子之言:「子爲父隱,父爲子隱,直在其中矣。」這原是從親情上說,以
爲父如有罪,應予隱瞞,這是親情所需,雖曲亦當是直。石奢的行爲與孔子這
兩句話正好是相反的,如何與所引的詩「彼己之子,邦之司直」放在一起說
呢?

　　《外傳》這則故事，旨在突顯一個人在忠孝不能兩全時，只好以身殉道了！其實石奢這樣作，於父於君，兩有虧欠。如昭王將此案轉給他人審理，依法定罪，不是可免石奢的困境了嗎？

　　㈤《外傳》卷二載：

> 　　晉文侯使李離爲大理，過聽殺人，自拘於廷，請死於君。君曰：「官有貴賤，罰有輕重，下吏有罪，非子之罪也。」李離對曰：「臣居官爲長，不與下吏讓位；受爵爲多，不與下吏分利。今過聽殺人，而下吏蒙其死，非所聞也。不受命。」……遂伏劍而死矣。君子聞之曰：「忠矣乎！詩曰：『彼君子兮，不素餐兮！』李先生之謂也。」

　　本章敍李離爲司法長官，因下屬誤判殺人，自請處分。晉文侯以爲旣是下屬誤判，他該無罪；即使有罪，也不至於死。李離則堅持己見，終於伏劍自刎而死。李離的行爲，《外傳》引「君子」之言：「忠矣乎！」他到底忠了誰？《外傳》還引《魏風·伐檀》「彼君子兮，不素餐兮！」來讚美他；一位官吏難道要做到將責任攬給自己，以自刎作爲表明心志，才算「不素餐」嗎？儒家所講的中庸之道是「無太過，無不及」；上面所舉的幾個例子，都是在過分強調儒家敎義下的矯情之作，是不值得重視的。

四、以怪異現象說詩問題

　　㈠《外傳》卷三載：

> 　　有殷之時，穀生於湯廷，三日而木拱。湯問伊尹曰：「何物也？」對曰：「穀樹也。」湯曰：「何爲而生於此？」伊尹曰：「穀之出澤，野物也，今生天子之庭，殆不吉也。」湯曰：「奈何？」伊尹曰：「臣聞妖者，禍之生也；祥者，福之先也。見妖而爲善，則禍不至；見祥而不爲善，則福不臻。」湯乃齋戒靜處，夙興夜寐，弔死問疾，赦過賑窮，七日而穀亡，妖孽不見，國家昌。詩曰：「畏天之威，于時保之。」

　　此章敍「穀生於庭」在商湯時；《尚書大傳》、《論衡》、《說苑》說是在武

丁時;《史記》說是在帝太戊時。《外傳》說是「三日而木拱」,《尚書大傳》說是「七日而大拱」,《呂氏春秋》、《史記》說是「一暮大拱」。像這些「傳聞異詞」的怪誕之說,自然不值得採信了。

㈡《外傳》卷二載:

> 傳曰:「國無道,則飄風厲疾,暴雨折木,陰陽錯氛,夏寒冬溫,春熱秋榮,日月無光,星辰錯行,民多疾病,國多不祥,群生不壽,而五穀不登。當成周之時,陰陽調,寒暑平,群生遂,萬物寧。」故曰:「其風治,其樂連,其驅馬舒,其民依依,其行遲遲,其意好好。」詩曰:「匪風發兮,匪車偈兮。顧瞻周道,中心怛兮。」

這是以為國無道,即會遭到天譴;一旦聖君賢相當政,天就會賜福予人。這是過分渲染「天人感應」之說,有違歷史事實,非儒家思想所當有的。

㈢《外傳》卷十載:

> 東海有勇士曰菑丘訢,以勇猛聞於天下。遇神淵曰飲馬,其僕曰:「飲馬於此者,馬必死。」曰:「以訢之言飲之。」其馬果沈。菑丘訢去朝服,拔劍而入,三日三夜,殺三蛟一龍而出。雷神隨而擊之,十日十夜,眇其左目。要離聞之,往見之,曰:「訢在乎?」曰:「送有喪者。」往見訢於墓,曰:「聞雷神擊子,十日十夜,眇子左目。夫天怨不旋日,人怨不旋踵。至今弗報,何也?」叱而去,墓上振憤者,不可勝數。要離歸,謂門人曰:「菑丘訢,天下之勇士也。今日我辱之人中,是其必來攻我。暮無閉門,寢無閉戶。」菑丘訢果夜來,拔劍往要離項曰:「子有死罪三:辱我以人中,死罪一也;暮不閉門,死罪二也;寢不閉戶,死罪三也。」要離曰:「子待我一言:(子有三不肖,昏暮)來謁,不肖一也;拔劍不刺,不肖二也;刃先辭後,不肖三也。能殺我者,是毒藥之死耳。」菑丘訢引劍而去曰:「嘻!所不若者,天下惟此子爾!」

本章所敘菑丘訢故事,前面說他在神淵中搏鬥三日三夜,殺了三蛟一龍,復與

雷神搏鬥十日十夜，結果只鬥瞎了一隻眼睛；所敍極其荒謬。後面說他爲了報
要離在墓上眾人面前言語之辱，去找要離，數其死罪，竟然將「暮不閉門」、
「寢不閉戶」，都說成是死罪的要件；要離則還之以三不肖，其內容竟然是
「昏暮來謁」、「拔劍不刺」、「刃先辭後」。此類文詞，淺薄之至，令人有
不入流之感。至於與《論語》所載「子不語怪力亂神」的話，則更相違背矣！

五、全書編輯方面的問題

　　詮釋《詩經》的書，其編輯方式，大都遵守兩個原則：一是以《詩經》爲
主，按三百篇的先後次序編列；一是以自己所擬的德目或綱領爲主，將同一德
目或綱領的文章編在一起，自成一個體系。古籍大都分成篇章，旨在便於讀
覽。如《論語》、《孟子》，將全書分成若干篇，每篇都有名稱，而且篇中分
成章節。《老子》只有五千字，亦分上下篇，上篇三十七章，下篇四十四章，
共計八十一章，章次分明，內容絕無重覆相混之處。一本書的內容如果是繁富
而多元的，爲了要使其系統化、條理化，即有需要分列大綱細目；大綱如卷與
篇，細目如章與節。一部高水準的著作，有如一個有機體的結構，不僅有豐富
的內容，篇章之間亦自有先後相承的關係，決不至於散漫到毫無章法可言的。

　　《韓詩外傳》共分十卷，各卷之內，不列章次，僅有一篇篇短文，亦無項
目。今日我們稱全書三百零九章者，原書並無章名，亦即這本書是由三百零九
短篇文彙集在一起而已。再說，既稱《詩》、《傳》，《傳》本因《詩》而
作。《詩經》的編排，十五《國風》、二《雅》、三《頌》，自有體系，作
《傳》者如能將所作的文章依次編列，亦可見其條理；分卷之意，或可由此見
得。可是按其內容，如首章引的是《召南‧小星》篇「夙夜在公，寔命不
同」；第三章引的是《周南‧漢廣》篇「南有喬木，不可休思。漢有游女，不
可求思」；第四章引的是《鄘風‧相鼠》篇「人而無儀，不死何爲？」卷一共
二十七章，《邶風》即佔了十五章；以全書而言，始於《召南‧小星》，終於
《大雅‧桑柔》，其間章次的編排，顯然未依《詩經》的次序作考量的。

　　再以引詩的情形來看，十五《國風》中《齊風》一章也沒有，《檜風》只
有一章，《王風》、《秦風》、《陳風》、《唐風》各四章，其他如《召南》
五章，《周南》七章，《魏風》八章，《鄭風》十章，最多的則是《鄘風》，
在它的十篇詩中，卻佔有二十三章。

　　再以《雅》、《頌》來看，《小雅》佔六十一章，《大雅》佔八十七章，

《周頌》二十七章，《魯頌》七章，《商頌》十六章。可見引詩最多的是《大雅》。

引詩的另一種現象，即是常集中在少數幾首詩上，如《大雅・桑柔》佔十二章，《大雅・抑》與《小雅・白華》佔十一章，《大雅・假樂》佔十章，《大雅・板》、《蕩》；《小雅・角弓》各有九章。至於引用最多的，要算《商頌・長發》，它佔了十三章。

由以上這些資料看來，可知：㈠韓嬰作文章，隨興而至，不是有系統地在做詮釋《詩經》的工作。㈡作者行文重心在於闡述儒家教義，《國風》的詩多屬抒情的民間歌謠，《二雅》的詩多屬政事的記敘，故取材輕《國風》而重《二雅》。㈢《長發》、《桑柔》、《抑》、《小雅・白華》等篇之所以引用十多章，是由於這些詩篇充作題材的文句較多的緣故；至於用得是否貼切，這是另一個問題了。尤其不可解的，是有《傳》無《經》的竟有二十八章。如果不是出於後人傳寫的疏漏，或文字的殘缺，則韓嬰作文時，似已忘記所為何事了！

六、所用詞語的妥當性問題

㈠《外傳》卷二「楚狂接輿躬耕以食」章，引《碩鼠》末章：「逝將去汝，適彼樂土，適彼樂土，爰得我所。」此章「汝」字，《毛詩》、《朱傳》均作「女」，《白虎通・諫爭》篇引「逝將去女」二句，亦作「女」；可見魯與毛同。如再予推求，《毛詩》中凡：「汝」字皆書作「女」未見有用「汝」字者。可見《外傳》的不當。

又《外傳》原文「適彼樂土」兩句重覆，《毛詩》將下句改為「樂土樂土」，即「逝將去女，適彼樂土。樂土樂土，爰得我所。」如此為文，較為變化而生動多矣！

㈡《外傳》卷二「崔杼弒莊公」章，引《鄭風・羔裘》：「羔裘如濡，恂直且侯、彼己之子，舍命不偷。」《毛詩》作「舍命不渝」。《毛傳》云：「渝，變也。」馬瑞辰曰：「渝，古音偷，偷即渝之假借；猶《山有樞》：『他人是偷』；《箋》讀為『渝』，皆謂雖至死而捨命亦不變耳。」

《毛詩》、《朱傳》中《山有樞》詩文，均書「他人是渝」，不取「偷」字。「偷」與「渝」音、形、義均有別。「渝」訓「變」，淺顯可知，何必捨「渝」取「偷」，再以「偷」假借「渝」義來說呢？

㈢《外傳》卷四載「古有八家爲井田」章，引《小雅・信南山》：「中田有廬，疆埸有瓜。」《呂覽・孟春紀》高誘註：「詩曰：『中田有廬，疆埸有瓜。』無休廢也。」《易林・小過之漸》；「中田有廬，疆埸有瓜。進獻皇祖，曾孫壽考。」以證《外傳》、《呂覽》、《易林》均書作「疆埸」。可是《毛詩》、《朱傳》均書作「疆場」。「場」，音易，田畔。「疆場」是「田界」，或稱「田埂」。其功用：分界、交通、種植兼而有之。

至於「疆場」，即是「戰場」。在「中田有廬」之下，自無可能將井田闢爲戰場來用的；以見《外傳》、《呂覽》、《易林》的非是。或以爲傳寫之誤，然觀三家一律，似非偶然，故有指正之必要。

由於《外傳》的行文重心，不在於詮釋文詞，所以在《外傳》中討論到文詞的地方甚少，出現問題的情形也相對地減少了。

七、詩教的價值觀問題

韓嬰所作的《外傳》，看來都是立意正大，功在教化，有益於世道人心的。但是重視詩教的結果，必然會對詩文本義有所忽略與曲解。說詩而不顧本義，不論說得如何精彩，總會令人有「捨本逐末」與「善而不眞」的感覺。

《外傳》行文的另一特色，即是以史說詩；亦即用歷史上知名人士的一些生動故事來闡釋詩文，像一個個寓言故事，使讀者很有興味地看下去，以收詩教上潛移默化的效果。這原是很好的方法，在《外傳》裡凡是歷史上的知名人物，上自堯舜禹湯文武周公，下至春秋戰國的君侯名臣，大都編列在其中。但說得最多的則是孔子，他一個人即佔了五十三章，這自然含有一份崇敬之意。其次是子貢、子路、子夏、顏淵、曾子、孟子。在諸侯方面，說得最多的依次是齊桓公、楚莊王以及名臣晏嬰、管仲。這即表示所編人事以儒家爲中心，旁及上古聖賢與春秋戰國時期的知名人物。說故事找歷史上大家所熟悉的人身上去說，自然較易產生感應的效果。問題是：㈠這些人物故事是眞的嗎？如果不是眞的，是出於人們杜撰的，即使含有很好的教義，也會予人以「矇騙」的感覺。㈡這些故事能夠適切地解釋所引的詩文嗎？如果不能，「詩教」的意義將如何落實？㈢這些故事是韓嬰第一個人說的，還是前人已經說過的？如果是前者，這是韓嬰的杜撰；因爲歷史人物的故事須有確切的依據，後人不應該輕易編造的。如果是後者，引用前人已有的文章作爲己有，不說明出處，這就有「掠美」與「抄襲」之嫌。不論前者或後者，在「詩教」的立場上看，都不算

是很好的示範。

林耀潾先生在「《韓詩外傳》說詩研究」（註一一）一文中說：

> 在韓嬰的心目中，歷史事例、《詩經》篇章都爲他的思想觀念所驅
> 使，吾人可以如此說：「歷史及《詩經》注《韓詩外傳》，不是《韓詩
> 外傳》注歷史及《詩經》。」歷史及《詩經》幾成韓嬰思想的注腳矣。
> 「詩」、「史」、「理」在《韓詩外傳》中，有如此神妙的結合。

林先生說是歷史及《詩經》注《韓詩外傳》，不是《韓詩外傳》注歷史及《詩
經》，這是很好的見解，這也正是《韓詩外傳》問題之所在。試想一想，有
《經》才有「傳」，「傳」是因疏解「經」義的需要才有的。「傳」中如配以
歷史故事，這些故事的唯一功能，即是幫助傳文達成詮釋經義的目的。一旦反
其道而行，說「經」也只是爲「傳」作註腳，「史」也只是爲「傳」作註腳，
這還稱之爲「傳」嗎？它早該篡位成爲「經」，而將「經」改稱爲「傳」了！
《外傳》混淆了撰述的方向，贊之爲「詩、史、理在《韓詩外傳》中，有如此
神妙的結合」。這「神妙」之義，恐怕只有在傳統詩教的理念下，無視於本身
的矛盾而自求其統一了！

再以「思想觀念」來說，韓嬰的「思想觀念」其實與毛公、申培公、轅固
生以及鄭康成、孔穎達等人的「思想觀念」是同源的──都是尊奉孔子、宣揚
儒家教義爲宗旨的。他們自然要教忠教孝，講信講義。他們說詩的方式，離不
開史事的編造與詩義的附會。我們如果有此認識，就不至迷失於《外傳》的故
事之中了，也不至於將《外傳》的故事當信史來看待了！

八、《外傳》中有無包涵《內傳》問題

楊樹達《漢書窺管藝文志》第十（註一二）中云：

> 愚謂《內傳》四卷實在今本《外傳》之中，《班志》《內傳》四
> 卷，《外傳》六卷，其合數恰與今本十卷相合。今本《外傳》第五卷首
> 章爲「子貢問曰：《關雎》何以爲《國風》始」云云，此實爲原本《外
> 傳》首卷之首章。蓋內外傳同是依經推演之詞，故後爲人所合併，而猶
> 存此痕跡耳。《隋志》有《外傳》十卷而無《內傳》，知其合併在隋以

前矣。近人輯《韓詩》者皆以訓詁之文爲《內傳》，意謂內外傳當有別：不知彼乃《韓故》之文，非《內傳》之文也。

楊氏主張《內傳》四卷未亡，今之《外傳》十卷中，前四卷即是《內傳》。理由是：㈠《漢志》載《內傳》四卷，《外傳》六卷，到了《隋志》，不載《內傳》，只載《外傳》十卷；《外傳》所多出的四卷，可以推知即是《內傳》。㈡今本《外傳》第五卷首章記子夏問孔子，何以《關雎》爲《國風》始？這原是《外傳》開卷之文，以證前四卷爲《內傳》。㈢有人主張訓詁之文屬《內傳》，表示內外傳當有別；不知訓詁之文已有《韓故》，不屬《內傳》。

徐復觀先生贊同此說，他在《韓詩外傳的研究》中云：

> 按《韓非子》之《內儲說》、《外儲說》，及《晏子春秋》之《內篇》、《外篇》，在性質與形式上並無分別。以意推之，或是先成的部份，稱之爲內，補寫的部份，便稱之爲外。所謂內外者，不過僅指寫成的先後次序而言，據《儒林傳》「嬰推詩人之意而作內外傳數萬言」的話加以推測，《韓詩》內外傳，在性質上完全相同。且就今日十卷的字數合計，約五萬字左右，也與「數萬言」者相合。……綜合的看，楊氏謂《內傳》在隋以前合併於《外傳》之中的說法，是可以成立的。

徐氏的意思是：㈠《韓非子》的《內儲說》、《外儲說》與《晏子春秋》的《內篇》、《外篇》，在性質與形式上並無分別，可見《韓詩》分《內傳》、《外傳》，亦只是作成的前後之分而已。㈡《儒林傳》說「嬰推詩人之意而作內外傳萬言」，可見《內傳》與《外傳》是同性質的。㈢從字數看，今本《外傳》十卷約五萬言，數字也是相合的。因此，徐氏以爲楊氏之說是「可以成立」的。

余崇生先生在《韓詩外傳之成立及其思想研究》（註一三）一文中，引《漢志》載：「《韓故》三十六卷，《韓內傳》四卷，《韓外傳》六卷、《韓說》四十一卷」；再引《隋書經籍志》載：「《韓詩》二十二卷、《韓詩翼要》十卷、《韓詩外傳》十卷」；及《舊唐書經籍志》、《新唐書‧經籍志》均與《隋志》所載相同，到了《宋史‧藝文志》裡，僅載《韓詩外傳》十卷，

其他均已亡佚。於是他說：

> 《韓詩外傳》當初成書之時，僅有六卷，而後來之所以成爲十卷本
> 的原因，很可能是後世之說詩者將《內傳》四卷併集附加於《外傳》之
> 後，於是而成了現在所見的十卷本。

以上三人說《外傳》中涵有《內傳》四卷，所說的理由似有偏執之嫌，茲辨析
如下：

　　㈠《漢志》既寫明《內傳》四卷，《外傳》六卷，《韓故》三十六卷，
《韓說》四十一卷，可見《內傳》與《外傳》原是兩部性質不同的書。徐氏拿
《韓非子》的《內儲說》、《外儲說》來比況，這是不適當的。《韓非子‧內
儲說》卷首云：

> 《儲說》者，謂彙集事例說明各種主術之理論，以備人主之用也。
> ……《儲說》一篇分爲內外，內篇又分上下，外篇分爲左右，左右復分
> 上下，內外左右上下，非有他義，以簡篇重多故耳，猶《老子》經分上
> 下，《莊子》篇分內外也。

這是說《儲說》原只是一篇，由於材料太多，所以加以細分，它的「內外左右
上下」，只等於細分下的編號而已。《韓詩外傳》則不然，在《內傳》四卷，
《外傳》六卷之外，尚有《韓故》三十六卷，《韓說》四十一卷。《韓故》、
《韓說》的卷數均超過內外傳的合計卷數三、四倍，它們都不曾作內外上下之
分，《韓傳》如果是同性質的，自無分爲內外的理由。楊、徐二人如從卷數上
求證，就該考慮同載於《漢志》的《韓故》、《韓說》的卷數問題。

　　㈡《漢志》所載韓嬰的《詩經》著作僅有內外傳，如果《內傳》即是今本
《外傳》的前四卷，也等於說韓嬰僅作一本《外傳》。《外傳》旨在說教，不
在說詩。憑著這樣的一本書，實不足以尊爲《詩經》博士與學派宗師。惟有
《內傳》對詩文作出精當的詮釋，有益於解讀，如《齊詩傳》、《毛詩傳》、
朱子《詩集傳》那樣，才能取用於學官，作爲傳授的教材，也才能授徒講學，
自成一個學派，而受到社會的重視。

㈢楊氏另舉今本《外傳》第五卷第一章載孔子談論《關雎》篇的含義，以為這即是《外傳》開卷之文，藉以推知前四卷即是《內傳》。這說法也是難以成立的。因為前四卷如果是《內傳》，《內傳》在前，《內傳》的第一篇才該載孔子談論《關雎》的文章才是，怎會取《召南‧小星》「夙夜在公，寔命不同」為其開卷之作呢？

㈣楊氏說《漢志》已列《韓故》三十六卷，可見《內傳》不屬於訓詁之文，以此反證《內傳》即同於《外傳》。這是不知訓詁之文多元而逐漸細密的緣故。漢世之所以有齊、魯、韓、毛四家詩，是由於各有詮釋的空間，不是說有了魯詩的訓詁，就不可能再有齊、韓、毛三家的訓詁，從一家來說，不是說有了《毛傳》，就不可能再有《鄭箋》與《孔氏正義》。同樣的，如果說韓嬰的《內傳》四卷是訓詁為主，他的後學認為內容太簡略，作了比較詳細的詮釋，就像《鄭箋》、《孔氏正義》那樣，愈說愈多，終於成為四十多卷的鉅著，這不是很有可能的嗎？

㈤《外傳》在《漢志》裡載為六卷，在《隋志》裡變為十卷，楊氏遂認定這十卷中含有《內傳》四卷。其實卷數是不足為憑的。試看今本《外傳》，毫無組織與系統之可言，卷與卷之間，不見前後銜接與區分的意義。如第一卷末章敘「邵伯在朝」事，第二卷首章則敘「楚莊王圍宋」事。第四卷末章敘「客見周公」事，第五卷首章則敘「孔子論《關雎》之義」事。第九卷末章敘「孔子過康子」事，第十卷首章則敘「齊桓公逐白鹿」事。而且全書末二章，前者敘「楚有士曰鳴申，治園以養父母」事，後者敘「太公望周公旦受封而見，太公問周公何以治魯」事。像這樣的編排與分卷，實無章法之可言。分卷多寡，實非出於韓嬰之意，全看後世編印者作業上的需要而定。當初的六卷，重印時，有可能予以調整，《隋志》改為十卷，只不過將六卷本改為十卷本而已，與《內傳》又有什麼相干呢？

㈥《玉函山房輯佚書》錄有《韓詩內傳》十六條，多屬釋詁之文。如《周南》「采采芣苢」，《內傳》云：「直曰車前，瞿曰芣苢。」「雜佩以贈之」，《內傳》云：「佩玉上有蔥衡，下有雙璜、衝牙、蠙珠，以納其間。」《小雅》「和鸞雍雍」，《內傳》云：「鸞在衡，和在軾前，升車則馬動，馬動則鸞鳴，鸞鳴則和應。」《大雅》「百堵是興」，《內傳》云：「堵四十尺，雉二百尺，以板長八尺，接五板而為堵；按五堵而為雉。」「鬱鬱炯

炯」，《內傳》云：「炯爲燒車傳火焰盛也。」以此類推，當知其與《外傳》的行文方式截然不同。

由此可見，說《外傳》前四卷即是《內傳》，其理由是不夠充分的。

九、各家論文思考方向問題

就學術思想的觀點而言，一部《韓詩外傳》，我們可以籠統地說是以儒家思想爲主體，旁及道家、陰陽家。如加以細分，可以說有教忠教孝，重禮尙義以及傾向陰陽、道家等文章。但如想以哲學的省思，用幾個概括性的用詞來統攝全書的內容，這恐怕有所不能，因爲《外傳》不是一部有系統的書。例如龔鵬程先生《論韓詩外傳》（註一四）中分爲「學的性質」、「傳的意義」、「順的倫理」、「養的哲學」四個子目來讀解《外傳》；徐復觀先生在《韓詩外傳的研究》中分「士的問題的突出」、「士節的強調」、「養親及君親之間的矛盾」、「婦女地位的被重視」四個子目；張靖遠先生《韓詩外傳與論語的關係》（註一五）中分爲「興與詩」、「立於禮」、「成於樂」三個子目；余崇生先生在《韓詩外傳之成立及其思想研究》中分「天人之際」、「爲人與治國之道」、「從爲士到爲聖人」三個子目來闡述《外傳》的要義。四人四種分法，重點全不相同。即此足以說明，各人所見都只是一鱗半爪而已。再如徐氏在「婦女地位的被重視」一節中，舉孟子出妻的故事，說這是「伸張母教」的重要資料；卻不知孟子因箕踞而出妻，正是婦女地位不被重視的一個典型的例子。徐氏要從「伸張母教」上說，卻忽略了孟子此一行爲的正當性與眞實性；如果是眞實的，會大大地貶抑了孟子的人格與形象；孟子還配爲儒學宗師與亞聖嗎？

思考方向的另一個問題，即是他們忘了《傳》與《經》的關係。《外傳》每章都引《詩經》的章句作結，這一模式値得探討的有：㈠旣稱爲《傳》，這些《傳》文應當以所引的《經》文爲旨歸，有那些是相應的？那些是不相應的？㈡《傳》文所敍歷史人物的故事，那些是可信的？那些是不可信的？㈢韓嬰所述的資料，那些是抄襲前人的？那些是自己杜撰的？㈣從正統的儒家思想上看，《外傳》所敍的，那些是合理的？那些是不合理的？㈤有《傳》無《經》的有二十八章，這又代表著什麼意義？惟有從這幾方面去探討，才能釐淸《經》《傳》之間的關係，掌握研究的要點，不至於使研究方向有所偏離。以此來看前述幾位先生的論文，對他們從不懷疑《外傳》，只談其中所含的某

些教義。這些視《傳》如《經》的詮釋態度，僅在「教義」裡打轉，在研究方向上說，明顯地有所偏離，這是筆者以為有所不足的。

陸、結論

一、從文藝觀點上看，《外傳》多精美之文，敘事說理，生動洗練，堪稱上乘之作。該書能傳世久遠，此當是主因之一。

二、宏揚詩教，為《外傳》行文主旨。三家詩說相繼亡佚，《外傳》至今獨存，其另一個原因，即在於內涵儒家教義：教忠教孝，尊崇孔孟，有益於世道人心，受歷代儒者所重視；尤其，有益於治道，受歷代當政者所重視。

三、從詩教的價值來看，所陳詩教的言詞如能符合詩文本義，當然是有價值的；但如不合詩文本義，或人物故事出於杜撰，或過分強調儒家教義，都會予人以「善而不真」或「浮而不實」的感覺，其價值自然是不高的。

四、《經》與《傳》原屬主從關係，《經》義不明，藉《傳》闡釋。證之於《毛傳》、《朱傳》，莫不如此。《韓詩外傳》則常與所引詩文並不相應；即使有些相應，不是作《傳》以明《詩》，而是引《詩》以證《傳》。這是主從顛倒、反客為主的作法，所以想從《外傳》探討詩文本義，是不可能的。這是《外傳》最大的缺失。

五、《外傳》之文，考其來歷，大都引自先秦典籍；或全篇抄錄，或略有刪改，或採錄一部份，自己加上一部份，全章自作的只有十之二三。抄錄而不言出處，即有「掠美」之嫌；自作如屬於古人古事，即有「杜撰」之過。世人討論《外傳》，忽略文章的來歷與人事的真偽，雖有高義，卻不免有誤解與高估之嫌。

六、近世有些學者主張《內傳》未亡，即是今本《外傳》的前四卷。以為「內外」等於「上下」，只是「先後」之別，內容上並無差異。但如從《漢志》、《隋志》所載，韓嬰的學術地位，以及《外傳》不具詮釋功能，《玉函山房輯佚書》所錄《內傳》十六條等資料來考察，足以證明《內傳》有別於《外傳》。亦即今本《外傳》的前四卷，絕無可能是《內傳》。

總之，《韓詩外傳》之所以流傳至今，主要是涵有儒家教義；《韓詩外傳》之所以成為問題，主要也是儒家教養。強調了儒家教義，卻遠離了詩文本

義。對儒家敎義應如何對待？該是讀《韓詩外傳》，以及讀歷代《詩經》名著者首先要弄淸的一個課題。

附註：

註一　《大雅‧靈臺》首章。

註二　《大雅‧公劉》首章。

註三　《大雅‧綿》第三章。

註四　《曹風‧鳲鳩》首章。

註五　《曹風‧鳲鳩》第三章。

註六　珉，石之似玉者。

註七　《秦風‧小戎》首章。

註八　賴炎元先生博士論文，臺灣師範大學國文研究所叢書第一種。民國七十二年七月初版。

註九　賴炎元著譯，國立編譯館《中華叢書》編審委員會主編，臺灣商務印書館發行。

註一〇　泰山不在齊國，齊景公不可能遊泰山。《太平御覽》卷一六。引作「蔥蔥」。

註一一　《孔孟學報》第五十八期。

註一二　徐復觀《中國經學史的基礎》頁一四五。學生書局出版。

註一三　《中華文化復興月刊》第十七卷第六期。

註一四　《漢代文學與思想學術研討會論文集》。

註一五　《中華文化復興月刊》第二十卷九期。

（原載於《孔孟學報》第七十三期，民國八十六年三月）

蘇轍《詩集傳》評介

壹、前言

　　蘇轍，字子由，四川眉山人。生於宋仁宗寶元二年（一〇三九）二月十二日，卒於徽宗政和二年（一一一二）十月三日，享年七十四歲。蘇氏稟賦聰穎，勤奮向學，年十九，與比他長兩歲的哥哥蘇軾同登進士第，又同策制舉。宋仁宗時授商州推官，後改大名推官。神宗時又爲河南推官等職。哲宗立，曾代軾爲翰林學士，出使契丹，還爲御史中丞，又拜尚書右丞等職。後以進奏御試策題，引哲宗不悅，落職知徐州，遂一再貶官爲化州別駕，雷州安置。徽宗繼位，又徙永州，已而復大中大夫。崇寧中，蔡京當國，又降朝請大夫，罷祠，居許州，再復大中大夫，致仕。築室於潁昌，號潁濱遺老。自此杜門深居，謝絕賓客，絕口不談時事，以賦詩著述爲樂。《宋史》本傳云：

> 轍性沈靜簡潔，爲文汪洋澹泊，似其爲人，不愿人知之，而秀傑之氣終不可掩；其高處殆與兄相迫。所著《詩傳》、《春秋傳》、《古史》、《老子解》、《欒城文集》等並行於世。

　　轍以文章名世，居唐宋八大家之一，其學術著作世人知之者少，幾被文名所掩。即以所著《詩集傳》一書而言，作於朱熹《詩集傳》之前，有不少創見，朱《傳》中多所引據。該書計分二十卷，十餘萬言。其體例：各卷卷首先有一段解說，如立名之意，作成時世，所處地域，十五《國風》孔子編次的用意所在等。其次，每篇詩文先說詩旨，然後分章闡釋其詞語之義。其間對《毛詩序》首句以下的文詞多所批駁，爲蘇氏用心之所在，亦是該書價值之所在。

　　至於《詩集傳》的著作年代，在其自撰《潁濱遺老傳》中有云：

　　　　子瞻以詩得罪，轍從坐，謫監筠州鹽酒稅。五年不得調。平生好讀
　　《詩》、《春秋》；病先儒多失其指，欲更之傳。……

又云：

　　　　凡居筠、雷、循七年，居許六年，杜門復理舊學，於是《詩》、
　　《春秋傳》、《老子解》、《古史》四書皆成。嘗撫卷而歎，自謂得聖
　　賢之遺意，繕書而藏之，顧謂諸子：「今世已矣，後有達者，必有取
　　焉。」

據此可知該書寫作年代應在蘇氏居筠州、雷州、循州七年以及居許州六年的這
段時間裡。可是在蘇氏去世後，其孫蘇籀作《欒城遺言》，有云：

　　　　公年十六，爲夏、商、周《論》，今見於《古史》。年二十作《詩
　　傳》。（頁二）
　　　　公解《詩》時，年未二十，初出《魚藻》、《兔罝》等說，曾祖編
　　札，以爲先儒所未喻。（頁九）

又蘇氏在《再題老子解後》有云：

　　　　予苦南遷海康，與子瞻邂逅於藤州，相從十餘日，語及平生舊學。
　　子瞻謂予：「子所作《詩傳》、《春秋傳》、《古史》三書，皆古人所
　　未至；惟解《老子》，差若不及。」予至海康，閒居無事，凡所謂書，
　　多所更定；及再錄《老子》書以寄子瞻。……然予自居潁川，十年之
　　間，于此四書，復多所刪改；以爲聖人之言，非一讀所能了，故每有所
　　得，不敢以前說爲定。今日以益老，自以爲足矣。欲復質之子瞻而不可
　　得，言及於此，涕泗而已！

由這些資料看來，蘇氏《詩集傳》的寫作年代，可上溯至二十歲，下及於隱居

穎昌的晚年時代。但其主要研究與著作時間，當在中年謫居筠、雷、循七年及居許六年（註一）。

　　前面在《穎濱遺老傳》中提及「子瞻以詩得罪」的話，這究竟是怎麼一回事呢？金國永著《蘇轍》一書（註二）中有云：

　　　　蘇軾赴湖州僅五月，御史李定、舒亶等人便摭拾某謝表中「知其愚不適時，難以追陪新進；察其老不生事，或能牧養小民」等語，並媒孽其所作詩為訕謗，逮捕獄臺，欲置之死。這便是有名的「烏臺詩案」。其實當時臣僚們或以表上書疏直言，或以詩歌托事以諷，目標對準那些喜歡「生事」的「新進」者比比皆是，何止蘇軾一人？⋯⋯

這是元豐二年（一〇七九）發生的事。元豐是宋神宗晚年的年號。神宗登位時（一〇六八），以熙寧為年號，即由王安石執政，行均輸、青苗等法，繼又行保甲、募役、市易、保馬、方田均稅等法，雖有振興之意，然任用小人，成為苛政，以致怨聲載道，引起望重士林的司馬光、韓琦、歐陽修、蘇氏兄弟等人的反對，遂成新舊黨之爭。兩派的政治地位常隨帝、后的好惡而升降。不幸的是，神宗、哲宗、徽宗都是喜歡佞臣的昏庸之輩。以蘇氏兄弟的仕途來看，最得意的時期是在哲宗元祐元年至七年（一〇八六～一〇九二），哲宗年幼，高太后主政，排斥新黨，起用舊黨，任司馬光為相；朝廷氣象一新。蘇轍自朝官最低爵次的秘書省校書郎擢為頗有權勢的言官右司諫，不逾年而兩擢為草擬朝廷詔敕的中書舍人，又一年，改戶部侍郎，再改翰林學士，知制誥；遷吏部尚書，改御史中丞，當上了威風凜凜的執法官。前後僅五年就再擢為尚書右丞，進入宰輔的執政官行列。數月後進而除門下侍郎，與宰相呂大防、劉摯（不久劉摯罷，范純仁入相）鼎足而三，成為朝廷的棟樑，高太后的左右手。他的兄長蘇軾這時也由知杭州調回，任吏部尚書，爵位卻在蘇轍之下，屬蘇轍管轄。朝廷以為不便，改為翰林學士承旨。可是好景不常，高太后聽政七年去世，哲宗親政（其時尚未成年，約十七、八歲），以章惇為相，復行新法，將高太后所重用的大臣相繼罷黜，並廣為株連，朝政從此不可收拾。

　　蘇氏兄弟都曾做過哲宗的老師，可是哲宗善惡不分，黑白顛倒，一味對太后聽政時冷落過他的大臣進行報復。自從起用蔡確、章惇等鼠輩以後，不久蘇

轍便接到降三官改知袁州的告制。行至彭澤縣界，又被告降授試少府監，分司南京，筠州居住，成為被編管的罪人。從此以後，蘇氏七年南流，受盡迫害流離之苦。哲宗在位十五年而卒，徽宗繼位，蔡京為相，作風依舊，奸佞當道，蘇氏兄弟視為罪臣，不復起用。蘇轍遷居穎川後，遂函邀乃兄遷來同住。蘇軾果應約溯汴河北行，但由於多年受貶謫流離的折磨，加上長途跋涉之苦，途中染疾，終於客死常州。繫念朝夕的蘇氏兄弟，竟不曾有再見一面的機會。

我們讀了蘇轍的平生事略，自然會對帝王專制制度表示極端的厭棄。蘇氏兄弟在仕途上的大起大落，都是不太正常的。但可以見得的，一是蘇轍立身正直，有心為國，為朝官時凡所呈奏，均以朝廷興利除弊為念，絕無一己之私，這與蔡確、章惇、蔡京等人的品德截然不同，所以我們絕不能以「黨爭」之名置之勿論。二是最難能可貴的，他始終保有讀書人的氣質。尤其他的幾部書都是在南流與隱居時寫成的。生死可以不問，文章不能不寫；就憑這一點，足以作為後世讀書人的典範了！

貳、內容簡介

一、對《周南》、《召南》的看法
蘇氏開卷即云：

> 文王之風，謂之《周南》、《召南》，何也？文王之治周也，所以為其國者，屬之周公；所以交於諸侯者，屬於召公。《詩》曰：「昔先王受命，有如召公，日辟國百里。」言其治外也。故凡詩言周之內治，由內而及外者，謂之周公之詩；其言諸侯被周之澤，而漸於善者，謂之召公之詩。其風皆出於文王，而有內外之異；內得之深，外得之淺，故《召南》之詩不如《周南》之深。《周南》稱后妃，而《召南》稱夫人。……夫文王受命稱王，則大姒固稱后妃，而諸侯之妻，固稱夫人。周公在內，近於文王，雖有德而不見，則其詩不作；召公在外，遠於文王，功業明著，則詩作於下，此理之最明者也。然則謂之周、召者，蓋因其職而名之也。謂之南者，文王在西，而化行於南方，以其及之者言之也。……《毛詩》之《敘》曰：「《關雎》、《麟趾》之化，王者之

風，故繫之周公。《鵲巢》、《騶虞》之德，諸侯之風也，先王之所以教，故繫之召公。」然則二南皆出於先王，其深淺厚薄，二公無與，而強以名之，可乎？

蘇氏以為《周南》、《召南》的詩與文王、周公、召公有關，分別言之，以為文王受命稱王，其詩皆受其化。其所以有二南之別者，乃是行政上分屬周、召二公的緣故；謂之「周」、「召」者，蓋因其職稱；謂之「南」者，蓋因文王在西，化行南方的緣故。至於《毛詩序》以王者之風屬周公，以諸侯之風屬召公。既說「先王之所以教」，則二南皆出於先王之化，與二公無關，又何須強為之名呢？

二、對《風》、《雅》、《頌》的看法

蘇氏在《國風》之下云：

> 孔子編詩，列十五國先後之次，二南之為首，正風也；邶鄘衛王鄭齊魏唐之相次，亡之先後也。秦之列於八國之後，後是八國而亡也。陳之後秦，將亡之國也。檜曹之後陳，已亡之國也。豳之列於十四國之後，非十四國之類也。嘗試考其世次，而論其亡之先後，後亡者詩之所先，而先亡者詩之所後也。……

這是以為：㈠《詩經》是由孔子編定的。㈡孔子編列十五《國風》的次序有一定的原則，即《二南》是正風，所以編在最前頭，其餘十二國則是以亡國先後而定，即先亡者排在後頭，後亡者排在前頭。㈢《豳風》之所以殿後，這是與十四國的詩不是同類的緣故。

> 豳之非十四國之類何也？此周公與周大夫之所作也；蓋以為豳耳，非豳人之詩也。非豳人之詩而言豳之風，故繫之豳；雖繫之豳，而非豳人之詩，故不列於諸國，而處之其下，此風之特異者也。以其特異而別之，亦理之當然也。……

這是將《豳風》與其他十四國的詩不同類加以說明，理由是豳詩的作者是周公

與周大夫;亦即《豳風》雖以豳爲名,卻不是豳人作的詩,這是一種特異現象,所以將它置於十四國之後。

以上蘇氏所論,僅對《國風》的編次提出他的看法。以下討論《二雅》。蘇氏在《鹿鳴之什》下云:

> 《小雅》之所以爲小,《大雅》之所以爲大,何也?《小雅》言政事之得失,《大雅》言道德之存亡。政事雖大,形也;道德雖小,不可以形盡也。蓋其所謂小者,謂其可得而知,量盡於所知而無餘也。其所謂大者,謂其不可得而知,沛然其無涯者也。故雖爵命諸侯,征伐四國,事之大者,而在《小雅》;《行葦》言燕兄弟耆老,《靈臺》言麋鹿魚鱉,《蕩》刺飲酒呼號,《韓奕》歌韓侯取妻,皆事之小者,而在《大雅》。夫政之得失利害,止於其事;而道德之存亡,所指雖小,而其所及者大矣。《毛詩》之《敍》曰:「《雅》者,政也;政有大小,故有《小雅》焉,有《大雅》焉。」以《二雅》爲皆政也,而有小大之異,蓋未之思歟?

這是以爲《雅》分大小,在於政事與道德的不同。《小雅》言政事之得失,是有形的,故雖大實小。《大雅》言道德的存亡,是無形的,故雖小實大。《毛詩序》訓「雅」爲「政」,以政事的大小說《二雅》,蘇氏以爲是不適當的。

至於《頌》,蘇氏在《魯頌·駉》下云:

> 魯以諸侯而作《頌》,世或非之;余以爲不然,詩有天子之《風》,有諸侯之《風》;有天子之《頌》,有諸侯之《頌》。二者無在而不可。……是以文武之詩始於《二南》,而繼之以《二雅》。……《頌》之爲詩,本於其德而已。故天子有德於天下,則天下頌之;諸侯有德於其國,則國人頌之。商、周之《頌》,天下之頌也;魯人之《頌》,其國之頌也。故頌之爲詩,無所不在也。……然古之說詩者則不然,曰:「一國之事繫一人之本,謂之風;言天下之事,形四方之風,謂之雅。」……然則《風》之作本於諸侯,《雅》、《頌》之作本於天子。及其考之於詩而不然;於是從而爲之說,曰:「《二南》之爲

《風》，文王之未王也。《黍離》之爲《風》，大師之自黜也。魯之爲《頌》，諸侯之僭也。及其考之於樂而不然，於是又從而爲之説，曰：「天子之樂之歌《風》，下就也；諸侯之樂之歌《雅》，上取也。既爲一説而不合，又爲一説以救之。要將以尊天子而黜諸侯，是以學者疑之。今將折之，莫若反而求其爲《風》爲《雅》之實。曰：「《風》，言其風格之實也。《頌》，頌其德；頌之實也。」豈有天子而無俗，諸侯而無德哉？……

蘇氏以爲：㈠《風》有天子之《風》與諸侯之《風》；《頌》亦如此。㈡《頌》本其德，天子有德於天下，諸侯有德於其國。故商、周之《頌》，天下之《頌》，魯人之《頌》，其國之頌。㈢《毛詩序》所謂「一國之事繫一人之本，謂之《風》；言天下之事，形四方之風，謂之《雅》」，以及其他如《二南》、《黍離》之爲《風》與魯之爲《頌》等詮釋，考之詩與樂，均不相符合。㈣按實而言，即《風》言風俗之實，《頌》言道德之實。

三、對《毛詩序》的看法

蘇氏在《關雎》篇《詩序》「《關雎》，后妃之德也」之下云：

孔子之敍《書》也，舉其所爲作《書》之故，其贊《易》也，發其可以推《易》之端，未嘗詳言之也。非不能詳，以爲詳之則隘，是以常舉其略，以待學者自推之。今《毛詩》之《敍》，何其詳之甚也？世傳以爲出於子夏，予竊疑之。……孔子刪詩而取三百篇，今其亡者六焉，詩之《敍》未嘗詳也。詩之亡者，經師不得見矣，雖欲詳之而無由。其存者將以解之，故從而附益之，以信其説，是以其言時有反覆煩重，類非一人之詞者；凡此皆毛氏之學，而衛宏之所集錄也。《東漢・儒林傳》曰：「衛宏從謝曼卿受學，作《毛詩敍》，善得《風》《雅》之旨，至今傳於世。」《隋書・經籍志》曰：「先儒相承，謂《毛詩敍》子夏所創，毛公及衛敬仲又加潤益。」古説本如此。故予存其一言而已。曰：「是詩言是事也。」而盡去其餘，獨采其可者見於今傳；而尤不可者，皆明著其失，以爲此孔氏之舊也。

這是以爲：㈠《毛詩序》所敍詩旨甚詳，與孔子敍《書》的作法不相類。㈡今本所存有目無詞的六首詩，如《南陔・序》云：「孝子相戒以養也。」《白華・序》云：「孝子之潔白也。」等，都是一言而已。可見其他各篇的《序》文，出於後人的附益。就其反覆繁重的現象觀之，類非一人之作。㈢據《後漢書・儒林傳》，《詩序》是衛宏作。據《隋書・經籍志》，《詩序》係子夏所創，毛公及衛宏又加潤益。㈣蘇氏即以爲《隋書》可信，每詩但取首句，盡去其餘；以爲首句是孔子傳給子夏的舊說。例如蘇氏《詩集傳》云：「《關雎》，后妃之德也。」「《葛覃》，后妃之本也。」「《小星》，惠及下也。」等，以爲「是詩言是事也」，成爲蘇氏說詩的一個法則。

蘇氏在肯定《詩序》首句的同時，即對首句以下的文詞多所駁斥。茲舉述如下：

㈠《齊風・東方未明・序》云：「《東方未明》，刺無節也。朝廷興居無節，號令不時，挈壺氏不能掌其職焉。」蘇氏取首句「刺無節也」爲詩旨，並云：

> 《毛詩》之《敍》曰：「朝廷興居無節，號令不時，挈壺氏不能掌其職焉。」夫雖衰亂之世，蚤莫不易挈壺之職；雖或失之，而天時猶在，何至於未明而顛倒裳衣哉？毛氏因「東方未明」，「不能辰夜」，而信以爲然，其說亦已陋矣！（《詩集傳》卷五）

蘇氏以爲晨昏有一定的時間，天色未明上朝者即弄到顛倒裳衣，是自致起居無節，與挈壺氏何干？故以爲《詩序》首句以下的話是不得體的。

㈡《大雅・蕩・序》云：「《蕩》，召穆公傷周室大壞也。厲王無道，天下蕩蕩然無綱紀文章，故作是詩也。」蘇氏取首句「召穆公傷周室大壞也」爲詩旨，並云：

> 《蕩》之所以爲《蕩》，由詩有「蕩蕩上帝」也。《毛詩》之《序》以爲「天下蕩蕩，無綱紀文章」則其所以名篇，非其詩之意矣！」（《詩集傳》卷十八）

《蕩》之篇名，取自首句「蕩蕩上帝」。「蕩蕩」既是形容「上帝」之詞，自有頌美之意，怎會轉說成「厲王無道，天下蕩蕩然無綱紀文章」方面去呢？

　　㈢《大雅‧召旻‧序》：「《召旻》，凡伯刺幽王大壞也。旻，憫也。憫天下無如召公之臣也。」蘇氏取首句「凡伯刺幽王大壞也。」為詩旨，並云：

　　　　因其首章稱「旻天」，卒章稱「召公」，故謂之「召旻」，以別《小旻》而已。毛氏之《序》曰：「旻，憫也。閔天下無如召公之臣。」蓋亦衍說矣！（《詩集傳》卷十九）

蘇氏以為《召旻》之意原是取首章「旻天」的「旻」字，與末章「召公」的「召」字組合而成，以別《小旻》而已。《詩序》之解，實是衍說。

　　㈣《衛風‧竹竿‧序》云：「《竹竿》，衛女思歸也。適異國而不見答，思而能以禮者也。」蘇氏取「衛女思歸」為詩首，並云：

　　　　此詩《敘》與《泉水‧敘》同，皆父母終，不得歸寧者也。毛氏不知泉源、淇水、檜楫、松舟之喻，以為此夫婦不相能之辭，故敘此詩為「適異國而不見答，思而能以禮者」，失之矣！（《詩集傳》卷三）

這是以為詩中僅有「思歸」之義，並無「不見答」之事，毛氏所敘，自是誤解。

　　四、對《毛傳》的看法

　　《毛傳》旨在訓詁。詩文作於遠古，其詞章含義，不易瞭解，有賴研究有得者的解釋。例如《關雎》篇首二句「關關雎鳩，在河之洲」下，《毛傳》云：

　　　　興也。關關，和聲也。雎鳩，王雎也；鳥摯而有別。水中可居者曰洲。

這是先提示詩文作法，「興也」，即是指《關雎》這首詩的作法而言；亦即起頭的「關關雎鳩，在河之洲」兩句詩在作法上看，用的是「興」法。接著解釋

「關關」、「雎鳩」、「洲」三個詞。蘇氏《詩集傳・關雎》首章云：

> 關關，和聲也。雎鳩，王雎也；鳥之摯者也；物之摯者不淫。水中
> 可居者曰洲。

又如《周南・卷耳》首章「采采卷耳，不盈頃筐」，《毛傳》云：

> 采采，事采之也。卷耳，苓耳也。頃筐，畚屬易盈之器也。

蘇氏云：

> 采采，不已之辭也。卷耳，苓耳也。頃筐，畚屬也。卷耳，易得之
> 物；頃筐，易盈之器而不盈焉。

同首第二章「陟彼崔嵬，我馬虺隤」，《毛傳》云：

> 崔嵬，土山之戴石者。虺隤，病也。

蘇氏全取此訓，一字不易。可見《毛傳》訓釋詞義，傳承有自，可信者多。蘇
氏從之，是合理的事。惟其中最有爭議的，是《大雅・生民》首章「履帝武」
句與《商頌・玄鳥》開頭「天命玄鳥，降而生商」句；今、古文詩說相異。
《毛傳》說「帝」爲高辛氏帝嚳，姜嫄爲帝嚳妃，從祀郊禖，踏著丈夫帝嚳的
足印而行；此說自無神異之可言。《玄鳥》篇《毛傳》云：

> 玄鳥，鳦（燕）也。春分，玄鳥降，湯之先祖有娀氏女簡狄，配高
> 辛氏帝；帝率與之祈於郊禖而生契，故本其爲天所命，以玄鳥至而生
> 焉。

這樣說也無神異之可言。蘇氏反駁道：

后稷之母，姜氏之女曰嫄，爲帝嚳元妃。稷之生也，姜嫄禋祀郊禖，以祓去無子之疾，見大人之跡焉而履其拇，歆然感之，若有覺其止之者，於是有身。肅戒不御而生后稷。蓋此詩言后稷之生甚明，無可疑者。然《毛傳》獨不信，曰：「履帝武者，從高辛行也。」余竊非之。以「履帝武」爲從高辛行歟？至於牛羊字之，飛鳥覆之，何哉？要之，物之異於常物者，其取天地之氣弘多，故其生也或異。虎豹之生，異於犬羊；蛟蜃之生，異於魚鱉；物固有然者，神人之生而有異於人，何足怪哉？……

這是以爲：㈠姜嫄爲帝嚳元妃，她是在祀郊禖的路上踩到大人（或稱巨人）的足跡而懷孕的。㈡這原是神異的事，毛氏獨不探信，可是其下還有「牛羊字之」、「飛鳥覆之」的話，不是也很神異嗎？該不該相信呢？㈢天地之間有些物類取氣不同，故異於常物。以此類推，神人之生有異於常人，也不值得怪異的了。

蘇氏這個主張，其實是受《今文詩說》的影響。《生民》篇《毛詩正義》云：「詩《齊》、《魯》、《韓》、《春秋‧公羊》說，聖人皆無父感天而生。」《史記‧周本紀》加上「姜嫄爲帝嚳元妃」的一句話，即成爲姜嫄是有夫而生子的。既是有夫而生子，「感天而生」的話就不大可信。同樣的，《商頌‧玄鳥》篇，《史記‧三代世表》載《詩傳》曰：

湯之先爲契，無父而生。契母與姐妹浴於元邱水，有燕銜卵墮之，契母得，故含之，誤吞之，即生契。

可是在《史記‧殷本紀》裡卻說：

殷契母曰簡狄，有娀氏之女，爲帝嚳次妃。三人行浴，見玄鳥墮其卵，簡狄取吞之，因孕生契。

由此可見，習《魯詩》的司馬遷，寫到商、周的始祖契與后稷時，到底是有父還是無父？就說不清楚了。蘇氏反駁《毛傳》的話，其間仍是存有商榷的餘地

的。

上古人類崇尚鬼神，統治者普遍利用「君權神授」之說，藉以鞏固其統治的地位。我們從這一角度來解讀《生民》與《玄鳥》，較能掌握詩文的本質。至於故事的難以自圓，從各家傳說的多元性來看，傳聞異詞，亦是常有的事。因此，我們回過頭來看《毛傳》，它不採神異之說，其態度該是較爲務實的。

五、對鄭玄《詩譜》、《詩箋》的看法

鄭氏《詩譜》旨在說明各國的地理與歷史，使讀詩者得以概略地了解其背景。由於這些都是客觀的敘述，故較少出現爭議性的問題。例如《陳譜》云：

> 陳者，大皥庖戲（即伏犧）氏之墟。帝舜之冑，有虞閼父者，爲周父王陶正。武王賴其利器用與其神明，之後，封其子嬀滿於陳，都於宛丘之側。胡公以備三恪，妻以元女太姬。其封域在禹貢豫州之東，其地廣平，無名山大澤，西望外方，東不及明音孟豬。太姬無子，好巫覡禱祈鬼神歌舞之樂，民俗化而爲之。五世至幽公，當屬王時，政衰，大夫淫荒，所爲無度，國人傷而刺之，陳之變風作矣。

蘇氏《詩集傳・陳風》曰：

> 陳，太皥伏犧氏之墟，今淮陽郡是也。昔帝舜之冑，有虞閼父爲武王陶正，武王賴其利器用與神明，之後封其子嬀滿於陳，都於宛丘之側，妻以元女太姬。其封域在禹貢豫州之東，其地廣平，無名山大川。西望外方，東不及孟豬。太姬婦人尊貴，好祭祝巫覡歌舞之事，其民化之。五世至幽公，淫荒遊蕩無度，國人刺之，而陳之變風始作。……

以上蘇氏之文，取資於鄭氏《詩譜》極爲明顯。亦即陳述古史，全憑典籍資料，不能臆造。後人如無其他資料可以稽考，自當採用名家成說。故如呂祖謙《家塾讀詩記》與朱熹《詩集傳》等，均引鄭氏《詩譜》爲說，視爲當然之事。

《鄭箋》原以詮釋詞章爲主，與《毛傳》同功。由於《毛傳》過於簡略，讀者尙難理解，故《鄭箋》續予疏釋，以濟其不足。例如《邶風・擊鼓》於

「土國城漕，我獨南行」下，《毛傳》僅訓「漕，衛邑也」。《鄭箋》云：

> 此言眾民皆勞苦。或役土功於國，或修理漕城；而我獨見使從軍，南行伐鄭，是尤勞苦之甚。

蘇氏《詩集傳》云：

> 是時民有爲土功於國者，有城漕者，我獨南行伐鄭，去國遠役，爲最苦也。

又如《鄘風・鶉之奔奔》於「鶉之奔奔，鵲之彊彊」下，《毛傳》云：「鶉則奔奔，鵲則彊彊然。」這等於沒說。《鄭箋》云：

> 奔奔彊彊，言其居有常匹，飛則相隨之貌。

蘇氏《詩集傳》云：

> 奔奔彊彊，皆有常匹相隨之貌。言宣姜鶉鵲之不若也。

可見鄭玄的《箋》，對後世學者讀解詩文確有幫助。惟其中尚有許多錯誤與可議之處，舉其大者，《蘇傳》中即有如下二則：

㈠《小雅》：《十月之交》、《雨無正》、《小旻》、《小宛》四詩，《毛詩序》以爲是幽王時詩，鄭氏改說爲厲王時詩。鄭氏云：

> 毛公作《詁訓傳》時，移其篇第，因改之耳。《節》刺師尹之不平，亂靡有定；此篇（按指《十月之交》）譏皇父擅恣，日月交凶。《正月》惡褒姒滅周，此篇疾豔妻煽方處。又幽王時司徒乃鄭桓公友，非此篇之所云番也，是以知然。

鄭氏以爲《十月之交》等四首詩本是厲王的詩，是毛公將它們移後說成幽王的

詩。他的理由是：「師尹、皇父不得並政；褒姒、豔妻不得皆寵；番與鄭桓不得同位。」亦即他認為師尹、皇父都是執政大臣，在幽王時不可能同時出現二位權臣。皇父既不是幽王時的權臣，可見《十月之交》不是幽王時的詩。《正月》篇有「赫赫宗周，褒姒威之」句，可見該詩作於幽王時。《十月之交》篇有「豔妻煽方處」句；根據「王無二后」的原則，幽王之后是褒姒，不是豔妻，以證《十月之交》非幽王之詩。又幽王時的司徒是鄭桓公友，《十月之交》的司徒是番。據此鄭氏說《十月之交》等四詩當移後改為幽王時詩。

《十月之交》第四章云：

> 皇父卿士，番維司徒。家伯冢宰，仲允膳夫。棸子內史，蹶維趣馬。楀維師氏，豔妻煽方處。

蘇氏云：

> 皇父、家伯、仲允皆字；番、棸、蹶、楀皆氏。豔妻，褒姒也。煽，熾也。七人者，皆褒姒之黨，故極其熾而並處於位。然六人各有常官，而皇父兼擅群職，故以卿士目之。

蘇氏以為「豔妻」即是褒姒，因為厲王時無豔妻亂政的事。《十月之交》既是幽王時詩，在其後的《雨無正》等篇遂可推定亦當是幽王時詩。至於幽王時有司徒鄭桓公友，《十月之交》的司徒是番；幽王時有執政大臣師尹，《十月之交》的執政大臣是皇父；鄭氏據此而說《十月之交》非幽王時詩，其實幽王在位十一年，執政者前後有二人自有可能。相反的，鄭氏將「褒姒」與「豔妻」當作二人來說，這是明顯的錯誤。

《十月之交》首章有「朔月辛卯，日有食之」句，依曆法據梁虞劌之說，推得幽王六年乙丑歲，建酉之月（即夏曆八月，周曆十月）辛卯朔辰時日食（註三）。這可補充蘇氏的論證。惟在蘇氏之前，《毛詩正義》即載「王肅、皇甫謐以為四篇正刺幽王」；以示鄭玄改「幽」為「厲」之說，二人即言明不可信從。王肅，三國時魏人。皇甫謐，晉人。

㈡魯、宋無《風》，鄭玄以為是周王尊禮二國的緣故。鄭氏《魯頌譜》

云：

> 問者曰：「列國作詩，未有請於周者，行父請之，何也？」曰：「周尊魯，巡守述職，不陳其詩。至於臣頌君功，樂周室之聞，是以行父請焉。」

孔氏《正義》云；「雖魯人有作，周室不采。……」
又於《商頌譜》云：

> 問者曰：「列國政衰則變風作，宋何獨無乎？」曰：「有焉，乃不錄之。王者之後，時王所客也。巡守述職，不陳其詩，亦示無貶黜客之義也。」

可見鄭氏將魯、宋無風的理由，說成是魯乃周公之後，宋係殷商之後，王室表示尊敬，所以雖有《風》而不采。

蘇氏不以為然，反駁道：

> 春秋之際，大國略皆有變風，宋、魯獨無風而有頌，鄭氏疑而為之說曰：「宋，王室之後也；魯，聖人之後也；是以天子巡守，不陳其詩，蓋所以禮之也。」予聞周之盛時千八百國，雖後世陵遲，力強相吞，而《春秋》所見，猶百有七十餘國。變風之作，先於春秋數世矣，而詩之載於太師者，獨十三國。其不見於詩者，豈復有說哉？意者，列國不皆有詩；而有詩者若檜、曹之小，邶、鄘、魏之亡而有不能已；其無詩者，雖燕蔡之成國，宋、魯之禮樂，而有所不能作；且非獨此也，齊桓、晉文，霸者之盛也，而皆不得有詩，桓附於衛，文附於秦，皆止於一見。衛莊姜、齊文姜、齊襄公、鄭昭公事至微矣，然其詩屢作不止，蓋事有適然而無足疑者。若夫吳、楚之大國，雖大而用夷，且僭周室，則雖其無詩，蓋亦學者所不道也。

蘇氏反駁的要點是：(1)周朝諸侯之國數以百計，可是《詩經・國風》僅採十三

國，其原因是在於絕大多數國家無《風》可採。(2)魯、宋有《頌》而無《風》
也是同一原因。不是王室表示尊敬而特意不採的緣故。(3)燕、蔡等國大於曹、
檜；曹、檜列於十三國之中而燕、蔡則否，以證燕、蔡實由於無詩可採的緣
故。(4)再如齊桓、晉文、吳、楚盛大而無詩；莊姜、文姜、齊襄、鄭昭事微而
屢作；亦只出於同一原因，即前者無詩可採，後者則適得之於民間的緣故。

六、朱熹對蘇氏《詩集傳》的看法

朱熹的《詩經》研究，除了有不少創見外，還是一位集大成的人。他的成
就自然高過蘇氏，但他對《蘇傳》曾仔細研讀過，並予以切要的評論與廣泛的
引用。蘇氏重視《詩序》首句，他即表示反對。《朱子語類》卷八十載：

> 《詩序》，東漢《儒林傳》分明道是衛宏作，後來經義不明，都是
> 被他壞了。某又看得亦不是衛宏一手作，多是兩三手合成一《序》，愈
> 說愈疏。浩云：「蘇子由卻不取《小序》。」曰：「他雖不取下面言
> 語，留了上一句，便是病根。」

同卷又載：

> 王德修云：「《詩序》只是國史一句可信，如「《關雎》，后妃之
> 德也。」此下即是講師之說，如《蕩》詩自是說「蕩蕩上帝」，《序》
> 卻言是「天下蕩蕩」。……曰：「此是蘇子由曾說來。然亦有不通處。
> 如《漢廣》，「德廣所及也」，有何義理？卻是下面「無思犯禮，求而
> 不可得」幾句卻有理。若某，只上一句亦不敢信他。

又《朱文公集》卷五十二，《答吳伯豐》云：

> 蘇氏《詩傳》比之諸家，若爲簡直，但亦看《小序》不破，終覺有
> 惹絆處耳。

由上所載，可知朱熹對蘇氏取《小序》首句說詩，是深不以爲然的。他說《蘇
傳》比之於各家是要好些，可是《小序》的上一句，即是「病根」所在；有些

《小序》在首句以下的文句，反而有些道理。總的說，蘇氏有看不破《小序》的錯失。

至於蘇氏對文詞的詮釋，朱熹卻認為可取者多。據陳明義君《蘇轍詩集傳研究》第七章第二節「對朱熹說《詩》影響的考察」中有云：

> （朱子）《詩集傳》中徵引宋人詩說達二十家，其中以徵引蘇轍之說最多，說明了蘇轍對朱熹論詩的影響頗大。考蘇轍對朱熹說詩的影響約可分為七點：一、對《詩序》的批駁；二、詩旨的訓釋；三，訓詁；四、釋《詩》的篇名；五、《國風》的解題；六、重訂《小雅》篇什；七、章句的重訂。

接著他依次舉證，如「㈠明言徵引蘇轍之說者」計三十二條；「㈡酌用、採用或櫽括蘇轍之說而未明言者」計三十條；「㈢訓詁」五十五條。其他還有「釋《詩》的篇名」、「《國風》的題解」等各有例證。茲舉數例於后：

《小雅‧魚麗》卒章：「物其多矣，維其嘉矣。物其旨矣，維其偕矣。物其有矣，維其時矣。」《朱傳》云：

> 蘇氏曰：「多則患其不嘉，旨則患其不齊，有則患其不時。今多而能嘉，旨而能齊，有而能時，言曲全也。」

《小雅‧車攻》第六章：「四黃既駕，兩驂不猗。不失其馳，舍矢如破。」《朱傳》云：

> 蘇氏曰：「不善射御者，詭遇則獲，不然不能也。今御者不失其驅馳之法，而射者舍矢如破，則可謂善射御矣。」

《周頌‧噫嘻》：「噫嘻成王，既昭假爾。率時農夫，播厥百穀。駿發爾私，終三十里。亦服爾耕，十千維耦。」《朱傳》云：

> 蘇氏曰：「民曰雨我公田，遂及我私；而君曰駿發爾私，終三十

里。其上下之間交相忠愛如此。」

以上爲朱熹明言徵引蘇氏之說者。

《邶風・凱風》四章：「睍睆黃鳥，載好其音。有子七人，莫慰母心。」
《蘇傳》：「鳥猶能好其音以說人，而我不能說吾母哉！」《朱傳》：

>言黃鳥猶能好其音以悅人，而我七子獨不能慰悅母心哉！

《唐風・揚之水》三章：「揚之水，白石粼粼。我聞有命，不敢以告人。」
《蘇傳》：「命，桓叔之政命也。聞而不敢以告人，爲之隱也。桓叔將以傾晉
而民爲之隱，欲其成矣。」《朱傳》：

>聞其命而不敢以告人者，爲之隱也。桓叔將以傾晉，而民爲之隱，
>蓋欲其成矣。

以上爲朱熹採用蘇氏之說而未明言者。

在訓詁方面，《朱傳》採用《蘇傳》的情形更爲普遍，茲不贅述。由此可
見，在朱熹的心目中，蘇氏對於詩文詞章的詮釋是值得重視的。

參、內容評議

一、《二南》與文王的關係問題

蘇氏《詩集傳》開卷即說：「文王之《風》，謂之《周南》、《召南》，
何也？」直以爲《二南》的詩，都該屬於文王。蘇氏此說實源於《毛詩序》。
《大序》有「《關雎》，后妃之德也」；「《周南》、《召南》，王化之
基」；「南，言化自北而南也」等語。此外，《漢廣・序》：「文王之道被于
南國，美化行乎江漢之域。」《摽有梅・序》：「召南之國被文王之化。」
《騶虞・序》：「天下純被文王之化。」等語，以致影響蘇氏直以爲《二南》
的詩都該屬於文王的。

《詩大序》不是一篇好文章，筆者曾從其全文分爲作者、詩旨導向、《國

《風》正變之說、《二南》來歷、《序文》詞章五方面加以分析，（註四）足以證明這不是子夏之作，而是漢儒雜湊而成的。朱熹說：「大抵《小序》全出後人臆度，若不脫此窠臼，終無緣得正當也。（註五）又說：「《詩大序》亦不是子夏作，煞有義理誤人處。後來經義不明，都是被他壞了。」（註六）如果我們確知《詩序》不出於孔子、子夏；《詩序》的內容又呈現諸多問題，則蘇氏信之而認為「文王之《風》，謂之《周南》、《召南》」這一前提性的話就值得存疑了。循此而往，蘇氏取《詩序》首句，如「《關雎》，后妃之德也」；「《卷耳》，后妃之志也。」「《小星》，惠及下也」等有關詩旨導向的話，都是不值得採信的了。

其實，從《二南》的內容看，二十五首詩，沒有一首提到文王、大姒；從詩文章句看，沒有一首含有文王、大姒的意趣的。從文王的身分看，他終其身只是一位西伯，他比紂王早死十一年，他的王號是其子姬發滅商以後追封的。他既不可能在生前自封為王，也不可能化行南國及於江漢之間。（註七）蘇氏將《二南》說成是「文王之風」，這是過於信《序》的結果。

二、取《詩序》首句說《詩》問題

蘇氏《詩集傳》的最大特點，即是對《毛詩序》提出局部的否定。蘇氏在《詩集傳・關雎》中的一段話，旨在說明《詩序》首句出於孔子、子夏；是可信的。首句以下的文詞，出於「毛氏之學，而衛宏之所集錄」；是不可信的。

說《詩序》首句出於孔子之意，子夏或孔子其他弟子所傳；先秦典籍無此說，古文學派所編《毛詩》傳承系統有二，彼此差異甚大，（註八）根本不可信。其次，最重要的，即是《詩序》首句與詩文內容不相契合。例如前面已提到的「《關雎》，后妃之德也」，如果我們已證明「后妃之德」這一說法是與史實不符的，則「后妃之德」即不宜作為《關雎》的《序》說；何況從章句上看，「窈窕淑女，君子好逑」；「求之不得，輾轉反側」；那裡有「后妃之德」的含義在裡頭呢？又如《卷耳》篇，《詩序》云：「后妃之志也。又當輔佐君子，求賢審官，知臣下之勤勞。……」蘇氏信其首句，並云：

> 婦人知勉其君子求賢以自助，有其志可取。若夫求賢審官，則君子之事也。

以為后妃之志要勉勵其夫去求賢，不是后妃親自去求賢。《詩序》首句以下七句說成后妃親自在求賢，這是不對的。但如從詩文上看，怎知詩中所敍執筐采綠者是一位后妃？如從蘇氏開篇所云「文王之《風》，謂之《周南》、《召南》」，則《卷耳》的「后妃」，必然是大姒；「君子」，必然是文王了。說尊為「后妃」的大姒提著竹筐在曠野采卷耳；尊為君主的文王勞於征徒，以至於馬疲僕病，借酒澆愁，表現出極度的無奈，只落得長吁短歎而已。這樣的人事編敍，自非情理所當有；溯其原始，即在於《詩序》首句「后妃之志也」。蘇氏摘取以為可信，這即成了問題。

再如《兔罝·序》云：「《兔罝》，后妃之化也。《關雎》之化行，則莫不好德；賢人眾多也。」蘇氏即以「后妃之化」為其詩旨，並說：

> 罝兔之人，野之鄙人也。野之鄙人，禮之所不及者。……今婦人能以禮自將，敬而不可慢，故其夫雖兔罝之鄙人，而猶知敬之。……兔罝之人，則赳赳之武夫也。世未嘗患無武夫，獨患其不知敬而不可近。今武而知敬，故可以為公侯干城也。……

從《兔罝》文詞上看，是詩人頌美山林罝兔之人，見其武勇足以為公侯的腹心、干城。詩中無「后妃」，亦無「婦人」。只緣《詩序》有「后妃之化」句，蘇氏尊信之，只好從詩文之外求義，說后妃先化婦人，婦人則以禮化其夫，使之知所禮、敬，故可以為公侯干城。以為這即是《詩序》「后妃之化」涵義之所在。但如從蘇氏原先所說的《二南》屬於「文王之《風》」來看，《兔罝》之人應該是受文王之化才對，怎麼轉彎抹角說成是后妃之化呢？何況罝兔者是一位「赳赳武夫」，如果他受當政者的感化，以文王與后妃相比較，自然要說受文王之化較為合理些。

古文詩說的最大問題在《詩序》，《詩序》的主要意義在首句；首句之下的文詞旨在疏解與補充，即使撇開不提，也是無妨的。蘇氏倡議反《序》，卻只反首句以下的，這就不免有避重就輕、本末倒置之嫌了！

三、遵從《詩序》以史說詩問題

《國風》的詩，多屬民間歌謠，如敍男女之情，不宜說成有君臣之義。作《序》者不重古有採詩之說，也不講風謠的特質，一味以史事相附會；此即成

爲《詩經》詮釋上最嚴重的問題。蘇氏信從《詩序》首句，自亦招致同樣的結果。茲舉述於后：

㈠《鄭風‧將仲子》首章：

> 將仲子兮，無踰我里，無折我樹杞。豈敢愛之，畏我父母。父母之言亦可畏也。

《毛詩序》云：「《將仲子》，刺莊公也。不勝其母，以害其弟。弟叔失道而公弗制；祭仲諫而公弗聽。小不忍以致大亂焉。」這是以爲鄭莊公對祭仲說的一番話。蘇氏取其首句爲詩旨，並據《左傳》詳敍其史事。詩中的「仲子」，以爲是祭仲，「我」是莊公自謂，「無踰我里，無折我樹杞」，說是指祭仲「異姓而干公族，以謀兄弟，譬如踰里而折杞也」。這樣的故事編敍通不通呢？其一，祭仲出於對莊公的忠愛，才以共叔段的陰謀相告，怎說他是「異姓而干公族」？其二，莊公對其母、弟竊位之謀早有戒心，姑意任其坐大，以待一舉予以殲滅。兄弟本在自謀，怎可反過來指責祭仲「以謀兄弟」？其三，莊公之父武公早已去世，其母姜氏以己爲敵，詩言「畏我父母」；莊公以長子繼位，詩言「畏我諸兄」。可見詩文與史事扞格者多，絕不可從。

㈡《鄭風‧有女同車》首章：

> 有女同車，顏如舜華。將翱將翔，佩玉瓊琚。彼美孟姜，洵美且都。

《詩序》云：「《有女同車》，刺忽也。鄭人刺忽之不昏於齊。太子忽嘗有功於齊，齊侯請妻之。齊女賢而不取，卒以無大國之助，至于見逐；故國人刺之。」蘇氏取「刺忽也」爲詩旨，並錄其《序文》，附語云：

> 故國人稱同車之禮，齊女之美以刺之。禮，親迎則同車。

這是以爲《有女同車》敍鄭太子忽與齊女故事而作的詩。可是太子忽並沒有娶齊女，自無「親迎同車」的事實，以見詩文與史事完全不符。況且「齊侯請妻

之」的「齊女」，不是別人，正是後來嫁給魯莊公的文姜。也即是《齊風》中
《南山》、《敝笱》、《載驅》三首詩中的「齊子」；她是齊襄公的親妹妹，
且在做了魯莊公夫人之後，先後五次馳驅魯道以會襄公；兄妹公然淫亂，魯莊
公知道後有所指責，即遭殺害。如此「齊女」，可否稱之為「賢」？以「齊女
賢而不取」刺太子忽，所刺是否得當？

　　㈢《衛風・木瓜》首章：

　　　　　投我以木瓜，報之以瓊瑤。非報也，永以爲好也。

《毛詩序》云：「木瓜，美齊桓公也。衛國有狄人之敗，出處于漕，齊桓公救
而封之，遺之車馬器服焉。衛人思之，欲厚報之，而作是詩也。」蘇氏曰：

　　　　　桓公城楚丘以封衛，遺之車馬器服，衛以復安。衛人德之，故曰：
　　　　　雖投我以木瓜，我將報之以瓊琚。瓊琚之於木瓜重矣，然猶不敢以爲報
　　　　　也，永以與之爲歡好而已！

姚際恆《詩經通論》駁斥《詩序》云：

　　　　　衛被狄難，本未嘗滅，而桓公亦不過爲之城楚丘及贈以車馬器服而
　　　　　已；乃以爲美桓公之救而封之，一也。以是爲衛君作與？衛文乘五子之
　　　　　亂而伐其衰，實爲背德，則必不作此詩。以爲衛人作與？衛人，民也；
　　　　　何以力能報齊乎？二也。既曰桓公救而封之，則爲再造之恩；乃僅以果
　　　　　實喻其所投之甚微，豈可謂之美桓公乎？三也。衛人始終毫末未報齊，
　　　　　而遽自儗以重寶爲報，徒以空言妄自矜詡，又不應若是喪心。四也。或
　　　　　知其不通，以爲詩人追思桓公，以諷衛人之背德，益迂。且詩中皆綢繆
　　　　　和好之音，絕無諷背德意。（朱子）《集傳》反之，謂「男女相贈答之
　　　　　詞」。然以爲朋友相贈答亦奚不可，何必定是男女耶？

這是以爲從史事上說，桓公助衛文公城楚丘，衛人不僅未報毫末，反而在桓公
死後乘其五子之亂而伐其喪，怎能自詡爲「投我以木瓜，報之以瓊琚」呢？以

重寶報微物,是詩文之意。徵之於桓公故事既不相侔,足證出於作序者的附會。此詩如從風謠上說,朱子說是「男女相贈答」;姚氏說或可視為「朋友相贈答」。筆者則以為這是一首富有動感的民歌,青年男女一邊歌唱,一邊表演;有投有報,載歌載舞。其相互贈答之際,自有可能屬於男女之情;亦有可能屬於朋友之誼;兩者實難以截然劃分的。

四、文詞詮釋問題

蘇氏的文詞詮釋,固多可取;如朱熹所引據者,然而可議者亦不少,茲舉例如下:

㈠《豳風‧東山》首章有「制彼裳衣,勿士行枚」句,《朱傳》云:「制其平居之服,而以為自今可以勿為行陣銜枚之事矣。」蘇氏云:

> 勿,物通。枚,一也。其室家於是為之制其衣裳,而使往遺之。於其往也,戒之使物色其士行求而人人與之。……

蘇氏訓「勿」為「物」,當「物色」講。訓「枚」為「一」。「士」即「士人」。將「勿士行枚」說成是「戒之使物色其士行求而與之」,有字字誤解不成文理之弊。

㈡《小雅‧南有嘉魚》有「嘉賓式燕又思」句,蘇氏云:

> 又,復也。思,辭也。既燕矣,而又未厭,安之也。

依句子結構看,「嘉賓式燕又思」,「燕」與「思」並立,君子有酒,藉以宴、思嘉賓。「燕」是「宴享」,「思」是「思慕」,示敬之意。故「思」字是實詞,不是虛詞。蘇氏訓「思,辭也」,這是不妥的。

㈢《魏風‧伐檀》有「河水清且淪猗」句,「淪」,《韓詩》:「順流而風曰淪。淪,文貌。」《朱傳》:「淪,小風,水成文,轉如淪也。」亦即「淪」是水的波紋。蘇氏云:「淪,竭也。」「竭」,盡也。以水言,如「竭澤而漁」,即盡去澤中之水以取魚。「河水清且淪猗」,如河中無水,何來「清明」的景象呢?可見「淪」字不宜訓作「竭」字。

㈣《秦風‧無衣》有「王于興師」句,蘇氏云:

秦本周地,故其民猶思周之盛時而稱先王焉。

說「王于興師」的「王」爲「先王」,秦人豈奉周之先王來興師,絕無此理。
此「王」應是「時王」。春秋以周天子爲天下共主,興師奉王命,視爲正統。
如不奉時王,卻奉先王,對時王要如何交代?

㈤《鄭風・出其東門》有「縞衣綦巾,聊樂我員」句,蘇氏云:

> 縞衣,白衣,男子之服也。綦巾,蒼巾,女子之服也。思室家之樂
> 而不可得,鰥寡相見之辭也。

蘇氏以「縞衣綦巾」分別爲男女之服,此男女實即鰥寡,常「思室家之樂而不
可得」,故有此吟。然而按之詩文,「縞衣綦巾,聊樂我員」;「縞衣綦巾」
與「我」字上下對稱,必是一人,而且必是一位女子。從該詩起首的「出其東
門,有女如雲。雖則如雲,非我思存」觀之,詩中的「我」,必是一位男子。
蘇氏說「縞衣」爲男子,「綦巾」爲女子,分一爲二,這是說不通的。

㈥《小雅・雨無正》據《韓詩》所載,開頭原有「雨無其極,傷我稼穡」
二句,以爲下雨不止,傷及其農作物;與下文「浩浩昊天,不駿其德。降喪饑
饉,斬伐四國」的意義相貫,是指霪雨所造成的災害甚大。《詩序》云:「大
夫刺幽王也。雨自上下者也,眾多如雨,而非所以爲政也。」已撇開霪雨本
義,而從其象徵意義上說了。蘇氏云:

> 雨之至也,不擇善惡而雨焉。幽王之世,民之受禍者,如受雨之無
> 不被也。毛氏不達,故序以爲雨自上下者也,眾多如雨,而非所以爲
> 政;此則是詩所不及也。

蘇氏所論,致力於「雨無正」三字的詮釋,他雖指出《詩序》的不得詩旨,但
是自己卻望文生義,自圓其說。這原是直賦霪雨傷農的事,將它比之於幽王虐
民,「如受雨之無不被也」,這已非詩文當有之義,與《詩序》同屬附會。

此外,朱熹所引據的蘇氏詮釋,如仔細考究,不難發現其中有些仍是值得

商榷的。例如：

㈦《大雅・崧高》有「江漢浮浮，武夫滔滔」句，《毛傳》：「浮浮，眾強貌。」「滔滔，廣大貌。」以「眾強」形容「江漢」；以「廣大」形容「武夫」，實屬不類。故王引之《經義述聞》云：「《傳》當作『江漢滔滔，武夫浮浮。』」以爲這是寫經者「滔滔」「浮浮」上下互譌的結果。亦即以「滔滔」形容江漢水面廣大，以「浮浮」形容武夫人多勢盛，如此文理始臻允洽。朱子引《蘇傳》云：「浮浮，水盛貌。」「滔滔，順流貌。」以「順流貌」形容武夫，顯然不妥。

㈧《大雅・思齊》有「刑于寡妻」句，《毛傳》：「寡妻，適妻也。」《鄭箋》：「寡妻，寡有之妻也，言賢也。」《正義》：「以上言大姒之賢，今言寡妻當是賢之意，故以爲寡有之妻，言其賢也。」《朱傳》引《蘇傳》云：「寡妻，猶言寡小君也。」此訓未見「寡」字之解。《曲禮》曰：「夫人自稱於諸侯曰寡小君。」《疏》：「君之妻曰小君，而云寡者，亦從君爲謙也。」故知「寡」爲謙詞，「小君」是諸侯夫人自稱之詞。蘇氏將「寡妻」譯爲「寡小君」。不僅「寡」字未訓，以「小君」訓「妻」字，即以深譯淺，將原來明白的反而自致費解了。

㈨《邶風・簡兮》有「云誰之思，西方美人」句，《蘇傳》云：「賢者仕於諸侯而不得志，則思愬之天子。西方，周之所在。」以爲「西方美人」是「周天子」的代稱。《朱傳》：「西方美人，託言以指周之盛王，如《離騷》亦以美人目其君也。」按之詩文，「美人」未必指「周天子」而言。王靜之《詩經通釋》云：「而今之善舞者則由西方而來。蓋西方爲周之興起之地，文物鼎盛，故能生此善舞之人，有此盛美之舞也。」即以爲「西方美人」是讚美來自西方的善舞者而言。再以蘇軾《赤壁賦》「渺渺兮余懷，望美人兮天一方」中的「美人」來看，亦不宜作「君主」講。凡作者心所繫念的人均得以「美人」稱之。況東坡作此文時，正因言官摘其詩有怨訕語，以致謫居黃州。哲宗皇帝忠奸莫辨，倒行逆施，使蘇氏兄弟慘遭無妄之災。他劫後餘生，在與友人遊赤壁時，深爲景物所感。在「憑虛御風，遺世獨立」之際，會否忽然想起那位年輕氣盛是非不分的皇帝來？所以如說「美人」是蘇軾「思君」之詞；實在是不了解蘇軾當時身世與心境的話。

㈩《小雅・白華》七章：「有鶖在梁，有鶴在林。維彼碩人，實勞我

心。」《朱傳》:「蘇氏曰:「鷺鶴皆以魚爲食,然鶴之於鷺,清濁則有閒矣。今鷺在梁而鶴在林,鷺則飽而鶴則飢矣。幽王進褒姒而黜申后,譬如養鷺而棄鶴也。」如從《白華》詩文觀之,絕非敍幽王寵褒姒事,也絕非申后責幽王口氣。王靜芝《詩經通釋》云:「細味此詩,毫無申后之語,祇爲棄婦之言耳。」將《白華》說成是一首棄婦吟,這是詩中讀得之義。至於幽王、申后事,詩文所不見,無由信從。《詩序》云:「周人刺幽后也。」蘇氏云:「幽后,褒姒也。」以爲《白華》是詩人作來刺褒姒的。可是從蘇氏各章詮釋的文詞來看,是詩人作來刺幽王、念申后的;於褒姒則未及一字,怎說是刺褒姒的呢?又如「嘯歌傷懷,念彼碩人」,誰在「歌」?誰在「念」?說是君子(即作詩的人)。「碩人」是誰?說是「申后」。「之子之遠,俾我獨兮」中的「我」,也說是「申后」。「維彼碩人,實勞我心」與末章的「之子之遠,俾我疷兮」的二個「我」字,又分別一代詩人,一代申后。這首詩如出於詩人口吻,所有的「我」字必然是詩人自稱。如果是申后的口吻,所有的「我」字必然是申后的自稱。怎會有時代申后、有時代詩人的呢?

再進一步說,「維彼碩人,實勞我心」的「碩人」,既認定是申后,「碩人」與「我」對稱,則詩中所有的「我」字都不可能是申后了。又「之子之遠,俾我獨兮」、「之子之遠,俾我疷兮」,說「之子」的「子」是幽王,幽王與作詩的「周人」不可能有如此親密的關係。故這些「我」字也不可能是詩人自稱。了解了這些,可以斷定蘇氏這些人事新詮是無法說通的。

由此可見,即使朱熹所引蘇氏的詮釋,也還有商酌的餘地的。

五、比興辨析問題

蘇氏不明比、興的分際,常將起興的句字都從取譬設喻上說,故多自造詩義,成爲衍說。茲舉例如下:

㈠《小雅·南山有臺》首章有「南山有臺,北山有萊」句,《毛傳》云:「興也。臺,夫須也。萊,草也。」《朱傳》云:「興也。南山則有臺矣,北山則有萊矣。」別無說詞。蘇氏云:

> 臺,夫須也。萊,草也。國之有賢人,猶山之有草木,以自覆蓋也。君子之長育人才,如山之長育草木,多而不厭。

蘇氏將山之有「臺」與「萊」，比作「國之有賢人」與「君子之長育人才」，這不是起興文句當有之義。

　　㈡《秦風・黃鳥》有「交交黃鳥，止于棘」句，《朱傳》云：「興也。交交，飛而往來之貌。言交交黃鳥，則至于棘矣！」以爲這是情景起興之詞，別無含義。蘇氏云：

　　　　言臣之託君，猶黃鳥之止於木，交交其和鳴。今三子獨不得其死，曾鳥之不若也。

將黃鳥止於棘，說成「臣之託君」，這是「比」不是「興」了。

　　㈢《鄭風・野有蔓草》首二句「野有蔓草，零露漙矣」，《毛傳》云：「興也。野，四郊之外。蔓，延也。漙漙然，盛多也。」《鄭箋》云：「零，落也。蔓草而有露，謂仲春之時，草始生，霜爲露也。」《朱傳》云：「男女相遇於野田草露之間，故賦其所見以起興。」都從實景上說，別無含義。蘇氏云：

　　　　鄭人困於亂政，感蔓草之得露零以生，而自傷不及也。故思得君子以被其澤。思之不得，故深思之。

《野有蔓草》當是一首抒情的民歌。詩人在野外遇見一位美麗的女子，甚合自己的心願。吟詠之際，以當時所見的景物（蔓草、露珠）起興。蘇氏卻從喻意上說，取《詩序》「思遇時」爲旨，說「鄭人困於亂政，感蔓草之得露零以生，而自傷不及也」；並藉以隱喻「思得君子以被其膏澤」。這些都是詩文未必具有的含義，只能視爲一種衍說。

　　㈣《召南・小星》首章：「嘒彼小星，三五在東。肅肅宵征，夙夜在公，寔命不同。」《詩序》以「惠及下也」爲詩旨，蘇氏從之，並云：

　　　　嘒，微貌也。三，心也；五，噣也。正月，噣在東方；三月，心在東方。……諸妾從夫人以次進御於君所，謂小星之從心噣也。

這是從《序》認定「小星」者喻眾妾之義。其實「小星」只是「宵征」者所見之景；而宵征者亦非進御於君的妾婦；因有「抱衾與裯」之敍。君之寢宮豈無衾裯？豈無婢僕專使其職？妾婦進御必盛裝；一位盛裝女子自抱衾、裯而行，成何體統？這是不近情理的人事編敍，絕不可從。宵征者既有「夙夜在公」的身分，當是一位銜命遠征的小公務員。「小星」只是他夜行所見的景物而已。《毛傳》、《朱傳》都注「興也」；朱熹云：「因所見以起興，其於義無所取，特取其在東在公兩字之相應耳。」興義正該如此說。蘇氏以「小星從心噣」喻「諸妾從夫人」，從喻意上說，實是誤解。

六、以正變，美刺說詩問題

《毛詩序》正變之說，破綻甚多，不成體系，不足以探信。蘇氏信之，以見其識力之不足。茲舉證如下：

㈠《蘇傳·周南》下云：「文王之風，謂之周南、召南。」又在《國風》下云：「二南之為首，正風也。」又在《國風·邶》之下云：「頃公之世，變風既作，而邶鄘衛皆自有詩，各以其地名之。」從這幾段話看來，詩之正變是依時世來區分的。《二南》為文王之詩，故是正風；變風則始於衛頃公之世。而且《蘇傳·豳》之下云：

夫言正變者，必原其時；原其時，則得其實。

既然如此，《豳風》七首詩，或說是周公作，或說是詩人為周公作。古文家以為文、武、成三世為正風時期，則《豳風》七首詩為何不放在正風裡，反而放在變風之末呢？蘇氏云：

故《七月》者，道周公之所以當國而不辭也。周公之所以當國而不辭，重王業之艱難也。然是詩則言豳公而已，不及於周公，故謂之豳而以周公之詩附之。夫豳公之詩，一國之風也；周公之詩，一人之事也，以為皆非天下之政，是故得為風，不得為雅也。昔之言詩者，以為此詩作於周公之遭變，故謂之豳之變風。

他的理由是：⑴《詩序》云：「《七月》，陳王業也。周公遭變，故陳后稷先

公風化之所由，致王業之艱難也。」蘇氏從《序》，故言《七月》是周公「重王業之艱難」，其實是「豳公」之事，「不及於周公」的，所以稱之為《豳》。其他六首與周公有關的詩，都只是附加的。⑵不論是「豳公之詩」或「周公之詩」，「皆非天下之政」，所以只稱為風，不得稱為雅。⑶又因這些詩都作於「周公遭變」之時，所以又將它放在變風裡。

但如細究蘇氏所論，即有下述問題：⑴說《七月》是周公作來「陳王業之艱難」的，這話可信嗎？如從詩文內容看，周公的身分即是詩中的「公子」，不然，也該是豳公的子孫。詩中有「女心傷悲，殆及公子同歸」；「我朱孔陽，為公子裳」；「取彼狐狸，為公子裘」。他會把自己家人的特權生活寫得這麼露骨嗎？尤其，他需要用這些話來表示「王業之艱難」嗎？⑵說《豳風》只能稱為風，不得稱為雅，主要原因是所敘「皆非天下之政」的緣故。這即與《詩序》以及其所定「重王業之艱難」自相矛盾。「王業」，即是帝王事業，以天下為己任。詩旨既已如此，怎會又說「周公之詩，一人之事」的呢？⑶蘇氏既以「言正變者，必原其詩」為準則，《詩序》既定「正風」在文、武、成三世，周公正是這一時代的人，他的詩自當置於「正風」，怎會反置於「變風」之末呢？⑷如以個人因素來說，因為「周公遭變」，才將他的詩置於「變風」，則文王也曾遭變，他被商紂囚於羑里，比周公所遭的「變」嚴重多了，為什麼文王的詩不置於「變風」裡呢？此說與時世之說有無牴觸？⑸文王為商紂之臣，早商紂十一年去世，一生在暴政之下、征伐之中渡過。他的時代既不得稱為「太平盛世」，他也絕無可能擅自稱王，則據何而云《二南》之詩都是受文王之化的？⑹如果「正風」時期真是「太平盛世」的表徵，是有善而無惡的；為何周公尚須東征？成王尚疑周公以致周公有《金縢》之作與《鴟鴞》之吟？（註一〇）文王連自家子孫都「化」不了，還能「化」及天下百姓而成《二南》之詩嗎？⑺蘇氏又說：「衛武、衛文、鄭武、秦襄之詩，一時之正也，而不得為正，何者？其正未足以復變也。周公、成王之際而一有不善，是亦一時之變耳，孰謂一時之變而足以敗數百年之正也哉？」這話如能成立，不是正好說明周公所遭之變，只是「一時之變」嗎？既是「一時之變」不足以「敗數百年之正」，則周公之詩就該置於「正風」裡，為什麼還找理由說它應該放在「變風」裡呢？⑻說周公的詩只是一時之變不足以敗數百年之正，試問：周公以前何來數百年之正？如有數百年之正，夏、商毋須興替，武王無由伐紂，

王化源自禹、湯，豳公子孫只能據守於西疆，姬昌只是一位西伯，他憑什麼來王化天下？

由上所述，可見《詩序》正、變之說破綻甚多，蘇氏有心辯護，卻愈辯愈糟。這是事實問題，不是逞口舌之能所可濟事的。

㈡《毛詩序》的另一個問題，即是「美刺」之說。詩人見善則美，則惡則刺，原屬平常。其所以成為問題，是將三百篇泛政治化。蘇氏採信《詩序》首句，自然要與之同步。比如《小雅》中《詩序》定為與宣王有關的詩有十四首（自《六月》至《無羊》），其中有美宣王詩，亦有刺宣王詩。自《節南山》起至《小雅》最後一首《何草不黃》共四十四首，《詩序》都說是刺幽王的。蘇氏取其首句，定為詩旨，實非所宜。因為許多詩篇既不明作者，又無時代可考。從內容上看，與宣、幽的帝王生活不類。例如《黃鳥》言「此邦之人，不我肯穀」；《我行其野》言「昏姻之故，言就爾居」；《詩序》說是「刺宣王」的，蘇氏也說是「刺宣王」的，何以見得？又如《小宛》言「明發不寐，有懷二人」、「戰戰兢兢，如履薄冰」；《蓼莪》言「哀哀父母，生我劬勞」、「民莫不穀，我獨不卒」；《詩序》說是「刺幽王」的；蘇氏也說是「刺幽王」的，何以見得？

蘇氏還有詩篇編次調整之議，說平王在桓王之前，鄭國昭公在文公之前。因此平王的詩《葛藟》應調到桓王的詩《兔爰》之前；鄭國莊公的詩《遵大路》、昭公的詩《有女同車》、《山有扶蘇》、《蘀兮》、《狡童》、《揚之水》應調到《清人》之前。他這一主張影響後世一些學者，認為三百篇的次序已非古本之舊，如朱熹及其後學王柏等人，都有重訂篇次之議。可是蘇氏勤於考訂王朝世次，卻疏於探討詩文本義。比如說《兔爰》「刺桓王」、《葛藟》「刺平王」、《遵大路》「刺鄭莊公」、《有女同車》等五首詩「刺昭公」，所據何來？這些詩無關朝政，純屬民間歌謠，那有詩篇編次的問題？

蘇氏還依據《詩序》說《秦風·無衣》為「刺用兵也」，詩文「與子同袍」、「與子同仇」，絕無「刺」義。說《齊風·著》為「刺不一也」，詩文則云：「淑人君子，其儀一矣。其儀一矣，心如結矣。」《序》文與詩義眞該反其道而說的嗎？

此外，蘇氏從《序》尚有「陳古刺今」之說。例如《齊風·盧令·序》云：「《盧令》，刺荒也。襄公好田獵畢弋而不修民事，百姓苦之，故陳古以風

焉。」這裡的「風」字通「諷」，即有「刺」義。「陳古以風」即陳古之道以刺今之襄公。蘇氏云：「盧令，刺荒也。《毛詩》之《序》曰襄公之詩也。」他雖不提「陳古刺今」，但已取《詩序》「刺荒」與詠襄公之義。《盧令》首章：「盧令令，其人美且仁。」盧為獵犬之名，說「古人以田獵相尚，故聞其纓鐶之聲而美之曰：此仁人也。」以為所美的仁人是古人，今之襄公雖亦好田獵，但不修民事，以致百姓辛苦，所以詩人陳述古之仁人，以刺今之襄公。這即是「陳古刺今」的詩義所在。可是從詩文來看，《盧令》無刺義，與齊襄公亦全不相干。《朱傳》即不取此說，以為與《還》篇同為讚美獵者的詩。一旦除去史事的附會，則「陳古刺今」之說即會消失於無形矣！

《王風・大車》：

> 大車檻檻，毳衣如菼。豈不爾思？畏子不敢。
> 大車啍啍，毳衣如璊。豈不爾思？畏子不奔。
> 穀則異室，死則同穴。謂予不信，有如皦日。

《詩序》云：「《大車》，刺周大夫也。禮義陵遲，男女淫奔，故陳古以刺今大夫不能聽男女之訟焉。」蘇氏云：

> 《大車》，刺周大夫也。……古者大夫巡行邦國，以聽男女之訟。……民聞其車聲而見其衣服，則畏而不敢矣，非待刑之而後已也。蓋傷今不能矣！

「傷今不能」，即是刺今大夫不能如詩中所頌古大夫之善於聽訟也。然而按之詩文，所敘都是詩人真實生活，既非「陳古」，亦非「聽訟」；信誓旦旦，何來「刺今」之義？此詩姚際恆引《子貢詩傳》（註九）以為「周人從軍，訊其家室」之作。詩中「畏子不奔」訓為「子，指主之者；奔，逃亡也。」王靜芝《詩經通釋》即採此訓，並以「此征夫思室家之詩也」為旨，則一切牽強之說自可置之不顧了！

「陳古刺今」之說，原是四家通病。《今文》家將《關雎》、《鹿鳴》都說成是「陳古刺今」的。他們之所以有此一法，實由於儒家詩教的需要。漢儒

將三百篇當諫書，逼得他們挖空心思，附會歷史人物，深化詩文涵義。深則深矣，然而往往是：捨直就曲，以反為正；下筆千言，離題萬里！

七、《大雅》、《小雅》的區分問題

《蘇傳》卷九所言大小《雅》的區分，即「《小雅》言政事之得失」，「《大雅》言道德之存亡」。亦即一言「政事」，一言「道德」。政事是有形的，雖是爵命諸侯，征伐四國，屬於國之大事，但都是「可得而知」的，「盡於所知而無餘」的，所以稱之為「小」；反之，道德是無形的，如《行葦》之燕兄弟耆老，《靈臺》之言麋鹿魚鱉，所言雖小，所及者大，「謂其不可得而知」的，所以稱之為大。

蘇氏這一主張，自是創舉；然如按之詩文，恐非如此一律。如以言政事的多寡而言，《大雅》要多於《小雅》。《大雅》的內容，即以蘇氏所定的《序》文來看，如《文王》云：「文王受命作周也。」《大明》云：「文王有明德，故天復命武王也。」《棫樸》云：「文王能官人也。」《公劉》云：「召康公戒成王也。」《板》云：「凡伯刺厲王也。」《蕩》云：「召穆公傷周室大壞也。」《桑柔》云：「芮伯刺厲王也。」《雲漢》云：「仍叔美宣王也。」《崧高》云：「尹吉甫美宣王也。」瞻卬云：「凡伯刺幽王大壞也。」這些《序》文，採自《詩序》首句，所敍都以政事為主題，並以文王、武王、成王、厲王、宣王、幽王為對象。至於道德的存亡，自亦包涵在其中。反之，《小雅》的內容，敍政事的詩篇在比例上要少許多，不僅沒有明顯的政治人物作對象，而且也較少明確的政事主題。如《鹿鳴》云：「燕群臣嘉賓也。」《常棣》云：「燕兄弟也。」《伐木》云：「燕朋友故舊也。」《天保》云：「下報上也。」《魚麗》云：「美萬物盛多能備禮也。」《南陔》云：「孝子相戒以養也。」《白華》云：「孝子之潔白也。」《南山有臺》云：「樂得賢也。」《由儀》云：「萬物之生各得其宜也。」《菁菁者莪》云：「樂育材也。」像這些詩篇，與政事無關，與道德卻大有關係。可見蘇氏說「《小雅》言政事之得失」，「《大雅》言道德之存亡」；這話不是很可信的。

其實，政事與道德不是可以截然劃分的；凡是政事成功的，必然有其高尚的道德；政事失敗的，也必然有其敗劣的行為。再進一步說，凡是「歌功頌德」的詩文，都是政事上的豐功偉業與道德上的懿言美行兩者互為表裡的。反之，凡是怨誹譏刺的詩文，也都是政事上禍亂頻仍、道德上荒淫無道兼而有之

的。所以不僅《二雅》不能如此分類,即以詩篇來說,如說某詩屬政事,某詩屬道德,這也是未必盡然的。更何況有不少詩篇無關於政事與道德的呢?

八、孔子刪《詩》問題

蘇氏信漢儒孔子刪《詩》之說。《蘇傳》開卷《國風》之下云:「孔子編《詩》,列十五國之次。」以為《詩經》是經孔子編訂而成的。又在《關雎》篇云:「孔子刪《詩》而取三百篇,今其亡者六焉。」以為司馬遷在《史記》裡說:「古詩三千首,孔子去其重,得可以教者三百首。」是可信的。在《陳風》之後,蘇氏云:

> 詩止於陳靈,何也?古之說者曰:「王澤竭而詩不作。」是不然矣。予以為陳靈之後,天下未嘗無詩而仲尼有所不取也。

今以時世考之,夏徵舒弒陳靈公在周定王時(公元前五五九年),孔子生於周靈王二十一年(公元前五五一年),相距僅四十八年。季札觀樂在周景王元年(公元前五四四年),其時孔子已八歲,其所觀的詩樂三百篇以及十五國風早已定型,孔子絕無可能從原有三千篇中,刪去十分之九,僅選取三百篇。詩之不繼,非孔子「有所不取」,實係社會風氣所使然。孔子以後的戰國時代,不見公卿大夫賦詩言志的事,也無類似三百篇體式之作。從文學發展史的觀點來看,這是不足怪異的。任何一種詩文體式,都有它的時代背景與興起、滋盛以及沒落的過程。《詩經》自周初至春秋周定王時,已經歷五百餘年,較之後起的《楚辭》、「駢文」、「宋詞」、「元曲」,其創作「存活」的時間,確實要長多了!由此來看,蘇氏所云「陳靈之後,天下未嘗無詩」,是由於「孔子所不取」的緣故。這話恐非事實,還大有商榷餘地。

肆、結論

一、從治學精神上看

蘇氏一生志業,原在於為國服務;然而宦海浮沈,有志未伸。歷經橫逆困頓之際,卻能潛心於學術研究。生死可以不問,文章不能不寫。這種治學精神,實可作為後世學者的典範。

二、從開創風氣上看

學術思想的進步，原是靠才智之士提出一些創新之見逐漸累積而成的。《詩經》的解說，自毛、鄭、孔定爲一尊之後，經歷八百年，至宋才有學者如歐陽修、王安石、蘇轍、鄭樵、王質、朱熹等分別自創新義。他們的共同處，即對《詩序》表示懷疑；他們的不同處，即所懷疑的範圍有大小。如歐陽修、朱熹信與不信，視詩篇而定；鄭樵、王質則全不信《序》。蘇氏則獨樹一幟，信《詩序》首句，以爲傳自孔子、子夏。不信首句以下的《序》文，以爲是後漢衛宏等人所附會的。他對《詩序》採取局部懷疑的態度，在《詩經》詮釋史上有著一定的意義。《四庫總目》云：「厥後王得臣、程大昌、李樗皆以轍說爲祖。」（卷十五，《經部‧詩類一‧詩集傳》提要）即如呂祖謙、嚴粲雖尊序說詩，亦不乏採取蘇氏對《詩序》的觀點。凡此，皆可見得蘇氏這一主張的影響。

三、從基本觀念上看

相信《詩序》首句出自孔子、子夏；相信《史記》所載孔子刪詩之說；相信《二南》的詩都只屬於「文王之風」，相信《詩序》正變美刺之說。這些古文學者所持的基本觀念，蘇氏一概接受。因此，以政敎說詩，以政治人物說詩，卻從未想及《國風》採自民間，當以「民俗歌謠」說之。故較之鄭樵、朱熹，蘇氏的見識不免遜色。亦即蘇氏大處信毛，小處反毛，其創新的局限性是顯然可見的。

四、從研究方法上看

概念不淸，界說不明，甚或說理前後自相矛盾，這原是學者爲文所最忌諱的事。蘇氏說到《毛詩序》的作者，據《東漢‧儒林傳》，當是衛宏作；據《隋書‧經籍志》，當是「子夏所創，毛公及衛敬仲又加潤益」。兩者主張不同，怎可擺在一起，卻以後一說作結，謂「故予存其一言（指《詩序》首句）而已。曰：是詩言是事也」的呢？論時世，隋比東漢後四百餘年，作《隋書》者何以比作《後漢書》者知道得更多？舉相異的例來求證，本無結論之可言。蘇氏如此論證，自無論證的效力。

又如蘇氏主張《詩序》首句出自孔子、子夏，如要使人相信，必須做到：㈠先秦典籍有此記載；㈡《詩序》首句足以說明詩文的本意；㈢各家詩說有著一致的看法。這原是考證時應該涉及的範圍，蘇氏顯然未曾以客觀的態度來處

理。比如以第㈡點來看，《關雎·序》說：「后妃之德也。」詩文原是敍君子
求淑女以至於成婚的事，何以見得這位「淑女」必是「后妃」？又何以見得這
首詩是敍「后妃之德」的？這會是孔子之意、子夏之筆嗎？先秦典籍有無此
說？三家詩又是怎樣說的？想到了這一些，《關雎·序》的話自然要存疑了。
其他如「《卷耳》，后妃之志也」；「《兔罝》，后妃之化也」；「《鵲
巢》，夫人之德也」等《序》說，自然都得視爲既無依據，又不合詩文本意的
不當編敍了！

五、從《詩序》首句與下文的關係上看

蘇氏取首句捨下文爲說詩重點。其實，《詩序》的問題大都在首句，不在
下文；下文原只是說明或補充其首句的；蘇氏顯然有本末倒置之嫌了。比如
《周南·麟之趾·序》云：「《麟趾》，《關雎》之應也。《關雎》之化行，則
天下無犯非禮。雖衰世之公子，皆信厚如麟趾之時。」蘇氏云：「夫《關雎》
之化行，則公子信厚。公子之信厚如麟之仁，此所謂應矣，未嘗言其時也。捨
麟之德而言其時，過矣。」這是以爲《詩序》首句「《麟趾》，《關雎》之應
也」是對的，但所應的該是「麟趾之德」，不是「麟趾之時」；以證《詩序》
「麟趾之時」是不對的。但如細究《序》文，兩詩相應之說即是一個問題。
《關雎》是賀人結婚的詩；《麟趾》是賀人生子的詩；作詩之時空人事均不可
知，怎知其有無相應？再進一步說，兩詩以什麼相應？蘇氏說是「關雎之化」
與「麟趾之德」相應。可是《關雎》無「后妃」，何來「后妃之化」？《麟
趾》中的「麟之趾」、「麟之定」、「麟之角」皆是「起興」之詞，原不取
義。如說其「趾」有「仁」的含義，則其「定」其「角」又該有什麼含義？結
婚、生子表示祝賀，古今所同；兩詩出於人情之所需。作《序》者有心牽附，
杜撰其相應之說。蘇氏信其首句而攻其下文，等於捨其本而逐其末，豈是允當
之論？

此爲《蘇傳》著力之所在，亦爲《蘇傳》癥結之所在。《蘇傳》不爲後世
所重，此當是主因之一。

六、從文詞詮釋上看

詮釋文詞，常受篇旨影響；故《傳》、《箋》之文往往承《序》闡述，互
爲表裡。蘇氏既重《詩序》首句，其說詞亦多從《傳》、《箋》。一旦
《序》、《傳》、《箋》有誤，蘇氏亦隨之而誤。例如《邶風·燕燕·序》：

「衛莊姜送歸妾也。」《毛傳》敍其史事云:「莊姜無子,陳女戴嬀生子,名完,莊姜以爲己子。莊公薨,完立,而州吁殺之;戴嬀於是大歸。莊姜遠送之于野,作詩以見其志。」蘇氏從其說,並於「仲氏任只」下云:「仲,戴嬀字也。任,大也。」以爲《燕燕》敍的正是莊姜送戴嬀事。可是《史記·衛世家》云:「陳女女弟亦幸於莊公,而生子完,完母死,莊公令夫人齊女子之。」這裡的「陳女」,指的是「厲嬀」,她「生孝伯,早死」。其「女弟」,即是「戴嬀」,她「生子完」後亦即死去,莊公才令莊姜撫養以爲己子。戴嬀早已死了,何來莊姜送戴嬀的事?這即是蘇氏尊《序》詮釋致誤的一例。惟許多文詞無關史事,《傳》、《箋》得自古義,自較可信;蘇氏採用者多,當無問題。其屬於一己之見者,亦有當與不當之別。其中較允當者,多數已被朱熹所引用,視爲蘇氏的創見。筆者則以爲在朱熹引用的詮釋裡,仍有某些是值得商榷的。

七、從「六義」的解說上看

蘇氏說《風》說《雅》,都有偏執之處。比如說《二南》爲文王之詩,《豳風》無豳人之作;《小雅》「言政事之得失」,《大雅》「言道德之存亡」;都是與詩文內容不相契合的。至於「比」、「興」之義,渾然莫辨,常將「興」體的詩句說成了「比」體。例如《召南·小星》:「嘒彼小星,三五在東」,《毛傳》標爲「興也」,《鄭箋》:「眾無名之星,隨心噣在天,猶諸妾隨夫人以次序進御于君也。」蘇氏隨之云:「諸妾從夫人以次敍進御於君,所謂小星之從心噣也。」這樣說來,是將「小星」比作「眾妾」,以小星隨心噣比作諸妾從夫人。既有明顯的「比」義,怎說是「興」呢?《朱傳》云:「興也。嘒,微貌。三五,言其稀,蓋初昏或將旦時也。……蓋眾妾進御於君,不敢當夕,見星而往,見星而還;故因所見以起興,其於義無取,特取其『在東』、『在公』兩字之相應耳。」「興」義正該如此說,只是朱熹「眾妾進御於君」之言,受《序》、《箋》影響,仍是附會。「興」不取義,是爲正則;若謂取義,僅爲情景的配合,絕非意義的比對。蘇氏於此關節處,似未明曉。

八、從《詩經》詮釋史上看

《毛詩序》原屬古文家一家之言,屬今文的三家詩說即無《二南》爲《正風》,屬文王之詩的說法。如《關雎》篇魯說云:「周衰而詩作,蓋康王時

也。康王德缺於房，大臣刺晏，故詩作。」即以爲《關雎》當屬變風的刺詩。可見信今文詩說的人，絕不以爲《毛詩序》是可信的。魏晉以後，三家式微。然而懷疑《毛詩序》者時有所聞。如唐代韓愈《詩之序議》曰：「子夏不序《詩》有三焉：知不及，一也；暴揚中冓之私，春秋所不道，二也；諸侯猶世，不敢以言，三也。察夫《詩序》，其漢之學者欲自顯立其詩，因藉之子夏，故其序大國詳，小國略，斯可見矣！」可見韓文公即不以爲《詩序》是子夏作的。成伯璵《毛詩指說》即以爲子夏僅作《詩大序》及《小序》首句，首句以下是「大毛公自以詩中之意而繫其辭」的。由此可見，蘇氏對《詩序》的主張，絕非創舉。至於屈萬里先生《詩經詮釋・敘論》中說他「能獨抒己見，而不迷信舊說」，這也是有待商榷的。因爲信《詩序》首句，即是信其《舊說》，是否「迷信」，得看這些「舊說」是否出於附會而定的了。

總之，說詩應否尊《序》？這是詮釋史上一個前提性的問題。蘇氏《詩集傳》的價值，除實質內容外，還得看它在詩學演進的歷史線上該如何定位而論了！

附註：

註一　以上資料引自陳明義《蘇轍詩集傳研究》第四章第一節「成書經過」。該書作於民國八十二年十二月，爲東吳大學中文研究所碩士論文。

註二　新華書局出版《中國文學史知識叢書》金國永著《蘇轍》。北京，中華書局，一九九〇年一月。

註三　請參看王靜芝著《詩經通釋・十月之交》篇。

註四　請參看趙制陽著《詩經名著評介》第二集《詩大序有關問題的討論》一文。

註五　《朱子語類》卷八，頁一〇。

註六　《朱子詩傳遺說》卷二，頁一二。

註七　請參看趙制陽著《詩經名著評介》第二集《二南有關問題的討論》一文。

註八　唐朝陸德明《經典釋文》引徐整（三國時吳國人）曰：「子夏授高行子，高行子授薛倉子，薛倉子授白妙子，白妙子授河間人大毛公。毛公爲故訓傳授趙人小毛公。小毛公爲河間獻王博士。」又陸璣《毛詩草木鳥獸蟲魚疏》云：「子夏授曾申，申授魏人李克，克傳魯人孟仲子，孟仲子傳根牟子，根牟子傳趙人孫卿子，孫卿子傳魯人大毛公。」

註九　見姚際恆《詩經通論・大車》篇。《子貢詩傳》世稱《僞傳》。

註一〇　《尙書・金縢》云：「武王有疾，周公作《金縢》」。同篇又云：「周公居東二年，則罪人斯得。于後公乃爲詩以貽王，名之曰《鴟鴞》，王亦未敢誚公。」

（原載於《孔孟學報》第七十一期，民國八十五年三月）

鄭樵《詩辨妄》評介

壹、前言

《宋史》卷四百三十六《鄭樵傳》云：

> 　　鄭樵字漁仲，興化軍莆田人。好著書，不為文章，自負不下劉向、揚雄。居夾漈山，謝絕人事。久之，乃游名山大川，搜奇訪古，遇藏書家，必借留讀盡乃去。趙鼎、張浚而下皆器之。初為經旨、禮樂、文字、天文、地理、蟲魚、草木、方書之學，皆有論辨，紹興十九年上之，詔藏祕府。樵歸益屬所學，從者二百餘人。
>
> 　　以侍講王綸、賀允中薦，得召對，因言班固以來歷代為史之非。帝曰：「聞卿名久矣，數陳古學，自成一家，何相見之晚耶？」授右迪功郎，禮兵部架閣。以御史葉義問劾之，改監潭州南嶽廟，給札歸抄所著《通志》。書成，入為樞密院編修官，尋兼攝檢詳諸房文字。請修金正隆官制，比附中國秩序，因求入祕書省繙閱書籍。未幾，又坐言者寢其事。金人之犯邊也，樵言歲星分在宋，金主將自斃，後果然。高宗幸建康，命以《通志》進，會病卒，年五十九，學者稱夾漈先生。
>
> 　　樵好為考證倫類之學，成書雖多，大抵博學而寡要。平生甘枯淡，樂施與，獨切切於仕進，識者以是少之。

以上是鄭樵的簡史。鄭氏在仕途上不得意，在學術上則有不少傳世之作。最著名的有《通志》、《六經奧論》、《詩辨妄》三書。其他尚有《詩傳訓詁》一書，見於朱德潤《鄭氏詩傳序》，有云：

　　　莆田林子發氏攜宋鄭夾漈先生《詩傳訓詁》謂德潤曰：「先生昔在
　閩中，紬繹之暇，集爲此書。其間摘《詩傳》之幽隱，辨事物之名義，
　眞所謂發宋儒之所未發者。於是以校正是本，俾德潤讀之。」

可見鄭氏確有《詩傳訓詁》這部書，但是有無付印，未見說明，後人亦未聞有
此傳本。

　　《詩辨妄》問世不久也失傳了。朱彝尊著《經義考》，分書籍爲「存、
佚、未見」三類，並列《詩辨妄》於「未見」之中；至於《詩傳訓詁》更未提
及。說者以爲鄭氏《詩辨妄》問世後，即有周孚《非詩辨妄》舉五十一事駁斥
之；一時保守派群起響應，說他：「博洽傲睨一時，遂至肆作聰明，詆諆毛
鄭。其《詩辨妄》一書，開數百年杜撰說《詩》之捷徑，爲通儒之所深非。」
（註一）並說他：「決裂古訓，橫生臆解，實汩亂經義之渠魁。南渡諸人，多
爲所惑。」（註二）鄭氏之學，爲之摧抑。

　　虞集《鄭氏詩傳序》有云：

　　　求諸鄭氏之子孫，夾漈之手筆猶有書五十餘種。故御史中丞馬公伯
　庸，延祐末，奉旨閱海貨于泉南，觀于鄭氏，得十數種以去，將刻而傳
　之。馬公則釐清要，出入臺省，席不暇暖，未及如其志而歿。泰定中，
　故太史齊公履謙奉使宣撫治閩，亦取十餘種，將刻而傳之。太史還朝，
　不一二年而歿，亦不克如其志。……

由此可見鄭氏勤於著述，手稿五十餘種，傳世者則僅《通志》與《六經奧論》
二書；至於《詩辨妄》，亦早無傳本，今之所見者，係顧頡剛先生於民國十二
年前後，從周孚《非詩辨妄》等書輯出許多條，至民國二十二年，以《詩辨
妄》爲書名，附錄有：一、周孚《非詩辨妄》；二、《通志》中《詩》說部
份；三、《六經奧論》中《詩》說部份；四、歷代對於鄭樵《詩》說的評論。
全部由顧頡剛輯點，由樸杜出版，作爲《辨僞叢刊》之一。其中遂有張西堂先
生序，在《非詩辨妄》後有《顧頡剛跋》，含有導讀性質。

貳、論文簡介

一、對《詩序》的看法

鄭氏評論《詩序》，散見於《詩辨妄》，《六經奧論》及朱熹之著作中，茲選錄於左：

> 《詩序》……皆是村野妄人作。（此條見《朱子全書・詩綱領》引）

> 作《序》者以陟岵之人做《南陔》，故曰：「《南陔》，孝子相戒以養也。」

> 凡詩皆取篇中之字以命題。《雨無正》取篇中之義。作《序》者曰：「雨無正，雨自上下者也，眾多如雨，而非所以爲政也。」此何等語哉！

> 劉歆《三統曆》妄謂文王受命九年而崩，致誤衛宏言「文王受命作周」也。

> 《周頌》之《序》，多非依做篇中之義爲言，乃知所傳爲眞。

以上四條錄自《詩辨妄》。以下錄自《六經奧論選錄》：

> 或者謂《大序》（即《關雎序》作于子夏（王肅、鄭玄、蕭統皆云），《小序》作于毛公。此說非也。《序》有鄭注而無鄭《箋》，其不作於子夏明矣。毛公于《詩》第爲之《傳》，其不作《序》又明矣。

> 又謂《大序》作于聖人，《小序》作于衛宏。謂《小序》作于衛宏，是也；謂《大序》作于聖人，非也。命篇《大序》，蓋出于當時採詩太史之所題；而題下之《序》則衛宏從謝曼卿受師說而爲之也。……

> 宏《序》作于東漢，故漢世文字未有引《詩序》者。惟黃初四年有「曹共公遠君子，近小人」之語。蓋魏後于漢，而宏之《序》至是始行也。……如《蕩》以「蕩蕩上帝」發語，而曰：「天下蕩蕩無綱紀文章」。《召旻》以「旻天疾威」發語，而曰：「閔天下無如召公之爲

臣。」《雨無正》乃大夫刺幽王也,而曰:「眾多如雨,非所以為正也」。牽合為文而取譏于世,此不可不辨也。

以上鄭氏所論,或從《詩序》的作者來說,前人有的主張孔子作、子夏作、毛公作、衛宏作。鄭氏在《詩辨妄》主張「村野妄人作」;在《六經奧論》主張《大序》為太史所題,《小序》則是衛宏作。或從《詩序》的內容看,以為《詩序》好事附會,有的曲解篇名,自圓其說;有的編造文王受命歷史,牽合《二南》王化之說;以致《詩序》所言不合詩文旨趣,成為《詩經》研讀的一大障礙。

二、對《傳》、《箋》的看法

鄭氏對《毛傳》、《鄭箋》亦多疵議:《詩辨妄》云:

> 漢之言《詩》者三家耳。毛公、趙人最後出,不為當時所取信,乃詭誕其說,稱其書傳之子夏,蓋本《論語》所謂,「起予者商也,始可與言詩已矣!」
>
> 漢人尚三家而不取毛氏者,往往非不取其義也,但以妄誕之故,故為時人所鄙。
>
> 惜乎三家之詩不並傳於世矣,不知韓氏世有傳者乎?
>
> 鄭康成生東漢之末,又為《詩箋》,本毛氏;以毛公先為北海相。康成,北海人,故傳所書。
>
> 鄭所以不如毛者,以其書生家,太泥于《三禮》刑名度數。
>
> 毛鄭輩亦識理。
>
> 村里陋儒。(剛案:指毛、鄭輩)
>
> 亂先王之典籍,而紛惑其說,使後學不知大道之本,自漢儒始。

由這幾段話,可知鄭樵似乎重三家而輕毛。他說毛公所傳因妄誕之故不為當代的人所取信,後由於稱其說傳自子夏,才受人重視。毛萇曾為北海相,鄭康成北海人,有此地緣關係,故傳其書。實則毛、鄭皆是「村里陋儒」,以為足以「亂先王典籍,使後學不知大道之本」的,就是這些漢儒。

此外,《六經奧論》中論及「毛鄭之失」者,有云:

　　《何彼襛矣》之詩，平王以後之詩也。注以為武王之詩，而謂「平
王」為平正之王，「齊侯」為齊一之侯。按《春秋》莊公元年，書「王
姬歸于齊」，乃桓王女，平王孫，下嫁于齊襄公；故詩曰：「齊侯之
子，平王之孫」，斷無疑。《周頌》作于康王、成王之世，（剛案：
「世」疑「後」字之誤）故稱「成王」、「成康」。今毛、鄭以《頌》
皆成王時作，不應得稱「成王」、「康王」，故此《昊天有成命》云
「成王不敢康」為「成此王功，不自安逸」；《執競》之「丕顯成康」
謂「成大功而安之」；《噫嘻》之「成王」謂「成是王事」。惟以《召
南》為文、武之詩，故不得不以「平王」為「平正之王」。惟以《周
頌》為成王時作，故不得不以「成王」為「成此王功」也！

　　殊不知詩中此類甚多。《召南》中有康王以後之詩，有平王以後之
詩，不特文、武時也。《甘棠》、《行露》之美召公既歿之後，在康王
世也。《何彼襛矣》作于平王以後，亦猶是也，不必謂武王詩。《大
雅》中《大明》之「維此文王」，《思齊》之「文王之母」，《皇矣》
之「比于文王」，《靈臺》之「王在靈沼」，《緜》之「文王蹶厥
生」，皆後世詩人追詠之辭，何嘗作于文王之世！《周頌》之美成王，
亦猶是也；不必謂成王時作。

　　毛、鄭解經，不能無失，就有大于此者，故特舉一二言之。

　　這是鄭樵從詮釋詩文來看，以為毛、鄭受制於《二南》為《正風》，《正風》
為文、武時詩之說，故將《何彼襛矣》的「平王」說成是「平正之王」，再將
「平正之王」說成即是「武王」。「齊侯」是「齊一之侯」，成為極其不通的
編敍。其實「平王」即是周平王，「齊侯」即是齊襄公。根據《春秋》莊公元
年所載「王姬歸于齊」，乃是桓王之女，平王之孫下嫁給齊襄公的一樁婚事。

　　再以《周頌》來說，毛、鄭設限於成王時作，故須訓「成王」為「成是王
事」；「成康」為「成大功而安之」；「成王不敢康」為「成此王成，不自安
逸」。其實這些詩的作成年代都在成王、康王之後。即如《甘棠》作於召公之
後，《何彼襛矣》作於平王之後，已不是文、武時詩。再如《大明》、《思
齊》、《皇矣》、《靈臺》、《緜》等言及文王的詩，都是後世詩人追述的，
不是作於文王在世的當時。以此類推，凡稱成王、康王的詩，也都是後世詩人

追述的。故知毛、鄭將《周頌》的詩設限於成王之世,這是不對的。

> 言《王·黍離》者,亦猶言《衛·淇澳》、《豳·七月》也。王,王城,即東周也。豳國七篇,關中人風土之歌也,王國十篇,洛人風土之歌也。豈其諸國皆有風土而洛獨無之乎?以爲《黍離》「降爲國風」,何理哉?

又於《通志》中云:

> 王爲王城,東周之地,豳爲豳豐,西周之地。《七月》者,西周之風;《黍離》者,東周之風。而不曰:「《黍離》降爲國風」。

這是《毛傳》在《黍離》下云:「平王東遷,政逐微弱,下列於諸侯,其詩不能復雅,而同於國風焉。」鄭樵以爲《黍離》之爲《王風》,正如《七月》之爲《豳風》,同屬風土之歌;本不屬《雅》,自不宜有「黍離降爲國風」的問題。

三、對《風》、《雅》、《頌》的看法

鄭樵於《詩辨妄》中云:

> 凡制文字,必依形象而立。「風」、「雅」、「頌」皆聲,無形與象,故無其文,皆取他文而借用,如「風」本風雨之風,「雅」本烏鴉之鴉,「頌」本頌容之頌。奈何《詩》者于借字之中求義也!

又在《通志·六書略第四》中云:

> 「風」本風蟲之風;「雅」本烏鴉之鴉;「頌」本顏容之容。三詩,五音,皆聲也。聲不可象,並因音而借焉。

又於《通志·六書略第五》中云:

> 「雅」本烏鴉之鴉，借為《雅》《頌》之雅。……後人不知雅本為
> 鴉。……「頌」本顏容之容，故從公從頁；借為歌頌之頌。今人見頌，
> 知歌頌之頌而已，安知頌本為容。

這些話都從字義本、借的關係上談；以為後人談風、雅、頌，只知從借義上
說，不知從本義上談；本義只以聲求，並無實義。如用來解析詩文，他在《通
志·昆蟲草木略第一·序》中云：

> 臣之序詩，於《風》《雅》《頌》曰：「風土之音曰《風》；朝廷
> 之音曰《雅》；宗廟之音曰《頌》。而不曰：「《風》，風也，教也；
> 《雅》者，正也，言王政之所由廢興也；《頌》者，美盛德之形容
> 也。」

這裡仍從「音」上談，以為《風》、《雅》、《頌》三者只是「樂音」的不
同。《詩大序》以「教化」說《風》、以「王政」說《雅》，以「盛德之形
容」說《頌》；他認為是不得旨趣的。

四、對賦、比、興的看法

詩文作法，賦、比人人皆知，容易辨識；惟有「興」義最難明白。鄭
《箋》孔《疏》往往說「興」為「比」，自致混淆。鄭樵於此，自有創見；其
《六經奧論》卷首《讀詩易法》中云：

> 詩三百第一句曰「關關雎鳩」，后妃之德也。是作詩者之興；所見
> 在是，不謀而於心也。凡興者，所見在此，所得在此，不可以事類推，
> 不可以理義求也。

這是他說「興」最重要的一段話。以為「起興」的文句與下文全不相干。鄭
玄、孔穎達等人常以事、理相推求，所以都不得其解。

又鄭氏在《詩辨妄》中云：

> 以《苤苢》為婦人樂有子者，據《苤苢》詩中，全無樂有子意。彼

之言此者何哉？蓋書生之説例是求義以爲所，此語不徒然也，故以爲樂
有子耳。且《芣苢》之作，興采之也，如後人之采菱，則爲采菱之詩；
采藕，則爲采藕之詩；以述一時所采之興爾，何它義哉？

這是從詩文旨趣上談，《芣苢》這首詩，《詩序》說是詠「婦人樂有子」的，
然詩文中全無此義，是作《序》者刻意求得之義。作《序》者以爲凡詩之作，
不得無義，故以「樂有子」充之。其實《芣苢》之作，出於一時之「興」，如
采菱、采蓮的民間歌謠，作者所表達的在於一時所采之「興」而已。如將它作
成某種義理的解說，這就不符詩人的本意了。

　　鄭氏在《通志·昆蟲草木略·序》中云：

　　　　夫詩之本在聲，而聲之本在興；鳥獸草木乃發興之本。漢儒之言詩
　　者既不論聲，又不知興，故鳥獸草木之學廢矣。
　　　　若曰：「關關雎鳩，在河之洲」，不識雎鳩，則安知「河洲」之趣
　　與「關關」之聲乎！
　　　　凡鳿鷺之類，其喙褊者，則其聲關關；雞鶩之類，其喙銳者，則其
　　聲鴛鴦；此天籟也。雎鳩之喙似鳬鴈，故其聲如是，又得水邊之趣也。
　　《小雅》曰：「呦呦鹿鳴，食野之苹」，不識鹿，則安知「食苹」之趣
　　與「呦呦」之聲乎！……使不識鳥獸之情狀則安知詩人「關關」「呦
　　呦」之興乎！

這是說明「興」爲「聲」之本，亦是「詩」之本。但如探討「興」之所出，鳥
獸草木又是「發興之本」。這是詮釋三百篇中往往藉鳥獸草木作爲起興之句的
道理。因此，欲知鳥獸草木起興的旨趣所在，自有必要對鳥獸草木的形狀與特
性作適度的了解。

　　《論語·陽貨》中載：

　　　　子曰：「小子何莫學夫詩？詩可以興，可以觀，可以群，可以怨；
　　邇之事父，遠之事君，多識於鳥獸草木之名。」

鄭氏推演其義，遂謂「鳥獸草木」為「興」之本。鄭氏於《通志．昆蟲草木略第一．序》中又云：

> 已得鳥獸草木之眞，然後傳詩；已得詩人之興，然後釋《爾雅》。

這話似乎將「鳥獸草木」之學，看成是說《詩》的前提；將「詩人的興」說成不僅是說《詩》之本，而且還是釋《爾雅》的依據。為什麼呢？因為他將「詩人之興」與「鳥獸草木之眞」結合在一起：從形象上看，是鳥獸草木；從作意上看即寓有「詩人之興」。循此以求，當我們讀到詩篇中「鳥獸草木」的時候，就要想到詩人「起興」之所在。再進一步說，已得詩人「起興」之所在，然後讀《爾雅》有關「鳥獸草木」這一部份的資料，才會得到較為妥貼的詮釋。

五、對「聲歌」的看法

鄭樵說詩，特重「聲歌」。其於《六經奧論．關雎辨》中云：

> 孔子言《詩》，皆取詩之聲，不曾說詩之義如何。如曰：「《關雎》樂而不淫，哀而不傷。」（夫子喜大師之樂音中度，故曰：樂矣而不及於淫，哀矣而不及於傷。皆從樂奏中言之，非以序別其《關雎》之文義。）又曰：「師摰之始，《關雎》之亂。」皆樂之聲也；非謂《關雎》之義如此。序《詩》者以為《關雎》之義，則非矣。
>
> 大抵古人學詩，最要理會詩之聲。夫子曰：「人而不為《周南》《召南》，其猶正牆面而立」。「為」之為義，亦「作」之意。既謂之「作」，則翕純皦繹，有聲有器，非但歌詠。而為《周南》《召南》之為，正如「三年不為樂」、「不圖為樂之至於斯」之「為」。（註三）謂之「為」，謂之「作」者，皆樂之聲也。

這兩段都在強調詩要以聲為主。他舉孔子的話為證，以為孔子說「《關雎》樂而不淫，哀而不傷」，這是說魯大師所奏的樂音中度，不是說詩文有如此的含義。再如孔子說「人而不為《周南》《召南》，其猶正牆面而立也」，句中的「為」字，即是「作」的意思，與「三年不為樂」、「不圖為樂之至于斯」的

「爲」同義。可見孔子說詩,但重樂聲,不重文義。

鄭氏於《通志・昆蟲草木略第一・序》中云:

> 夫樂之本在詩,詩之本在聲。竊觀仲尼,初亦不達聲,至哀公十一年,自衛反魯,質正於大師氏而後知之,故曰,「吾自衛反魯,然後樂正,《雅》《頌》各得其所。」此言詩爲樂之本,而《雅》《頌》爲聲之宗也。

這是將孔子謂自衛反魯得正《雅》《頌》之樂,作爲孔子說詩重聲不重義的另一個例證。

鄭氏於《通志・樂略第一・樂府總序》中云:

> 古之達樂三:一曰風、二曰雅、三曰頌。所謂金、石、絲、竹、匏、土、革、木皆主此三者以成樂。禮樂相須以爲用,禮非樂不行,樂非禮不舉。自后夔以來,樂以詩爲本,詩以聲爲用,八音六律爲之羽翼耳。仲尼編《詩》,爲燕享祀之時用以歌,而非用以說義也。
>
> 古之詩,今之詞曲也。若不能歌之,但能誦其文而說其義,可乎?不幸腐儒之說起,齊魯韓毛各爲序訓而以說相高,漢朝又立之學官,以義理相授,遂使歌聲之音湮沒無聞。……曹孟德平劉表,得漢雅樂郎杜夔;夔老矣,久不肄習,所得於三百篇者惟《鹿鳴》、《騶虞》、《伐檀》、《文王》四篇而已,餘聲不傳。太和末,又失其三。左延年所得惟《鹿鳴》一篇,……至晉室,《鹿鳴》一篇又無傳矣。自《鹿鳴》一篇絕,後世不復聞《詩》矣。
>
> 然詩者,人心之樂也。不以世之污隆而存亡。豈三代之時,人有是心,心有是樂;三代之後,人無是心,心無是樂乎?惟三代作者,樂府也。樂府之作,宛同《風》《雅》;但其聲散佚,無所紀繫,所以不得嗣續《風》《雅》而爲流通也。按三百篇在成周時亦無所紀繫,有季札之賢而不別《國風》所在,有仲尼之聖而不知《雅》《頌》之分。仲尼爲此患,故自衛返也,問於太師氏,然後取而正焉。列十五國風,以明風土之音不同。分大小二雅,以明朝廷之音有間。……今樂府之行於世

者，章句雖存，聲樂無用。……蓋聲失則義起，其與齊魯韓毛之言詩無以異也。

以上三段，一則曰「樂以詩為本，詩以聲為用」，《風》《雅》《頌》之詩，藉八音六律以成樂，用為燕享祭祀，而非用以說義。二則曰「古之詩，今之詞曲也。若不能歌之，但能誦其文而說其義，可乎？」亦即漢儒「以義理相授」，不重聲歌；三百篇之聲歌既已湮沒無聞，詩文之義也無從考索矣！三則曰「詩者，人心之樂也，不以世之污隆而存亡」。以此類推，三代之後的《樂府》，與《風》《雅》相同，由於其聲歌散佚，無所紀繫，以致「聲失而義起」，與漢儒說詩犯上同樣的錯誤。

鄭氏於《通志‧總序》中云：

　　　三百篇之詩盡在聲歌，自置詩博士以來，學者不聞一篇之詩。

又於《通志‧昆蟲草木略第一‧序》中云：

　　　臣之序詩，專為聲歌，欲以明仲尼之正樂。臣之釋詩，深究鳥獸草木之名，欲以明仲尼教小子之意。（註四）

由此可見，鄭氏一再宣示的，即讀詩首重聲歌；捨聲歌而談義理，都只成了門外漢，義理也是談不好的。

參、詩旨詮釋舉例

一、《邶風‧簡兮‧序》云：「《簡兮》，刺不用賢也。衛之賢者仕於伶官，皆可以承事王者也。」鄭氏云：

　　　《簡兮》，實美君子能射御歌舞，何得為刺詩！

二、《召南‧何彼襛矣‧序》云：「《何彼襛矣》，美王姬也。雖則王姬，

亦下嫁于諸侯。」鄭氏云：

> 《何彼穠矣》言「雖則王姬，亦下嫁于諸侯」，不知王姬不嫁諸侯
> 嫁何人？

三、《鄘風・牆有茨・序》云：「《牆有茨》，衛人刺其上也。公子頑通乎
君母，國人疾之而不可道也。」鄭氏云：

> 《牆有茨》，言淫亂，故以爲公子頑也。

四、《衛風・河廣・序》云：「《河廣》，宋襄公母歸于衛，思而不止，故
作是詩也。」鄭氏云：

> 《河廣》，《衛風》，而言「誰謂宋遠，跂予望之」，故以爲宋襄
> 公之出母作也。

崔述《讀風偶識》云：「余按：《春秋》閔公二年，狄滅衛，衛人渡河，而廬
於曹。僖公九年，宋桓公乃卒。則襄公之世，衛已在河南，不待杭河而後渡
也。詩安得作是言乎？」王質《詩總聞》以爲宋人僑居於衛地者之作。與鄭氏
之意相合。

五、《陳風・宛丘・序》云：「《宛丘》，刺幽公也。淫荒昏亂，游蕩無
度。」《陳風・東門之枌・序》云：「《東門之枌》，疾亂也。幽公淫荒，風化
之所行，男女棄其舊業，亟會于道路，歌舞于市井爾。」《陳風・衡門・序》
云：「《衡門》，誘僖公也。愿而無立志，故作是詩誘掖其君也。」鄭氏云：

> 《宛丘》、《東門之枌》刺幽公；《衡門》刺僖公。幽、僖之跡無
> 所據見，作《序》者但本諡法而言之。

六、《大雅・召旻・序》云：「旻，閔也。閔天下無如召公之臣也。」鄭氏
云：

　　《召旻》詩首章言「旻天疾威」，卒章言「有如召公」，是取始卒章之一字合爲題，更無他義。

七、《大雅‧蕩‧序》云：「《蕩》，召穆公傷周室大壞也。厲王無道，天下蕩蕩無綱紀文章，故作是詩也。」鄭氏云：

　　《蕩》是「蕩蕩上帝」者，謂天之蕩蕩然無涯也。故取《蕩》名篇。彼亦不知所出，則曰：「天下蕩蕩無綱紀文章」。其乖脫有如此者。
　　或曰：《桑柔》，芮伯所作，而予不信，何也？曰，如《蕩》、《召旻》見于詩，明明如此，尚不可信，況此詩誰以爲然？

八、《南陔‧序》云：「孝子相戒以養也。」《白華‧序》云：「孝子之絜白也。」《華黍‧序》云：「時和歲豐，宜黍稷也。有其義而亡其辭。」《由庚‧序》云：「萬物得由其道也。」《崇丘‧序》云：「萬物得極其高大也。」《由儀‧序》云：「萬物之生各得其宜也；有其義而亡其辭。」鄭氏云：

　　六亡詩不曰：「六亡詩」，而曰：「六笙詩」，蓋歌主人，必有辭。笙主竹，故不必辭也，但有其譜耳。
　　又於《六經奧論‧亡詩六篇》下云：
　　商份曰：「所謂亡其辭者，今《論語》亡字皆讀爲無字，謂此六詩于笙奏之，雖有其聲，舉無辭句。不若《魚麗》《南有嘉魚》《南山有臺》于歌奏之；歌，人聲也，故有辭爾。此歌與笙之異也。

以上各例爲鄭氏批駁《詩序》，提出新解而言之確當者。至於詞章訓詁，未見其例。相傳鄭氏尚有《詩傳》一書，該書當以詞章訓詁爲主；惜乎與《詩辨妄》同時遺佚。

肆、周孚《非詩辨妄》簡介

　　周孚，字信道，濟南人，寓居丹徒。公元一一六六年（乾道二年）中進士，官真州教授。一一七五年前後（淳熙初）他就死了。他行輩雖較鄭樵稍後，尚可算得並世。（註五）他讀了鄭著《詩辨妄》後，即著《非詩辨妄》，凡五十一事，列舉其誤。屠繼序在《困學紀聞集證》裡說：「淳熙間，漁仲書為周信道孚所駁，旋即散佚。」可見該書見重於以保守為主的士林。但他所駁的五十一事，如作客觀的評量，可分三類：一類是周孚所駁不當的；一類是鄭樵所論不當的；還有一類雙方都是不當的。茲分述如下：

一、周孚所駁不當的例子

　　⑴鄭子曰：《詩》《書》可信，然不必字字可信。

　　　非曰：斯言也，非《六經》之福也。鄭子之為此言，忍乎？

鄭氏此言與孟子「盡信書，不如無書」之意同。鄭氏有疑古精神，有反傳統膽識，所以作《詩辨妄》。況《詩》《書》傳世久遠，其中脫漏、錯簡、誤植、偽造者多，豈可字字信之。周孚則狃於傳統觀念，以為聖經賢傳是無庸置疑的，故有此不當的言論。

　　⑵鄭子曰：亂先王之典籍而紛惑其說，使後學至今不知大道之本，自漢儒始。

　　　非曰：此古人目睫之喻也。

鄭樵有感於漢儒說詩，各尚附會，以致大道多歧，莫知所歸。後世學者，深受其惑亂之苦。鄭氏此言，識者同感。周氏駁以「此古人目睫之喻也。」真不知其所駁之理何在？

　　⑶鄭子曰：《何彼襛矣》言：「雖則王姬，亦下嫁於諸侯。」不知王姬不嫁諸侯嫁何人？

　　　非曰：鄭忽之辭婚也，曰：「齊大，非我耦也。」古者婚姻之禮，必國偶而後敢娶。天子非諸侯之所可偶也，故曰下嫁。

鄭氏之意，王姬嫁人，必以諸侯為對象，此是常情常理之事。《詩序》以「雖則」與「亦」為句式，即屬不當。周氏未會其意，偏於「下嫁」一詞的詮釋，說的全是不相干的話。

　　⑷鄭子曰：《簡兮》實美君子能射御歌舞，何得為刺詩？

　　　非曰：信如鄭子之說，則吾將奪之曰：「《簡兮》，思賢也。」蓋不用傳註，以私意而度《詩》，則何所不可？

《詩序》美刺之說，牽附者多，爲鄭樵反《序》主因之所在。《簡兮·序》云：「《簡兮》，刺不用賢也。衛之賢者仕於伶官，皆可以承事王者也。」讀其詩文，實爲贊美舞者，絕無「刺」意。鄭氏駁之，出於理性之思考。周孚則以「不用傳註，以私意而度《詩》」非之。如從周氏之見，「傳註」是不容懷疑的，「以私意度詩」是犯忌諱的，則經籍的學術研究將無由得講矣！

(5)鄭子曰：劉歆《三統曆》妄謂文王受命九年而崩，致誤衛宏言文王受命作周也。

非曰：文王受命作周云者，猶曰天命文王以興周云爾，非以受命爲稱王也。舜之受天命，孟軻氏言之詳矣，亦猶是也。謂其受命九年者，劉歆誤讀《詩序》故爾，非衛宏之故也。

《關雎·序》云：「《關雎》，后妃之德也。」又云：「《關雎》、《麟趾》之化，王者之風。」又云：「《周南》《召南》，正始之道，王化之基。」文中的「后妃」是誰？說是大姒。「王者之風」、「王化之基」的「王者」是誰？說是文王。這是作《序》者以爲文王已「受命作周」，自封爲王的說法。周孚如亦認爲《詩序》是衛宏作的，則衛宏這一說法不論是否受劉歆的影響，其誤解歷史則是無可否認的。況衛宏光武時始爲議郎，劉歆則卒於王莽之世。如《毛詩序》爲衛宏所撰，則劉歆在世時如何能讀到後輩衛宏之作？故周氏「劉歆誤讀《詩序》故爾，非衛宏之故也」，顯然將劉、衛二人的年序弄顛倒了！

二、鄭樵所論不當的例子

(1)鄭子曰：「敦彼行葦，牛羊勿踐履。」言道中之葦無踐之而能成，以興兄弟不遠棄而後能親。

非曰：「葦之爲物微矣，以況兄弟，何義乎？且以爲比耶？興耶？以爲比，則不類；以爲興，則鄭子又以爲比也。爲詩而不知比興，適足以自惑也。

《大雅、行葦》首二句「敦彼行葦，牛羊勿踐履」，《毛傳》、《朱傳》均標爲「興」。「興」不取義，鄭氏已有明訓。可是此處云：「以興兄弟不遠棄而後能親。」這樣說自然是「比」，不是「興」了。

(2)鄭子曰：《何人斯》言「維暴之云」者，謂暴虐之人也。且二周畿內皆無暴邑，周何嘗有暴公？

非曰：蘇公、暴公，蓋外諸侯，入而爲王卿士者，如虢鄭武公之流，非畿內諸侯也。何以知之？蘇，今之懷州；暴，自春秋以來屬鄭矣。

《小雅・何人斯》首章「伊誰云從，惟暴之云」，《詩序》以爲「暴」即是「暴公」。從句法上看，問彼所從者何人？當是實指其人，其人即是姓暴者。至於周朝有無「暴公」？已無可考。《朱傳》云：「於詩無明文可考，未敢信其必然。」但《朱傳》於詮釋詩文時仍以「暴公」釋之。

惟考「暴」之爲姓，《風俗通》載商朝有暴辛公，漢朝有暴勝之。暴姓之人既傳世久遠，故將「維暴之云」的「暴」說成是姓暴的人，自較妥當。

(3)鄭子曰：泮宮即廟也。若是學，則獻囚獻馘於此何爲哉？

非曰：鄭子以泮宮爲廟者，不過本詩所謂「昭假烈祖，靡有不孝」之辭也。此魯人頌僖公之語爾，猶書曰「用會紹乃辟，追孝于前文人」也。

且其詩曰「在泮飲酒」，然則廟中而飲酒，可乎？

《禮記・王制》云：「受命於祖，受成於學。出征執有罪，反釋奠於學，以訊馘告。」《鄭注》：「釋菜奠幣，禮先師也。」《正義》：「受成於學者，謂在學論某兵事好惡可否，其謀成定。受此成定之謀，在於學裡，故云受成於學。」「出征執有罪者，……還反而歸，釋菜奠幣在於學，以可言問之訊，截其左耳之馘，告先聖先師也。」可見獻囚獻馘於學，古禮所定。故知「泮宮」是學，不是廟。在奠告之際，追孝先人，薦祀其祖，亦屬禮儀範圍，誰云不宜？

(4)鄭子曰：詩人之言，燕饗無別；其言燕，猶飲也。說者當有分別；而作《序》者不識燕饗異儀，但徇詩爾？

非曰：此以禮訓詩也。問曰：「鄭所以不如毛者，以其書生家，太泥於《三禮》刑名度數。」今鄭子復以禮訓詩，則康成得無辭乎？既詩言燕饗無別，而鄭子則分之，是於詩之外求義也。訓詩而不本詩，吾未見其能詩也。

《豳風・七月》有「朋酒斯饗」句，「饗」，猶飲也；與鄭樵訓「燕，猶飲也」無別。鄭氏云：「詩人之言，燕饗無別。」既知無別，爲何又以「作《序》者不識燕饗異儀」來斥之？燕、饗二字的含義，有同有異；按《左傳》宣十六年載：「王饗有體薦，燕有折俎，公當饗，卿當燕，王之禮也。」據此則燕、饗古自有別。但後世凡以酒食享賓，統稱燕饗，鄭氏如據《左傳》之

訓，亦與《七月》「朋酒斯饗」之義不合。因為「朋酒斯饗」之人，都是平民，不是居公、卿高位的人。故周孚說他有「詩外求義」之失。

(5)鄭子曰：「有鶴在林。」鶴非食魚鳥。

非曰：吾嘗詢於野人：鶴食魚。

鶴屬鳥之涉禽類，食小魚、昆蟲與穀類，鄭氏說「鶴非食魚鳥」，非。

(6)鄭子曰：《螽斯》者，取二字以命篇爾，實無義也。言「螽斯羽」者，謂螽之此羽耳，何得謂螽斯為一物名？

非曰：詩有以「斯」為辭者，如「菀彼柳斯」，「弁彼鸒斯」是也。而以訓「螽斯」則不可。蓋「螽斯」或謂之「斯螽」，《豳》詩曰：「五月斯螽動股。」

鄭氏訓「螽斯羽」為「螽之此羽」，實不知「斯」為詞尾；另「斯螽」之「斯」，則為詞頭。其與「螽」結合為一個雙音節的名詞後，即成為名詞的一部分，不再含有語詞的性質。鄭氏於此致誤，實不知詞性轉化的緣故。

(7)鄭子曰：《關雎》言后妃便無義。三代之後，天子之耦曰皇后，太子之耦曰妃，奈何合後世二人之號而以為古一人也？

非曰：「后妃」云者，猶古語所謂「君王」云爾，不必以「君」為諸侯，「王」為天子也。

「后妃」一如「燕饗」，有分義，有合義。鄭氏之誤，僅見其分，不見其合。《禮記·曲禮》云：「天子之妻曰后。」《釋詁》：「妃、媲也，言媲匹於夫也。天子之妻唯稱后耳，妃則上下通名，故以妃配后而言之。」故「妃」者尊卑通稱、天子、諸侯及太子之配偶皆得稱妃。《左傳》哀公元年載：「今聞夫差宿有妃嬙嬪御焉。」可見自古以來君主宿有眾多妻妾，「后妃」則通稱之而已。至於《關雎》這首詩是否「詠后妃之德」的，這是另一個問題。

(8)鄭子曰：按《獨斷》下篇，宗廟所歌詩名，於《維清》，曰「奏象武」者，「奏」實「秦」字，衛宏錯認之爾。

非曰：是說吾所不喻。設曰，「《維清》，秦象武也」，何義乎？

《維清·序》云：「《維清》，奏象武也。」即陳奏象武功之樂。鄭氏引《獨斷》於《維清》曰：「秦氏樂象者之所歌。」以為「奏」實「秦」字。可是據顧頡剛先生案：「今何刻《漢魏叢書》本《獨斷》實云：『《維清》一章五句，奏象武之所歌也。』」以證鄭氏改「奏」為「秦」，非本於《獨斷》。其

新解「秦氏樂象者之所歌」，將屬於《周頌》之詩，說成是「秦氏之樂歌」，時代亦恐有不符。

三、鄭、周所辨均屬不當的例子

(1)鄭子曰：《大東》言「東有啟明，西有長庚。」毛鄭以爲一星爾。夫太白不見西方，何得爲一星？以此見其不識天文。

　　非曰：蘇子以爲譚人之廈辭也。其意若曰，東則太白，西則長庚，以喻王百役之皆取於譚也。而鄭子乃於中求正義，宜乎其惑也。

《毛傳》：「日旦出，謂明星爲啟明；日旣入，謂明星爲長庚。」《韓詩》：「太白，晨出東方爲啟明，昏見西方爲長庚。」兩家皆以爲啟明、長庚爲一星，蘇轍《詩集傳》：「啟明、長庚皆太白也。」未有「以爲譚人之廈辭」之文，不知周孚何所據而云然？可見二人皆昧於天文，雖所見不同，其誤則一。

(2)鄭子曰：凡詩皆取篇中之字以命題。《雨無正》取篇中義，故作《序》者曰：「《雨無正》，雨自上下者也。衆多如雨，而非所以爲政也。」此何等語哉？

　　非曰：此蘇子之說也，申言之何益？

鄭氏說「凡詩皆取篇中之字以命題」，這是讀詩有得之言。《詩序》如此說，旣未見所出，又不成文理，也是值得批評的。惟據《韓詩》篇首多「雨無其極，傷我稼穡」二句，（註六）則知原詩首二句，正是命題之所自；可見作《序》者只是向壁虛構。蘇轍《詩集傳・雨無正》云：

> 雨之至也，不擇善惡而雨焉。幽王之世，民之受禍者，如受雨之無不被也。夫雨豈嘗有所正雨哉？此所以爲雨無正也。而毛氏不達，故《序》以爲「雨自上下者也。衆多如雨，而非所以爲政」。此則是詩之所不及也。

　　蘇氏仍不知原詩有首二句，大做「雨無正」三字的文章，且說「夫雨豈嘗有所正雨哉」？簡直不知所云。周氏拿蘇氏的話來搪塞，可見毛、蘇、鄭、周四人皆不知該詩原有「雨無其極」等句，就像瞎子摸象那樣，沒有一個是說對的。

(3)鄭子曰：「關關雎鳩，在河之洲。」每思淑女之時，或興見關雎在河之

洲，或興感雎鳩在河之洲；雎在河中洲上，不可得也，以喻淑女不可致
之義。何必以雎鳩而說淑女也！毛謂「以喻后妃悅樂君子之德，無不和
諧」，何理？

非曰：使止以雎鳩為興，則曰「翩彼雎鳩」是矣，何必曰「關關雎
鳩」？有取於和而摯也。且其言曰「設若興見鶖鶴，則言鶖鶴；興見鴛
鴦，則言鴛鴦」；蓋其所學止於此爾。若如是，則吾何誅焉！

鄭氏說「興」，原有創見；即「興者，所見在此，所得在彼。不可以事類推，
不可以理義求也」。今說《關雎》則云「雎在河洲之上，不可得見，以喻淑女
不可致之義」；這豈只「以事類推」，簡直是無中生有，向壁虛造了！因為鳩
在河上，並無不可得見之意；更無比喻淑女不可致之義。說「興」為「比」，
原是鄭《箋》、孔《疏》的通病，為鄭氏所不取，不想在詮釋詩義時，卻跳不
出彼等的窠臼，一起步即走上古人的老路了！

至於周孚，信從《毛傳》「后妃說樂君子之德無不和諧」等語，說是「有
取於和而摯也」之義的。一旦有人將起興的句子說成是不取義的，如「興見鶖
鶴，則言鶖鶴；興見鴛鴦，則言鴛鴦」；說他「所學僅止於此」，以為是程度
太差之所致。可見周孚只知道跟毛、鄭去談「興」義，雖然反駁鄭樵，其實他
的見識是遠遜於鄭樵的。

(4)鄭子曰：漢人尙三家而不取毛氏者，往往非不取其義也，但以妄誕之
故，故為時人所鄙。

非曰：取其義而棄其書，先儒之於人恐不如是之澆薄也。

漢世《詩》說「尙三家而不取毛氏者」，原因有三：一為三家在西漢之初即成
顯學，有名師傳承，自成系統；二為受朝廷禮遇，分置博士；三為以今文傳
授，便於學習。《毛詩》後出，原以古文傳習，在兩漢時期亦未見以著名學者
相號召，故一直居於下風。迨鄭玄轉習《毛詩》，為之作《箋》，形勢為之丕
變；《鄭箋》風行，三家相繼衰落，至於傳本皆佚。即此以觀，與其說《毛
詩》「妄誕」不為漢世學者所重視，不如說鄭玄原信三家，之所以捨三家而就
毛，正為三家之「妄誕」多於《毛詩》的緣故。「優者勝，劣者敗」，此為自
然規律，亦是人事鐵則，三家詩之絕跡於世，正符合「劣者敗」這一鐵律。故
鄭樵以「妄誕」責《毛詩》，實未能從全面看問題。

至於周孚的話，似未領會鄭樵之意。習三家者，自以毛氏之說為「妄

誕」；既視爲「妄誕」，怎會還取其義呢？鄭氏之意，並不是已取其義，只說明不取其義，是由於「妄誕」。周氏誤以爲已取其義，遂以「取其義而棄其書」見責，這是不符鄭氏原意的。

伍、歷代學者對鄭樵的評論

一、稱許其說者

(1)朱熹：《朱子語類》云：

> 《詩序》實不可信。向見鄭漁仲有《詩辨妄》，力詆《詩序》，其間言語太甚，以爲皆村野妄人作。始亦疑之，後來仔細看一兩篇，因質之《史記》、《國語》，然後知《詩序》之果不足信。因是看《行葦》，《賓之初筵》、《抑》數篇、《序》與《詩》全不相似，以此看其他《詩序》，其不足信者煞多。……

相傳《朱傳》有二個本子，前者遵《序》說詩，呂祖謙著《呂氏家塾讀詩記》所引者即是。後者反《序》，係受鄭樵的影響而改寫的，今傳世者即爲此本。

(2)王應麟在其《困學紀聞》中云：

> 朱子《詩序辨說》多取鄭漁仲《詩辨妄》。

(3)黃震在其《章平叔讀詩私記・序》云：

> 朱晦庵因夾漈而酌以人情、天理之自然而折衷之，所以開示後學者己明且要。

(4)楊守陳在其《詩私鈔・序》中云：

> 晦庵朱夫子博考諸家，深探古始，以爲《集傳》，多取夾漈之說；且斷然以《序》說謬妄淺拙，實漢儒所作，不當分冠諸篇，因併爲一編

而詳論其得失，學者莫不信而遵之。奮千古之卓見，一掃百代之陋聞，非命世之大儒其孰能于此哉？……

⑸顧頡剛在《非詩辨妄‧跋》中說：

他們二人（按：指鄭樵與周孚）的學問態度，鄭樵是喜歡思辨的，他是謹守古訓的，精神極不一致，所以《詩辨妄》出來不久，他就做了這部書把他駁了。……因爲大家正是怕著鄭樵的變古易常，聽得有一部專門非駁的書，必定說道：「鄭樵妄作聰明，輕棄古訓，應該有這個通儒出來把他駁倒」！以保守性質極爲發達的學術社會，自然該有這部書。有了這部書，自然更可敎保守黨增加不少的氣燄。……

他進一步分析周孚《非詩辨妄》問題的所在，歸納成九個項目，即：㈠只舉了出處而不加可否；㈡空言搪塞；㈢所答非所問；㈣不通；㈤鬧意氣；㈥遁辭；㈦成見；㈧沒有歷史觀念；㈨不懂得鄭樵的學問精神。

顧先生可以說是民國以來宣揚鄭樵《詩》說的一位先驅者。

二、反對其說者

⑴黃佐在《詩傳解‧自序》中云：

子朱子……《集傳》，……論者猶病其違毛氏而宗鄭樵。蓋毛氏主《序》以說詩，樵則斥《序》之妄，以爲出于衛宏，而盡削去之，遂以己意爲之序。凡詩人所刺，皆斷以爲淫奔者所自作，則非所謂「懲創逸志，施于禮義者矣！……」（《經義考》卷一百十三引）

⑵高承埏在《五十家詩義裁中‧自序》中云：

自雪山王氏（註七）、夾漈鄭氏乃廢序言詩。朱子用之，作《集傳》，「鄭聲淫」爲鄭詩淫也，于是鄭詩出於淫奔者最多，且以鄭衛之音並舉而推及《邶》《鄘》《衛》，而《王風》，而《齊》《陳》諸國，靡不有淫奔之詩。數傳而魯齋王氏（註八）遂欲刪去其中三十二

篇,是以孔子刪《詩》爲未盡善矣。毋乃賢知之過與?……(經義考卷一百十七引)

(3)《四庫總目》卷一五九引南宋周孚《蠹齋鉛刀編》中云:

> 鄭樵作《詩辨妄》,決裂古訓,橫生臆解,實汩亂經義之渠魁。南宋諸儒,多爲所惑,而周孚陳四十二事以攻之,根據詳明,辨證精確,尤爲有功於《詩》教。今樵書未見傳本,而孚書巋然獨存,豈非神物呵護以延《風》《雅》一脈哉!是尤爲寶貴者也。

由這些人看來,鄭樵又該是《詩》學與名教的罪人了!

陸、鄭樵《詩》論主要問題評議

鄭樵《詩》論,重點有三,即一、《詩序》是不可信的;二、「興」是不取義的;三、讀《詩》要以「聲歌」爲主。從大體上看,自有卓見,可稱深思有得者;但如深入探討,不難發現所論缺乏完整體系,流於偏執;以致處處呈現自我矛盾,故很容易遭人反擊。茲將其問題評述如下:

一、反《序》問題

反《序》本該不成問題,這也是最受朱熹重視,影響其《詩集傳》最大的一個觀點。可是在鄭氏論文中,出現兩點可議處;其一是一方面說《詩序》是「村野妄人」作,另一方面卻多次說《詩序》是衛宏作。衛宏的生平,《後漢書·儒林傳》云:

> 衛宏字敬仲,東海人也,少與河南鄭興俱好古學。初,九江謝曼卿善《毛詩》,乃爲其訓。宏從曼卿受學,因作《毛詩序》,善得《風》《雅》之旨,于今傳於世。後從大司空杜林更受《古文尚書》,爲作《訓旨》。時濟南徐巡師事宏,後從林受學,亦以儒顯,由是古學大興。光武以爲議郎。宏作《漢舊儀》四篇,以載西京雜事;又著賦、頌、誄七首,皆傳於世。

中興後，鄭眾、賈逵傳《毛詩》，後馬融作《毛詩傳》，鄭玄作
《毛詩箋》。

由這兩段文字看來，衛宏作《毛詩序》是信而有證的，而且他除了向謝曼卿習
《毛詩》以外，還向大司空杜林習《古文尚書》。著作除《毛詩序》外，還有
《尚書訓旨》、《漢舊儀》；又著賦、頌、誄七首。其後鄭眾、賈逵、馬融、
鄭玄等人皆傳習《毛詩》而著稱於世，以衛宏《詩序》為張本。這樣的人物，
可否斥之為「村野妄人」？

其二，《詩序》既已被否定，就不該拿它來作說詩的依據。可是鄭氏一再
出現這個問題。例如《六經奧論》卷首云：

> 《詩》三百篇第一句曰「關關雎鳩」，后妃之德也。是作詩者一時
> 之興也；所見在此，不謀而感於心也。……興見鴛鴦，則「鴛鴦在
> 梁」，可以美后妃也。興見鳲鳩，則「鳲鳩在桑」，可以美后妃也。興
> 在黃鳥，在桑扈，則「綿蠻黃鳥」、「交交桑扈」，皆可以美后妃也。
> 如必曰「《關雎》然後可以美后妃，他無預焉」，不可以語《詩》也。

《詩大序》云：「《關雎》，后妃之德也。」這句話如站在反《序》的立場，
就該表示質疑。因為從《關雎》的文詞來看，與《后妃之德》全不相干。況且
《詩序》「后妃之德」是與「文王之化」配合著說的。故這個「后妃」，一定
是「大姒」。《關雎》所敘只是君子求淑女，由相思、相戀以至於結婚的經
過，何以見得含有「后妃之德」？再如稽考一下上古史，文王比商紂早十一年
去世，其爵位終其身只是一位西伯，大姒終其身也只是一位伯爵夫人，怎會出
現稱大姒為后妃，稱西伯昌為文王的詩歌來？《詩辨妄‧大雅》中有云：

> 劉歆《三統曆》妄謂文王受命九年而崩，致誤衛宏言「文王受命作
> 周」也。

既知文王不曾受命作周，亦即在商紂之世，西伯昌不可能自封為王，則《詩
序》以「后妃之德」說《關雎》，以「文王之化」說《二南》，就該予以全盤

否定，怎會又拿「后妃之德」說《關雎》，進而還推演及於《鴛鴦》、《桑扈》等篇呢？

《六經奧論》云：

> 文王之詩見于《風》者、《二南》是也。成王之詩見于《風》者、《豳風》是也。平王之詩見于《風》者，《王風》是也。

這些都是《詩序》說的話。如按之詩篇，《二南》無文王，《豳風》七首多與周公有關，可說是在成王時作的，但不是「成王之詩」。至於《王風》、《詩序》說《君子于役》、《揚之水》、《葛藟》三首是「刺平王」的，從詩文內容上看，不見有「刺平王」之義。

《衛風・木瓜・序》云：

> 《木瓜》，美齊桓公也。衛國有狄人之敗，出處于漕，齊桓公救而封之，遺之車馬器服焉。衛人思之，欲厚報之，而作是詩也。

《六經奧論・國風辨》云：

> 《木瓜》，雖美齊而在衛。

其實《木瓜》是民間歌謠。詩文所敘從民歌上說，自有情趣；從齊桓公救衛上說，則多所不合。鄭氏於此類大端處如此說詩，究竟是在信《序》抑是反《序》？不免令人困惑了！

二、說「興」問題

鄭氏說「興」為人所樂道的，即是「凡興者，所見在此，所得在彼，不可以事類推，不可以理義求也」這幾句話。這能說明「興」的作意究竟是怎樣的呢？「所見在此、所得在彼」，這「此」與「彼」之間究竟有無某些關係呢？如果一點關係都沒有，又怎會產生「興」的作用呢？「不可以事類推」，是說不能有人事物象等彼此「類化」的效應。「不可以理義求」，是說不能將起「興」的句子說成是含有某種人倫物理的意義的。這些解釋，不可這樣，不可

那樣，都只是消極的說法，旨在防止「說興為比」的過錯。這或許是針對《傳》、《箋》的毛病而說的。但要怎樣做才能見得「興」的本相呢？卻始終不曾有一個清楚的交代。比如一個病人去求醫，醫生只告訴他不可吃那些藥，卻不告訴他該吃那些藥，對病人又有什麼好處呢？

舉例來說，「關關雎鳩，在河之洲」，《毛傳》在其下注「興也」二字，這兩句詩與下面「窈窕淑女，君子好逑」，有若何關係呢？如照鄭氏的說法，所見的是雎鳩鳴叫於河中洲上，所得的是一位「君子」在求「淑女」。兩者不許「以事類推」，也不許「以理義」去探求。如此而談「興」、真不知「興」義究竟何在了！

我們不妨作一嘗試，將《毛傳》標「興」的詩句調動一下，比如《關雎》首二句與《鄘風‧柏舟》首二句對調，即成為：「汎彼柏舟，在彼中河。窈窕淑女，君子好逑！」「關關雎鳩，在河之洲。髧彼兩髦，實維我儀！」或將《周南‧桃夭》首二句與《鄘風‧鶉之奔奔》首二句對調，即成為「鶉之奔奔，鵲之彊彊。之子于歸，宜其室家」。「桃之夭夭，灼灼其華。人之無良，我以為兄」。這樣的組合可不可以呢？如照鄭氏的說法，自然也是可以的，因為它們都是「所見在此，所得在彼」；它們之間原無事理的牽連。上下文句之間彼此的全不相干，是鄭氏所謂「興」的本相，那麼隨意組合，又有什麼不可以的呢？

其實，《詩經》裡的「興」有兩個類型：一是屬於「音節」的，一是屬於「情景」的。前者無義，如《鄭風‧揚之水》：「揚之水，不流束楚。終鮮兄弟，維予與女。無信人之言，人實迋女。」這裡開頭的兩句詩與下文無任何的關連，只藉音節的作用起一個頭而已。後者如「桃之夭夭，灼灼其華。之子于歸，宜其室家」；這裡開頭的兩句詩與下文有著「情景」的關連，不能說它是無義的了。又如顧頡剛先生曾舉九首吳歌（註九），說「起首的一句和承接的一句是沒有關係的」。其實不然；例如：

㈠螢火蟲，彈彈開。千金小姐嫁秀才。……

㈣南瓜棚，著地生。外公外婆叫我親外甥。……

㈧陽山頭上小花籃，新做媳婦多許難。……

這三首屬於「音節」起興，的確是「起首的一句和承接的一句是沒有關係的」。再如：

㈡螢火蟲，夜夜紅。親娘績苧換燈籠。……

㈢蠶豆花開烏油油，姐在房中梳好頭。……

㈦陽山頭上竹葉青，新做媳婦像觀音。……

　陽山頭上竹葉黃，新做媳婦像夜叉。……

這三首屬於「情景」起興。因為起首的一句，除了音節作用外，還有情景的配合；如螢火蟲的磷光和燈籠的燭光相應；蠶豆花烏油油的亮麗和姐梳好的頭髮相應；竹葉的青與黃和新婦的美與醜相應。這就不能說上下的文義完全不相干的了！

顧先生還舉《孔雀東南飛》開頭「孔雀東南飛，五里一徘徊」，說是與下文「一點沒有關係」的。其實他說下文，僅指「十三能織素，十四學裁衣」等幾句來說，這是不對的。如從全篇來看，就會發現這兩句詩與焦仲卿夫婦生離死別，纏綿悱惻的故事有著情景交融的作用，而且就像一幕悲劇的主題曲，一開始即引人進入感情世界，使你不自禁地產生一種淒苦蒼涼的思古幽情。這正是「起興」筆法的神功妙用，如果把它說成與下文沒有任何關係的，豈不是蹧蹋了這兩句好詩？

屈萬里先生《詩經釋義・敍論》中談到「興」，也主鄭樵之說，並舉二首魯西歌謠《擀麵杖》與《小草帽》為例證。其實這只是興體詩的一個類型。我們可以這樣說，凡是跟著鄭樵走的，都已犯上「以偏概全」的錯誤。

鄭樵說「興」的另一個問題，是自己下的定義，到了說詩的時候，卻被自己推翻了。例如《詩辨妄・周南》中闡述「興」義有云：「雎在河中洲上，不可得也，以喻淑女不可致之義。」「喻」即是「比喻」；在作法上看，自是「比」，不是「興」了。這與「不可以事類推，不可以理義求」的定義豈不自相牴觸？

三、主「聲」不主「義」問題

鄭氏云：

> 臣之序詩，專為聲歌，欲以明仲尼之正樂。

又云：

　　　　三百篇之詩全在聲歌，自置詩博士以來，學者不聞一篇之詩。

又云：

　　　　若不能歌之，但能誦其文而說其義，可乎？不幸腐儒之說起，齊魯
　　韓毛四家各為序訓而以說相高，漢朝又立之學官，以義理相授，遂使聲
　　歌之音湮沒無聞。

　　這三段話的主要論點：說詩要以聲歌為主，自漢以來的學者以義理相授，以致
各篇詩的聲歌失傳，詩義也隨著無從講求了。

　　鄭氏這一主張，又出現三個問題：

　　㈠聲歌失傳，教人如何去重視？鄭氏在《通志‧樂略》中說到詩樂失傳的
情形，曹操得漢樂郎杜夔，僅知《鹿鳴》《騶虞》《伐檀》《文王》四篇，餘
聲不傳。至太和末（魏明帝六年），又失其三，左延年所得者僅《鹿鳴》一
篇。至晉朝，《鹿鳴》也失傳了。鄭氏生於南宋，則三百篇之歌聲絕響已近一
千年，既無樂譜，又無口傳的人，教人如何去重視？比如今日習音樂者為數眾
多，有心致力於上古音樂者亦不乏其人，可是找不到原始資料，無從落實；則
「重視」之說，豈非成為一番空話？

　　㈡不講義理，教人如何去讀詩？聲歌與義理原是相輔相成的，不是互相排
斥的。以重要性來說，義理為主，聲歌為輔。因為詩文的作成，是詩人「情
意」的表達；讀詩的人，首先要體會的，即是詩人的「情意」。「情意」是客
觀存在於詩文之中的，不因聲歌的失傳而消失。再以詩文與聲歌先後關係來
說，該是先有詩文，後有聲歌。詩文是詩人作的，聲歌是懂音樂的人配的。詩
文配上樂調，或奏或唱，載歌載舞，充其量能使詩文所含的「情意」得到充分
的表達，卻絕無可能由聲歌來決定其「情意」的有無。鄭氏說：「三百篇之詩
全在聲歌，自置詩博士以來，學者不聞一篇之詩。」這話恐非持平之論了。因
為聲歌自聲歌，詩文自詩文；聲歌即使沒有了，詩文所涵詩人的「情意」仍
在，各家詩博士們詮釋或有不同，但無妨於詩篇的客觀存在；怎說沒有了聲
歌，詩博士從事義理的詮釋，就使「學者不聞一篇之詩」呢？

　　㈢詩與樂究竟何者為本？鄭氏云：「樂之本在詩，詩之本在聲。」這原是

突顯樂在詩中重要性說的話；但如深入探討，這兩句話也是有問題的。前一句
「樂之本在詩」，也即是詩爲樂之本。先有詩，後有樂，樂是依存在詩文之中
的；這話自無問題。後一句「詩之本在聲」，這就成了問題，因爲「聲」即是
「樂」，說樂即是詩之本，這就有些牽強。詩可以有樂，也可以無樂，樂只不
過將詩以聲歌的表達方式加以美化而已，怎會喧賓奪主，說樂反居主體的地
位，成爲詩之本呢？況且以詩、樂定本末，其中必然一個是本，一個是末。怎
會說成詩是樂之本，樂又是詩之本呢？如果兩個都是本，這「本」的意義又在
那裡？

四、《風》《雅》《頌》的涵義問題

鄭氏云：

> 凡制文字，必依形依象而立。《風》《雅》《頌》皆聲，無形與
> 象，故無其文，皆取他文而借用，如《風》本風雨之風、《雅》本烏鴉
> 之鴉，《頌》本頌容之頌。奈何序詩者于借字之中求義也。

這段話又有四個問題：

㈠「《風》《雅》《頌》皆聲」，此話怎講？古人將三百篇分《風》
《雅》《頌》三類，所依據者爲其來歷與性質，絕非三百篇的「聲」。「聲」
即是「樂」，鄭氏特重三百篇的「聲歌」功用，追本溯源，以爲《風》《雅》
《頌》的來歷即產自不同的「聲歌」。可是「聲歌」依存於詩文，詩文才是
《風》《雅》《頌》的主體。所以《朱傳》云：

> 《風》者，民俗謠歌之詩也。《雅》者，正也；正樂之歌也。……
> 《正小雅》燕饗之樂也；《正大雅》會朝之樂，受釐陳戒之辭也。……
> 《頌》者，宗廟之樂歌，《大序》所謂「美盛德之形容，以其成功告於
> 神明也。」

可見朱子所訓的《風》《雅》《頌》，是詩、樂、歌、辭混合著說的。但如說
得明確些，詩文是其本體，樂歌是其表象，不可能只談表象而置本體於不顧
的。

㈡《風》《雅》《頌》由借字中求義，有何不可？《風》《雅》《頌》之立名，必然是由風雨的風，烏鴉的鴉，頌容的頌借用過來的。文字借用是文字由一義演進爲多義的良好方法；也是一個民族文化逐漸豐富必然的結果。如今將三百篇分爲三類，借風雨的風，作爲風俗民謠的《風》；烏鴉的鴉，作爲正樂的《雅》，頌容的頌，作爲宗廟歌頌先人的《頌》。這是人文進化的表現，有什麼不對呢？反之，如不從借字中求義，能否從本字中求呢？說《風》即是風雨的風；《雅》即是烏鴉的鴉；《頌》即是頌容的頌，這與三百篇的詩文何干？如果把它當樂聲來說，這也只是借義，不是本義了！

㈢《風》《雅》《頌》如只是「聲歌」，詩文將如何解讀？鄭氏云：「《風》《雅》《頌》皆聲，無形無象，故無其文。」《風》《雅》《頌》原是三百篇分類的名稱，無須形象來表達，卻有詩文爲其實質的內容。也即是說，要談《風》《雅》《頌》，當然要以各類詩的篇章文詞爲考量，怎說「故無其文」呢？有詩文之義，鄭氏不以爲有。無聲歌之實，鄭氏卻一再強調要以「聲歌」爲主。如從其說，三百篇的詩文將如何解讀？相傳鄭氏曾著《詩傳訓詁》一書，既稱《詩傳》，自是傳述前人之說；既稱《訓詁》，自是詮釋詞章之義。即使自有創見，仍屬「義理」範圍。如此行文旨趣，豈不與鄭氏主聲不主義的原有主張自相牴觸？

㈣各家主「聲」之說，有無偏頗處？在張西堂《詩辨妄・序》裡，引述主聲者有顧頡剛、章太炎、王國維三人。顧氏云：「風字的意義，似乎就是聲調。」（註一〇）用上「似乎」二字，是不確定語氣，況且還只說《風》，未及《雅》《頌》，自然在顧氏的心目中，《雅》《頌》二字的涵義與「聲調」應是沒有關係的。章氏云：「大小疋者，其初秦聲烏烏。」這話可有三個問題：其一，雅與「秦聲烏烏」有何關係？李斯《諫逐客書》云：「夫擊甕叩缶，彈箏搏髀，而歌呼嗚嗚快耳者，眞秦之聲也。」所謂「秦聲烏烏」，或有可能從該文「歌呼烏烏」而來。可是李斯所見的秦樂，是「擊甕叩缶，彈箏搏髀」的，與周樂截然不同。可見屬於周樂的「雅」，不是「秦聲」。其二，從時間上看，《二雅》的問世早於「秦聲」，所以章氏說「其初秦聲烏烏」，實有依後事爲說之嫌。其三，「雅」本爲烏鴉的「鴉」，其色雖「烏」，其聲實「牙」。（註一一）故以「雅」爲名的樂聲，亦非「烏烏」。至於王氏云：「《風》《雅》《頌》之別，當以音求之。」這話如從三類聲歌的相異處來

說，是確切無疑的；因為三者自有來歷與應用場合的不同，正如臺灣目前有軍歌、流行歌曲、客家民謠等大類之分。王氏又云：「《頌》之聲較《風》《雅》為緩。」這從風格上看，廟堂祭祀，高文重典，樂聲自須低迴悠揚。但是這些話只是從樂聲上說，沒有涉及詩文。詩文是客觀存在的。自從樂聲失傳以後，學者所見的只有詩文，所能研究的也只有詩文所涵的各種問題。他們致力於此，豈可斥之為「腐儒之業」？

柒、結論

一、從反對《詩序》上看

《詩經》研究素有漢、宋之分；漢時雖有四家，由於齊、魯、韓三家相繼亡佚，傳世者僅毛氏一家，故以《毛詩》為代表。宋朝學者不信《詩序》者，歐陽修發其端，蘇轍、王質、鄭樵、朱熹繼其後。朱熹《詩集傳》原本信《序》，後來改為反《序》，自己一再說明係受鄭樵《詩辨妄》的影響。由於《朱傳》被明、清兩朝定為功令用書，鄭氏的反《序》觀點隨著受到重視。故《詩辨妄》這本書雖傳世不久，即已亡佚，《詩辨妄》的一些觀點，則隨《朱傳》而流傳於世，影響深遠。但如進一步審究鄭氏所論，仍有不少遵《序》的話，以見其信仰不是很堅定的。

二、從《詩辨妄》內容上看

《詩辨妄》問世後，周孚即作《非詩辨妄》加以反駁。在當時保守勢力極盛的社會裡，周氏的言論普遍得到認同；不久《詩辨妄》這部書即告失傳。今日所見者，係顧頡剛先生從周孚《非詩辨妄》等書輯出許多條湊成的，總計只有二千一百餘字，實難以成書。好在鄭氏尚有《通志》、《六經奧論》二書傳世，可補《詩辨妄》之不足。顧氏還將《非詩辨妄》以及《通志》、《六經奧論》有關論《詩經》的話，與《歷代對於鄭樵詩說之評論》等文附刊於後，總成一卷，讓學者對鄭氏詩說有較完整的認識。顧氏的治學態度，是值得欽佩的。

三、從周孚《非詩辨妄》上看

《非詩辨妄》的基本觀點是維護傳統，對於反傳統的《詩辨妄》，自會不留餘地的加以攻擊。可是他的見解，中肯者少；顧氏在《非詩辨妄‧跋》中列

舉其失，分「所答非所問」、「不通」、「鬧意氣」、「遁辭」、「成見」、「沒有歷史觀念」等九項；卻不曾提及周孚也有說對的部份。《非詩辨妄》共舉五十一事，筆者以爲可分三類：㈠是鄭樵說對、周孚以爲錯的；㈡是鄭樵說錯、周孚說對的；㈢是鄭、周二人都說錯的。既有㈡、㈢兩類的實例可證，足以說明《詩辨妄》的內容不是無懈可擊的，遭人非議原是不足爲怪的。至於顧頡剛、張西堂二人一味地讚頌《詩辨妄》，這恐怕在當時「反《詩序》」的思潮下，他們只抓「主題」，不計「細節」的觀念所造成的偏差吧！

四、從《風》《雅》《頌》的涵義上看

中國文字，有本義，有借義；一旦借義行，本義常會隨著消失。鄭氏以爲《風》《雅》《頌》之訓當從本義，然而本義皆爲自然物，與三百篇詩文何干？鄭氏以爲三者皆「聲」、當從「聲」中求。然而「風」有聲、「鴉」有聲、「頌容」則何聲之有？鄭氏又云：「風土之音曰《風》，朝廷之音曰《雅》，宗廟之音曰《頌》。」從「風雨」之「風」說成「風土」之「風」；從「烏鴉」之「聲」，說成「朝廷」之「音」，這已不從本義，而從借義中說了。而且「風雨」的「風」，絕不類「風土」的「風」；「烏鴉」的「鴉」，又豈同於「雅頌」的「雅」？主本義爲說者，一旦轉爲主借義爲說，其間矛盾將何以自圓？雖其用意或對抗《詩序》「《風》者，教也；《雅》者，正也；《頌》者，美盛德之形容也」偏於政、教之說，但不知自身亦已陷在另一端的偏差裡！

五、從說「興」問題上看

鄭氏「興」義闡釋，最爲一些學者所樂道的，即「興者，所見在此，所得在彼。不可以事類推，不可以理義求也」這幾句話。然如細加分析，這也是有問題的。因爲說不可這樣，不可那樣，只是消極的防範，卻缺乏積極的制約。這對鄭玄、孔穎達等人常會說「興」爲「比」或有意義，對「興」義的界定，則是缺乏要件的。筆者以爲「興」有兩個類型：㈠是音節起興，是無義的。㈡是情景起興，是有義的。不過這個「義」，不是「比喻」，也不是涵有某些大道理；只是一種「情景」的配合而已。鄭氏這幾句話，影響近代學者如顧頡剛、屈萬里、何定生等，都以爲起興的句子全是無義的，與下文一點關係也沒有的。他們這一主張，實導源於鄭氏這一偏差的觀念。

六、從說詩主「聲」不主「義」上看

　　詩人作詩，旨在表情達意，這即是詩文之「義」。「聲歌」是樂師配樂用來歌唱的。可見先有詩文，後有聲歌；聲歌是依存於詩文之中的。即使聲歌不傳，詩文猶在，仍無損於詩人原有之「義」。讀詩者正該用心探討，豈可略而不講？又豈可斥之爲「腐儒之業」？況且三百篇之聲歌自漢世即已亡佚，「主聲」之說，無「聲」可傳，豈非成了空話？可見鄭氏於無聲歌可求下，要人「專爲聲歌」；於有詩文義理可講下，教人不可「以義理相授」；這又是一個觀念的偏差！

　　總之，鄭氏說詩，有見於毛、鄭之陋，敢於直陳所見，評其得失；故名其書曰《詩辨妄》。其於《詩經》學術史上，自當佔有一席之地。至於他的一些「偏差」之見，影響後人不淺，亦當知其所蔽，予以指正。

附註：

註一　《經義考》卷四十一。

註二　《經義考》卷一百五十九。

註三　《論語・陽貨》：「宰我問：三年之喪，期已久矣。君子三年不爲禮，禮必壞；三年不爲樂，樂必崩。舊穀既没，新穀既升，鑽燧改火，期可已矣。」
　　　《論語・述而》：「子在齊聞韶，三月不知肉味。曰：不圖爲樂之至於斯也。」

註四　《論語・陽貨》：「子曰：小子，何莫學夫詩？詩可以興，可以觀，可以群，可以怨；邇之事父，遠之事君，多識於鳥獸草木之名。」

註五　以上引自顧頡剛著《非詩辨妄・跋》。

註六　見王先謙《詩三家義集疏・雨無正》。

註七　王質，字雪山，著《詩總聞》一書，說詩不用《毛詩序》。

註八　王柏，字魯齋，著《詩疑》一書，主張刪去《詩經》中朱子所謂「淫奔之詩」三十二首。

註九　見《古史辨》第三冊六七二頁，顧頡剛作《起興》一文。

註一〇　見《古史辨》第三冊顧頡剛著《論詩經所錄全爲樂歌》一文。

註一一　段氏《說文解字》：「雅、楚烏也，一名鸒，秦謂之雅。從隹，牙聲。」

（原載於《孔孟學報》第七十二期，民國八十五年九月）

王質《詩總聞》評介

壹、前言

《四庫全書・提要》於《詩總聞》下云：

> 王質，字景文，宋高宗紹興三十年進士，官至樞密院編修，出通判荆南府，改吉州。周亮工書影以爲宋末人，蓋考之未審也。亮工又稱是書世久未傳，謝肇淛始錄於祕府。後肇淛諸子盡賣藏書，爲陳開仲購得，乃歸諸亮工；則其不佚者僅矣。其書取詩三百篇每篇說其大義，復有聞音、聞訓、聞章、聞句、聞字、聞物、聞用、聞跡、聞事、聞人，凡十門。每篇爲總聞；又有聞南、聞風、聞雅、聞頌，冠於「四始」之首。南宋之初，廢《詩序》者三家：鄭樵、朱子及質也。鄭、朱之說最著，亦最與當代相辨難。質說不字字詆《小序》，故攻之者亦稀；然其毅然自用，別出新裁；堅銳之氣，乃視二家爲倍。自稱覃精研思三十年，始成是書。淳祐癸卯，吳興陳日強始爲鋟板於富川。日強稱其以意逆志，自成一家。其品題最允。又稱其刪除《小序》，實與朱文公先生合；則不盡然。質廢《序》與朱子同，而其爲說則各異。黃震《日鈔》曰：「雪山王質，夾漈鄭樵，始皆去《序》，言《詩》與諸家之說不同。海庵先生因鄭公之說，盡去美刺，探求古始，其說頗驚俗；雖東萊先生不能無疑云云。」言因鄭而不言因王，知其趨有不同矣！然其冥想研索，務造幽深，穿鑿者固多，縣解者亦復不少；故雖不可訓，而終不可廢焉！

由《四庫提要》這段話，得知㈠王質字景文，南宋初期人。㈡他是進士出

身，官職不高，曾任樞密院編修，出任荊南、吉州等府通判。㈢《詩總聞》計十二卷，將三百篇逐篇予以討論；其行文次第：先在各章之間述其要義，篇末以「總聞曰」作爲總論。在《總聞》之前，復有聞音、聞訓等十項，分別討論詩文各種問題。㈣南宋之初，廢《詩序》者三家：鄭樵、朱子、王質。鄭、朱廢《序》之說，辨難者多；王氏不字字詆《小序》，故攻之者少。但其別出新裁、廢《序》的表現比鄭、朱更有過之。㈤王質與朱子雖同主廢《序》，但立論各異。王氏雖自成一家之言，但所言穿鑿者多；以致該書多可議，然縣解者亦復不少，而終不可廢。

筆者研讀《詩總聞》，有感《四庫提要》作者所言中肯，評議切要。茲就全書內容詳加分析，並評其優劣，以供篤好斯文者的參考。

貳、內容簡介

一、「南、風、雅、頌」解說

㈠《南》：王氏在「聞南一」下云：

> 《南》，樂名也。見《詩》「以《雅》以《南》」；見《禮》「胥鼓南。」鄭氏以爲西南夷之樂；又以爲南夷之樂。見《春秋傳》「舞象箭南篇」。杜氏以爲文王之樂。其說不倫。大要樂歌名也。《禮》：「舜作五絃之琴，以歌南風。夔始制樂，以賞諸侯。」「南」即詩之《南》也；「風」即詩之《風》也。……今所傳「南風之歌」，……皆非上古之制作，其辭類秦漢而下者。說詩乃轉爲自北而南，與南風之誤皆同。

王氏以爲《二南》的「南」是樂名，不是地名。他取《詩》、《禮》、《左傳》等資料爲證。並以爲舜「歌南風」的「南」，即詩之《二南》，「風」，即詩之《國風》。至於今所傳「南風之歌」，爲秦漢以後的作品。又漢儒說「南」爲「自北而南」，均屬誤解。

其於「聞南二」云：

　　分陝，世以爲司馬氏之創說，不知其來已久。以《書》、《禮》推之，《君奭》：「召公爲保，周公爲師，相成王，爲左右。……」周、召官也；自二公爲之，後世相承不改。……蓋周、召之任也，度其時在遷洛之後，此官猶存。……後有聖賢深淺之別，后妃尊卑之差，皆強爲辭也。

這是針對《毛詩序》說的。《詩序》定《二南》爲「正風」，受文王之化。又以地區分，說「周南」爲周公旦所封之地；周公是聖人，故《周南》的詩受的是聖人之化。「召南」是召公奭所封之地；召公是賢人，故《召南》的詩受的是賢人之化。又以后妃、夫人分，《周南》受后妃之化；《召南》受夫人之化。此即《詩序》說《二南》有「聖賢深淺之別，后妃尊卑之差」。王氏反對此說，斥爲「皆強爲辭也」。

　　其於「聞南三」云：

　　南，大夏也，正午也，故字作午，亦作丙，亦作丁，南之取名以此。《禮》：王夏、肆夏、昭夏、納夏、章夏、齊夏、族夏、祴夏、驁夏、凡九。後代祀圜丘，降神，奏昭夏。皇帝將入門，奏皇夏。俎入奠玉帛並奏肆夏。皇帝升壇，奏皇夏。登歌飲福，奏皇夏。皇帝就望燎位，還便坐，並坐皇夏，又加祴夏，乃不用其他。諸夏皆南聲也。頌亦間用此音，故《時邁》曰：「肆于時夏。」《思文》曰：「陳常于時夏。」他詩用與不用，固未可知，然以《時邁》、《思文》推之，大略可見。……

　　南者，天之尊神出入之地也；北者，天之殺神出入之地也。處天地之間，居陰陽之內者避之，所以自古南名不多見，後世南聲亦罕傳。雖周、召二壤之樂皆爲南，然東西二伯之域各分次，周則東南，召則西南，蓋文武履位則居正，而周、召分疆則析畛也。雖然非周、召亦豈足以當之？……

這是再從「南」字的立名上說。南既是樂名，以爲《周禮・春官・鐘師》掌金奏，其所奏九夏之樂，均屬于「南」。又因「南」是天之尊神出入之地，處天

地之間，居陰陽之內者皆避之，所以自古南名不多見，後世南聲亦罕傳。雖然周、召之樂皆稱「南」，但是二公各有采地：周在東南，召在西南，各有畛域。

㈡《風》：王氏在「聞風一」說：

> 風，樂名也。《禮》：寬而靜，柔而正者，宜歌《頌》。廣大而靜、疏達而信，宜歌《大雅》。恭儉而好禮者歌《小雅》。正直而靜，廉而謙者，宜歌《風》。言風不及南，當是風也、南也，其聲同律，故舜樂先南次風，同被之於琴，其聲無爽也。……蓋南、風同類，舉南則風在中也。雅亦有風，頌亦有風。故豳詩有豳雅、豳頌。《崧高》：「其風肆好。」《烝民》：「穆如清風。」……明「南、風、雅、頌」，其聲皆相通也。《禮》：「風、賦、比、興、雅、頌六詩」；當是「賦、比、興三詩皆亡」，「風、雅、頌」三詩獨存。……

王氏以爲「風」也是樂名，其所表現的是「正直而靜，廉而謙者」的。「南、風」同類，故舉「南」則「風」在其中。而且雅、頌亦各有「風」，以明南、風、雅、頌原是其聲相通的。至於「風、雅、頌、賦、比、興」六者，王氏以爲「賦、比、興」原有三類的詩，與「風、雅、頌」並立；後因三者皆亡，才只存有「風、雅、頌」三類的詩。

㈢《雅》：王氏於「聞雅一」下云：

> 《雅》，樂名也。《雅》有《大雅》、《小雅》，見于季子所觀，猶之可也。《南山有臺》之類豈不「大」，而入「小」；《洞酌》之類豈不「小」，而入「大」。姑猶之可也。既強以爲《風》有《正風》、《變風》，又強以爲《雅》有《正雅》、《變雅》。前人所言以事之美惡分正變，以辭之繁簡別大小；既立此法，則古詩必有更張移易者。

這是從《雅》之大小正變立名上看，以爲舊說與詩文內容多所齟齬，難以說通。其於「聞雅三」曰：

漢、晉以下，有迎享送神曲，皆用諸大神；後世亦施諸小神。今考
《楚茨》，自「楚楚者茨」一章，「濟濟蹌蹌」一章，迎神也；「執爨
踏踏」一章，「我孔熯矣」一章，享神也。「禮儀既備」一章，「樂具
入奏」一章，送神也。……《甫田》、《大田》，皆是饗神之曲。……
或曰：《頌》告神之詩，《雅》非告神之詩，特詠事之詩也。自梁定國
樂並以「雅」為稱，眾官出入奏「俊雅」，皇帝出入奏「皇雅」，太子
出入奏「徹雅」，王公出入奏「賓雅」，上壽酒奏「介雅」，……今
《楚茨》末章亦具所謂禮儀既備也。

這是從漢、晉以後，迎享送神用雅樂的情形，作一敘述；並舉《楚茨》一詩，
自迎神、享神至送神，分章陳奏，典禮乃備。在另一方面，雅除告神之用外，
亦有詠事之用，如古時皇帝、太子、王公出入所奏之樂皆稱「雅」。惟其所列
之雅如俊雅、皇雅、徹雅、介雅等，已與《二雅》的詩無關，僅是一般典禮用
樂的通稱而已。

其於「聞雅四」云：

古曲不傳於後世，而三國、六朝之間尚或有之。漢有殿中食舉七
曲，太樂食舉十三曲。魏有四曲，皆取《鹿鳴》；而魏曲又增《騶
虞》、《伐檀》、《文王》，皆古聲辭。……後又改，第一曰「於
赫」，與古《鹿鳴》同；第二曰《巍巍》，用後所改《騶虞》聲；第三
曰「日復」，復用《鹿鳴》聲，不用《伐檀》聲也。……

這是從古燕享之禮用雅樂的情形作一敘述。其所奏者《鹿鳴》屬《小雅》，
《文王》屬《大雅》，《騶虞》屬《召南》，《伐檀》屬《魏風》。這些所謂
雅樂，實已隨其所需，風雅混用，無分彼此矣。

（四）《頌》：王氏於「聞頌一」下云：

《南》、《風》、《雅》皆周，獨《頌》有周、有魯、有商；魯則
本國，商則異代。季子所觀，其詞極天下之美，況魯僖公未足以當之，
史克亦未足以當之也。

這是從《三頌》的內容上看，以為《左傳》季札觀樂，對於《頌》詩極盡讚美之詞，如從魯、商二《頌》觀之，實不足以當之。

其於「聞頌二」下云：

> 武王《頌》止有一詩，《禮》武樂最詳，周家造基作樂之本，其詩乃簡略如此，一奏一終為一成，始而北出，謂攘玁狁之時也，當有詩。再成而滅商，謂陳牧野之時也，亦當有詩。三成而南，謂定荊蠻之時也，亦當有詩。四成而南國是疆，謂服江漢之時也，亦當有詩。五成而分周公左、召公右，謂分陝郊之時也，亦當有詩。六成而復綴以崇，謂伐崇墉之時也，亦當有詩。六奏而武樂成。今存《武》詩，當闕他詩也。如《時邁》，如《執競》，如《酌》、如《桓》、《如賚》、如《般》，皆當分配《武》樂。但年祀久遠，古法不傳，學者所見不卓，守株按圖，將何時而已？

這是取《周頌・武》篇來說，以為該詩今存只有一章七句，當有遺闕。王氏取《禮記・樂記》所云「大武之樂」，由其六奏而分攘玁狁、滅商、定荊蠻、服江漢、分周召、伐崇墉。王氏並以為今所載《周頌・時邁》、《執競》、《酌》、《桓》、《賚》、《般》六首，都該配歸於《武樂》。王氏又據《樂記》之文推演其說云：

> 今以《禮》推之，略見「總干而立，武王之事也。」與《執競》詩相應：「發揚蹈厲，太公之志也。」與《酌》詩相應：「武亂皆坐，周公之治也。」樂歌至亂辭則終，所以皆坐而享成，與《桓》、《賚》、《般》等詩相應。此五成以前也；六成而復綴以崇，餘樂餘聲也，與《時邁》等相應。……

王氏這一《樂記》六成之說，與《周頌》諸詩相應之意，無所引據，屬於一己之見。連同前文所論，是否允當？留待下文討論。

二、「十聞」簡介

　　王氏詩篇內容討論，除篇末「總聞」外，分十個子目，稱爲「十聞」。茲簡介如下：

　　㈠聞音：爲詩文中字音的標示。例如《關雎》篇「聞音」曰：

　　　　吳氏：服，蒲北切。側，莊力切。采，此禮切。友，羽軌切。樂，五教切。今服，房六切；詩十有六無用此切。友，云九切；詩十有一亦無用此切者。今從吳氏。

這是將詩文中有些字音以切音之法作爲說明，並將今古音作比較，以定取捨。

　　㈡聞訓：訓即訓詁，亦即字義的解釋。如《召南・小星》篇有「寔命不同」、「寔命不猶」兩句。《毛傳》：「猶，若也。」聞訓曰：「猶，亦同也。」以爲這裡的「猶」與「同」是同義的。

　　㈢聞章：詩一首分若干段，即若干章。王氏所謂「聞章」，偏於一首詩章數的討論；而非章義的闡釋。例如《邶風・谷風》篇「聞章」曰：

　　　　舊六章，今爲十二章。

以爲該詩原有分章不妥，應改爲十二章。

　　㈣聞句：一章的句數，一句的字數認爲有不妥的，予以訂正。例如《召南・騶虞》篇「聞句」曰：

　　　　舊一章三句，今改爲四句，語意尤長。

《騶虞》首章原讀爲：「彼茁者葭，壹發五豝。于嗟乎騶虞！」一章三句。王氏將末句「于嗟乎」與「騶虞」之間旁注一個「止」字，以爲兩者之間必須分開，吟誦時要停一下才好；亦即將一章三句改爲四句，音節拉長，就會有「語意尤長」之感。

　　㈤聞字：是對於詩文中某些用字的考證。例如《衛風・碩人》篇「巧笑倩兮，美目盼兮」下，「聞字」曰：

《論語》作盼，毛氏、許氏、陸氏作盼，又有作眄，恐作從目從分
是；言分目也。古字參差，極多旁意，稍通即可從。（註一）

這是由於「美目盼兮」的「盼」字，《論語》作「盼」，毛氏等作「盼」；從
字的組合上看，恐以「盼」為是。

㈥聞物：是對詩文中名物作必要的說明。例如《召南・鵲巢》篇「維鵲有
巢」下，「聞物」曰：

鵲巢，外圓中深，頗縝密，如小甕。鳩巢，外平中淺，如盤，極疏
拙。鳩未聞其居鵲巢，當是詩人偶見鵲有空巢，而鳩來居；後人附會，
必欲以為常，然此談詩之病也。

這是先將鵲之巢與鳩之巢作比較，然後說明鵲巢鳩佔，並非常有的事，乃詩人
偶然見得的現象。後人附會成說，此為談詩之病。

㈦聞用：對詩中物品的用途作一說明。如《鄭風・丰》篇「衣錦褧衣，裳
錦褧裳」下，「聞用」曰：

褧，襜也，枲屬也。言以枲為錦，當是士庶之家也。

所謂「枲屬」，說文：「枲，麻也。」以麻為錦，質地較粗。故錦褧之衣，當
是士庶之家所服。

㈧聞跡：是指足跡所及之地，大抵屬於地理知識。例如《鄭風・溱洧》篇
「溱與洧方渙渙乎」下，「聞跡」曰：

溱，通作潧，水經潧水即溱也。許氏、酈氏皆引此詩溱與洧者也。
左氏：「龍門鄭時門之外洧淵。」時門，鄭南門也，今洧水自鄭城西北
入而東南流，逕鄭南城之南門。蓋洧占鄭都城內外為多，故此言洧亦
多。洧之內則城內，而洧之外則城外也。

鄭之溱洧二水分流情形，經此說明，認識自較清楚。

(九)聞事：事是人的作為，大抵屬於一個人的行為舉止。如《齊風‧還》篇「並驅從兩肩兮」下，「聞事」曰：

> 並驅，不必同行，東西相遇亦曰並。並言旁也；《漢書》並音補曠切。

「並驅從兩肩」，《孔氏正義》：「子與我並行驅馬逐兩肩獸兮。」訓「並驅」為「並行驅馬」，世多從之。王氏則以為並驅不一定同行；「並」可訓「旁」，故東西相遇亦可稱「並」。

(十)聞人：即對於人事的考證。如《豳風‧狼跋》篇「公孫碩膚」下，「聞人」曰：

> 公孫，周公公季之孫也。初止稱公季，後乃稱王季；此詩止襲前稱。大率公子、公孫皆實語。

「公孫」，《毛傳》：「成王也，豳公之孫也。」《鄭箋》：「公，周公也。孫之言孫，遁也。周公攝政七年，致太平，復成王之位，孫遁避此成功之大美。」《朱傳》：「公，周公。孫，讓。」鄭、朱二人均訓「孫」為「遜」。王氏以為公孫即公季歷之孫，指的是周公旦，不是成王。以《豳風‧破斧、伐柯》等詩觀之，此公孫當是周公。

以上總為「十聞」，以見王氏討論詩篇所採用的方式。

三、《總聞》簡介

《總聞》即是總論，置於文末，較「十聞」任何一項為重要。如《邶風‧燕燕》篇《總聞》曰：

> 君夫人出遠郊，送歸妾，既違妻妾尊卑之禮，又違婦人迎送之禮；莊姜，識禮者也。鄭氏以歸妾為戴媯歸宗也。戴媯既生桓公，烏有絕其母子之理？莊姜亦識義者也。以桓公為己子而絕戴媯，使不母桓公，人情斷矣；又烏有瞻望泣涕不可勝忍之情？且有大可疑者，使桓公幼稺，戴媯隔離，容或有之。既稱先君，則莊公已沒，桓公已立，尤非人情

也。

《燕燕》篇《詩序》云：「莊姜送歸妾也。」《毛傳》曰：「莊姜無子，陳女戴嬀生子，名完，莊姜以爲己子。莊公薨，完立，而州吁殺之；戴嬀於是大歸。莊姜遠送之於野，作詩以見己意。」這是以爲《燕燕》篇係莊姜送戴嬀大歸於陳之作；朱熹《詩集傳》亦遵信之。清儒崔東壁則從王氏之見，並詳予闡述云：

> 余按：此篇之文，但有惜別之意，絕無感時悲遇之情。而詩稱「之子于歸」者，皆指女子之嫁者言之，未聞有稱「大歸」爲「于歸」者。恐係衛女嫁於南國，而其兄送之之詩；絕不類莊姜戴嬀事也。自莊公之立，至是已三十有九年，莊姜、戴嬀恐不復存。《史記》以爲戴嬀先死，而後莊姜以桓公爲己子。雖未敢必其然，然獻公之出也，定姜見於《傳》；其入也，敬姒見於《傳》。而記桓公之弒，州吁之殺，絕無一語及於莊姜戴嬀，若無二人然者，則二人固未必存也。且莊姜既已桓公爲己子矣，莊姜當大歸，何以大歸者反在戴嬀？而古者婦人送人不出門，莊姜亦不應遠送於野也。又按《魯詩》、《韓詩》及《列女傳》，皆以此爲定姜所作。或以爲獻公無禮於定姜，故定姜作此。或以爲定姜歸，其娣送之而作。或以爲定姜送婦作。然以辭意觀之、時勢考之，皆未有以見其必然。蓋皆各以揣度言之，是以參差不一，皆未可執以爲實也。（註二）

崔氏不信漢儒之說的理由：㈠從詩本文上看，僅有惜別之意，而無悲遇之情。⑵從《詩經》用語上看，「于歸」是指出嫁，未曾有稱「大歸」爲「于歸」者。⑶從史籍上看，《史記》以爲戴嬀早死，故莊姜以完爲己子。至州吁弒完（桓公），距莊公之立，已隔三十九年，且無一語提及莊姜、戴嬀，恐二人已不復在世。⑷按古禮，婦人送人不出門，莊姜也不應遠送於野。⑸今文詩說皆以此詩爲定姜所作；或以爲定姜大歸，其娣送之而作；皆屬揣度之言，未可採信。崔氏所論與王氏的觀點相同，並可補王氏的不足。

《小雅》中有六首有目無辭的詩，即《南陔》、《白華》、《華黍》、

《由庚》、《崇丘》、《由儀》。《毛詩序》曰：

> 《南陔》，孝子相戒以養也。
> 《白華》，孝子之潔白也。
> 《華黍》，時和歲豐，宜黍稷也。有其義而亡其辭。
> 《由庚》，萬物得由其道也。
> 《崇丘》，萬物得極其高大也。
> 《由儀》，萬物之生，各得其宜也。有其義而亡其辭。

王氏於《由儀》之後《總聞》曰：

> 有其義者，以題推之也。亡其辭者，莫知其中謂何也。然《序》者以題推義，亦有不可曉者。《南陔》，南者，夏也，養也。陔者，戒也。遂以為孝子之戒養。《白華》，白者，潔也；華者，采也；遂以為孝子之潔白。《華黍》，則以時和歲豐，宜黍稷言之，蓋不時和歲豐，則黍無華也。前三詩所謂有其義者也。《由庚》者，道也，遂以為萬物由道。崇者，高也；丘者，大也；遂以為萬物極高大。儀者，宜也；遂以為萬物得宜。後三詩所謂有其義者也；皆漢儒之學也。前三篇《鄉飲酒‧燕禮》用之，曰笙入堂下，磬南北面立，樂《南陔》、《白華》、《華黍》是也。後三篇《鄉飲酒‧燕禮》亦用之，曰乃間歌《魚麗》，笙《由庚》；歌《南有嘉魚》，笙《崇丘》；歌《南山有臺》，笙《由儀》。毛氏不曉笙歌，而一概觀之；又引升歌《鹿鳴》，下管《新宮》。今《鹿鳴》存而《新宮》亡。大率歌者有辭有調者也；笙者管者有腔無辭者也。後世間亦有如此清樂，至唐猶有六十三曲，未幾止存三十七曲。又有「上柱、鳳雛、平調、清調、瑟調、平析、命嘯」七篇，有聲無辭；當是相傳有腔而已。此六詩之比也。甚矣《序》之欺後世也。……

這是王氏反《序》頗為有力的一段話，其要點：(1)《詩序》以為這六首詩原是有辭有義的；後世辭已失傳，但義則尚存，故各標其義於篇目之下。王氏以為

這六篇只是笙奏，沒有歌辭；毛氏不曉笙歌，所以致誤。(2)笙者管者有腔無辭，可由《儀禮・鄉飲酒禮》證之。其文云：「笙入堂下，磬南北面立，樂《南陔》、《白華》、《華黍》。」又云：「眾笙則不拜，受爵坐祭立飲，徧（註二）有脯醢不祭。乃閒歌《魚麗》，笙《由庚》，歌《南有嘉魚》，笙《崇丘》；歌《南山有臺》，笙《由儀》。」前三篇為笙、磬合奏之樂；後三篇只說笙奏，與歌相間。歌必有辭，小雅《魚麗》、《南有嘉魚》、《南山有臺》即是所歌之辭。由此可見，笙奏之六詩無辭。(3)有腔無辭的清樂世都有之，唐朝原有六十三曲，另有上柱、鳳雛等七篇，用以反證《小雅・由庚》等六詩確為有腔無辭的清樂。毛氏「有其義而亡其辭」的話，決不可信。

《總聞》如都從篇旨上探討，立意正大，自為其他各「聞」所不及；惜乎王氏未能朝此方向努力，以致其成效不彰。

參、優點舉述

一、廢《序》不用，確是膽識過人

這是王氏最了不起的地方。朱子《詩集傳》是當時反《序》最有名的著作；但是在他說《二南》詩義時，卻信《詩序》「文王之化」的基本觀點，常比《詩序》更加附會。比如《關雎》篇，《詩序》只說「后妃之德也」，並沒有說明是誰的后妃。《朱傳》云：「蓋指文王之妃大姒。」「君子，則指文王也。」《卷耳》，《詩序》云：「后妃之志也。」《朱傳》云：「后妃以君子不在而思念之。」並謂所懷之人「蓋謂文王也。」《桃夭》，《詩序》云：「后妃之所致也。」《朱傳》云：「文王之化，自家至國，男女以正，婚姻以時。」《麟趾》，《詩序》云：「后妃之應也。」《朱傳》云：「文王后妃德修於身，故其子孫宗族皆化於善。」至於《召南》諸詩，《詩序》多以諸侯夫人之德為說，《朱傳》則多以「南國被文王之化」為宗旨，顯然要比詩序更要強調詩教的意義。王氏則不然，在《二南》中全不提文王、后妃，好像從未見過《詩序》的樣子。他在《關雎》篇只談孔子「樂而不淫，哀而不傷」的涵義，偏於樂聲的講求。

世人都以為歐陽修是宋朝掀起反漢思潮的第一人；但如深究其《詩本義》內容，他在反漢之中，主要還是反對《鄭箋》，其次是反對《毛傳》；至於

《詩序》，卻信之者多，疑之者少，這就形成了《詩本義》觀點上的局限性。
比如他在《序問》（註四）中云：

> 自漢以來，學者多矣，其卒捨三家而從毛公者，蓋以其源流所自，
> 得聖人之旨者多歟。今考《毛詩》諸《序》，與《孟子》多合；故吾於
> 詩常以《序》為證也。至其時有小失，隨而正之。

由此可知歐陽公對《毛詩序》的態度了。他把《詩序》看成「得聖人之旨者
多」、其意「與孟子多合」，自然他所說的《詩本義》，在詩篇主旨上多數遵
《序》為說，有的比《詩序》更要附會。如《關雎》篇，《詩序》只說「后妃
之德也」，《詩本義》云：「淑女為大姒，君子為文王。」有的明說遵從《詩
序》，如《行露》篇，《詩本義》云：「據《序》本為美召伯能聽訟。」有的
雖不明說，實則遵《序》，如《摽有梅》，《詩序》云：「男女及時也。」
《詩本義》云：「《摽有梅》，本謂男女及時也。」他一面反漢，一面遵
《序》，所以《詩本義》在學術地位上，有開風氣之功；論其績效，則難稱卓
著。

　　王質則不然，他不以《詩序》為可信，在討論詩文內容時，完全不提《詩
序》。這在當時，確是膽識過人的表現。故朱彝尊《總聞詩·序》云：

> 自漢以來，說詩者率依《小序》，莫之敢違。廢《序》言詩，實自
> 王氏始。既而朱子《集傳》出，盡刪《詩序》。蓋本孟子以意逆志之
> 旨，而暢所欲言。後之學者咸宗之。

可見在朱氏心目中，王質廢《序》言詩，自漢以來是第一人。至於他說朱熹
《詩集傳》「盡刪《詩序》」，這話與事實不符。

　　王氏與朱子生在同一時代，朱子說詩仍丟不開《詩序》，但憑這一點，王
氏確是當代學者所不能企及的。

　　二、詩旨新詮，時有獨到見解

　　王氏既廢《序》不用，各篇詩旨自須以己意定之。這確是一種創舉，是功
是過，大抵取決於此。從優點上說，確有不少詩篇經其詮釋，得以一新耳目

的。茲舉述如下：

㈠《召南・行露》篇《毛詩序》云：「召伯聽訟也。召伯之敎，明於南國。」王氏《總聞》曰：

> 暴男侵貞女，亂世容或有之，而召公之分壞，被美敎，成雅俗，不應如此。女固可尚，男爲何人？豈文王之化獨及女而不及男耶？

《詩序》定《行露》篇是受召公明敎而有的，而且《二南》之民都是受文王之化的，可是這首詩所表現的是「暴男侵貞女」，難道文王之化、召公之敎只化女而不及男？果眞如此，王化之說就難以成立了。

㈡《召南・小星》篇首章：「嘒彼小星，三五在東。肅肅宵征，夙夜在公，寔命不同。」《詩序》云：「小星，惠及下也。夫人無妒忌之行，惠及賤妾，進御於君。知其命有貴賤，能盡其心焉。」鄭玄隨於首章之下作《箋》云：「諸妾肅肅然夜行，或早或夜，在於君所，以次序進御者，是其禮命之數不同也。」王氏於首章之下曰：

> 君子以王事行役，婦人送之，指星言入夜也。

又其篇末《總聞》曰：

> 宵征，言夜行。在公，言公事。非賤妾進御之辭，當是婦人送君子以夜而行。事急，則人勞。稱命，言不若安處者各有分也。大率昔人至無可奈何不得已者，歸之於命。孔子所謂「不知命，無以爲君子」也。

此篇王氏定爲行役者之詠，已得詩旨。惟「婦人送君子夜行」的話，非詩文所當有，不說更好。

㈢《邶風・綠衣》篇首章：「綠兮衣兮，綠衣黃裡。心之憂矣，曷維其已。」《詩序》云：「綠衣，衛莊姜傷己也。妾上僭，夫人失位，而作是詩也。」以爲這首詩是莊姜失寵於莊公，怨賤妾僭越而作。考之史乘，實無莊姜失寵的記載；詩文中亦無人事的提示。故《總聞》曰：

　　　　其為婦人哀怨之辭無疑，但其人未可知。舊說以為莊姜，雖不敢不
　　　信，然尋詩未有所見。此婦人必有識慮，知古今，多稱古人者。言古有
　　　此，今當之也。

王氏以「婦人哀怨之辭」說《綠衣》，已得詩旨。至於《詩序》以為莊姜自傷
而作，他雖然說「不敢不信」，其實還是不信。何以說「不敢」呢？《詩序》
的權威性，在他心頭還是無法完全抹殺的緣故。

　　㈣《衛風・氓》篇首章：「氓之蚩蚩，抱布貿絲。匪來貿絲，來即我謀。
送子涉淇，至於頓丘。匪我愆期，子無良媒。將子無怒，秋以為期。」《詩
序》曰：「刺時也。宣公之時，禮義消亡，淫風大行，男女無別，遂相奔誘。
華落色衰，復相棄背。或乃困而自悔，喪其妃耦。故序其事以風焉。美反正，
刺淫泆也。」以為這是在衛宣公之世，淫風大行之下，男女相互奔誘，復相棄
離，詩人敘其事藉以刺淫泆的。朱子《詩集傳》云：「此淫婦為人所棄，而自
敘其事以道其悔恨之意也。夫既為之謀而遂往，又責所無以難其事，再為之約
以堅其志；此其計亦狡矣！以御蚩蚩之氓宜有餘，而不免於見棄；蓋一失其
身，人所賤惡。始雖以欲而迷，後必以事而悟，是以無往而不困耳！士君子立
身一敗，而萬事瓦裂者，何以異此？可不戒哉！」朱子直視詩中的女子用心狡
詐，婚事由他一手造成。氓原是被他所愚弄的，到了成婚以後，氓不再迷於色
欲，賤惡此女，所以遭致棄離。朱老夫子在此大談其儒家的教義了。王氏《詩
總聞》曰：

　　　　此婦人之合雖非正，然猶求媒；雖犯禮，然猶記善言。恐其咥笑
　　　者，即向之于嗟者也。失行之婦人如此可愍而不可絕，況其終有悔辭。
　　　此聖人所以存之。大率聖人所存多近厚者也。

這一說法捨棄《詩序》時代的編敘與刺淫的觀點，也不像朱子那樣朝著那棄婦
一味地指責，而以同情的口吻說她於禮有虧，於情可憫。況且她說：「女之耽
兮，不可說也。」「靜而思之，躬自悼矣！」含有深切悔悟之意，所以孔子選
編時，才將這首詩放在裡頭。王氏這一觀點，比《詩序》、《朱傳》自然要合

於情理些。

　　㈤《衛風‧有女同車》篇首章：「有女同車，顏如舜華。將翱將翔，佩玉瓊琚。彼美孟姜，洵美且都。」《詩序》云：「刺忽也。鄭人刺忽之不昏于齊。太子忽嘗有功于齊，齊侯請妻之；齊女賢而不取，卒以無大國之助，至於見逐，故國人刺之。」《毛傳》云：「忽，鄭莊公世子，祭仲逐之而立突。同車，親迎同車也。孟姜，齊之長女。」《孔子正義》曰：「忽宜娶齊女與之同車而不娶，故經二章皆假言鄭忽實娶齊女與之同車之事以刺之。……」《傳》又云：「公子未婚於齊也。齊侯欲以文姜妻鄭太子忽，太子忽辭。人問其故，太子忽曰：『人各有耦，齊大非吾耦也。』……遂辭。」並云：「此忽實不同車，假言同車以刺之。足明齊女未必實賢實長，假言其賢長以美之。不可執文以害意也。」這是以爲鄭太子忽實已拒婚，與齊女實無同車。齊女文姜亦非賢長，都只是詩人假言而已，其目的在於刺鄭忽拒婚之過。此說無論從史事或詩文上說，都是難以說通的。《詩序》人事的附會，以至於全無情理之可言。（註五）王氏《總聞》曰：

　　　　所見親迎之禮，彼美之貌，似是與婦成禮而非憚耦辭昏者。左氏鄭忽辭昏之事甚詳。此專拾其說，不惟尋詩無見，而亦與左氏不合。當是因姜姓爲齊女，遂以鄭忽附之。

這是從詩文本義與《左傳》所載史事相互印證，《序》《傳》《正義》之說，斷爲純屬附會，不予採信。

　　㈥《鄭風‧狡童》篇首章：「彼狡童兮，不與我言兮。維子之故，使我不能餐兮。」《詩序》云：「《狡童》，刺忽不能與賢人圖事，權臣擅命也。」《毛傳》云：「昭公有壯狡之志。」《鄭箋》云：「不與我言者，賢者欲與忽圖國之政事，而忽不能受之，故云然。」如據《左傳》所載，昭公忽心地厚實，非狡詐之輩；時已中年，不宜稱之爲童；作者如是賢臣，豈可直稱其君爲「狡童」？況昭公大權旁落，其立而廢，廢而立，命運全操在權臣祭仲之手。詩人果眞是賢者，當明其是非，怎會不罵曹操罵獻帝？《詩序》傳箋之不可從，至爲明顯。故王氏《總聞》曰：

> 鄭忽言行，蓋亦近賢，不可以成敗論人。所謂狡童，當有他人當
> 之，非謂忽也。

這是很中肯的話。

㈦《唐風‧蟋蟀》篇首章：「蟋蟀在堂，歲聿其莫。今我不樂，日月其除。無已大康，職思其居。好樂無荒，良士瞿瞿。」《詩序》云：「蟋蟀，刺晉僖公也。儉不中禮，故作是詩以閔之；欲其及時以禮自虞樂也。此晉也，而謂之唐，本其風俗憂思深遠，儉而用禮，乃有堯之遺風焉。」按之詩文，實無刺意，亦無「儉不中禮」之象。至於晉地屬唐，據此而言其詩有唐堯之遺風，恐亦只是有心牽附而已。王氏《總聞》曰：

> 此士大夫之相警戒者也。杜氏所謂人生歡會豈有極，毋使霜露霑人
> 衣。

以人生歡會相需相警之意說之，較之《詩序》刺晉僖公儉不用禮，自覺有味多矣！

㈧《陳風‧宛丘》篇首章：「子之湯兮，宛丘之上兮。洵有情兮，而無望兮。」《詩序》云：「宛丘，刺幽公也。淫荒昏亂，游蕩無度焉。」《鄭箋》云：「子者，斥幽公也，游蕩無所不爲。」以爲陳君幽公，淫荒昏亂，游蕩無所不爲，故詩人作詩刺之。王氏《總聞》曰：

> 冬夏極寒暑之時，人所鮮出而常相值，無時而不出也。幽公之事無
> 見，徒以惡諡故，歸以大過，亦猶僖公之事無見，徒以常諡故，歸以小
> 故。事不明，人不的，徒以一時之諡，遂著爲一時之實；考古如此，恐
> 未免多誤也。

這是以爲幽公之事，無史可考，徒以惡諡爲說，實不足以採信。

三、分項討論，行文頗有條理

《詩總聞》行文次序，從大類上看，按《詩經》原有編次《南》、《風》、《雅》、《頌》依序排列，用以討論各類詩文的性質。其內容前面已

有簡介，毋須贅述。從細目上看，即討論每篇詩文的詞章，共分十項，稱為
「十聞」。其格式為別家所無，實屬創舉。前面已舉例說明；茲為其優點舉
證，特再舉數例如下：

㈠《邶風‧日月篇》有「日居月諸，照臨下土」句。王氏「聞訓」曰：

> 居、諸皆辭也。《禮‧檀弓》曰「何居」，鄭氏曰「音姬」。齊魯
> 之間語助也。

「日居月諸」之中的「居」「諸」二字，《毛傳》、《鄭箋》、《孔疏》無
訓，《朱傳》云：「日居月諸，呼而訴之也。」仍不知何義。陳奐《詩毛氏傳
疏》云：「《傳》云日乎月乎，照臨之也者，言日月照臨也。經中『居』字當
讀為『其』，語助詞。」《傳》以『諸』代乎，不釋『居』字。《釋詞》云：
「《小爾雅》曰：諸，乎也。」陳氏以為「居、諸」二字義同「乎」字，為語
助詞，正是王氏的意思。

㈡《衛風‧伯兮》篇末章：「焉得諼草，言樹之背。願言思伯，使我心
痗。」「聞訓」曰：「言，辭也。」以為經文中兩個「言」字都是語助詞。
《周南‧葛覃》篇「言告師氏，言告言歸。」《毛傳》云：「言，我也。」
《鄭箋》云：「我告師氏者，我見告于女師也；我告我以適人之道。重言我
者，尊重師教也。」他們都訓「言」為「我」。朱熹《詩集傳》云：「言，辭
也。」正與王氏同訓。

㈢《小雅‧伐木》篇《十三經注疏》本於篇末云：「《伐木》六章，章六
句。」王氏「聞章」曰：

> 舊六章，今為三章，皆以伐木為首辭。

亦即首章以「伐木丁丁，鳥鳴嚶嚶」為首辭；二章以「伐木許許，釃酒有藇」
為首辭；三章以「伐木于阪，釃酒有衍」為首辭。每章十二句，於文詞編敍上
較為合理。朱子《詩集傳》亦分三章，其於文末「伐木三章，章十二句」下，
附註云：「劉氏曰：『此詩每章首輒云伐木，凡三云伐木，故知當為三章，舊
作六章，誤矣！』今從其說正之。」可見朱子從劉氏之說已改為三章，二人所

見與王氏同。

　㈣《召南・甘棠》篇「勿剪勿伐，召伯所茇」下，《鄭箋》云：「茇，草舍也。召伯聽男女之訟，不重煩勞百姓，止舍小棠之下而聽斷焉。國人被其德，說其化，思其人，敬其樹。」王氏「聞用」曰：

> 《周禮》中夏教茇舍。鄭氏茇讀如束沛之沛。茇舍，草止之也。軍用有草止之法，後世漸侈，軍行有氈帳，氌帳之屬。古者茇舍之法不知如何？當必輕整牢密易辦且易挈。

王氏以為「茇」即茇舍，為軍用草止之法。其法雖已不傳，然可推知必是輕便牢密易辦易搬的方法。

　《朱傳》云：「茇，草舍也。」與鄭同訓；不如王氏所訓的詳明。

　㈤《小雅・巷伯》篇「有北不受，投畀有昊。楊園之道，猗于畝丘」下，王氏「聞跡」曰：

> 楊園，白楊之園也。冢墓多植白楊。陶氏：「荒草何茫茫，白楊亦蕭蕭。」古人輓歌多以白楊為辭。

王氏並在《巷伯》篇該章之後闡述章義云：

> 棄之於楊園之道，楊園郊野之地，墳冢所在也，甚怨憤之辭。

這是以為楊園之道，即是墳墓所在，足以顯示詩人憤怨的情緒。

　「楊園之道」，各家無訓，王氏之義較長。

　㈥《陳風・株林》篇「胡為乎株林，從夏南」句，王氏「聞跡」曰：

> 毛氏：「株林，夏氏邑也。」此特以意推之。朝食，甚近也：當是林巒蔽密之所，所謂謀於野者也。

　「株林」，《毛傳》、《朱傳》同訓為「夏氏邑」，王氏據「朝食于株」句，

推知陳靈公去夏姬家必不甚遠。再從「株林」二字上看,似爲陳都近郊林中隱密之所。如說成夏氏朵邑之地,當有數十百里之遙,即使快馬奔馳,亦難以「朝食於株」。故他不取「夏氏邑」之訓,是有充分理由的。

㈦《小雅・六月》篇有「玁狁孔熾,我是用急」、「玁狁匪茹,整居焦穫。侵鎬及方,至于涇陽」、「薄伐玁狁,至于太原。文武吉甫,萬邦爲憲」等句。《詩序》曰:「《六月》,宣王北伐也。」王氏「聞事」曰:

> 《易林》:「玁狁匪度,治兵焦穫。伐鎬及方,與周爭疆。元戎其駕,襄及夷王。」此則自夷王玁狁始盛。玁狁在北,周都在西,而侵逼畿甸;如此當是玁狁有北兼西,始自夷王;不然,則是與西合縱。尋詩初甚危急,後乃少安,初非全勝也。……反覆推之,文武之後,大盛于夷王,愈于宣王。宣王暫安而不能久,固其末終不可救于幽王也。

這是王氏從《六月》篇談及玁狁侵犯中國,在文、武之後,大盛于夷王、愈于宣王,其末終於不可救于幽王。玁狁侵略中國的史事,於此大略可見。

㈧《齊風・載驅》篇首章:「載驅薄薄,簟茀朱鞹。魯道有蕩,齊子發夕。」《詩序》云:「《載驅》,齊人刺襄公也。無禮義,故盛其車服,疾驅於通道大都、與文姜淫,播其惡於萬民焉。」以爲乘簟茀朱鞹之車,疾驅於魯道的齊子是襄公。《鄭箋》云:「此車襄公乃乘焉而來與文姜會。襄公既無禮義,乃疾驅其乘車以入魯境。魯之道路平易,文姜發夕,由之往會焉,曾無慚恥之色。」鄭氏將本章的人事分歸二人,前敘襄公驅車入魯境;後敘文姜發夕,由魯道前往與襄公相會,王氏「聞事」曰:

> 簟茀朱鞹,自是文姜所乘之飾,不必言襄公。蓋謂朱鞹,諸侯之路車,故以爲齊侯。是時文姜若乘諸侯之車,何人能禁?文勢自是文姜也。

「簟茀朱鞹」《毛傳》以爲是「諸侯之路車」,齊襄公乘之以就文姜。王氏則以爲是文姜乘此來會襄公的。《朱傳》云:「齊人刺文姜乘此車來會襄公也。」觀點與王氏合。

㈨《小雅‧小宛》篇首章有「我心憂傷，念昔先人。明發不寐，有懷二人」句。《詩序》定《小宛》篇爲「刺幽王」的詩。《毛傳》云：「先人，文、武也。」《孔疏》云：「我心爲之憂傷，追念在昔之先人文王、武王也。以文、武創業垂統，有天下，今將亡滅，故憂之也。又言憂念之狀，我從夕至明開發以來，不能寢寐，有所思者，唯此文、武二人；將喪其業，故念之甚。」毛氏訓「先人」爲周文、武。孔氏以爲文中的「先人」與「二人」都是指周文、武而說的。王氏「聞人」曰：

> 毛氏：「先人爲文、武。」恐意似不爾。各爲君臣，亦恐不爾。

王氏不以爲毛氏之訓可信。此句《朱傳》云：「則我心之憂傷，豈能不念昔之先人哉？是以明發不寐，而有懷乎父母也。」朱子也不以「先人」爲文、武，當是詩人泛稱其祖先。「有懷二人」的「二人」，是指「父母」說的。他們不從《傳》《疏》的態度是一致的。

㈩《小雅‧節南山》篇有「家父作誦，以究王訩」句，《詩序》云：「節南山，家父刺幽王也。」王氏「聞人」曰：

> 家父，見魯桓八年，桓王也；十五年，莊王也。舊説刺幽王。自幽王之死至是七十五年，尚能爲王出使求車。刺幽王之詩皆老臣之詞，則約百餘歲矣，故此未必刺幽王也。

這是從年代上看，家父處於周桓王、莊王之世，上距幽王之死已有七十五年。又觀刺幽王之詩皆老臣所爲，以此估量，家父作誦時已有百餘歲，故知《詩序》刺幽王之說之不可信從。朱子對此也深表懷疑，其《詩集傳》云：

> 《序》以此爲幽王之詩，而《春秋》桓十五年有「家父來求車於周」，爲桓王之世，上距幽王之終已七十五年，不知其人之同異。
> 大抵《序》之時世皆不足信，今姑闕焉可也。

朱子也從年代上考證，以爲在《春秋》前後，如果只有一個家父，上距幽王之

死已有七十五年，自無可能作刺幽王的詩。《詩序》之文自不可信。這意見與王氏相同。

以上所舉例證，讀之當可略知其研究項目之編列，與內容重點之所在。或可視爲獨具一格的研究方法。

肆、《詩總聞》質疑

王氏《詩總聞》，由於不信《序》、《傳》、《箋》、《疏》之訓釋，而又沒有如朱子「《風》者民俗謠歌之詩也」的認識，所以雖有許多創見，仍只屬於反漢思潮中先期狂士的作爲；其見解未臻允洽，乃隨處可見，茲分別予以討論。

一、「六義」解說質疑

㈠《南》：王氏云：

> 舜作五絃之琴，以歌南風。……南即《詩》之南也；風即《詩》之《風》也。

將「南風」一詞分說成「詩之南」與「詩之風」，以爲即是《詩經・二南・國風》的詩，自是誤解。《正義》曰：「南風，詩名。」《鄭注》：「南風，長養之風也；言父母之長養己。其辭未聞。」可見鄭、孔都以爲「南風」是舜時一首詩的名稱，只是這首詩已經失傳，後世所傳「南風之歌」，他們不以爲是舜時的作品。（註六）王氏要將「南風」說成即是《二南》與《國風》的詩，就得考慮這兩類的詩有無可能作於虞舜之世？古籍中有無此說？從文學史的觀點來看，夏商一千餘年均無詩歌傳世，早於夏商的虞舜時代，怎會有《南》、《風》兩類的詩？況且這兩類詩中，有許多是記敍周代的人事與實際生活的，如何能加以否定？別的不說，即以《國風》的分國編列來看，如衛、鄭、齊、魏、秦、陳、曹、檜等國，是《風》詩的出產地，舜時會有這些國家嗎？

其次，王氏說「南」爲「夏」，以爲「南」即「大夏」，並說：「諸夏皆南聲也。」這是有待審究的。《周禮・春官・鐘師》云：「凡樂事以鐘鼓奏九夏：王夏、肆夏、昭夏、章夏、齊夏、族夏、祴夏、驁夏。」注：「鄭司農

云：夏，大也，樂之大歌有九。」鄭玄云：「九夏皆詩篇名，頌之族類也。此歌之大者，載在樂章，樂崩亦從而亡。」可見九夏原是九首樂歌，與頌同類；後來樂既失傳，其詩亦從而亡佚。如果「諸夏皆南聲」，二鄭爲何不知？如果九夏實即《二南》的詩，則王夏在《二南》中該是那一首詩？其他各夏又該是那幾首詩？如果不能指實來說，或以爲不當指實來說，即足以證明九夏與《二南》的詩並無關係，王氏「南」即「夏」之說即不能成立。

王氏另外取《周頌·時邁》「肆于時夏」、《思文》「陳常于時夏」兩句詩，遂云：「他詩用與不用，固未可知，然以《時邁》、《思文》推之，大略可見。」王氏之意，不僅九夏皆南聲，即《周頌·時邁》、《思文》等篇，凡涉及「夏」字的，也都是南聲。可是《時邁》的「我求懿德，肆于時夏」，《鄭箋》云：「懿，美。肆，陳也。我武王求有美德之士而任用之，故陳其功於是夏而歌之。樂歌大者稱夏。」《思文》的「陳常于時夏」，《鄭箋》云：「故陳其久常之功於是夏而歌之。夏之屬有九。」這可說明兩點：(1)《時邁》的「肆于時夏」與《思文》的「陳常于時夏」意義完全相同。(2)夏是詩樂之名，其義爲大，即九夏一類的樂歌。王氏引文求證，只能說明《周頌》中曾用夏樂，卻不足以證明這些夏樂就是南音；尤其不能說成在《周頌》裡已用到《二南》的詩樂。試想，《二南》是鄉樂，《周頌》是宗廟之樂，周王在祭祀時有無可能配以屬於鄉樂的南聲？

至於王氏云：「南者，天之尊神出入之地也；北者，天之殺神出入之地也。處天地之間，居陰陽之內者避之，所以自古南名不多見，後世南聲亦罕傳。」這是用陰陽家方位以定天地神明相應之說，益見其遠離所要討論的主題。《周南》、《召南》雖不知其樂，卻傳有詩文。說詩者只談無從考索之樂，卻不提篇章詳備的詩，這豈是當有的事？

㈡《風》：王氏云：

《風》，樂名也。……正直而靜，廉而謙者，宜歌《風》。

這已說明《風》是音樂之名，同時也表示每一首樂曲都有其詩文。所謂「正直而靜，廉而謙者」，該是詩文含義的表現。不然，如只有樂調，但聞其旋律，如何能聽出這種含有高度道德情操的意義來？再如進一步說，這一《風》的含

義，與《國風》的詩文能否契合？不用說《國風》全部的詩，即或取其一部份來說，有那幾首含有「正直而靜，廉而謙者」的旨趣呢？又如「廣大而靜，疏達而信」說《大雅》：「恭儉而好禮」說《小雅》；拿大、小《雅》的詩來看，又有那幾首是符合其道德要求的？這些屬於闡述詩義的話，如果與各類詩文對不上頭，它的意義又在那裡？

王氏在「聞風一」裡，還特別提到詩之「六義」。他說：

> 《禮》：「風、賦、比、興、雅、頌」六詩，當是「賦比興」三詩皆亡，「風雅頌」三詩獨存。

他把六義說成六類詩，「賦、比、興」一如「風、雅、頌」，有各自獨立的詩篇，不是當作法講存在於「風、雅、頌」之中的。此一說法能否成立？要從下列四點去觀察：⑴《詩大序》於「六義」之下，《孔氏正義》云：

> 「風、雅、頌」者，詩篇之異體；「賦、比、興」者，詩文之異辭。大小不同，而並為「六義」者，「賦、比、興」是詩之所用，「風、雅、頌」是詩之形成。用彼三事，成此三事，故得並稱為義。

孔氏說「賦、比、興」與「風、雅、頌」不同類，前者屬於詩文表達的方法，後者屬於詩篇形體的分類。作法依存於詩篇中，所以說「賦、比、興」較「風、雅、頌」為小。這樣說自然不把「賦、比、興」當詩體來看了。朱子《詩集傳》說得更明白：

> 《風》者，民俗謠歌之詩也。
> 《雅》者，正樂之歌也。《正小雅》，燕饗之樂也；《正大雅》，會朝之樂，受釐陳戒之辭也。
> 《頌》者，宗廟之樂歌。《大序》所謂美盛德之形容，以其成功告於神明者也。
> 賦者，鋪陳其事而直言之者也。
> 比者，以彼物比此物也。

興者，先言他物以引起所詠之辭也。（註七）

前三者說詩體，後三者說作法，絕非同類。歷代學者談「六義」，大都贊同此一解說。(2)王氏「賦、比、興三詩皆亡」之說，於史無據。司馬遷說《詩》本有三千多篇，經孔子刪除，只膡三百篇。（註八）此說後儒多以爲不可信。即或信之，爲何要將「賦、比、興」三體的詩全數刪除？(3)《左傳》載季札觀樂之事，早於孔子；其所敍《詩》之大類，與今本相符。如當時另有「賦、比、興」三類的詩，怎會隻字不提？(4)自漢以來，學者均視「賦、比、興」爲作法，存於三百篇之中。如另有三類詩篇稱爲「賦、比、興」，則屬於作法的「賦、比、興」該如何看待？如認爲作法事實如此，有其客觀的需要，豈不與詩體的「賦、比、興」重複出現？學者會否贊同此重出之說？如認爲兩者之間當取其一，可否去此就彼，說作法的「賦、比、興」實不存在？

王氏所論，或有所據，《十三經注疏》於《詩大序》中載：

> 《鄭志》張逸問：「何詩近於賦、比、興」？答曰：「比、賦、興，吳札觀詩已不歌也；孔子錄詩已合風雅頌中，難復摘別；篇中義多興。」逸見「風、雅、頌」有分段，以爲「賦、比、興」亦有分段，謂有全篇爲比、全篇爲興，欲鄭指責言之。鄭以「比、賦、興」者，直是文辭之異，非篇卷之別。

這是由於鄭玄有「吳札觀詩已不歌，孔子錄詩已合風、雅、頌中」兩句話，引人懷疑在季札、孔子之前，可能有可歌而獨立的「賦、比、興」三類的詩。雖鄭氏特爲說明三者只是「文辭之異，非篇卷之別」，但仍然有人說成是篇卷之別。在宋則有王質，在近世則有章太炎。章氏在其《檢論》一文中有云：「賦、比、興爲詩體，爲孔子所刪。」又說：「賦即屈、荀所作體，比即辯，興爲輓歌。」章氏信史遷刪詩之說，直認孔子刪了「賦、比、興」三類的詩；而這三類的詩說得更具體：賦即辭賦的賦，比即是辯論之文，興即是悼亡用的輓歌。這可謂之一大怪論。莫說於史無證，即以常理推之，屈、荀之賦，始於屈、荀，在屈、荀之前詩經時代，連類似的文章都未曾出現，何來與此相類的詩？如眞有這一類詩，孔子爲何予以刪除？即使予以刪除，民間何以「靡有子

遺」？又佚詩中何以不見這一類的詩？同樣的，說比爲辯，說興爲輓歌，總得
拿出作於孔子以前的詩篇爲證才行。凡是推翻舊說的話，考證爲先，資料是
尚。如無明確的考證與充分的資料，只是向壁虛構而已，敎人如何信得？可是
說也奇怪，王質、章太炎這一怪論，傅斯年先生卻以爲可信。他在《詩經講義
稿》中「起興」一文裡曾說：

> 近人章炳麟先生謂賦比興爲詩體，爲孔子所刪。賦比興之本爲詩
> 體，其說不可易。至讀詩三百中無賦比興者，乃孔子所刪，則不解刪詩
> 之說，本後起之論，宋儒辨之詳也。章君又謂賦即屈荀之所作體，其言
> 差信，謂比即辯亦通；獨謂興爲輓歌，乃甚不妥。……

傅先生將章氏「賦比興爲詩體」的主張，許之爲「其說不可
易」者，即無可置疑的至理名言也。雖對章氏三體之說認爲有些不妥，但對其
大前提則是完全予以肯定的。依筆者之見，這些肯定都是值得斟酌的，因爲傅
先生既不贊同孔子刪詩之說，詩三百在孔子之前即已成爲定本，則「賦、比、
興」三體之詩，何所見而云然？三體之詩既無所寄託，佚詩亦不曾一見，所謂
詩有類似屈荀之賦，辯論之比，輓歌之興，全無一例可以爲證，卻直斷爲「其
說不可易」，其誰能信？

　　㈡《雅》：王氏說《雅》，偏於後世對雅樂的應用。如《小雅・楚茨》一
詩，曾分章用作迎神、享神、送神三個過程。又如《甫田》、《大田》，用作
享神之曲。這些漢、晉以下用《雅》的敍述，已經偏離討論《二雅》詩文的主
題。

　　至於王氏引梁定國所云：「衆官出入奏俊雅，皇帝出入奏皇雅，太子出入
奏徹雅。」這些所謂俊雅、皇雅、徹雅等，與《二雅》不同類，不宜混爲一
談。

　　又在「聞雅四」中談到漢、魏、六朝王公貴人於宴饗之際，獻奏詩樂的情
形。其所奏的詩篇，如云：「魏有四曲，皆取《鹿鳴》；而魏曲又增《騶
虞》、《伐檀》、《文王》，皆古聲辭。」其所奏的，雖然都是三百篇中的詩
樂，但是《騶虞》屬《召南》，《伐檀》屬《魏風》。其所謂雅樂，不限於
《二雅》，《二南》、《國風》的詩也被採用，已被司樂者混成一體，《雅》

僅沿用其名而已。

討論「詩經‧風雅頌」之義，不從其立名本身上談，卻只談些後世用樂的情形，實有捨本逐末之弊。

㈢《頌》：王氏於「聞頌二」下取《禮記‧樂記》所載《武》樂六奏之說，以論《周頌‧武》篇，其中多所不合。《樂記》云：

> 且夫《武》，始而北出，再成而滅商，三成而南，四成而南國是疆，五成而分周公左、召公右，六成復綴以崇。

鄭玄《注》云：

> 成，猶奏也，每奏武曲一終爲一成。始奏象觀兵孟津時也；再奏象克殷時也，三奏象克殷有餘力而反也，四奏象南方蠻荊之國侵畔者服也，五奏象周公、召公分職而治也，六奏象兵還振旅也，復綴反位止也。崇，充也；凡六奏而充武樂也。

《孔子正義》云：

> 充謂充備，言武樂充備是功成太平，周德充滿於天下也。

據此以觀王氏之訓，其不妥者有四：(1)以「始奏北出」爲「攘玁狁」，實則武王之世無伐玁狁事。（註九）(2)以「崇」爲邦國之名，說六奏象武王伐崇。其實伐崇乃文王事，（註一〇）武王未曾伐崇。而且此「崇」字當訓「充」，不是國名。(3)樂記所載「武樂六奏」，該是一齣舞台劇。《竹書紀年義證》卷十七「作大舞樂」下載：「作者，（武）王命周公作之也。大武者，周樂名。樂者，樂也。有聲有容，所以樂功德之成而歌舞之也。武樂之作至成王九年而後成；此言其始作耳。」可見所謂大武樂，是宣揚武王一生功業的歌舞表演。其制作歷時十餘年，內容繁富，所以名之爲「大」。《周頌‧武》篇一章七句，內容與大武各不相屬；絕無可能大武樂由《武》篇鋪陳而成。(4)王氏敍武樂每奏一成，即云：「當有詩。」意謂六成即應有六章詩。雖當有詩，卻終於無

詩。既已無詩可考，總不能僅憑有詩的設想，遂作成《周頌‧武》篇「多所闕佚」的結論。

武樂的內容尚未釐清，王氏卻推衍其說：一則定《時邁》、《執競》、《酌》、《桓》、《賚》、《般》六首，都是武樂的詩；再則將樂記所載孔子說的幾句話：「夫樂者，象成者也。總干而山立，武王之事也。發揚蹈厲，太公之志也。武亂皆坐，周召之治也。」予以分解與推衍，說「總干而立，武王之事也」，與《執競》相應；「發揚蹈厲，太公之志也」，與《酌》相應；「武亂皆坐，周召之治也」，與《桓》、《賚》、《般》等詩相應；「六成復綴以崇」，與《時邁》相應。王氏既認為武樂六奏當有詩而不知其詩，古籍又素無記載，則《時邁》等六篇各自獨立，豈可充作武樂的詩？孔子這幾句話，原只是敍武王伐殷成功的氣象，與《周頌‧時邁》等詩何須相應？如僅憑臆說廣為推衍，則三百篇中可視為相應者何只此數？

二、詩篇解說質疑

㈠雖已廢《序》不用，仍取史事附會：《詩序》的最大問題，即是許多民歌以史事相附會。王氏反《序》，卻無民歌觀念，所以仍然擺脫不了其影響。茲舉述如下：

(1)《鄭風‧將仲子》篇首章：「將仲子兮，無踰我里，無折我樹杞。豈敢愛之，畏我父母。仲可懷也。父母之言亦可畏也。」《詩序》曰：

> 《將仲子》，刺莊公也。不勝其母，以害其弟。弟叔失道而公弗制，祭仲諫之而公弗聽。小不忍以致大亂焉。

以此說詩，則詩中的仲子即是祭仲，該詩即是莊公對祭仲說的話。然按之史籍所載，祭仲忠於莊公；為其弟叔段遠居京邑，擁兵自重，並有竊位野心，故盡心進諫，要莊公早作防範。莊公既已知其弟的用心，可否作詩指責祭仲？況且莊公父已亡故，詩言「畏我父母」；莊公以長子即位，詩言「畏我諸兄」；祭仲為執政大臣，如欲進諫，自可上朝面奏，步履從容；詩言「無踰我牆，無折我樹桑」；「無踰我園，無折我樹檀」。所敍人事全不相符，怎能採信？王氏知其不可信，將「祭仲」改說為「共段叔」。在該詩首章之後說道：

> 當是仲氏逞橫，婉爲辭以拒之，非敢有愛，而父母在上，己不敢專；弟雖可念，恐父母有責，吾兄弟皆有畏也。言不特吾得罪，汝亦得罪。次以兄爲辭；次以人爲辭，皆拒之辭也。

這樣說問題更多，不但畏父、畏兄的話說不通，而且莊公早知其弟與其母志在奪位，以己爲敵，己則久已暗中部署，以待其弟動兵，即予痛擊。在如此心態下，何來欲愛而不敢愛？怎會爲恐父母有責而勸弟不可逞強？尤其，共叔段遠居京邑，爲一方長官，他會不會踰牆折桑來找爲君的兄長？像這樣的人事新解，只見其怪誕可笑。如從民歌上說，丟棄一切附會，但敍青年男女兩情相悅，卻不見容於父兄鄰里，以至有此情眞詞切的傾訴。如此感人的一首情詩，經漢儒以及王氏一再不通的人事附會，眞是令人不忍卒讀了！

(2)《召南・何彼襛矣》篇有「平王之孫，齊侯之子」句，《毛傳》云：「平，正也。武王女，文王孫，適齊侯之子。」特訓「平」爲「正」，「正王」即「文王」，以求符合《二南》爲《正風》，作於周初盛世之說。王氏曰：

> 平王，周平王也。平王之孫，桓王之女也。杜氏以齊襄公親迎，則自娶也。審爾則齊侯之子，謂僖公之子也。見「魯莊公元年夏，單伯送王姬，秋王姬歸于齊」。甚明。

同篇末章，王氏曰：

> 齊與周爲昏，當是魯桓公文姜夫婦爲之委曲，故桓公爲之主；此所謂鈎縭也，亦玩之之辭也。

說「平王」爲周平王，這是對的；說王姬所嫁的是齊襄公，這椿婚事還是由魯桓公與文姜夫婦作的媒，並以桓公代天子主婚的，這卻有待考證了。《春秋》載：

> 《經》（魯桓公）十有八年春王正月，公會齊侯于濼。公與夫人姜

氏遂如齊。夏四月,丙子,公薨于齊。

《左傳》敍其事云:

> 十八年春,公將有行,遂與姜氏如齊。公會齊侯於濼,遂及文姜如
> 齊;齊侯通焉。公謫之,以告。夏四月丙子享公,使公子彭生乘公,公
> 薨于車。

這是敍述齊襄公與魯桓公夫人文姜原是兄妹,卻藉兩君相會之便私通淫亂。桓
公發現後予以指責,反遭殺害。桓公死後,其子(即文姜所生)莊公即位,元
年三月,《左傳》載:

> 夫人孫于齊。單伯送王姬。

「夫人」,即莊公之母文姜。孫,同遜,通「遁」字。魯人責其與兄淫亂,謀
殺己夫,人所共惡,故慚懼而遁奔於齊。單伯,天子卿,食采于單;其時桓王
之女下嫁齊襄公,命單伯護送,命魯君主之。《公羊傳》曰:

> 使我主之,曷為使我主之?天子嫁女于諸侯,必使諸侯同姓者主
> 之。諸侯嫁女于大夫,必使大夫同姓者主之。所以然者,昏之行禮,必
> 賓主相敵。天子於諸侯,諸侯於大夫不親昏者,尊卑不敵故也。

故單伯送王姬至魯,「秋築王姬之館于外。」《穀梁傳》曰:

> 築之外,變之正也。仇讎之人,非所以接昏姻也。衰麻,非所以接
> 弁冕也。

這是以為齊襄公殺魯莊公之父桓公,周天子送王姬來魯,要他主婚,新郎卻是
殺其父淫其母的齊襄公。王命難違,但他喪服在身,不好依照常規在廟堂之上
主持婚禮,所以只好築舍於外,作為臨時應變之禮。《左傳》載:

冬十月，王姬歸于齊。

亦即齊襄公迎娶王姬歸齊，是在魯莊公元年的十月裡。《左傳》接著載：

三月，夫人孫於齊。不稱姜氏，絕不為親禮也。

由此可見，王姬至魯與齊襄公成婚之時，在魯莊公元年十月。魯桓公在前一年四月被殺，文姜在莊公元年三月奔齊。主婚者是魯莊公。這時距魯桓公死之期已有一年六個月，距文姜奔齊之期亦有七個月。王氏將這椿婚事說成是由桓公與文姜「為之委曲，故桓公為之主」的，即與史實不符。況且《何彼襛矣》篇雖敍的是王姬嫁齊事，究竟新郎是誰？還是一個問題。崔述《讀風偶識》云：

以「齊侯之子」為齊襄公，亦恐未然。襄公即位，始取王姬，不得稱為「齊侯之子」。《春秋》書之，不過以魯為之主，故耳。其王姬之不見於《春秋》者，固不知幾何也。說詩者不誣《經》以從《傳》，不強不知以為知，庶乎其可與言《詩》矣！

崔氏之意有二：一、《春秋》所載王姬嫁齊，當時齊襄公已是齊侯，不得稱為「齊侯之子」。詩既稱「齊侯之子」，可知必非襄公。二、《春秋》記事以魯為主，與魯無關的王姬出嫁事《春秋》不載。故《何彼襛矣》篇的王姬，安知所嫁者非齊侯他子而必是襄公？這些都是適當的推理，藉以補充說明王氏所論的疏略之處。

(3)《鄭風‧山有扶蘇》篇第二章：「山有橋松，隰有游龍。不見子充，乃見狡童。」《詩序》云：「《山有扶蘇》，刺忽也。所美非美然。」《狡童》篇首章：「彼狡童兮，不與我言兮。維子之故，使我不能餐兮。」《詩序》云：「《狡童》，刺忽也。不能與賢人圖事，權臣擅命也。」以上兩首詩裡的「狡童」，都以為是指昭公忽說的。《褰裳》篇首章：「子惠思我，褰裳涉溱。子不我思，豈無他人？狂童之狂也且。」《詩序》云：「《褰裳》，思見正也。狂童恣行，國人思大國之正己也。」《毛傳》云：「狂童恣行，謂突與

忽爭國，更出更入，而無大國正之。」以爲這裡的「狂童」，是指昭公忽與厲公突兄弟二人說的。王氏於《狡童》篇《總聞》曰：

> 鄭忽言行蓋亦近賢，不可以成敗論人。所謂狡童，當有他人當之，非謂忽也。

於《褰裳》篇，《總聞》曰：

> 三詩皆及狂狡之童，正文不得其的，而他文未可盡信。不知在位之君，惟觀在位之臣；不知在家之長，惟觀在家之鄰。有一皆當相遠而利害最迫，禍福所係，莫若在位之君臣也。鄭自昭公之後，子亹、子儀連弒，而子儀號曰鄭子，當是初立少年，故有「子」稱。及在位十四年而弒于傅瑕，亦不改子號，與童頗應。其臣如高伯、祭伯，傅瑕之徒，皆專強；但未見童狀，其他皆無見也。

王氏以爲三詩的狂狡之童，《詩序》以爲是昭公忽，不對，該是號稱鄭子的子儀。因爲他童年即位，故稱爲「子」。雖然他在位十四年，仍以「子」爲號，可與「童」字相應。所以他認爲三詩的狂狡之徒，不是昭公忽，而是號稱「鄭子」的子儀。

《春秋》的史事記敍，始於「鄭伯克段于鄢」。鄭伯即是鄭莊公寤生。段是其弟共叔段。共叔段圖謀篡奪，莊公於鄢克之。莊公在位四十三年卒，太子忽即位，是爲鄭昭公。不到一年，爲其弟突所篡奪，是爲厲公。厲公在位四年，謀殺權臣祭仲失敗，出奔蔡國；祭仲又迎昭公忽復位。二年後，昭公忽被大夫高渠彌所殺；祭仲立昭公弟子亹爲君。子亹元年七月，與齊襄公會諸侯於首丘。由於與襄公前有仇隙，被襄公所殺。祭仲又立子亹之弟子儀爲君，號稱鄭子。鄭子在位十四年，厲公突亡居櫟，使人誘劫鄭大夫傅瑕，令其殺鄭子。傅瑕果殺鄭子而迎厲公，厲公在位七年而亡。

昭公兄弟四人，名爲鄭國國君，實則大權旁落，由執政大臣祭仲一手操縱。號稱鄭子的子儀，雖然做了十四年的國君，可是《春秋》三傳裡從未記及他的行事，可見他是在政治上無所作爲，生活上也極其平凡，是不值得評議的

一個人。王氏要將《鄭風》三首有狡童的詩，《詩序》定爲刺昭公的，轉說成是刺子儀的。說昭公忽爲「狂狡之童」，不通；說子儀爲「狂狡之童」，又如何能通？昭公忽在史籍裡還記有一些故事，留給後人論其是非；子儀則一片空白，想要談他也無從談起。王氏僅憑三詩的「童」字與鄭子的「子」字發生聯想，但不考慮子儀有狂狡之行否？三詩中的文句能有具體行事，一一落實予以說通否？王氏如此說詩，名爲廢《序》，實則師《序》故技，而益見其憑虛蹈空矣！

㈡缺乏風謠觀念，不見詩文旨趣：王氏詮釋《國風》的詩，從未提及這是作自民間爲「民俗歌謠」的話。所以雖不採信序說，卻已不見詩文旨趣。前述三首鄭詩即爲其證，茲再舉數例於下：

(1)《衛風‧木瓜》篇首章：「投我以木瓜，報之以瓊瑤。匪報也，永以爲好也。」王氏《總聞》曰：

> 瓜、桃、李雖易得，而皆可食之物。瓊瑤、琚、玖雖甚珍，而止可玩之具。我所得皆實用，所報皆虛美。以此推之，不足以報也。古謂黃金珠玉，飢不可食，寒不可衣。

此說大背詩文旨趣。《朱傳》云：「言人有贈我以微物，我當報以重寶，而又未足以爲報也，但欲其長以爲好而不忘耳。」詩義當如此。人之常情，物有貴賤，以貴報賤，人情乃見；作爲詩文，方有傳誦意味。如王氏之訓，即或可通，不復有其情趣之可言；況以實用爲說，既然重木瓜而輕瓊瑤，以輕報重，如何能求得「永以爲好」呢？

此詩如當民歌來看，青年男女以一投一報互表情意，一邊詠歌，一邊配上動作表演；文詞雖極淺白，意味卻是深長，風謠的價值由此可見。

(2)《鄘風‧桑中》篇首章：「爰采唐矣，沬之鄉矣。云誰之思？美孟姜矣！期我乎桑中，要我乎上宮，送我乎淇之上矣！」王氏《總聞》曰：

> 姜氏、弋氏、庸氏，皆當時著姓。當是國君微行，以采茹爲辭，約諸女之中意者，期諸某所，要之某所。雖爲勢所逼，而親黨爲榮，故送者無他辭。

王氏將《桑中》篇斷爲一位國君所詠，只爲文中女子出身名門之故。諸女之所以既邀之，復送之，一則爲國君之權勢所逼，再則其親黨亦以國君爲榮，故無他辭。這即是王氏不明瞭民歌特性所造成的誤解。所謂民間歌謠，其本質富有浪漫色彩，無特定的對象，卻憑其想像，說是某些名門閨秀鍾情於己，藉以滿足其幻想之慾。將這些歌曲奏唱於民間，歌者不以爲荒唐，聽者不以爲悖禮；只緣民歌本非政論諫書，亦非倫理敎材之故。由於民歌有此特性，《桑中》篇一男會三女的事，就不值得深究了。任何指實的說法，都不免於誤解。例如《詩序》云：

> 《桑中》，刺奔也。衛之公室淫亂，男女相奔，至於世族在位，相竊妻妾，期於幽遠，政散民流，而不可止。

《序》者以爲《桑中》所敍的是公室淫亂，相竊妻妾，以致政散民流。這即是從政治人物說詩的一種誤解；但他仍只是籠統地說，沒有指明詩中的「我」是怎樣的人。王氏則以爲是一位國君，說「國君微行，以采茹爲辭，約諸女之中意者，期諸某所，要之某所」，這一說法即出現四個問題：一、國君求女，何須微行？即使微行，一人如何分至三地去求三女？二、詩中期我、邀我、送我者是三女，所期、所邀、所送的卻是同一地點。「微行」本求隱其所私，一時邀約三女，驚動豪門巨室，何來「微行」之義？三、一時與三女同遊共處，互爲妾婦，如爲一國之君，還敢作歌自炫嗎？如此荒唐之君，何以史籍不載，《序》、《箋》無言？四、陳靈公出入株林，但爲夏姬，即遭殺身之禍；《桑中》如爲國君自詠其與貴族三女幽會之事，其犯行豈不愈於靈公？何以三女之親黨反以爲榮，而相邀相送竟無他辭？

　　姚際恆云：

> 《集傳》謂此詩其人自言，必欲實其爲淫詩而非刺淫。夫既有三人，必歷三地，豈此一人者于一時而歷三地，要三人乎？大不可通。

　　（註一二）

這是姚氏反對朱子說《桑中》為「此人自言……與其所思之人相期會迎送如此也」的話。其實《桑中》這首詩，不論詩人自言，或他人代言，人事是一定的；即三女居於三地，各有姓氏；來與一男子期會；所期、所要、所送卻在同一處所。如此幽會場景，的確匪夷所思。姚氏說朱子「詩人自言」之說「大不可通」，難道改為他人「刺淫」之說就「可通」了嗎？因為所謂「刺淫」，必須先肯定《桑中》的男女有淫奔的事實，詩人才作詩以刺之。如認為這一事實出於「詩人自言」即「大不可通」，則出於旁人之口，又怎會一下子變成「可通」了呢？其實不通的原因，在於《桑中》的故事本身，不在於「淫奔」或「刺淫」。

這首詩如從民間歌謠說之，就不會有不通的問題了。因為荒誕不經的陳敘，原只是民間詩人的「狂想曲」。《詩序》「刺奔」、《朱傳》「詩人自言」以及王氏「國君微行」等說，都可以一筆勾銷了！

(3)《衛風‧靜女》篇首章：「靜女其姝，俟我于城隅。愛而不見，搔首踟躕。」王氏曰：

> 當是其夫出外為役，婦人思而候之。此是其夫辭。

該詩第二章有「貽我彤管」句；第三章有「自牧歸荑」句。王氏曰：

> 彤管，樂器之加飾者也，以遺其夫；荑，草之美者也，以遺其婦；交相為悅也。

篇末《總聞》曰：

> 牧，見「左氏隱五年」：「鄭侵衛牧。」杜氏：「衛邑。」當是此地。夫自牧而歸，女隅城而候，當是官役稍苛，牧夫遲歸，婦人思君子之深，出門亦非獲已，然猶不敢遠至城之外，而潛處城之隈，足見其靜也。

此一解說可議之處有四：一、詩中敘男女相悅之情，如是夫妻關係，婦人俟

夫，自有家室，何須相候於城隅？二、夫妻相愛已久，朝夕相處，過慣了同床共枕的生活，猶會一如初戀者「愛而不見」，以至「搔首踟躕」呢？三、詩中的「我」與「靜女」對稱，故「我」當是男子自稱。以此推求，亦即「貽我彤管」與「自牧歸荑」者都是女子。王氏說自牧歸荑者為其夫，實屬誤解。試讀末章最後一句：「美人之貽。」此女子送給男子的東西就是「荑」。王氏云：「夫自牧而歸，女隅城而候。」都把詩義說反了。四、「牧」是城外郊野的通稱。《朱傳》云：「牧，外野也。」王氏引《左傳》「鄭侵衛牧」來說，以為此牧即是彼牧，這真是有些「膠柱鼓瑟」了。因為衛非一城，牧非一地，兩者沒有必然的關係，豈可作此推斷？

這是一首民歌，民歌以敘兒女私情為主。所謂兒女私情，是指未婚青少年的戀慕之情。如果說成是夫妻關係，這首詩即無情趣之可言，因為夫妻朝夕相守，還需要到城隅去搞幽會的把戲嗎？

㈢題外文章太多，讀之令人生厭：詮釋詩文，貴在貼切，以不蔓不枝為原則。可是讀王氏之文，常有枝蔓之感。茲舉例於後：

⑴《周南・樛木》篇有「南有樛木」句，王氏曰：

> 木曲易引蔓，人卑易引福。大率禍福以氣相感，福之氣與順相隨，禍之氣與逆相協。

其末段《總聞》曰：

> 山水皆西趨南，故南方草木鳥獸蟲魚最繁，詩人舉此類，多稱南方。

這兩段話，一取「樛」字，一取「南」字發議，實屬枝蔓，與詩文本義不相干。「樛」有「曲」義，但未必含有「謙卑」之意；更未必由此引申出「禍福之氣相承」的一番道理來。至於「南」字，原指詩人所在的南面，該詩首句旨在起興，絕無在方位上表示何種情意。王氏說「南」為遙遠的南方，並以為詩人多稱南方的緣故，是「山水皆自西趨南，故南方草木鳥獸蟲魚最繁」。其實中國的河，大者如黃河、長江、珠江，都是自西向東流，不是向南流。而且王

氏不談章義，不談篇旨，僅在這些無須費詞處著力，以見其行文的不得重點。

（2）《周南・芣苢》篇首章：「采采芣苢，薄言采之。采采芣苢，薄言有之。」《詩序》云：「后妃之美也。和平則婦人樂有子矣。」

王氏曰：

> 此草至滑利，在婦人則下血，非宜子之物。在男子則強陰益精，令人有子，非婦人所當屬意者也。然良效甚博，男女可通用。子息蓋天數，非可以藥術致之。陶氏亦嘗致疑，吾儒安可不精思審是無負古也。

這像是一位走江湖的郎中說丹方，談命理，與該詩的篇旨章義何干？

（3）《召南・鵲巢》篇首章：「維鵲有巢，維鳩居之。之子于歸，百兩御之。」王氏曰：

> 營家，男子之事。守家，女子之事。後世陰陽易位，男女亂職。相承責婦人以幹家，能則以為譽；不能則以為燉。至于求賢審官，知臣下之勤勞，有進賢之志，傳為美談，可以太息也。

該章原只是詠婚嫁迎娶的事。《詩序》說是「夫人德如鳲鳩，乃可以配國君」；以見其曲意附會。王氏則從男女職分上說，以為男主營家，女主守家，是為夫婦之道。後世陰陽易位，反以女子能否營家定毀譽。但是說這些道理，與鵲巢的詩義何干？下文「求賢審官」的話，原是《卷耳》篇《詩序》說的。《詩序》云：

> 《卷耳》，后妃之志也。又當輔佐君子，求賢審官，知臣下之勤勞，內有進賢之志，而無險詖私謁之心，朝夕思念，至於憂勤也。

《詩序》如此說《卷耳》，不論有無問題，不足以影響《鵲巢》的詩義。王氏有何理由將它拉到《鵲巢》裡來說？

再看《鵲巢》篇《總聞》曰：

　　　　鳥巢有極工者，黃頭白練，精細過于鵲巢，而詩不稱之。世傳鵲結巢，取木梢之枝，不取隨地者，多潔，一也。傳其枝而受卵，雌雄共接者乃用，不淫，二也。開戶向天，一面背太歲，有識，三也。歲多風，則去巢旁之危枝，先知，四也。巢中有橫木，虛度如梁，雄者踞之、有分，五也。以此積善之家，必有餘慶者也。向背事見《淮南子》、見《博物志》，他皆世所傳云。

這真是研究鳥鵲生態的好資料，卻不是在《鵲巢》篇《總聞》裡該說的話。這段話如果要擺，也只能擺在「聞物」一欄裡。況且引《博物志》以顯其博，還得看看自己文章的體例。這種題外文章愈多，愈見其枝蔓蕪雜，對該書自會發生負面的影響。

　　(4)《周南‧麟之趾》篇章：「麟之趾，振振公子，于嗟麟兮。」王氏曰：

　　　　公子，生公室而出為人婦者也；古謂女為子。

本篇《總聞》曰：

　　　　婦人多忮忍，蓋稟陰也。寺人之性亦同。故詩言婦寺而能懷慈心，非聖人何以化之？

詩稱「公子」，王氏以為是婦人。可是《豳風‧七月》篇有「女心傷悲，殆及公子同歸。」「取彼狐狸，為公子裘。」等，「公子」即是豳公之子，絕非女子之稱。以「公子」為「婦人」之說，未見新證，尚難定說之際，王氏卻繼之以「婦人多忮忍」、「寺人之性亦同」論其所見；以為婦、寺性多嫉妒、殘忍、陰險；如今卻能懷有善心，如果不是受到聖人的感化，怎會如此？我們回頭再讀《麟趾》篇，原是賀人生子的詩，那來婦人？那來寺人？那來忮忍、陰險？王氏如此說詩，只留給人以怪異之感。

　　(四)釋詞時有不當，影響該書品質：研讀詩文，首重詞語解釋；如所訓不當者多，自會影響其品質；《詩總聞》即有此現象。茲舉例如下：

　　(1)《衛風‧氓篇》有「氓之蚩蚩，抱布貿絲」句，《毛傳》：「蚩蚩，敦

厚貌。布，幣也。」《朱傳》：「蚩蚩，無知之貌。蓋怨而鄙之也。布，幣。」王氏曰：

> 蚩，毛氏：「敦厚也。」許氏：「蟲也。」丁氏：「癡也。」下文行跡似非敦厚，亦非癡愚，所爲當從蟲，山中人亦謂「蚩」爲「蚩」。

「蚩」字本義爲蟲，《說文‧段注》云：「謂有蟲名蚩也。」然「蚩」字另有癡、笑、悔、醜惡等義。至於「蚩蚩」爲衍聲複詞，必是形容狀貌之詞，如敦厚貌，無知貌；絕非「蟲」的含義了。王氏仍以許氏「蟲也」訓「蚩蚩」，其誤實由於不明詞性所致。

同篇「抱布貿絲」的「布」，王氏曰：

> 抱布，謂抱衾也。所貿止絲，非布也。絲、布不同時。鄭氏：「季春始蠶，孟春買絲。」良是。

其意以爲氓所抱的「布」是「衾」。他說「絲、布不同時」，可見他把「布」說成是衣布的布。《周禮‧天官‧外府》：「掌邦布之出入。」按古以布爲幣，後製貨泉，因即以布名之。《毛傳》：「布，幣也。」《鄭箋》：「幣者，所以貿買物也。」《朱傳》同訓。王氏訓「布」爲「衾」，這是缺乏依據的。況且「衾」是「大被」；《召南‧小星》篇「抱衾與裯」下，《毛傳》曰：「衾，被也。」陳奐《傳疏》：「凡人入寢，必衣寢衣而加衾。」說這位稱爲氓的行商，會抱著大被去買絲嗎？貨幣之所以發明，是由於物物交換的不便。周朝既有流通的貨幣，行商豈肯不用輕便的貨幣而用笨重的實物呢？

(2)《王風‧君子陽陽》篇有「左執簧，右招我由房」、「左執翿，右招我由敖」句。王氏曰：

> 房、敖皆地名，當是招其妻從房從敖而往也。此言不安其所，既去則樂。陽陽，酒色也。陶陶，酒意也。以酒銷憂，夫婦相爲樂也。

又「聞跡」曰：

> 房，在汝南；敖，在滎陽。房見左氏楚遷房子京；敖即搏獸于敖之
> 敖。

這裡的詞語解釋都有問題。從全篇旨趣來看，左手執簧，右手執翿；簧是笙、
竽一類的樂器；翿是羽旄一類的舞者所執之物。這原是民間記敍歌舞之樂。歌
舞必有場所，舞者以手相招之地，必在近處。故「房」，《鄭箋》訓爲「房
中」，《朱傳》訓爲「東房」。「敖」則各家無訓，爲其不明所在之故；但其
地必在舞者附近。王氏說「房」在汝南；「敖」在滎陽。汝南在河南省汝寧
府；滎陽在河南省成皋縣。該詩屬於王風，即洛邑爲中心的京畿地區。三地遙
隔，舞者能否與之相招？

「陽陽」，《朱傳》訓「得志貌」；「陶陶」，《毛傳》訓「和樂貌」；
用以形容舞者神色愉快的樣子。王氏訓「陽陽」爲「酒色」，「陶陶」爲「酒
意」，並說：「以酒銷憂，夫妻相爲樂也。」這些訓釋，不僅詞義所無，而且
說樂爲憂，說自得爲酒色，說舞者表演爲夫妻相樂，足證其訓釋態度不夠謹
嚴。

(3)《衛風‧伯兮》篇有「焉得諼草，言樹之背」句，《朱傳》云：「諼
草，合歡；食之令人忘憂者。背，北堂也。言焉得忘憂之草，樹之北堂，以忘
吾憂乎？」以「樹」爲動詞，以「背」爲名詞。王氏《總聞》曰：

> 蓬至秋則根脫，遇風則亂飛。萱草盛夏則吐花，深夏則彫。伐鄭之
> 役在秋，故皆舉秋物以寄意。背樹而立歎美草之已萎，不可復榮。恐君
> 子萬一不幸也；當是已知王敗績。

王氏此訓不當處有四：一、訓「言樹之背」爲「背樹而立」，以「樹」爲名
詞；以「背」爲動詞。此訓與上句「焉得諼草」不相連貫。二、伯兮第二章
「自伯之東，首如飛蓬」句，僅以「飛蓬」形容其懶於梳妝而已，未必其正處
於秋時。正如以「春心蕩漾」形容青少年對異性的思慕，未必其僅在春季才有
此一心念。三、《伯兮》篇所敍僅婦人思念征夫而已，實無「舉秋物以寄
意」、「歎美草之已萎」及「恐君子萬一不幸也」之義。四、《伯兮》之役

事，《序》、《傳》無訓。鄭玄則取《春秋》魯桓五年所載：

> 秋，蔡人，衛人，陳人從王伐鄭。

這次戰役，聯軍敗績，桓王受傷，鄭伯使祭足勞王。然而《春秋》紀事，漏列者多，《伯兮》無時代之敘，何王何事皆不可知。馬瑞辰《毛詩傳箋通釋》云：「胡氏紹曾謂，伯以衛人仕於王朝，居旅賁之官。是也。」這是衛人作周王將士比較可通的解釋。至於王氏云：「當是王師已知敗績。」詩文絕無此義，該是王氏過份推求的話。

（4）《小雅・蓼莪》篇末章有「人莫不穀，我獨不卒」句。《鄭箋》：「穀，養也。卒，終也。我獨不得終養父母，重自哀傷也。」朱傳訓「穀」為「善」；「善」義為「吉」為「幸」。「不穀」即不吉、不幸。此二句意謂：「人們都沒有不幸（指父母健在，得享天倫），何以只有我不能終養父母？」王氏曰：

> 人莫不以穀為食，惟獨我乏。當是父母亦以傷貧遂至棄背；故此人之辭若不可存者。

訓「穀」為食物的「穀」，實甚牽強，自遜於鄭、朱之訓。

伍、「十聞」解說質疑

王氏以十聞說詩，其用意在求項目詳備，使詩文詮釋，面面俱到。然經詳加審究，不免令人失望；不僅未能詳備，而且徒有其名，極其疏略。茲分項說明於下：

（一）從統計資料上看：「十聞」出現在詩篇的次數：聞音二五四次，聞跡四十七次，聞訓三十八次，聞物三十三次，聞事二十八次，聞字二十三次，聞人二十二次，聞用二十一次，聞句一十五次，聞章一十一次。以上總計四九二次，除聞音外，其他九項總計為二三八次。詩經三〇五篇，一篇分不到一次，可見其詮釋的疏略。

㈡從分項詮釋的現象上看：

聞音：每字只註反切，不若《朱傳》反切與以字註讀二者並用為佳。例如《關雎》篇《朱傳》在「雎」字下註「疽」，「窈」字下註「杳」，「窕」字下註「音徒了反」，「荇」字下註「音杏」，隨文註讀，二者靈活運用，比較方便。再以詳略比較，《朱傳》註十二字，王氏只註七字，即不如《朱傳》的詳備。

聞訓：屬於《詩經》文詞的解釋，原是解說經義者最繁重的工作，例如《毛傳》、《鄭箋》、《孔子正義》、朱子《詩集傳》，莫不以訓詁為首務。王氏所訓，全書僅有三十八篇，每篇僅訓一、二詞。如《關雎》篇，王氏僅訓一「流」字。《朱傳》首章即有關關、雎鳩、河、洲、窈窕、淑、女、君子、好、逑等十詞之訓，其他二章亦然。其與王氏詳略之差，不言可喻。況且全書有二六七篇無一字之訓，這對有心研讀詩文的人罕有幫助。

聞章：本該屬於章義的說明，與聞訓前後相承，詞章之義得以講明。然觀王氏「聞章」一項，《二南》二十五首，未曾出現一次；《邶風》十九首，僅《谷風》一篇，其文云：

> 聞章曰：舊六章，今為十二章。

又《魏風‧葛屨》篇：

> 聞章曰：舊二章，今為三章。

原來王氏所說的「聞章」，不是章義的討論，而是一首詩章數的考量。而且十五《國風》一百七十首，聞章僅有二首；《小雅》六首，《商頌》三首，共十一首。一首詩該分幾章，原無定說，王氏設專項討論，而且僅有十一首，不免掛一漏萬。相反的，每章詩之後王氏常有章義討論，著墨最多，真該屬於「聞章」範圍，卻不見其名分，成為「十聞」之外的棄嬰。這就呈現王氏分項有輕重倒置，不夠周衍之弊。

聞句：本該屬於句義的討論。王氏僅作一章句數、一句字數的釐定。全書僅有十五次，如《騶虞》篇：

聞句曰：舊一章三句，今爲四句，語意尤長。

聞字：偏於《毛詩》與《三家詩》用字不同的討論。如《兔罝》的「兔」字，取陸氏作「菟」，「於菟，虎也。」之訓。《靜女》篇「愛而不見」的「愛」，取方言注爲「薆」，「掩翳也」。全書只有二十三次。

聞物：偏於草木鳥獸蟲魚的討論，如《谷風》篇；

聞物曰：葑，蔓菁也。菲，蔓菁類。……根亦可食，故曰無以下體也。

全書只有三十三次。

聞用：偏於器物用途的說明。如《衛風·考槃》篇：

聞用曰：考槃，器也。周有壽槃類此。

全書只有二十二次。

聞跡：偏於地理的說明。如《邶風·匏有苦葉》篇：

聞跡曰：濟，濟水也。濟不可涉；或是濟之支流，故亦稱濟。

全書四十七次。

聞事：偏於一個事件的說明。如《衛風·氓》篇「抱布貿絲」下：

聞事曰：抱布，謂抱衾也。所貿止絲非布也。絲布不同時。鄭氏：「季春始蠶，孟夏賣絲。」良是。

全書只有二十八次。

聞人：偏於人事的說明。如《小雅·伐木》篇有「以速諸父」、「以速諸舅」、「兄弟無遠」句下：

> 聞人曰：諸父，父黨；諸舅，母黨；兄弟，亦母黨。玩辭諦意，皆異姓，與《常棣》同姓不同也。

全書只有二十二次。

由上所述，可歸納「十聞」的問題有三：一、各「聞」所出現的次數太少，對《詩經》全書的註疏來說，無濟於事。二、分項過於支離，實無必要。如聞訓一項，即可涵蓋字、句、用、事、跡、人、物七項。其實章義也可涵蓋在訓詁之中。故古人詮釋經籍，絕無此種分法。因為此一分法，看似精細，實則不僅多餘，還會有混淆不清之弊。比如前述聞事一例，「抱布，謂抱衾也。所貿止絲非布也。」可置於「聞物」；亦可置於「聞用」。因為從物上看，「布」不論是貨幣或衣布，皆是「物」。從用上看，「布」可以貿絲，即是其「用」。「所貿止絲非布也。」即是其用途的說明。再如前述「聞字」一項，所舉「兔」字，王氏從今文詩說，改作「菟」字，以為「於菟」即是「虎」的別稱；則可置於「聞物」；亦可置於「聞訓」。可見其「十聞」之分，難以釐清；況人、事、物、用與字、訓之間，本有相互依存關係，難以截然劃分；如強自劃分，必然顧此失彼，自致矛盾。三、另一最大問題，即「聞字」不談字義，「聞句」不談句義，「聞章」不談章義，「聞訓」全部僅三十八次；等於詮釋詩文詞章的工作，王氏繳了白卷。雖有其他諸項，但已起不了作用。故讀王氏此書，會令人有「有名無實」之感。

(三)從《總聞》內容上看：

《總聞》本該在「十聞」之後，對全篇詩文作出整體的探討和結論式的文章才是。但是王氏行文方向，常不見從全文旨趣上說。即有所說，亦未得當。例如《子衿》篇首章：「青青子衿，悠悠我心。縱我不往，子寧不嗣音。」《總聞》曰：

> 故人在位而不往見，蓋賢者也。故人在野而有所慚，亦賢者也。曹氏「青青子衿，悠悠我心。但為君故，沈吟至今」，正引此詩無爽。

《子衿》原是民間歌謠，敍男女思慕之情，王氏以賢者在位，在野的心態為

說，實與詩文旨趣不合。曹氏藉《子衿》首二句吟其所思，等於《左傳》所載公卿大夫「賦詩斷章」，各取其義的方式，無關《子衿》本義，自不足以爲據。王氏在《子衿》篇《總聞》中引述曹氏之吟，實無助於對《子衿》一詩的讀解，成爲題外文章。

又如《兔罝》篇《總聞》曰：

> 西北地平曠，多用鷹犬取兔。東南山深阻，多用罝。東南自商至周，常爲中國之患，當文王之時，江漢雖定，然淮夷未甚盡服。當是此地有睹物興感者，尋詩可見。

王氏此文無關詩文旨趣，全是題外文章。而且從歷史上說，文王爲商紂之臣，專事征伐，僅及西北，未至東南。「江漢雖定」之說，即屬無據。從地理上說，淮夷所居之淮河流域，在江漢之東，非二南之地。這些與《詩經》有關的史地知識，王氏顯然欠缺，以至造成誤解。

再如前文所敍《周南‧樛木》、《芣苢》、《麟趾》、《召南‧鵲巢》等《總聞》之文，都有文不對題現象。這類文章一多，該書的可讀性，相對地就大爲降低了！

陸、結論

從前文的討論，王氏《詩總聞》一書的內容，可歸納如下的結論：

一、不信《詩序》，膽識過人

《詩序》自毛氏之學經後漢鄭康成作《箋》，唐初孔穎達作《正義》以後，幾已定爲一尊。傳至北宋，歐陽修作《詩本義》，開始對漢儒之說表示懷疑，但歐陽修以反《鄭箋》爲多，其次反《毛傳》，卻很少反《序》。南宋初期，反《序》者當推鄭樵、朱熹與王質三人。《四庫提要》云：「鄭、朱之說最著，亦最與當代相辨難。質說不字字詆《小序》，故攻之者亦稀。然其毅然自用，別出新裁；堅銳之氣，乃視二家爲倍。」足證王氏反《序》的膽識爲當代學者所不及。

二、自創義法，便於研讀

《詩經》一書，內容豐富，頭緒紛繁，不易研讀。王氏則能提綱挈領，如先有《南》、《風》、《雅》、《頌》之辨，後於各篇有「十聞」與《總聞》之解。層次分明，有益於學者的研讀。

三、無風謠觀念，偏離詩文主題

以下就其缺點而言。王氏談十五《國風》的詩，從無風謠觀念。故雖不用《詩序》，所提見解，亦有新意，但多偏離詩文主題，不甚允洽。比如《南》、《風》、《雅》、《頌》，以為都是樂名，可謂有識。但是說《南》，但說《周禮》九夏之樂；說《風》，但取《周禮》「正直而靜，廉而謙者」之義。並解虞舜之樂「南風」，即後世《南》與《風》兩類的詩。這些都是王氏缺乏風謠觀念所造成的誤解。至於他說《雅》，但說漢、晉以下雅樂的應用；說《頌》，但說《樂記》所載「武樂八奏」的涵義。偏離主題甚遠，無益於詩學的探討。

四、賦比興三體之說，難以成立

王氏主張賦比興亦是詩體，以為三者皆亡，故只賸《風》《雅》《頌》三體。此說古人所無，史籍不載。尤其如說三者皆亡，則三百篇中何以有賦比興？如另有三體的賦比興，則屬於作法的賦比興要如何對待？作法的賦比興是客觀存在於詩文中的，是無法予以否定的，也是自毛公以下歷代經學家所重視的。他們從不以為有三體的賦比興。假設真有的這三體的詩，孔子也真的有刪詩之舉，為何盡刪而不留一例？既無例證可舉，又無史籍可稽；三體之說，據何而信？

五、詩篇解說，妥貼者少

王氏解說詩義，常有不妥現象。究其原因，或不明詩文旨趣，或好作題外文章；或訓釋過於疏略，或述義未能適當。雖自稱「覃精研思幾三十年，始成是書」，然因績效不彰，讀者殊少稱意，受益不多。

六、十聞徒具其名，未見切實應用

「十聞」說詩，本求詳備；然而觀其所行，卻不盡然。比如聞字、聞句、聞章三項，原屬詞語章句的講解，歸於聞訓範圍，關係全書的成敗，極為重要。不想王氏所謂聞字，偏於《毛詩》與三家用字不同的討論；全書只有二十三次。聞句，僅作一章句數，一句字數的討論；全書僅有十五次。聞章，僅作一首詩章數的討論，全書僅有十一次。聞訓雖務本業，也只有三十八次。其捨

本逐末如此，恐非學者始料所及。至於其他如聞物、聞事、聞人、聞跡、聞用等項，統屬訓詁範圍，何須巧立名目？五者總計，亦不過一百五十一次，即使全都適當，對一部《詩經》內容的瞭解，能有多少幫助？

朱子《詩集傳》與王氏《詩總聞》同時問世，兩書相比，優劣立見。《朱傳》除「淫奔之說」與《二南》信《毛詩序》「王化之說」可議外，其他如詩旨、章義的提示，讀音、詞語的詮註，六義的解釋，國風為民俗歌謠的主張，莫不明確而扼要。其文無閒雜之詞，無題外文章；通體洗練，無懈可擊。被後世定為功令用書，學校教本，決非偶然。相對地，王氏《詩總聞》歷明、清二季，傳習者少，僅學者偶有援引而已。推究其故，《四庫提要》評之云：「穿鑿者固多，縣解者亦復不少；故雖不可訓，而終不可廢焉！」此即視《詩總聞》雖有不少新解，但穿鑿者多，不足為訓。《四庫提要》作者此一評述，尚稱公允，足以說明該書不被重視的主要原因。筆者研讀此書，亦有類似看法。今特撰此文，詳加分析；藉以簡述其內容，評議其得失，以供同好者的參考。

附註：

註一　邵瑛著《說文解字群經正字》云：「《說文》盼引《詩》曰：『美目盼兮。』今《詩・碩人》、《論語・八佾》作盼，諸本皆同；陸氏釋文本亦同，此大謬也。」故王氏有此「聞字」之舉。惟阮元《十三經校勘記》云：「唐石經《碩人》盼作盼，毛本同。」據此可知在宋以前，即有「盼」字本，王氏恐未曾聞見。

註二　請參閱崔述《讀風偶識・燕燕》篇。

註三　《十三經注疏》本原為「辯」字，鄭玄注「今文辯為徧。」「徧」義較長，故改之。

註四　歐陽修《詩本義》卷第十四附錄多篇論文，《序論》為其中之一篇。

註五　請參閱拙著《詩經名著評介》第二集《鄭昭公史詩考》一文。

註六　《禮記・樂記》云：「昔者舜作五絃之琴以歌南風。」據此可知「南風」當是一首歌的名稱，未記歌辭，可見已失傳。鄭玄云：「其辭未聞。」自是實情。至於《聖證論》引《尸子》及《家語》難鄭云：「昔者舜彈五絃之琴，其辭曰：『南風之薰兮，可以解吾民之慍兮；南風之時兮，可以阜吾民之財兮。』鄭云：『其辭未聞。』失其義矣。」今考舜奏南風之歌，出於《孔子家語・辯

樂解》第三十五。《家語》原書久佚，今本爲王肅所增竄，王肅《孔子家語・序》云：「鄭氏學，行五十年矣。自肅成童，始志於學，而學鄭氏學矣。」可見王肅後鄭氏數十年。鄭氏不聞「南風之歌」，謂其已佚。《家語》錄有南風之辭，疑爲後世好事者摹擬之作，爲王氏所增竄者。

註七　風雅頌之訓見《詩集傳》卷之一「國風一」，卷之四「小雅」、卷之八「頌四」起首之辭。賦之訓見《葛覃》首章朱傳；比之訓見《螽斯》首章；興之訓見《關雎》首章朱傳。

註八　見《史記》卷四十七《孔子世家》。

註九　崔述《豐鎬考信錄》卷之七「宣王」之下云：「太王時有獯鬻，文王時有昆夷，未有稱玁狁者；而《六月》、《采芑》，宣王時詩，稱玁狁。」

註一〇　《竹書紀年》載紂王三十四年：「周叔取耆旣邗，遂伐崇，崇人降。」

註一一　見《讀風偶識・何彼襛矣》篇。

註一二　見姚際恆《詩經通論・桑中》篇。

（原載於《孔孟學報》等六十八期，民國八十三年九月）

呂氏《家塾讀詩記》評介

壹、前言

　　呂祖謙，字伯恭，浙江金華人，世稱東萊先生。生於宋高宗紹興七年（公元一一三七年），卒於宋孝宗淳熙八年（公元一一八一年），享年四十五歲。

　　呂氏於紹興二十五年（公元一一五五年，時十九歲）應考福建轉運司進士，舉爲首選。紹興二十七年（時二十一歲），應禮部詮試，只考下等第三，授迪功郎，監潭州南嶽廟。雖有祠祿，而無職事。同年十月二十九日，親迎知建州建安縣韓元吉之女爲妻。呂氏家世顯赫，宋朝王明清於《揮塵前錄》卷二云：

　　　本朝一家爲宰相者，呂氏最盛。呂文穆（蒙正）相太宗；猶子文靖（夷簡）參眞宗政事，相仁宗；文靖子惠穆（公弼），爲英宗副樞，爲神宗樞使；次子正獻（公著）爲神宗知樞，相哲宗。正獻孫舜徒（好問）爲太上皇右丞。相繼執七朝政，眞盛事也。

此外，呂氏家族多能以學術自立。全祖望（註一）云：

　　　北宋公相家之盛，莫如呂氏、韓氏；其子孫皆能以學統光大之。呂氏則滎陽學於伊川，紫微偏學於龜山、廣平諸公之門，仁武（弸中）、德元（稽中）學於和靖。而韓氏則德全（韓瓘）學於元城，先生（韓璜）學於武夷，无咎（韓元吉）學於和靖。東萊又无咎之婿，佳話也。

又《宋元學案》卷十九載全祖望云：

　　考正獻（公著）子希哲、希純爲安定門人，而希哲自爲《滎陽學案》。滎陽子切問，亦見《學案》。又和問、廣問及從子稽中、堅中、弼中，別見《和靖學案》。滎陽孫本中及從子大器、大倫、大猷、大同，爲《紫微學案》。紫微之從孫祖謙、祖儉、祖泰、又別爲《東萊學案》，共十七人，凡七世。

一門之中被選登在學案之中如此之多，足以證明其家學淵源與家族讀書風氣之盛。《紫微學案》云：「中原文獻之傳獨歸呂氏，其餘大儒弗及也。」家中藏書既多，長輩又多博學之士，得以幼承庭訓；後復從遊於林之奇、胡憲、汪應辰、劉勉之、芮煜、張九成諸人，均有所傳。由此可見，呂氏學問的造就，得力於家族鼎盛的文風與自己熱切的追求。

　　至於交友方面，如薛季宣、周必大、張栻、陸九淵、陸九齡、陳傅良、陳亮、葉適諸人，都是他的文友。他與朱熹曾師事胡憲、汪應辰，兩度同門，故相與問道講學，交誼非比尋常。朱熹對他多所稱許，在《朱子文集》中曾說：

　　　　伯恭天資溫厚，所以議論事理和平寬大，委婉而曲折。我的本質過於暴悍，所以議論事理多半奮發直前。私下衡量，兩者都不是中庸之道；我的氣盛常自傷傷物，呂伯恭也不可過於偏向相反的一面。

朱熹由於推崇呂祖謙的爲人與學養，曾遣其子朱塾至呂氏門下受學，呂氏爲了調停朱熹與陸九淵之間學術觀點的爭議，曾主動發起鵝湖之會。當時被邀者除朱熹、陸九淵外，尙有陸九齡、劉清之及浙江諸友。鵝湖在信州（註二）。這次辯論，朱、陸二人針鋒相對，互不相讓。雖無結果，但是學術史上卻是一件大事。全祖望云（註三）：

　　　　宋乾、淳以後，學派分而爲三：朱學也、呂學也、陸學也。三家同時，皆不甚合。朱學以格物致知，陸學以明心，呂學則兼取其長，而復以中原文獻之統潤色之。門庭徑路雖別，要其歸宿於聖人，則一也。

三者的差別，如以「道問學、尊德性」分之，即朱熹主張「道問學」，陸九淵主張「尊德性」，呂祖謙主張兩者「兼取其長」。梁啟超曾爲之評論（註四）云：

> 呂是主人，朱、陸是客。原想彼此交換意見，化異求同。後來朱、陸互駁，不肯相讓，所以毫無結果。雖說沒有調和成功，但兩家經此一度的切磋，彼此學風都有一點改變。……由鵝湖之會，可以看出來朱、陸兩家根本反對之點，更可以看出東萊的態度及地位如何。

梁氏還認爲鵝湖之會在中國學術史上，是很有意義的；自然他對呂氏在會議中的地位與其主張，都是相當肯定的。在中國歷史上，爲學術思想的差異，特地邀在一起公開討論，像鵝湖之會那樣，實在是不多見的。這也足以說明呂氏有溫厚的個性與折中的觀念。

呂祖謙雖有很好的家世，但個人命運多舛，屢遭折翼與喪明之痛。紹興二十七年（公元一一五七年），呂氏二十一歲，親迎知建州建安縣韓元吉之女爲妻。至紹興三十二年（公元一一六二年），韓夫人卒於臨安。是年冬，其子亦夭折。乾道五年（公元一一六九年），娶元配之妹爲繼室。乾道七年（公元一一七一年），繼室韓夫人產女後二旬卒。呂氏《祔韓氏誌》（註五）云：

> 始某踰冠授室，蓋今尚書左司郎中韓元吉長女，既五年而夭，左司公識其葬。後七年，復女焉，越二年又夭，壽二十有七。

六年後（淳熙三年，公元一一七六年），續娶芮煜之季女爲妻。芮煜曾爲國子祭酒，與呂氏共修學政，亦甚投契。但至淳熙六年，由於呂氏已患痼疾，辭退公職，在家調養。芮氏則以「護視劬勞」得疾而卒。三娶三夭，實爲人生最大的不幸。可是呂氏在喪偶與重病之下，仍然手不釋卷，勤於著述。他寫給朱熹的信裡說：

> 蓋萎痺已成沈痼，非湯劑所能料理也。所幸閒中浸有趣，俯仰一室，總覺安適，度去死尚遠，未爲師友憂。……

可是隔了一年，至淳熙八年（公元一一八一年）的七月二十九日，他即病終於家。他還只有四十五歲，他的兒子才三歲。

呂氏著作繁富，舉其大者，有《東萊書說》、《古周易》、《古易音訓》、《春秋左氏傳說》、《歷史制度詳說》。負恙期間，修《讀詩記》、編《大事記》、《歐公本末》等書。至於《左氏博議》一書，呂氏說是「乃少年場屋所作，淺狹偏暗，皆不中理」，力戒後人誦習。可是此書傳誦至今，視爲議論文的範本。另一傳世者，即是《呂氏家塾讀詩記》。全書凡三十二卷，陸鈇《序》云：「《公劉》以後，編纂未就，其門人續成之。」則知今所見者，二十六卷以下，已非呂氏原作。

貳、《讀詩記》內容簡介

一、綱領

《讀詩記》開卷之文，即摘錄《論語》、《孟子》中孔、孟言《詩》之文，以及《文中子》、程氏、張氏、謝氏有關讀解《詩經》較爲重要的言論，作爲讀《詩》的綱領，具有「導讀」性質。茲擇要舉述於後：

《論語》：

> 《詩》三百，一言以蔽之，曰：「思無邪」。
>
> 興於《詩》，立於禮，成於樂。
>
> 小子何莫學夫《詩》，《詩》可以興、可以觀、可以群、可以怨。邇之事父，遠之事君，多識於鳥獸草木之名。
>
> 子貢曰：「貧而無諂、富而無驕，何如？」子曰：「可也。未若貧而樂，富而好禮者也。」子貢曰：「《詩》云：『如切如磋，如琢如磨，其斯之謂與？』」子曰：「賜也，始可與言《詩》已矣！告諸往而知來者。」

《孟子》：

　　咸邱蒙問曰：「《詩》云：『普天之下，莫非王土；率土之濱，莫非王臣。』而舜既爲天子矣，敢問瞽叟之非臣，如何？」曰：「是《詩》也，非是之謂也。勞於王事而不得養父母也。曰此莫非王事，我獨賢勞也。故說《詩》者不以文害辭，不以辭害志；以意逆志，是爲得之。如以辭而已矣。《雲漢》之詩曰：『周餘黎民，靡有孑遺。』信斯言也，是周無遺民也。

　　「《凱風》何以不怨？」曰：「《凱風》，親之過小者也。《小弁》，親之過大者也。親之過大而不怨，是愈疏也；親之過小而怨，是不可磯也。愈疏，不孝也。不可磯亦不孝也。孔子曰：『舜其至孝矣，五十而慕。』」

《文中子》：

　　子謂薛收曰：「昔聖人述史三焉：其述《書》也，帝王之制備矣，故索焉而皆獲。其述《詩》也，興廢之由顯。故究焉而皆得。其述《春秋》，邪正之迹明，故考焉而皆當。」

程氏曰：

　　《詩》，言之述也。……三百篇皆止於禮義，可以垂世立教。
　　學者不可以不看《詩》，看《詩》便使人長一格。

張氏曰：

　　求《詩》者，貴平易，不要崎嶇。求合詩人之情：溫厚、平易、老成。今以崎嶇求之，其心先狹隘，無由可見。……後千餘年，樂府皆淺近。只是流連光景，閨門夫婦之意；無有及民憂思大體者。

謝氏曰：

《詩》須諷味以得之。古詩即今之歌曲,今之歌曲往往能使人感動;至學《詩》卻無感動興起處,只爲泥章句故也。明道先生善言《詩》,未嘗章解句釋,但優遊玩味,吟哦上下,使人有得處。「瞻彼日月,悠悠我思。道之云遠,曷云能來。」思之切矣。「百爾君子,不知德行。不忮不求,何用不臧?」歸乎正也。

以上各家論《詩》之文,可歸納成四點:㈠《詩》的涵義是有正而無邪的。㈡《詩》的功用在於得知事父事君之道,個人處世態度與國家興廢之由。㈢《詩》的讀法是要向平易之中求,就像後世樂府詩敍的是男女情,不宜說成含有君臣義。㈣程明道善於說《詩》,不重視章句解釋,只是優遊玩味,吟哦上下,得其旨趣而已。

呂氏列舉各家言《詩》之文,旨在「導讀」。至於其間的矛盾之處,則未予交代。例如㈡、㈢兩項之間的觀點,原是對立的,放在一起說,學者即有無所適從之感。

二、《大、小序》

程氏曰:

學《詩》而不求《序》,猶欲入室而不由戶也。或問:「《詩》如何學?」曰:「只於《大序》中求。」又曰:「國史得《詩》必載其事,然後其義可知。今《小序》之首是也。其下則說《詩》者之辭也。

程氏此說與蘇轍《詩集傳》的主張相同。二人此點主張爲呂氏所採信。《讀詩記》於《關雎》篇錄《大序》全文之後,呂氏云:

魯、齊、韓、毛師讀既異,義亦不同。以魯、齊、韓之義尚可見者較之,獨《毛詩》率與經傳合。《關雎》正風之首,三家者乃以爲刺,餘可知矣。是《毛詩》之義最爲得其眞也。

《毛詩序》與《左傳》相符,識者以爲這是作序者有意附會的緣故;而且《詩序》的問題出在首句,首句以下的文句,旨在補充首句的不足而已,對《詩》

旨的影響不是很大的。

三、六義

《大序》云：

> 《詩》有六義焉：一曰風，二曰賦，三曰比，四曰興，五曰雅，六曰頌。

程氏曰：

> 《國風》、《大小雅》、《三頌》《詩》之名也。六義，《詩》之義也。一篇之中有備六義者，有數義者。又曰：學《詩》而不分六義，豈能知《詩》之體也。風，《大序》曰：「風，風也，教也；風以動之，教以化之。」程氏曰：「風者，風以動人，上之化下，下之風上，凡所美刺皆是也。」
>
> 賦，鄭氏《周禮注》曰：「賦之言鋪，直鋪陳善惡。」程氏曰：「賦者，謂鋪陳其事，如『齊侯之子，衛侯之妻』是也。」
>
> 比，鄭司農《周禮注》曰：「比者，比方於物。」程氏曰：「以物相比。『狼跋其胡，載疐其尾。公孫碩膚，赤舃几几』是也。」
>
> 興，孔氏曰：「興者，起也。」程氏曰：「因物而起興。『關關雎鳩』，『瞻彼淇奧』之類是也。」
>
> 雅，《大序》曰：「雅者，正也。」程氏曰：「雅者，正言其事。」又曰：「雅者，陳其正理。『天生烝民，有物有則。民之秉彝，好是懿德』是也。」
>
> 頌，《大序》曰：「頌者，美盛德之形容，以其成功告於神明者也。」鄭氏《詩譜》曰：「頌之言容。」程氏曰：「頌，稱美之言也。如『于嗟乎騶虞』，『有匪君子，終不可諼兮』之類是也。」

孔氏曰：

> 王道衰，諸侯有《變風》；王道成，諸侯無《正風》。王道明盛，

政出一人，諸侯不得有《風》。王道既衰，政出諸侯，故各從其國，有
美刺之別也。正經述大政，爲《大雅》；述小政，爲《小雅》。有《大
雅》、《小雅》之聲。王政既衰，《變雅》兼作，取《大雅》之音，歌
其政事之變者，謂之《變大雅》；取《小雅》之音，歌其政事之變者，
謂之《變小雅》。故《變雅》之美刺，皆由音體有小大，不復由政事之
小大也。

以上呂氏所引各家訓釋《六義》之文，大體可從。但如仔細探討，即有如下的
問題：㈠《國風》之詩，大都採自民間，詩人寫作的動機，在於表達一己的情
意，絕少涵有諷勸其上與教化世人的用意。㈡孔氏云：「王道成，諸侯無《正
風》；王道明盛，政出一人，諸侯不得有《風》。」如從此說，《二南》屬
《正風》之說即不能成立。因爲《詩序》以「王化」立說，定《二南》的詩產
生於王道明盛時期。如「王道明盛，諸侯不得有風」，則《二南》的詩，應該
放在那裡？正變之說，原出於古文家的編造，爲孔氏所尊信；不想孔氏竟有毀
《序》之論。㈢《二雅》的區分，《詩序》云：「政有小大，故有《小雅》
焉，有《大雅》焉。」這是根據政事的小大來分的。可是孔氏說到《變雅》，
轉爲「音體」；說「《變雅》之美刺，皆由音體有小大，不復由政事之小大
也。」究竟《二雅》小大之分是依據「政事」抑是「音體」？孔氏似有自致混
淆之嫌了！

四、《讀詩記》詮釋詩文的方式

《讀詩記》詮釋詩文，自有體例。茲舉《桃夭》篇如下：

《桃夭》，后妃之所致也。不妒忌則男女以正，婚姻以時，國無鰥
民也。

王氏曰：「后妃處乎重闈深密之地，而四方之廣，家人婦子服化者
正其本而已，故答於治亂之形，而不見其本者，未可與論聖人之道
也。」廣漢張氏曰：「乖張之風始於閨門，至於使萬物不得其所，而況
婚姻之能以時乎？」此意蓋深遠矣！

桃之夭夭，灼灼其華。之子于歸，宜其室家。

　　　　毛氏曰：「興也。桃有華之盛者，夭夭，其少壯也。灼灼，華之盛
　　也。之子，嫁子也。于，往也。」廣漢張氏曰：「此詩，興也。然興之
　　中有比焉。惟比義輕於興，則為之興而已。詩中若此蓋多也。」王氏
　　曰：「桃華於仲春，以記昏姻之時。」《爾雅》曰：「之子者，是子
　　也。」孔氏曰：「之為語助。《桃夭》為嫁者之子。《漢廣》則貞潔者
　　之子。《東山》言其妻，《白華》斥幽王；各隨事名之。」李氏曰：
　　「婦人謂嫁曰歸。宜其室家，則室家皆得其宜也。」孔氏曰：「《左
　　傳》曰：女有家男有室，室家，謂夫婦也。」呂祖謙曰：「桃之夭夭，
　　灼灼其華」，因時物之發興，且以比其華色也。既詠其華，又詠其實，
　　又詠其葉，非有他義，蓋餘興未已而反覆歌詠之爾。

桃之夭夭，有蕡其實。之子于歸，宜其家室。

　　　　毛氏曰：「蕡，實貌。家室，猶室家也。」

桃之夭夭，其葉蓁蓁。之子于歸，宜其家人。

　　　　毛氏曰：「蓁蓁，至盛貌。宜其家人，一家之人盡以為宜。」

《桃夭》三章，章四句。

由此可知呂氏詮釋詩文的方式：㈠先引《詩序》之文以示篇首。㈡每章詮釋則
先引《毛傳》，次引各家視為有當之言者，作為定解。㈢有些詩篇加以己意，
為學者所重視，有時亦成為評議的焦點。但在三百篇中加入呂氏解說者，僅一
百三十一篇，尚有一百七十四篇不加一詞。這種以引述他人之文為主的疏解方
式，實不多見。

參、《讀詩記》優點舉述

　　《讀詩記》被當代及後世部份學者所重視，自有其優異之處。茲分別舉述
於下：

一、對《讀詩記》一書的評價

（一）朱熹《讀詩記原序》云：

　　　　今觀呂氏家塾之書，兼總眾說，巨細不遺；挈領持綱，首尾該貫。
　　既足以息夫同異之爭，而其述作之體，則雖融會通徹，渾然若出於一家
　　之言，而一字之訓，一事之義，亦未嘗不謹其說之所自，及其斷以己
　　意，雖或超然出於前人意慮之表，而謙讓退託，未嘗敢以輕議前人之心
　　也。烏乎！如伯恭父者，其真可謂有意乎溫柔惇厚之教矣！學者以是讀
　　之，則於可群可怨之旨，其庶幾乎！

朱子讚頌《讀詩記》的優點是：(1)兼總眾說，巨細不遺。(2)挈領持綱，首尾該
貫。(3)融會通徹，渾然若出於一家之言。(4)一字之訓，一事之義，未嘗不謹其
說之所自。(5)態度謙虛，不輕議前人，有意於「溫柔惇厚」的詩教。

　　朱熹與呂祖謙交誼深厚，為亡友遺著作序，頌其優點，自當竭盡其思。但
如談及二人主張不同處，卻不能於無言。朱子接著說：

　　　　雖然，此書所謂朱氏者，實熹少時淺陋之說，而伯恭父誤有取焉。
　　其後歷時既久，自知其說有所未安，如《雅》、《鄭》邪正之云者，或
　　不免有所更定，則伯恭父反不能不置疑其間，熹竊惑之。方將相與反復
　　其說，以求真是之歸，而伯恭父已下世矣！

這是說呂氏《讀詩記》所引朱熹之文，乃是「少時淺陋之說」，以後他改訂
《詩集傳》，從遵《序》轉為反《序》，觀點迥異，卻不為呂氏所取，這是他
深以為憾的。

　　（二）明朝萬曆年間江寧顧起元《舊序》云：

余惟國家功令，立《詩》學宮，士所受以紫陽《集傳》為宗，一切古注疏罷弗肄，故成公所記雖學士大夫心知好之，而不獲紫陽耦。余閒嘗反覆研味，參諸往志，得其說與文公異者凡四焉：文公取夾漈鄭氏詆諆《小序》之說，多斥毛、鄭，而以己為《序》。成公則尊用《小序》，且謂《毛詩》率與經傳合，為獨得其真。其異一也。文公釋「思無邪」為「勸善懲惡」，究乃歸正，非作詩之人皆無邪。成公則直謂「詩人以無邪之思作之」云耳。其異二也。文公以《桑中》、《溱洧》即是鄭、衛，《二雅》乃名為《雅》；成公則謂二詩並為《雅》聲，彼桑間、濮上，聖人固已放之。其異三也。文公以《二南》房中之樂，《正大‧小雅》朝廷之樂；《商頌》、《周頌》宗廟之樂；《桑中》、《溱洧》之倫，不可以薦鬼神、御賓客。成公則謂凡《詩》皆雅樂也。祭祀、朝聘皆用之，唯桑濮鄭衛之音乃世俗所用，元不列於三百篇數，其異四也。余又嘗因此考之，而覺成公之說長。⋯⋯

《詩》之有《序》也，猶聽訟之有證據也。

均一淫泆之辭也，出奔者之思，則邪；出刺奔者之思，則正。⋯⋯

顧氏此文專為《朱傳》與呂氏《讀詩記》作比較，以尊《序》與不尊《序》為說，並以三百篇中有無「淫詩」作考量，其行文旨趣即在於抑朱揚呂。

㈢明朝嘉靖年間陸鈇《序》云：

其書宗毛氏以立訓，考註疏以纂言，剪綴諸家，如出一手，有司馬子長貫穿之巧。研精彈歲，融會渙釋，有杜元凱真積之悟。緣物醜類，辯名正義，有鄭漁仲考據之精，茲余之所甚愛焉！⋯⋯呂宗毛氏，朱取三家，固各有攸指矣，安得宗朱而盡棄呂耶！⋯⋯毛氏行而三家廢，君子既已惜之；《集傳》出而毛氏之學寖微，又奚為莫之慨也。

陸氏此《序》，除讚頌《讀詩記》編撰之功具有「司馬遷貫穿之巧」、「杜元凱真積之悟」與「鄭漁仲考據之精」外，並以為「呂宗毛氏，朱取三家」，各有觀點。希望藉《讀詩記》能做到存毛翼朱的地步。惟陸氏「朱取三家」之

說，恐非的論。朱熹反漢，四家同反，只是三家已亡，無書可反，《毛詩》獨
傳，影響最大，才以毛氏之說爲考辨之主體而已！

　　二、《讀詩記》不信《詩序》之例

　　《讀詩記》不是全部尊信《詩序》的，對有些詩篇的《序》文表示異議，
並提出自己的見解。例如：

　　㈠《小雅・祈父》篇《詩序》曰：「《祈父》，刺宣王也。」《朱傳》引
「東萊呂氏曰」：

　　　　太子晉諫靈王之詞曰：「自我先王厲宣幽平而貪天禍，至今未弭。
　　宣王中興之主也，至於幽厲並數之，其辭雖過，觀其詩所刺，則子晉之
　　言豈無所自歟？但今考之詩文，未有以見其必會宣王耳。下章放此。

這是以爲《祈父》以及其下《白駒》篇，《詩序》定爲「刺宣王」的詩，呂氏
以爲未必可從。

　　㈡《小雅・黃鳥》篇《詩序》曰：「《黃鳥》，刺宣王也。」《朱傳》引
「東萊呂氏曰」：

　　　　宣王之末，民有失所者，意他國之可居也。及其至彼，則又不若故
　　鄉焉，故思而欲歸。使民如此，亦異於還安定集之時矣。……今按詩
　　文，未見其爲宣王之世，下篇亦然。

所謂「下篇」，是指《我行其野》篇。《詩序》曰：「《我行其野》，刺宣王
也。」惟《朱傳》所引《讀詩記》否定「刺宣王」之文已不見，或爲呂氏修訂
時刪去，或爲後之尊《序》者刪去，已無可考。

　　㈢《齊風・著》篇《詩序》曰：「《著》，刺時也；時不親迎也。」《朱
傳》引「東萊呂氏曰」：

　　　　婚禮，婿往婦家親迎，既奠鴈御輪而先歸，俟於門外，婦至則揖以
　　入。時齊俗不親迎，故女至婿門外，婦至則揖以入。時齊俗不親迎，故
　　女至婿門，始見其俟己也。

第二章「俟我於庭乎而」下，《朱傳》曰：

　　呂氏曰：「此婚禮所謂婿道及寢門，揖入之時也。」

第三章「俟我於堂乎而」下，《朱傳》曰：

　　呂氏曰：「升階而後至堂，此婚禮所謂升自西階之時也。」

㈣《王風‧君子于役》篇《詩序》曰：「《君子于役》，刺平王也。君子行役無期度，大夫思其危難以風焉。」呂氏《讀詩記》曰：

　　考經文，不見「思其危難以風」之意。

㈤《大雅‧文王有聲》篇《詩》序曰：「繼伐也。武王能廣文王之聲，卒其伐功也。」呂氏曰：

　　《序》言武王繼伐，而此詩未嘗一言及武王之伐功。

㈥《鄘風‧柏舟》篇《詩序》曰：「共姜自誓也。衛世子共伯蚤死，其妻守義，父母欲奪而嫁之，誓而弗許，故作是詩以絕之。」呂氏曰：

　　《史記》載共伯，釐侯世子。釐侯已葬，武公襲攻共伯，共伯入釐侯羨自殺。按武公在位五十五年，《國語》又稱武公年九十五，猶箴儆于國，計其初即位，其齒蓋已四十餘矣。使果弒共伯而篡立，則共伯見弒之時，其齒又加長於武公，安得謂之蚤死乎？髦者，子事父母之飾，諸侯既小斂則脫之，《史記》謂釐侯已葬而共伯自殺，則是時共伯既脫髦矣，詩安得猶謂之「髧彼兩髦」乎？是共伯未嘗有見弒之事，武公未嘗有篡弒之惡也。

《柏舟・詩序》中有「衛世子共伯蚤死」句,《柏舟》篇有「髧彼兩髦」句,
呂氏據《國語》、《史記》所載,從年齡上看,共伯既已四十餘歲,不得謂之
早死:「髦者,子事父母之飾」;共伯即位時其父釐侯已葬,已除兩髦之飾。
由此可見《柏舟》的內容與共伯、武公之事不符,《詩序》之說不可從。惟呂
氏據此推翻古史,認為「共伯未嘗見弒」、「武公未嘗篡弒」,這就有不信
《國語》、《史記》所載,反而相信《詩序》不當的編紕了。要知道,證明了
《詩序》之謬,只表示《柏舟》這首詩與共伯兄弟之事不相干;既不相干,怎
可拿它來反證「武公未嘗篡弒」的事呢?姚際恆《詩經通論》曰:

> 此詩不可以事實之,當是貞婦有夫蚤死,其母欲嫁之,而誓死不願
> 之作也。

從詩文看,這當是較為平實的解說。

三、《讀詩記》章句解釋較優之例

㈠《王風・君子于役》第二章:「君子于役,苟無飢渴!」《鄭箋》云:
「苟,且也。且得無飢渴?憂其飢渴也。」《朱傳》云:「亦庶幾其免於飢渴
而已矣。此憂之深而思之切。」兩家都只從字面上說。呂氏曰:

> 人之思親,亦有兩端,後世見其親之行役不歸,則歸咎於君,但言
> 今既不得便歸,苟在彼得無飢渴之患足矣,此詩人忠厚之情(《詩説拾
> 遺》)。

「苟無飢渴」語譯之即「能無飢渴之苦嗎?」呂氏則從深一層去設想,以為行
役日久,家人必怨其君上,不敢直言,婉轉其詞,以「苟無飢渴」表露之。故
知這是「詩人忠厚之情」的表現。

㈡《邶風・簡兮》首章:「簡兮簡兮,方將萬舞。」《鄭箋》:「萬舞,
干舞也。」呂氏曰:

> 萬舞,二舞之總名也;干舞者,武舞之別稱也。籥舞者,文舞之別
> 名也。文舞又謂之羽舞。鄭康成據《公羊傳》以萬舞者為干舞,蓋《公

羊》釋經之誤也。

此章《毛傳》即云：「以干羽爲萬舞，用之宗廟山川。」呂氏指出鄭氏訓「萬舞」爲「干舞」之謬，並說明其致誤的原因在於採信《公羊傳》。

　　㈢《周南‧卷耳》篇有「寘彼周行」句。《毛傳》曰：「行，列也。思君子官賢人，寘周之列位。」呂氏曰：

　　　　毛氏以「周行」爲「周之列位」，自左氏以來，其傳舊矣。然以經解經，則不若呂氏之說（註六）也。

呂祖謙引呂氏之說曰：「周行，周道也。」《小雅‧大東》：「佻佻公子，行彼周行。」《小雅‧鹿鳴》：「示我周行。」《毛傳》云：「周，至。行，道也。」《鄭箋》均訓「周行」爲「周之列位」。《朱傳》云：

　　　　周行，大道也。託言方采卷耳，未滿頃筐，而心適念其君子，故不能復采，而置之大道之旁也。

可見朱熹與呂祖謙同訓，《毛傳》之說不可從。

　　㈣《小雅‧漸漸之石》首章：「山川悠遠，維其勞矣。」《鄭箋》云：「其道里長遠，邦域又勞勞廣闊，言不可卒服。」呂祖謙曰：

　　　　解經不必改字，鄭氏以「勞」爲「遼」，非也。然孔氏之說，讀《詩》者所當知。

鄭氏以「勞」爲「遼」的假借字，「勞勞」即「遼遼廣闊」之意。孔氏曰：「山之與川，其間怒悠然路復長遠，我等登此高山，涉此遠路，維其勞苦矣！」《朱傳》云：「將帥出征，經歷險遠，不堪勞苦而作此詩也」。都是訓「勞」爲「勞苦」。鄭氏改訓爲「遼」，實不適當。

　　㈤《檜風》鄭氏《詩譜》曰：「檜者，古高辛氏火正祝融之墟，國在禹貢豫州外方之北，滎波之南，居溱洧之間。……周夷王、厲王之時，檜公不務政

事，而好絜衣服，大夫去之。於是檜之《變風》始作，其國北臨於虢。」呂氏《讀詩記》曰：

> 檜至平王之初，武公滅之，其風之變固在於東遷之前，然未必知其為夷厲之世也。

㈥《大雅・公劉》篇有「食之飲之，君之宗之」句，《毛傳》曰：「為之君，為之大宗也。」《朱傳》引東萊呂氏曰：

> 「食之飲之，君之宗之」，謂既饗燕而定經制，以整屬其民，上則皆統於君，下則各統於宗。蓋古者建國立宗，其事相須。楚執戎蠻子而致邑立宗，以誘其遺民，即其事也。

「君之宗之」，《毛傳》訓為「為之君，為之宗」文義已得。呂氏《讀詩記》之文作為補充說明，自更詳備；故《朱傳》即予引述。

肆、《讀詩記》問題探討

一、《國風》正變之說問題

《國風》分正變兩類，始於《詩大序》。但《大序》只說：「至於王道衰，禮義廢，政教失，國異政，家殊俗，而《變風》、《變雅》作矣。」沒有提到《正風》、《正雅》，也沒有指明《變風》始於那一國？終於那一國？《變雅》始於那一首？終於那一首？後世皆以鄭玄的分法為準。鄭氏所分者：

> 《正風》：《周南》、《召南》二十五篇為《正風》。
>
> 《正雅》：自《鹿鳴》至《菁菁者莪》為《正小雅》。
>
> 　　　　　自《文王》至《卷阿》十八篇為《正大雅》。
>
> 《變風》：自《邶風》至《豳風》一百三十五篇為《變風》。
>
> 《變雅》：自《六月》至《何草不黃》，五十八篇為《變小雅》。
>
> 　　　　　自《民勞》至《召旻》廿三篇為《變大雅》。

這一分法自有體系，後人如主張詩有正變，大都以此爲準。

呂氏《讀詩記》《陳風‧澤陂》篇云：

> 《變風》始於《雞鳴》，終於《澤陂》，凡一百二十八篇，而男女
> 夫婦之詩四十有九，抑何多耶？曰：有天地然後有父子，有父子然後有
> 君臣，有君臣然後有上下，有上下然後禮義有所錯。男女者三綱之本，
> 萬事之先也。《正風》之所以爲正者，舉其正者以勸之也；《變風》之
> 所以爲變者，舉其不正者以戒之也。道之升降，時之治亂，俗之污隆，
> 民之死生，於是乎在；錄之煩悉，篇之複重，亦何疑哉？

呂氏此說，可議者有四：

㈠說《變風》始於《雞鳴》，終於《澤陂》，這是依據什麼來說的？《雞
鳴》是《齊風》第一首詩，其前還有邶、鄘、衛、王、鄭五國共七十首詩，是
否都要歸於《正風》？如《桑中》、《將仲子》、《狡童》、《褰裳》、《溱
洧》等篇被朱熹列爲「淫奔」的詩，一旦列於《正風》，則那一國的詩不可列
於《正風》？

㈡《澤陂》以下尚有檜、曹、豳十五首詩，如將這些詩都列於《正風》，
則《正風》計十國，共一百一十首，《變風》只有五十首，這與舊說《二南》
爲《正風》，僅二十五首的說法差別很大，不論信《序》或反《序》的人，恐
都難以認同。

㈢說《變風》始於《雞鳴》終於《澤陂》，凡一百二十八篇，不知呂氏怎
麼算的？《雞鳴》至《澤陂》包括齊、魏、唐、秦、陳五國，共計五十首，與
呂氏說一百二十八首少了七十八首。如果照鄭玄所訂的《變風》自《邶風》至
《豳風》，則有一百三十五首，其間詠男女夫婦的詩如有四十九首，不能說多
了。尤其呂氏說：「男女者三綱之本，萬事之先也。」在此一理念下，應該要
多多益善才是，怎會說「抑何多耶」的呢？

㈣《豳風》七首詩，《詩序》都說是與周公有關的，以內容來看，的確是
很純正的，以時代來看，無疑的是合於《正風》的條件的。爲何這些詩反而置
於《變風》之末？

《詩序》、《鄭箋》正、變之說，存在著很多問題，原不值得重視；今文學者即不信此說。呂氏採信之，且自訂《變風》範圍，以致矛盾更多，顯然是他信《序》之下不自覺地愈走愈偏了！

二、《詩經》三百篇分《經》、《傳》問題

《讀詩記》於《正小雅》解題之下云：

> 按《楚辭》，屈原《離騷》爲之《經》，自宋玉《九辯》以下皆謂之《傳》。以此例考之，《鹿鳴》以下，《小雅》之《經》也，《六月》以下《小雅》之《傳》也。《文王》以下《大雅》之《經》也；《民勞》以下《大雅》之《傳》也。孔氏謂：「凡書皆非正《經》也，謂之《傳》善矣！」又謂：「未知此《傳》在何書？」則非也。

呂氏這段話自有創意，想把三百零五篇再分《經》與《傳》兩大類。他據鄭玄正、變的分法轉說成《經》與《傳》。他的理由是：㈠有人將《楚辭》中屈原作的《離騷》定爲《經》，宋玉《九辯》以下的文章「皆謂之《傳》」。㈡孔穎達謂：「凡書皆非正《經》也，謂之《傳》善矣！」意即凡是不稱爲《經》的書，都可稱之爲《傳》。

呂氏此說，實不可從。理由是：

㈠《經》與《傳》是兩個相對的名詞，在古人的心目中，先有《經》，後有《傳》。《春秋》是《經》，解說《春秋》經文的有《公羊傳》、《穀梁傳》與《左傳》。以《詩經》來說，三百篇的詩文是《經》，解說詩文的齊、魯、韓、毛四家之文爲《傳》。這是舉世公認的一種說法。亦即《傳》文是依存於《經》文之下的。

㈡《詩經》三百篇各自獨立，即以正、變來說，這些稱爲《變風》、《變雅》的詩與前面稱爲《正風》、《正雅》的詩全不相干，怎會產生後面這些詩有詮釋前面這些詩的作用呢？

㈢《楚辭》是文學作品，不得稱之爲《經》。後人推崇《離騷》，稱之爲《離騷經》，藉以突顯其文學上的特殊地位而已。如因此將《離騷》稱之爲《經》，「自宋玉以下」之文，都稱之爲《傳》，這就有些不倫不類了；呂氏怎可拿這一說法作爲分三百篇爲《經》、《傳》的依據呢？

㈣孔氏說：「凡書皆非正《經》也，謂之《傳》善矣！」不知孔氏此言出於何書？書的種類繁多，非《經》即《傳》之說，絕非的論。即以《四庫全書》來說，《經》之外，尚有數以萬計的《史》、《子》、《集》的書，可否說它們都是《傳》呢？

㈤呂氏末引孔氏又謂：「未知此《傳》在何書？」呂氏斥之爲「非也」。筆者則以爲孔氏已回到《傳》的本義來說了。既稱爲《傳》，必然是爲某書作的；見《傳》而不知所出，問是出於何書？有什麼不對呢？

《漢書・藝文志》載：「《詩經》二十八卷，魯、齊、韓三家。」又載：「《毛詩》二十九卷。《毛詩故訓傳》三十卷。」這些篇籍浩繁的書裡，都是以三百篇爲《經》，各家以其不同的解說作《傳》，如此而已。呂氏分三百篇爲《經》、《傳》兩類，這是於史無據，於《詩》文內容不相符合的設想，實不足以採信的。

三、賦比興解說問題

《讀詩記》在《關雎》篇云：

> 《關雎》具風比興三義，一篇皆言后妃之德，以風動天下。首章以睢鳩發興，後二章以荇菜發興，至於睢鳩之和鳴，荇菜之柔順，則又取以爲比也。風之義易見，惟興與比相近而難辯。興多兼比，比不兼興。意有餘者，興也；直比之者，比也。興之兼比者徒以爲比，則失其意味矣。興之不兼比者誤以爲比，則失之穿鑿矣！

這段話可有下列五個問題：

㈠《詩經》六義，素來分「風、雅、頌、賦、比、興」六項，前三者屬詩篇的分類，如十五《國風》、二《雅》、三《頌》。後三者屬詩文的作法。今呂氏談作法不取「賦」而取《風》，有異於傳統說法。如此改易，有何依據？

㈡《詩大序》云：「《關雎》，后妃之德也，風之始也，所以風天下而正夫婦也。」這話本來就該質疑，因爲《關雎》敍的是「君子」求「淑女」，從相思、交友以至於結婚的事。女的原無身分之敍，何以見得她是一位「后妃」？詩中女子全無表現，從何處見得是敍「后妃之德」的？《詩序》將「后妃之德」說成是源於「文王之化」的，所以有「風天下而正夫婦」的話。可是

文王終其身只是一位「西伯」；大姒終其身只是一位伯爵夫人；而且文王早商紂十一年去世，則「后妃之德」，「以風動天下」之義如何落實？

㈢呂氏說《關雎》具風比興三義，是將「風」當作法來說了。既當作法來說，所有《國風》的詩是否都要說成作於「風」法呢？因爲「六義」是《詩序》的大經大法，「風」義如與「比」「興」同列，自當一體適用，凡是《國風》的詩，都該說成是由「風」法作成的了！

㈣「風、比、興」成組以後，「賦」是否不要了呢？《毛傳》標「興」於篇首，原只指「關關雎鳩，在河之洲」兩句詩而說的；其下「窈窕淑女，君子好逑」，即是「賦」法。其他各章的後兩句亦然。如何說「《關雎》具風比興三義」，而不提「賦」這一義呢？其實「賦」是基本作法，詩文中用得最多的就是「賦」法，絕無可能由「風」來取代的。

㈤「興」法究竟該如何說呢？呂氏未曾明示。毛、鄭、說「興」爲「比」，混淆於前。呂氏跟著說：「興多兼比。」所以說到後頭，都把「興」說成了「比」。

㈥呂氏說詩的另一個問題，是在同一章句中兼採三種作法之說。《大雅・卷阿》首章：

> 有卷者阿，飄風自南。豈弟君子，來游來歌，以矢其音。

呂氏《讀詩記》曰：

> 此章具賦比興三義：其作詩之由，當從朱氏。其因卷阿飄風而發興，當從毛氏。以卷阿飄風而興求賢，因此虛中屈體化養萬物爲比，則當如鄭氏王氏之說也。三說相須，其義始備。

「有卷者阿，飄風自南。」《朱傳》云：「賦也。卷，曲也。阿，大陵也。豈弟君子，指王也。矢，陳也。此詩舊說亦召康公，疑公從成王游歌於卷阿之上，因王之歌而作此以爲戒。此章總敍以發端也。」呂氏云：「其作詩之由，當從朱氏。」即當從朱氏以「賦」說詩。《毛傳》云：「興也。卷，曲也。飄風，回風也。惡人被德化而消，如飄風之入曲阿也。」即毛氏以爲「有卷者

阿，飄風自南」這兩句詩，從作法上說，該是「興」法。可是毛公說的仍是「比」法。《鄭箋》云：「大陵曰阿，有大陵卷然而曲，迴風從長養之方來入之。興者，喻王當屈體以待賢者，賢者則猥來就之，如飄風之入曲阿然，其來也爲長養民。」鄭氏承《毛傳》之意，標的是「興」，說的也是「比」。王氏曰：「有卷者阿，則虛中屈體之大陵，飄風自南則化養萬物之迴風，不虛中則風無自而入，不屈體則風無自而留。其爲陵也不大，則其化養也不博。王之求賢則亦如此而已。」王氏則不談「興」，專談「比」；將「卷阿」說成「虛中屈體」，「飄風」說成「化養萬物」之後，以喻「王之求賢」亦當如此。

由此看來，呂氏說「此章具賦比興三義」，其實只是「賦」、「比」二義；「興」義毛、鄭常與「比」義混在一起說，始終交代不清。呂氏三義之說，雖有兼採各家之說的用意，實則有觀念不清之弊。「賦」是直陳其事，沒有設喻之意的。「興」是「引發」作用，或以音節起興，或以情景起興，不作設喻的聯想。「比」是「比方於物」，即是「以甲喻乙」的作法。毛、鄭、王三人說的都是「比」法。從詩人的作意上說，當他寫這兩句詩時，絕無可能兼具賦比興三法的。因爲三者的涵義是互相排斥的，說者只能取其中的一種來說。呂氏說「此章（制陽案：應該說此二句）具有賦比興三義」，這是對已有的三義之說不知抉擇之下的一種含混之說。看似調停，實則懵懂，對詩文的疏解是有負面影響的。

《朱傳》在每章尾端分別標明作法，有時將一章前後句分開來標，如《漢廣》首章云：「興而比也。……以喬木起興，江漢爲比。」以爲「南有喬木，不可休思」是「興」；「漢之廣兮，不可泳思」是「比」。又如《黍離》首章下云：「賦而興也。」並云：「賦其所見黍之離離與稷之苗，以興行之靡靡與心之搖搖。」但也有一句中含有兩種作法的，如《鄭風・野有蔓草》首章下，《朱傳》標「賦而興也」，云「賦其所在以起興」。以爲「野有蔓草，零露漙兮」這兩句詩是「賦」也是「興」。這在《朱傳》中是罕例。如果普遍應用，即會出問題。如以「賦其所在以起興」，即可定爲「賦而興」，則「關關雎鳩，在河之洲」、「桃之夭夭，灼灼其華」、「殷其雷，在南山之陽」等，《朱傳》原標爲「興」的，都要改爲「賦而興」了。其實「興」體的認定，不在具體的事象，而在情景的引發。從具體事象上說是「賦」，從情景引發上說是「興」。朱熹擺盪在兩者之間，故出現自致矛盾的問題而不自覺。至於呂氏

的作法討論，先是以「風」代「賦」，以「比」說「興」；後是三法兼顧並存，不考慮其間的對立與矛盾。雖屬創見，實不可取。

四、詩篇的時代問題

㈠《小雅·出車》篇第三章：

> 王命南仲，往城于方。出車彭彭，旐旟央央。天子命我，城彼朔方。赫赫南仲，玁狁于襄。

《詩序》云：「《出車》，勞還率也。」沒有說明其朝代。《毛傳》云：「王，殷王也。南仲，文王之屬。」如從此說，文王時的「殷王」，不是別人，即是「紂王」。呂氏引王氏曰：「天子，紂也。」又引朱氏曰：「天子命我，城彼朔方者，文王以商王之命命南仲，語其軍士以天子之命也。」朱熹這段話今本《詩集傳》已不載，只說：「王，周王也。南仲，此時之大將也。」可見呂氏引的是朱熹以前的本子。呂氏曰：

> 南仲受文王之命，文王受天子之命，故南仲語其眾曰：「我所以來此統眾者，其命蓋自天子而下也。」

又，呂氏《詩說拾遺》曰：

> 觀《出車》之詩，見文王所以為至德也。紂何人哉？文王何人哉？不言可知矣。然文王事紂，亦與事堯舜禹湯之君心無異。……欲為臣盡臣道而已！

這樣說，值得考慮的有下述三點：

(1)全篇只說南仲，沒有提及文王，何以見得南仲是文王的將領？

(2)「天子命我，城彼朔方。赫赫南仲，玁狁于襄。」可見南仲直接受天子之命，而且顯然居於統帥的地位。反之，如果南仲出師統帥是文王，戰勝後不可能只頌南仲，不及文王。

(3)《二雅》所敍，均屬西周時事，詩稱「王」與「天子」，亦只限於西

周，不可能推及商朝。姚際恆《詩經通論》云：

> 南仲，《史匈奴傳》云，在襄王時。又云在懿王時。《漢書・人
> 表》有南中，在厲王時；《匈奴傳》又引《出車》之詩，謂宣王命將征
> 伐玁狁，則又在宣王時。史之矛盾如此。若鄭氏謂文王時人，止因以
> 《鹿鳴》至《魚麗》為文、武時詩，故以南仲為文王時人，益不足憑。

王國維《觀堂集林・鬼方、昆夷、玁狁考》云：

> 稱其族隨世易名，因地殊號：其見於商、周間者曰鬼方、曰昆夷、
> 獯鬻，周季曰玁狁，春秋謂之戎，謂之狄，戰國時始稱匈奴，又稱曰
> 胡。其族原散居今甘肅、陝西、山西諸省地。

由此可知文王時尚無玁狁之名，呂氏據《毛傳》說成是文王時，顯然是不適當
的。

(二)《召南・騶虞》篇《詩序》云：「《騶虞》，《鵲巢》之應也。《鵲
巢》之化行，人倫既正，朝廷既治，天下純被文王之化，則庶類蕃殖，蒐田以
時，仁如騶虞，則王道成也。」呂氏曰：

> 《麟趾》，《關雎》之應；《騶虞》、《鵲巢》之應。意者文王之
> 時，二物相應感而至，故詩人以發興歟！

這是遵《序》說的話，亦即以為《二南》之詩都是受文王之化而作成的。這就
令人質疑：

(1)《周南》首篇《關雎》，末篇《麟之趾》；《召南》首篇《鵲巢》，末
篇《騶虞》說是彼此相應的，一鳥一獸，如何能相應？詩篇之作成，非出於一
人之手，亦非成於一時一地，怎會想到為前後相應而作詩？

(2)以「文王之化」說《二南》，必須說成《二南》所有的詩篇都作於文王
時期。可是《周南・汝墳》有「王室如燬」句，雖然《鄭箋》云：「所以然
者，畏王室之酷烈，是時紂存。」說「王室」是指商紂之世。既在商紂之世，

紂王暴虐，生靈塗炭，天下正處於動盪不安的局面，何來如《詩序》所說的「人倫既正，朝廷既治」的太平景象呢？

(3)文王早商紂十一年去世，在去世之前，奉商紂之命連年征伐，未曾到黃河以南的二南地區，二南地區的人民如何能蒙受他的教化？

(4)《召南·甘棠》篇是後人紀念召伯（召公奭）的詩，《何彼襛矣》是詩人寫周平王的孫女下嫁齊侯之子的詩，與文王的時代不相及。

姚際恆《詩經通論·騶虞》篇云：

> 此為詩人美騶虞之官克稱其職也。若為美文王仁心之至，一發五豝，何以見其仁心之至耶？總之，以《二南》皆為文王之詩，其始終窒礙難通如此。且既不用騶虞為獸之說，即上為美文王，下呼騶虞之官而歎美之，義亦兩截；不若謂美騶虞之官為一串矣！

姚氏從《騶虞》或《二南》全部詩文來考察，認為《詩序》以「文王之化」來說是說不通的。

「騶虞」，《毛傳》訓為：「義獸，白虎黑文，不食生物，有至信之德則應之。」朱熹從之。賈誼《新書·禮篇》云：「騶者，天下之囿也。虞者，囿之司獸者也。」此為今文詩說，以騶虞為天子掌鳥獸之官。從《騶虞》篇全文來看，正該如此說。則與《鵲巢》相應之說，更屬無稽矣！

五、詩篇詮釋問題

(一)《鄘風·桑中》篇首章：

> 爰采唐矣，沬之鄉矣。云誰之思？美孟姜矣。期我乎桑中，要我乎上宮，送我乎淇之上矣。

《詩序》云：「《桑中》，刺奔也。衛之公室淫亂，男女相奔，至於世族在位，相竊妻妾，期於幽遠。政散民流而不可止。」《詩序》這樣說，以為從《桑中》的文詞來看，是「淫奔」的，從詩人的作意來看，是「刺淫」的。以為只有這樣說，這首詩才能被孔子編在《詩經》裡作為教材。

呂氏《讀詩記》云：

《桑中》、《溱洧》諸篇，幾於勸矣。夫子取之何也？曰：詩之體不同，有直刺之者，《新臺》之類是也。有微諷之者，《君子偕老》之類是也。有鋪陳其事，不加一辭而意自見者，此類是也。……仲尼謂：「詩三百，一言以蔽之，曰：思無邪。」詩人以無邪之思作之，學者亦以無邪之思觀之；閔惜懲創之意隱然自見於言外矣。或曰：「《樂記》所謂桑間，濮上之音，安知非即此篇乎？」曰：「詩，雅樂也，祭祀朝聘之所用也。桑間、濮上之音，鄭、衛之樂也，世俗之所用也。雅、鄭不同部，其來尚矣。……《論語》答顏子之問，迺孔子治天下大綱也；於鄭聲，迺欲放之。豈有刪詩示萬世，反收鄭聲以備六藝乎？

呂氏這段話，述其要點：

(1)從作法上說，「刺」詩可分三類；有「直刺」的，如《新臺》；有「微諷」的，如《君子偕老》；有「鋪陳其事，不加一辭而意自見」的，如《桑中》。亦即作《桑中》的詩人直敘「淫奔」之事，其目的即在於「刺奔」；所以不能斥之爲「淫奔」。

(2)孔子既以「思無邪」詮釋三百篇的含義，我們就該以無邪之思來解讀所有的詩篇。即如《桑中》、《溱洧》等篇，如懂得其旨趣在於「諷刺」當時淫亂之風的，就能符合孔子「思無邪」之義了。

(3)有人引《樂記》載「桑間、濮上之音，亡國之音也」的話，以證「桑間」即是《桑中》。呂氏將詩樂分成雅俗兩類，三百篇都是雅樂；桑間、濮上之音，是民間世俗之樂。雅、鄭不同部，不能混爲一談的。

朱熹不贊同此說，主張「鄭聲」即是「鄭詩」，《國風》中有不少「淫詩」，只是《鄭風》中爲數較多而已。後世由於《朱傳》被頒爲「功令用書」，爲學子所必讀，自然「淫奔」之說壓倒了「刺淫」之說，尊《序》派是屈居下風的。

但如作進一步探討，兩說都犯上前提性的錯誤。因爲他們只從儒家教義上談，卻沒有從「風謠」的特性上談。《國風》的詩來自民間，這是於史有據，大家都知道的。《風》即是「民間歌謠」；其作意如敘男女之情，絕無可能向朝政上說，變成了「君臣之義」。而且「民間歌謠」，古今相通，以敘男女之

情為正格，以鋪陳彼此恩怨情仇為主旨，以浪漫誇張為能事。近世大陸各地的民謠與台灣的客家民謠，莫不如此。我們如以這個觀點來讀《國風》，就會發現，兩家爭議最多的幾首詩，也是最具有「風謠」情趣的作品。

再以詩篇來說，《桑中》是《鄘風》的詩，不屬《鄭風》，如說「鄭詩淫」，也不能拉它來說。而且《桑中》裡的一男會三女，正是民歌的浪漫本色。可視為一個孤獨男子的狂想曲。有些人在現實世界一籌莫展的時候，會編造一個想像世界來聊以自慰。這樣的作品，說它「刺淫」或「淫奔」，都是不符「風謠」旨趣與詩人作意的。

再看《溱洧》首章：

> 溱與洧，方渙渙兮。士與女，方秉蕑兮。女曰觀乎？士曰既且。且往觀乎，洧之外，洵訏且樂。維士與女，伊其相謔。贈之以勺藥。

這首詩在《鄭風》裡，是以寫實筆法敘青年男女郊遊時的情形。他們相互詢問，相互戲謔，呈現出一片青春氣息與歡樂景象。詩文中「伊其相謔」的「謔」是「戲謔」，以今語來說，即是「開玩笑」。也許道學之士以為青年男女郊遊互相開玩笑，即有「淫奔」之嫌。然而如從男女郊遊上看，互相開玩笑是極平常的事。即以《詩經》的時代來看，《淇奧》中有「善戲謔兮，不為虐兮」之句，是讚美衛武公善於開玩笑。可見一個國君「戲謔」被詩人歌頌，青年男女開玩笑，更是不足為奇的了。

《溱洧》這首詩，句式多變，文詞典雅，描狀生動，在三百篇中有其特殊的文藝價值。拿它來說「刺淫」或「淫奔」，只是向詩外求義，無益於詩文的讀解。

(二)《召南·野有死麕》篇《詩序》曰：「惡無禮也。天下大亂，強暴相陵，遂成淫風。被文王之化，雖當亂世，猶惡無禮也。」呂氏《讀詩記》曰：

> 此詩三章皆言貞女惡無禮而拒之，其辭初猶緩而後益切。曰：「有女懷春，吉士誘之。」言非不懷昏姻，必待吉士以禮道之。雖拒無禮，其辭猶巽也。曰：「有女如玉。」則正言其貞潔不可犯矣，其辭漸切也。至於其末見侵益迫，拒之益切矣。

此篇由於《詩序》說是「惡無禮」的，呂氏則曲爲之說；然按文求義，僅見男女相悅之情，全無「惡無禮」之意，如此女眞的「惡無禮」，會只囑男士，「勿動其帨，勿使尨吠」嗎？尤其，如從呂氏之說，三章所敍是由緩而切的三個層次，則吉士之無禮，豈非出於此女之所誘乎？因爲「有女懷春」言之甚明，「吉士」之一切舉止，由彼而起；彼有春情的表露，男士才以獵物相贈，進而以求肌膚之親，何詞在說此女「惡無禮」而拒之？尤其《詩序》說《二南》爲《正風》，都是受文王之化的，何以文王只化女而不化男？

再進一步說，文王爲商紂之臣，紂王暴虐無道，《詩序》所謂「天下大亂，強暴相陵」，正是這個時期。文王早紂王十一年去世，終其身只是一位西伯。如談「王化」，紂王之化應大於西伯昌之化，怎會將這個時期定爲太平盛世，將《二南》之詩說成是「正風」時期有美而無刺的呢？

㈢《秦風・蒹葭》篇首章：

> 蒹葭蒼蒼，白露爲霜。所謂伊人，在水一方。溯洄從之，道阻且長。溯游從之，宛在水中央。

《詩序》云：「《蒹葭》，刺襄公也。未能用周禮，將無以固其國焉。」呂氏《讀詩記》云：

> 此詩全篇皆比，猶《鶴鳴》之類。「所謂伊人」，猶曰所謂「此理」也。襄公所以未能用周禮者，疑其□爾；若孝公所云，安能邑邑待數十百年以成帝王也。故詩人諷之，以禮甚易且近，特人求之非其道爾。

呂氏這樣說，原是遵循《詩序》「刺襄公未用周禮」來說的。《詩序》這樣說，於詩於史均無所據。詩文全無刺某人的暗示，《左傳》、《史記》亦無襄公不用周禮的記載。《春秋》始於魯隱公元年，至秦文公四十四年；文公爲襄公子，故知《春秋》不及載襄公事。至於《史記》，其《秦本紀》始載：

> 秦之先，帝顓頊之苗裔，孫曰女脩。……舜賜姓嬴氏。

至襄公之世，《史記》載：

> （襄公）七年春，周幽王用褒姒，廢太子，立褒姒子爲適，數欺諸
> 侯，諸侯叛之。西戎犬戎與申侯伐周，殺幽王酈山下，而秦襄公將兵救
> 周，戰甚力，有功。周避犬戎難，東徙雒邑，襄公以兵送周平王。平王
> 封襄公爲諸侯，賜以岐山以西地。……襄公於是始國，與諸侯通使聘享
> 之禮；乃用騮駒、黃牛、羝羊各三，祠上帝西畤。十二年，伐戎而至
> 岐，卒。生文公。

由此可見，秦襄公的遠祖爲顓頊的苗裔。顓頊高陽氏係黃帝軒轅氏之孫，其後
世雖因養馬徙居西陲，實非戎狄。至於秦襄公，《史記》載其「將兵救周，戰
甚力，有功。」至平王東遷雒邑，襄公以兵送平王。這時平王才封襄公爲諸
侯，並「賜以岐山以西地」。襄公受封後，即遵照當時國際禮儀，與各國行通
使聘享之禮，且按祭祀規定，以馬、牛、羊各三舉行祭天之禮。這足以說明他
不僅是與周人同文同種，在武功之外，也謹守周禮。《詩序》說他「未能用周
禮」，不知所據何書？歐陽修《詩本義・蒹葭》篇云：「秦襄公……不能以周
禮變其夷狄之俗，故詩人刺之以詩。」他直把秦人作夷狄看了。蘇轍在其《詩
集傳》裡雖不視之爲夷狄，只說「與夷狄雜居」的緣故，以致「強兵富國爲
先」，不知「以禮義終成之」，故知後世重利輕義，以武力征服天下，但不久
即遭滅亡。他是《詩序》的「不用禮義」延伸到秦始皇時期去說了。試問：作
《蒹葭》的詩人在寫這首詩的時候，會想到秦國五百年後的興亡事故嗎？

呂氏追隨前人之說，並進一步說明：「所謂伊人者，猶曰所謂『此理』
也。」「此理」是什麼「理」？即是《詩序》所說的「周禮」。以爲詩人所要
諷刺的，周禮本來是平易而淺近的，只因爲秦襄公「求之非其道」，所以成爲
「溯洄從之，道阻且長。溯游從之，宛在水中央」的若即若離，可望而不可及
的情況。

這是將詩義泛政治化的一個例子。如果說者有心附會，凡是這些撲朔迷離
的意象語，都可憑一己的想像，給予某一特定的故事與涵義。可是我們如果將

《國風》的詩認定爲「民間歌謠」（註七），即可將詩旨的範圍縮小了一大半；亦即儘量不走附會的路，直接從文辭中尋找其作意。例如《朱傳》在《蒹葭》首章下云：

> 言秋水方盛之時，所謂彼人者，乃在水之一方，上下求之而不可得，然不知其何所指也。

朱熹不取《詩序》「刺襄公不用周禮」之說，這是他的高明處。他說「不知其何所指」，即是他不明白詩人的作意究竟是什麼？後人或說是詠隱者的，或說是隱者自詠的，至今仍無定說。故朱熹的「不知其何所指」，說了實話，也是他的高明處。

方玉潤《詩經原始》云：「《序》謂刺襄公未能用周禮，呂氏祖謙遂謂『伊人猶此理』，鑿之又鑿，可謂噴飯。」可見呂氏此說，早以爲識者所不取。

㈣《有女同車》篇首章：

> 有女同車，顏如舜華。將翱將翔，佩玉瓊琚。彼美孟姜，洵美且都。

《山有扶蘇》第二章：

> 山有橋松，隰有游龍。不見子充，乃見狡童。

《狡童》篇首章：

> 彼狡童兮，不與我言兮。維子之故，使我不能餐兮。

《褰裳》篇首章：

> 子惠思我，褰裳涉溱。子不我思，豈無他人？狂童之狂也且。

　　以上四首詩，《詩序》都說是「刺忽」的。詩中的「狡童」、「狂童」都是指鄭昭公忽而言的。昭公忽爲莊公世子，曾出兵救齊，擊敗北狄。齊侯欲將其女妻之，他退辭，理由是齊大鄭小，怕配不上。執政大臣祭仲勸他娶齊女，理由是莊公多內寵，「子無大援，將不立，三公子皆君也」。可是昭公忽不聽。即位不到半年，其弟厲公突之母雍姞是宋國人。宋莊公因雍姞之請，誘祭仲訪宋，並執祭仲曰：「不立突，將死。」於是祭仲與宋人盟，廢昭公忽而立突，是爲厲公。厲公在位四年，由於祭仲專權，深以爲患，派祭仲之婿雍糾殺之。雍糾之妻雍姬即是祭仲之女，得到這個消息，問她的母親：「父與夫那個比較重要？」母親說：「人盡可夫，父一而已，怎可相比呢？」於是雍姬即將這個消息告知乃父，祭仲即殺了雍糾，厲公突出奔到蔡國。祭仲又立昭公忽。昭公忽在位不到二年，大夫高渠彌恐昭公因前怨終將殺己，出獵時射殺昭公於野。祭仲乃立昭公弟子亹爲君。

　　《有女同車》篇《詩序》云：

　　　　《有女同車》，刺忽也。鄭人刺忽之不昏於齊。太子忽嘗有功於齊，齊侯請妻之，齊女賢而不娶，卒以無大國之助，至於見逐，故國人刺之。

　　呂氏《讀詩記》隨之曰：

　　　　不借助於大國而自求多福，忽非奮然誠有是志也。蓋其爲人淺狹而多所拘攣暗滯，而動皆疑畏，浮易而不知審量，孑孑然以文義自喜，而國勢人情與其身之安危，皆懵然莫之察也，適足以取亡而已矣。使忽誠有是志而深求其實，則質之弱固可強，而所以持國者，固無待於外助也。……

　　《詩序》與呂氏所言，出現如下的問題：

　　⑴詩文與昭公忽史事的關係問題：以《有女同車》來說，昭公忽未娶齊女，怎會同車？既未同車，可見《有女同車》這首詩與昭公忽不相干。《左

傳》隱公八年載：「鄭公子忽如陳，迎婦媯。」可見其時已娶正妻。十四年後，鄭莊公卒，他即君位。這時候他是一位涉世已深，貴爲一國之君的中年人，可否以「童子」稱之？可見《山有扶蘇》、《狡童》、《褰裳》等篇所稱的「狡童」、「狂童」都不是指昭公忽說的了。

(2)昭公忽不婚於齊的問題：《詩序》以爲「齊女賢而不娶，卒以無大國之助，至於見逐」，因此遭人譏議。其實忽之所以拒婚，出於理性的抉擇。他說「齊大非偶」，怕與大國結親，齊女不好相處。況且所說的這位齊女，不是別人，就是後來嫁給魯桓公的文姜。她雖做了國君夫人，卻淫其兄而殺其夫。《齊風‧南山、敝笱、載驅》三首詩所敍的正是這件事。昭公不娶文姜，原是一件幸事。《詩序》說她是「賢女」，這是抹殺史實的話，呂氏亦只從拒婚不得大國的援助上說，實不如他所引的「廣漢張氏曰：忽之不婚於齊，未爲失也」；較能瞭解昭公當時的處境。

(3)昭公忽爲人的問題：昭公忽的個性是否懦弱無能？無史可考。但是他卻曾率兵伐戎，救齊立功，可見他不是「懦弱無能」之輩；既能在大國國君面前拒婚，可見他不是「淺狹」而「不知審量」的人。他的不幸，實出於祭仲的專權與其弟厲公突的篡奪，與他的人品無關。所以詩篇裡的「狡童」、「狂童」等用詞，都說不到他的頭上去。呂氏這段評論他的文章，如說他「爲人淺狹」、「動皆疑畏，浮易而不知審量」、「國勢人情與其自身之安危，皆懵然莫之察也」等話，均與史乘不符。這樣的詩義解讀，實難以稱之公允。

《鄭風》多屬男女情詩，朱熹以下如姚際恆、崔述、方玉潤輩，都從民歌上說，不再採信《詩序》。民國以來，更無論矣！

六、呂氏《讀詩記》何以不如朱熹《詩集傳》問題

兩宋學風鼎盛，名家輩出，以《詩經》而言，前有歐陽修《詩本義》、蘇轍《詩集傳》、王質《詩總聞》及王安石、程氏兄弟、張載等，都有《詩經》講義；後有鄭樵《詩辨妄》、呂氏《讀詩記》與朱熹《詩集傳》。爲何到了後世，朱熹《詩集傳》被朝廷定爲功令用書，其他各家一律不取？明朝萬曆年間重刻《呂氏家塾讀詩記》，顧起元《序》云：

　　余惟國家功令，立《詩》學宮，士所受以紫陽《集傳》爲宗，一切古注疏罷弗肆。故成公所記，雖學士大夫心知好之，而不獲與紫陽耦。

……

顧氏言下之意，以爲後世尊朱抑呂，有失公道。但如以歷史演進的法則觀之，衆所好之，必有其因。茲以《邶風・靜女》篇爲例，可以看出其中的端倪。

《讀詩記・靜女》篇全文如下：

> 《靜女》，刺時也。衛君無道，夫人無德。

靜女其姝（赤朱反），俟我於城隅。愛而不見，搔首踟（直知反）躕（直誅反）。

〔毛氏曰〕：靜，貞靜也。女德貞靜而有法度，乃可說也。姝，美色也。鄭氏曰：「女德貞靜，然後可畜美色，然後可安。」〔張氏曰〕：後宮西北邊城隅。俟我幽閒念彼姝。〔呂氏曰〕：古之人君，夫人媵妾散處後宮，城隅者，後宮幽閒之地也。女有靜德，又處於幽閒而待進御，此有道之君所好也。〔董氏曰〕：隋得江左本作「靜女其妭」，妭，好也。石經作傻而不見。《說文》曰：「傻，彷彿。」許愼引詩亦作「傻」。

靜女其孌，貽我彤（徒冬反）管。彤管有煒（于鬼反），說（音悅）懌（音亦）女美。

〔毛氏曰〕：既有靜德，又有美色，又能遺我以古人之法，可以配人君也。古者后夫人必有女史彤管之法。鄭氏曰：彤管，筆赤管也。史不記過，其罪殺之。后妃群妾以禮御於君前，女史書其日月，授之以環以進退，生子月娠則以金環退之，當御者以銀環進之，著於左手。既御，著於右手。事無大小，記以成法。煒，赤貌。〔朱氏曰〕：此女之美又可悅懌，皆願見之辭也。」

自牧歸荑（徒兮反），洵（音荀，後放此）美且異。匪女之爲美，美人之貽。

〔毛氏曰〕：牧，田官也。〔鄭氏曰〕：洵，信也。〔張氏曰〕：自牧歸荑，牧，牧地也。不耕種之地，則多草木根芽。（毛氏曰：荑，茅之始生也。）如甸人供果蓏之屬，因以贈夫人也。歸荑以備籩俎供豆實。

呂氏曰：

此詩刺衛君無道，夫人無德。故述古者賢君賢妃之相與。一章言賢妃有德有容，事其君子，逡巡待唱於後宮幽閒之地。蓋靜之至也。愛而不見，則搔首踟躕。猶《關雎》「求之不得，寤寐思服」。蓋思之切也。橫渠謂：「後宮西北乃城隅。」必有所據，當考。二章言賢妃貽以彤管女史之法。蓋彤管之光華，與其容色之美，皆可說懌，則所說者不專以其色也。三章之義難通。橫渠之說差近。《大過‧九二》：「枯楊生稊。」鄭康成易作「荑」（註八）。然則所謂「荑」者，凡草木根芽皆是，非獨茅也。田官獻新物於君，所歸之荑，信芳美而且異於常，乃用之以答彤管之贈。蓋所以贈之者，非其女色之為美，亦惟德美之人是貽耳。

朱熹《詩集傳‧靜女》篇：

靜女其姝（音樞），俟我於城隅。愛而不見。搔（音騷）首踟（音池）躕（音廚）。

賦也。靜者，閒雅之意。姝，美色也。城隅，幽僻之處，不見者，期而不至也。踟躕，猶躑躅也。此淫奔期會之詩也。

靜女其孌，貽我彤（音同）管。彤管有煒（音偉），說（音悅）懌（音亦）女美。

賦也，孌，好貌。於是則見之矣。彤管，未詳何物，蓋相贈以結殷勤之意耳。煒，赤貌。言既得此物，而又悅懌此女之美也。

> 自牧歸荑，洵美且異。匪女（音汝）之爲美，美人之貽（與異同）。

賦也。牧，外野也，歸亦貽也。荑，茅之始生者。洵，信也。女，指荑而言也。言靜女又贈我以荑，亦美且異。然非此荑之爲美，特以美人之所贈，故其物亦美耳。

以上《靜女》篇的訓釋，呂祖謙先引《詩序》云：「《靜女》，刺時也。衛君無道，夫人無德。」作爲詩首。這樣說與《靜女》章句顯然不符，怎麼說是「刺時」呢？原來作《序》者之意，旨在「陳古以刺今」。亦即敍「古之貞靜之女」，以刺「今之衛君與夫人」。這樣說通不通呢？以各章行文旨趣來看，說的該是當代的人與事，如「俟我於城隅，愛而不見，搔首踟躕」；「自牧歸荑，洵美且異。匪女之爲美，美人之貽」；全是寫實的筆法。如說是「陳古」的，所陳的「古道」又在那裡？「靜女」如果是已婚的賢夫人，她的丈夫是「賢君」，在宮庭之中天天相處，過著親密的夫妻生活，會特地跑到幽僻的「城隅」去作「捉迷藏式」的幽會遊戲嗎？即使前面說通了，第三章「自牧歸荑」的人又是誰？呂氏說「三章之義難通」，這是實話，因爲一位賢妃絕無可能去郊野採茅芽來送給她的身爲賢君的丈夫的。在「難通」之下，他還是勉強說下去，把「自牧歸荑」的人說成是「田官」，說「田官獻新物於君」。茅芽原是微賤之物，平民採食不足爲奇，獻給國君，就得考慮它的水果成份高不高了。「匪女之爲美，美人之貽」，「女」訓「汝」，即是「荑」。意思是「不是這些茅芽多麼美好，只爲美人所贈，才覺得它的可愛。」呂氏改說爲「非其女色之爲美，亦惟德美之人是貽耳」。獻「荑」的既然是「田官」，與「女色之美」扯不上關係，所說「德美之人」亦當是「田官」，如轉爲「靜女」來說，無此文理。這真是強不通以爲通了！

這一不通的解釋，原是《詩序》一手造成的。朱熹看出了這個毛病，拋開《詩序》，從「民歌」上說，以爲是寫民間青年男女幽會的事。他說：「此淫奔期會之詩也。」如刪去「淫奔」二字，說「此期會之詩也」，這就對了。即

以「自牧歸荑」來說，平民女子去郊野採茅芽，將所採的茅芽當禮物送給男友，這是合於情理的。如說成是賢妃採來送給賢君的，這就與身份不相稱了。《靜女》中原只有二人，呂氏說成三人，徒見其扭曲文義，窒礙難通了。

　　至於章句解釋方面，呂氏在《詩序》、《毛傳》導引之下，廣徵博引，全是他人的話，自己的意見卻很少。朱熹《詩集傳》則每章先標作法，如《靜女》三章皆標「賦也」。其次詞句逐一解釋；其次，全章文義作扼要譯述。不採《詩序》、《毛傳》詩旨之說，以「民歌」為導向，以自己的見解為主體。文詞洗鍊，遇到難解的詞語如「彤管」，即云：「未詳何物，蓋相贈以結殷勤之意耳。」不作強解，只說該文詞的用意。如與呂氏之文相比，《朱傳》顯然能擺脫附會，自有創意，要言不繁，適於充作學校教材。雖有「淫奔」之說為人所譏，然畢竟優點較多，明、清兩朝頒為功令用書，這是有其道理的。

伍、結論

　　一、呂氏生長於家宰世家、書香門第。有良好的讀書環境；加以敏而好學，勤於著述；尋師訪友，結交天下名士。雖屢遭家庭變故，身患痼疾，仍孜孜不倦於學術研究。其學者本色，令人敬佩。

　　二、鵝湖之會，出於呂氏主動的邀請，原為調停朱、陸間學術觀點的爭議，可是二人互駁，不肯相讓，以致會議毫無結果。雖然如此，可是鵝湖之會已為學術界開一範例。不僅呂氏的觀點與地位受人重視，得到肯定；同時也顯示他有溫厚與調和的個性。

　　三、呂氏尊信《詩序》，《讀詩記》卷首「二、《大序、小序》」中引「程氏曰：學詩而不求《序》，猶欲入室而不由戶也。」呂氏隨之曰：「《毛詩》之義，最為得其真也。」故遵《序》說詩為呂氏基本信念。於今觀之，其詩旨討論既已局限於此，雖有創新之見，亦只是細枝末葉而已。如《邶風・簡兮》、《鄘風・柏舟》、《小雅・祈父》、《白駒》、《黃鳥》、《我行其野》、《大雅・文王有聲》等篇，其否定《序》說，均言之有據。惟此類質疑之文，嫌其太少，不足以影響全局。

　　四、《國風》正變之分，據鄭玄之說，以《二南》為《正風》，其他自《邶風》至《豳風》為《變風》。呂氏不從此說，主張《變風》始於《雞

鳴》，終於《澤陂》。這一意見既無史籍可稽，《雞鳴》以前五國七十首詩，《澤陂》以下三國十五首詩要如何歸屬？既以正變立說，不屬《變風》，即屬《正風》。說《正風》共有一百一十篇，其誰能信？

五、呂氏將三百篇分《經》、《傳》兩類，亦非所宜。有《經》始有《傳》，《傳》文是詮釋《經》文的。三百篇各自獨立，全是《經》文。呂氏擬以鄭氏《二雅》正變之分轉爲《經》、《傳》，說《鹿鳴》以下，《小雅》之《經》；《六月》以下，《小雅》之《傳》。《文王》以下，《大雅》之《經》；《民勞》以下，《大雅》之《傳》。此說極爲怪異，難以令人信從。

六、《詩經》六義，本有定說。風、雅、頌爲三百篇的分類，賦、比、興爲每篇詩的作法。呂氏說：「《關雎》具風比興三義。」是將「風」當「作法」來說了。「風」如果當「作法」來說，「賦」又要當什麼來說呢？十五《國風》的詩是否都要說爲用「風」法作成的呢？如此分類，無助於詩文解讀，徒然自致混淆而已。

七、《讀詩記》詩篇詮釋，有關詩旨部份，大都採信《詩序》、《毛傳》；有關章句部份，大都採集各家解釋。以「編」代「著」，成爲該書一大特色。間有議論，亦多從儒家教義與《左傳》人事上談，從未領會「風謠」的來歷與特性，故所論常難以跳出古文詩說的範圍。

八、朱熹《詩集傳》不取《詩序》附會之說，《六義》之訓與篇旨章義的解釋，自有見地，詮釋簡明，譯述扼要，適於初學者研讀。明、清兩代頒爲功令用書，這是在各家論著比較之下，視爲較優的一本書。優勝劣敗，這是歷史通則，學術著作何嘗不是如此呢？

附註：

註一　《宋元學案・武夷學案》卷三十四。

註二　在今江西省上饒縣。

註三　《宋元學案》卷十一：《東萊學案》頁一六五三。見郭麗娟著《呂祖謙詩經學研究》五十三頁所引。本文多次引用該書資料，附此申謝。

註四　《飲冰室專集》第四冊《儒家哲學》。

註五　《東萊太史文集》卷十。

註六　《讀詩記》附《姓氏表》載有「滎陽呂氏」與「藍田呂氏」二人，未書其名；

又載張氏有三人，程氏、王氏、陳氏、鄭氏各有二人，均不記名，讀者無從考索。

註七　朱熹《詩集傳・序》云：「吾聞之，凡詩之所謂《風》者，多出於里巷歌謠之作，所謂男女相與詠歌，各言其情者也。」

註八　《大過》九二「枯楊生稊」，注云：「稊，楊之秀也。」《正義》曰：「稊者，楊柳之穗，故云楊之秀也。」未見呂氏所謂「鄭康成易作荑」之文。

（原載於《孔孟學報第七十四期，民國八十六年九月》）

魯迅論《詩經》評介

壹、前言

　　魯迅（周樹人）是近代中國文學界最負盛名的一位小說家與思想家。他的著作至今仍受世人的重視。他不是經學家，對《詩經》方面的論述並不多，但是大陸《詩經》學者甚表推崇，說他是「用馬克思主義立場，觀點與方法評論《詩經》的先驅者，是當代馬克思主義《詩經》研究的奠基者之一。」（註一）筆者仔細研讀《魯迅全集》中有關《詩經》的文章，兼及魯迅反孔子反讀經的言論與左傾的主張，特撰此文，試作評介。

　　魯迅的生平，可由他在一九三〇年五月所寫的《自傳》（註二）見之：

　　　　我於一八八一年生於浙江省紹興府城裡的一家姓周的家裡。父親是讀書的；母親姓魯，鄉下人，她以自修得到能夠看書的學力。聽人說，在我幼小時候，家裡還有四五十畝水田，並不很愁生計。但到我十三歲時，我家忽然遭了一場很大的變故，幾乎什麼也沒有了；我寄居在一個親戚家裡，有時還被稱為乞食者。我於是決心回家，而我底父親又生了重病，約有三年多，死去了。我漸至於連極少的學費也無法可想；我底母親便給我籌辦了一點旅費，教我去尋無需學費的學校去，因為我總不肯學做幕友或商人。——這是我鄉衰弱的讀書人家子弟所常走的兩條路。

　　　　這時我是十八歲，便旅行到南京，考入水師學堂了，分在機關科。大約過了半年，我又出走，改進礦路學堂去學開礦，畢業之後，即被派往日本去留學。但待到在東京的預備學校畢業，我已經決意要學醫了。原因之一是因為我確知道了新的醫學對日本維新有很大的助力。我於是

進了仙台醫學專門學校，學了兩年。這時正值日俄戰爭，我偶然去電影上看見一個中國人因做偵探而將被斬，因此又覺得在中國醫好幾個人也無用，還應該有較廣大的運動。……先提倡新文藝。我便棄了學籍，再到東京，我幾個朋友立了個小計劃，但都陸續失敗了。我又想到德國去，也失敗了。終於，因為我底母親和幾個別的人很希望我有經濟上的幫助，我便回到中國來；這時我已二十九歲。

我一回國，就在浙江杭州的兩級師範學堂做化學和生理學教員，第二年就出走，至紹興中學堂做教務長，第三年又出走，沒有地方可去，想到一個書店做編譯員，到底被拒絕了。但革命也就發生，紹興光復後，我做了師範學校的校長。革命政府在南京成立，教育部長招我去做部員，移入北京；後來又兼做北京大學、師範大學、女子師範大學的國文系講師。到一九二六年，有幾個學者到段祺瑞政府去告密，說我不好，要捕拿我，我便因了朋友林語堂的幫助逃到廈門；去做廈門大學教授，十二月出走，到廣州做了中山大學教授，四月辭職，九月出廣州，一直住在上海。

我在留學時，只在雜誌上登過幾篇不好的文章。初做小說是一九一八年，因為一個朋友錢玄同的勸告，做來登在《新青年》上。這時才用「魯迅」的筆名。也常用別的名字做一點短論。現在匯印成書的有兩個短篇的小說集：《吶喊》、《徬徨》。一本論文，一本回憶記，一本散文詩，四本短評。別的，除翻譯不記外，印成的又有一本《中國小說史略》，和一本編定的《唐宋傳奇集》。

一九三〇年五月十六日

魯迅這篇《自傳》寫得極為簡略，寫時已五十歲，再過六年（一九三六年），他就去世了。他雖然只享壽五十五歲，但著作繁富，至今傳世的《魯迅全集》計十六卷。每卷平均六百餘頁，約一萬頁，每頁以六百字計，共約六百餘萬字。在他不到三十年的創作生涯裡，寫了那麼多字，的確是相當驚人的。再從內容上看，最受國人喜愛的小說集《吶喊》與《徬徨》，其中《阿Q正傳》、《狂人日記》與《孔乙己》等，尤為膾炙人口。此外，他寫得最多的，是一些時事雜文，筆鋒犀利，氣勢逼人，讀之令人感動。至於他在學術研究方

面，也有相當成就，主要的是《中國小說史略》與《漢文學史綱要》。

貳、內容簡介

一、《漢文學史綱要》中《詩》的部分（註三）

自商至周，《詩》乃完備，存於今者三百五篇，稱爲《詩經》。其先雖遭秦火，而人所諷誦，不在竹帛，故最完。司馬遷始以爲「古者《詩》三千餘篇，及至孔子，去其重，取其可施於禮儀，上采契后稷，中述殷周之盛，至幽厲之缺。」然唐孔穎達始疑其言；宋鄭樵則謂《詩》皆商周人作，孔子得於魯太師，編而錄之。朱熹於《詩》，其意常與鄭樵合，亦曰：「人言夫子刪《詩》，看來只是採得許多《詩》，夫子不曾刪去，只是刊定而已。」

《書》有六體，《詩》則有六義焉：一曰風，二曰賦，三曰比，四曰興，五曰雅，六曰頌。風雅頌以性質言：風者，閭巷之情詩；雅者，朝廷之樂歌；頌者，宗廟之樂歌。是謂《詩》之三經。賦比興以體制言：賦者直抒其情；比者借物言志；興者托物興辭也。是謂《詩》之三緯。風以《關雎》始，雅以有大小，小雅以《鹿鳴》始，大雅以《文王》始；頌以《清廟》始；是謂四始。漢時說《詩》者眾，魯有申培，齊有轅固，燕有韓嬰，皆嘗列於學官，而其書今並亡。存者獨有趙人毛萇《詩傳》，其學自謂傳之子夏；河間獻王尤好之。其詩每篇皆有序，鄭玄以爲首篇大序即子夏作，後之小序則子夏毛公合作也。而韓愈則云：「子夏不序詩。」朱熹解詩，但信詩不信序。所據范曄說，則實後漢衛宏之所爲爾。

毛氏《詩序》既不可信，三家《詩》又失傳，作詩本義遂難通曉。而《詩》之篇目次第，又不盡以時代爲先後，故後來異說滋多。明何楷作《毛詩世本古義》，乃以詩編年，謂上起於夏少康時（《公劉》、《七月》等）而訖於周敬王之世（《下泉》），雖與孟子知人論世之說合，然亦非必其本義矣。要之《商頌》五篇，事跡分明，詞亦詰屈，與《尚書》近似，用以上續舜皋陶之歌，或非誣歟？……

　　至於二《雅》，則或美或刺，較足見作者之情，非如《頌》詩，大
率歡美。如《小雅·采薇》，言征人遠戍，雖勞而不敢息云：

　　采薇采薇，薇亦作止。曰歸曰歸，歲亦莫止。靡室靡家，玁狁之
故，不遑啟居，玁狁之故。……昔我往矣，楊柳依依；今我來思，雨雪
霏霏。行道遲遲，載渴載飢。我心傷悲，莫知我哀！

此蓋所謂怨誹而不亂，溫柔敦厚之言矣。然亦有甚激切者，如《大雅·
瞻卬》：

　　瞻卬昊天，則不我惠，孔填不寧，降此大厲。邦靡有定，士民其
瘵。……人有土田，女反有之；人有民人，女復奪之！哲夫成城，哲婦
傾城。……不自我先，不自我後。藐藐昊天，無不克鞏；無忝皇祖，式
救爾後！

《國風》之詞，乃較平易，抒發情性，亦更分明。如：

　　野有死麕，白茅包之；有女懷春，吉士誘之。……《（召南·野有
死麕）》

　　溱與洧，方渙渙兮；士與女，方秉蕳兮。女曰觀乎，士曰既且。
……伊其相謔，贈之以勺藥。（《鄭風·溱洧》）……

　　《詩》之次第，首《國風》，次《雅》，次《頌》。《國風》次
第，則首周召二南，次邶鄘衛王鄭齊魏唐秦陳檜而終以豳。其序列先
後，宋人多以為即孔子微旨所寓，然古詩流傳來久，篇次未必一如其
故。今亦無以定之。惟《詩》以平易之《風》始，而漸及典重之《雅》
與《頌》；《國風》又以所尊之周室始，次乃旁及於各國，則大致尚可
推見而已。

　　……

　　這篇概論《詩經》的文章，其要點：

　　㈠司馬遷說古詩三千餘篇，經孔子刪訂成三百零五篇，此說不可信。取宋
人鄭樵、朱熹之說，以為孔子不曾刪詩，只是編訂而已。

　　㈡《詩》之六義，《風》、《雅》、《頌》以性質言，《風》為閭巷情
詩，《雅》為朝廷樂歌；《頌》為宗廟樂歌，是《詩》的三經。賦比興是詩的
體制：賦是直抒其情；比是借物言志；興是托物興辭；是詩的三緯。四始即

《風》、《小雅》、《大雅》、《頌》的第一首詩。

　㈢漢時說《詩》，魯有申培，齊有轅固，燕有韓嬰三家，嘗列於學官，其書已亡。今存者爲趙人毛萇所傳。鄭玄以爲首篇《大序》爲子夏作，其他各篇《小序》爲子夏毛公合作。韓愈、朱熹已不信。據《後漢書》，以爲《詩序》係衛宏所作。

　㈣據明朝何楷《毛詩世本古義》以爲《公劉》《七月》爲夏小康時詩；《商頌》五篇文詞與《尙書》相近，亦當是商朝人作，用以上續舜皋陶之歌。

　㈤錄《釆薇》以證「溫柔敦厚」之義；錄《瞻卬》以證「亦有甚激切者」之情；錄《野有死麕》《溱洧》《山有樞》等篇，以證《國風》中多用詞平易，「發抒情性」之作。

二、《門外文談》下《七、不識字的作家》（註四）

　　我想，人類在未有文字之前，就有了創作的，可惜沒有人記下，也沒有法子記下。我們的祖先的原始人，原是連話也不會說的，爲了共同勞作，必須發表意見，才漸漸的練出複雜的聲音來，假如那時大家抬木頭，都覺得吃力了，卻想不到發表，其中有一個叫道：「杭育杭育」，那麼，這就是創作；大家也要佩服、應用的，這就等於出版；倘若用什麼記號留存了下來，這就是文學；他當然就是作家，也是文學家，是「杭育杭育派」。不要笑，這作品確也幼稚得很，但古人不及今人的地方是很多的，這正是其一。就是周朝的什麼「關關雎鳩，在河之洲。窈窕淑女，君子好逑」罷，它是《詩經》裡的頭一篇，所以嚇得我們只好磕頭佩服，假如先前未曾有過這樣的一篇詩，現在的新詩人用這意思做一首白話詩，到無論什麼副刊上去投稿試試罷，我看十分之九是要被編輯者塞進字紙簍去的。「漂亮的好小姐呀，是少爺的好一對兒！」什麼話呢！

　　就是《詩經》的《國風》裡的東西，好許多也不是識字的無名氏作品，因爲比較的優秀，大家口口相傳的。王官們檢出它可作行政上參考的記錄了下來，此外消滅的不知有多少。希臘人荷馬——我們姑且當作有這樣一個人——的兩大史詩，也原是口吟，現存的是別人的紀錄。東晉到齊陳的《子夜歌》和《讀曲歌》之類，唐朝的《竹枝詞》和《柳枝

詞》之類，原都是無名氏的創作，經文人的採錄和潤色之後，留傳下來的。這一潤色，留傳固然留傳了，但可惜的是一定失去了本來面目。到現在，到處還有民謠、山歌、漁歌等，這就是不識字的詩人的作品，也傳述著童話和故事，這就是不識字的小說家的作品；他們，就都是不識字的作家。

這段話所要說明的是：

㈠原始人類在不會說話，沒有文字的時期，由於勞動，發出「杭育杭育」的聲音，這就是最早的文學創作，可以稱之爲「杭育杭育派」。

㈡《關雎》的「窈窕淑女，君子好逑」，原來也是極淺近的無名氏之作，如果將它翻成白話詩：「漂亮的好小姐呀，是少爺的好一對兒。」不是淺拙得有些可笑嗎？

㈢《國風》裡有許多詩也都是不識字無名氏的作品；就像希臘荷馬的兩首史詩，中國東晉到齊陳的《子夜歌》、《讀曲歌》；唐朝的《竹枝詞》、《柳枝詞》等，都是無名氏的創作。至今民間的山歌、民謠、漁歌等，也都是不識字的詩人的作品。

㈣民間傳述的童話和故事，都是些不識字的人作的，他們就是不識字的小說家。

由魯迅這段話，可以見得他將《國風》的詩當民間歌謠來讀，這即表示不取《毛詩序》等附會之說。

三、《在現代中國的孔夫子》（註五）

> 我出世的時候是清朝末年，孔夫子已經有了「大成至聖文宣王」這個闊得可怕的頭銜，不消說，正是聖道支配了全國的時代。政府對於讀書的人們，使讀一定的書，即四書和五經；使遵守一定的注釋；使寫一定的文章，即所謂「八股文」；並且使發一定的議論。然而這些千篇一律的儒者們，倘是四方的大地，那是很知道的，但一到圓形的地球，卻什麼也不知道，於是和四書上並無記載的法蘭西和英吉利打仗而失敗了。不知道爲了覺得與其拜著孔夫子而死，倒不如保存自己們之爲得計呢，還是爲了什麼，總而言之，這回是拚命尊孔的政府與官僚先就動搖

起來，用官帑大翻起洋鬼子的書籍來了。

　　孟子批評他爲「聖之時者也」，倘翻成現代語，除了「摩登聖人」實在也沒有別的法。……孔夫子的做定了「摩登聖人」是死了以後的事，活著的時候卻是頗吃苦頭的。跑來跑去，雖然貴爲魯國的警視總監，而又立刻下野，失業了；並且爲權臣所輕蔑，爲野人所嘲弄，甚至爲暴民所包圍，餓扁了肚子。弟子雖然收了三千名，中用的卻只有七十二，然而眞可相信的又只有一個人。（註六）……

　　孔夫子到死了以後，我以爲可以說是運氣比較的好了一點，因爲他不會囉嗦了，種種的權勢者便用種種的白粉給他來化妝，一直抬到嚇人的高度。但比後來輸入釋迦牟尼來，卻實在可憐得恨。誠然，每一縣固然都有聖廟即文廟，可是一副寂寞冷落的樣子，一般的庶民，是決不去參拜的，要去，則是佛寺，或者是神廟。……

　　總而言之，孔夫子之在中國，是權勢者們捧出來的，是那些權勢者或想做權勢者們的聖人，和一般的民眾並無什麼關係。……在三四十年以前，凡有企圖獲得權勢的人，就是希望做官的人，都是讀「四書」和「五經」，做「八股」，別一些人就將這些書籍和文章，統名之爲「敲門磚」。這就是說，文官考試一及第，這些東西也就同時被忘卻，恰如敲門時所用的磚頭一樣，門一開。這磚頭也就被拋掉了。孔子這人，其實是自從死了以後，也總是當著「敲門磚」的差使的。……

　　不錯，孔夫子曾經計劃過出色的治國的方法，但那都是爲了治民眾者，即權勢者設想的方法，爲民眾本身的，卻一點也沒有。這就是「禮不下庶人」。成爲權勢者們的聖人，終於變成了「敲門磚」，實在也叫不得冤枉。……

在這裡，表現了魯迅對孔子的看法：

　　㈠孔子在清末民初，被當政者極度推崇，尊爲「大成至聖文宣王」，要人民讀《四書》、《五經》，寫八股文，發一定的言論，以致思想封閉，遭受列強侵略。

　　㈡孟子稱許孔子爲「聖之時者」，其意即是「摩登聖人」。可是這位「摩登聖人」在世時就不曾有好日子過。他雖然有弟子三千人，中用的只有七十二

人，眞正可以相信的只有一個，即是子路。

㈢孔子死後，被權勢者利用，將《四書》、《五經》作爲科舉考試的工具，統名之爲「敲門磚」。孔子一直當著「敲門磚」的差使。

㈣孔子的治國方法，都只是爲權勢者設想，爲民眾本身的，卻一點也没有。

由此看來，在魯迅的心目中，孔子是舊社會特權階級的庇護者，《四書》、《五經》是科舉制度下的「敲門磚」。要想中國的社會革新與進步，非批判孔子、反對讀《經》不可。

四、對孔子所言「溫柔敦厚」與「思無邪」的批評：

《禮記・解經》篇云：

> 孔子曰：「入其國，其教可知也。其爲人也，溫柔敦厚。《詩》教也。」

孔子說這話的意思，以爲國人在詩樂的陶冶下，足以變化氣質，會有「溫柔敦厚」的行爲表現。魯迅在《花邊文學・古人並不純厚》（註七）中說：

> 古之詩人，是有名的「溫柔敦厚」的，而有的竟說：「時日曷喪，予及汝偕亡！」（註八）你看夠多麼惡毒？更奇怪的是孔子「校閱」之後，竟沒有刪，還談什麼「詩三百，一言以蔽之，曰：『思無邪』」哩！好像聖人也並不以爲可惡。

魯迅不以爲《詩經》中篇章的涵義都是「溫柔敦厚」的，他取「時日曷喪，予及汝偕亡」兩句爲例，以爲其涵義十分惡毒。相傳孔子曾經校訂過詩文，這兩句該刪而未刪，這就不合「溫柔敦厚」的教義；這也直接與孔子所說「思無邪」的詩旨相牴觸。

《論語・爲政》篇：「子曰：詩三百，一言以蔽之，曰：思無邪。」所謂「思無邪」，即是思想純正，没有邪僻。孔子這樣說，魯迅則不以爲然，他說：

> 然厥後文章，乃果輾轉不逾此界。其頌祝主人，悦媚豪右之作，可無俟言。即或心應虫鳥，情感林泉，發爲韻語，亦多拘於無形之圈圍，不能舒兩間之眞美；否則悲慨世事，感懷前賢，可有可無之作，聊行於世，倘其囁嚅之中，偶涉眷愛，而儒服之士，即交口非之，況言之至反常俗者乎？

魯迅以爲，如以「思無邪」作爲寫作詩文的準則，即成爲束縛創作者的桎梏。他們只能說些可有可無無關痛癢的話；既不許動其眞情，論其是非；尤不能有「至反常俗」的言辭，換句話說，儒家的詩敎，是封建統治階級製造的樊籠，用以束縛人們的思想，也束縛文學的生機與發展。

五、文章中引用《詩經》文句的例子

㈠《魯迅全集》第三卷《華蓋集‧忽然想到》中云：

> 我於是又恨我自己生得太遲一點。何不早二十年，趕上那大人還准說笑的時候？眞是「我生不辰」，正當可詛咒的時候，活在可詛咒的地方了。

「我生不辰」，語見《大雅‧桑柔》：「我生不辰，逢天僤怒。」不辰，不是時候。僤，大，盛。

㈡同篇四三頁：

> 長城久成廢物，弱水也似乎不過是理想上的東西。老大的國民鑽在僵硬的傳統裡，不肯變革，衰朽到毫無精力了，還要自相殘殺。於是外面的生力軍很容易進來了，眞是「匪今斯今，振古如茲」。至於他們的歷史，那自然都沒我們那麼古。

「匪今斯今，振古如茲」，語見《周頌‧載芟》；意思是「不但現在如此，從古以來都是如此」。

㈢《魯迅全集》第七卷《集外集拾遺‧短篇小說選集自序》中說明這些歪曲現實，粉飾太平的詩篇，對於人民生活，「大抵將他們寫得十分幸福，說是

『不識不知，順帝之則』，平和得像花鳥一樣」。「不識不知，順帝之則」，
語見《大雅・皇矣》篇，意思是：「不自作聰明，不自以爲知慮過人，但能順
天帝的法則行事。」

　　㈣《魯迅全集》第一卷《墳・春末閒談》引《小雅・小宛》中「中原有菽，
庶民采之。螟蛉有子，蜾蠃負之」的後二句發論。螟蛉，桑上小青虫。蜾蠃，
小腰土蜂。古人相傳桑虫有子，而土蜂不能生子，故負之化爲其子。以喻「不
似者，可以敎化而使之相似」。近代外國的昆蟲學家發現蜾蠃抓螟蛉放在巢
裡，是給幼蜂做食料的。魯迅於是說：

　　　　這細腰蜂不但是普通的凶手，還是一種很殘忍的凶手，又是一個學
　　識技術都極高明的解剖學家。他知道青蟲的神經構造和作用，用了神奇
　　的毒針，向那運動神經球上只一螫，它使麻痺爲不死不活狀態，這才在
　　它身上生下蜂卵，封入窠中。青蟲因爲不死不活，所以不動；但也因爲
　　不死不活，所以不爛。直到她的子女孵化出來的時候，這食料還和被捕
　　當日一樣的新鮮。

魯迅說了這個故事，話鋒一轉，說道：

　　　　人類生爲萬物之靈，自然是可賀的，但沒有了細腰蜂的毒針，卻很
　　使聖君、聖臣、聖賢、聖賢之徒，以至現在的閒人、學者、敎育家覺得
　　棘手。將來未可知，若以往，則治人者雖然盡力施行過各種麻痺術，也
　　還不能十分奏效，與蜾蠃並驅爭先。……

這是魯迅以爲尊孔、讀經，是統治者對人民施行的一種精神麻痺；他藉蜾蠃的
毒針作用，表達了極端的反感與厭惡。

　　㈤《魯迅全集》第八卷《集外集補編・關於粗人》一文，是由於暨南大學
中文系系主任陳鍾凡著的《中國韻文通論》中，將《衛風・伯兮》篇說成是
「寫粗人」的。該校有二位青年敎師在校刊上發表批評文章，陳氏提出答辯。
先說「粗人」是「粗疏的美人」，又說「所謂粗人就是說『首如飛蓬』這幾句
詩，寫的是粗略不精修飾的一個女人」；末了又推諉是倉促排印排錯千餘條。

最後他理虧詞窮，竟指責這兩位青年教師「一不解再不解，一搗亂再搗亂」。魯迅為此加以駁斥，寫道：

> 詩中稱丈夫為伯，自稱為我，明是這位太太……自述之詞。「寫粗人」之說也是不通的，「粗疏的美人」，則更為不通之至，因為這位太太是並不「粗疏」的。她本有「膏沐」，頭髮油光，只因老爺出征，這才懶得梳洗，隨隨便便了。但她自己是知道的，預料也許會有學者說她「粗」，所以問一句道「誰適為容」呀？你看這是何等精細？而竟被指為「粗疏」，和排錯講義千餘條的工人同列，豈不冤哉枉哉！

《伯兮》第二章：「自伯之東，首如飛蓬。豈無膏沐，誰適為容。」陳氏據「首如飛蓬」一句，說《伯兮》的女子是「粗人」，自是誤解。經人批評，卻不認錯，愈辯愈見其陋。魯迅看不過去，故作此文聲援兩位青年教師，並對陳氏予以辛辣的譏刺。

(六)劉半農（復）挖苦北京大學的考生錯用了「倡」字，但他自己錯將「倡」字只訓為「娼」。魯迅說：

> 娼妓的娼，我們現在是不寫作「倡」的，但先前兩字通用，大約劉先生引據的是古書，不過要引古書，我記得《詩經》裡有一句「倡予和女」，好像至今還沒有人解作「自己做了婊子來應和別人」的意思。

《鄭風‧蘀兮》首章：「蘀兮蘀兮，風其吹女。叔兮伯兮，倡予和女。」「倡」與「和」對稱，先「倡」後「和」，故「倡」有倡始、引導之意，是動詞。改說為「娼妓」的「娼」，顯然是錯誤的。況且考生在試卷上寫了「倡」字，並無要作「娼」字來解；劉氏以古代二字通訓為說，實非所宜。劉氏在五四時期是白話文運動者之一，在此挑剔字眼，自炫所學，不免予人有「復古」傾向之嫌了！

參、有關問題的討論

一、基本觀念問題

魯迅生長在清末民初中國面臨困頓蛻變的時代，看到列強的侵略，滿清的腐敗與滅亡，軍閥的割據，民生的疾苦，北伐成功後國共的對立等。他原是一位愛國主義與人道主義者；他關心時事，也關心文化界的各種動態；尤其，他關心中國的出路問題。五四新文化運動，他雖沒有參與，但是反封建、反禮教，已成爲新時代的主流思想。魯迅自是這一思想的贊同者。因爲在他們看來，中國要革新，必須先除舊。除舊的根本之道，就是要廢除讀經與科舉考試，打倒只爲統治者立言的孔老二。

他們的思想模式是：孔子（儒教）→《四書》、《五經》→科舉、八股→專制、腐敗→國家的衰弱與人民的愚昧無知。

在這一思想模式之下，孔子即成爲罪魁禍首，《四書》、《五經》自然是不值得一讀的書了。

但是，我們如肯冷靜下來，仔細想一想，這些後人搞出來的糊塗帳，該不該算到孔子的頭上去？比如科舉考試，原是國家甄選人才比較公平的方法，與今天考試院所行的主旨並無不同。至於要考什麼科目？用什麼作文格式，這是當時主政者的事，與孔子何干？

魯迅說：「孔子曾經計劃過出色的治國的方法，但那都是爲了治民衆者，即權勢者設想的方法，爲民衆本身的，卻一點也沒有。」這話就說得有些不公道了。孔子的政治理想，《禮運・大同・小康》中已說得很清楚，他希望「天下爲公，選賢與能」；「使老有所終，壯有所用，幼有所長，鰥寡孤獨廢疾者皆有所養」；「盜竊亂賊而不作，故外戶而不閉」的「大同」社會。可見他所要關心的是社會祥和與人民的福祉，可曾有只爲「權勢者設想」的話？

再看《論語》所載：

> 定公問：「君使臣，臣事君，如之何？」孔子對曰：「君使臣以禮，臣事君以忠。」（八佾）
> 齊景公問政於孔子，孔子對曰：「君君臣臣父父子子。」公曰：

「善哉！信如君不君，臣不臣，父不父，子不子，雖有粟，吾得而食諸？」（顏淵）

這些對當政者說的話，是要人知道君臣之間相對待的關係，不是要為臣的一味的服從。

季氏富於周公，而求又為之聚斂，而附益之。子曰：「非吾徒也，小子鳴鼓而攻之可也。」

季氏是魯國最有權勢的大臣，其財產比周公還要多，冉求還幫他聚斂，增加了財富。孔子知道了，很是生氣，要自己的學生鳴鼓聚眾來聲討他。

子曰：「其身正，不令而行，其身不正，雖令不從。」（子路）。
季氏將伐顓臾，冉有季路見於孔子，曰：「季氏將有事於顓臾。」孔子曰：「求，無乃爾之過與？夫顓臾，昔者先王以為東蒙主，且在邦域之中矣，是社稷之臣也，何以伐為？」冉有曰：「夫子欲之，吾二臣者，皆不欲也。」孔子曰：「求，周任有言曰：『陳力就列，不能則止。』危而不持，顛而不扶，則將焉用彼相矣！且爾言過矣，虎兕出於柙，龜玉毀於櫝中，是誰之過與？」……（季氏）

這些都是要當政者立身要正；如有不當，其部屬就應據理力爭，及時匡正。不是一味聽從就算了事的。

我們翻遍《論語》以及記載孔子言行的書，從未發現如魯迅所說的「只為權勢者設想，一點也不顧民眾利益」的言論。

至於孟子所說「孔子聖之時者也」的話，這個「時」字，原是與上文所說「伯夷，聖之清者也；伊尹，聖之任者也；柳下惠，聖之和者也」相對而言的。在孟子的心目中，孔子能夠使自己的行為時時適可而止，是最難能可貴的。為什麼呢？孔子說：「君子中庸，小人反中庸。」「時」，即是合於中庸之道。中庸之道，即是無太過，無不及，恰到好處。一個人的言行舉止能夠隨時隨地做到恰到好處，如無高度的學問與修養，怎有可能？孟子以「聖之時」

稱許孔子，自是對孔子的一生行狀觀察有得的話。魯迅以「摩登聖人」來譏笑孔子，自是有意的曲解與輕蔑。如從孟子對孔子的體認來看，孔子永遠是時代的表率，他如生長在魯迅的時代，不大可能替慈禧太后寫聖母頌，也不大可能向北洋軍閥寫輸誠狀。如一定要說他只為有權勢的人服務，這是無視於孔子的人格修養與人道精神所說的話。

再以《四書》、《五經》來說，是儒家學術思想的精華所在，是中華文化最足以與世界各古老民族的文化相比美的一部份。其中包含著哲學的、文學的、政治的、歷史的，尤其是個人進德修業的道理的。如果我們把不合時宜的部份剔除，把合於時宜的部份，作為修養自身與服務社會的參考，這又有什麼不可以的？如果說儒者不知道地是圓的，《四書》、《五經》沒有說到英吉利與法蘭西，就將孔子與《四書》、《五經》全盤否定，這即犯上概念不清的毛病。這等於責問孔子周遊列國時，為什麼不坐火車去？

古人的知識有其時代的局限性，新時代的知識本該編在新課程裡，有什麼理由與《四書》、《五經》必須站在對立的地位？歐美各國的人民莫不有宗教信仰，但是科學也是最先進的。讀《四書》、《五經》如不能從行為哲學與文化層次上去肯定其價值，卻只從後人使用不當上找問題，其結果必至於捨本逐末。

二、「敲門磚」問題

魯迅以為在科舉時代，《四書》、《五經》都只是考生們的「敲門磚」，一旦考上，就被丟棄了，再也不去理它了。至於孔子，也總是當著「敲門磚」的差事的。魯迅說這一番話，無非說明在科舉時代的孔子與《四書》、《五經》，沒有別的價值，只是充作一些想做權勢者的「敲門磚」而已。這話似乎也只說對了一半，因為凡是有考試不論中國古代的科舉考試，現代的各級學校的學科考試，或是考試院所舉辦的高、普考以及特種考試，所考的科目，如心存應付，以及格為目的，都可視為「敲門磚」。因為他們讀書不在乎實際應用。但是也有一些人對所讀的書，如《四書》、《五經》，除了應付考試以外，還會注意實質的意義，或為進德修業，或為生活上實際的需要，都會受古聖賢的言行所影響，直接表現在個人的氣質與能力上。像這樣的人，為數雖然不很多，但對社會的影響卻很大。他們與前一類的人最大的不同，即是他們不把《四書》、《五經》只當「敲門磚」來看。甚至有些人，沒有敲開科舉的

門，卻有眞學問眞道德；如顧炎武、黃宗羲、王夫之等，他們一生與科舉絕緣，但是孔孟的敎言卻終身信奉，成就了他們舉世敬仰的道德文章；這不能不說孔子的敎言原有其永恆的價值。一些假充孔子的信徒，只把它當作「敲門磚」，這是假充者的錯，與孔子又有何干？其實，在我看來，凡是參加考試的人，都或多或少將要考的科目看成「敲門磚」。這也無妨，只要科目的內容確實與進德修業有關，不論「敲門磚」的使命有沒有達成，它無須丟棄，也不應丟棄，因爲它有充實知識、美化人生的功用在呀！

還有一類疑似「敲門磚」的書籍，如中國大陸至今仍在流行的「馬克思學說」、《毛澤東思想》等書，國人見之不僅會肅然起敬，還會像「聖書」一樣的供奉著。考試用到它，開會用到它，寫研究報告與學術論文用到它。要想成爲有權勢的人更隨時隨地用到它。這不是成了用途最廣的「敲門磚」了嗎？但是它的用途不僅如此，它還是送人到鬼門關的一塊「敲門磚」哩！你看四人幫時期，多得像螞蟻一樣的紅衛兵小將們，手拿一本紅色的《毛語錄》，打家劫舍，殺人放火，所向無敵。《毛語錄》到了那一家，那一家的門不敲而自開；那一家的人不管是國家主席、黨政要人，學術文化界知名人士，都會代你敲開鬼門關，落得顚連無告，家破人亡的下場。所以像這樣的一塊「敲門磚」，比科舉時期的《四書》、《五經》功用大多了，可以說是人類歷史上空前的創舉。可惜魯迅早死四十年，不然，也許會親身體會它的威力的！

三、孔子所言「溫柔敦厚」與「思無邪」問題

《禮記‧經解》篇云：

> 孔子曰：「入其國，其敎可知也。其爲人也，溫柔敦厚，詩敎也。疏通知遠，書敎也。廣博易良，樂敎也。絜靜精微，易敎也。恭儉莊敬，禮敎也。屬辭比事，春秋敎也。……故詩之失，愚。……溫柔敦厚而不愚，則深於詩者也。……

這是孔子以爲一個國家如以六經爲敎，外人進入該國，就會發現其敎化的成果；以詩敎來說，即會使人民產生「溫柔敦厚」的氣質。但如施敎不當，即會陷於「愚」的過失。《孔疏》云：「詩主敦厚，若不節之，則失在於愚。」亦即講求「溫柔敦厚」，自須有個限度；不然，即會近於愚蠢。要能做到「溫柔

敦厚」而「不愚」，才算是接受詩教深有得益的人了。

　　至於「思無邪」的含義，《論語・爲政》篇：「子曰：《詩》三百，一言以蔽之，曰：思無邪。」《論語・衛靈公》篇，孔子又說：「放鄭聲，遠佞人。鄭聲淫，佞人殆。」後世學者常將這兩組話放在一起來談，成爲無休止的爭議。有的說孔子既說三百篇詩都是純正無邪的，自然現有《鄭風》中的詩也都是純正無邪的。孔子還說「放鄭聲」、「鄭聲淫」，可見指的是鄭國當時的流行音樂，不是指三百篇中《國風》的詩來說的。漢唐學者多主此說。有的說「鄭聲」即是「鄭詩」，孔子雖說「放鄭聲」，只是一種願望，其實並沒有「放」。朱熹《詩集傳》即以爲《國風》中有三十二首「淫奔」的詩。但是既有這麼多的「淫奔」的詩，孔子又怎麼說「思無邪」呢？這個問題至今仍在爭議著。但以筆者淺見，孔子說的「鄭聲淫」的確不是指《國風》裡的鄭詩說的。最有力的證據，就是《左傳》所載公卿大夫朝會宴享時所賦的詩，有多首是被朱熹視爲淫詩的。這些詩既被王公貴人歌詠於廟堂之上，其含義必不至於淫穢。朱熹等人之所以視爲淫穢，是由於道德標準的不同。我們了解了兩者的時代背景，自然對孔子「思無邪」的含義較有清楚的認識了。

　　談到這裡，我們該回頭來看魯迅的意見。魯迅說：「古之詩人，是有名的『溫柔敦厚』的，而有的竟說：『時日曷喪，予及汝偕亡！』你看夠多麼惡毒？」可是細究之下，這段話即有如下的問題：

　　㈠「時日曷喪，予及汝偕亡」，是《尙書・湯誓》裡的話，不是《詩經》裡的句子，魯迅顯然記錯了！

　　㈡《孔傳》云：「比桀於日，是日何時喪？我與汝俱亡。欲殺身以喪桀。」這是商湯誓師伐桀時，引述眾民說的話，表示對夏桀暴政的痛恨。孟子云：「湯武革命，順乎天而應乎人。」可見夏桀罪惡昭彰，人人得以誅之；人民在誓師時發出討伐的呼聲，可否斥之爲「惡毒」？

　　㈢「時日曷喪，予及汝偕亡」這兩句話，既然不出於《詩經》，含義又不是「惡毒」的，自然不能拿它來批評孔子「溫柔敦厚」的教義。退一步談，即使這兩句話出現在《詩經》裡不合「溫柔敦厚」之義，我們能否只憑此例來否定孔子「溫柔敦厚」之說？如從詩文中觀之，《變風》、《變雅》的詩，確有不少不是「溫柔敦厚」的，我們應否據此而說孔子「溫柔敦厚」的話是不該說的？要知道孔子談的教學目標，不是指每首詩的內容來說的。

㈣孔子刪詩之說，原出於《史記》，後世學者多不採信。魯迅卻說孔子「校閱」《詩經》，該刪而「竟沒有刪」，遂成了一個攻擊孔子的藉口。其實，孔子即使刪詩，也刪不到《尚書・湯誓》裡去。可見前提一錯，下面的推理全都弄錯。看他接著說：「還說什麼『詩三百，一言以蔽之，曰：思無邪』哩！」《湯誓》的話既不在《詩經》裡，孔子說《詩經》「思無邪」，自與《湯誓》無關。即使有關，也不見得與孔子「思無邪」之義有何牴觸？至於末句說：「好像聖人也並不以為可惡。」這裡沒有「好像」，全是魯迅不著邊際的自我設想。魯迅將兩個不相干的話拉在一起說，要從那裡去問孔子可惡不可惡？

四、《商頌》的時代問題

魯迅說：「要之《商頌》五篇，事跡分明，詞亦詰屈，與《尚書》近似，用以上續舜皋陶之歌，或非誣歟？」其意以為《商頌》都是商朝的詩；所謂「事跡分明」，乃是根據《國語・魯語》所云：「昔正考父校商之名頌十二篇於周太師，以《那》為首。」及《毛詩序》：「有正考甫者，得《商頌》十二篇於周之太師，以《那》為首。」等語。這一說法前人疑之者多，理由是：

㈠《史記・宋世家》云：「宋襄公之時，修行仁義，欲為盟主。其大夫正考父美之，欲追道契、湯、高宗殷所以興，作《商頌》。」《史記》用《魯詩說》。裴駰《集解》云：「《韓詩・商頌》亦美襄公。」這是據《今文詩說》以為《商頌》是正考父作來頌美宋襄公的詩。

㈡說《商頌》為頌襄公的，有何依據呢？所依據的即是《殷武》篇。該詩首章有「撻彼殷武，奮伐荊楚」句；次章有「維女荊楚，居國南鄉」句。商朝不曾有荊楚，故絕無可能在商朝有伐荊楚事。《毛傳》：「荊楚，荊州之楚國也。」《春秋》於魯僖公元年始稱荊楚；伐荊楚為宋襄公元年事。《殷武》這首詩是襄公建成新廟後，以伐楚告廟時所作的。

㈢《商頌》其他的詩，學者亦多以為是宋人之作，從文詞難易程度來看，與《殷武》類似，故可推知亦當是宋詩。

㈣至於《商頌》與正考父的關係，有二說：《國語》以為正考父在周太師處見到商之《名頌》十二篇，予以校訂；《毛詩序》即從此說。《史記》則以為正考父不是「校」，而是「作」；是作來頌襄公的。其實兩說都不能成立。據《史記・孔子世家》所載，正考父曾佐戴、武、宣三世，由宣公以下，歷莊

公、潛公、新君、桓公始至襄公。皮錫瑞推算正考父至此當有百三四十歲（註九）。足證正考父與襄公年代不相及。

所以筆者以爲《商頌》如果肯定爲襄公時詩，即可斷言非正考父所作，亦非正考父所校。或有一種可能，正考父所見的與現存的有些不同，才會發生這些問題。魯迅未及細究，僅取《國語》與《毛詩序》之說，遂以爲「事跡分明，詞亦詰屈，與《尚書》近似」，可以「上續舜皋陶之歌」。其實一經考究，「事跡」並不「分明」；而且《商頌》的文詞亦甚少有「詰屈」現象。將這些詩定爲商朝人的作品，在問題探討上看，的確是不夠周延的（註一〇）。

五、孔子說《詩》的「功用性」與「藝術性」問題

魯迅認爲孔子教《詩》，旨在實用，很少從文藝的角度來談的。魯迅在談到中國神話少而零散的原因時，就對孔子的功用主義表示不滿。他在《中國小說史略》中說：

> 孔子出，以修身齊家治國平天下等實用爲教，不欲言鬼神；太古荒唐之說，俱爲儒者所不道。故其後不特無所光大，而又有散亡。

這是以爲孔子以修、齊、治、平爲教，注重實用；凡荒唐鬼神之談，爲孔子所不道，故小說不被重視，以致散亡。

與此相反的，魯迅則強調「藝術性」，他說：

> 由純文學上言之，則以一切美術之本質，皆在使觀聽之人，爲之興感怡悅。文章爲美術之一，質當亦然，與個人暨邦國之存，無所系屬，實利離盡，究理弗存。

他依據康德的「無目的的合目的性」等理論，提出文學的「不用之用」的主張（註一一），用來反對孔子的功用主義的文學觀。

關於這個問題，值得討論的有下列四點：

㈠孔子是一位教育家，又是一位淑世主義者，他的教學重心自然要偏向於實用。他爲了導正人心，有益於社會風氣，所以《論語》有云：「子不語怪力亂神」。孔子這一思想影響了古代鬼神怪誕之說，卻建立了儒家實事求是的科

學精神。是功是過？應該不難裁量。

　　㈡魯迅以爲孔子教學只重實用，不重文藝；這也是有違實情的。《論語‧先進》篇云：

　　　　子曰：「從我於陳蔡者，皆不及門也。德行，顏淵、閔子騫、冉伯牛、仲弓。言語，宰我、子貢。政事，冉有、季路。文學，子游、子夏。」

這裡的德行、言語、政事、文學，古人稱之爲「孔門四科」；亦即孔子教學生的四種課程；並舉出各科最有成績的十位學生。曾國藩在《聖哲畫像記》裡，將歷代聖哲按四科分類，茲錄言語、文學兩類於左：

　　　　韓、柳、歐、曾、李、杜、蘇、黃，在聖門，則言語之科也。許、鄭、杜、馬、顧、秦、姚、王，在聖門，則文學之科也。顧、秦與杜、馬爲近；姚、王於許、鄭爲近，皆考據也（註一二）。

這段文章所列的前八位是詩、文大家；後八位是文學、經史等學術研究名家。可見曾氏以爲孔子所教的言語、文學兩科，涵蓋了文藝創作與學術研究兩大類。魯迅批評孔子教學只重實用不談文藝，這話就值得斟酌了。

　　㈢魯迅在《摩羅詩力說》（註一三）中雖然強調藝術的非功利性，提出了文學的「不用之用」，來反對孔子的實用主義文學觀。可是就在同一篇文章裡，他舉德國戰勝拿破崙的理由是：「國民皆詩，亦皆詩人之具，而德卒以不亡。」（註一四）以爲在拿破崙時代，德國之所以不亡，爲人民都是詩人的緣故。同篇又說：「蓋世界大文，無不能啟人生之閟機，而直語其事實法則，爲科學所不能言者。」他在《二心集‧藝術論》譯本《序》裡說：

　　　　美的愉樂的根柢裡，倘不伏著功用，那事物也就不見得美了。

又在《三閑集‧文藝與革命》裡說：

> 一切文藝，是宣傳，只要你一給人看。……那麼，用於革命，作爲
> 工具的一種，自然是可以的。

這些話都在強調文藝的實用性。而且最具體的，莫過於魯迅自己的文章。那些攻擊時弊的雜文不用說，即使是歸屬於文藝小說的《阿 Q 正傳 》，如無人性的刻畫，對中國人的性格具有鮮明的象徵與諷刺意義，會成爲一篇人人愛讀的世界名著嗎？由此看來，魯迅對於文學要不要講求實用，說法是自相矛盾的。尤其在自己的文章裡，沒有一篇是不具實用性的。

㈣魯迅爲了反孔才反對文學的實用主義。這樣的反對，難免發生自身的矛盾。其實當時國人反孔的理由有二：其一，清末民初當政者專制、腐敗，卻要人民尊孔、讀《 經 》，並在民間藉儒學維持封建思想與禮教傳統，造成中國的積弱不振與社會的太多不合理現象；於是一批有新思想的人，把所有問題歸罪於孔子。其二，以《 詩經 》來說，孔子詩教的言論，影響漢人說詩以人事相符會，以致所談的詩義不符詩人的本意。於是也將《 毛詩序 》以下的附會現象歸罪於孔子。但如作進一步考察，所有問題都是後人藉尊孔之名所造成的。孔子在世時，關心人民遠過於關心有權勢的人。雖然重視詩文的敎義，卻不至於杜撰人事，自編《 詩經 》故事。議論之士，把不是孔子的，都說成是孔子的；隨著把孔子的一生志業與教育精神，說成一無是處，與封建、腐敗、頑固、反動畫上等號。這樣的貶抑孔子，能說是持平之論嗎？

六、魯迅的政治理念問題

魯迅熱愛祖國，在國家多難之秋，常以國事爲懷，他的精神是可佩的。他在日本學醫期間，適逢日俄戰爭，日本報紙報導一個中國人被日本判爲作俄國人的間諜而予以處決；他憤而棄醫從文；以爲醫生醫人的病，影響有限；文章救國，可以無窮。他回國後即從事寫作，對政治的黑暗與社會的不平，多所揭發。當軍閥割據時期，他寄希望於國民革命軍的北伐；當北伐成功以後，政局雖較爲安定，但國民政府的表現仍令他失望。他逐漸轉移目標，寄希望於另一股政治力量的崛起。這股政治力量即是中國共產黨以無產階級革命爲號召的新興勢力。在民國二十年前後，他從同情而至於直接參與，幾乎成了中共的代言人。比如《 魯迅全集 》第四卷《 柔石小傳 》「 註一 」云：

一九三一年一月十七日，「左聯」作家李偉森、柔石、胡也頻、馮鏗、殷夫五人遭保守派逮捕，二月七日被國民黨秘密殺害於上海龍華。為了揭露國民黨的行為，魯迅主持出版了「左聯」秘密刊物《前哨》（紀念戰死者專號）寫了《柔石小傳》、《中國無產階級革命文學和前驅的血》等文章，並參與起草《中國左翼作家聯盟為國民黨屠殺大批革命作家宣言》。

文中所提的「柔石」，是共產黨員。「左聯」，即是「左翼作家聯盟」的簡稱，是以鼓吹共產黨無產階級革命為宗旨的一個組織。魯迅既主持出版《前哨》，又參與起草《宣言》，他與共黨的關係可想而知了。

他在《柔石小傳》一文之後，接著即有《中國無產階級革命文學和前驅的血》一文「註一五」開頭說：

> 中國的無產階級革命文學在今天和明天之交發生，在誣蔑和壓迫之中滋長，終於在最黑暗裡，用我們的同志的鮮血寫了第一篇文章。
>
> ……
>
> 統治者也知道走狗的文人不能抵擋無產階級革命文學，於是一面禁止書報，封閉書店，頒布惡出版法，通緝著作家；一面用最末的手段，將左翼作家逮捕、拘禁、秘密處以死刑，至今並未宣布。這一面在證明他們是在滅亡中的黑暗的動物，一面也在證實中國無產階級革命文學陣營的力量。因為如傳略所羅列，我們這幾個遇害的同志的年齡、勇氣，尤其是平日的作品的成績，已足使全隊走狗不敢狂吠。……

接著在《黑暗中國的文藝界的現狀》一文開頭說：

> 現在，在中國，無產階級的革命的文藝運動，其實就是惟一的文藝運動。因為這乃是荒野中的萌芽。除此之外，中國已經毫無其他文藝，屬於統治階級的所謂「文藝家」，早已腐爛到連所謂「為藝術的藝術」以至「頹廢」的作品也不能產生，現在來抵制左翼文藝的，只有誣蔑、壓迫、囚禁與殺戮；來和左翼作家對立的，也只有流氓、偵探、走狗、

劊子手了。

他是毫無保留地維護著左翼作家，甚至於說「中國已經毫無其他文藝」，把不站在同一陣線的作家都斥之爲統治階級的「走狗」；可見他已把文藝陣線作截然的畫分，除了左翼文藝，其他都不是文藝。

左翼文藝作者是共黨的代言人，他替「左聯」主持出版事務，發表《宣言》，撰寫文章，即成了代言人中的代言人。魯迅反政府的文章，冷嘲熱諷，針針見血，人人愛讀。在文宣方面，的確替中共做了攻心的工作，其功不下於武力方面的攻城掠地。所以魯迅是不是共產黨員？已無必要去追究了！

魯迅在一九三六年（民國二十五年）去世，這時共黨仍侷促於延安。魯迅死後，共黨將他捧到文藝界最崇高的地位，延安有魯迅學院，各地有魯迅紀念館；讓魯迅反政府的言論繼續擴大其影響力，一直延續到了共黨擊敗國民黨，取得大陸的政權以後。

無產階級是專政了，資產階級是消滅了，可是共產主義的理想——人民公社行不了多久，卻全面失敗了。資本主義國家所講求的民主、自由、法治、人權，卻一概闕如。毛澤東的專橫與暴戾，是中國歷代帝王無人能及的。一九六六至一九七六年，毛澤東所發動的文化大革命，殺人以萬計，許多知識分子都遭了殃。更可怕的，是毀棄倫理，泯滅人性。據前《紐約時報》駐北京特派員紀恩道的記載（註一六）：

> 一九六六至一九七六年中共發動文化大革命期間，曾有中共幹部爲了表示「紅」，下令吃掉「階級敵人」的情事，當時若干公共食堂曾經供應人肉。……
>
> 在一些高中，學生殺死了老師和校長，並且就在校園裡將他們煮來吃，熱烈慶祝肅清反革命分子。
>
> 一位校長兒子的前任女友帶頭從校長的屍體撕下一片肉，原因是爲了證明她並不同情他，她和所有的人一樣「紅」。文革期間發生的吃人肉事件大約千餘件，多是出於政治動機，而不是源於飢餓。

試問：這是什麼世界？人類有文字，始有教師，也始有文化的傳承。不論那一

民族，可曾有學生殺死老師，並在校園裡煮食其肉以示慶祝的類似記載？這種喪盡天良的行為，究其目的，只有一個，即是表現自己的「紅」；也就是表現對毛主席的「赤誠擁戴」。毛澤東自然是這齣荒謬劇的主導者。

魯迅如果能夠活到文革以後，親見解放後的新中國是如此模樣，不知將作何感想？他會不會像五十歲以前，將看不順眼的人與事作不留餘地的抨擊？如果他不改原有的脾氣，那些「紅衛兵小將們」捧著《毛語錄》要他當眾背誦，（註一七）他背還是不背？如果不肯背，或是想背而背不出來，遭到「紅衛兵小將們」的公開羞辱，他將以什麼樣的態度來對待？

中國共產黨的歷史，真是詭譎多變；但大體來說，以執政這一年為分水嶺。在執政之前，他們的口號是「一切為人民」；以致人民引領企盼，若大旱之望雲霓。執政以後，他們的口號是「一切聽毛主席的」。毛主席的意見即是共產黨的意見，也即是全國人民的意見。魯迅死在中共執政以前，來不及見到執政以後，所以他能抱著一個美好的政治理念，死而無憾。

至於我們這些曾經崇拜過他，而又看到共產黨執政四十多年歷史演變的後輩，嘗試作一番歷史的反思，覺得魯迅雖然抱著一個政治理念，死而無憾，但是從被人利用的情形來看，他一直在做著「幫兇」的工作。他之所以「無憾」，是因為他早死，他一直被共黨「美麗的謊言」所矇騙。他如死而有知，看到中共執政後的作為，發現原有的政治理念是「虛妄」的，恐怕會再寫他的《徬徨》和《吶喊》的吧？

肆、結論

一、從《詩經》研究的深度來看：魯迅是一位文學家，但不是一位經學家。他對《詩經》下的功夫不多，除了《漢文學史綱要》中談到《詩經》，作常識性的介紹外，其他多屬零星的意見，而且常有不當之處，殊少有學術上的價值。

二、從反對尊孔與讀《經》來看：魯迅反對尊孔與讀《經》，因此他也不會對經籍下學術研究的功夫。但如究其反對的理由，不見他從孔子的人格修養、學術思想與政治理念上談；也不見他從經籍的主旨與精義上談；只是將後世統治階級對孔子與經籍的利用上談；而且把一切封建專制的罪過都歸屬於孔

子，顯然不是持平之論。

三、從「敲門磚」問題來看：《四書》、《五經》為中華文化最寶貴的遺產，內涵儒家的政治理想、人生哲學、行為規範與歷史文獻；自有傳承與發揚的價值。科舉考試也是中國古代值得稱許的一種甄士制度。它擺脫特權壟斷，衝破階級樊籬，使貧寒才士得以一夕揚名，成為白衣卿相。中國自隋唐以下的賢臣名將，大都經此途徑而來。他們立身處世，多以孔孟的言行為規範，不見得將《四書》、《五經》只當作「敲門磚」來看待的。至於後世科舉的流弊，純屬人為因素，不應歸罪於孔子。

四、從「詩教」與「詩義」的區分上來看：魯迅將孔子說的「溫柔敦厚」與「思無邪」拉在一起說，這是觀念上的混淆。孔子說：「其為人也，溫柔敦厚，是詩教也。」這是提示儒者教人讀詩應把握的原則。詩樂足以陶冶性情，變化氣質。「溫柔敦厚」即是詩樂陶冶後一種氣質的造就。至於「思無邪」，是指詩文內容說的。「無邪」即是「純正」。三百篇的內容在孔子看來，都是純正無邪的。至於宋儒說有「淫奔」的詩，是後世禮教異於孔子時代的緣故。魯迅對孔子的指責實未抓到問題的本質；更何況把《湯誓》裡的話說成是《詩經》的，明顯地有著「張冠李戴」的錯誤。

五、從考證《商頌》的時代來看：《商頌》的詩不作於商世，《史記·宋世家》、《韓詩》等都有此說。《殷武》篇有「荊楚」一詞。由於商代不曾有「荊楚」，《春秋》於魯僖公元年始稱「荊楚」，伐荊楚為宋襄公元年事，這些都是可信的資料。魯迅主張《商頌》是商朝古頌，這是僅取古文一家之言所造成的錯誤。

六、從孔子說詩的「實用性」與「藝術性」來看：孔子以《詩經》為教材，自然講求其實用性。《論語》裡孔子談《詩》的實用性，如「不學詩，無以言」章，「詩可以興」章，「誦詩三百，授之以政」章，其實用的範圍是很廣泛的。

實用性的另一意義即是「實事求是」。《論語》裡說：「子不語怪、力、亂、神。」這是孔子了不起的一種科學精神；以致《詩經》不像希臘、印度那樣，發展成以神話為本質的長篇史詩。

但是，如果說孔子教《詩》只重實用，不講文藝，這也是一種誤解。孔門四科中的言語、文學兩科，與德行、政事並列，其重點即在於文藝。曾國藩

《聖哲畫像記》裡的話可以證之。

　　七、從研究方法來看：魯迅的研究方法，失之粗疏與主觀。比如《小宛》的「螟蛉有子，蜾蠃負之。教誨爾子，式穀似之」；詩人的本意是蜾蠃無子，負螟蛉充作己子。俗稱義子為「螟蛉」，詩義至為明確。魯迅取昆蟲學家之說，以為擄作食物。這是「以今證古」不當的一例。因為古人與今人所知不同，如以今人的新知為說，必將大背於詩人的本意。這樣的「以今證古」，勢必至於「以今廢古」，曲解詩義。更有甚者，魯迅以蜾蠃的毒針，比喻尊孔、讀經為當政者對人民的一種精神麻痺。這樣的論證，其旨已不在於詮釋詩文，而在於對孔子與經籍刻意的貶抑。

　　又如《尚書‧湯誓》「時日曷喪，予及汝偕亡」句，誤以為是《詩經》裡的句子，據此大談其孔子說《詩經》「溫柔敦厚」的非是。實則魯迅先按錯了前提，再誤解《湯誓》之文與孔子詩教的本意，說的全是文不對題的話。

　　再以「思無邪」來說，孔子以為三百篇涵義「純正」，沒有「淫邪」：這沒有什麼不對。魯迅卻說這句話是對人們感情與思想的一種束縛，如云：「亦多拘於無形之囹圄，不能舒兩間之真美。……倘其囁嚅之中，偶涉眷愛，而儒服之士，即交口非之，況言之至反常俗者乎？」這些話把孔子的原意完全說反了！若還不信，請看《詩經》鄭、衛的詩，多篇涉及男女「眷愛」的，朱熹等以為「淫邪」，孔子說是「無邪」，孔子有無「設無形之囹圄」？魯迅將後世「儒服之士，交口非之」，說成是受孔子「思無邪」一語影響而來的。這裡明顯地將孔子與後儒兩個對立的觀念，有意說成只有一個觀念；也即是把後儒的觀念說成即是孔子的觀念，隨著把孔子「思無邪」的原意擱在一邊，再來說孔子的不是。像這樣的思維過程，不僅粗疏與主觀，而且似在深文周納地替孔子「設無形之囹圄」了！

　　八、從政治觀念上看：魯迅的政治觀念幾經變遷，他在民國十四年作的《四年的讀經》一文裏說：

　　　　如果在列寧治下，則共黨之合於莽天氏，一定可以考據出來。但幸而現在英國和日本的力量都不弱，所以主張親俄者，而被盧布換去了良心（註一八）。

可見魯迅在這時是反共的。民國十六年四月八日,他應邀赴黃埔軍校演講,稱這次北伐爲「大革命」(註一九),肯定北伐的重要性。到了民國二十年前後,他思想左傾,替「左聯」主持出版事務,發表《宣言》,稱頌無產階級革命,把國民政府說成是該推翻的反革命團體了。

在當時,魯迅政治觀念的轉變,自有理路可尋。但如進一步問:「革命的目的是什麼?」回答該是:「在求政治的民主,人民的四大自由獲得保障。」中共標榜其革命的任務爲「解放」,自當以拯救人民於水火之中轉置於衽席之上爲天職。如果以此作爲客觀的評量,則中共執政後的表現,顯然是不合格的。魯迅在當時雖然自以爲找到了「眞主」,卻不知共黨所說的政治理想,全是「美麗的謊言」。「解放」的結果,人民一轉身即淪陷於另一個悲慘世界裡。所以從魯迅的政治觀念來說,動機無可厚非,結果則大有可議。

九、從意識形態來看:魯迅不同於郭沫若的,是郭氏一頭栽進共黨的陣營裡,研究《詩經》也惟馬克思思想是問。魯迅則尙能保持學術自由的風格。河北師大夏傳才教授說他是「用馬克思主義立場、觀點與方法評論《詩經》的先驅者,是當代馬克思主義《詩經》研究的奠基者之一。」這話如向魯迅論《詩經》的文章裡找,實在是找不到的。夏教授之所以這樣說,我們可以理解,幾十年來,大陸學術界所塑造的意識形態是:凡有研究,必須戴上馬克思主義的帽子,以示思想純正,有本有源。不然,即會遭到排斥,將無立足餘地。魯迅以文章名世,原不靠馬克思主義。但在大陸學者看來,總是一件憾事。所以夏教授才有此一說。

這眞是一件相當有趣的事:在大陸學者看來,加上馬克思主義,這是替魯迅「漂白」。至於海外學者的看法,正好相反,魯迅不談馬克思主義,是件好事。有人說他以馬克思主義在做研究工作,這是有意將魯迅「抹黑」,是壞事。兩者意識形態的差異,由此可見。

至今大陸上的意識形態問題,仍然認爲是一個嚴肅的課題。北京《中國社會科學季刊》主編鄧振來(音)(註二〇)說:

> 隨著大陸現代化進展的加速,意識形態的重要性已逐漸降低。而非政治性議題也明顯增加。……長期以來,大陸學界及出版界一直受意識形態影響,意識形態一直指導著學術界的發展。

該文接著又錄「北京消息人士」的話說：

> 　　《中國社會科學季刊》長期得到有關部門的容忍，是因爲其立場一直明白地避開爭論的話題，不談像政治改革這樣的東西。……

可見這裡所說的「意識形態」，即是「黨意」高於一切的基本觀念。在民主國家裡，談「政治改革」是人民言論自由的基本權利之一，誰都可以談，那有「意識形態」的問題？可是在中共統治的「人民政府」之下，魯迅死後將近六十年的今天，人民仍然沒有寫作與說話的自由；學術界及出版界的「意識形態」，仍然要受到「有關部門」的嚴格「指導」。如果魯迅地下有知，會以爲當年對中共的政治希望，本該就是這樣的嗎？

附註：

註一　見夏傳才著《詩經研究史概要》二五九頁。

註二　《魯迅全集》第八卷二八九頁。

註三　《魯迅全集》第九卷三五八頁。

註四　《魯迅全集》第六卷九二頁。

註五　《魯迅全集》第六卷二一三頁。

註六　據下文，指的是子路。

註七　《魯迅全集》第五卷四六〇頁。

註八　語見《尚書‧湯誓》篇。「時日」，原指夏桀。

註九　皮錫瑞《詩經通論》《論魯頌爲奚斯作，商頌爲正考父作，當從三家，不當從毛》一文。

註一〇　屈萬里《詩經釋義》、王靜芝《詩經通釋》均主《商頌》作於襄公之世。

註一一　見《文史哲》一九九二年第一期孫昌熙、高旭東著《孔子論詩與魯迅論詩》一文。

註一二　許：許愼。鄭：鄭玄。杜：杜佑。馬：馬端臨。顧：顧炎武。秦：秦蕙田。姚：姚鼐。王：王念孫、王引之父子。

註一三　《魯迅全集》第一卷六四頁。

註一四　《魯迅全集》第一卷《摩羅詩力說》七一頁。

註一五　《魯迅全集》第四卷二八〇頁。

註一六　見民國八十三年九月七日《中國時報》第十版。

註一七　紅衛兵曾逼總理周恩來背誦《毛語錄》。

註一八　《魯迅全集》第三卷《華蓋集、十四年的讀經》。

註一九　《魯迅全集》第三卷《革命時代的文學》。

註二〇　見民國八十三年八月二十七日《中國時報》第九版《大陸學術刊物紛紛冒出
　　　　頭》一文。

（原載於《孔孟學報》第六十九期，民國八十四年三月）

郭沫若《詩經》論文評介

壹、前言

　　郭沫若先生，是中國大陸文化界極被推崇的一位大師級人物。生於公元一八九二年，卒於公元一九七八年，享年八十七歲。他出生於四川嘉定，畢業於嘉定小學，成都中學。考入天津軍醫學校，不想唸，赴日本東京，考入東京第一高等學校，三年畢業後，升入九州大學醫科。須四年半畢業，但他曾中途輟學，原因是他在嘉定中學時患了重症傷寒，以致兩耳重聽，脊椎彎曲不靈，使他時常感到無上的痛苦。他延至民國十三年畢業，這時他已三十二歲。惟在此期間，他對文學特別喜好，曾下功夫學習日文、英文、德文，讀了許多世界名著，並不斷有譯著發表。翻譯有《茵夢湖》、《少年維特的煩惱》等；著作方面則散文、新詩、戲劇都有相當成績。回到上海，與郁達夫、成仿吾、張資平等留日朋友組織創造社，出版《創造周刊》、《創造季刊》等，作為發表文藝創作與政治理念的園地。

　　一九二六年，郭氏曾受聘於廣東大學，任文科教授。他於五月到廣州，適逢北伐開始，即自動參加北伐軍，任政治部秘書長。一九二六年七月由廣州出發，一九二七年九月回到廣州，寫《北伐途次》一書，記敘其軍中生活與攻打武昌城的經過（註一）。

　　就在這段日子裡，與北伐軍中一些共產黨員相處，對共黨的理論有了認識。曾作《革命文學》一文，其定義是：「表同情於無產階級的、社會主義的、寫實主義的文學。」並曾參加由共黨領導的南昌暴動。失敗後，在行軍途次中加入中國共產黨。一九二八年初，在上海寫成詩集《恢復》，明確宣告自己屬於無產階級。同年二月，被政府通緝，逃往日本。在十年流亡生活中，埋頭研究中國古代社會，著有《中國古代社會研究》、《甲骨文字研究》等學術

著作。一九三七年，抗日戰爭發生後回國。一九三八年，國共合作，恢復北伐時的政治部，陳誠任部長，周恩來任副部長，郭氏任第三廳廳長，主管宣傳工作。一時組成文藝大軍一千餘人，全國文藝界抗敵協會在武漢成立，並在武漢舉行「七七紀念大會」，出現百萬以上的人參加獻金的狂潮。同年十月，日寇攻佔武漢，第三廳撤至重慶，後改組為文化工作委員會，任主任之職。一九四一年皖南事變後，寫成《棠棣之華》、《屈原》、《高漸離》等歷史劇，借古諷今，頗獲好評。中華人民共和國成立以後，他被選為「中華全國文學藝術界聯合會主席」。歷任國務院副總理兼文教委員會主任，中國科學院院長，全國人代會常委會副主席等職。以其在文化界的聲望，多次代表中共赴俄，曾獲史達林和平獎。

郭氏著作繁富，所匯編的《郭沫若文集》共計三十八卷（註二）。其中與《詩經》有關的計有下列四種：

《卷耳集》：作於一九二二年，是選四十首《國風》的詩，以《卷耳》為首，譯成白話詩而成的。

《中國古代社會研究》：作於一九二八年，為郭氏亡命日本時的作品。中國第一部以馬克斯主義立說的中國古代史著作。其中《詩書時代的社會變革與其思想上之反映》一文，是用馬克斯主義研究《詩經》的開山之作。

《十批判書》和《青銅時代中詩經研究》：兩書一九四五年出版。其中關於中國古代社會研究，將奴隸制度的下限定在秦漢之際。並將《詩經農事詩》作專題研究，結論是：詩中的農夫都是奴隸。

《奴隸制時代》：一九五二年出版，完成了關於中國古代史分期的學說。他斷定殷代是奴隸社會，周代也是奴隸社會。奴隸社會與封建社會交替在春秋戰國之際，並具體確定在西元前四七五年，為封建社會開始的一年。

郭氏這些論著，對大陸學者影響極為深遠，至今仍被視為圭臬。然以海外學者觀之，顯然失之主觀。即以《詩經》的作成時代周朝來說，這是一個典型的封建王朝，史跡斑斑可考，怎會是一個奴隸制度的社會呢？郭氏定奴隸制度的下限時期，卻自相矛盾，一說在春秋戰國交替之期，一說在秦漢之際，兩者相差二百五、六十年，以見其對於上古社會的分期，觀念尚在模糊階段。況且前一期西元前四七五年，正是勾踐反攻吳國的那一年，天下已無共主，說這一年諸侯各國同時宣布廢除奴隸制度，推行封建制度，有何史籍為證？誰有能力

促使各國同時改制？另一說是秦漢之際。這個時期更亂，大秦王朝已經瓦解，群雄割據，劉、項爭霸，這時向誰去說改制？像這一些關係上古史的制度問題，如從馬克斯的唯物史觀來說，要推翻傳統說法，必須從「物」上提出充分的證據，才能令人相信，可是郭氏所提出的證據，顯然是不足的。

　　本文以《詩經》爲範圍，對郭氏論文作一評介：以詩文詮釋問題、農事詩問題、《卷耳集》問題、奴隸制度說詩問題等四個子目，逐一陳述所見，以就正於篤好斯文的博雅君子。

貳、詩文詮釋問題

　　郭氏在《卷耳集・序》中說：

> 我對於各詩的解釋，是很大膽的。所以一切古代的傳統的解釋，除略供參考之外，我是純依我一人的直觀，直接在各詩中去追求它的生命。我不要擺渡的船，我僅憑我的力所能及，在這詩海中游泳；我在此戲逐波瀾，我自己感受著無限的愉快。

這番話看來是夠輕鬆也是夠有氣魄的；但由一些沈潛於經籍研究的人看來，認爲郭氏未免把《詩經》研究這件事看得太容易了。古人所定詩旨由於重視儒家教義，容有可議；至於詞章的解釋，可取者多，絕不可棄。郭氏說：「我不要擺渡的船。」亦即要越過前人的解說，自創新義。這自然是很大膽的，但不一定是很適當的。

　　以下取郭氏所詮釋的實例，分別予以討論。

　　甲、《七月》篇問題探討

　　一、所用曆法問題：郭氏說：

> 這不是王室的詩，並也不是周人的詩。詩的時代當在春秋末年以後。詩中的物候與時令是所謂「周正」，比舊時的農曆，所謂夏正，要早兩個月。據日本新城新藏博士《春秋長曆的研究》，發現在魯文公與

宣公的時代，曆法上有過重大的變化。以此時期爲界，其前半葉以含有
冬至之月份的次月爲歲首（所謂建丑），其後半葉則以含有冬至之月份
爲歲首（所謂建子）。又前半葉置閏法，顯然無規律，後半葉頗整齊。
他這個發現，是根據春秋二百四十二年間的三十七次日蝕（其中有四次
應係偽誤），用現代較精確的天文學知識所逆推出來的，我們不能不認
爲很有科學根據。……若春秋中葉至戰國中葉所實施的曆法即是所謂
「周正」，那麼合於周正時令的《七月》一詩是作於春秋中葉以後，可
以說是毫無問題的了。

　　《七月》，《魯詩》無序，其收入《詩經》，大率較其他爲晚。假
使眞的採自豳地，當得自秦人統治下的詩，故詩中祇稱「公子」與「公
堂」。這也可算得一些內證。

這是以爲㈠根據日人新城新藏《春秋長曆研究》，春秋後期改爲周曆，以前用
的是農曆（即夏曆）；《七月》既用的是「周正」，即可推知該詩作於春秋後
期。㈡如果這首詩作於豳地，因爲春秋後期的豳地爲秦國所有，即可推知這首
詩「不是王室的詩，並也不是周人的詩」，應該是秦人統治下的詩。秦君稱
「公」，所以詩中有「公子」、「公堂」的話。

　　這些創見，筆者以爲都值得商榷，茲辯析如下：

　　一、《七月》中如「七月流火，九月授衣」；「四月秀葽，五月鳴蜩，八
月其穫，十月隕蘀」等以某月稱之者，用的是「夏曆」。夏曆傳至西周由於其
所訂節候與農事密切配合生活上需要，所以豳地人民仍在採用。莫說西周，就
是現代的中國，不論大陸或臺灣，農民所用的農曆，以及全民所重視的三節
（春節、端午、中秋），所據即是夏曆。該曆二十四個節候，規定得十分準
確，西曆怎麼能比？這就是周朝改正朔以後仍然沿用夏曆的主要原因。亦即必
須認清《七月》中所用的曆法是以夏曆爲主，配以自己的周曆。日人新城新藏
的考證不論是否屬實，與《七月》所用夏曆的事實無關。

　　二、《七月》裡的「一之日觱發，二之日栗烈。……三之日于耜，四之日
舉趾。」；歷來《詩經》學者都認爲用的是周曆。「一之日」，即周曆「一月
之日」；「二之日」，即周曆「二月之日」。郭氏也知道周曆「按照農曆都提
前兩個月」，如此換算，則周曆的一月，即是夏曆的十一月；周曆的二月，即

是夏曆的十二月。照這樣來讀《七月》，「一之日觱發」，即夏曆十一月，風刮起來很寒冷了；「二之日栗烈」，即夏曆十二月，即使無風，空氣冷得令人戰慄了。這是月份與氣候相符的編敘。可是郭氏在這裡犯上兩個錯誤：㈠原是夏曆的月份，改說成周曆以後，與天候、時令不合。例如「七月流火，九月授衣」，郭氏說這是周曆，改為夏曆，即是「五月流火，七月授衣。」語譯為「五月裡，大火星在天下流，七月裡應該發下寒衣了。」可是夏曆七月是一年中最炎熱的日子，有需要穿寒衣嗎？又如「五月斯螽動股，……十月蟋蟀入我床下」。郭氏譯為「三月裡螽斯開始彈琴，……八月裡叫到床下了。」可是夏曆三月，西北地區春耕剛開始，正是插秧時節，怎會蝗屬的螽斯就「開始彈琴」了呢？尤其八月中秋，天高氣爽，距離嚴冬甚遠，蟋蟀怎會凍得躲進了床下的呢？天候千古不變，何以郭氏為文時如此疏於驗證？㈡更有令人不可思議的一件事，郭氏將「一之日觱發，二之日栗烈」，改讀為「一之，日觱發；二之，日栗烈。」翻成白話：「一來呢，風一天天地吹得辟里拍拉地響。二來呢，寒氣一天一天的冷得牙齒戰」。第一章接下去還有「三之日于耜，四之日舉趾」，郭氏點讀成：「三之，日于耜；四之，日舉趾。」語譯為：「三來呢，天天拿鋤頭。四來呢，天天要跑路。」第四章有：「一之日于貉，……二之日其同，……」郭氏點讀成：「一之，日于貉。二之，日其同。……」語譯為：「一來呢，天天去打獵。……二來呢，天天要集合。……」這是將原敘周曆月份的句子，改讀為次序的排列，是不適當的設想。

　　二、文章作法問題：文句的基本要求是「通順」。《詩經》裡的文句，不至於不通順。例如「一之日觱發，二之日栗烈」，譯成白話之後，自然也是通順的。可是郭氏改讀為「一之，日觱發；二之，日栗烈」，這就顯得十分怪異，將原來通順的變成不通順了。一篇精美的詩文，可曾見過「一來呢」，「二來呢」，「三來呢」，「四來呢」，這樣呆板的鋪敘嗎？尤其令人不解的，連這樣呆板的鋪敘都做不到，末章「二之日鑿冰衝衝，三之日納于凌陰」，郭氏譯作：「二來呢，天天得去鑿冷冰，鑿得叮叮噹噹的響。三來呢，天天要把冷冰抱去藏在冷的地方。」這裡沒有「一來呢」，直接從「二來呢」開始鋪敘。如果有人提出幾點報告，先後次序是自己編定的，會不會沒有第一點，突然說「我的第二點」是如何如何？如果真的這樣作，一定會使聽者譁然，視為神經錯亂，當作一個笑話來講了。

　　由此可見，郭氏這一類的改訓，已明顯地碰到了死角。既然「二之日鑿冰衝衝」，不可能說成「二來呢，天天得去鑿冷冰，鑿得叮叮噹噹的響」，那麼《七月》裡所有這一句式的改訓都得作廢；舊有的以周曆為準的「一月之日」、「三月之日」等合於農民生活的時序，不得不說它是可信的了。

　　郭氏改訓出現另一個問題，即原來《七月》裡按月敍事，夏曆、周曆互用，從一月（三之日于耜）、二月（四之日舉趾）到十一月（一之日于貉）、十二月（二之日其同），其間沒有一個月不說到的。郭氏改訓之後，只從夏曆二月（二月裡燕子花開花）說到夏曆八月（八月裡螽斯叫到了床下了），只有七個月。詩人既以天候敍述一年的生活情形，怎會只敍七個月，另外五個月卻隻字不提呢？由此亦可推知郭氏改訓的不當了。至於說夏曆八月裡「蟋蟀叫到了床下」，把冬天的詩句說成了秋天，可見郭氏對節候太不注意了！

　　三、詞語解釋問題：「觱發」，日人竹添光鴻《毛詩會箋》云：「本羌人吹角，即觱栗矣；寒風觸物聲相似，像籬頭吹觱栗是也。」竹添光鴻所謂的「觱栗」，即《樂書》所載的「觱篥」，一名「悲篥」，一名「笳管」；其聲悲壯。如以「辟里拍拉的響」來形容，恐非所宜。

　　「獻羔祭韭」，即以羔羊、韭菜獻祭。郭氏譯為「飼好小羔羊兒，用水灌韭菜」；完全忘了「獻」、「祭」兩字。

　　「九月肅霜，十月滌場」；《朱傳》：「肅霜，氣肅而霜降也。滌場者，農事畢而掃場地也。」郭氏譯云：「七月裡天高氣爽，八月裡開心見腸。」將「肅霜」譯為「天高氣爽」，已失其旨趣；將「滌場」譯為「開心見腸」更是錯得離譜。郭氏竟將「場」看成了「腸」，可見他對《詩經》原無根柢，又不肯讀前人的註疏，自以為「不要擺渡的船」即能「在這詩海中游泳」的，其所呈現的，就是這副模樣。前人有云，不讀漢、宋傳疏，是謂無根之學；由此看來，這話是有幾分道理的。

　　「同我婦子，饁彼南畝，田畯至喜」；《朱傳》：「老者率婦子而餉之。治田早而用力齊，是以田畯至而喜之也。」郭氏譯云：「我們要帶起老婆兒女，到那向陽的田裡給送點飯去，犒勞在田地裡的管家。」「饁」是「餉田」、「饁彼南畝」，即送點心到田裡去給耕種的人吃。「田畯」是農官，他的職務是「勸導」，不是「監工」，更非「管家」。「田畯至喜」，是「田畯而至喜」。這位農官到了田裡，看到農夫都在及時耕作，男女老少全家總動

員，因此而感到欣喜。田畯巡視各處農地，何須農夫「犒勞」？如要犒勞，農夫千百家，他能吃得下各家餽贈的食物嗎？郭氏還將「至喜」改爲「致饎」，以求附和田畯接受犒勞之義。這就更顯得「改經就說」的輕率態度了！

四、時代背景問題：郭氏先認定周朝是一個奴隸制度時代，然後說：「這（指《七月》中『嗟我農夫，我稼旣同』幾句）開頭的兩個『我』字，便是類似農奴身分的人。」郭氏這個觀點，影響大陸後起學者，都以爲《七月》的作者是農奴。說《七月》裡的階級意識很強烈，一邊是貴族階級，他們不事生產，享受特權；一邊是被壓迫的奴隸階級，他們男耕女織，一年到頭不得休息。田中耕種出來的穀物，機上織出來的布帛，山中打獵所得的獵物，一概要獻給公子。那些貴族公子還任意搶奪民間年輕貌美的女子。被壓迫者不敢反抗，只是說「無衣無褐，何以卒歲」？「女心傷悲，殆及公子同歸」。他們生活的困苦，表現得非常明白。

在這裡，我們首先必須認清的，即不論是奴隸制社會或是封建制社會，階級現象必然是存在的。所以我們不能憑詩文中有階級現象，即斷爲是個奴隸制社會。《七月》裡所敍的農夫生活。的確是一年到頭都在勞動的；那些貴族公子也的確享有特權的。但是，這種現象能說是奴隸社會的特徵嗎？封建社會就不會有嗎？莫說周朝，中國那一個朝代沒有這種現象？所以郭氏只憑《七月》裡有悲苦的陳訴，就斷定他是農奴，理由是不夠充分的。尤其，當我們知道周朝行的是封建制，井田制在秦孝公之世才廢除的（註三），憑著這些資料，還能說周代是個奴隸社會，我們必須從這一社會背景去讀解《七月》以及其他的詩文嗎？

孫作雲著《歷史上第一次農奴大起義》一文（註四），說《詩經》裡的田畯是個窮凶極惡的人，他幫周厲王向農奴搜括糧食，要了公田的，還要私田的。農民無以爲生，才發動推翻厲王的大起義。他顯然承受了郭氏的觀點，但他卻以井田制度爲說，他沒有想到井田制度下的農夫不是農奴，農奴不可能有屬於自己的「私田」的。至於《詩經》裡僅《七月》、《甫田》、《大田》三首詩，出現過「饁彼南畝，田畯至喜」同樣的兩句詩，怎見得他是窮凶極惡的？《大雅・桑柔》有「好是稼穡，力民代食」句，孫氏語譯道：「言你特別喜好『稼穡』——指農作物，叫力民爲你剝蝕。」「『力民』即田畯。『代食』即代蝕。」以爲文中的「你」是周厲王。厲王喜好農作物，叫田畯去向農

奴們搜括糧食。孫氏這一毫無根據的編敍，有可能受到郭氏的影響。郭氏曾說井田制下的私田，都已被田畯所佔有，所以這些農夫都成了田畯的奴隸（註五）。他們這樣穿鑿附會的說詩態度，實已脫離學術研究的規範很遠了！

乙、農事詩問題探討

郭氏在《由周代農事詩論到周代社會》一文中，分別討論十首「純粹關於農事的詩」，其篇次是：《七月》、《楚茨》、《信南山》、《甫田》、《大田》、《臣工》、《噫嘻》、《豐年》、《載芟》、《良耜》。《七月》已經談過了，其他九首擇要討論於下：

一、詞義詮釋問題：《載芟》篇有「侯主侯伯，侯亞侯旅、侯彊侯以」句，《朱傳》云：「主，家長也。伯，長子也，亞，仲叔也。旅，衆子弟也。彊，民之有餘力而來助者也。遂人所謂彊以予任甿者也。能左右之曰以。太宰所謂民間轉移執事者，若今時傭力之人隨主人所左右者也。」意謂耕種時一家父子兄弟以及僱傭者全體參加。郭氏云：

> 從事耕作的人有主（即王）、有伯，有大夫、士的亞、旅，有年富力強者（「強」），有年紀老弱者（「以」），全國上下都是在參加的。——「以」與「強」為對文，應當讀為駛或駘，即是不強的人。

郭氏將這幾句詩譯成：

> 國王也在，公卿也在，大夫也在，
> 強的弱的，老的少的，一切都在。

只這一說，已把自己所主張的「周代是奴隸制度的社會」無形中推翻了。被稱為奴隸主的「國王」都要到田裡去耕作，他還率領自己的公卿大夫一起去勞動，即有著「君民並耕」的農家精神，還能說他是迫害農夫的奴隸主嗎？在周代以後，不管是封建的或半封建的，可曾有國君與其大臣到田裡參加耕作的記載？如果郭氏所言屬實，則奴隸制度已失去必要的條件，連封建制的階級意識都不存在了，郭氏的主張更須修正了！

《周頌・良耜》有「畟畟良耜，俶載南畝」句；《小雅・大田》有「以我覃耜，俶載南畝」句。耜，臿也。《六書故》云：「耒之下刺土臿也。」如後世鋤頭的鐵器部份。郭氏訓為「犁頭」。犁從牛，為牛耕具，其形大，與耜不同類；實屬誤解。

　　二、社會制度問題：《噫嘻》有「駿發爾私，終三十里」、「亦發爾耕，十千維耦」句；《豐年》有「亦有高廩，萬億及秭」句；《載芟》有「千耦其耘」句；《良耜》有「其崇如墉，其比如櫛，以開百室」句；《甫田》有「倬彼甫田，歲取十千」句。這些句子不論是敍耕地面積，耕者人數，穀物與倉廩數目，都是相當龐大的。郭氏據此而說：

　　　表示著土地國有的大規模耕作，決不是所謂小有產大有產的個人地主所能企及的。

　　言下之意，這即是奴隸制度的有力證據。國君是奴隸主，人民都是他的奴隸；他可以命令這些奴隸，在同一時間內「十千維耦」、「千耦其耘」；到了收成的時候，才會有「其崇如墉，其比如櫛，以開百室」；「亦有高廩，萬億及秭」。他是以為這些都是奴隸制度可信的資料。

　　其實，拿這些資料來證明奴隸制度是不大有用的。要知道這些都是祭祀用的詩，如《噫嘻》為成王「祈穀于上帝」的詩；《豐年》為豐收以後謝神祈福的詩；《楚茨》、《甫田》是王者祭祀的詩；《載芟》是春耕祈社稷的詩。這些詩既用於王朝祭典，自是代表整個國家，以全民的農業生產向神明獻禮祈福。因此，文中的口氣自然不像「小有產或大有產的個人地主」所說的了。郭氏在《豐年》中說「『萬億及秭』的情形同樣表示著土地國有的大規模耕作，決不是所謂小有產大有產的個人地主所能企及的。」郭氏於此有兩點誤解：其一，「萬億及秭」，《毛傳》：「數萬至萬曰億，數億至億曰秭。」《鄭箋》：「萬億及秭，以言穀數之多。」君王因年成豐收而謝神，說民間所穫極為豐富，用「萬億及秭」來形容穀數之多而已，不該說到耕作規模上去。郭氏語譯「萬億及秭」為：「囤積著整千整萬整十萬石的穀。」這在數字上不僅不合原意，而且用「石」作該詩容量單位，亦非所宜。其二，「土地國有」原是封建時代的共識，《小雅・北山》云：「溥天之下，莫非王土；率土之濱，莫

非王臣。」封建帝王擁有統治權，即擁有其國土。所謂「土地國有」，也可以說全國土地爲君王所有。這樣的「土地國有」，不表示在土地上耕種的人一定是奴隸；也即是說「土地國有」與「奴隸制度」之間，不應該劃上等號。請看今日的中國大陸，土地全屬國有，卻不曾將農人當奴隸看待。所以筆者以爲這是郭氏另一點誤解。

　　三、**名物考證問題**：《甫田》篇有「琴瑟擊鼓，以御田祖」句，郭氏云：「《周頌》中祭神是没有用琴瑟的，琴瑟的出現當在春秋時代。」意謂《小雅·甫田》中有「琴瑟」，即可推知該詩作於春秋時代。可是《詩經》中有「琴瑟」的尚有《周南·關雎》與《小雅·常棣》兩篇；《關雎》云：「窈窕淑女，琴瑟友之。」《常棣》云：「妻子好合，如鼓琴瑟。」如依郭氏之說，則《關雎》、《常棣》都要說成是春秋時期的作品了。這恐怕與史籍所載相牴觸。如《常棣》篇，《國語·周語》載襄王十三年，鄭人伐滑，富辰進諫：「周文公之詩曰：兄弟鬩於牆，外禦是務。」這兩句詩即出自《常棣》。不管《常棣》這首詩是否爲周公作，但是富辰曾說這句話，該是可信的。富辰既是周襄王時人，該詩爲春秋初期，正是齊桓、晉文先後稱霸之際。富辰引詩爲諫，既稱《常棣》爲周公之詩，足以證明該詩必非春秋之作。證明了《常棣》作於春秋之前，則郭氏說「琴瑟的出現當在春秋時代」，這話就得修正了。

　　至於說《周頌》裡祭神没有用到琴瑟，郭氏據此而說西周時没有琴瑟；這也是很粗糙的說法。祭祀用的樂器，各有傳統；未必世上所有的樂器都要用上。比如《周頌》裡有「簫管」（註六）而無「笙」，可否說西周時期不曾有「笙」這一樂器？《小雅》有《笙詩》六篇。《經典釋文》云：「《南陔》、《白華》、《華黍》三篇，蓋武王之詩，周公制禮用爲樂章，吹笙以播其曲。」可見周頌無「笙」不表示西周時期即無「笙」。同樣的，《周頌》無「琴瑟」，也不表示西周時期絕無「琴瑟」。

　　考琴瑟原是二物，出世甚古。《禮樂記》云：「舜作五絃之琴。」《史記·五帝本紀》云：「堯乃賜舜絺衣與琴。」可見堯舜時已有「琴」。瑟，《世本》云：「庖犧作，五十絃，黃帝破爲二十五絃。」《禮書通故》云：「雅瑟長八尺一寸，廣一尺八寸，二十三絃或十九絃；頌瑟長七尺二寸，廣一尺八寸，二十五絃。」由此可見，琴與瑟都是上古即有的樂器，西周時合稱爲「琴瑟」。郭氏定爲春秋時才有的，是他所見不廣的緣故。

丙、《卷耳集》問題探討

　　郭氏於一九二三年，在上海《中華新報》發表以《卷耳》篇爲首的《詩經》新譯，共選《國風》的詩四十首，名爲《卷耳集》。其目次如下：

　　　卷耳　野有死麕　靜女　新臺　柏舟　蝃蝀　伯兮　君子于役　采葛　大車　將仲子　遵大路　女曰雞鳴　有女同車　山有扶蘇　蘀兮　狡童　褰裳　丰　風雨　東門之墠　子衿　溱洧　雞鳴　揚之水（鄭）　東方之日　十畝之間　揚之水（唐）　綢繆　葛生　蒹葭　宛丘　東門之枌　衡門　墓門　東門之池　東門之楊　防有鵲巢　月出　澤陂

郭氏在《序》文裡說：

　　　我們的民族，原來是極自由極優美的民族。可惜束縛在幾千年來禮教的桎梏之下，簡直成了一頭死象的木乃伊了。可憐！可憐！可憐我們最古的優美的平民文學，也早變成了化石。我要向這化石中吹噓些生命進去，我想把這木乃伊的死象蘇活轉來。這也是我譯這幾十首詩的最終目的，也可以說是我的一個小小的野心。

郭氏對古人以禮教說詩，表示厭棄，這是對的；要將僵化了的《詩經》蘇活過來，用心也是可敬的。至於其新詮新譯績效如何？則須視實際的內容而定了。茲分項討論於下：

　　一、詞語詮釋問題：《鄭風・女曰雞鳴》：「知子之來之，雜佩以報之。」「雜佩」，《朱傳》：「雜佩者，左右佩玉也。上橫曰珩，下繫三組，貫以蠙珠，中組之半，貫以大珠，曰瑀。末懸一玉，兩端皆銳，曰衝牙；兩旁組半各懸一玉，長博而方曰琚。其末各懸一玉，如半璧而向內曰璜，又以兩組貫珠，上繫珩，兩端下交貫於瑀而下繫於兩璜；行則衝牙觸璜而有聲也。」可見「雜佩」是女子佩在胸前一組結構複雜、名目繁多的玉飾。郭氏訓爲「荷包」。「荷包」是「小囊」，用來放些金錢飾物的，與「雜佩」完全不同。

　　《陳風・宛丘》篇有「坎其擊缶」句。「缶」，陶器，大腹小口，以盛液

體物者。郭氏釋爲「盆」。「坎其擊缶」譯爲「人們打著盆」。「盆」，《急就篇》注：「盆，斂底而寬上。」亦即底部小而盆面大而淺者；餐桌上盛菜之盤即是「盆」。故「缶」不可譯爲「盆」。

《齊風・雞鳴》首章：「雞旣鳴矣，朝旣盈矣。匪雞則鳴，蒼蠅之聲。」郭氏將後三句譯爲「不是晨雞在叫，是蒼蠅們在鬧。」這是切合詩文原意的。可是末章「蟲飛薨薨」句，譯爲「蚊子們在嗡嗡地飛著」，這就不大適當了。因爲前頭已提到「蒼蠅之聲」，即暗示在天快亮時，在戶外嗡嗡飛鳴的「蟲」，即是蒼蠅，不是蚊子。況且蚊子之聲微，蒼蠅之聲較大。在天亮之際蒼蠅常在戶外成群飛鳴，至今村野間仍可聞見，可以爲證。

郭氏在《雞鳴》首章加了一段前文：

在深宮之中貪著春睡。

雞已叫了，日已高了，他們還在貪著春睡。

這在時差上就出了問題；因爲第二章說：「東方明矣，朝旣昌矣。匪東方則明，月出之光。」可見這時東方才只發出亮光，太陽顯然尙未出現。第三章「蟲飛薨薨」，也只是天剛亮的情景。要知道古時上朝都在五更與天亮之間，不可能見到陽光的。郭氏開頭即說「日已高了」，這是不適當的。

二、章句翻譯問題：《鄘風・蝃蝀》末章：「乃如之人也，懷昏姻也，大無信也，不知命也。」可譯爲：「竟有如此的人，只以婚姻爲念，可是太無信用，且不知命運早有所定。」郭氏譯文：

他呀！他是那樣的人兒呀！我是受他騙了！他好像那道長虹，啊！瞬刻他就變了。

譯文與原詩之間完全對不上頭。

《鄭風・狡童》有「彼狡童兮，不與我食兮」句，「食」與上章的「言」對舉，即是「飲食」。「不與我食」，即是「不肯和我在一起吃飯。」郭氏譯爲：「他眞是一個壞蛋呵，他始終不肯跟我親個嘴。」將「食」說成「親嘴」，不免離奇。其實將「狡童」說成「壞蛋」，也不允洽；不如譯爲「狡猾

的小子」。同樣的，將《褰裳》的「狂童」說成「浪子」，不如譯爲「狂妄的小子」。

《鄭風・子衿》首章：「青青子衿，悠悠我心。縱我不往，子寧不嗣音。」郭氏譯爲：

> 你衣服純青的士子呀，我無日無夜在思念你。我就不能到你那裡去，你怎不肯和我通個消息？

這段文字出現兩個問題：其一，將「悠悠我心」譯作「我無日無夜都在思念你」，意本可取，但是文法有誤。通常表示想念之深，會說「我無時無刻不在想念你」，決不會說「我無時無刻都在想念你」。「無時無刻都在想念」，其實沒有在想念。同樣的，郭氏說「無日無夜都在思念」，也等於說日夜都沒有在思念。這原是小學生作文裡的問題，似乎不應該在郭氏的文章中出現。其二，郭氏將「青青子衿」譯爲「你衣服純青的士子」；這是信《毛詩序》：「子衿，刺學校廢也。」《毛傳》：「青衿，青領也；學子之服。」而有的說法。其實，「青衿」，不一定是學子之服。《禮記・深衣》：「具父母，衣純以青。」固知凡父母在世的青少年，其衣領及衽皆以青色緣之，非僅學子之服。況《子衿》係兒女情歌，與學校無關。郭氏於此對《序》、《傳》卻不當信而信之了。

《唐風・揚之水》末二句：「我聞有命，不敢以告人。」意謂：「我已聞其命令，但是不敢將它告訴別人。」這話似有某種隱情在。郭氏譯爲：

> 你帶個口信來叫我，我不敢告訴我的母親，我不敢告訴我的女伴，我便一個人悄悄地來了！

將「我聞有命」，譯爲「你帶個口信來叫我」；將「不敢以告人」，譯爲「我不敢告訴我的母親，我不敢告訴我的女伴，我便一個人悄悄地來了！」詩文中何來這些人事的信息？

三、**全篇翻譯問題**：相傳翻譯有「信、達、雅」三個原則。「信」求其「眞」，即譯文必須保持詩文原有的涵意。「達」求其「善」，即譯文要「詞

能達意，通順暢達」。「雅」求其「美」，即譯文最好能做到不僅「通順」而且「精美」。我們本此原則來看郭氏的譯作，不免感到失望。茲舉《陳風·墓門》與《周南·卷耳》予以討論：

《陳風·墓門》：

> 墓門有棘，斧以斯之。夫也不良，國人知之。知而不已，誰昔然矣。
>
> 墓門有梅，有鴞萃止。夫也不良，歌以訊之。訊予不顧，顛倒思予。

郭氏譯文：

> 我每天到這墓地裡來打掃，
> 墳上的荊棘我用斧頭坎掉。
> 我的良人過不慣奴隸的生活，
> 這在全國的人都是已經知道。
> 他們罵他，但我總不肯再嫁，
> 古時候有沒有這樣癡心的女娃？
>
> 我每天到這墓地裡來打掃，
> 貓頭鷹在梅花樹上嘲笑。
> 我的良人過不慣奴隸的生活，
> 我勸他，但他終究丟了命，
> 思前想後，怎能叫我不傷心！

我們將原詩與譯文對照著看，即有如下三個問題：其一，不眞。比如首句「墓門有棘」，怎會有「每天到墓地裡打掃」的意思呢？又如「顛倒思予」，意謂「顛覆失敗之後，才會想起我勸他的話」。郭氏譯爲「思前想後，怎能叫我不傷心！」完全不合詩文原意；這是不眞。其二，不善。第三句「夫也不良」，原不知其夫不良的行爲是什麼？郭氏譯爲「我的良人過不慣奴隸的生活」，這

是從何說起？如無作者生於奴隸社會的先入觀念，怎會有這一設想？下面還接著說：「我勸他，但他終究丟了命。」意謂此人因過不慣奴隸的生活，對奴隸主有所抗爭，以至丟了性命。詩義扭曲到這種地步，自是不善。其三，不美。詩文的可貴，在於文詞優美，富有情趣。郭氏將「知而不已，誰昔然矣」，譯為「他們罵他，但我總不肯再嫁，古時候有沒有這樣癡心的女娃？」詩文絕無此義，郭氏自編故事，把那女子說成是一個自說自誇的人；一首好詩，經此一說，還有情趣可言嗎？這是不美。我們如整體來看這首詩郭氏譯對的只有「斧以斯之」一句，其餘都只是不相干的自我編敍而已！

《周南・卷耳》：

> 采采卷耳，不盈頃筐。嗟我懷人，寘彼周行。
> 陟彼崔嵬，我馬虺隤。我姑酌彼金罍，維以不永懷。
> 陟彼高岡，我馬玄黃。我姑酌彼兕觥，維以不永傷。
> 陟彼砠矣，我馬瘏矣。我僕痡矣，云何吁矣！

郭氏譯文：

> 一片碧綠的平原，
> 原中有卷耳蔓草開著白色的花。
> 有位青年婦人左邊肘上掛著一只淺淺的提籃，
> 她時時弓下背去摘取卷耳，
> 又時時昂起頭來凝視著遠方的山丘。
>
> 她的愛人不久才出了遠門，
> 是騎著一匹黑馬，攜著一個童僕去的。
> 她在家中思念著他坐立不安，
> 所以才提著籃兒走出郊外來摘取卷耳。
> 但是她在卷耳青白色的葉上，
> 看見她愛人的英姿；
> 她在卷耳銀白色的花中，

也看見她愛人在向她微笑。

遠方的山丘上也看見她的愛人在立馬躊躇,

帶著個愁慘的面容,

又好像在向她訴說別離羈旅的痛苦。

所以她終竟沒有心腸採取卷耳了。

她終竟把她的提籃丟在路旁,

盡在草茵之上思索。

她想,她的愛人

此刻怕走上了那座土山戴石的危岩了,

他騎的馬兒怕也疲倦得不能上山了。

他不知道怎樣地在思念她,

她沒有法子可以安慰他。

假使能夠走近他的身旁,

捧著一只金樽向他進酒,

那也可以免得他縈腸掛肚。

但是她不能夠。

她想,她的愛人

此刻怕走上了那座高高的山頂了,

他騎的一匹黑馬兒怕也生了病,毛都變黃了。

他不知道是在怎樣地愁苦,

她沒有法子可以安慰他。

假使能夠走近他的身旁,

捧著一只牛角杯兒向他進酒,

那也可以使他忘卻前途的勞頓。

但是她不能夠。

她想,她的愛人

此刻怕又走上一座石山戴土的小丘上了,

他騎的馬兒病了

他跟隨著的僕人也病了，

她又不能走近他身邊去安慰他，

他後思著家鄉，前悲著往路，

不知道怎樣地在長吁短歎！

婦人坐在草茵上儘管這麼凝想，

旅途中的一山一谷，

便是她心坎中的一波一瀾。

卷耳草開著白色的花，

她淺淺的籃兒永沒有採滿的時候。

我們將《卷耳》詩句與郭氏譯文對照著看，發現有如下的問題：其一，詩中的「我」是誰？前人詮釋《卷耳》，即有二說，一主征夫，一主思婦。主征夫作者，以為首章敍婦人執筐采綠者，出於征夫的想像；主思婦作者，以為後三章征夫策馬山崗，酌彼兕觥者，出於思婦的想像。惟兩說各有滯礙，即四章文詞都屬實寫，改說為出於想像的虛構，有些不類。其二，郭氏定此詩全係思婦口吻，後三章的第一句都是「她想，她的愛人」，以為如此發端，足以自圓。其實不然，比如二、三章都有兩個「我」字，可否將前一個「我」代征夫，後一個「我」代思婦來說？第二章「我馬虺隤」，譯為「他的馬兒怕也疲倦得不能上山了」；「我姑酌彼金罍」，譯為「假使能夠走近他的身旁，捧著一只金樽向他進酒。」將前一句的「我」硬要說成是「他」；「我馬虺隤」，要說成是「他馬虺隤」。將後一句「我姑酌彼金罍」的「我」，卻說成不是征夫，而是思婦的自稱，是思婦想像捧著金樽向征夫進酒的。這是多麼不合情理的人事設想！如果這首詩真的是思婦作的，敍到征夫的事如「我馬虺隤」就該改「我」為「他」，即「他馬虺隤」，語意方為明確。同樣的，「我馬玄黃」、「我馬瘏矣」、「我僕痡矣」等句的「我」，都要說成「他」，顯然有主、客顛倒，文理自致混淆之弊。其三，語譯詩文，不論直譯或意譯，總該忠於原作，力求貼切。如果任意加入自己的想像，或添些前言後語，這已不算是翻譯，而是改編了。研讀《卷耳》篇以及郭氏其他《詩經》選譯，有感於郭氏把意譯的範圍

似乎放得太大了！

《卷耳》的作者，前人或說征夫，或說思婦，爭論不休。惟兪平伯有獨到之見（註七），他說：

> 采耳執筐明非征夫所爲，登高飲酒又豈思婦之事。此盈彼紬，終難兩全。愜心貴當，了不可得。我索性把牠說成兩橛罷。
>
> 此詩作爲民間戀歌讀，首章寫思婦，二至四章寫征夫，均係直寫，並非代詞。當攜筐采綠者徘徊巷陌，迴腸蕩氣之時，正征人策馬盤旋、度越關山之頃，兩兩相映，景殊而情卻同，事異而怨則一。由彼念此固可，由此念被亦可；不入憶念，客觀地相映發亦可。所謂「向天涯一樣纏綿，各自飄零」者，或有當詩人之恉乎？

兪氏將《卷耳》說成是詩人代敍一對戀人的相思情懷，先寫思婦，後寫征夫。即等於小說上話分兩頭說的手法。經此一說，千古訟案，得以冰銷。再讀郭氏之文，益見其左支右絀，百病叢生了！

筆者曾有《卷耳》篇原詩與白話對譯（註八），茲附錄於后，以供參考：

采采卷耳，	採呀採呀採卷耳，
不盈頃筐。	採了半天，還採不滿一只斜口筐。
嗟我懷人，	唉，只因我想念一個人，
寘彼周行。	故將它放在大路旁。
陟彼崔嵬，	跑呀跑呀跑馬上山巔，
我馬虺隤。	我的馬兒跑得太疲累。
我姑酌彼金罍，	我姑且飲酒滿金罍，
維以不永懷。	是要想借酒澆愁免得常想念。
陟彼高岡，	跑呀跑呀跑馬上山崗，
我馬玄黃。	我的馬兒黑毛已發黃。
我姑酌彼兕觥，	我姑且飲酒舉大觥，

維以不永傷。　　是要想借酒澆愁免得常悲傷。

陟彼砠矣，　　跑呀跑呀跑過了石山頭，

我馬瘏矣。　　我的馬兒疲乏得再也不能走。

我僕痡矣，　　我的僕人也已病倒了，

云何吁矣！　　我只有長吁短歎直呼莫奈何！

　　筆者譯詩的理念是：㈠文詞力求簡潔洗鍊。㈡直譯、意譯可以互用；但意譯亦須緊切原文，不可任意而爲。

丁、以奴隸制度說詩問題探討

　　一、《中國古代社會研究》一書作於一九三○年，爲當時馬克斯主義代表性著作。郭氏第一次用馬克斯主義的觀點分析《詩》、《書》、《易》等歷史文獻，和甲骨文、金文等資料，來論證我國古代社會，認爲完全符合馬克斯主義所揭示的社會發展普遍規律；爲馬克斯主義在中國的傳播與發展，立下了殊勳（註九）。其主要論點：

　　㈠認爲《詩經》裡不僅表現著中國社會由原始公社制向奴隸制轉變的痕跡，而且更加鮮明地表現著中國社會由奴隸制向封建制轉變的痕跡。此說並作爲中國古代社會階級鬥爭的論據之一。

　　㈡認爲《詩經》裡不僅含有歌讚奴隸制的詩，而且還有奴隸主怨恨、諷刺新起封建主的詩。揭示了《詩經》主題思想兩個相輔相成的方面：歌頌奴隸制；反對封建制。郭氏在《社會關係的動搖》一章中，舉出屬於沒落貴族悲歎自己當前生活困頓（其實是控訴新興制度）和回憶昔日榮華的，有《邶風・北門》、《王風・兔爰》、《魏風・園有桃》、《秦風・權輿》、《陳風・衡門》、《檜風・隰有萇楚》、《王風・黍離》等。屬於對新興的有產者諷刺的有：《曹風・候人》、《小雅・節南山》、《小雅・正月》、《小雅・十月之交》、《小雅・苕之華》、《大雅・瞻卬》、《大雅・召旻》等。屬於奴隸主怨天的詩有：《邶風・北門》、《王風・黍離》、《唐風・鴇羽》、《秦風・黃鳥》、《小雅・節南山》、《大雅・桑柔》、《大雅・雲漢》等。屬於奴隸主罵天的詩有：《小雅・節南山》、《小雅・雨無正》、《小雅・小弁》、《小雅・巧言》、《大雅・

蕩》、《小雅・正月》等。奴隸主之所以怨天,是怨「順應天命」的地主;故也即是怨恨新興的地主。其他還有奴隸主厭世的詩,奴隸主對宗教的懷疑等詩。

㈢認爲《詩經》中有早期「小農生活的詩」,如《小雅・大田》。

㈣認爲《詩經》中的戀歌,由於工商業的發達,出現了類似近代「摩登女兒」(職業賣淫者)的詩。如《鄭風・出其東門》、《陳風・東門之枌》。

㈤認爲《詩經》中有對新的科學技術發明採取「賤視」的態度。如《大雅・板》。

㈥其他如以《大雅・旣醉》的詩句,得出中國古代奴隸世襲的結論。封建制是建立在地主和農奴關係上的。農奴和奴隸的不同,在於前者有身體上的自由,後者則無。他認爲《伐檀》、《碩鼠》的主人公是奴隸。

二、上述各項論斷有關問題的探討:郭氏這些論斷,在在都是問題。茲探討如下:

㈠說《詩經》從社會發展史上看,上自原始公社制社會轉變爲奴隸制;下至奴隸社會轉變爲封建制,都有痕跡可尋,究竟有那些詩篇足以爲證?尤其說《詩經》中有「原始公社制社會轉變爲奴隸制」的痕跡。《詩經》的寫作年代始於西周,就須認定西周以前的商朝還是原始公社制的社會。可是在《奴隸制時代》一文中,斷定商朝亦是奴隸社會;前後自致矛盾,郭氏卻不自覺。

㈡說西周至春秋時代都是奴隸制社會;如果詩中有所怨恨、悲歎與諷刺,應該說是奴隸對奴隸主的迫害而作反抗的呼聲,怎會說是奴隸主針對新興的封建主而發的?郭氏還爲奴隸主的怨憤詩分門別類,似乎周代的奴隸主比奴隸還要痛苦。如果眞是這樣,還說什麼奴隸制時代?歷史上有這樣的記載嗎?

㈢《小雅・大田》是屬於「小農生活的詩」的,但是在《七月》裡,說詩中的「田畯」就是「奴隸主」,《七月》的農夫即是「農奴」。《大田》裡同樣有「田畯」,同樣有「農夫」,卻說詩中的「農夫」不是「農奴」,而是「小農」,其所以有兩種解釋的理由在那裡?

㈣《鄭風・出其東門》中的女子爲何說是「摩登女兒」(職業賣淫者)?該詩首章云:

　　　　出其東門,有女如雲。雖則如雲,匪我思存。縞衣綦巾,聊樂我

員。

「縞衣綦巾」即白色之衣，蒼艾色之巾。《朱傳》：「女服之窮陋者。」可見詩人所喜愛的是一位服飾樸素的貧寒女子，絕無「摩登」的裝扮；郭氏憑什麼說她是一位賣淫的妓女？

　㈤說《詩經》裡有對新的科學技術發明採取「賤視」的態度，並舉《大雅・板》篇為證。他說：

　　　　這正暗暗地把握著人民隨著自然的進化，漸漸地聰明了起來。這詩人所嗟歎的「民之多辟」，大約也就是作奇技奇器的該殺的勾當了。

《大雅・板》篇有「民之多辟，無自立辟」句，「多辟」，《鄭箋》、《朱傳》都訓為「既多邪僻」。說人民既多邪僻了，主政者豈可又自立邪僻導之呢？這裡的「邪僻」，顯然是指行為、德操方面說的，怎會但指「奇技奇器」說的呢？拿「民之多辟」一句話以斷《詩經》有「賤視」「新的科學技術發明」之過，這是曲解之下對《詩經》有心的貶抑。

　㈥說奴隸社會的奴隸是世襲的，並舉《大雅・既醉》為證。茲錄《既醉》一、五、七、八章於左：

　　　　既醉以酒，既飽以德。君子萬年，介爾景福。
　　　　威儀孔時，君子有孝子，孝子不匱，永錫爾類。
　　　　其胤維何？天被爾祿。君子萬年，景命有僕。
　　　　其僕維何？釐爾女士。釐爾女士，從以孫子。

《詩序》云：「《既醉》，大平也。醉酒飽德，人有士君子之行焉。」《朱傳》云：「此父兄所以答《行葦》之詩。」按之詩文，這是受人招待表示感謝的一番話。如「君子萬年，介爾景福」，「孝子不匱，永錫爾類」，「釐爾女士，從以孫子」等，都是向主人祝福的用語。客人的身分不可知。或許郭氏看到詩中出現兩個「僕」字，遂倡其說。可是此「僕」之義，《毛傳》：「僕，附也。」《朱傳》於「景命有僕」下云：「言天命之所附屬。」在「景命」之

下的「僕」字，絕無可能作「奴隸」解，則郭氏「奴隸世襲」之說，究竟何所據而云然？

㈦凡以為奴隸主作的詩篇，均屬附會。茲舉三例為證：

⑴《邶風‧北門》篇第一、二章云：

> 出自北門，憂心殷殷。終窶且貧，莫知我艱。已焉哉！天實為之，謂之何哉！

> 王事適我，政事一埤益我。我入自外，室人交徧讁我。已焉哉！天實為之，謂之何哉！

《詩序》：「《北門》，刺仕不得志也。」《朱傳》：「衛之賢者處亂世事暗君，不得其志。故出北門賦以自比，又歎其窮窶，人莫知之而歸之於天也。」按文求義，當是一位小官吏工作繁重，生活窮困，自外返家又受家人的指責。這會是奴隸主的生活嗎？奴隸主是特權階級，享受奴隸的服務與奉獻，他會成天忙於公務，回家又遭人指責嗎？郭氏又說這是「在大變革中沒落的貴族、對新起的封建主和新起的制度詆毀、怨刺」的詩。只這一說，問題更大了，所謂「大變革」，所謂「新起的封建主和新起的制度」，根據郭氏的說法，當是指奴隸制轉變為封建制的時期；郭氏原有二說：一說在春秋戰國之際；一說在秦漢之際。前一說定於公元前四七五年，是越王勾踐反攻滅吳的那一年。這時孔子死去已四年了。說《北門》這首詩是孔子死後才有的，這會有人相信嗎？如再進一步說，從《北門》的文詞上看，那一句足以說明其為「大變革中沒落的貴族」的身分？又那一句有著「新起的封建主和新起的制度」的含義？

⑵《唐風‧鴇羽》首章：

> 肅肅鴇羽，集於苞栩。王事靡盬，不能蓺稷黍。父母何怙？悠悠蒼天，曷其有所？

《朱傳》：「民從征役而不得養其父母，故作是詩。」這的確是人民受征役之苦，想及田園不能種植，父母無人奉養，無可告訴，訴之於天。雖無身分之敘，但可推知必為平民。郭氏將它說成是奴隸主「怨天」之作。奴隸主之所以

成為奴隸主，是因為他擁有許多奴隸，生產勞役的事以及父母生活的照顧，一概可以命令奴隸去做，根本不會有「不能藝稷黍，父母何怙」的憂慮。如果將這首詩改說為奴隸之作，或許近情理些。但是詩文既無明示，又無典籍可考，任何人事的編紋，都是不足取的。

(3)《秦風・黃鳥》首章：

交交黃鳥，止于棘。誰從穆公？子車奄息。維此奄息，百夫之特。臨其穴，惴惴其慄。彼蒼者天，殲我良人。如可贖兮，人百其身。

《詩序》：「黃鳥，哀三良也。國人刺穆公以人從死，而作是詩也。」《左傳》文公六年、《史記・秦本紀》均有記載：當是秦人哀三良殉葬的詩。郭氏將它編在「奴隸主怨天的詩」中。這不僅與詩文完全對不上頭，而且如一定要派給奴隸主作，當時秦國的奴隸主即是秦穆公（或是其子康公），三良即是穆公的奴隸，就得說成穆公（或康公）一邊命三良殉葬，一邊作詩替三良「怨天」，說：「彼蒼者天，殲我良人！如可贖兮，人百其身。」這樣的詩文新詮，不會覺得太滑稽了嗎？

更不可解的，是郭氏將這首詩也放在「奴隸主譏刺封建主」的篇目中。秦穆公死於公元前六四一年，距離郭氏所定改制之年（公元前四七五年），早了一六六年。說奴隸制時代裡即有新起的封建主與封建制度在威脅著舊有的奴隸主，試問：秦穆公到底是奴隸主還是封建主？如果是奴隸主，他當時的封建主又是誰？他（或是其子康公）會作《黃鳥》這首詩來譏刺足以威脅他的封建主嗎？《黃鳥》中有那些句子足以證明是奴隸主作來譏刺封建主的？像這一類的詩義新詮，完全脫離了中國上古史的可信資料；也完全脫離了《詩經》的文詞含義。說是用科學方法研究出來的，其誰能信？

郭氏文中所列屬於奴隸主所作的詩篇，只要用上述的方法加以分析，即會出現同樣的問題，自無逐一討論的必要了。

參、結論

一、從周代的社會制度來看

一個朝代的社會制度，自有其歷史文獻可考。周代自武王滅商，周公東征，先後兩次分封宗親功臣，以見「封建」二字自有實質的涵義，與當時的政治組織有著密切的關係。郭氏不談「封建」本義，說周代爲奴隸制社會，並說封建始於春秋戰國之際，正確的時間在公元前四七五年；另外又說始於秦漢之間。可是未見以史料爲證。以常理推之，這兩個時期戰事頻仍，政局動盪，誰有能力號令天下進行全面變革的工作？故知郭氏說周代爲奴隸制度的社會，大都出於虛構，不足採信。

二、從基本觀念上看

郭氏信從馬克斯學說，將馬克斯的歷史演進五階段說（註一〇）引用到中國，以爲中國亦必然有同樣的歷史演變。於是自作主張將商代以前定爲原始公社制時代，商、周兩代定爲奴隸制時代，春秋以後（或秦朝以後）定爲封建時代，並配合階級鬥爭的理論，以爲《詩經》中充滿了階級對立與抗爭的氣息。於是將《詩經》中的農夫都說成是奴隸，有奴隸作的詩，也有奴隸主作的詩。這一基本觀念，影響直至於今。但如作一番深入探討，即會發現郭氏所主張的全非事實。舉例來說，《大雅·桑柔》篇，郭氏說是「奴隸主怨天」之作，孫作雲說是歌頌「農奴大革命」的一篇偉大的史詩。這種兩極化的詩篇新解，果眞是唯物史觀下的必然答案嗎？

三、從研究方法上看

所謂科學的研究方法，最基本的，即是邏輯學上講的歸納法與演繹法。合於這兩種方法的，所得結論較爲可信；不然，即易流於武斷。比如周代行的是封建制度，這在歷史上已經清楚地記載著的。郭氏改說爲奴隸制度。首先必須有充分的史料引以爲證才行，可是始終不見郭氏有力的證據。井田制度本來與奴隸制度不能並存的，因爲井田制度下的「私田」歸農夫所有，農夫有他的自主性，自然不是奴隸。《漢書·食貨志》云：「及秦孝公用商君，壞井田，開阡陌，急耕戰之賞。」這足以反證周代的確有井田制度。郭氏也承認有井田制度，卻說井田制度下的「私田」都已被「田畯」所佔有，所以農夫們都成了「田畯」的奴隸，因此社會上行的仍然是奴隸制度。於是問題又落到「田畯」身上。《詩經》裡僅《七月》、《甫田》、《大田》三首詩，出現過「饁彼南畝，田畯至喜」同樣的兩句詩，他是農官，負農業輔導之責，「至喜」是「至而喜」，表示田畯是以親切的態度對待農夫的。郭氏說他是佔有私田的人，孫

作雲跟著編造出「田畯」幫周厲王向農奴搜括糧食，引發農奴大革命的一個《詩經》故事來。「田畯」既成為郭、孫二人《詩經》新論的關鍵性人物，我們不得不問：「證據何在？」凡是超越「田畯至喜」以外的解說，都得驗明正身必須有「田畯」二字，才能相信。可是二人都提不出真證據，有的是自我設想的假證據，這在研究方法上看，自然是站不住腳的。

再看郭氏所編列的奴隸或奴隸主作的詩，沒有一篇是可信的。為什麼呢？因為《詩經》的時代背景是封建時代，不是奴隸時代（這是大前提）。詩文裡沒有奴隸或奴隸主的事實（這是小前提）。這些詩當然不是奴隸或奴隸主作的了（這是結論）。我們只要使用這最粗淺的演繹法，來檢視一下郭氏的新論，不難發現他的理論架構是極其脆弱的。

四、從文詞詮釋上看

《詩經》作於遠古，語多簡略。讀者須藉古人傳疏方能通曉。郭氏說：「我不要擺渡的船。」表示毋須研讀古人的傳疏，憑自己的理解能力，即能掌握詞章含義、全篇旨趣而自然通曉。其實不然；如郭氏詮釋《七月》一文，素被視為經典之作，卻出現㈠將夏曆改為周曆，再換算夏曆，比原來少二個月，以致月份與節候不符。㈡改讀詩句如「一之，日觱發，二之，日栗烈」等，將原來通順的句子，變成不通順。㈢將原來敘周曆的詩句，說成不是在敘周曆，而是敘排行次序，以致敘次序時由「二」數起。如「二之，日鑿冰衝衝，三之，日納于凌陰。四之，日其蚤，獻羔祭韭」，語譯為：二來呢……三來呢……四來呢……獨缺「一來呢」之敘。本可由此推知此訓之不通，可是郭氏仍無此自覺。㈣詩中原是夏曆周曆互用，郭氏引日人新城新藏的考證，以斷《七月》僅用周曆，為春秋中葉以後的詩，因此造成矛盾與不通而不自知。㈤其他如詞語方面訓「耜」為「犁」；訓「缶」為「盆」；訓「雜佩」為「荷包」；都是明顯的錯誤。㈥尤其將「滌場」說成「開心見腸」，錯得實在離譜。

五、從翻譯的文藝手法上看

上乘的譯文，必須做到精確、洗鍊與生動。一首七十字的《卷耳》，郭氏譯了五百六十一字。平均每字要譯八個字；其繁蕪枝蔓的情形可以想見。比如《卷耳》首章，郭氏分兩段來寫，說了半天，只說到「采采卷耳」第一句，卻不見「不盈頃筐」的譯文；實有違於「精確」與「洗鍊」的要求。又如《七月》末章「二之日鑿冰衝衝，三之日納于凌陰」，郭氏譯為：「二來呢，天天

得去鑿冷冰，鑿得叮叮噹噹的響。三來呢，天天要把冷冰抱去藏在冷的地方。」這裡的「二來呢」、「三來呢」通不通不去談它，鑿冰時會像金屬相撞那樣發出「叮叮噹噹」的響聲嗎？再說藏冰於陰暗之室，冰取自遠方河中，人們會抱著冰塊來搬運嗎？像這樣的翻譯，不妥之處甚多；至於所譯文詞優美與否，已是無暇顧及了！

我們如肯仔細閱讀郭氏所譯的詩文，即會發現其文藝技巧是相當欠缺的。

郭氏有關《詩經》的著述，大都成於旅居日本的青年時期。他忙於其他譯著，對《詩經》下的功夫並不很多，其成績自亦難以臻為上乘。國人或以其後日的成就，遂尊之為《詩經》新解的宗師；一脈相傳，蔚為風氣。為恐「向聲背實」，故敢一陳拙見，以供參考；並乞請指正。

附註：

註一　以上資料取自《沫若自傳・革命春秋》。

註二　以上資料取自《傳記文學》第三十三卷第三期《民國人物小傳》第三冊。

註三　《漢書・食貨志》：「及秦孝公用商君，壞井田，開阡陌，急耕戰之賞，雖非古道，猶以務本之故，傾鄰國而雄諸侯。」由此推知周代本有井田制度。井田制度下的農夫擁有「私田」，收穫歸耕者所有，自非農奴。

註四　孫作雲著《詩經與周代社會研究》第八篇《我國歷史上第一次農奴大起義》一文，筆者曾作《孫作雲「我國歷史上第一次農奴大起義」質疑》一文予以反駁。該文編在拙著《詩經名著評介第二集》。該書由台北五南圖書公司出版。

註五　郭氏著《關於周代社會的商討》中《二、關於詩經的徵引》云：「《小雅・大田》也是王朝田官們做的詩，而不是農夫們做的（凡是《大、小雅》裡的詩都是採自貴族階層的）。所以，那詩中的『我』字都是田官自指，而不是指農民。詩中的『雨我公田，遂及我私』，是做詩的這位田官有了私田，並不是說農民有了私田。」《大田》裡的農官即是「田畯」。可見郭氏認為「田畯」擁有私田，井田制裡的農人都是「田畯」的奴隸。

註六　《周頌・有瞽》「簫管既備」，《鄭箋》：「簫編小竹管。」郭璞曰：「簫大者編二十三管，長尺四寸；小者十六管，長尺二寸，一名籟。」

註七　《古史辨》第三冊一五六頁，俞平伯著《葺芷繚衡室讀詩札記》（一）《周南・卷耳》。

註八　筆者曾作《詩經卷耳篇諸說綜論》一文，於一九七九年一月發表於《中華文化復興月刊》一四卷七期，並編在拙著《詩經名著評介》中。該書由台北市學生書局出版。

註九　見胡義成著《郭沫若與詩經》；中國《西南師範學院學報》一九八一年期。

註一〇　馬克斯歷史演進五階段：(1)原始公社制社會；(2)奴隸社會；(3)封建制社會；(4)資本主義社會；(5)共產主義社會。

（原載於《孔孟學報》第七十期，民國八十四年九月）

錢穆《讀詩經》評介

壹、前言

　　錢穆（賓四）先生為我國近代著名的史學家，並研究我國學術思想，著作繁富，如《中國學術思想史論叢》、《國史大綱》、《朱子學提要》、《先秦諸子繫年》、《莊子纂箋》、《秦漢史》、《古史地理論叢》、《國史新論》、《中國歷史精神》等，學問淵博，為世所重。晚年定居臺北，尊為國學大師。

　　錢先生著《中國學術思想史論叢》計分八冊（註一），其第一冊第四篇《讀詩經》一文，共五十五頁，約三萬五千字。其題綱為：㈠經學與文學；㈡詩之起源；㈢風雅頌；㈣四始；㈤生民之什；㈥豳詩七月；㈦詩之正變；㈧詩三百完成之三時期；㈨詩亡而後春秋作；㈩采詩與刪詩；㈠魯頌商頌及十二國風；㈡詩序；㈢孔門詩教；㈣賦比興；㈤淫奔詩與民間詩；㈥中國文學史上之雅俗問題；㈦中國文學史上之原始特點。文末附註；此稿成於民國四十九年，刊載於《新亞學報》。

　　由此題綱，可見該文涵蓋甚廣，舉凡《詩經》所觸及的問題，歷代學者所關切與論辯，都曾談到。民國以來一般知名學者不尚漢宋舊說，以民歌說《國風》，以本文求詩義的說詩態度，錢先生以為並不可從，多所辯駁。其序文云：

　　　　近代人涉獵舊籍，胥不以輕心掉之，即此足以為證。尤其是崇洋蔑古，蔚為風氣，美其名曰新文化運動。狂論妄議，層出不窮。余就所譏評，一一按其實情，殆無一是。韓昌黎有言，凡物不得其平則鳴，人之於言也亦然，有不得已者而後言。余之終亦不免於不得已而後言，則亦

昌黎所謂不平之鳴也。

筆者讀後,有感於茲事體大,直接影響到詩學研究的基本方向。故不辭譾陋,特撰此文爲之評介。

貳、內容簡介

一、經學與文學

錢先生說:

> 班氏《漢書·藝文志》,以《五經》爲古者王官之學,乃古人治天下之具;故向來經學家言詩,往往忽略其文學性;而以文學家眼光治詩者,又多忽略其政治性。遂使詩學分道揚鑣,各得其半,亦各失其半。求能會通合一以說之者,其選不豐。……
>
> 今果認《詩經》乃古代王官之學,爲當時治天下之具;則其書必然與周公有關,必然與周公之制禮作樂有關,必然與西周初期政治上之大措施有關;此爲討論《詩經》所宜首先決定之第一義。……實則《詩經》創自周公,本屬古人之定論;歷古相傳之舊說。其列指某詩爲周公作者,亦甚不少。其間宜有雖非周公親作,而秉承周公之意爲之者,欲求深明古詩眞相,必由此處著眼。

本章要旨:一、《詩經》爲王官之學。二、《詩經》具有政治性,亦具有文學性,當以會通說之。三、《詩經》旣被古人視爲治天下之具,必與周公有關,必與周公制禮作樂以及周初政治上的大措施有關。四、《詩經》創自周公,所作亦甚不少;其間宜有雖非周公親作,而秉承周公之意作的,讀詩必從此處著眼。這即是錢先生開宗明義的一番話。

二、詩之起源

錢先生說:

> 近人言詩,必謂詩之興,當起於民間。此義即在古人,亦非不知。

……《虞書》曰：「詩言志，歌永言，律和聲。」然則詩之道放於此乎？是鄭玄推論古詩起源，當在堯舜之際。……惟《虞書》實係晚出，而鄭孔皆不能辨，因謂詩起於堯舜之際，此亦不足爲據。惟虞舜以下，即無嗣響，此則鄭孔亦知之。故鄭氏《詩譜序》又曰：「有夏承之，篇章泯棄，靡有孑遺。遍及商王，不《風》不《雅》。是謂夏殷無詩灼然可見。詩既起於堯舜之際，何以中斷不續，乃踰千年之久，此實無說可解。故余謂詩當起於西周，《虞書》云云，不足信也。

此章旨在辨明雖《虞書》有「詩言志」的一段話，鄭玄據之推論詩當起於堯舜之際；然夏殷無詩，《虞書》晚出，實不可信，故錢先生主張詩當起於西周。

三、《風》《雅》《頌》

錢先生說：

今試問所謂《風》《雅》《頌》三體者，其辨究何在？……鄭玄注《周禮》云：「頌之言誦也，容也。誦今之德廣以美之。」孫詒讓《正義》云：「頌、誦、容並聲近義通。」

周人特標其西土之音曰《雅》，而混舉各地之音曰《風》。可知《風》《雅》所指，亦無甚大之區劃，故古人亦常以《風》《雅》連文。《鼓鐘》之詩曰：「以《雅》以《南》。……」高誘注：「南音，南方南國之音。」蓋南音即南風也。故《二南》列於《風》始。南音可稱爲南風，雅音豈不可稱爲雅風或西風乎？故知「風」「雅」二字所指，亦實無大別。

然則《詩》之《風》《雅》《頌》分體，究於何而分之？曰：當分於其《詩》之用。蓋《詩》既爲王官所掌，爲當時治天下之具，則《詩》必有用。《頌》者，用於宗廟。《雅》則用之朝廷。《二南》則鄉人用之爲鄉樂。……因《詩》之所用場合異，其體亦不得不異。言《詩》者當先求其用，而後《詩》三百之所以爲王官之學，與其所以爲周公治天下之具者，其義始顯；此義尤不可不首先鄭重指出也。

這是以爲如依《風》《雅》《頌》三字的涵義來看，實可相通互用，無何差

別。其眞正差別在於詩之用；如《頌》用於宗廟，《雅》用於朝廷，《二南》用於鄉樂。此即三百篇爲古代王官之學與周公治天下之具的意義所在。

四、四始

錢先生說：

> 四始者，《史記》謂：「《關雎》之亂，以爲《風》始。《鹿鳴》爲《小雅》始。《文王》爲《大雅》始。《清廟》爲《頌》始。此所謂四始也。……」惟《鄭志》答張逸云：「《風》也、《小雅》也、《大雅》也、《頌》也，此四者，人君行之則興，廢之則衰；後人遂謂《風》之與《二雅》與《頌》，其序不相襲，故謂之四始。」鄭氏此說，似不可信，蓋是不得四始之義而強說之。王褒《講德論》有曰：「周公咏文王之德，而作《清廟》。……」《漢書》翼奉上《疏》曰：「天下甫二世耳，然周公猶作《詩》《書》，戒成王，其詩曰：殷之未喪師，克配上帝，宜鑑于殷，駿命不易。」此漢儒以《大雅・文王》之詩爲周公作之證。

> 《毛傳・鹿鳴》之什：「《鹿鳴》，燕群臣嘉賓也。……」《鹿鳴》之詩，即非作於周公，亦必周公命其同時能詩者爲之，此事亦可想見。……

> 周公既遇事必爲之制禮作樂焉，而婚姻乃人事之至大者，又其事通乎貴賤上下，宜不可以無禮。於是有《關雎》爲《風》始。……蓋《清廟》、《文王》，所以明天人之際，定君臣之分也。《小雅・鹿鳴》，所以通上下之情。而《風》之《關雎》，則所以正閨房之內，立人道之大倫也。周公之所以治天下，其道可謂畢具於是矣。

> 近代說詩者，又多以《關雎》爲當時民間自由戀愛之詩，直認爲是一種民間歌，此尤不足信。《詩》不云乎，「琴瑟之友，鐘鼓樂之。」不僅遠在西周初年，即下及春秋之中葉，……當時社會民間，曷嘗能有琴瑟鐘鼓之備？……故縱謂《二南》諸詩中，有采自當時之江漢南疆者，殆亦采其聲樂與題材者多；其文辭，則必多由王朝諸臣之改作潤色，不得仍以當時之民歌爲說。

本章要旨：一、四始應從《史記》之說，即指四類詩的第一首而說的。二、這四首詩都是周公作的。三、近人多以《關雎》爲民間戀歌，實不足信，因爲當時民間無琴瑟鐘鼓之備。四、《二南》的詩即使有採自民間，也只是採其聲樂與題材；至於詩文，已由王朝諸臣加以改作，不宜再視之爲民歌。

五、《生民》之什

錢先生說：

> 周人之有天下，實不始於文王，而周公必斷自文王始。再上溯之，周人之遠祖亦實不始於后稷，而周公必斷爲自后稷始。此又周公治天下之深義所寓。
>
> 何以謂周人之遠祖實不始於后稷，請即以《生民》之詩爲證。《生民》之詩曰：「厥初生民，時維姜嫄。……」是后稷明有母，母曰姜嫄，是必姓姜之女來嫁於周者，是姜嫄亦明有夫。姜嫄有夫，即后稷有父也。……周人特以后稷教民稼穡，生事所賴，人文大啓，乃因而尊奉之，截取以爲人類之始祖也。此可謂之人文祖，非原始祖。
>
> 何以知周人之祖后稷，必斷自周公？《中庸》之書有之，曰：「周公郊祀后稷以配天，宗祀文王於明堂，以配上帝。……」此乃周公制禮作樂之最大綱領。……周人以文王爲始有天下，與其以后稷爲始祖，皆一代禮樂之大關節所在，其事則非周公則莫能定也。

此章旨在說明《大雅‧生民》、《文王》皆周公作。《生民》敍后稷爲人文祖；《文王》敍文王始有天下，乃周公制禮作樂關鍵之所在。亦即周公郊祀后稷以配天，宗祀文王以配上帝。

六、豳詩《七月》

錢先生說：

> 《左傳》季札觀豳，曰：「其周公之東乎？」《毛序》：「《七月》，陳王業也。周公遭變，故陳后稷先公風化之所由，致王業之艱難也。」……今按《尚書‧金縢》云：「武王已喪，管叔及其群弟流言於國。周公曰：我之弗辟，無以告我先王。周公居東二年，則罪人斯

得。」此言東都，蓋周公之居東，實即居豳也。《逸周書》度邑解有
云：「武王既封諸侯，徵九牧之君，登汾阜，望商邑而永歎。……汾即
邠，邠即豳也。豳爲公劉所居，其地實在豐鎬踰河而東，說詳余舊著周
初地理考。周公踰河而東，討三監，蓋居晉南之豳，即武王往日所登之
汾阜也。

《金縢》又云：周公居東二年，罪人斯得，於後公乃爲詩貽王，名
之曰《鴟鴞》。……又《毛序》云：「東山，周公東征也。」朱子曰：
「周公東征既歸，因作此詩以勞歸士。」……

蓋《豳詩》之成，其時最早，猶在《風》《雅》《頌》分體之前。
……至其附編於《國風》之後，事益後起。

此章的文旨有四：一、據《左傳》、《毛序》、《金縢》足證《七月》是周公
作來陳王業的。二、周公居東，實即居豳。三、據《金縢》，知《鴟鴞》是周
公作。據《毛序》，知《東山》也是周公作。四、《豳詩》爲三百篇中最早之
作，《雅》《頌》諸篇還在其後。

七、詩之正變

錢先生說：

> 竊謂《詩》之正變，若就《詩》體言，則美者其正，而刺者其變；
> 然就《詩》之年代先後言，則凡詩之在前者皆正，而繼起在後者皆變。
> ……故所謂《詩》之正變者，乃指詩之產生及其編製之年代先後言。凡
> 西周成康以前之《詩》皆正，其時則有美而無刺；屬宣以下繼起之
> 《詩》皆爲之變，其時則刺多於美云爾。鄭氏《詩譜序》云：孔子錄懿
> 王夷王時詩，訖於陳靈公淫亂之事，謂之《變風》《變雅》。是亦謂
> 《變風》《變雅》起於懿王以後也。然又有可說者，《豳風》七篇有關
> 周公之詩，其年代於詩三百篇中當屬最早，而亦列於變，此又當別說。
> 蓋此七篇本附四始之後，其後《詩》之編定既有正有變，故遂並豳詩而
> 目之爲變。是亦由其編定在後而得此變稱也。
>
> 同一詩也，而謂之美，謂之刺，此又說詩者之變也。如齊魯韓三
> 家，莫不以《關雎》《鹿鳴》爲怨刺之詩是也。……夫同一《鹿鳴》之

詩，當西周之初歌之，則人懷周德，見其好賢而能養。自衰世歌之，則因詩反以生怨，見前王能養賢，而今不然。即如《關雎》亦然，在西周盛世歌之，則以彰德化之美；自衰亂之世歌之，豈不徒以刺今之不然乎？故太史公又謂：「周道缺，詩人本之衽席，《關雎》作也。」故知三家說《鹿鳴》《關雎》爲怨刺，義無不當。

此章文旨：一、就詩體言，美詩屬正，刺詩屬變；就詩之年代言，凡詩之在前者爲正，如成康以前者皆正，有美而無刺；凡詩之在後者爲變，如懿王以下者，刺多於美。二、《豳風‧七月》有關周公的詩，年代最前，卻置於《變風》之末者，是由於編定在後，而隨之稱變的緣故。三、三家說《關雎》、《鹿鳴》爲衰世怨刺的詩，以見一詩可以二說：同一《鹿鳴》，當西周盛世歌之，爲美；當衰世歌之，見前王能養賢，而今不能，因詩反而生怨，故轉而爲刺。故《關雎》、《鹿鳴》等詩，說成刺衰，義無不當。

八、詩三百完成之三時期

錢先生說：

故今《詩》三百之完成，當可分爲三期。第一期當西周之初年，其《詩》大體創自周公。其時雖已有《風》《雅》《頌》三體，而《風》僅《二南》，其地位遠較《雅》《頌》爲次，故可謂是《詩》之《雅》《頌》時期。此時期即止於成王之末，故曰成康沒而《頌》聲寢也。成康以後，因無《頌》，亦因無《雅》；蓋《雅》《頌》本相與以爲用，皆所以治平之具、政教之本。今治平已衰，政教已熄，故成康以後，歷昭穆共懿孝夷之世皆無詩也。其第二期在屬宣幽之世，此當謂之《變雅》時期，其時已無《頌》，而繼大小《雅》而作者，皆列爲《變雅》……其第三期自平王東遷，列國各有詩，此時期可謂之《國風》時期，亦可謂《變風》時期。

當周公之制作，爲王政之用而有詩，則未有所謂詩人也。逮於詩之變而詩人作焉。彼詩人者，因前之有詩而承襲之，在彼特有感而發，不必爲王政之用而作也。故謂之《雅》者，其實不必爲朝廷之用。謂之《風》者，亦不必爲鄉人與房中之樂。

本章要旨：一、詩分三期及其分期內容的敍述。二、在《變風》《變雅》時期，詩人因襲前敍，有感而發，不必爲王政或鄉樂之用而作詩。

九、《詩》亡而後《春秋》作

錢先生說：

> 孟子曰：「王者之跡熄而《詩》亡，《詩》亡然後《春秋》作。」此孟子以孔子繼周公也。……然則孟子之所謂《詩》亡，乃指《雅》《頌》言也。趙岐以《頌》聲不作爲亡，朱《注》以《黍離》降爲《國風》而《雅》亡爲亡。……孟子之所謂《詩》亡，即指《雅》亡言。使詩猶能雅，即是王政尚存，孔子何得作《春秋》以自居於王者之事乎？故知朱子之注，遠承前儒，確不可破。其他諸說紛紛，必以《風》《雅》全亡爲《詩》亡，謂當至陳靈《株林》之詩始得謂《詩》亡者，斯斷乎不足信矣。……故周公之《詩》興於治平，孔子之《春秋》興於衰亂。時代不同，所以爲著作者亦不同；實則相反而相成，此古人言《詩》亡而《春秋》作之大義。周孔之所以爲後儒所並尊，亦由此也。

本章文旨：一、孟子「王者之跡熄而《詩》亡，《詩》亡然後《春秋》作」的涵義，當取朱子《雅》亡而《詩》亡之說。二、《詩》創自周公，《春秋》作自孔子，孟子此言即有「孔子繼周公」之意。三、如《雅》詩未亡，即不得說爲「王者之跡熄」，所以屬宣幽時期有《變雅》，王跡雖衰，猶未全熄。四。至於《國風》興作之時，王跡已全熄，雖各國有詩，作意已變，故亦得視爲《詩》亡。五、周公的《詩》興於治平，孔子的《春秋》興於衰亂；雖所處不同，卻相反相成，這即是「《詩》亡然後《春秋》作」的大義所在。

十、采詩與刪詩

錢先生說：

> 夫苟有采詩之官，……於西周之初，王政方隆，下及屬宣幽之世……當時采詩之官，所爲何事？何以十二《國風》之詩，乃盡在東遷之後乎？且周之既東，若猶有采詩之官，采此各國之詩，則所謂貶之謂王

國之《變風》者，又是何人所貶？豈有王朝猶能采詩於列國，而顧自貶王朝之詩以下儕於列國之《風》之事？此皆無義可通也。

故知當《詩》之初興，其時《風》詩僅有《二南》，未嘗有諸國之《風》也。……其時既無諸國之風，亦可知王朝本無采詩之官矣。……既在西周時，王朝未有采詩之官，豈有東遷以後，王政不行，而顧乃有此官之設置乎？此又大可疑也。

《小戴禮・王制》有云：「天子五年一巡守，命太師陳《詩》以觀民風。」此若爲太師有采詩之責矣。然其所言《詩》，主於《風》，不及《雅》《頌》。……在西周之初，可謂《二南》與《豳》之外尚無《風》，則此太師所陳，最多可謂是各地之歌謠，決非如今《詩》三百中之詩篇。抑且《王制》作於漢儒，巡守之制既不可信，謂於巡守所至而太師陳詩，其說之不可信，亦不待辨矣。

采詩之官之說既可疑，而孔子刪詩亦自見其不可信。崔述《考信錄》有云：「《國風》自《二南》《豳》以外，多衰世之音，《小雅》大半作於宣幽之世。……孔子不應盡刪其盛而獨存其衰。且武丁以前之《頌》，豈遽不如周；而六百年之《風》《雅》，豈無一二可取，孔子何爲而盡刪之。」據崔氏說，亦可見詩起於西周，《雅》《頌》乃周公首創，殷商之世尚未有詩。而今《詩》三百，顯分三時期。孔子若刪詩，不應如此刪法，使某一期獨存，而某一期獨刪。故崔氏又曰：「孔子原無刪詩之事。……孔子所得，止有此數。」此可謂允愜之推想也。

《漢書・食貨志》云：「孟春之月，行人振木鐸徇於路，以采詩；獻之太師，比其音律，以聞於天子。」則凡錄詩入樂，通掌於太師，其言是矣。惟行人采詩之說爲不可信。

至論《風》詩之興衰，方周之東遷，迄於《春秋》初期，此際似列國《風》詩驟盛，稍下即不振。……而列國卿大夫、聘問宴饗賦《詩》之風則方盛。及孔子之生，賦《詩》之風亦將衰。此皆觀於左氏之記載而可知。故今三百之集結，當早於季札觀樂時已定。

本章文旨：一、不信有采詩之官。理由是十二《國風》的詩多在東遷以後，東遷以前西周時期無詩，彼等所爲何事？二、王朝之詩自貶於《國風》，究屬何

人所為？三、西周無諸國之《風》，可以推知當時王朝無采詩之官。四、《禮記‧王制》所載太師陳詩的事，其所陳者當是歌謠，實非三百篇。五、孔子刪詩之說亦不可信，崔述之言可證。三百篇在季札觀樂時即已定型。

十一、《魯頌》《商頌》及十二《國風》

錢先生說：

> 魯為周公之後，周之東遷，而有周禮盡在於魯之說；亦有謂成王以周公有大功勳於天下，故賜伯禽以天子之禮樂。故知西周《雅》《頌》舊什，惟魯獨備。

> 魯之外有宋，宋為殷後，其國人常有與周代興之意。今詩《魯頌》之後有《商頌》，三家詩謂是正考父美宋襄公，殆是也。當時魯、宋兩國皆無《風》，而顧皆有《頌》，蓋魯自居為周後，當襲西周舊統；宋自負為商後，當與周為代興；故皆模倣西周王室作為頌美之詩，而獨不見有《風》詩也。若謂《國風》皆起民間，則何以魯宋民間無詩，又復無說可通矣。

> 昔周公之所以特取於《二南》之歌以為《風》詩者，正以其民俗好音，擅歌舞，多男女情悅之辭，故采取以為鄉樂之用。……《國風》之作者，殆甚多仍是列國之卿大夫，薰陶於西周之文教傳統者愈深，其詩之創作與流行，仍多在上不在下，實不如朱子所想像，謂其多來自民間也。……而近人又輕以民間歌辭說之，則更見其無當也。

本章要旨：一、魯之有《頌》，因周公有大功勳於天下，成王賜伯禽以天子之禮樂。二、宋之有《頌》，是因宋為商後，正考父美宋襄公之作。三、魯宋有《頌》而無《風》，為《風》詩不起於民間之證。四、周公取《二南》為《風》詩者，為其民俗好音樂，擅歌舞，多敘男女之情，故轉為鄉樂之用。五、《國風》多卿大夫作，非民間歌謠，朱子以及近人主張來自民間，實不妥當。

十二、《詩序》

錢先生說：

　　蓋詩必出於有關係而作，此大體可信者。惟年遠代湮，每一詩必求
其關係之云何，則難免於盡信。朱子《詩集傳》一意擺脫《詩序》，亦
所謂齊固失之，楚亦未得也。馬端臨非之，其說曰：「《書序》可廢，
而《詩序》不可廢。《雅》《頌》之《序》可廢，而十五《國風》之
《序》不可廢。」蓋《風》之為體，比興之詞多於敘述，風論之意浮於
指斥。有反復詠歎，聯章累句，而無一言敘作之意者。《黍離》之
《序》，以為閔周室宮廟之傾覆，而其詩語不過慨歎禾黍之苗穗而已。
此詩之不言所作，而賴《序》以明者也。今以文公《詩傳》考之，其指
以為男女淫佚奔誘而自作詩以序其事者，凡二十有四。……《序》本別
指他事，而文公亦以為淫者所自作。孔子曰：「思無邪。」如文公之
說，則雖詩詞之正者，亦必以邪視之。……

　　然則《詩》三百，徹頭徹尾皆成於當時之貴族階層。先在中央王
室，流衍而及於列國君卿大夫之手。又其詩每於當時之被視為王官之
學，其傳及後世，被列為《五經》之一，其主要意義乃在此。

本章主旨：一、詩必出於有關係之作，這種關係有賴《詩序》的說明。二、馬
端臨說十五《國風》之《序》不可廢，因為《國風》多諷諭之詞，有賴《詩
序》的說明始得知之。三、朱子以男女淫奔說詩者二十四首，其與孔子「思無
邪」之義相違背。四、《詩》三百徹頭徹尾為貴族階層之作，在政治上有實際
之應用。五、《詩經》在當時即被視為王官之學，傳及後世即成為《五經》之
一。

十三、孔門詩教

錢先生說：

　　孔子雖甚重禮樂，極推周公；然周公在西周初年制禮作樂之情勢，
至孔子時已全不存在。……

　　《論語》記孔子教其子伯魚，亦僅曰：「不學《詩》，無以言。」
又曰：「不為《周南》、《召南》，猶正牆面而立。」可見孔子論
《詩》，與周公之創作《雅》《頌》，用意已遠有距離。毋寧孔子之於
《詩》，重視其對於私人道德心性之修養，乃更重於其在政治上之實際

使用。……故《詩》至於孔門，遂成爲教育工具，而非政治工具。

至於就文學立場論《詩》，其事更遠起在後。……然《詩經》終不失爲中國最早一部文學書，不僅在文學史上有其不可否認之地位；抑且《詩經》本身之文學價值，亦將永不磨滅，永受後人之崇重。則因《詩》三百，本都是一種甚深美之文學作品也。

本章主旨：一、孔子雖推崇周公，然已非周公創作《詩》之本意。二、周公視《詩》爲政治工具，孔子視《詩》爲教育工具。三、《詩經》爲我國最早而且最深美的文學書，故值得崇重。

十四、賦比興

錢先生說：

> 《詩》之初興，惟有《雅》《頌》，體本近史。……故知詩體本宜以賦爲主，而時亦兼用比興者，……蓋詩人之不宜以賦直敍其事，而必以比興達之，此乃一種文學上之要求；而《詩》三百之所以得成其爲中國古代最深美之文學作品者，亦正爲其能用比興以遣辭。……此後中國文學繼起之妙音，亦莫不善用比興。即如朱子《楚辭集注》亦曰：楚人之詞，其寓情草木，託意男女，以極游觀之適者，《變風》之流也。……繼此以往，唐詩宋詞，苟其得臻於中國文學之上乘、得列爲中國文學之正宗者，幾乎無不善用比興。……

> 鄭氏言比興，誤在於每詩言之。如指某詩爲賦，某詩爲比是也。如此則將見詩之爲興者特少。鄭氏似不知賦比興之用法，即在詩中亦隨處可見，當逐句說之，不必定舉詩之一首而總說之也。……

> 竊謂《詩》三百之善用比興，正見中國古人性情之溫柔敦厚。凡後人所謂萬物一體、天人相應、民胞物與諸觀念，爲儒家所鄭重闡發者，其實在古詩人之比興中，早已透露其端倪矣。

> 故賦比興三者，實不僅是作詩之方法，而乃詩人本領之根源所在也。此三者中，尤以興爲要。

本章要旨：一、詩之作法，本宜以賦爲主，兼用比興，乃是文學上的要求。

二、中國文學繼起之妙音，莫不善用比興。三、鄭氏以一詩論比興，實屬誤解。即在一句之中，亦隨處有比興。四、《詩經》善用比興，以見古人溫柔敦厚，與儒家天人合一、民胞物與的觀念相合。

十五、淫奔詩與民間詩

錢先生說：

> 既明於詩之賦比興之義，則朱子以《國風》鄭衛之詩爲多男女淫奔之辭，並謂此等淫奔之辭，多不出於男子之口，而出於女子之口者，其誤自不待辨。蓋朱子誤以比興爲直鋪之賦，則宜其有此疑也。皮錫瑞《詩經通論》論此極允洽，其言曰：「朱子以詩之六義説楚詞，以託意男女爲《變風》之流，沅芷澧蘭、思君子未敢言爲興。其與《楚辭》之託男女近乎褻狎而不莊者，未嘗以男女淫邪解之。何獨於《風》詩之託男女近於褻狎而不莊者，必盡以男女淫邪解之乎？……」皮氏此論，可謂深允。……惟皮氏又引《漢書・食貨志》，謂「男女有不得其所者，因相與詠歌，各言其傷，春秋之月，群居者將散，行人振木鐸徇於路以采詩，獻之太師，比其音律，以聞於天子。」又引何休《公羊解詁》，曰：「男女有所怨恨，相從而歌，飢者歌其食，勞者歌其事，男年六十，女年五十，無子者官食之，使之民間求詩。鄉移於邑，邑移於國，國以聞之天子。」因謂據此二説，則《國風》實有民間男女之作。采詩之説，已辨於前。班何晚在東京之世，益出《左傳》《王制》後甚遠。彼自以漢之樂府采自民間而移以説《國風》，其誤不煩再辨。……
>
> 且縱退而言之，即謂十二《國風》中，其詩亦有出自民間者，此亦當下至於當時士之一階層而止。……要之爲當時社會上層之產物，與當時政府有關，不得以民間歌謠與近人所謂平民文學之觀念相比附，此則斷然者。尚論中國文學史之起源，此一特殊之點，尤當深切注意，不可忽也。

本章要旨：一、朱子淫詩之説，實屬誤解。究其原因，實由於將比興之詩説成直鋪之賦。二、引皮氏評朱子説《楚辭》託男女事而不淫邪，説《國風》則以淫邪解之，自致矛盾。三、但皮氏引班、何之文，以證古有采詩之官。《國

風》實有民間男女之作，以爲是一種勉強游移之說。班、何晚在東漢之世，其說不足爲據。四、十二《國風》不是民間歌謠，當屬社會上層人物之產物。

十六、中國文學史上之雅俗問題

錢先生說：

> 劉向《說苑》：「鄂君泛舟於新波之中，榜枻越人擁楫而歌，歌辭曰：『濫兮抃草，濫予昌枑，澤予昌州，州鍖州焉乎，秦胥僭予乎，昭澶秦踰、滲惵隨河湖。』鄂君曰：『吾不知越歌，子試爲我楚說之。』於是乃召越譯，乃楚說之。曰：『今夕何夕兮，搴中洲流。今日何日兮，得與王子同舟。蒙羞被好兮，不訾詬恥。心幾頑而不絕兮，知得王子。山有木兮木有枝，心悅君兮君不知。』於是鄂君乃搶脩袂，行而擁之，舉繡被而覆之。」《說苑》此一故事，厥爲中國文學史上所謂雅俗問題一最基本、最適當之說明。

> 今傳《二南》二十五篇，或部份酌取南人之歌意，或部份全襲南人之歌句；然至少必經一番文字雅譯工夫，然後乃能獲得當時全國各地之普遍共喻，而後始具有文學的價值。……此三百首詩句之所以能平易明白如此，則正爲有文字之雅化，而仍滋今人之誤會，乃謂此當時之民歌耳；……不悟若不經文字雅化工夫，各地民歌，即限於各地之地方性，何能臻此平易明白。……

> 在中國亦非無俗文學，惟俗文學之在中國，其發展則較遲、較後起。此乃由於中國文學之獨特性。……由文學史之發展言，乃非由白話形成爲文言，實乃由文言而形成爲白話者。……而且文言文學易於推廣，因亦易於持久，而白話文學則終以限於地域而轉易死亡。

本章要旨：一、文學上的雅俗，即如劉向《說苑》所錄的越歌楚譯。二、《二南》以及其他《國風》的詩，都是經過雅譯，才能成爲全國共喻的文學作品。三、今人以俗文學白話詩說《國風》，實屬不當。四、從文學史上說，先雅而後俗；亦即先有文言，後有白話。五、從文學價值而言，故文言易於推廣而且持久；白話則限於地域而易死亡，故文言優於白話。

十七、中國文學上之原始特點

錢先生說：

> 　　中國文學史上此一特徵苟已把握，則知《詩經》三百首，大體乃成
> 於當時之貴族上層，即少數獲有文字教育修養者之手。……而《詩》三
> 百之所以終爲古代王官之學，與實際政治結有不解緣之來歷，亦可不煩
> 辨難而論定。中國古代學術，自王官學轉而爲百家言。故此《詩經》三
> 百首亦自周公之以政治意義爲主者，轉變至於孔子，而遂成爲以教育意
> 義爲主。此一演變，亦本篇特所發揮。
>
> 　　然則中國文學開始，乃由一種實際社會應用之需要而來，乃必與當
> 時之政治教化有關聯。……因此凡屬如神話、小說、戲劇之類，在中國
> 文學史上均屬後起，且均不被目爲文學之正統。……故凡研究文學史
> 者，必求能著眼於此民族全史之文化大體系之特有貌相，與其特有精
> 神，乃可把握此民族之個性與特點，而後對於其全部文學史過程乃能有
> 其眞知灼見，……而豈捃摭其他民族之不同進展，皮毛比附，或爲出主
> 入奴之偏見，以輕肆譏彈者之所能勝任乎？

本章主旨爲歸納前文要點，予以強調，要讀者把握中國文學之特質，才能有其
眞知灼見。反之，如以其他民族的文學現象相比附，出主入奴，必流於膚淺，
造成誤解。

參、理論體系概述

　　錢先生這篇文章，自有其鮮明的主張。我們從頭讀下來，在其每個子題之
間，都可清晰地體會出其行文旨趣之所在。但如要作整體的瞭解，還須找出他
思想的源頭與理念的推演，亦即理論體系的全面體認。以下是筆者概略的敘
述。

一、行文主旨

　　有心衛道，頗有振興儒學、光大中華文化的使命感。竭力維護古文學派的
傳統解說，確認《詩經》具有政治意義與教育功能，反對朱子以及近世學者
《國風》爲民俗歌謠之說。

二、論證方法

㈠主張《詩經》創自周公，不僅《二南》、《豳風》的詩多屬周公作，即四始與《雅》《頌》開頭的詩都是周公作，周公作《詩》的目的在於政治的需要，吾人讀《詩》亦須從這一方向去讀，始不失其本義。在此觀點下，自然要接受《詩序》對於政治人物的編敘。

㈡主張《詩經》旨在實用，如《頌》用於宗廟，《雅》用於朝廷，《二南》用於鄉樂；藉以否定抒情為主的民歌之說。

㈢主張作《詩》者的身份都是士以上的貴族階級，絕無平民的事。旨在排斥朱子以及近世學者《風》詩來自民間，屬於平民文學之說。

㈣主張孟子「《詩》亡然後《春秋》作」的話是可信的。以為周公的《詩》興於治平，孔子的《春秋》興於衰亂，雖所處不同，卻相反相成。旨在說明《詩》與《春秋》同樣具有政治意義，用來旁證《詩序》以政說詩的正當性。

㈤主張《詩序》正變美刺之說是可信的，尤其採信馬端臨「《國風》之《序》不可廢」的話，要人相信《毛詩序》所編的《詩經》故事，自有根據。藉以駁斥朱子以及今人廢《序》之舉。

㈥主張《詩經》的作成應分三個時期：其第一期當西周之初，多屬周公所創制，《詩》僅《雅》《頌》《二南》，止於成康之末，故可稱為《雅》《頌》時期。第二期在厲宣幽之世，屬《變雅》時期。第三期起自平王東遷以後，列國各有《風》，謂之《變風》時期。其所據即在《詩序》正變之說；其用意則在確認《二南》為《正風》，屬西周初期周公的作品。

㈦主張西周無《國風》之詩，王朝無采詩之官。及於東周，王政不行，更無可能設置采詩之官。用以否定古籍所載有關采詩之說。旨在證明《國風》的詩不是採自民間，乃是列國公卿大夫之作；亦即否定民俗歌謠之說。

㈧主張賦比興三法中比興須特予重視，旨在將淺白的民歌說成別有寓意的政書。說朱子之誤，即在於將鄭衛的詩說成是平舖直敘的賦，不知詩人原以比興之法另有所喻。亦即敘的是男女之情，喻的是君臣之義。以示《詩》之與政，有不可分離的關係。

㈨主張《國風》的詩都是經過朝中文士雅化了的，才能如此平易明白，通行各地。如仍是各地民歌，即如《說苑》所載的越語之歌，限於方言土語，難

以傳達情意。故知雅勝於俗。以證今人多以通俗歌辭說《國風》的非是；進而否定白話文學的價值。

㈩主張中國文學的原始特點，即在於政治性、教育性與實用性。故《詩》三百出於士大夫之手，成為古代王官之學。至於純文學的觀念，在中國的歷史上出現特遲。讀者須把握此原始特點，才能有眞知灼見。以上所述各點，值得後學者認眞記取；則導正之功，庶乎得之。

肆、有關問題的探討

甲、周公與《詩經》的關係問題

錢先生認為《詩經》與周公有很重要的關係，周公首先創制《雅》《頌》《二南》，用來作為治理天下的工具。有些詩雖然不是周公作，也是秉承周公之意而作成的。說《詩經》中有周公的作品，這大概是可以認定的；但《詩經》中究竟有多少篇是周公作的？這就有待考證了。說周公制禮作樂，對周朝開國時的典章制度有相當大的建樹，這大概也是可以認定的，但如將制禮作樂說成即是作《雅》《頌》等詩，這就更值得推敲了。《雅》《頌》的詩，絕大部份不知作者。《毛詩序》說與周公有關的，僅《清廟》一首。《序》曰：

> 《清廟》，祀文王也。周公既成洛邑，朝諸侯，率以祀文王焉。

它只是說這是周公率諸侯祀文王的詩，沒有明確地說這是周公作的。不像《大雅·泂酌》、《卷阿》兩篇說是「召公戒成王也」那樣的明確。但也由此可以推斷，如果作《序》者確知《雅》《頌》中許多詩是周公作的，他不會不在《序》文上冠以「周公」兩字。如今既不冠以「周公」兩字，即知他不以為是周公作。《雅》《頌》是如此，《二南》又如何？《關雎·序》說是「后妃之德也，《風》之始也」，沒有提到作者。在該《序》末了有「然則《關雎》、《麟趾》之化，王者之風，故繫之周公」的話。這話本身即有問題，周公既非王者，王者之風怎可繫之周公？再說「繫之周公」是因為《關雎》這首詩放在《周南》裡的緣故，不表示這首詩即是周公作。從詩文章句來看，「窈窕淑

女，君子好逑」的君子、淑女，原未指實，如果說成是周公作來敘其父文王追求其母大姒的，並加上「求之不得，寤寐思服。悠哉悠哉，輾轉反側」的描狀，不覺得在父子情份上如此措詞有失敬意嗎？筆者以爲，這首詩如果是敘文王求大姒的，別人可以寫，作其子的周公決不能寫。而且這首詩按常理推斷，應作於婚禮的當時，周公爲文王第三子，說文王之化及於南國，則文王已在垂暮之年，周公亦在周召分陝而治之後，才有可能在其采邑作成此詩。其時相隔數十年。說《關雎》是周公在數十年後追述其父母婚事而寫的，這話會有人相信嗎？

《二南》其他的詩，《詩序》也不曾說有周公作的。與周公有關的，都在《豳風》裡。《詩序》云：「《七月》，陳王業也。周公遭變，故陳后稷先公風化之所由，致王業之艱難也。」「《鴟鴞》，周公救亂也。成王未知周公之志，公乃爲詩以貽王，名之曰《鴟鴞》。」「《東山》，周公東征也。周公東征，三年而歸，勞歸士，大夫美之，故作是詩也。」《詩序》將這三首詩定爲周公作，前人頗有爭議。理由是《七月》敘豳人勞苦生活，極爲細緻，非身爲貴族階級的周公所能體會。又如詩文「女心傷悲，殆及公子同歸」、「我朱孔陽，爲公子裳」、「取彼狐狸，爲公子裘」等語，對豳公之子予取予求的特權生活，流露著些許的不滿與無奈。周公生於當世，即是豳公之子，即使不是說他自己，也必及於乃父乃祖，他竟會如此行文來「陳王業之艱難」嗎？所以他們不以爲這首詩是周公作；充其量不過是將豳地民間相傳的這首詩歌加以潤飾，作爲一個族群艱苦生活的寫照而已。范家相《詩瀋・豳風・七月》篇云：

> 詩陳王業，而無一言及后稷公劉之締造；詩戒成王，而無一語述祖功宗德之艱難。詩作於周公，而其辭宛然田父紅女之告語。明乎此而三百篇皆可類推。

這是將《詩序》的話與《七月》的章句對照著看，足以證明《詩序》所言是向壁虛構，無中生有的。

《東山》篇是東征戰士敘其自出征到返鄉的生活描狀與心路歷程。周公當時是統帥，不可能對一個戰士生活與內心世界做到如此真切而細膩的敘述。這原是歸士自作，改說周公作，即有感不類。《詩序》云：「大夫美之，故作是

詩也。」可見《詩序》也不以為是周公作。三首中只有《鴟鴞》這首詩，《詩序》云：「周公救亂也。成王未知周公之志，公乃為詩以貽王，名之曰《鴟鴞》焉。」這話由於《尚書·金縢》、《史記·魯周公世家》都有記載，尚可採信。這首詩的內容，旨在自陳心志，希望成王不要誤會他有不忠的念頭。但如將它說成是為治天下而作，不免牽強。由此看來，好附會的《毛詩序》，在三百篇中，指名是周公作的，只有《清廟》、《七月》、《鴟鴞》三首，憑這三首詩，能說《詩經》是周公創制的嗎？能說周公創制《詩經》視為政治工具，要讀者都得向政治方面去理解三百篇的嗎？《詩序》不敢附會的，錢先生卻大事附會。凡後儒言及某詩為周公作者，不作深究，即引以為據；並在第六章云：

> 故知今詩之《雅》《頌》，凡出周公之時者，縱有非周公之親筆，亦必多有周公命其意，而由周公從者為之，則亦無異乎是周公之為之也。

這樣說來，錢先生所一再叮嚀讀者讀《詩經》的第一要義，要確信周公是《詩經》的創制者，西周初期的詩包括《雅》《頌》《二南》都是周公作的，這一認知過程，不是出於上古典籍的考證，僅是基於周公「制禮作樂」的概念。這樣的論證方式，失之粗疏，失之主觀，怎會令讀者滿意的呢？

乙、《國風》與「民歌」的關係問題

錢先生最不贊成《國風》為民歌之說。他一再強調《國風》的詩全是卿大夫士等貴族作的，他們作詩的用意在於政治的需要，不是敘男女私情的。他說朱子誤在以賦說詩，不知比興。但如問錢先生所說比興的涵義又是怎樣的呢？說明白些，即是《毛詩序》那一套與詩文不相干的附會手法。錢先生特別重視馬端臨說的兩句話：「《雅》《頌》之《序》可廢，十五《國風》之序不可廢。」肯定《國風》之《序》的價值，即肯定其人事編敘與政治意義，民歌之說自然已無立足之地了。這原是一個關鍵性的大問題，《詩經》學者聚訟千年，就是要辨明《國風》的詩究竟是那一階層的人作的？如來自民間，平民直敘其情事，自然不會轉彎抹角地說到政治上去。如來自貴族階級的，說他藉男

女情以喻君臣義。這就牽涉到三個問題：一、《詩序》所說的史事有無依據？二、史事與詩文的涵意能否契合？三、各家有無不同的說法？比如《關雎》這首詩，錢先生認定是周公作的，如果文中的君子指的是文王，淑女指的是大姒，說兒子寫詩敍其父從思慕、苦戀以至於成婚的事，不覺得有失人子之道嗎？何況此說無證於古籍，連《詩序》都不曾言。《詩序》只說：「樂得淑女，以配君子。」如果作《序》者知道這位君子即是文王，好事的作者，會放過這個機會不予以標舉嗎？錢先生說《二南》為西周初期盛世之詩，可是三家詩卻說《關雎》是刺康王晏起的（註二），直以為是刺衰的了。像這些人事編敍，詩文中原無其意，史籍中亦無所據，有何理由要人相信？如果錢先生舉琴瑟鐘鼓為貴族婚禮之證，說此詩非平民之作。其實，《國風》作自民間，亦只是從大體言，有些《國風》的詩，的確是貴族階層的人所作，如《鄘風‧載馳》、《秦風‧渭陽》、《豳風‧鴟鴞》等。但是，平民之作，豈僅限於平民的事，敍貴族的事有何不可？這在《國風》中隨處可見，不煩舉證。《關雎》即使敍貴族的婚事，作詩的人有可能是平民，這是可以斷言的。

《詩序》以史說詩，多不可信。茲舉例說明之。

《鄭風‧狡童》篇：

> 彼狡童兮，不與我言兮。維子之故，使我不能餐兮。
> 彼狡童兮，不與我食兮。維子之故，使我不能息兮。

《詩序》：「狡童，刺忽也。不能與賢人圖事，權臣擅命也。」《鄭箋》：「權臣擅命，祭仲專也。不與我言者，賢者欲與忽圖國之政事，而忽不能受之，故云然。」《孔氏正義》則詳敍其史事云：

> 桓十一年，《左傳》稱祭仲為公娶鄧曼，生昭公，故祭仲立之，是忽之前立，祭仲專政也。其年宋人誘祭仲而執之，使立突；祭仲逐忽立突，又專突之政。故十五年，《傳》稱祭仲專，鄭伯患之，使其壻雍糾殺之。祭仲殺雍糾，厲公奔蔡，祭仲又迎昭公而復立；是忽之復立，祭仲又專。此（制陽案：指《狡童》篇）當是忽復立事也。賢人欲與忽圖事而忽不能受，忽雖年長而有壯狡之志，童心未改，故謂之狡童。言彼

> 狡好之幼童兮，不與我賢人言說國事兮，維子昭公不與我言之故，至今權臣擅命，國將危亡，使我憂之不能餐食兮。

這是以史說詩頗為詳盡的一例。但是昭公忽一生命運由立而廢，由廢而再立，全掌握在祭仲的手裡，只是任其擺佈的傀儡而已，何來「壯狡之志」？「童」即童子，昭公再立之時，已是中年以後的人，可否稱之為「童」？作詩者如是一位賢臣，當知其君的處境，怎會不罵擅命的權臣祭仲，卻罵不狡非童的國君為「狡童」？而且君居深宮，原無與臣子共餐之禮，怎可以「不與我食」相責？故《詩序》以「刺忽」說《狡童》，鄭、孔力求自圓其說，其結果是史非其史，詩非其詩，教人如何信得？一詩已明，則凡《鄭風》中《詩序》以為刺昭公的詩，如《有女同車》、《山有扶蘇》、《蘀兮》、《褰裳》、《揚之水》各篇，都是一望可知出於作《序》者的曲意附會（註三）。如問為什麼要附會？就是要從這些詩與政治人物結合在一起，內容涵有君臣之義，目的化為政治工具。這即是錢先生一再叮嚀要我們信從的。但如從民歌的觀點來看，這些詩抒的是男女之情，用的是淺白之詞，就像後世的民歌一樣，那有政治的涵意？所以古人說：「漢儒以三百篇為諫書。」這「諫書」兩字用得很妙，它涵有政治與教育雙重的意義。這意義，全在《詩序》《傳》《箋》裡。也由於這意義，《國風》已不再有風謠的趣味。將抒情的，變成說理的；直陳的，變成比興的；無史可稽的，變成說某人敍某事史跡斑斑可考的。這些人事的編敍，詩文中原無形跡可求，一定要讀《序》文才能知道。馬端臨相信古文詩說，所以有「十五《國風》之《序》不可廢」的話。錢先生引馬氏的話來說詩，自然認為《詩序》的話非信不可的了。如問錢先生為什麼要信《國風》的《序》說？原因不外乎打壓民歌之說，貫徹《詩經》創制自周公，當作政治工具的主張。其實，《詩序》的用意，不僅將詩當作政治工具，同時也當作教育工具，錢先生的話只說對了一半。

丙、正變美刺之說的有關問題

正變美刺之說，歷代《詩經》學者都相當重視，其說當始自《詩大序》。但《詩大序》云：「至于王道衰，禮義廢，政教失，國異政，家殊俗，而《變風》《變雅》作矣。」也只談到《變風》《變雅》，沒有提及《正風》《正

雅》。《正風》《正雅》的名稱與涵義是循《大序》《變風》《變雅》的話向反面推求出來的。既然《大序》說《變風》《變雅》是「王道衰，禮義廢，政教失」的衰亂時期，《正風》《正雅》自然是「王道成，禮義興，政教大行」的太平盛世了。以詩篇來說，他們定《二南》爲《正風》，其他十三《國風》爲《變風》。《正風》的詩受文王之化，故有美而無刺；《變風》的詩作於康王之後，故刺多於美。這已視爲古文學派的一套家法，錢先生信從此說，並在該文㈦、㈧兩章有扼要的說明。筆者則以爲古文家這套理論，正是詩學的一大障礙。茲討論如下：

一、從詩文內容上看

《周南・汝墳》有「王室如燬」句，《召南・何彼襛矣》有「平王之孫」句，都可證明不在西周盛世。古文家曲意維護，說《汝墳》的「王室」，指的是商紂暴政時期；《何彼襛矣》的「平王」，以「平」訓「正」，「正王」指的是文王。「平王之孫」，即是文王的孫女、武王的女兒下嫁於齊侯之子者。這樣的解說通不通呢？仍然是不通的，從前一例來說，商紂末年，既然是「王室如燬」了，怎能稱之爲盛世？即使《詩序》說：「文王之化行於汝墳之國，婦人能閔其君子猶勉之以正也。」這也無當於商末衰世的事實。況且文王爲商紂之臣，封爲西伯，專事征伐，其行跡僅及於黃河以北陝西境內，從未到過汝水地區，而且他早商紂十一年去世，他死後十年，《竹書紀年》載紂王「囚箕子，殺王子比干，微子出奔」，這還能稱爲太平盛世嗎？文王之化有可能及於汝墳之國嗎？至於說「平王」即是「文王」的代稱，只要想一想，他有用代稱的必要嗎？「文王」的稱號是武王登位後追諡的，是極爲榮貴的，也是不容更改的。會有詩人提他到時竟然不用出於正統的「文」字，而改用義不允洽的「平」字嗎？只這兩例，可見《詩序》正變之說不可從了。其他如《行露》篇《詩序》說是「強暴之男不能侵凌貞女」的；朱傳說：「女子有能以禮自守，而不爲強暴所污者。」以爲《行露》的女子是貞女，其所以稱「貞」者，是因爲不接受強暴之男的侵凌。可是有人質疑說（註四），《二南》地區的人民，既已受文王之化，何以只化女而不化男？以至男子竟有強暴之舉？其他如《小星》、《江有汜》、《野有死麕》等，都是與《詩序・正風》之說相牴觸的。

二、從《正風》的時代上看

《正風》的詩說是作於盛世，有美而無刺的。試問文王時可否稱爲盛世？

當然不是。文王生於商紂之時，早商紂十一年而卒，這時戰亂頻仍，民不聊生，怎會是盛世？武、成兩代可否稱為盛世？其實也不是。因為《正風》的定義是王化大行，聖君賢臣當政，人人都受感化，崇尚美德，故其時的詩有美而無刺。但如案之史實，周公東征，討伐的對象是武庚與管蔡。成王聽信流言，懷疑周公的忠誠；周公才作《鴟鴞》來表明心跡。兄弟相殘，君臣相疑的事相繼發生在周公身上，憑什麼說武、成之世是有美而無刺的？文、武、周公連自己家人都感化不了，又憑什麼去化行南國？

三、從《豳風》居於《變風》之末上看

《豳風》七首詩前人以為都與周公有關，或為周公作，或為詩人感念周公而作。錢先生云：「此殆周公作詩之證最前者，而《雅》《頌》諸篇猶在後。」錢先生在前文談到美刺說：「若就詩體言，則美者皆正，而刺者其變。若就詩之年代言，凡詩之在前者皆正，而繼起者皆變。」豳詩既作於周公，作成的時代比《雅》《頌》還要早，而且多屬頌美之作，為什麼不定之為《正風》，放在《二南》之前，卻反置於《變風》之末？這原是古人立說不夠周衍處，可是錢先生說：

> 豳詩之列於《風》末，目為《變風》者，則必在詩之編集有所變動之際，並不自初即然，亦不當在詩三百已成定編之後；其事雖無證，理猶可推也。

其實他是將豳詩置於《變風》之末說成是編集時造成的錯誤。但這幾句話簡直已到了不知所云的地步。怎麼說「亦不當在《詩》三百已成定編之後」？如在定編之前已置於《國風》之末，主編者理應及時更正，改置於《二南》之前不就行了嗎，怎會還有弄錯的呢？其實問題不在這裡，《左傳》所載季札觀樂時，《豳風》即置於齊、秦之間，雖與今本的位置稍有不同，但不以為《豳風》有何特別之處。由此可見，孔子以前原無正變之說。有了正變之說，強調《二南》為《正風》，《豳風》既置於十二《國風》之後，必得歸之於《變風》。強調以時代先後說正變，《豳風》既多屬周公的詩，就不該列於《變風》之末。其間矛盾，原可證明古文詩說的不足取。錢先生如此辯解，仍只是徒費唇舌而已。

四、從美刺並存上看

錢先生還以為美刺可以並存的，其原因由於齊魯韓三家說《關雎》、《鹿鳴》為怨刺的詩。《關雎》篇《魯說》曰：「周道缺，詩人本之衽席，《關雎》作。」又曰：「康王夫人宴出朝，《關雎》豫見，思得淑女以配君子。」這是以為《關雎》是刺康王晏起的詩。《鹿鳴》篇《魯說》曰：「仁義凌遲，《鹿鳴》刺焉。」《文選·長笛賦》李《注》引蔡邕《琴操》云：「《鹿鳴》者，周大臣之所作也。王道衰，大臣知賢者隱幽，故彈琴風諫，乃節引之也。」可見今文家視《關雎》、《鹿鳴》為衰世之作。錢先生說：

> 同一詩也，而謂之美，謂之刺，此又說詩者之變也。

又說：

> 夫同一《鹿鳴》之詩，在西周之初歌之，則人懷周德，見其好賢而能養。自衰世歌之，則因詩反而生怨，見前王養賢，而今不然。即如《關雎》亦然，在西周盛世歌之，則以彰德化之美；自衰亂之世歌之，豈不徒以刺今之不然乎？……故知三家說《鹿鳴》《關雎》為怨刺，義無不當。

其意以為，《關雎》《鹿鳴》古文家說是盛世頌美之詩，今文家說是衰世怨刺之詩，看似矛盾，其實可以並存。例如《鹿鳴》一詩，在西周之初歌之，自是頌美的；在康王時歌之，則因此頌美之詩反而生今不如昔之怨，即為刺詩。這即前人所謂「陳古以刺今」之說（註五）。但如加以仔細檢討，此說是不能成立的。吾人探究詩義，當以詩人的本意為主，不能將後世歌此詩者的用意夾雜進去。古文家將《關雎》、《鹿鳴》視為西周初期頌美之作，如以為可信，尤其錢先生一再說明四始創制於周公，這兩首詩自然要說成盛世頌美之詩。反之，三家詩說是作於康王時，旨在刺衰的，也說不到頌美上去。一首詩只有一個作者，也只能代表一個時代，如何能包容兩世、兼具兩義呢？所以「陳古刺今」之說，實不容於兩派詩說，尤其不容於錢先生原有的主張。錢先生難道忘了自己一再提示四始均為周公創作的話嗎？

其實美刺之義，自然流露於詩文之中，視詩文內容而定。三百篇中無關美刺者甚多，一經按上正變之說，加上史事的附會，才使詩義複雜化，也才使外加的東西喧賓奪主地取代詩人的作意，成為後人讀詩的最大障礙。錢先生所示許多讀詩要義，僅在強化漢儒舊說，都是值得仔細考究的。

丁、《國風》是否為「民歌」問題

《國風》的詩來自民間，《禮記・王制》篇、《漢書・食貨志》、何休《公羊解詁》等都有記載。錢先生則未予採信，以為「在西周時王朝未有采詩之官，豈有東遷以後，王政不行，而顧乃有此官之設置乎？」故以為前人採詩之說不可信，「最多可謂各地之歌謠，決非如今《詩》三百中之詩篇」。他將民間歌謠與三百篇分成兩類，以為《左傳》所錄的誦、謳、賦等作品，才是各地的歌謠，《詩》三百篇則是公卿大夫之作，與平民無關。錢先生此說，筆者質疑如下：

一、說《國風》的詩不是平民之作，《禮記》、《漢書》、何休《公羊解詁》等有關採詩之說不可信，當時如有所採，「最多可謂各地之歌謠」。這話即有問題，如政府設有採詩之官既被認定，所採的民歌不屬於三百篇的，是有如《左傳》所錄誦、謳、賦等一類的，何以在《春秋》以前這類民歌竟一無所傳？反之，三百篇既未經專人採集，何以卻有此詩歌總集傳世？其實，古有掌樂之官，民歌自是樂官採集的對象。只要一首歌謠在民間流傳，自然會有人傳到樂官那裡，樂官不必遠道去採而自得。所以筆者以為，我們不必去爭兩周採詩制度的是非，卻要探討兩周民間歌謠的有無。錢先生想以另一類民歌來替代《國風》的民歌地位，也得有另一類民歌為樂官所採，為古籍所傳，為今人所共知才行。今既無以為證，仍只是錢先生的一種假設，教人如何信得？

二、貴族階級作詩，既然旨在政治，已與《二雅》無異，為何不以《二雅》的筆法直敘其事，卻要以男女之情來表達君臣之義？從文學發展史上觀之，文字運用的技巧愈古則愈質樸，怎會在兩周時期，各國的卿大夫不約而同地寫出同一比興之法的詩歌來？

三、既然《國風》的詩都是貴族作來評議政治人物的，直如政治論文，已無民間風謠的情趣，為何還要稱它為《國風》？

四、同一首《國風》的詩，今古文兩家常有截然不同的人事編敘。如《召

南·芣苢》篇《毛序》說是「婦人樂有子」的，《韓詩》說是「傷夫有惡疾」
的。《衛·柏舟》《毛序》說是「衛頃公之時，仁人不遇，小人在側」的，
《魯說》則是敍衛宣夫人貞節自守的。《燕燕》篇《毛序》說是「衛莊姜送歸
妾」的，《魯說》則是敍定姜送其子婦的。《王風·黍離》篇《毛序》說是
「閔宗周」的，《韓詩》說是「尹吉甫信後妻之讒而殺孝子伯奇，其弟伯封求
而不得」而作的。像這類詩說的歧義現象，《詩經》學者傳習二千年，各執一
說，自以為是，教人該信那一家？這即是錢先生堅信《國風》為貴族所作，而
且具有政治意義的真相所在。如果有人發現這些《序說》不僅背離風謠旨趣，
而且只不過拿史事來附會的一種手法而已，不該表示懷疑嗎？

　　五、《詩序》附會史事，還有一個嚴重的問題，即將許多史事搞錯了。如
前文所敍《鄭風·狡童》、《有女同車》、《山有扶蘇》等篇，以昭公忽的史
事來說，無一契合，即為一例。關於這方面，鄭樵、朱子、姚際恆、崔述等都
有明確的指正，不由得你不信。所以要將《國風》的詩說得通，只有捨棄《序
說》，回到民歌的路上去。這自然要跟著否定錢先生《國風》作於卿大夫具有
政治作用的主張了。

戊、朱子所謂「淫詩」問題

　　朱子說《國風》為「民俗歌謠之詩」，當民歌來講，這是他的高見，影響
後世詩學甚鉅。但又囿於禮教，將其中民歌二十八首說為「淫奔」的詩，使尊
《序》派找到了把柄，作為反朱的藉口。其理由是：孔子選詩設教，怎會以淫
詩教人？況孔子曾說：「《詩》三百，一言以蔽之，曰：思無邪。」孔子既有
無邪之訓，怎會還有那麼多淫邪的詩任其存在？這自然是有問題的。但如追究
起來，《國風》中有淫詩之說，不是始於朱子，早在班固《漢書·地理志》、
高誘《呂氏春秋·本生》篇《注》中說《鄭風·溱洧》篇為淫詩，王肅以《氓》
篇為「淫奔之詩」，歐陽修《詩本義》以《靜女》、《東方之日》為淫詩。不
過他們沒有像朱子說得那麼多，其實朱子淫詩之說，是由反《毛序》所引起
的。他在《詩傳遺說》卷二《答呂祖謙書》中說：

　　　　熹向作詩解文字，初用《小序》，至解不行處，亦曲為之說；後來
　　覺得不安，第二次解者，雖存《小序》，間亦辨破，然終是不見詩人本

意；後來方知盡去《小序》，便自可通，於是盡滌蕩舊說，詩意方活。

這是朱子反《序》的心路歷程。他原是尊信《詩序》的，後來由於不見詩人本意，才逐漸不用《小序》，終於完全放棄舊說，才見到活潑有趣的詩人本意來。

朱子這番話，我們必須提出糾正的：第一、他並没有做到「盡滌蕩舊說」，《二南》的解說不僅忘不了《詩序》，而且比《詩序》更重視「王化」之說，很像是一位古文詩說的傳人。第二，他將許多兒女情歌斥之為「淫奔之詩」，仍然不見詩人本意。他在反《序》的時候，無形中留下「淫」字的印象，以為去了「刺」字，就說對了。這就形成否定右傾，換來左傾；問題仍然不小。

我們相信《國風》的詩多數來自民間，尤其這些被朱子、王柏等人視為淫奔的詩（註六），是最無問題的民歌。至於該不該視為淫詩？這就牽涉到禮教尺度的問題。在孔子之前，民風比較自由，青年男女談情說愛視為平常的事，所以將這些歌謠傳唱於民間不以為迕。不僅民間樂於傳唱，即使上流社會的公卿大夫們也不例外。《左傳》昭公十六年載鄭六卿為韓宣子所賦的詩，如《野有蔓草》、《褰裳》、《風雨》、《有女同車》、《蘀兮》等，都是被朱子、王柏斥為「淫奔」的。難道他們明知是淫詩，卻在極其莊嚴的殿堂上，面對國際貴賓，公然做那宣淫的事嗎？如果《左傳》這些記敘是可信的，我們就可斷言，在《春秋》時期，不論平民或貴族，都把這些詩當作很有情趣的民間歌謠，不僅沒有排斥它，還拿它當外交詞令來應對諸侯的呢！

也許有人會說，這些賦詩的人，既拿這些詩作為邦交應對之用，顯然已不視這些詩是民歌了；這也是誤解。他們沒有忘了民歌的本意，只是活用這些詩句，藉以傳達自己的情意而已。這即是古人所謂「賦詩斷章，各取其意」的意思。古人還說：「登高而賦，可以為大夫。」這裡的「登高」，指的是登到朝會宴享的殿堂之上；這裡的「賦」，指的是國賓相見之際臨時應對的吟詩活動。如果選詩適當，表達的情意貼切，就是一位最好的外交官。但是他們仍以民歌意思作素材，藉以「暗通款曲」而已；不像錢先生所說貴族作來具有政治作用的。

舉例來說，《邶風·靜女》篇：

靜女其姝，俟我於城隅。愛而不見，搔首踟躕。
靜女其孌，貽我彤管。彤管有煒，說懌女美。
自牧歸荑，洵美且異。匪女之為美，美人之貽。

《詩序》云：

靜女，刺時也。衛君無道，夫人無德。

《朱傳》云：

此淫奔期會之詩也。

《詩序》附會史事，將這首詩說到衛君與夫人的道德上去，實在是牛頭不對馬嘴。朱子如只說「期會」，已說對了；加上「淫奔」二字，即將這首詩的情趣完全抹殺。一對情人約期相會，互贈禮物，僅表思慕而已，既無淫穢之行，又無私奔之實，豈可斥之為「淫奔」？

《王風・采葛》篇：

彼采葛兮，一日不見，如三月兮！
彼采蕭兮，一日不見，如三秋兮！
彼采艾兮，一日不見，如三歲兮！

《詩序》云：

《采葛》，懼讒也。

《毛傳》云：

言其事雖小，然臣子之於君，一日不見己，為讒人所毀，故憂懼及

之。

《朱傳》於首章之下云：

> 采葛所以爲絺綌，蓋淫奔者託以行也。故因以指其人而言思念之
> 深，未久而似久也。

《詩序》以「懼讒」說《采葛》，將《采葛》說成是國君採信讒言，爲臣的詩人，懼怕一日不見國君，就像過了很久似的。「葛」是作衣服的原料，是有益之物，爲何將它比作「讒言」？朱子以爲這是一首寫實的民歌。但是民間男女相愛，僅表相思之情而已，怎可說它「淫奔」？

《鄭風‧風雨》篇：

> 風雨淒淒，雞鳴喈喈。既見君子，云胡不夷。
> 風雨瀟瀟，雞鳴膠膠。既見君子，云胡不瘳。
> 風雨如晦，雞鳴不已。既見君子，云胡不喜。

《詩序》云：

> 風雨，思君子也。亂世，則思君子不改其度焉。

《朱傳》云：

> 淫奔之女言當此之時，見其所期之人而心悅也。

《詩序》取「風雨如晦，雞鳴不已」的寫實句子，以比興之法轉說成一位君子雖處亂世，仍能不改其規矩法度。這自然是從政敎方面著想的。朱子從男女期會上說，本來已說對了，加上「淫奔之女」，使該詩的男女相會，成爲淫穢之行。他顯然過份強調禮敎的意義了。其實民歌的特質，即在於敍男女之情。青年男女有了感情，敍相思之苦，相見之樂，是極平常的事，何須斥之爲「淫

奔」？何況這首詩未必是敍男女之情的，即使說成朋友久別重逢之情，聯床夜話之樂，也未嘗不可。

由此看來，《國風》中許多極有情趣的詩篇，《詩序》從政敎上說，是有意抹殺其本意眞相，離題行文；朱子說爲「淫奔」，知道是民歌，已見到本意眞相，但恐影響詩敎的積極功能，才有意予以打壓的。兩者說法雖有不同，用心則一，都著眼於詩的政敎意義。錢先生在這兩者之間，明顯地排斥《朱傳》，認同《詩序》。然而《詩序》之謬，在於不顧詩文本義，前人早已指證歷歷，事實俱在，豈是一人的執意信從所能改變的呢？

> 己、孟子所云「王者之跡熄而《詩》亡，《詩》亡然後《春秋》作」的
> 　　有關問題

孟子說這兩句話的用意，是將《詩》與《春秋》看做具有同一功能的書。孔子作《春秋》，孟子說是足以使「亂臣賊子懼」（註七）的，亦即是具有高度的政敎意義的。詩三百在孟子看來，最先具有這一功能。到了「詩亡」，孔子才作《春秋》來繼其遺業。孟子把《詩》與《春秋》如此看待，自然會影響後人的說《詩》態度；遠自毛、鄭，近至錢先生，都曾受其影響。但就這兩句話所含的內容來說，即有三個不易釐清的問題：一、什麼叫做「王者之跡」？二、王者之跡的存亡與《詩》的存亡有何關係？三、《詩》與《春秋》的時代如何銜接？

孟子說這兩句話時，由於沒有作必要的說明，也別無資料可考，所以引起後人多種的猜測。朱子云：「王者之跡熄，謂平王東遷，而政敎號令不及於天下也。《詩》亡，謂《黍離》降爲《國風》而《雅》亡也。」《十三經注疏》云：「王者，稱聖王也。太平道衰，王跡止熄，頌聲不作，故《詩》亡。《春秋》撥亂，作於衰世也。」蔣伯潛《孟子廣解》云：「按周室盛時，有采詩之官，叫做『輶軒使者』。故各國《風》詩，均得上之太師。及平王東遷以後，號令不行於諸侯，故采詩之官亦廢，於是各國之詩無人采輯，故《詩經》之詩，至春秋中世以前爲止。所謂『詩亡』，當即指此。」由此看來，解說頗爲分歧。如「王者」，或指平王，或說聖王。「詩亡」，或說指《頌》亡，或說「《黍離》降爲《國風》而《雅》亡」，或說平王東遷以後，號令不行於諸侯，朝廷采詩之官已廢，各國之詩無人采輯，因此而亡。前二說以《雅》

《頌》之亡爲《詩》亡，《雅》《頌》以外《國風》的詩不予考慮，實在說不過去。十二《國風》的詩既然編列在三百篇中，自已成爲《詩經》的一部份，有何理由在談《詩》亡時不予計及？況且照錢先生的說法，這些詩都是卿大夫作，具有政治意義，與《二雅》並無差別，則更無理由不考慮它們的存在。如從後一說，以王朝無采詩之官，詩由於無人采輯而亡；即已承認《國風》所有的詩都包涵在內。這自然是較合理的說法；但是卻產生另一個問題，即《國風》許多詩篇作於《春秋》時期。《陳風‧株林》篇是敍陳靈公與夏姬事。靈公即位於春秋魯文公十四年，被弒於宣公十年，已至齊桓、晉文稱霸時期。又如《秦風‧渭陽》，是秦康公爲世子時送舅氏晉文公歸國而作的；《黃鳥》，是詩人悼三良爲秦穆公殉葬而作的。這些都是有史可考的，足以證明許多《國風》的詩作於《春秋》之世，孟子所謂「《詩》亡然後《春秋》作」，這話是講不通的。

顧頡剛在《古史辨》（註八）裡曾直陳孟子之誤。他錄《離婁》篇這兩句話後，說道：

這種話到後來便成了詩學的根本大義。他只看見《詩經》與《春秋》是代表前後兩種時代的，不看見《詩經》與《春秋》有一部分是同時代的；他只看見《詩經》是講王道的，不看見《詩經》裡亂離的詩比太平的詩多，東周的詩比西周的詩多；他只看見官選的詩紀盛德，不看見私人的詩寫悲傷。後來學者上了他的當，把這句話作爲信條，但悲傷離亂的詩是掩不沒的，講不過去，只得說：「《詩》亡，謂《黍離》降爲《國風》而《雅》詩亡也。」（朱子注）

這段話說明在孟子誤導之下，造成後人解說的分歧，也造成後人不當的說詩態度。例如顧亭林《日知錄》云：

《二南》《豳》《雅》《頌》皆西周之詩，至於幽王而止。十二《國風》則東周之詩，王者之跡熄指《詩》亡，西周之《詩》亡也。《詩》亡而列國之事跡不可得見，於是晉《乘》楚《杌》魯《春秋》作焉。是之謂《詩》亡然後《春秋》作也。

錢先生贊同此說，並云：

> 竊謂顧氏之說甚精，而語有未晰。當西周時，不僅列國無詩，即王
> 室亦不見有史。周之有史，殆在宣王之後。其先則《雅》《頌》即一代
> 之史也。周之既東，不僅列國有詩，並亦有史。然時移勢易，列國之
> 詩，與西周之詩不同。顧氏謂《詩》亡而列國之事跡不可得見，正見
> 《國風》之不能與《小雅》相比例也。……蓋《春秋》王者之事，正因
> 其遠承西周之《雅》《頌》。後儒不能明其義，而專注意於孔子作《春
> 秋》與《詩》亡之年代，故乃以《株林》說《詩》亡，則甚矣其爲淺見
> 矣。

顧亭林以西周之《詩》亡爲《詩》亡，以爲這些《詩》即是史。十二《國風》
的詩是民間歌謠，不具歷史意義，有等於無，故說「列國的事跡不可見得」，
有賴孔子作《春秋》來敍西周以後的歷史。錢先生深表贊同，並以《國風》不
能與《小雅》相比，如以《株林》爲說，則是淺人之見。

筆者觀察錢先生所論，前後矛盾而不自覺。茲舉述如下：

一、《毛詩序》是據《春秋·左傳》編擬而成的，既信《詩序》，就得肯
定《詩序》的歷史意義。亦即十二《國風》在《詩序》的導引下，詩與史已密
切地結合在一起了，怎麼又說「《詩》亡而列國之事跡不可得見」呢？《秦
風·渭陽》、《黃鳥》是史詩，即以《株林》來說，《詩序》云：「《株
林》，刺靈公也。淫于夏姬，驅馳而往，朝夕不休息焉。」這是《左傳》所載
陳靈公淫於陳大夫之妻夏徵舒之母，終於被徵舒所弒的一椿史事。既是以史爲
詩，怎說「列國的事跡不可得見」呢？

二、錢先生一再主張三百篇全是周公與公卿大夫之作，具有政治功能，十
二《國風》亦不例外。既然如此，《國風》與《雅》《頌》有何分別？東周的
詩與西周的詩有何分別？

三、眞正要說「列國的事跡不可得見」的，該是「民俗歌謠」之說。因爲
民歌大都只敍平民生活，敍男女之情即是男女之情，自然不見得有政治的涵義
與歷史的價值。可是錢先生一直反對《國風》爲民歌之說，這即成爲錢先生觀

念上的自我矛盾。

其實，孟子將《詩》與《春秋》說成是同性質的書，已經扭曲了《詩經》的涵義；又把《詩》與《春秋》視爲前後相承的作品，導致十二《國風》的詩究竟有無存在價值的問題。孟子曾說：「盡信書，不如無書。」筆者在此也有所感，即盡信孟子的話，不如不信的好。因爲孟子這兩句話，對《詩經》研究來說，實在是一大困擾。

庚、詩文雅俗問題

錢先生在「中國文學史上之雅俗問題」裡所說的一番話，筆者難以苟同，茲述所見如下：

一、首先，錢先生舉劉向《說苑》中越語楚譯的例子來表示越語是「俗」，譯成楚語是「雅」，這是不適當的。這原是方言與普通話（或稱國語）的問題，兩者雖用的是同一種文字，一是只限於某一地區的人能夠看懂；一是各地區的人都能看懂，如此而已。方言文學在該地區的人看來，自有雅俗之分；同樣的，國語的白話文學，在國人看來，也自有雅俗之分。這個道理一想即知，毋須多說。可是錢先生以楚越不同的語言定雅俗，顯然將雅俗的命意搞模糊了。

二、劉向《說苑》這段文字如仔細看去，不難發現兩者完全對不上頭。從句數上看，越語七句，楚譯後變成十句。從文字上看，越語裡的許多用詞，如草、州、秦、河湖等，楚譯後全然不見。再如兩文對照著看，「濫兮抃草」，如何對上「今夕何夕兮」的？反之，楚譯裡的「今日何日兮，得與王子同舟」，應該對上越語中那兩句？末尾的「山有木兮，木有枝；心說君兮，君不知」，可否與越語裡的「昭澶秦踰，滲惿隨河湖」對應？想到這些，這個故事的眞實性，以及兩段文字的來歷，都該表示存疑的態度才對。

三、楚越同居南方，越有方言，楚何嘗没有方言。如眞的談楚譯，譯成的文字不該是如此流暢的普通話。所以筆者以爲，這已不算是楚譯。這也正是這個故事的破綻之一。所以錢先生以爲「《說苑》此一故事，厥爲中國文學史上所謂雅俗問題一最基本、最適切的說明」。其實是他一開始即出現取材不當、觀念混淆的問題。

四、錢先生之所以談詩文的雅俗問題，其目的在於證明《國風》不

「俗」。他以《二南》為例說：

> 即就《關雎》《二南》言，江漢之區，固可謂是中國古代詩篇之最
> 先發源地區，或活躍地區，然周召之取風焉以為《二南》之詩者，固不
> 僅採其聲，尤必改鑄其文辭。今傳《二南》二十五篇，或部份酌取南人
> 之歌意，或部份全襲南人之歌句；然至少必經一番文字雅譯工夫，然後
> 乃得當時全國各地之普遍共喻，而後始具有文學的價值。

這段話旨在說明後世所見《二南》的詩，不是原來的樣子，是經過雅譯的。既
然是雅譯過的，自然不得稱之為「俗」了。以此類推，《國風》其他的詩亦
然。朱子說它是「民俗歌謠」，今世學者說它是通俗文學，錢先生以為都是誤
解。

　　關於這個問題，我們發現錢先生前後所談的，仍有若干自我矛盾之處。對
於《國風》的來歷，首先要談的，究竟來自民間抑是王官？如果來自民間，就
該說是「民俗歌謠」，即使經過文士的修飾與雅化，仍然是「俗」，因為民歌
的本質未變。錢先生說「或部份酌取南人的歌意，或部份全襲南人」，即已承
認這些詩歌的原作者都是平民，這較之他在「《詩》三百完成之三時期」中
說：「第一期當西周之初年，其詩大體創自周公。其時雖已有《風》《雅》
《頌》三體，而《風》僅《二南》。」又在《魯頌》《商頌》及十二《國
風》」中說：「《國風》之作者，殆甚多仍是列國之卿大夫，薰陶於西周之文
教傳統者猶深，其詩之創作流行，仍多在上不在下，實不如朱子所想像，謂其
多來自民間也。」既然主張《二南》創自周公，周公時《國風》僅有《二
南》，又何以說「酌取南人的歌意，或部份全襲南人的歌句」？又何須「必經
一番文字雅譯工夫」？如果列國卿大夫作《國風》，十二《國風》的詩即毋須
雅譯而自「雅」了；「風」即是「雅」，一《雅》可以涵蓋全部《國風》，何
必再有《風》、《雅》之分？反之，既有《風》、《雅》之分，《風》詩的來
源自當有別於《雅》、《頌》；《雅》《頌》來自貴族階級，則《國風》來自
民間，這是合於情理的看法。至於有無經過文字的修飾，這是另一方面的問
題。詩歌傳誦久了，自有可能有所更改，但並不影響它的本質。錢先生想以
「雅譯」之說，否定《國風》為民歌，這也是不適當的。

五、錢先生還以雅俗與文言白話相比較，以爲文言是雅，白話是俗。「文言文學易於推廣，因亦易於持久，而白話文學則終以限於地域而轉易死亡。」這一觀點也是值得商榷的。首先要搞清楚的，如果白話文學的文字用的是全國通行的普通話（國語），它不爲地域所限，人人皆懂，它就不容易死亡。錢先生談到白話，即以爲是方言，所以有這樣的話。試看民國以來的白話文學，不論詩歌、小說、散文，絕大部份是用普通話寫的，一看就懂，它會容易死亡嗎？相對的，文言文學的好處，是由於它比較沒有地域性，但如說它容易推廣與持久，這就不一定了，試看今天能讀經的有幾人？今天的大眾傳播不論說的寫的用的，是文言還是白話？說文言易於持久，對研究古典文學的人來說，也許是事實。對一般社會大眾來說，他們見之卻步，文言對他們來說早已淘汰了。文字原來只是人類生活的工具，工具但求容易瞭解、使用方便。就憑這一點，文言的不被世人重視，那是必然的。錢先生之所以強調文言勝於白話，目的還是在於反對《國風》爲「民俗歌謠」與「通俗文學」之說。但如以民歌的觀點讀《國風》，許多《國風》的詩一看就明白，較之《雅》、《頌》，不就是詩中的白話？

辛、豳的地理位置問題

錢先生在「豳詩《七月》」一章中，將豳說成是「豐鎬踰河而東」的「汾」。以爲「汾即邠，邠即豳」，其結論是公劉所居的豳，不在陝西岐州，而在山西汾河流域；周公居東，實即居豳。

這是錢先生的創見。但要使人相信，必須有充分的佐證。錢先生引述《逸周書》中說武王「登汾阜，望商邑而永歎」。如這段歷史可信，亦只表示武王登的是「汾阜」。汾水在山西境內，距離商邑尚不甚遠，故可遙望興歎。如在陝西的豳向東遙望，所見全是陝境的河山，如何能「望商邑而永歎」呢？

茲錄有關汾水的資料如下：

任遵時著《詩經地理考》（註九）云：

> 《毛傳》云：「汾，水也。」案汾水源出今山西寧武縣西南管涔山，即《水經》所云出太原汾陽縣北管涔山，又西至汾陰縣北，西注於河。

《詩·大雅·韓奕》篇：「韓侯取妻，汾王之甥，蹶父之子。」《鄭箋》云：

> 汾王，厲王也。厲王流于彘，彘在汾水之上，故時人因以號之。

《孔氏正義》云：

> 厲王在汾，因號厲王爲汾王也。《左傳》稱王流于彘，於漢則河東
> 永安縣也。

可見汾的地理位置在山西境內，而且汾水是山西最大的一條河，周厲王暴虐無
道，國人流放於彘。彘在汾水之上，所以世人稱他爲汾王。但汾與邠音、形、
義均不相同，說汾即邠，邠即豳；武王登汾，即是登豳；周公居東，即是居
豳，這是難以令人置信的。

《漢書·地理志》云：

> 昔后稷封邰，公劉處豳，大王徙岐，文王作豐，武王治鎬，其民有
> 先王遺風，好稼穡，務本業，故豳詩言農桑衣食之本甚備。

顏師古《注》云：

> 邰：今武功故城是也。
> 豳：即今豳州栒邑是也。
> 岐：今岐山縣是。
> 豐：今長安西北界靈臺鄉豐水上是。
> 鎬：今昆明池北鎬陂是。

任氏《詩經·地理考》於「豳」之下云：

> 豳者，后稷之曾孫曰公劉者，自邰而出，所徙戎狄之地名，今屬右

> 扶風栒邑。……許氏謙曰：豳即邠州，唐開元時改豳字爲邠，今陝西西
> 安府邠州三水縣。

《大雅‧文王有聲》篇云：

> 文王受命，有此武功。既伐于崇，作邑于豐。

同篇又云：

> 考卜維王，宅是鎬京。維龜正之，武王成之。

這些都是文王作豐、武王治鎬的原始依據。由這些資料，我們對於周人遷徙的地點有較淸楚的印象，即周民族是逐步自西部向東遷徙的，公劉自邰遷豳，豳的地理位置是今之栒邑縣，傳至古公亶父（太王）才由豳遷岐。岐即今之岐山縣。栒邑至岐山是自北向南走，不過二三百里的路程，以當時交通條件來說，已是相當艱鉅的大遷徙。如今錢先生要說豳爲汾，「其地實在豐鎬踰河而東」。這是完全不顧史料的說法。邰、豳、岐都在陝西西部，豳居其中，上下相承，相距不遠。如說成公劉自邰遷徙周人至河東的汾，古公亶父再由河東的汾遷回到邰邑南面的岐，這非情理所當有，只能當笑話講了！況且許謙說在唐開元時才改豳爲邠，在此以前只這一個「豳」字，錢先生據汾、邠二字相通來說公劉遷豳即是遷汾，這即成爲沒有前提的推理。

任氏《詩經‧地理考》於「豳」之下又云：

> 今邠縣南門外，猶有公劉祠在焉，又有古公城遺址，在縣之古公
> 鄉，蓋即古公亶父在豳時之所居也。

這些都是最可信的歷史遺跡，豳的地理位置應否說成是河東的「汾阜」？鐵證俱在，還須討論嗎？

壬、《詩經》與「王官之學」的關係問題

錢先生在其文第一章《經學與文學》中，即認定《詩經》「乃古代王官之學，爲當時治天下之具」。又在最後一章《中國文學史上之原始特點》中說：

> 《詩》三百之所以終爲古代王官之學，與實際政治結有不解緣之來歷，亦可不煩辨難而論定。中國古代學術，自王官學轉而爲百家言。故此《詩經》三百首亦自周公之以政治意義爲主者，轉變至於孔子，而遂成爲以教育意義爲主。此一演變，亦本篇特所發揮。

筆者以爲錢先生以王官之學說《詩經》，仍有觀念混淆之失。王官之說，源於《漢書藝文志・諸子略》。其《敍論》云：

> 儒家者流，蓋出於司徒之官，助人君，順陰陽，明教化者也。游文於《六經》之中，留意於仁義之際。祖述堯舜，憲章文武，宗師仲尼，以重其言，於道最爲高。

這段話旨在說明儒家負有教化之責，如從王朝中找一個相關的官吏，大概是司徒之官吧。因爲司徒是掌教育行政的。但如進一步觀察，春秋之前雖有掌教育的官，卻並無實際從事教育的儒家。儒家以仲尼爲宗師，仲尼也沒有做過司徒的官。這即足以證明《漢志》王官之說不是很可靠的；反之，該文末段云：

> 諸子十家，其可觀者九家而已。皆起於王道既微，諸侯力政，時君世主，好惡殊方。是以九家之術，蠭出並作，各引一端，崇其所善，以此馳說，取合諸侯。……

這不是明確地指出各家興起的時代背景與立言旨趣了嗎？所謂「王道既微，諸侯力政」的時代，亦即是春秋戰國時代。以各家的代表人物來看，孔子、墨子、老子已在《春秋》後期，其他各家多已在戰國時期。班固談「儒家者流」，只說「憲章文武，宗師仲尼」。也没有提及周公，可見周公與王官之學没有多大關係。

既然王官之學原是指九流十家而說的，則各家自有淵源。如道家出於史

官，墨家出於清廟之守，法家出於理官，陰陽家出於羲和之官，縱橫家出於行人之官，農家出於農稷之官，雜家出於議論之官，小說家出於稗官等，傳述其著作與言論，即成各家的王官之學。具體地說，如將儒家的《四書》、《五經》視為王官之學，亦得將《老子》、《莊子》、《墨子》、《管子》、《韓非子》，甚至於小說家的稗官野史，都該視為王官之學。在這一理念之下，首先要認定王官之學不等於儒家之學，儒家只不過是眾多王官之學的一小部份而已。

其次，錢先生說：「《詩》三百之所以終為古代王官之學，與實際政治結有不解緣之來歷。……自周公之以政治意義為主者，轉變至於孔子，而遂成為以教育意義為主。」這段話顯然偏於從《詩經》的應用上說，不曾顧及《詩經》的歷史與詩人的作意。《詩經》作於周初及至《春秋》中葉，在孔子之前。王官之學創始於《春秋》末葉與戰國時期。單以儒家來說，儒家以孔子為宗師，孔子以《詩》三百為教材。孔子如何說詩，這是孔子的事，不足以決定《詩經》本身的意義。歐陽修《詩本義》所謂有詩人之意，有太師（樂官）之職，有經師之業，有聖人之志（註一〇）。照錢先生的說法，周公、孔子將《詩經》作為政教的工具，當屬聖人之志與經師之業的範圍，至於詩人之意，已被擱在一邊了。說《詩》應該取詩人作意來說呢？還是取後人用詩的目的來說呢？這是詩學研究前提之所在，我們必須首先講明的。

茲以《國風》的詩與基督教《聖經》中的《雅歌》（註一一）來作一番比較，不難發現其中有些類似之處。例如其第三章第一節云：

> 我夜間躺臥在床上，尋找我心所愛的人。我尋找他，卻尋不見。我說：我要起來。游行城中，在街市上，在寬闊處，尋找我所心愛的。……城中巡邏看守的人遇見我，我問他們：你們看見我所心愛的沒有？我剛離開他們，就遇見我心所愛的。我拉住他，不容他走，領他入我母家，到懷我者的內室。

其第八章第一節云：

> 巴不得你像我的兄弟，像喫我母親奶的兄弟。我在外頭遇見你，就

和你親嘴，誰也不輕看我。我必引導你，領你進我母親的家，我可以領受教訓，也就使你喝石榴汁釀的香酒。他的左手必在我頭下，他的右手必將我抱住。

這是眾多《雅歌》中所錄的兩節。這些原都是明白如話、抒發男女之情的民歌，就因為它放在基督教的《聖經》裡，《雅歌》開頭說：「所羅門的歌，是歌中之歌。」信仰基督教的人，都說《聖經》裡的文字，都是神的話語。於是《雅歌》裡的詩篇，不會有人說是「淫奔」的，也不會有人說是「刺淫」的。著上一層神秘的色彩，以為「話中有話」，處處以教義為導向，作「斷章取義」的解釋。這與錢先生將《國風》的情詩用比興之法，說成有周、孔的政教意義，不是有些類似嗎？

《雅歌》是以色列的民歌，作於所羅門王時代。所羅門出生之年不詳，死於公元前九八七年，相當於我國周穆王時期，與《詩經》的時期相當。如《雅歌》與《國風》相比較，可得兩個共同點：一、凡是歷史悠久的民族，其文化發展的過程都是有些類似的。以民間歌謠來說，同樣多以抒情為主；文詞淺白，沒有政治上的隱喻與深奧的涵義。二、《雅歌》與《國風》相比較，實在不雅。為了它的經典化，宗教家們必須將它雅化。其雅化的方法，即是將它說成表面上看來是兒女情歌，其實則有宗教上的隱射意義。而且必須找到其隱射意義，才算讀懂了這些詩；也才能確立這些詩在《聖經》中的地位。同樣的，十二《國風》在《詩經》中也是比較不雅的，儒家說詩，必須將它雅化。其雅化的方法，即是將兒女情歌以比興之法，說成是美刺歷史上某些政治人物的。惟有如此說，才能確立這些詩在《詩經》中的地位。所以，《雅歌》也好，《國風》也好，它們的不幸，是由於說詩者的曲解；它們的存在與享有殊榮，也是由於說詩者的曲解。說到這裡，《雅歌》與《國風》，應該怎樣讀？不是很清楚的嗎？錢先生以「王官之學」說《詩經》，是否適當？不也是很清楚的嗎？

癸、中國文學史上「原始特點」問題

錢先生在最後一章，特別強調中國文學史上的「原始特點」，其文云：

> 《詩經》三百首，大體乃成於當時之貴族上層，即少數獲有文字教育修養者之手。……而《詩》三百之所以終爲古代王官之學，與實際政治結有不解緣之來歷，亦可不煩辨難而論定。中國古代學術，自王官學轉而爲百家言。故此《詩經》三百首亦自周公之以政治意義爲主者，轉變至於孔子，而遂成爲以教育意義爲主。

這是總結全文的一段話。該章下面的文字，都只是作補充的說明而已。比如說中國文學偏於實用，所以純文學觀念比較後起，也不被重視。如神話、小說、戲劇之類，即是如此。要讀者瞭解此一特點，才能掌握此民族文化的特有相貌與特有精神。

筆者以爲，一個民族的文化，自當有其不同於其他民族的精神與風貌。歷史愈悠久，文化愈發達的民族，其特點亦必愈多，也愈有內涵。但如作進一步分析，要談中國文學史上的原始特點，必須注意兩件事：一是特點要在我們有、別的民族沒有的前提下，才能成立。二是錢先生所說的特點，是否眞有其事？我們經過本篇一系列的討論，可以見得錢先生所稱的特點，都是值得商榷的。即以前面一章所引《雅歌》與《國風》相比較，足以證明兩個民族在上古時期出現類似的詩歌。這即說明我們有、別的民族也有；「原始特點」之說，即難以成立。錢先生所竭力主張的，即否定《國風》爲民歌，以三百篇作自公卿大夫爲原始特點。關於這個問題，前文已有詳細的分析，我們已有充分的理由證明《國風》是民歌，所謂周公作、公卿大夫作，無論從古代典籍上看，或詩文本義上看，都是難以成立的。

《雅歌》的內容，與宗教完全沒有關係，放在《聖經》裡，實在有些不類；所以曾經引發神學家們激烈的辯論，終於歸於四種解說，只有一種解說不取神學上的象徵意義，按照文詞視爲兒女情歌的；不過還得歸於神的旨意。十二《國風》的詩，放在《詩經》裡，在儒家教義下，與《雅歌》的處境極爲類似。我們並不否認《詩》三百在儒家經典化之下所產生的政治效應與教育功能，但是我們既讀詩文篇章，總得探討詩人原始的作意。一旦發現儒者所說的教義不符詩人的本意時，我們只好捨棄儒者的教義。因爲我們不願受制於虛構的歷史編敍與不當的詩義詮釋。

錢先生在《詩經》見解上可以說是古文學派的傳人，凡《詩序》所示四

始、正變、美刺等基本觀點，都已轉化爲自己的主張，並且予以推演，說
《雅》《頌》《二南》多爲周公所創制。如今我們以抽絲剝繭的方式，逐一證
明其所謂「原始特點」，並非事實；凡所認定，多屬主觀的判斷。則其一再叮
嚀讀者必須信守之大綱領、大關節與某些不可忽略的論點，都該深入探討，自
有必要重新予以評估的了。

伍、結論

一、從《詩經》學說的演進上看

《詩》三百的解釋，自漢儒以政教說詩開始，大體上可分漢、宋、淸、民
國四個階段；每個階段都有幾位碩學鴻儒，不滿前賢之說，提出創新之見，形
成一個新的思潮，新的說《詩》傾向。大致地說，宋儒反漢，淸儒反宋，民國
以來的學者則漢、宋、淸全反。這不是喜新厭舊，也不是趕時髦，實在由於古
人說詩呈現許多問題，難以令人滿意。如果不明詩學的歷史演進，仍只在主漢
或主宋的路上徘徊，其論文即不會有很高價值的。

二、從前人說詩求眞求善的不同主張上看

前人說詩，有求眞與求善兩種不同的主張。即如漢儒四家詩說，執儒家教
義，作史事的附會；雖非其眞，然而有益於世道人心，詩教得以累世傳承，此
即求善之功。反之，自宋以後，及於今世，許多學者主張求得詩人本意爲第一
要務。善而不眞，則徒有教義；違背事實，讓人有指鹿爲馬，受其矇騙的感
覺，此即求眞者的用意所在。由此看來，兩者各有所執。惟比較之下，當以求
眞爲先。

三、從《國風》的來歷上看

《詩》三百中爭議最多的，即是《國風》的詩。其中關鍵之所在，即是
《國風》的來歷問題。或說《國風》來自民間，多平民之作，其所敘相思相怨
之詞，都是直陳的，沒有寓意的。或說《國風》來自官府，多公卿大夫之作，
其以比興的筆法，將兒女情說做君臣義。兩說相較，自當以前說爲宜。因爲不
僅古有民間采詩之說，而且讀《國風》的詩直接可以體會得到，即如《雅歌》
予人的感受是一樣的。

四、從錢先生的基本觀點上看

錢先生說詩，其旨趣極為鮮明，一心在於維護道統、闡揚儒學。所以他惟恐世人將《詩》三百當文學書來讀；將《國風》當民歌來讀。他特別強調《詩經》與周公的關係，以為周公創制《詩經》，定下《詩經》的規模，並作為政治的工具。但如稽考史籍，缺乏佐證；即以好事附會的《詩序》來說，《文王》、《鹿鳴》、《關雎》等篇，均未提及作者，《孔疏》也只說「作《文王》詩者」、「作《鹿鳴》詩者」，以示《文王》、《鹿鳴》等篇實不知其作者。如確知為周公作，怎會不予明示？今錢先生僅憑一二後儒臆度之言，直斷為周公作；其治學態度恐有流於主觀之嫌了。

五、從錢先生的思維方式上看

錢先生的思維方式，僅在自設前提，自作結論。其前提有三，結論則一。前提一，詩經創制於周公，如四始、《二南》的詩，多屬周公所作，其作意在於政治的需要。前提二，《詩》三百徹頭徹尾作於貴族階級，在當時的政治場合有其實際的應用。前提三，《詩經》在當時被視為王官之學，孔子設教，列為《五經》之首，可見《詩經》與政、教有著密切的關係。至於他的一個結論，歸之於《國風》不是民歌。朱熹的「《風》者，民俗歌謠之詩也」，以及近人以平民文學說《國風》，認為都是錯誤的。但如深究其三個前提，都不是通過精密的考證過程求得的。前提既不可靠，結論的可信度自然是很低的了。

六、從錢文自我矛盾上看

錢先生於論辯之際，常有界說不清、自我矛盾的現象。比如談到《二南》，在第八章云：「《詩經》作成分三時期，第一期當西周之初年，其詩大體創自周公，《風》僅《二南》。」以為《二南》的詩多屬周公所創制。在同一章又云：「昔周公特取《二南》以為《風》者，正以其民俗好音樂、擅歌舞，多男女情悅之詞，故采取以為鄉樂之用。」這樣說來，《二南》原是民間歌謠，多敘男女之情，周公特采這些詩以為鄉樂之用的。在同一章裡，前面說周公作，後面說周公不是作，只是采，豈非矛盾？其實《二南》的詩，既非周公所作，亦非周公所采，這已是學者們的常識，錢先生的這個矛盾，實在是多餘的。

再如談十二《國風》，在第一一章云：「《國風》之作者，殆甚多仍是列國之卿大夫。……其詩之創作與流行，仍多在上不在下，實不如朱子所想像，謂其多來自民間也。」第一〇章云：「蓋古者詩與樂皆掌於王官，皆在上不在

下，皆所以爲一王治平之具。」又在一二章云：「然則《詩》三百，徹頭徹尾皆成於當時之貴族階層。先在中央王室，流行而及於列國公卿大夫之手。又其詩與當時之政治場合有其實際之應用。」這些話都在說明《國風》的詩作自官府；或稱王官，或稱公卿大夫，是徹頭徹尾貴族階級的作品，其用意爲治平之具，亦即在政治上有實際的用途。可是在第八章中說：「當周公之制作，爲王政之用而有詩，則未有所謂詩人也。逮於詩之變而詩人作焉。彼詩人者，因前之有詩而承襲爲之，在彼特有感而發，不必爲王政之用而作也。故謂之《雅》者，其實不必爲朝廷之用。謂之《風》者，亦不必爲鄉人與房中之樂。」只這一說，錢先生又自動把原有的主張推翻了。所謂「有感而發」的詩人，有可能是貴族，亦有可能是平民。所謂「不必爲政之用而作」，「亦不必爲鄉人與房中之樂」而作，亦即不必爲「治平之具」與「政治場合實際用途」而作。換言之，《變風》《變雅》的人，原是直敍其情事的。讀詩的人，可以按文求義，不必受制於《詩序》附會之說。這不是直接否定自己前面的主張，而與民歌之說暗事合流了嗎？

錢先生是舉世推崇的國學大師，他原植基於古史的研究。《詩經》的有關問題，全是古史問題。想在《詩經》學上有創新之見，必須首先在古史上找出有力的證據。自宋以後許多學者都說《詩序》不可信，錢先生如要維護它，必須在《詩序》以外找反駁的資料，不能在《詩序》的原有資料上打轉。可是我們不免於失望的，即錢先生在古史考證上做得太少，雖自信有獨到之見，每有所斷，視爲不易之論。如作深入探討，其思維過程，每有疏漏。比如《漢書藝文志・諸子略》中王官之說，與《詩經》的作者問題並不相干，怎可拿來作爲論說三百篇來歷的主要依據？故筆者讀後，深有感觸，敢陳所見，以就正於高明。

附註：

註一　臺北市東大圖書公司印行：《滄海叢刊》。

註二　《關雎注・魯說》曰：「康王德缺於房，大臣刺晏，故詩作。」又曰：「昔周康王，承文王之盛，一朝晏起，夫人不鳴璜，宮門不擊柝，《關雎》之人，見幾而作。」

註三　請參閱拙著《詩經名著評介》第二集中《詩經・鄭風・昭公史詩考》一文，

註四　姚際恆《詩經通論‧行露》篇云：「蓋亦適有其事而傳其詩，以見此女子之賢，不必執泥謂被文王之化也。苟必執泥，所以王雪山有『豈有化獨及女而不及男』之疑也。」

註五　《鄭風‧女曰雞鳴》篇《毛詩序》云：「刺不說德也。陳古義以刺今，不說德而好色。」《關雎》篇《魯說》云：「周漸將衰，康王晏起；畢公喟然深思古道。感彼《關雎》性不雙侶，願得周公配以窈窕。防微消漸，諷諭君父。孔子大之，列冠篇首。」歐陽修《詩本義‧關雎》篇云：「太史公曰：周道缺而《關雎》作，蓋思古以刺今之詩也。」均其所本。

註六　朱熹《詩集傳》定為淫男的詩四篇，淫女的詩十二篇，淫男兼淫女的詩十二篇。王柏《詩疑》則增為三十一篇。

註七　《孟子‧滕文公》篇「予豈好辯哉」章。

註八　《古史辨》第三冊顧頡剛著《詩經在春秋戰國間的地位》。

註九　臺北市三民書局出版。

註一〇　歐陽修《詩本義‧本末論》。

註一一　基督《聖經‧舊約》第二十二篇。

（原載於《孔孟學報》第七十六期，民國八十七年九月）

俞平伯《讀詩札記》評介

壹、前言

俞平伯《學術論著自選集》末附《作者簡歷》云：

俞平伯，名銘衡，字平伯。一九〇〇年一月八日（農曆己亥年十二月八日）生於蘇州。原籍浙江德清縣。自幼在家攻讀經書，未進學堂。一九一四年秋考入北京大學預科。一九一九年，「五四」運動爆發，曾參加北京大學學生會新聞組，從事宣傳工作，年底畢業。一九二〇年一月自費赴英留學，四月回到杭州，在杭州第一師範任教。一九二一年經鄭振鐸介紹，加入文學研究會。一九二二年一月，與朱自清、葉紹鈞等辦了「五四」以來第一個《詩》月刊。七月赴美考察教育。一九二三年到上海大學中國文學系任教。該年四月《紅樓夢辨》出版。一九二四年底，回北京，到燕京大學任教。一九二八年，到清華大學文學系任教。一九三七年，「七七」事變後，因侍雙親，未同清華大學南遷，曾任教中國大學國學系。一九四五年，抗戰勝利後，受聘於教育部特設的「臨時大學補習班」，教授《清眞詞》。補習班結束後，任北京大學教授。一九四九年，任北京大學校務委員會委員。一九五二年調到北京大學文學研究所工作。一九五三年任中國科學院文學研究所（現中國社會科學院文學研究所）古典文學研究室研究員。

一九五〇年後，被選爲第一、二、三屆全國人民代表大會代表，第五、六屆中國人民政治協商會議委員，第一、二、四屆中華全國文學藝術者代表大會代表。全國文聯委員，九三學社中委。

該書出版於一九九二年五月，俞先生於一九九○年去世。

俞先生家學淵源，清末名儒俞樾（字曲園）即是他的曾祖父。曲園先生道光進士，官編修，提督河南學政，罷官歸，僑居蘇州，一意治經，由經以及諸子，著述不倦，主講杭州詁經精舍至三十一年，為一時樸學之宗。光緒末年卒，年八十六，著有《春在堂全集》，凡五百餘卷。平伯先生未進學堂，十五歲即能考入北大預科，二十歲「五四」運動爆發，他參加了新聞組宣傳工作，他也就在這一年的年底畢業。可見他的國學根柢得之於家學。

俞先生的著作繁富，大別之，詩集方面，有《新詩集》、《冬夜》、《雪朝》、《西還》、《憶》、《燕知草》、《遙夜閨思引》等；散文集方面，有《雜拌兒》，一名《梅什兒》、《雜拌兒之二》、《古槐夢遇》、《燕郊集》、《俞平伯散文選集》。古典文學研究方面，有《讀詩札記》、《讀詞偶得》、《紅樓夢辨》、《紅樓夢研究》、《清真詞釋》、《唐宋詞選釋》、《論詩詞曲雜著》等。其中《讀詩札記》是關於《詩經》篇章的研究。在《古史辨》中稱為《茸芷繚衡室讀詩札記》，與其《自選集》所載的內容相比較，主要篇目，《自選集》是：

一、《周南・卷耳》。〔附〕再說《卷耳》。

二、《卷耳》故訓淺釋。

三、《召南・行露》。

四、《召南・行露》故訓淺釋。

五、《召南・小星》。

六、《召南・小星》故訓淺釋。

七、《召南・野有死麕》。〔附〕《野有死麕》之討論。（顧頡剛、胡適、俞平伯）

八、《邶・柏舟》。

九、《邶・柏舟》故訓淺釋。

十、《邶・谷風》。

十一、《邶・谷風》故訓淺釋。

十二、《邶・北門》故訓淺釋。

十三、《邶・靜女》（上）。

十四、《邶・靜女》（下）。

十五、《靜女》故訓淺釋。〔附〕捫管。

十六、《鄘‧載馳》。

十七、《載馳》故訓淺釋。

以上共討論《國風》裡九首詩，在《俞平伯學術論著自選集》裡佔了九十一頁，約四萬餘字。《古史辨》裡所載的僅是前面六篇，而且只有第五、六兩篇有「故訓淺釋」，前四篇不錄。還有一點不同的，即《古史辨》有俞先生的《論商頌的年代》一文，並附有顧頡剛的案語。《讀詩札記》作於民國十二年，《論商頌的年代》作於民國十四年。雖然討論的詩篇不多，但是他是「五四」新文化運動的一位年輕鬥士，與胡適、顧頡剛、鄭振鐸、錢玄同、董作賓、劉復、劉大白、朱自清等人同是這一時期的知名學者。他的論文在《古史辨》裡有其代表性，故值得予以評介。

貳、詩篇評介

一、《周南‧卷耳》

> 采采卷耳，不盈頃筐。嗟我懷人，寘彼周行。
>
> 陟彼崔嵬，我馬虺隤。我姑酌彼金罍，維以不永懷。
>
> 陟彼高岡，我馬玄黃。我姑酌彼兕觥，維以不永傷。
>
> 陟彼砠矣，我馬瘏矣。我僕痡矣，云何吁矣！

《詩序》云：「《卷耳》，后妃之志也。又當輔佐君子，求賢審官，知臣下之勤勞，內有進賢之志，而無險詖私謁之心。朝夕思念，至於憂勤也。」朱熹《詩集傳》云：「后妃以君子不在而思念之，故賦此詩。」又云：「懷，思也。人，蓋指文王也。」俞先生云：

> 這篇，前人異說極多，什麼后妃、文王、賢人，攪成一團糟。現在因無一駁之必要，置之不論。朱熹的頭腦比較清楚，知此詩為懷遠人矣，但仍不免扭捏地說了一句：「人，蓋指文王也。」「蓋」者何？疑詞也。然則幸虧了這個「蓋」字。諸家多不免說說「官賢」、「思賢」

等話。其實從詩本文看，只見有征夫思婦，並不見有文王后妃，更何處著一賢人耶？「懷人」明明是念遠人，乃釋爲思賢人，豈非大殺風景？這都是中了《傳》、《箋》之毒，套上了一副有色眼鏡，故目中天地全變色了。

這是從詩旨上談，前人之說絕不可從。惟詩旨的話，出自《詩序》；《傳》、《箋》甚少涉及。兪先生說：「這都是中了《傳》、《箋》的毒。」這是很不允洽的。

至於詞章詮釋方面，兪先生下了頗爲精細的功夫：

> 詩中共有六「彼」字，歧義頗多。先列毛、鄭如下：（毛於二「酌彼」下無釋；鄭申毛義。）
>
> 寘彼（於）周行 ⎤
> 酌彼（以）金罍 ⎬ 彼爲賢人之代名詞
> 酌彼（以）兕觥 ⎦
>
> 陟彼崔嵬 ⎤
> 陟彼高岡 ⎬ 彼爲指示形容詞
> 陟彼砠矣 ⎦
>
> 六列三動詞「寘」、「酌」、「陟」皆外動詞，「金罍」五名皆爲其客詞，何以兩歧其說？且增字作釋，尤不合法。按六「彼」字只一釋，今言「那個」也。惟「寘彼」之「彼」爲代名詞，以外諸「彼」字爲指示形容詞，其區別如是而已。何以第一「彼」字獨爲代名詞？因周行既非可寘之物，若以「彼周行」三字通讀，則於文義當曰：「寘之彼周行」。今既不增字作釋，則「寘彼」之「彼」當然是指不盈頃筐之卷耳，其文義本明白。乃昔賢必曲解「周行」爲「周之列位」，而「彼」字於是有異說。崔述《讀風偶識》釋此句爲寘所懷之人於道旁，亦嫌迂曲。

這是從詞性上分析，以爲六「彼」字，毛、鄭訓上列三「彼」字爲「賢人」之代詞，極爲不妥。其實「寘彼周行」之「彼」是代名詞，惟所代的是上一句

「不盈頃筐」的「卷耳」，其他五句「彼」字都只是指示形容詞。「酌彼金罍」即是「飲那個金罍的酒」，與「陟彼高岡」的句式無異。毛、鄭增字作釋，如「酌彼（以）金罍」，以致造成曲解。惟曲解之因，筆者以爲不在毛、鄭，而在《詩序》「后妃之志」與「求賢審官」的教義。

　　至於詩中另一關鍵詞，即是七個「我」字，前人各逞其說，莫衷一是。俞先生說：

　　　　詩中又有七個「我」字，關係全篇大義。鄭玄說最怪。「嗟我」下無說是不改《傳》，「我」乃后妃自謂。「我馬」三，「我僕」一至四「我」字，《箋》云：「我，使臣也。」、「我姑」之二我字，《箋》云：「我，君也。」夫一篇中只七「我」字耳，忽而后妃自謂，忽指君，忽指臣，何其錯亂耶？朱以首章爲直敍，下三章爲託言，則七「我」字皆指后妃。姚際恆以爲文王思賢，則七「我」字皆指文王；但他卻又說「采耳執筐，終近婦人之事。」可見他亦不能自持其說。崔述之說似較合於情理，茲引錄一節：

　　　　「朱子以爲婦人念其君子者，得之。但以我爲自我其身，則登高飲酒，殊非婦德幽貞之道；即以爲託言，而語亦不雅，竊謂此六「我」字仍當指行人而言，但非我其臣，乃我其夫耳。」（讀風偶識）

　　　　照他所說，首章是婦人自敍其情懷光景，二章則懸揣征人苦役之況而描繪之。較諸說已爲圓美；其病仍在於迂曲。我的學生施德普君卻說得直落些。施的話正和崔述相反，他完全以爲這詩爲征夫行旅時的悲歌。他說：

　　　　「就我的見解講，那麼第二至第四章可以不再解釋，而第一章的敍述，我卻以爲是征人的憶別或幻覺。『采卷耳』，是他倆別離時的情景，或許也是她的日常作業，正如採桑一樣。……」（蘋華室詩見，文學一〇〇期）

　　　　崔以二章以下爲想像，施以一章爲幻覺，實是一種看法；不過觀點恰正相反。二章以下既說得這般慷慨淋漓，也就不像婦人想像中的描畫。若說一章爲幻覺，反而合情理些。所以我說施的話較爲直捷。施以第一「彼」字爲頃筐，與我見合。但釋「懷人」爲「所懷之人」，我覺

得是不很對的。惟照他所説的大義，不能不如此作釋罷了。

以上是俞先生將各家之說作了扼要的敍述，以示觀點的分歧與左支右絀的現象。最後俞先生提出了自己的看法：

> 此詩前後大類兩橛，故「我」字遂多歧義，而大義終晦。一言蔽之，采耳執筐明非征夫所爲，登高飲酒又豈思婦之事。此盈彼絀，終難兩全。愜心貴當，了不可得。我索性把它說爲兩橛罷。
>
> 此詩作爲民間戀歌讀，首章寫思婦，二至四章寫征夫，均係直寫，並非代詞。當攜筐采綠者徘徊巷陌，迴腸盪氣之時，正征人策馬盤旋、度越關山之頃。兩兩相映，境殊而情卻同，事異而怨則一。由彼念此固可；由此念彼亦可；不入憶念，客觀地相映發亦可。所謂「向天涯一樣纏綿，各自飄零」者，或有當詩人之恉乎？

這是歷來詮釋《卷耳》最精闢的一段話，足以銷解各家矛盾之說。惟尙須補充的，即「兩橛」一詞，嫌其含義不甚明確。「橛」，《爾雅·釋宮》：「橛謂之闑。」註：「闑、音孽、門橛。」疏：「闑謂門之中央所豎短木也。」《曲禮》則注爲「門限」。段玉裁云：「門梱、門橛、闑，一物三名，謂當門中設木也。」但不論取「門橛」、「門限」、「門中設木」來說，於俞先生所表的文義均難契合，惟有取「門之中央所豎短木」解釋中的「短木」一詞予以引申，說「兩橛」爲「兩段」、「兩端」，再轉爲「兩頭」，始得正解。既然如此，何不直接用「話分兩頭說」呢？說詩人敍一對情侶兩地相思，先敍女的，後敍男的；就像《孔雀東南飛》的寫蘭芝與府吏：《長恨歌》的敍唐明皇與楊貴妃。小說、戲劇更是頭緒紛繁，各自表述。由此解讀《卷耳》，自可了斷這一千古公案，不必再去「硬轉這難轉的彎子」了。

此外「寘彼周行」的「周行」，《毛傳》解爲「周之列位」，不是文法上的問題，而是詩旨上的問題。只要將《詩序》解套，回到民歌上看，以思婦征夫的情事爲說，則這類因人事附會所造成的誤解，自然會消除於無形了。

二、《召南・行露》

　　厭浥行露。豈不夙夜，謂行多露。

　　誰謂雀無角，何以穿我屋？誰謂女無家，何以速我獄？雖速我獄，室家不足！

　　誰謂鼠無牙，何以穿我墉？誰謂女無家，何以速我訟？雖速我訟，亦不女從！

《詩序》云：「《行露》，召伯聽訟也。衰亂之俗微，貞信之教興，彊暴之男不能侵凌貞女也。」《毛傳》云：「衰亂之俗微，貞信之教興者，此殷之末世，周之盛德，當文王與紂之時。」於二章「室家不足」下《箋》云：「室家不足，謂媒妁之言不和，六禮不備，彊委之。」這是將《行露》的作成時代定在商紂與文王之時，由於紂行暴政，故「衰亂之俗微」；由於文王行仁政，故「貞信之教興」，表現於詩文之中，即「彊暴之男不能侵凌貞女」；其具體行為，即男的「雖速我獄」，女的由於「室家不足」（即六禮不備），而「亦不女從」。

　　這即是古文詩說。其時代之敍純出臆斷，自不待辨。至於今文詩說，似較可信。劉向《列女傳》（魯說）云：「申人之女許嫁於酆，禮不備而欲迎之，女不肯往，遂致興訟。」《易林》（齊說）云：「婚禮不明，貞女不行。」《韓詩外傳》（韓說）云：「行露之人許嫁矣，然而未往也。一物不具，一禮不備，守志貞理，守死不往。」可見三家觀點類似，均以貞女爲婚禮不備，拒婚以致興訟。此說崔述疑之，其《讀風偶識》有云：

　　　且所謂「禮不備」者，儀乎？財乎？儀乎，男子何惜此區區之勞而必興訟？訟之勞不甚於儀乎？財耶，女子何爭此區區之賄而甘入獄？婚娶而論，財又何取焉？揆之情理，皆不宜有。細詳詩意，但爲以勢迫而不從，而因致造謗興訟耳。不必爲女子之詩，如《序》、《傳》云云也。

崔氏以爲雙方如只爲了區區的婚禮禮物和禮節而至興訟入獄，這是不合情理

的。他進一步提出別解，以爲興訟「不必爲女子」，或爲「勢迫」、「造謗」而成，亦有可能。此說自有問題，兪先生反駁道：「此詩有室家之明文，而崔以爲不必定爲女子之詩，不知果何所見？」

「有室家之明文」，是指詩有「誰謂女無家」以及「室家不足」等語；至於此女已婚與否？兪先生似亦據此數語認定是已婚的。他說：

> 我們以爲既能速女於獄訟，則必是夫家方可；否則既未許嫁，橫逆之來出於無端，何能興訟耶？且就「誰謂女無家」一語淺釋之，似其人與《行露》之女眞有室家之道者然，故云爾也。

既說「速訟」必是「夫家方可」，又說「似其人與《行露》之女眞有室家者然」，似已認定是已婚的了。

筆者以爲，這裡即是一個兩可兩不可的問題，所謂兩可，即「許嫁」與「成婚」兩種可能；所謂兩不可，三家原以「許嫁」爲說，但許嫁只是文定，舉行訂婚儀式而已，怎會因不履行婚約而至興訟入獄的？尤其《韓詩外傳》所謂「一物不具，一禮不備」，以致「貞女」抵死不嫁，男方因而興訟而讓女子入罪坐牢，這是大背法理人情的，令人難以置信。如是已婚的，生米已成熟飯，即使是一位「貞女」，已無「拒婚」之實，還能在夫家吵著不嫁嗎？夫家還會有興趣到法院去告狀嗎？所以已婚興訟之說也是說不通的。這即是我所說的「兩不可」的意思。也即是解讀這首詩困難的所在。遇到這類問題，古人常有明通之說。如崔述《讀風偶識》於《終風》下云：「竊謂年遠事湮，詩說失傳者多，寧可謂我所不知，不可使古人受誣於千載之上。」又云：「天下之事，有我所知，有我所不知。不可謂有所知者已盡天下之事，而天下之言，斷無有在我所知之外者也。」兪先生云：

> 《行露》二、三兩章雖斐然可誦，但其人伊誰？其事若何？非起作者於九原，恐雖有黃帝、孔丘亦勿辨之矣。不知曰愚，強不知以爲知曰誣；寧愚勿誣，是爲善說《詩》者。此意崔氏曾屢言之。

孔子云：「知之爲知之，不知爲不知，是知也。」這似已成爲古今學者的共

識，可是實行起來也眞不容易。《行露》的人事問題，解讀者多，但要以「不知」爲高明。

至於詞章方面，首章三句成章，文義不明是一個問題。王質云：

> 首章或上下中間，或兩句三句，必有所闕，不爾，亦必闕一句。蓋文勢未能入雀鼠之詞。（《詩總聞》卷一）

俞先生贊同此說，並云：

> 其言甚當，故說此章賦比興仍均無一當。既曰貞女拒強暴，則不當夙夜戒行；即曰爲興爲比，何感興比喻之委婉耶？何與下章詞氣隔絕耶？若曰許嫁而不行，則又何以下兩章聲色俱厲，似誓死不行然？一物之不具，一禮之不備，果何物何禮之未具而當如此耶？

這是從現有的三句詩來說，說它是賦，一位貞女何以要早夜獨行？說它是比、興，何以如此委婉與下章詞氣筆法絕不相類？說爲一物不具、一禮不備而拒婚，究竟何物何禮不曾具備，使這位女子抵死而不嫁？既都說不通，所以王質有首章缺文之說。

王柏《詩疑》云：

> 《行露》首章與二章意全不貫，句法體格亦異，每竊疑之。後見劉向傳列女，……女子不可，訟之於理，遂作二章，而無前一章也；乃知前章亂入無疑。

此一解說，雖言之成理，但筆者從詩篇的定名上看，三百篇在孔子之前即以確定，即既有「行露」之名，必有「行露」之文，故該詩當有首章。反之，如原詩只有二、三兩章，二、三兩章既無「行露」二字，則「行露」的篇名從何而來？這是毋容置辯的。故「亂入」之說不可從，「缺文」之說則較爲合理些。

至於下兩章的章句解釋，《傳》、《箋》已得其旨。《傳》云：「謂雀之穿屋似有角，彊暴之男召我而獄，似有室家之道於我也。物有似而不同，雀之

穿屋不以角，乃以咮。今彊暴之男召我而獄，不以室家之道於我，乃以侵凌。物與事有似而非者，士師所當審也。」下章《傳》云：「墉，牆也。視牆之穿，推其類，可謂鼠有牙。」這即是取「物與事有似而非者」爲說的。俞先生云：

> 此兩章顯係比喻，《傳》、《箋》說未可全非。雀本無角，但既穿屋似有角者然；鼠本無牙，但既穿墉似有牙者然；汝與我本無室家之道，但既能召我於獄訟，則反似有室家者然，此皆反語也。

所謂「反語」，即拿似是而非的話作隱喻，使人體會話中正面的意義。這在寫作技巧上說，是經過一番精心設計才有的；在三百篇中，是較爲難得的一例。

有人懷疑鼠是否眞的無牙？《說文解字》云：「牙，壯齒也。」段玉裁《注》云：

> 壯，各本譌爲牡，今本篇韵皆譌，惟石刻《九經》字樣不誤，爲馬氏版本妄改之。士部曰：「壯，大也。」壯齒者，齒之大者也。統言之皆偁齒，偁牙；析言之，則前當唇者偁齒，後在輔車者偁牙。牙較大於齒，非有牡牝也。《詩》：「誰謂雀無角」，「誰謂齒無牙」。雀本無角，鼠本無牙，而穿屋、穿墉似有角、牙者。然鼠齒不大，故謂無牙也。

這是說「牙」、「齒」之義，統言之，兩字不分，或以「牙」含「齒」，或以「齒」含「牙」；故時下或稱「牙醫」，或稱「齒科」，顯然是彼此包含著說的。分言之，則牙是牙，齒是齒，齒在前面當唇者，其形尖而小；牙在兩側大而有臼者。故《本草綱目》曰：「兩旁曰牙，當中曰齒。」鼠爲齧齒類動物，僅有門齒而無牙。以證詩文「鼠無牙」對應上章「雀無角」，是極爲允洽的。

三、《邶風・靜女》

> 靜女其姝，俟我於城隅。愛而不見，搔首踟躕。

> 靜女其孌，貽我彤管。彤管有煒，說懌女美。
>
> 自牧歸荑，洵美且異。匪女之爲美，美人之貽。

《詩序》云：「靜女，刺時也。衛君無道，夫人無德。」這話與詩文的內容完全對不上頭。一般古文家都說成這是「陳古刺今」的詩。可是孔氏《正義》云：

> 道、德一也，異其文耳。經三章皆是陳靜女之美，欲以易今夫人，非謂陳古也。

他仍然以爲這是刺「今夫人」的詩，只是所陳的「靜女」是古是今是虛是實不予明示而已。惟既說陳述這位「靜女」旨在「以易今之夫人」的，她的身分當然也是「夫人」了。既然也是「夫人」，當然有她的貴爲君侯的丈夫。她居於深宮，養尊處優，而且其夫高居廟堂，日理萬機，會與已婚的夫人相約於城隅，作捉迷藏式的遊戲嗎？這位夫人會到城外牧野去採一些茅草的嫩芽，當禮物來贈送她的夫君嗎？只要想到她是已婚的，而且是一國君夫人，就可斷定《詩序》的人事編敘是說不通的。歐陽修看出了這一點，所以不採《詩序》的觀點，改從民歌上說，其《詩本義》云：「此淫奔期會之詩也。」如果他只說「此期會之詩」，這就對了；加上「淫奔」兩字，又引發另一個問題，即孔子以三百篇爲教材，怎會拿「淫奔」的詩來教人呢？但如作進一步追究，歐陽修或曾得自《左傳》的暗示。《左傳》定公九年載：

> 苟有可以加於國家者，棄其邪可也。《靜女》之三章，取「彤管」焉。

孔氏《正義》譯述此文云：

> 誠有可以加益於國家者，取其善處，棄其邪惡可也。《靜女》三章之詩，雖說美女之事，事之常耳，無可特善。彤管記事，乃是婦人之大法。本錄《靜女》詩者，止爲彤管之言可取，故全篇取之，不棄上下之

二章也。

如果《左傳》這段話是可信的，則「彤管」似宜訓爲女史用的「赤筆管」，《傳》、《箋》之說是對的。其次，該文上面一句「棄其邪可也」，即著意在「《靜女》三章，取彤管焉」。意謂《靜女》三章的文義，只有「彤管」一詞可取，其他部份，幾近於邪，棄之可也。詩義的所謂「邪」，換言之，即是「淫奔」。這或許即是歐陽修、朱熹認定《靜女》爲「淫奔之詩」的原始依據吧！

但是，按文求義，「靜女」既非君侯夫人，也無「淫奔」之行，即使將「彤管」說成是女史用的「赤筆管」，將「靜女」說成是君侯夫人，則「俟我於城隅」的「我」是誰？「貽我彤管」的「我」又是誰？如果是君侯，君侯去城隅與夫人約會，還弄到「搔首踟躕」，這像話嗎？夫人從宮中拿「赤筆管」送給夫君，等於拿家法要丈夫遵守，豈不大殺風景？這原是敍民間青年男女幽會的故事，一說到有夫妻關係的君侯與夫人，就會處處都是滯礙。不管《左傳》取「彤管」有何高義，三章詩文極爲淺顯，明白可見。毛、鄭等人自設路障，結果卻讓自己陷於困境，處處不通！俞先生說：

> 《小序》之誤，不待多言，朱子已說：「全然不似詩意。」後人爲之說詞，捉襟露肘，適見其謬。陳啓源《毛詩稽古編》曰：「詩極稱女德，而序反言夫人無德，所言作者之意，非詩之詞也。……《集傳》獨祖歐陽《本義》，（歐陽修《毛詩本義》卷十）指爲淫奔期會之詩。夫淫女以「靜」名可乎哉？」淫女可否以「靜」名，此詩是否稱女德，姑擱在一邊。陳氏之說本身已絕不可通。

這是以爲《詩序》「衛君侯無道，夫人無德」的詩旨提示，顯然與《靜女》的文義不符，朱子已作了適當的評論，故改從歐陽修定爲「淫奔期會」的詩。陳啓源則從「詩」與「序」對立上說，並批評歐陽修、朱熹「淫奔」之說，以爲如是「淫女」，不宜以「靜」名之。俞先生斥之爲「絕不可通」。

其實，陳啓源的這番話不是「絕不可通」的。㈠他駁斥歐陽修、朱熹「淫奔期會」之說，以爲如果是「淫女」，就不該以「靜」名之。這一反駁的理由

應該是成立的。而且按之詩文，並無「淫奔」之實。這原是宋儒以「禮敎」說詩之誤，自應加以否定的。㈡他說：「詩極稱女德，而《序》反言無德，所言作者之意，非詩之詞也。」這裡有三點值得討論：其一，他說「詩極稱女德」，這是他受《傳》、《箋》的影響而說的話，其實詩文裡並無「極稱女德」的涵義。其二，他把《詩序》的「衛君無道，夫人無德」說成是「作者之意」，與「詩文之意」分開來說，這是符合《詩序》的本意的。漢儒說詩，創「陳古刺今」之法，從《靜女》來說，詩文是「極稱女德」的；從作《序》的人來看，則是刺今之夫人無德的。所謂「陳古刺今」，即是陳古之「靜女」，以刺今之「夫人」。可見「靜女」不是當代的人，是詩人所設想的古代的一個典型女子。所刺無道的「衛君」與無德的「夫人」，乃是當代的人，可是他們在詩文中沒有出現，卻被說成是這首詩的靈魂人物。我們如果體會到這一點，對陳啟源的將「作（序）者之意」與「詩人之意」分開來說，不會覺得「絕不可通」的了。俞先生恐怕未曾留意及此吧？所以他接著說：

> 夫詩稱女德，而序曰無德，詩不會錯，當然序錯了，他偏說序也不會錯。以此推之，豈非指東必是西，道黑必是白乎？既如此，東可說西，黑可說白，然則淫女以「靜」名，這正是切合他們說詩的規則，何不可之有？

俞先生這番話，正是未曾體會「陳古刺今」之意的一證。「陳古刺今」的一個模式，必然是有美有刺、美刺共生的。以《靜女》篇來說，《詩序》之意，即是美「靜女」，藉以刺「衛君」與「夫人」。美「靜女」是其手段，刺「衛君」與「夫人」是其目的。由於讀者僅見「靜女」，不見「衛君」與「夫人」，故作《序》者特為標舉，要讀者領會該詩的另一層意義與兩位靈魂人物。在這一模式之下，詩與《序》的涵義顯然是對立的，卻是作《序》者設計而得的。其三，我們理解《詩序》的本意，並不表示贊同它。但要否定它，必須指出「陳古刺今」之妄。不是從有德無德的表面現象去論其是非的。簡單的方法，如說「靜女」是古之賢妃，他該有什麼樣的美德懿行？除了讚其容貌之「姝」與「孌」之外，其他只敍她曾「俟我於城隅」、「貽我以彤管」、「自牧歸荑」三個極平常的動作，這竟是古之賢妃的美德懿行嗎？對今之君侯與夫

人又能產生什麼樣的示範作用呢？想到了這一些，就會知道「陳古」之義旣無從落實，則《詩序》的人事編敍也就不屑一顧了。

再從詩文內容上談。兪先生在《靜女》（下）篇說：

> 我更有一點題外的謬見。第二章的彤管，第三章的荑，在訓詁上雖明係二物，而在詩旨上可作一物看，所謂一而二，二而一者也。這怎麼說呢？顧頡剛先生說《鄘風・桑中》云：
>
> 「這是一首情歌，但三章分屬在三個女子——孟姜、孟弋、孟庸——而所期會、所要、所送的地點乃是完全一致的。我很不解，是否這三個女子是一個男子同時所戀，而這四角戀愛是同時得到他們的諒解，並且組成一個迎送的團體的？這似乎很不近情理。況姜、弋、庸都是貴族的姓，是否這三國的貴族女子會得同戀一個男子，同到衛國的桑中上宮去約會，同到淇水之上去送情郎？這似乎也是不會有的事實。」（《古史辨》三）
>
> 這是明通的話。孟姜、孟弋、孟庸實是一個女子，卻因音調上的需要，所以要唱三遍；而這三遍如果完全一樣，又不大好聽，所以變文叶韻。這的確和唱本中所謂「第一位大姐本姓王，第二位大姐本姓孫」是一樣。
>
> 明白了這個，就懂得彤管、柔荑二而一的道理。……

兪先生接著還舉《玉臺新詠》中繁欽作的《定情詩》（註一）為證，以為這首詩「摹擬《靜女》痕跡甚明」。「不過《靜女》是女負男，而《定情詩》是男負女罷了」。接著兪先生說：

> 大概這位姑娘先頗假以顏色，送給他一點輕微的禮物，（彤管已未見其貴重，而荑更是不值一文。）後來不知怎的，忽然負約，城隅之會芳跡渺然，惹得那位哥兒，睹物懷人，喃喃呢呢，而數千年後，討論《靜女》竟可成為專書了。恐怕也出於她（他）「意表之外」吧。

在《古史辨》第三冊裡，由顧頡剛先生以《瞎子斷扁的一例——靜女》一文發

其端，即有劉大白、董作賓、劉復、魏建功等人十多篇論文，他們各陳所見，將《靜女》中所有的問題都發掘出來，並提出各種可能的講法，成爲史無前例的單篇集體討論。所以俞先生有「討論《靜女》竟可成爲專書了」的話。

但以筆者來看，俞先生的這些觀點容有討論餘地：㈠「彤管」與「荑」俞先生主張只是一物，這與劉大白的看法相同，劉先生說：「彤管就是一個紅色的管子。這個紅色的管子，就是第三章『自牧歸荑』的『荑』。」但是魏建功先生不贊同。他以爲第三章旣以「自牧歸荑」起首，與第二章顯然不是同一時間的事。旣非同一時間的事，女子送給男子的東西前後即有二次，彤管與荑應是二物。筆者從文藝的觀點來看，前一章敍「彤管」如何的美，後一章敍「荑」如何的美；如是一物，成爲故弄玄虛而無實質意義的重複，該詩即不堪一讀了！所以不贊同一物之說。㈡《桑中》的孟姜、孟弋、孟庸，俞先生主張原是一人，由於「音調上的需要」，才將原只一章的詩分成三章。筆者以爲俞先生對《桑中》的解讀，僅從音調上的需要來談，還是不夠的。應該從作者的心理需要方面去理解。一個平民詩人，生活窮困，精神苦悶，他要藉想像世界聊以自慰，於是作成這首狂想曲。他天馬行空地設想當今的貴族小姐一個接一個的來和他幽會，享盡人間艷福，其實那有這種事呢！所以只要將《桑中》這首詩說成是一位平民詩人的狂想曲，一切前人的爭議都可一筆勾銷了！俞先生引顧先生《桑中》未得結論的話，以證《靜女》的「彤管」與「荑」爲一物，這個推理過程是大有問題的，因爲兩者並不具備共同而必要的前提。㈢俞先生說《靜女》是「女負男」的詩，這恐怕也不是詩文當有之義。首章雖有「愛而不見」的話，但第二章即有「貽我彤管」，第三章又有「自牧歸荑」，一再以物相贈，使男的一再表示喜悅之情；從何處見得有「女負男」之意？㈣《靜女》三章，先在城隅約會，然後有彤管與荑之贈。俞先生則顚倒其次序，說先送「一點輕微的禮物」，後來才有城隅的約會，就在這時她「忽然負約」、「芳蹤渺然」、「惹得那位哥兒，睹物懷人，喃喃呢呢」。這一將首章改爲末章的新解，等於拿「頭」當「腳」來用，能行嗎？

再從俞先生引孟子的話來談，《孟子·萬章》云：「故說詩者不以文害辭，不以辭害志；以意逆志，是爲得之。」俞先生說：

讀詩無他，不外乎「不以文害辭，不以辭害志。」孟子自己說詩也

　　常鬧笑話，但卻是宏通之論，可惜後人都把它亂用，拿來作穿鑿附會的
　　擋箭牌，真是可惜。

俞先生說孟子這幾句話為「宏通之論」，又說「可惜後人都把它亂用」，作了
「穿鑿附會的擋箭牌」，不覺得有前言不對後語的毛病嗎？筆者以為孟子這三
句話都有「界說不清」的現象，茲解說如下：㈠「以文害辭」問題：趙歧注
云：「不可以文害辭，文不顯乃反顯也。」這是說「以文害辭」的現象是，原
來文是「不顯」的，說者卻把它說「顯」了。但是什麼叫做「顯」？怎樣的
「文」與「辭」才算由「不顯」變為「顯」？像這樣概念極為模糊的用語，教
人如何去理解？筆者以為作文必先有全篇文旨，然後遣詞造句以成文。文大辭
小，辭因文而生，不可能有「以文害辭」的情形發生。只有解說者會錯了文
旨，才使辭義跟著文旨走，造成不當的解釋。例如《卷耳》，《詩序》定詩旨
為「后妃之志」與「求賢審官」的，所以將「寘彼周行」說成是「置此賢人於
彼周之列位」。《傳》、《箋》之誤，由於《詩序》；這是誰都知道的。㈡
「以辭害志」問題：趙歧舉了一個例子：「辭曰：周餘黎民，靡有孑遺。」說
詩人「志在憂旱」，所以才有「靡無孑遺」的話。讀詩的人如信以為真，這就
「以辭害志」了。古今詩文都有誇張過當的用辭，讀者自須予以辨清。這一點
趙歧的舉證是可取的。㈢「以意逆志」問題：「逆」是「迎合」，即要學者
「以己之意」去「迎合」「詩人之志」。這話是不錯的，讀詩的人大概都是以
自己的「意」去領會詩人的「志」的。這裡的「志」其實也即是「意」，是涵
蓋志、情、意三方面來說的。但是「以意逆志」的結果是否做到「是為得之」
呢？這就難說了！連孟子自己都常有「逆」錯的例子，所以俞先生說：「孟子
自己說詩也常鬧笑話。」顧頡剛先生說：

　　　他雖說用自己的意去「逆」詩人的志，但看得這件事太便當了，做
　　的時候太鹵莽了，到底只會用自己的意去「亂斷」詩人的志，以至《閟
　　宮》的時代還沒有弄清楚，周公膺夷狄的志倒輕易的斷出來了。試問這
　　種事實和心理是如何的「逆」出來的？他能明白的答覆嗎？（註二）

這的確是詩學上的一個嚴肅的問題，究其原因，孟子只開示一個法門，卻沒有

避免「逆」錯的規範。所以「以意逆志」的結果，成爲各說各話，詩人之志，卻往往杳不可得矣！比如《關雎》篇《詩序》云：「后妃之德也。」並列爲正風之始。《魯說》云：「周道缺，詩人本之衽席，《關雎》作。」兩者觀點截然不同，卻都是「以意逆志」而得的，我們能信誰呢？

由此可見，孟子這四句話，俞先生贊之爲「宏通之論」，說詩者如無明達的見識與制約的能力，將會有負面影響的。

四、《召南・小星》

> 嘒彼小星，三五在東。肅肅宵征，夙夜在公。寔命不同。
> 嘒彼小星，維參與昴。肅肅宵征，抱衾與裯。寔命不猶！

《詩序》云：「《小星》，惠及下也。夫人無妬忌之行，惠及賤妾，進御於君，知其命有貴賤，能盡其心矣。」《毛傳》於「嘒彼小星，三五在東」下云：「嘒，微貌。小星，眾無名者，三星五噣，四時更見。」《箋》云：「眾無名之星隨星噣在天，猶諸妾隨夫人以次序進御於君也。星在東方，三月時也；噣在東方，正月時也。如是終歲列宿更見。」這是以「小星」喻賤妾。「肅肅宵征，夙夜在公，寔命不同」下，《傳》云：「肅肅，疾貌。宵，夜。征，行。寔，是也。命不得同於列位也。」以爲「宵征」者爲「賤妾」，她隨夫人以次序進御於君，自知命有不同。這一說法，清儒姚際恆表示反對。他在《詩經通論》裡說：

> 山川原隰之間，仰頭見星，東西歷歷可指，所謂戴星而行也。若宮闈永巷之地，不類一也。「肅」、「速」同，疾行貌。若爲婦人步屧之貌，不類二也。「宵征」云者，奔馳道路之辭，若爲來往宮闈之辭，不類三也。嬪御分期夕宿，此鄭氏之邪說。……然要不離宮寢之地。必謂見星往還，則來於何處？去於何所？不知幾許道里？……前人之以爲妾媵作者，以「抱衾裯」一句也。予正以此句而疑其非。何則？進御於君，君豈無衾裯，豈必待其衾裯乎！眾妾各抱衾裯，安置何所？……

這是駁《序》、《傳》最合情理的一番話。

俞先生對此篇有三方面的評論：

一、詩旨方面：他取《韓詩外傳》卷一有云：「任重道遠者，不擇地而息，家貧親老者不擇官而仕。……詩曰：『夙夜在公，寔命不同。』」於是推斷道：「是韓以爲此是勞人行役之詩。」並論《序》、《箋》道：

> 東漢初年，衛宏作《毛詩》僞序，特創謬論；而鄭玄因以作《箋》，推波助瀾，愈說愈遠。後人更茫然不省其根由，於是《小星》一詩遂爲納妾之口實，久而久之，「小星」幾成妾之代詞。說之者方自矜其合於風雅；而原詩之意如何不必問矣。衛、鄭兩家安得逃其責耶？

這是由於《序》、《箋》說詩以「小星」喻「賤妾」，不僅誤謬，並使後世以「小星」代「賤妾」，遂成納妾的藉口，說者還自誇合於風雅之言；至於詩的原意已不再去考究了。這是衛、鄭二人無可辭其咎的。

二、文詞方面：「嘒彼小星，三五在東。」《毛傳》將「三五」訓爲「三星五噣」，視爲兩組星座。《朱傳》云：「三五，言其稀。」以爲「三五」是形容所見「小星」的稀少。王引之云：「此即下章言『維參與昴』也。」又云：「心噣相距甚遠，心在東則噣在西。」俞先生云：「王氏立論最精，朱說亦善。」這是明達之言。

三、起興方面：每章首二句「嘒彼小星，三五在東」，鄭玄以「小星」喻諸妾，以三星五噣喻夫人。《韓說》以「小星」喻小人在朝。均以爲是「比」法。《朱傳》則以爲是「興」法。朱熹云：「故因所見以起興，其於義無所取。」俞先生云：

> 其所見至卓，而「於義無所取」一語，尤有合詩人感興之微。不特此詩爲然，大凡興義殆皆如是也。夫既名爲興，則即使於義有取，而詩人之意初不在此，善讀者當辨別之。即《關雎》一詩，千古聚訟，而其實「雎鳩」與淑女君子，於義究何所涉耶？天下事有求深反惑者，此類是也。

這是以爲《小星》首二句是「興」法，朱熹「於義無所取」的話最具卓見。不

僅如此，所有的詩只要是「興」，都該作如是觀；即以聚訟千年的《關雎》起頭二句「關關雎鳩，在河之洲」，與下文的「窈窕淑女，君子好逑」，在含義上究竟有無關係？如有關係，是怎樣的關係？俞先生不再有所說明，只是說：「天下事有求深反惑者，此類是也。」並開示其讀詩的要點云：

> 《詩》三百篇非必全是文藝，但能以文藝之眼光讀詩，方有是處。且《國風》本係諸國民謠，不但不得當作經典讀，且亦不得當為高等的詩歌讀，直當作好的歌謠讀可耳。明乎古今雖遠而感情不殊，則迂曲悠謬之見不消而亦自消矣。

這裡俞先生教人要以文藝的眼光讀三百篇，並要以「民謠」的觀點讀《國風》的詩，旨在教人「不得當作經典讀」。說明白些，儒者說詩，附會歷史人物，賦予政教意義，捨淺求深，捨直求曲，大背民歌本質與詩人作意。這是當今學者所不取的。

但是筆者以為，俞先生既是旨在討論「興」的含義，就該扣緊主題，將「興」的內涵作必要的闡述。至於要以文藝眼光讀三百篇，以諸國民謠讀《國風》，似已越出主題，因為無論文藝眼光或民謠觀點，都有可能成為比、興兩可的解說。換句話說，即使撇開《詩序》以政教觀點說詩的這一模式，對三百篇「興」義的了解，不一定有多大幫助。例如朱熹說《小星》首二句「因所見起興，於義無所取」，除了否定「小星」喻諸妾外，其「於義無所取」這句話，仍有界說不明的問題。因為「興」不取義，不等於「興」完全無義。筆者曾嘗試將《詩經》裡章首起興的詩分為兩類：一類是情景起興，其起興的句子與下文有意義上的關連。如《關雎》這首詩，作者為詠淑女配君子，見雎鳩和鳴於河洲之上，情景相應，故取之以起興。作《小星》的詩人，在因公夜行，勞於征徒之際，仰見夜空，三五顆小星微明於東方，即藉以起興。故從實敍其事上說，是「賦」，從詩人心境上說，是「興」。因為詩人是藉所見的此一景象，引發其因公夜行孤寂的心境與身世的感歎。這樣看來，《小星》開頭起興的兩句話，不是完全無義的了！

朱熹之所以如此說，是他遵《序》說詩的緣故。他說：「蓋眾妾進御於君，不敢當夕，見星而往，見星而還，故因所見以起興，其於義無所取，特取

『在東』、『在公』兩字之相應耳。」他是在《序》意之下說成只有「在東」、「在公」的「音節」起興,自然是不取義的。但如捨《序》而從小公務員「勞於征徒」上說,體會其披星戴月的孤寂心境,就可知道這兩句詩除了「在東」、「在公」的音節作用以外,還該有「情景起興」的含義,而且要以「情景起興」視爲作意之所在。

但三百篇裡的確有一些起興的句子是「於義無可取」的。如《王風》、《鄭風》都有《揚之水》,也都以「揚之水,不流束薪」起興,與下文實無任何意義上的關連。又如《鄭風・山有扶蘇》的「山有扶蘇,隰有荷花。不見子都,乃見狂且。」《蘀兮》的「蘀兮蘀兮,風其吹女。叔兮伯兮,倡予要女。」都是前面起興的句子,與下文沒有意義上的關連,我們稱之爲「音節起興」;亦即這一起興的方式,僅是藉音節的作用起一個頭而已。以此區分,把起興的方式分成兩類(註三),或能窺得章首起興的全貌吧!

五、《召南・野有死麕》

> 野有死麕,白茅包之。有女懷春,吉士誘之。
> 林有樸樕,野有死鹿。白茅純束,有女如玉。
> 舒而脫脫兮。無感我帨兮。無使尨也吠。

《詩序》云:「《野有死麕》,惡無禮也。天下大亂,強暴相陵,遂成淫風,被文王之化,雖當亂世,猶惡無禮也。」《傳》:「凶荒則殺禮,猶有以將之。野有死麕,群田之獲,而分其肉。白茅,取絜清也。」《箋》:「亂世之民貧而強暴之男多行無禮,故貞女之情,欲令人以白茅裹束野中田者所分麕肉爲禮而來。」《正義》:「經三章皆惡無禮之辭也。」《朱傳》於首章之下云:「南國被文王之化,女子有貞潔自守,不爲強暴所污者,故詩人因所見以興其事而美之。或曰:賦也。言美士以白茅包其死麕而有懷春之女也。」其於末章之下云:「此章乃述女子拒之之辭,言姑徐徐而來,毋動我之帨,毋驚我之犬,以甚言其不能相及也;其凜然不可犯之意蓋可見矣。」朱子於此完全遵《序》說詩,並在《詩序》「惡無禮」的主旨下,將末章女子的三句話詮釋爲「凜然不可犯之意」。

俞先生相信《詩序》是衛宏作的,時代在《毛傳》之後。所以他以爲一些

《詩序》的話是跟著《毛傳》走的。他說：

> 毛公於此訓詁初無甚謬；只有兩句話說糟了，開衛、鄭之先路。他
> 說：「凶荒則殺禮，猶有以將之」，「非禮相陵則狗吠。」於是《小
> 序》上說：「雖亂世，猶惡無禮也。」其實毛公無非以死麕、死鹿非聘
> 禮之常，故想當然曰「凶荒殺禮」；又以犬吠示警，故想當然曰「非禮
> 相陵」。凶荒殺禮原未必是亂世，禁犬勿吠亦非必是惡無禮也。鄭玄之
> 謬更有甚於衛宏。毛公僅說「凶荒」，衛宏便說「亂世」，到了鄭玄竟
> 一口咬定爲「紂之世」。不知他何以知之？以外謬說尚多，如明明是懷
> 春之女，《毛傳》之說明甚，而鄭則曰貞女。「舒而脫脫」一句《毛
> 傳》並無以禮來之文，而鄭則曰：「以禮來。」姑徐徐而來釋之曰：
> 「以禮來。」於義安乎？及春不暇待秋之女而曰貞，於義安乎？若鄭玄
> 之治禮，得勿於禮遠乎？按此詩通篇不見有守禮之氣息，而毛、鄭、衛
> 三家刺刺不休。毛公略露端倪，二人則變本加厲。鄭氏此詩之箋，三章
> 用八「禮」字，何其好禮耶？

這是以爲先有《毛傳》「凶荒殺禮」、「非禮相陵則犬吠」的話，引發衛、鄭
以「禮」說詩，愈說愈甚，但如按文求義，「通篇不見有守禮的氣息」。如從
民間歌謠來看，這原是山野青年男女幽會的事，毛、鄭、衛所言，全是曲解。
在古人中，俞先生較喜歡姚際恆的話。姚氏云：

> 此篇是山野之民相與及時爲昏姻之詩。……所謂「吉士」者，其
> 「赳赳武夫」者流耶？「林有樸樕」亦中林景象也。總而論之？女懷，
> 士誘，言及時也；吉士、玉女，言相當也。定情之夕，女屬其舒徐而無
> 使帨感、犬吠，亦情欲之感所不諱之歟？（《詩經通論》卷二）

俞先生贊道：「姚氏說此詩之第三章，其大膽爽快已足令前人咋舌，比扭捏作
態的朱熹又好得多了。」

　　在俞氏此文之後，附有《野有死麕之討論》三篇短文，分屬顧頡剛、胡
適、俞平伯三人。顧先生在第三章「舒而脫脫兮，無感我帨兮，無使尨也吠」

下說：

> 悅是佩在身上的巾，古人身上佩的東西很多，所以《詩經》中有
> 「佩玉鏘鏘」、「雜佩以贈之」的話。「脫脫」是緩慢。「感」是動
> 搖。「尨」是狗。這三句話的意思是：「你慢慢兒的來，不要搖動我身
> 上掛的東西（以致發出聲音），不要使得狗叫（因為它聽見了聲
> 音）。」這明明是一個女子為要得到性的滿足，對於異性說出的懇摯的
> 叮囑。

接著顧先先錄下《吳歌甲集》第六十八首云：

> 結識私情結識隔條濱，繞濱走過二三更，「走到唔篤場上狗要叫；
> 走到唔篤窩裡雞要啼；走到唔篤房裡三歲孩童覺轉來。」「倸來末哉！
> 我麻骨門閂笤帚撑，輕輕到我房裡來！三歲孩童娘作主，兩隻奶奶塞仔
> 嘴。輕輕到我裡床來！」

這兩段文章前段為詮釋文詞，後段是藉一首《吳歌》來闡述第三章的涵義；其
主旨在於將《野有死麕》當作民歌來看，而且是偏於野合與偷情方面的敘述。
　　附錄第二篇是胡適先生給顧先生的信，內容是說：

> ㈠你解第二句為「不要搖動我身上掛的東西，以致發出聲音」；㈡
> 你下文又用「女子為要得到性的滿足」字樣；這兩句合攏來，讀者就容
> 易誤解你的意思是像《肉蒲團》裡說的「干啞事」了。
> 　　「性的滿足」這個名詞在此地盡可不用，只說那女子接受了那男子
> 的愛情，約他來相會，就夠了。「悅」似不是身上所佩；《內則》「女
> 子設悅於門右」，似未必是佩巾之義。佩巾之動搖有多大聲音？也許
> 「悅」只是一種門帘，而古詞書不載此義。

胡先生指正顧氏之訓有：一是訓「悅」為佩巾；二是「女子為要得到性的滿
足」這句話；並以為「悅」是「門帘」。

附文第三篇是俞先生的文章，他說：

> 至於釋「帨」爲佩巾，我意已是解此章之義，正不必別求歧義。如
> 適之先生說：「佩巾的搖動有多大的聲音」？這可以回答，實沒有多大
> 的聲音。但是門簾的搖動又有多大的聲音呢？何必多此一舉？……就
> 《禮記》本文上看：「男子懸弧於門左，女子設帨於門右。」帨之非門
> 簾實明甚。……故若就《禮記》而論，「帨」決非門簾。就《詩經》而
> 言，亦不見其爲門簾。且無論是門簾也罷，手帕也罷，搖來搖去，總不
> 見有多大的聲音。你們兩位考據專家在此都有點技窮了。

這段「帨」字考辨的話，從詩文、《禮記》上看，都是極其正確的。但筆者尚
有兩點補充意見：㈠是「無感我帨兮」，不宜從聲音上去說，而應從男子的動
作上去理解。「帨」是佩巾，覆於胸前及於膝下。「感」訓「撼」，義爲
「動」。這個「動」，不是「搖動」，凡是「觸動」、「拉動」、「摸動」都
是。這是女子怕對方動作粗魯才說的一句話。㈡是胡先生「門簾」之訓絕不可
從，理由之一，二人幽會場所不在房內，在山林之中，怎會叫對方「不要動到
我的門簾」呢？

俞先生對該詩末章的詮釋，頗爲獨到。他說：

> 我以爲卒章三句，乃是三層意思，絕非一意複說。「無使尨也
> 吠」，意在沒有聲音，便作幽媾。若「無感我帨兮」，本意既不在有聲
> 音與否上面，你們所論絕未中的，反覺疑惑叢生了。我很奇怪，以您倆
> 篤信《詩經》爲歌謠爲文學的人，何以還如此拘執？鄭玄、朱熹以爲那
> 個貞女，見了強暴必是凜乎不可犯也；而您倆以爲懷春之女，一見吉
> 士，便已全身入抱，絕不許有若迎若拒之姿態了。您倆還是樸學家的嫡
> 派呀！必須明白「舒而脫脫兮」是一層意思，「無感我帨兮」是一層意
> 思；「無使尨也吠」又是一層意思。一層逼進一層，然後方有情致；否
> 則一味拒絕，或一口答應，豈不大殺風景呢？「將軍欲以巧示人，盤馬
> 彎弓故不發」，急轉直下式的偷情與溫柔敦厚之《詩・國風》得無大相
> 徑庭乎？一笑！

俞先生這一描狀懷春之女的動作，將三句話分成三層意思來說，似已把握一個女子的心理狀況。但以筆者所見，未必如此。因爲詩旣寫明「有女懷春」，可見她是一位情竇初開的少女。她入世未深，面對異性的追求，一定會有旣歡喜又害怕的情緒反應，雖然不至於一下子就投懷送抱，但也絕無可能故作姿態，要對方照著她的步驟去辦事。「將軍欲以巧示人，盤馬彎弓故不發」，這原是指騎馬射箭技術極高的人，才能在表演武功之際，「盤馬彎弓」就要發射了，他卻故意不發射，以示他的能耐；也讓觀眾多一份期待的心情，對他的騎射本領產生高度的興趣。可是拿這件事來比喻該詩裡的女子，顯然是不適當的了。俗語說：「情場如戰場。」戰場的將軍，可比情場經驗豐富的女人：她歷盡滄桑，磨練出一套應付男人的本領，才能控御有方，操縱自如。可是《野有死麕》裡的女人，只是一位懷春的少女，就如一個未曾上過戰場的小兵，一旦面臨情場，不免膽怯心驚，故要追求她的男人不要這樣，不要那樣。雖不是表示惡其無禮而凜然拒絕，但也絕不是經驗老到，故意設局。如從心理分析上看，俞先生顯然錯估了這位懷春少女的生理年齡與心理反應。換句話說，以情場比戰場，她是「小兵」，不是「大將」，那有能力「盤馬彎弓故不發」呢？

六、《邶‧柏舟》

　　汎彼柏舟，亦汎其流。耿耿不寐，如有隱憂。微我無酒，以敖以遊。

　　我心匪鑑，不可以茹。亦有兄弟，不可以據。薄言往愬，逢彼之怒。

　　我心匪石，不可轉也。我心匪席，不可卷也。威儀棣棣，不可選也。

　　憂心悄悄，慍於群小。覯閔既多，受侮不少。靜言思之，寤辟有摽。

　　日居月諸，胡迭而微？心之憂矣，如匪浣衣。靜言思之，不能奮飛。

　　《詩序》云：「《柏舟》，言仁而不遇也。衞頃公之時，仁人不遇，小人

在側。」這是以爲詩作於衛頃公時，詩旨在敍小人在君側，以致仁人不遇。如從此說，詩中的主人翁當是一位從政的男子。朱熹不採《序》說，認爲是「夫人不得於其夫」之作。他說：「《列女傳》以此爲婦人之詩。今考其辭氣卑順柔弱，且居變風之首，而與下篇相類，豈亦莊姜之詩歟？」朱子不僅認爲這是婦人之詩，而且據其下《綠衣》、《燕燕》、《終風》等篇，《詩序》說是「衛莊姜傷己」之作，遂以爲《柏舟》也該是衛莊姜作的了。其實《詩序》這些人事編敍，既無所據，亦不合理，朱子創反《序》之說，但落實到詩篇詮釋時，又對它深信不疑。矛盾如此，令人失望。俞先生說：

> 詩以抒寫性情，三百篇中每有一往情深，百讀不厭之佳篇，而作者何人？本事如何？蓋茫然也。吾人苟誠能涵咏咀味其趣味神思，則密察之考辨不妨姑置第二義。無奈有些所在，若不明其人其事之若何；則情思之大齊雖可了知，而眇微之處終覺閡阻而不通。此所以考辨與鑑賞蓋不可分爲二橛也。

這是說《詩經》中有些詩雖知極有情趣，百讀不厭，但是作者何人？爲何而作？故事實情如何？都無從知悉，所以有需要下考辨的功夫。但考辨亦有限度，俞先生說：

> 但我們雖喜明辨，卻和迂儒不同。他們喜冒充內行，喜強不知以爲知；我們不然。我們覺得「不知」比「知」都是當然的事。多多知道固然是我們的希望。「知」是努力的成效，「不知」是努力的材料和機會。老子說：「無之以爲用。」然前人的觀念卻正正相反。⋯⋯

這是說《詩經》或其他古籍，屬於「不知」的部份甚多，我們不能「冒充內行」，「強不知以爲知」。我們當然希望知道得更多，但「不知」部份可視爲努力的目標和成功的機會，也是好的。即以《邶・柏舟》來說，讀來確是一首好詩。俞先生說：

> 但怨可知，致怨之故不可知；身世之牢愁畸零可知，何等身世不可

知；作者是守死善道之君子可知，而爲男、爲女不可知。何則？詩無序
故。……現存之序，僞托無論；即眞，亦無益於事。《序》所言「仁而
不遇」，直與無說等耳。其人爲仁人，我固知之；其人爲不遇之仁人，
我尤知之；何勞《序》說耶？至於所謂「衞頃公之時」，言誠鑿鑿矣，
奈不足使人信何！姚際恆之言曰：「既知爲衞頃公，亦當知仁人爲何人
矣，奚爲知君而不知臣乎？」其駁甚雋。可見《序》全是向壁虛造之
談。

這是從大體上看，作者有不幸的遭遇，有纏綿的感情，有「守死善道」的君子
風度，這是從詩文中讀得之義。但如進一步問，所怨何事？何等身世？是男是
女？這就不可知了。《詩序》說是在衞頃公之世，這是毫無根據的。

　　至於朱熹以爲是婦人作的詩，是據劉向之說，《列女傳・貞德》篇以爲是
衞宣夫人（宣姜）作，朱熹則據《綠衣》等篇改說爲莊姜。姚際恆云：「篇中
無一語涉夫婦事，亦無一語象婦人語。若夫『飲酒』、『威儀棣棣』，尤皆男
子語。」俞先生說：

　　　　姚氏謂無一語像婦人語，我確覺得無一語不像婦人語。

並進一步辯駁道：

　　　　夫說此篇爲婦人受侮而作，義亦可通，何必涉及夫婦事方得謂爲女
　　子作耶？至所謂不像婦人語，尤覺未當。「微我無酒」兩句本係假設之
　　詞，言雖飲酒敖遊未足寫憂，無礙於女子口吻。且「駕言出遊」，《泉
　　水》、《竹竿》之四章也；上言「女子有行」，豈亦皆男子語乎？彼爲
　　實敍既猶可通，豈此乃虛設反不通乎？威儀之盛固似男子，但女子獨不
　　許有威儀乎？……

這裡俞先生的意見似有討論餘地：㈠前面既說「爲男爲女不可知」，這裡爲了
姚氏說「無一語象婦人語」，轉而主張「無一語不象婦人語」，前後自致矛
盾。㈡「憂心悄悄，慍於群小」，語譯之，該是：「我的內心很憂傷，是爲一

群小人所慍怒。」「慍於群小」是「群小慍我」，不是「我慍群小」。姚氏說：「大抵此詩是賢者受譖於小人之作。」這是較切文旨的話。亦即從人際關係上說，這位賢者該是一位服務人群的公務人員，不像是一位深居宮室的婦人。㈢姚氏說：「若夫飲酒、敖遊、威儀棣棣，尤皆男子語。」這是以男、女行狀相較之下所得的印象；飲酒、敖遊，是男子常有的事，卻是女子少見的事。「威儀棣棣」，是說一個人容止富盛，頗有風度；自以描狀男子的行儀較爲適宜。尤其句中有一「威」字，古代詩文中絕少拿「威」字來形容女子的。女子以柔情美姿爲尙，《衛風‧碩人》的「巧笑倩兮，美目盼兮」；《鄭風‧野有蔓草》的「有美一人，清揚婉兮」；《曹風‧候人》的「婉兮孌兮，季女斯飢」。都是以柔美爲歌頌的重點。由此可見，說「威儀棣棣」爲狀男之詞，似無不妥。㈣女子敖遊，有據；女子飲酒，則無據。醇酒、美人是男子事。三百篇原是古人生活的實錄，何須將「微我無酒，以敖以遊」說成是女子「假設之詞」呢？

參、論《商頌》年代

《古史辨》第三冊在俞著《葺芷繚衡室讀詩札記》之後，即有《論商頌年代》一文，作於民國十四年十月。俞先生的主要觀點：《商頌》是宋詩，不是商詩。開卷即云：

> 《商頌》爲商人作，抑周人作，自來古今文家有異說。《毛詩》是代表古文家的，在《那》序上說：「微子至於戴公，其間禮樂廢壞，有正考父者，得《商頌》十二篇於周太師，以《那》爲首。」準此，是商詩已亡，而正考父重新從周太師那裡搜輯出來的。《國語》上閔馬父亦云：「昔正考父校商之名頌十二篇於周太師。」《國語》之言與《毛詩》合，古文家是把《商頌》當作商代的作品，只是曾經散失，經正考父的補訂而已。
>
> 　但今文家恰不如此。《史記‧宋世家》曰：「宋襄公之時，修行仁義，欲爲盟主，其大夫正考父美之，故追道契、湯、高宗，殷所以興，作《商頌》。」司馬遷用《魯詩》說，殆魯義如此。裴駰《史記集解》

謂：「《韓詩》、《商頌》亦美襄公。」《韓詩·薛君章句》曰：「正
考父，孔子之先也，作《商頌》十二篇。」（《後漢書·曹襃傳注》
引）是《魯》、《韓》義同。今文家均以《商頌》爲宋襄公時大夫正考
父所作，爲周詩，非商詩也。

這是將今、古文兩派作扼要的敘述，代表古文家的《毛詩序》、《國語》都說
是正考父從周太師處校得的，《商頌》自是商代的古頌。代表今文家的《史
記》、《韓詩·薛君章句》則主張《商頌》是正考父美宋襄公之作，是春秋時
宋詩。俞先生說：「今古文家之爭執，在目今已不成問題，試以情理推斷
之。」他的推斷方法，先將正考父與宋襄公的關係切斷。他取郭紹虞考證正考
父的年代，「以爲他非活到一百五十六歲不及事襄公」，這是決無可能的事，
所以他說：「我們決不該把《商頌》泥定在正考父身上。」但要怎樣考辨呢？
俞先生說：

> 大凡要考辨一件公案，不當亂聽別人的話，卻捨棄這文件的本身不
> 管；比較可靠的是文件的本身。《商頌》現存五篇，我們就從此看去。
> 從情理方面推得兩點，從證據方面推得一點。
>
> 所謂「情理方面」的兩點：
>
> ㈠商尚質，周尚文。這「尚」字自然是有點兒胡塗；但商之文化遠
> 遜於周，卻不容疑惑的。商既在周前，又較閉塞，它的詩自當較爲幼
> 稚。但今日《商》、《周》兩頌並存，比較文風而觀之。所得結果正與
> 預期相反。《商頌》複雜綿密，《周頌》簡單質樸，是明擺在那兒的事
> 實，誰也不否認它。在文學的演化上看去，是不可通的。所以皮錫瑞
> 《詩學通論》上說：「商質而周文，不應《周頌》簡，《商頌》反
> 繁。」
>
> ㈡以《商頌》與《周頌》比，知道《商頌》不應在《周頌》之前；
> 更以《商頌》與《魯頌》比，知道它們大約是同時的作品。《魯頌》是
> 美魯僖公的，《商頌》是美宋襄公的；《魯頌》是魯人的詩，《商頌》
> 是商人的詩；一樣的誇大，一樣的鋪排。要把《商頌》放在《魯頌》以
> 前數百年，這個排列是怎樣的奇怪……。

這是從文化發展史上說，時代愈早，文化愈簡陋質樸。商早於周，不應《周頌》質樸，《商頌》反而繁複。再從《魯》、《商》二頌作比較，兩者一樣誇大，一樣鋪排，顯然是同時代的作品。

至於「證據」方面，《商頌‧殷武》云：

> 撻彼殷武，奮伐荊楚，罙入其阻。袞荊之旅，有截其所，湯孫之緒。（一章）

其中有「荊楚」一詞。「由於商時尚無荊楚之號」，足以反證《殷武》不是作於商朝的詩。他最後的結論是：

> 若把這事歸在宋襄公身上，卻是很像。宋襄公本是誇大狂，他想做盟主，想去伐楚國，都是事實，不容得懷疑。把這事來說《商頌》，正相符合。……歸到本傳，我以為說《商頌》為周詩，較為得體。

俞先生此文之後，尚有顧頡剛的一段案語，引《春秋》、《史記》作補充，表示贊同。但是持商詩說的，也自有見地。大陸著名學者張松如敎授，著《商頌研究》一書（註四），有較為深入的探討。他贊成商詩之說，主要理由是：

一、從史籍上看：張敎授引《國語》、《毛詩序》、《漢書》、《論衡》、《朱傳》等敘正考父校（或得）商頌之文，以證《商頌》即是商朝古頌。

二、從立名上看：旣定名為《商頌》，即表示來自商朝。如果是頌宋襄公的，就該稱為「宋頌」了。並舉《左傳‧昭公十二年》、《左傳‧襄公二十六年》所載之文均稱《商頌》，張敎授說道：

> 迨及戰國，諸子百家，《商頌》之名屢見疊出，而沒有一處出現過「宋頌」的蹤影。這豈不表明《商頌》是商詩，不是宋詩或周詩嗎？這在先秦文獻中，是從無爭議的。

　　三、從楚國誕生的年代上看：《殷武》有「奮伐荊楚」句。魏源云：「楚入春秋、歷隱、桓、莊、閔，止稱荊；至僖二年始稱楚，安得高宗即有伐楚之名？」今文家即以此主宋詩之說。張教授則推翻此說，其證據是：㈠古本《竹書記年》載：「昭王十六年，伐楚荊。涉漢，遇大兕。十九年，喪六師於漢。昭王末年，王南巡不返。」（註五）以證在周昭王時即有「楚國」之名；而且昭王是死於對楚的戰爭中，可見當時楚國的強悍。㈡西周彝器所鑄金文：「佳王伐楚伯在炎。」以及：「王伐楚侯。周公某，禽祝。」郭沫若《西周金文辭大系》斷二器為成王東伐淮夷踐奄時器。並稱「周公自周公旦，禽即伯禽。」㈢長江中游所發現的商代遺物：張教授說道：

　　　　見於報導的就有湖北省的黃陂袁李灣、江陵張家山、漢陽紗帽山、以至湖南省的石門皀市、寧鄉黃村、江西省的清江吳城等處，都發掘出大量的商代文物，特別是一九七四年，在今湖北省武漢市五公里許的黃陂縣發掘了古盤龍城，發現了極為豐富的商代文物遺存，……這一切都表明商朝奴隸制國家的南土，當已發達到長江中游地區。這種情形下的商楚戰爭情況是完全可以想像的。

由上述這些資料，當可證明宋襄公以前，甚至商代即有楚國，《商頌・烈祖》有可能是商詩。

　　四、從正考父與宋襄公的關係上看：今文家說《商頌》是正考父作來美宋襄公的，但從年齡上看，「正考父必百三四十歲」才能事襄公。所以俞先生說：「正考父與《商頌》並無生死不離的係屬，我們不妨撇開正考父來談《商頌》。」以為惟有這樣，才能解決正考父的問題。張教授說道：

　　　　《商頌》既非正考父所作，又與宋襄公風馬牛不相及。這不只我的看法，這是王國維氏的論斷。……他承認了《商頌》一非正考父所作，二非美宋襄公，這兩點是完全可以肯定下來的。

《殷武》篇既與宋襄公無關，必須另找答案。張教授說道：

《殷武》詩發端云：「撻彼殷武，奮伐荊楚。」其所指彼者何人？《毛傳》云：「殷武，殷之武丁也，荊楚，荊州之楚國也。」《鄭箋》云：「殷道衰而楚人叛，高宗撻然奮揚武威，出兵伐之。」這原是合情合理，於史有徵的，怎麼能把高宗武丁事硬過渡給宋桓公或宋襄公呢？

這就回到了《傳》、《箋》的原點，《商頌》自應說成是作於商朝的。

五、從宋襄公父子伐楚成績上看：張教授說：

宋桓公隨同齊桓公伐楚，只進到楚國邊境，沒有交鋒，便求成而退；並沒有「罙入其阻」，更沒有「裒荊之旅」，像《殷武》詩中所稱述的那樣。可見《商頌》中所記載的伐楚和僖公四年的伐楚是不相干的兩回事。

至於《左傳‧僖公二十二年》記載「宋公及楚人戰於泓」，由於襄公「不鼓不成列」、「不擒二毛」，以致「宋師敗績，公傷股」，不半載而亡。張教授說：「這些同《殷武》詩中所記載的情況更對不上號了。」

六、從《周頌》簡而短，《商頌》繁而長上看：魏源《詩古微》云：「讀三頌之詩，竊怪《周頌》皆只一章，章六七句，其詞噩噩；《商頌》則《長發》七章，《殷武》六章，且皆數十句，其詞灝灝。何文家之質，而質家之文也？」皮錫瑞云：「宋襄與魯僖同時，故《商頌》與《魯頌》文體相似。若是商時人作，商質而周文，不應《周頌》簡，《商頌》反繁，且鋪張有太過之處。」這一觀點似已成為當今一般學者的共識。張教授則云：

這種種說法都是難以成立的。如果可以這樣「使用進化論的眼光」看問題的話，則希臘古典的文學藝術一定應該出現在中世紀之後；漢的《房中樂》一定應該作於《國風》之前；謝靈運的五言詩必須早於古詩十九首；《陌上桑》和《孔雀東南飛》必須晚於宋齊梁陳廟歌。顯然，這些現象不是歷史進化者所能解釋得清楚的。

由上可知，張教授《商頌》為商詩之說，作了深入的探討，辨析詳密，言之成

理。《商頌研究》書成，請夏傳才教授作序。其序文中有云：

> 我對這個問題也有自己的看法。……我一直認為《商頌》歌頌殷商
> 先王的功業，它在某些意識形態和語言風格，確實帶著殷商時代的色
> 彩，不能說它們完全是春秋時代宋國的詩；另一方面，《商頌》的內
> 容，某些詞語和表達風格，又有明顯的春秋時代的痕跡，與《尚書·盤
> 庚》不類，不能斷定它們全是商詩。我讀書不多，佔有資料少，七十年
> 代後開始寫《詩經研究史概要》時，又無法迴避這個問題，便簡單地寫
> 了這樣一段文字：「現存《商頌》五篇的內容，有的是歌頌宋襄公與齊
> 魯合兵伐楚事，當與《魯頌》同時期；有的是記述殷商先祖功業，可能
> 是先世留傳或後世所追述。五篇《商頌》產生的時間很長，其制作時
> 間，學術界尚有爭議。」我說內容有的寫宋事，是依從當時通行觀點，
> 並相信王夫之所論斷的《商頌》五篇「商三宋二」之說；（註六）所說
> 先世留傳或後世所追述，則是兩說並存；所說「制作時間長」，則是不
> 同意把制作時間只拘於商或宋一代。很顯然，我個人無力解決矛盾，諸
> 說並存，暫且存疑。……事實上，從內容到形式，有商代的東西，也有
> 春秋時代的東西。我國古籍太多是這樣，《尚書》中的許多文章是這
> 樣，《商書》中的許多文章是這樣，《商書·盤庚》現公認為是比較可
> 信的商代文獻，但它仍有戰國時代最後寫定的痕跡。《周易》的最後寫
> 定，也類此。在不能考證確定以前代遺留為主還是後世制作為主的情況
> 下，不能絕對化，使兩者水火不容。我還認為，在真正的科學辯論中，
> 任何一方的論證都有接近真理的認識。結論正確的，不見得所有的論
> 點、論據全對；結論不正確的，其論點、論據不見得是杜撰、臆測、全
> 是錯誤。……在尚未取得一致認識，對這個問題不得不表述時，則不妨
> 暫時「大而化之」。

這是對《商頌》以及其他古籍上所有兩極化的辯論，作了較為客觀而公允的評
斷。同時夏教授對張教授的論文作了如下的贊詞：

> 我認為，這是迄今為止，我們所見到的第一本全面論述《商頌》的

專著，而且行文一直在論辯中展開，讀起來引人入勝。這本書雖然不是研討《商頌》時代問題的最後結論，但無疑地會使討論深入，促進問題解決。

張教授這本《商頌研究》，計一百二十頁，約九萬字。俞先生的《論商頌年代》，僅五頁，約二千字，兩者討論的範圍與所引的資料自不能相比，但所爭議的要點，則是涇、渭分明。筆者以為張教授的論文確能解決了兩個問題：㈠是「撻彼荊楚」的「荊楚」，主「宋頌」者認為春秋之前無「楚」名，可是他舉《竹書紀年》與西周彝器為證，予以否定。㈡主「宋頌」者據《殷武》為宋襄公父子之詩。他則據《左傳》以為宋桓公隨齊桓公伐楚，未交鋒而返，而且宋君只是一個配角，有何可頌？如說是頌襄公，襄公伐楚，與「楚人戰於泓」，「宋師敗績」，公因「傷股」而死；何來「罙入其阻」、「裒荊之旅」的事實？如以襄公「誇大狂」為說，把失敗誇為勝利，把恥辱當作榮耀，即使媚於一時，總不好累世子孫奉為祖宗神殿上的頌詞吧！

但是張教授的論文，亦有值得作進一步探討的地方：

一、「商尚質，周尚文」，這從中國上古史已有的資料來看，應該是事實。商早於周，《商頌》與《周頌》比，顯然令人有時代錯置之感。如要證明《商頌》確是商朝的作品，最好能找到商朝類似的詩文。即以荷馬史詩來說，它作於公元前九世紀，相當於中國周穆王、懿王時期。在這期間中國可曾有類似的詩文出現？商朝成湯生於西元前十七世紀，武丁生於西元前十三世紀，比荷馬史詩還要早上四至八百年，以文化發展史的眼光來看，引荷馬史詩以證《商頌》為商詩，在時空與性質上恐難以契合。

二、王夫之主「三商二宋」之說，以為《長發》、《殷武》屬宋，其他三篇屬商。這也是缺乏依據的。宋為殷後，宗廟祭祀必稱先王烈祖，或沿用舊有頌贊之詞，或宋君新制頌詩，都有可能。不能說《那》與《烈祖》有「湯孫」之稱，就認為是商詩；《玄鳥》有敍簡狄生契的殷商始祖故事，及湯王征服天下，「奄有九有」，後裔武丁繼續用兵，以至「邦畿千里」，敍的全是商朝的事，即屬商詩。如此論證，實難稱允洽。如從文詞上看，較之《魯頌》，一樣的平順。故俞先生之質疑，不能因張教授之辯稱而冰釋。

三、近世大陸學者，每有所論，必奉馬克思學說為宗師，以奴隸制度、階

級鬥爭來解讀詩文；海外學者難以認同。如郭沫若將《秦風・黃鳥》篇編在「奴隸主怨天的詩」中；說《豳風・七月》裡的「田畯」就是「奴隸主」，農夫即是「農奴」（註七）。孫作雲將《大雅・桑柔》的「力民代食」說成「力民」即是「田畯」，「代食」即是「代蝕」，亦即「田畯代周屬王向農奴搜括糧食」（註八）。像這類文義新詮，十分離奇，如何信得？張教授的詩義詮釋，重視考證，按文求義，原無此弊；惟談到商代的社會狀況，必以當代的社會主義理論爲導向，令人質疑。例如下編「《商頌》論說」中云：

> 《商頌》中反映了什麼樣的特定時代的社會意識形態呢？
> 在這五篇頌歌中，充滿著對暴力的歌頌。在這裡，作爲暴力的美與作爲美的暴力已被統一起來，對自然暴力的歌頌與對社會暴力的歌頌已結合爲一。原始神話已打上階級的烙印，已成爲藉以頌揚社會暴力的材料。……
> 《商頌》所表現的野蠻，幾乎是獸性的暴力思想，無疑地會促進奴隸制度的發展。……
> 但是《商頌》所宣揚的暴力掠奪思想，顯然是爲殘酷的、可恥的、最初的剝削制度服務的。雖然這種階級剝削在歷史上曾經成爲文明的基礎，……由此我們便可以從而認識到《商頌》中宣揚暴力、歌頌掠奪的醜惡思想的本質及其作用。……

由此可以體會張教授所見到的《商頌》，是充滿了暴力思想的，而且這種暴力思想是野蠻的，幾乎是獸性的；它主要的用意是爲奴隸制度下的剝削者服務。宣揚暴力，歌頌掠奪，旨在促進奴隸制度的發展。

可是我們讀《商頌》的詩，確實體會不出這些涵義來。「歌功頌德」，是千古頌詞的宗旨所在。「歌」什麼「功」？如歌的是開國帝王，自然是征服天下的武功。這與奴隸制度何干？這也說不到剝削制度與掠奪思想上去。因爲中國自上古直至近世，凡是改朝換代的戰爭，勝者一旦爲王，莫不炫耀其武功與德政；這幾乎是古今通例，沒有什麼好說的。況且《商頌》各篇，從文詞上看，論及戰爭的僅《玄鳥》的「武丁孫子，武王靡不勝」；《長發》的「武王載旆，有虔秉鉞。如火烈烈，則莫我敢曷。」「韋顧既伐，昆吾下桀。」《殷

武》的「撻彼殷武，奮伐荊楚，罙入其阻，裒荊之旅。」「莫敢不來王。」憑
這些文句，會有張教授所說的那些涵義嗎？我之所以有此感想，實在由於我們
爲消除前人的附會，幾已耗盡畢生的精力，很不希望有新的附會出現，再來困
擾我們的後輩。按文求義，平實地說，不是比較好嗎？

肆、結論

一、俞先生是「五四運動」時的北大學生，並參加北大學生會新聞組從事
宣傳工作，與羅家倫、傅斯年等同是具有新思想的學生領袖。用於學術研究，
即有新文化運動的興起，與胡適、顧頡剛、鄭振鐸、錢玄同等人各領風騷，影
響深遠。俞先生的文藝創作，《詩經新詮》，《紅樓夢研究》等，都有獨到之
處。惟於一九五四年，文藝界展開《紅樓夢研究》大批判，遭到嚴重打擊。下
放到河南息縣，住進鄉下一間茅草屋裡，過著衣食自理的生活（註九）。中國
的文字獄，自古有之，莫此爲甚。於今觀之，學術泛政治化，是極權的表徵。
海峽兩岸，水火同源，惟開放有遲速而已。俞先生的下放遭遇，對當時的學術
界來說，雖非特例，卻有著表徵的意義。

二、《讀詩札記》所討論的詩篇雖僅《國風》九篇，但具有代表性。詩篇
討論不外乎篇旨、章義與文詞的詮釋。俞先生於各篇中對前人的詮釋多所評
議，藉文法的分析，以定其詞性與含義，以詩人的立場探討詩文的布局與作
意。新解新證，隨處可見。對於一些不可知的詩文涵義與人事問題，則直言
「不知」，不求強解。後學者如用心研讀，自當受其啓發，獲益良多。

三、《商頌》的時代問題，屬商屬宋，古文、今文兩派各執一端，聚訟千
年。俞先生雖無派系觀念，但據詩文內容與史籍所載，偏於今文詩說，以爲應
是宋詩。惟大陸張松如教授著《商頌研究》一書，考證詳實，佐之以近年發現
的彝器金文，藉以證明宋襄公之前即有「荊楚」之名。則「撻彼殷武，奮伐荊
楚」的年代，自不宜限於襄公之世。以此推論，《商頌》有可能是商代的作
品。

四、從文化發展史的觀點來看，一個民族的文化演進，必然是由簡陋樸拙
而逐漸至於精緻繁複的。「商質而周文」，這是一個歷史事實。以此觀察《商
頌》與《周頌》，顯然出現相反的情況。因此，《商頌》的來歷，仍然令人質

疑。除非在商代文物中出現「伐楚」的直接證據。亦即「商質而周文」，可視為「宋詩說者」有力的證據，張敎授取荷馬史詩以及中國後世的詩文來說，其說服力顯然薄弱。其他如王夫之「商三宋二」說，以及夏敎授的「商、宋並存」說，都是見到了矛盾所提出的折衷方案。眞相如何？只有期待篤好斯文者繼續發掘資料作進一步的考辨了！

附註：

註一　《定情詩》長達二百多字，以重複鋪張的形式作成。由於太長，故不錄。

註二　《古史辨》第三冊下編第一三四顧頡剛著《詩經在春秋戰國間的地位》一文中「㈤孟子說詩。」

註三　請參閱拙著《詩經賦比興綜論》及《詩經名著評介》第二集《古史辨詩經論文評介》。

註四　張松如著《商頌研究》，一九九五年南開大學出版社出版，新華書局天津發行所發行。

註五　古本《竹書紀年》「昭王」之下載：「昭王十六年，伐楚荆，涉漢，遇大兒。」「十九年，祭公辛伯從王伐楚，天大曀，雉兔皆震，喪六師於漢，王陟。」

註六　王夫之《詩廣義》云：「《長發》、《殷武》宋之頌也；《那》、《玄鳥》、《烈祖》之僅存，不救其繁矣。」

註七　見郭著《關於周代社會的商討》。

註八　請參閱拙著《詩經名著評介》第二集孫著《「我國歷史上第一次農奴大起義」質疑》。

註九　《國文天地》六卷一期（民國七十九年六月）陸永品著《莫道桑楡晚・微霞尙滿天——紅學大師兪平伯先生的近況》。

（原載於《孔孟學報》第七十六期，民國八十七年九月）

與錢鍾書先生談《毛詩正義》

　　錢鍾書先生，是一位學問極其淵博的學者，他的考證功夫，廣徵博引，泛濫群籍；見人之所未見，知人之所未知，確實是令人敬佩的。他的《管錐編》中收有《毛詩正義》六〇則，是他的《詩經》新詮。他的所謂《毛詩正義》，不是孔穎達的《正義》，而是他的《正義》，也即是他以爲自己的詮釋才是《詩經》的眞正含義。筆者研讀之餘，對錢先生的引證功夫是十分感佩的，對錢先生詩義論斷，則以爲尙有商榷的餘地；故撰述此文，以就正於同好。

壹、《桃夭》「夭」義辨

> 桃之夭夭，灼灼其華。之子于歸，宜其室家。
> 桃之夭夭，其葉蓁蓁。之子于歸，宜其家人。
> 桃之夭夭，有蕡其實。之子于歸，宜其家室。

《毛傳》：「夭夭，其少壯也。灼灼，華之盛也。」「少壯」，是形容桃樹初長壯盛的樣子。錢先生則訓「夭」爲「笑」，他的理由是：

> 《說文》：「媄，巧也，一曰女子笑貌；《詩》曰：『桃之媄媄。』」王闓運《湘綺樓日記》同治八年九月二十八日：「《說文》『媄』字引《詩》『桃之夭夭』，以證『媄』爲女笑之貌，明『芺』即『笑』字。隸書『竹』、『艸』互用，今遂不知『笑』即『芺』字，而妄附『笑』於『竹』部。蓋『夭夭』乃比喻之詞，亦形容花之嬌好，非指桃樹之少壯。

這是引《說文》與王闓運之說，以證「夭」字與「媃」、「芺」相通，都有「笑」字的含義。惟這裡的《說文》所引出自《今文詩說》。

　　錢先生為了證明「夭」有「笑」義，遂引李商隱詩為證：

　　　　李商隱《即目》：「夭桃唯是笑，舞蝶不空飛。」「夭」即是「笑」，正如「舞」即是「飛」。又《嘲桃》：「無賴夭桃面，平明露井東。春風為開了，卻擬笑春風。」具得聖解。清儒好誇「以經解經」，實無妨以詩解《詩》耳。既曰花「夭夭」如笑，復曰花「灼灼」欲燃，切理契心，不可點煩。

又云：

　　　　「夭夭」總言一樹桃花之風調，「灼灼」專詠枝上繁花之光色。……修詞由總而分，有合於觀物由渾而畫矣。第二章、三章自其「華」進而詠「其葉」、「其實」，則預祝其綠陰成而子滿枝也。隋唐而還，「花笑」久成詞頭，如蕭大圜《竹花賦》：「花繞樹而競笑，鳥偏野而俱鳴」；駱賓王《蕩子從軍賦》：「花有情而獨笑，鳥無事而恆啼」；李白《古風》：「桃花開東園，含笑誇白日」。……

這是從「夭」有「笑」義，進而舉述隋唐以下詩人以「花笑」為措詞的一些實例。並接著說：

　　　　徐鉉校《說文》，增「笑」字於《竹》部，采李陽冰說為解：「竹得風，其體夭屈，如人之笑。」宋人詩文，遂以「夭」為笑貌。……如蘇軾《笑笑先生讚》：「竹亦得風，夭然而笑。」（參觀樓鑰《攻媿集》卷七八《跋文與可竹》）。曾幾《茶山集》卷四《種竹》；「風來當一笑，雪壓要相扶。」……安迪生（Joseph Addison）嘗言，各國語文中有二喻不約而同：以火燃喻愛情，以笑喻花發，未見其三。

這是從「笑」字從「竹」從「夭」的造字意義，采李陽冰之說，即竹子被風吹

動，成夭屈之形，有如人大笑時彎腰屈體的樣子。以此爲證，「夭」可通「笑」；宋人詩文且以笑來形容竹子的搖擺；安迪生還以爲「以笑喩花發」，爲世界各國共同語言。要讀者相信「桃之夭夭」的「夭」即是「笑」，是形容桃花盛開的樣子。

錢先生此一論證，筆舌滔滔，理路亦頗清晰。然以筆者觀之，恐尙有偏執之嫌。茲辨析如下：

一、《說文》云：

> 笑，喜也。從竹從犬。注云：「徐鼎臣說孫愐《唐韻》引《說文》云：笑，喜也。從竹從犬，而不述其義。……《玉篇‧竹部》亦作笑，《廣韻》因《唐韻》之舊，亦作笑，此本無可疑者。

由此可見，「笑」的本字從「竹」從「犬」，不是從「夭」。作於西周的《桃夭》，其「笑」字亦必從「犬」，而不是從「夭」。「笑」字從「夭」，是後起字。錢先生將「桃之夭夭」的「夭」字說成與「笑」同義，這在字源上是說不通的。

二、段氏《說文解字注》又云：

> 或問：從犬可得其說乎？曰：從竹之義且不敢妄言，況從犬乎？闕疑載疑可也。假云必不宜從犬，則「哭」何以從犬乎？

這是以爲「笑」字從犬，似無可說，但注者以爲有些字的造成不是有理可說的，只好以存疑的態度待之了。如果一定要說「笑」字不宜從「犬」，那麼「哭」字又何以從「犬」呢？「哭」、「笑」同屬人們臉部的一種表情，一哭一笑，雖在情緒上反應有異而實同源。「哭」既從「犬」，「笑」字亦當從「犬」，這是無容置疑的。

三、從「犬」的「笑」字既是古字，則「夭」的「笑」字的什麼時候才有的呢？《說文解字注》云：

> 自唐元度《九經字樣》始先「笑」後「笑」。楊承慶《字統異說》

> 云：「從竹從夭，竹爲樂器。君子樂然後笑。」《字統》每與《說文》
> 乖異。……鼎臣竟改《說文》「咲」作「笑」，而《集韻類篇》乃有
> 「咲」無「笑」，宋以後經籍無「笑」字矣！

可見改字在唐、宋之間。宋以後已經不再用「笑」字，以致後人見到「咲」字
反而覺得有些怪異了！

四、從詩文解釋上看，「桃之夭夭，灼灼其華」，好不好將「夭夭」說成
「花在笑」呢？錢先生云：「夭夭總言一樹桃花之風調，灼灼專詠枝上繁花之
光色。」但如從三章的布局上看，這樣說恐怕會自生滯礙的。因爲第一章「桃
之夭夭，灼灼其華」，上一句如果也在說「花」，不論說「花在笑」或花的
「風調」如何美好，與下一句「灼灼其華」顯然有文義重複之嫌。前人以爲前
一句說「樹」，後一句說「花」，上下布局自有層次之分，較爲合理。第二章
「桃之夭夭，其葉蓁蓁」，如果上一句仍在說「花」，桃樹上的葉子都已長得
很茂盛了，還會有「一樹桃花之風調」嗎？第三章「桃之夭夭，有蕡其實」，
樹上的桃子都已長得很大了，已是盛夏的季節，春事已了，花影迢迢，還會有
「枝上繁花之光色」嗎？

由此看來，「夭夭」一定是狀「樹」之詞，不能改說爲狀「花」之詞。既
是狀「樹」之詞，則《毛傳》云：「夭夭，其少壯也。」《朱傳》云：「夭
夭，少好之貌。」都是比較適當的詮釋。

五、從「夭」字的本義上看，《說文》云：

> 夭，屈也，從大，象形。《段注》：「象首夭屈之形也。《隰有萇
> 楚》曰：『夭，少也。』《桃夭‧傳》曰：『夭夭，桃之少壯也。』
> 《月令‧注》曰：『少長曰夭。』此皆謂物初長可觀也。物初長者尚屈
> 而未申，段令不成遂則終於夭，而又曰夭折也。……《論語》：『子之
> 燕居，申申如也，夭夭如也。』上句謂其申，下句謂其屈。不屈不申之
> 間，其斯爲聖人之容乎！」

據此可知「夭」的本義爲「屈」，像物初長「尚屈而未申」之狀。故「夭夭」
可訓爲「少壯」貌，又可訓爲「屈而未申」貌；這是從字源上可以求得之義。

錢先生則取《三家詩》「媄」字為說。《說文》云：

> 媄，巧也。《詩》曰：「桃之媄媄」，女子笑貌。《注》曰：「木
> 部已稱『桃之枖枖』矣，此作媄媄，蓋《三家詩》也。釋為『女子笑
> 貌』，以明媄之別一義。」

「媄」、「芺」或「枖」，都是「夭」的滋生字，其字義也隨著滋生，故有
「女子笑貌」的「別一義」解說。王闓運即據此說「媄」即是「芺」，也即是
「笑」。錢先生採信此訓，遂以為「夭」有「笑」義；將「桃之夭夭」說成
「桃花在笑」。卻忘了《說文》「夭」字的原有之義了；也未想及《檜風‧隰
有萇楚》「夭之沃沃」句中的「夭」字可否代之以「笑」字？《論語》記孔子
燕居「夭夭如也」，可否說成孔子在「笑」？《三家詩》好以別字別義為說，
捨簡就繁，捨正取奇，自漢以下的學者大都捨三家而就毛，以致三家失傳，
《毛詩》獨行於世。這其間是否透露給我們訓詁史上一個優勝劣敗的訊息？

　　六、從邏輯思考上看，錢先生的推理過程是不夠嚴謹的。從「夭」推想到
「笑」，從「笑」推想到「花笑」，於是將「桃之夭夭」說成是「桃花在
笑」。可是《詩經》時期的「笑」字從「犬」不從「夭」，西周詩人絕無可能
在用「夭」字造句時會聯想到從「犬」的「笑」字；亦即絕無可能作「桃之夭
夭」時有著「桃花在笑」的含意。這即是該不該說「夭」為「笑」的一個大前
提。大前提如不能成立，亦即這個「夭」字與從「犬」的「笑」字原來全不相
干，則一切以「夭」說「笑」的資料，都只成了「題外」文章，與「桃之夭
夭」的本義完全無關。錢先生引述唐宋詩人喜歡以「花笑」寫詩，這是因為徐
鉉「校《說文》增「笑」字於竹部」，採李陽冰解「竹得風，其體夭屈，如人
之笑」的緣故。也即是後世造了從「夭」的「笑」字，再加以字源的附會說
詞，唐宋詩人追隨其後，就成了以「夭」說「笑」，以「笑」寫「花」的一種
模式。即使如此，這與西周詩人寫「桃之夭夭」時有什麼相干？難道在他當時
所見的「笑」字之外，突然出現一千數百年以後才有的「笑」字不成？如果知
道在古、今字體不同時，當以古字為據，不應與今字相混淆，則這些以「夭」
說「笑」，以「花笑」說「桃夭」的思維方式，都只是「沒有前提的推理」；
在思考過程中明顯地犯上錯誤，教我們如何信得？

由此看來，錢先生訓「夭」為「笑」，說「桃之夭夭」為「桃花在笑」。我們從字源與詩文兩方面予以探討，即知其思慮未及周延，其論斷不是很可信從的。

（原載於《中國語文》第四六八期，民國八十五年六月）

貳、「鄭聲」與「鄭詩」辨

錢鍾書先生在《毛詩正義》《關雎》㈢一文中，主張孔子說的「鄭聲」即是「鄭詩」；「鄭聲淫」，即是三百篇中的「鄭詩淫」。錢先生說：

> 戴震《東原集》卷一《書鄭風後》力辯以「鄭聲淫」解為「鄭詩淫」之非，有曰：「凡所謂『聲』，所謂『音』，非言其詩也。如靡靡之樂，滌濫之音，其始作也，實自鄭、衛、桑間、濮上耳。然則鄭、衛之音非鄭詩、衛詩；桑間、濮上之音非《桑中》詩，其義其明。」厥詞辨矣，然與詩樂配合之理即所謂「準詩」者，概乎未識。蓋經生之不通藝事也。且《虞書》、《樂記》明言歌「聲」所乃「詠」詩所言之「志」，戴氏恝置不顧，經生復荒於經矣。

戴氏之意，孔子說「鄭聲淫」，不能解作《詩經·國風》中的「鄭詩淫」。因為孔子說的是「聲」，「聲」是樂調，不是「詩」。其樂調流行於鄭、衛、桑間、濮上一帶地區，不是指《桑中》這首詩而言的。錢先生不贊同此說，以為戴氏不知詩、樂配合之理。《虞書》：「詩言志，歌永言。」《樂記》：「詩言其志也，歌永其聲也，舞動其容也。」由此可知詩與樂是互為表裡的。「鄭聲淫」必然是由於「鄭詩淫」之所致。孔子既然說「鄭聲淫」，其含義自然暗指鄭詩而言了。

關於這個問題，前人聚訟無已，筆者則較傾向於戴氏的主張，理由是：
一、從孔子的話來看：《論語·衛靈公》篇云：

> 顏淵問為邦。子曰：「行夏之時，乘殷之輅，服周之冕，樂則韶武。放鄭聲，遠佞人。鄭聲淫，佞人殆。」

又《論語‧陽貨》篇云：

> 子曰：「惡紫之奪朱也，惡鄭聲之亂雅樂也，惡利口之覆邦家者。」

由這兩段話來看，孔子所說的「鄭聲」，當以「樂調」爲宜。因爲前一則「鄭聲」與「韶武之樂」同類；後一則「鄭聲」與「雅樂」對舉。《論語‧爲政》篇：「子曰：《詩三百》，一言以蔽之，曰：思無邪。」「無邪」，即是「不淫」，亦即是「雅」。「雅」者「正也」。孔子絕無可能一方面說三百篇的內容都是純正無邪的，一方面又說「鄭詩淫」，以至於自相矛盾。

　　二、從《鄭風》的內容來看：《鄭風》二十一首，如從《毛詩序》「美刺」之說，第一首《緇衣》說是「美武公」的，第二首《將仲子》說是「刺莊公」的，其他各首如「刺文公」、「刺朝」、「刺不說德」、「陳古以刺今」、「刺亂」、「閔亂」等，都是從朝政上說的。其中最受人譏議的是《有女同車》、《山有扶蘇》、《蘀兮》、《狡童》、《褰裳》五首詩，《詩序》卻以爲是「刺忽」的，將兒女情歌說成了君臣大義，自無「淫聲」之可言。即使最末一首《溱洧》，其首章云：

> 溱與洧，方渙渙兮。士與女，方秉蘭兮。女曰觀乎，士曰既且。且往觀乎，洧之外，洵訏且樂。維士與女，伊其相謔，贈之以勺藥。

《毛詩序》云：

> 刺亂也。兵革不息，男女相棄，淫風大行，莫之能救焉。

以爲詩文所敘民間男女結伴郊遊，摘花相贈、互相戲謔等舉動，是相棄、淫亂的表徵；即加之以「淫風大行，莫之能救」的斷語。其實這些動作，未及於「淫」，比之於《召南‧野有死麕》的野合描狀要文雅多了；比之於《齊風、南山、敝笱、載驅》所敘齊襄公與其妹文姜公然淫亂的內容要正派多了。如果

《詩序》是子夏或毛公承孔子之意而作的，又如果孔子說的「鄭聲淫」即是《詩經》裡的「鄭詩」淫，這與詩文內容是不符合的，亦即《溱洧》這首詩並不足以稱之為「淫」。至於《鄭風》其他的詩，如以「民歌」讀之，更不足以稱之為「淫」。

三、從古人對《鄭風》的用詩態度來看：《左傳》昭公十六年載：

> 鄭六卿餞宣子於郊，宣子曰：「二三君子請皆賦，起亦以知鄭志。」子齹賦《野有蔓草》；宣子曰：「孺子善哉！吾有望矣！」子產賦鄭之《羔裘》，宣子曰：「起不堪也！」子太叔賦《褰裳》，宣子曰：「起在此，敢勤子至於他人乎！」子太叔拜；宣子曰：「善哉，子之言是；不有是事，其能終乎！」子游賦《風雨》；子旗賦《有女同車》；子柳賦《蘀兮》。宣子喜曰：「鄭其庶乎！二三君子以君命貺起，賦不出鄭志，皆昵燕好也。二三君子，數世之主也，可以無懼矣！」宣子皆獻馬焉，而賦《我將》。子產拜，使五卿皆拜，曰：「吾子靖亂，敢不拜德！」

這是記載晉大夫韓宣子（起）聘問鄭國，鄭六卿餞於郊。他要知「鄭志」，所以六卿所賦的都是鄭詩。其中《褰裳》，《朱傳》云：「淫女語其所私者。」《蘀兮》，《朱傳》云：「此淫女之詞。」《有女同車》，《朱傳》云：「此疑亦淫奔之詞。」

又《左傳》襄公二十六年，記晉平公把衛獻公囚了起來，齊景公，鄭簡公到晉國去求情，其文云：

> 齊侯、鄭伯為衛侯故如晉，晉侯兼享之。……國景子相齊侯；……子展相鄭伯。……晉侯言衛侯之罪，使叔相告二君。……國子賦《轡之柔矣》；子展賦《將仲子兮》。晉侯乃許歸衛侯。

其中國子賦的《轡之柔矣》已佚，子展賦的《將仲子兮》，《朱傳》云：「莆田鄭氏曰：『此淫奔者之詞。』」如果這幾首確實是「淫詩」，怎會編在孔子選為教材的詩集裡？又怎會被春秋時的公卿大夫作為「賦詩言志」的主要素

材？可見這些詩鄭人不以爲「淫」，齊、晉等國的君臣不以爲「淫」，孔子傳述《春秋》，講授《三百篇》，也不以爲「淫」。孔子所謂「鄭聲淫」、「放鄭聲」的「鄭聲」，由此可以證明的確不是指《詩經‧國風》裡的「鄭詩」而言的！

說到這裡，牽涉到一個基本觀念問題，即「情詩」與「淫詩」的差別。《鄭風》中多青年男女相戀相怨情感的傾訴，從民歌的觀點來看，都是發自內心的抒情之作，是純正無邪的，說不到「淫」字的頭上去。例如《將仲子兮》：

> 將仲子兮，無踰我里，無折我樹杞。豈敢愛之，畏我父母。仲可懷也，父母之言，亦可畏也。
>
> 將仲子兮，無踰我牆，無折我樹桑。豈敢愛之，畏我諸兄。仲可懷也，諸兄之言，亦可畏也。
>
> 將仲子兮，無踰我園，無折我樹檀。豈敢愛之，畏人之多言。仲可懷也，人之多言，亦可畏也。

這是一位女子鍾情於一位男子，男的要越牆爬樹來與她幽會，她深怕父母、兄弟、鄰人的指責，勸告男友不要來找她。她這種又愛又怕的感情掙扎，化爲一片傾訴；愛情敵不過親情的少女情懷，躍然紙上，讀之令人感動。這樣一首純正無邪的至情之作，說此女爲「淫女」，說此詩爲「淫詩」，公道嗎？

所以我們可以斷言，《鄭風》裡沒有「淫詩」，孔子說的「鄭聲淫」，的確不是指《詩經》裡的「鄭詩」說的。

四、從錢先生的論證推理來看：錢先生說：「《虞書》、《樂記》明言歌『聲』所乃『詠』詩所『言』之『志』，戴氏恝置不顧，經生復荒於經矣。」以爲《虞書》說的「詩言志，歌永言」；《樂記》說的「詩言其志也，歌詠其聲也」，都是「詩」與「歌」相表裡的。也即是必須先有「詩」以言其「志」，然後才有「歌」以詠其「聲」。以此推求，有「鄭聲」，必然先有「鄭詩」；說「鄭聲淫」，必然先有「鄭詩淫」。於是他認定孔子所說的「鄭聲淫」，其實即是《國風》裡的「鄭詩淫」。然而這一推理在邏輯上是有問題的。因爲「鄭聲」指的是鄭國的樂歌，其涵蓋性是很廣的；也有可能指當時民

間正在流行的歌曲而言的。這些歌曲，自有其歌詞；這些歌詞，內容或偏於粗俗淫靡。但不論如何粗俗淫靡，它還是這些歌曲所依據的歌詞。換句話說，所謂「鄭聲」，已被選編在《三百篇》裡的是一類，沒有被選編而流傳在孔子當代的是另一類。孔子斥之爲「淫」的「鄭聲」，有可能正是這一類，與《詩經》中的《鄭風》的詩無關。也惟有這樣說，孔子的言論，一方面說「鄭聲淫」，一方面又說《三百篇》「思無邪」，才不至於有所矛盾。

五、從詩詞與樂曲的配合上看：錢先生主張「詩」與「樂」的一致性，有云：

> 夫洋洋雄傑之詞，不宜「詠」以靡靡滌濫之聲；而度桑、濮之音者，其詩必情詞佚蕩，方相得而益彰。不然，合之兩傷，如武夫上陣而施粉黛，新婦入廚而披甲胄，物乖攸宜，用違其器。

這是以爲「詩詞」與「樂曲」必須作適當的配合，內容雄傑之詞，不宜配以靡靡滌濫的曲調。如強爲配合，必至於兩敗俱傷，正像「武夫上陣而施粉黛，新婦入廚而披甲胄」，予人以不倫不類的感情。

這話自然是對的，但是同篇又云：

> 「曲」、「調」與「詞」固不相「準」，而「詞」與「聲」，則當別論。譬如《西廂記》第二本《楔子》惠明「捨著命提刀仗劍」唱〈耍孩兒〉，第二折紅娘請張生赴「鴛鴦帳」、「孔雀屏」亦唱〈耍孩兒〉，第四本第三折鶯鶯「眼中流血，心內成灰」，又唱〈耍孩兒〉；情詞雖異而「曲調」可同也。脫出於歌喉，則鶯鶯之〈耍孩兒〉必帶哭聲，而紅娘之〈耍孩兒〉必不然，惠明之〈耍孩兒〉必大不然；情詞既異則「曲」「調」雖同而歌「聲」不得不異。「歌永言」者，此之謂也。

這是說，同一個曲調，可以用不同的歌詞，唱出不同的感情來。如《西廂記》裡的〈耍孩兒〉，鶯鶯、紅娘、惠明三人都唱了這一曲調，可各有性格與用詞的不同，聽者的感受亦自然有所不同。錢先生說：這即是《虞書》與《樂記》

所載「歌永言」的道理。

這話正好說明「聲」與「詩」的不一致性；亦即「鄭聲」雖「淫」，「鄭詩」未必即「淫」的一個力有證據。因爲一曲〈耍孩兒〉可以唱出三種的詩文，表現出截然不同的風格與感情，可見以曲調推求詩文性質的必然性是靠不住的。

汪士鐸《汪梅村先生集》卷五《記聲詞》云：

> 詩自爲詩，詞也；聲自爲聲，歌之調也，非詩也；……《論語》之「鄭聲」，皆調也，如今里俗之崑山、高平、弋陽諸調之類。崑山嘽緩曼衍，故淫；高平高亢簡質，故悲；弋陽游蕩浮薄，故怨。聆其聲，不聞其詞，其感人如此，非其詞之過也。

汪氏從大處說，各種腔調自有特性，即如同一時代流行於中原地區的崑山、高平、弋陽三種腔調，給人的感受即有「淫」、「悲」、「怨」的不同。以此反證孔子所說的「鄭聲」，是鄭國當時流行的一種曲調，不是指《詩經》裡的「鄭詩」而言的。因此，孔子「鄭聲淫」，「放鄭聲」之意，也就不言可知了。

六、從「詩」的本字詮釋來看：錢先生在《毛詩正義‧一詩譜序》中云：

> 〈關雎序〉云：「詩者，志之所之，在心爲志，發言爲詩」，……《詩緯‧含神霧》云：「詩者，持也。」……《荀子‧勸學》篇曰：「詩者，中聲之所止也。」《大略》篇論《國風》曰：「盈其欲而不愆其止」，正此「止」也。非徒如《正義》所云「持人之行」，亦且自持情性，使喜怒哀樂，合度中節，……《論語‧八佾》之「樂而不淫，哀而不傷」；《禮記‧經解》之「溫柔敦厚」；《史記‧屈原列傳》之「怨誹而不亂」；古人說詩之語，同歸乎「持」而「不愆其止」而已。……

錢先生引了各家的「詩」字詮釋，目的只有一個，即「詩」字不論訓「持」或「止」，其含意都是合乎「禮義」的。在詩人作詩的性情方面，喜怒哀樂都能「合度中節」的；在行爲態度方面，自持其行，溫柔敦厚，不至於放浪形骸犯

上淫逸之過的。如果「詩」義真是如此,則《詩經》中的《鄭詩》怎會因「淫」而孔子主張「放逐」它們的呢?

　　總之,孔子說「鄭聲淫」,錢先生主張即是《國風》中的「鄭詩淫」,這是有待審究的。同樣的,錢先生在本文前頭說戴震主張「鄭聲淫」不是「鄭詩淫」,斥爲「經生不通藝事」,「復荒於經」,這恐怕也是有失公允的。

　　　　　　　　　（原載於《中國語文》第四七一期,民國八十五年九月）

談錢鍾書先生《毛詩正義》

壹、《狡童》詩旨辨

錢鍾書先生《管錐編》中收有《毛詩正義》六十則，是他的《詩經》新論。筆者讀後，佩服他的淵博，對其論斷，容有討論餘地。曾在《中國語文》四六八期發表《桃夭》篇的《「夭」義辨》、四七一期的《「鄭聲」與「鄭詩」辨》二文。茲擬再抒拙見，以就正於方家同好。

《鄭風‧狡童》篇：

> 彼狡童兮，不與我言兮。維子之故，使我不能餐兮。
>
> 彼狡童兮，不與我食兮。維子之故，使我不能息兮。

錢先生云：

> 《狡童‧序》：「刺忽也，不能與賢人圖事，權臣擅命也。」按《傳》、《箋》皆無異詞，朱熹《集傳》則謂是「淫女見絕」之作。竊以朱說尊本文而不外騖，謹嚴似勝漢人舊解。王懋竑《白田草堂存稿》卷二四《偶閱義山無題詩，因書其後》第二首云：「何事連篇刺狡童，鄭君箋不異毛公。忽將舊譜換新曲，疏義遙知脈絡同。」自註：「《無題》詩，鄭、衛之遺音，註家以爲寓意君臣，此餙說耳。與《狡童》刺忽，指意雖殊，脈絡則一也。」蓋謂李商隱《無題》乃《狡童》之遺，不可附會爲「寓意君臣」，即本朱說，特婉隱其詞，未敢顯斥毛鄭之非耳。朱鑑《詩傳遺說》卷一載朱熹論陳傳良「解《詩》凡說男女事皆是說君臣」，謂「未可如此一律」，蓋明通之論也。

這是以為《狡童》篇《詩序》以「刺忽」為詩旨，《朱傳》則以「淫女見絕」
為詩旨；引王懋竑說李商隱《無題》詩的話，以為《狡童》與《無題》脈絡相
同，《無題》不能附會「寓意君臣」，《狡童》亦然。朱熹曾批評陳傅良「解
詩凡說男女事皆說君臣」，以為「未可如此一律」，錢先生說這是明通的話。

　　但是在當時，擁毛、反朱之士仍有說詞，錢先生接著說：

　　　　尤侗《艮齋雜說》卷一，毛奇齡《西河詩話》卷四載高攀龍講學東
　　林，有問《木瓜》詩並無「男女」字，何以知為淫奔？來風季曰：「即
　　有『男、女』字，亦何必為淫奔？」因舉張衡《四愁詩》有「美人贈我
　　金錯刀」語，「張衡淫奔耶？」又舉箕子《麥秀歌》，亦曰：「彼狡童
　　兮，不與我好兮！」指紂而言，紂「君也，君淫奔耶？」攀龍歎服。
　　尤、毛亦津津傳述，以為超凡之卓見，而不省其為出位之巵言也。

這是反朱熹「淫奔」之說的一次頗為生動的對話，來風季以為《木瓜》中無
「男、女」字，即使有「男、女」字，也不見得有「淫奔」之意。如張衡《四
愁詩》有「美人贈我金錯刀」句，可否斥張衡為「淫奔」？箕子《麥秀歌》有
「彼狡童兮，不與我好兮」；「狡童」，指紂而言，可否斥商紂為「淫奔」？
當時他這番話高攀龍、尤侗、毛奇齡等都深表佩服，以為來氏有「超凡之卓
見」；錢先生則以為這是「出位之巵言」。

　　什麼叫做「出位之巵言」呢？「巵言」，《釋文》引司馬云：「謂支離無
首尾言也。」《莊子‧寓言》成玄英《疏》：「巵滿則傾，巵空則仰；空、滿
任物，傾仰隨人，無心之言，即巵言也。」又解：「巵，支也；支離其言，言
無的當，故謂之巵言耳。」由此可知錢先生所謂「出位之巵言」，係指來氏所
言超出題外支離無當之言。

　　錢先生比較贊成「言外之意」的說詩態度。他說：

　　　　夫「言外之意」，說詩之常，然有含蓄與寄託之辨。詩中言之而未
　　盡，欲吐復吞，有待引申，俾能圓足，所謂「含不盡之意，見於言
　　外」，此一事也。詩中所未嘗言，別取事物，湊泊以合，所謂「言在於

此，意在於彼」，又一事也。前者順詩利導，亦即蘊於言中；後者輔詩齊行，必須求之文外。含蓄比於形之於神，寄託則類形之於影。

這是以為「言外之意」可分「含蓄」與「寄託」兩類，「含蓄」是「含不盡之意，見於言外」；「寄託」是「言在於此，意在於彼。」前者有如「形之於神」；後者有如「形之於影」。

錢先生接著舉例道：

歐陽修《文忠集》卷一二八《詩話》說言外含意，舉「雞聲茅店月，人跡板橋霜」及「怪禽啼曠野，落日恐行人」兩聯，曰：「則道路辛苦，羈愁旅思，豈不見於言外乎？」茲以《狡童》例而申之。首章云：「彼狡童兮，不與我言兮！維子之故，使我不能餐兮！」而次章承之云：「彼狡童兮，不與我食兮！維子之故，使我不能息兮！」是「不與言」，非道途相遇，掉頭不顧，乃共食之時，不僦不睬；又進而並不與共食，於是「我」餐不甘味而至於寢不安席。且不責「彼」之移愛，而咎「子」之奪愛，匪特自傷裂紈，益復妬及織素。……其意初未明言，而寓於字裡行間，即「含蓄」也。「寄託」也者，「狡童」指鄭昭公，「子」指祭仲擅政；賢人被擯，不官無祿，故曰：「我不能餐息。」則讀者雖具離婁察毫之明，能為倉公洞垣之視，爬梳字隙，抉剔句縫，亦斷不可得此意，而有待於經師指授，傳疑傳信者也。……

這是取歐陽修《詩話》所舉二聯，為「言外之意」中「含蓄」之例。如「雞聲茅店月，人跡板橋霜」，即含有「道途辛苦，羈旅愁思」之意。如以此說《狡童》，狡童之人之不與我共食、共息，是另有人介入之故。故「不責彼之移愛，而咎子之奪愛」，亦是一種「含蓄」的表現。至於「寄託」，是詩文之外別有所指。《詩序》云：「《狡童》，刺忽也，不能與賢人圖事，權臣擅命也。」於是說「狡童」為鄭昭公，「子」為「祭仲」，「我」為賢人自稱。這是《狡童》詩文中無從求得之義，有待於「經師」的「指授」，自然比「含蓄」之義較為複雜了。

至於《詩序》這一類「言外之意」的說詩方式，錢先生並不贊同。他接著

說：

　　蕪詞庸響，語意不貫，而藉口寄託遙深，關係重大，名之詩史，尊
以詩教，毋乃類國家不克自立而依借外力以存濟者乎？盡捨詩中所言，
而別求詩外之物，不屑眉睫之間而上窮碧落，下及黃泉，以冀弋獲，此
可以考史，可以說教，然而非談藝之當務也。……

這是指「寄託」之意，即使含有政教之旨，如「盡捨詩中所言，而別求詩外之
物」，這不是討論文藝當有的作為。

　　抑尚有進者，從來氏之說，是詩中之言不足據憑也。故詩言男女
者，即非言男女矣。然則詩之不言男女者，亦即非不言男女，無妨求之
詩外，解為「淫奔」而迂晦其詞矣。得乎？欲申漢絀宋，嚴禮教之防，
闢「淫詩」之說，避塹而墮阱，來、高、尤、毛輩有焉。

這是回顧來風季反對朱熹「淫奔」之說而予推演的話，以為如尊來氏之說，詩
敘男女之情，要說成不是男女之情；反之，詩非敘男女之情，卻可說成在敘男
女之情了。由此看來，來氏等人為了「申漢絀宋」，且讓自己陷在另一個觀念
的深阱裡。

　　以上為錢先生論文重點之所在。關於《狡童》篇前人的詮釋，筆者以為
《詩序》不可信，《朱傳》亦不可從。《詩序》的不可信，不在於「以史證
詩」，而在於所取的史事與詩文對不上頭。《朱傳》的不可信，是將一首「兒
女情歌」說成「淫奔」；亦即將「情詩」說成了「淫詩」，扭曲了民間歌謠的
基本精神。

　　《詩序》云：「《狡童》，刺忽也。不能與賢人圖事，權臣擅命也。」將
鄭昭公忽說成「狡童」，大背史書所載（註一）。昭公忽實無狂狡之行，而且
他即位時其父莊公已逝，他已屆中年，不得稱之為「童」。如詩中的「我」是
賢臣自稱，一位賢臣好不好罵自己的國君為「狡童」？如將「子」代稱權臣祭
仲，祭仲獨控朝政，用心狡黠，昭公忽的立與廢，廢而再立，全由他來決定。
如作詩者是一位賢臣，就該指責他「不與賢臣圖事」才對。況且國君居於深

宮，與一般臣子僅在朝會時相見與敍談，共食絕非常有的事。如是一位賢臣，可否以「不與我言」、「不與我食」相責？可見《詩序》以鄭昭公事說《狡童》，僅見其處處扞格，滯礙難通。

至於《朱傳》於《狡童》首章之下云：

> 此亦淫女見絕而戲其人之詞。言悅己者衆，子雖見絕，未至於使我不能餐也。

朱熹這段話，問題有三：

㈠朱熹原來主張要以「民歌」說《國風》，《狡童》即是一首民歌。民歌以敍兒女私情爲正格。一位女子爲心愛的男士變心而說自己寢食難安，這是極平常的事，爲何要說她是一位「淫女」？

㈡詩文全屬一位女子因期待而失望，進而流露出一種抱怨與痛苦之情；其中絕無「見絕而戲其人」之詞；亦無「悅己者衆」的語意。朱熹如此說，又恐是「文外求義」，師事《詩序》故技了。

㈢詩文是「使我不能餐兮」，朱熹解釋爲「未至於使我不能餐也」，正好將文義說反了。

可見錢先生說：「朱說尊本文而不外鶩，謹嚴似勝漢人舊解。」這話似有再予斟酌的必要了。況且，來風季說《木瓜》中即使有「男、女」字，也不見得有「淫奔」之意，這話並沒有說錯。從民歌來看，青年男女互以禮物相贈，以表思慕之情，這是極平常的事，怎可斥之爲「淫奔」？所以說來氏的話爲「出位之卮言」，這也不是很公允的。

再如進一步說，來氏的話旨在駁斥「淫奔」之說，所舉張衡《四愁詩》，箕子《麥秀歌》是以類比的方法爲證，說明這些詠「美人」、「狡童」的詩無涉「淫奔」，何以將《木瓜》說成是「淫奔」？雖然來氏所舉的例子不見得很適當，但絕非主張說詩要說有爲無，或說無爲有。錢先生說：「從來氏之說，是詩中之言不足據憑也。故詩言男女者，即非言男女矣。然則詩之不言男女者，亦即非不言男女，無妨求之詩外。……」筆者細按來氏之言，只在辨明《木瓜》中不見得敍男女之情，即使敍男女之情，也不宜斥之爲「淫奔」，如此而已。錢先生說來氏這番話，不是該文當有之義，可否視爲這也是「出位之

卮言」呢？

　　至於「言外之意」，錢先生分「含蓄」與「寄託」兩類，亦有可議之處：其一，民間歌謠含義都屬淺白，不一定有「言外之意」。比如《關雎》這首詩，詩人敍君子求淑女自相思、相戀以至於成婚的過程，原只是事實的陳述，未必有「含蓄」之義，更不必說有何「寄託」的作用了。自從儒者將三百篇經典化之後，即致力於「言外之意」的探討：附會史事，賦予敎化意義，說詩即須從「含蓄」、「寄託」兩方面下功夫。功夫下得愈深，脫離詩文本義也愈遠。只要合於儒家「詩敎」的宗旨，就會給予高度的評價。這即產生「求善」先於「求眞」之說；其結果是「爲學日益，爲道日損」，大背詩人的本意。其二，詩文的「含蓄」與「寄託」本是某些詩文客觀存在的，而且也是詩人精心以求的。說詩者如能適切地解讀詩文「含蓄」與「寄託」的所在，自是無上美事。但須遵守一個原則，即所說的「含蓄」與「寄託」之義，必須是詩人原有的，不是說者自我設想的。比如《狡童》這首詩，如從民歌的觀點來說，既不「含蓄」，亦無「寄託」。拿李商隱的《無題》詩來談「含蓄」，已不適當；拿《左傳》鄭昭公的史事來說「寄託」，將兒女情說作君臣義，更是張冠李戴，不足以採信的了！

　　至於錢先生將《狡童》中說成三人，以爲「狡童」之不與我「言」與「食」，是「子」奪愛之所致。這恐怕是受《序》、《傳》影響而來的。《詩序》云：「《狡童》，刺忽也。不能與賢人圖事，權臣擅命也。」《毛傳》云：「權臣擅命，祭仲專也。」據此以爲《序》、《傳》之意當有三人，即「狡童」爲鄭昭公，「子」爲權臣祭仲，「我」爲作者「賢臣」。可是查考《傳》、《箋》並無三人之說。孔穎達《正義》云：

　　　　賢人與忽圖事而忽不能受，忽雖年長而有壯狡之志，童心未改，故謂之爲狡童。言彼狡好之幼童兮，不與我賢人言說國事兮，維子昭公不與我言之，故至令權臣擅命，國將危亡，使我憂之不能餐食兮。

孔氏將詩中「維子之故」的「子」說成是「子昭公」，即是將首句的「狡童」與「子」說成是同一個人。可見孔氏也以爲《狡童》中只有二人，不是三人。惟其解說如「忽雖年長而有壯狡之志，童心未改，故謂之狡童。」這是於史無

據於理不通的編敍。可見孔穎達依據《詩序》、《傳》、《箋》作《正義》，前提既不可違，只好牽強其說了。

朱子從民歌上說，以爲詩中只有一男一女，沒有第三人。既無第三人，則錢先生訓「子」爲「奪愛者」，以「其意初未言明，而寓於字裡行間，即含蓄也」的解說，不是很適當的了。如再以文藝觀點來說，上言：「那位狡猾的小子，不來跟我說話了。」下言：「只因你的緣故，使我吃不下飯了。」如果兩組話說的是同一個人，上下相承，文氣相貫，自無問題。如果說的是兩個人，翻譯成：「那個狡猾的小子，不來跟我說話了。」轉頭又向另一個說：「只因你的緣故，使我吃不下飯了。」話分兩頭，說東道西，即有人事混淆，不成文理的缺失。一首傳世久遠的詩歌，解說者在兩可之間，是不是該選較爲妥帖的一說呢？

總之，錢先生對《狡童》的解說有四點可議處：

一、把原屬二人的一首詩說成三人，以致文理不通。

二、以「言外之意」說《狡童》，不符「民歌」質樸淺白的本質。

三、來風季等人反對朱熹「淫奔」之說，舉例說明，原無不當。錢先生斥之爲「出位之卮言」。可見他對《朱傳》最大的缺失（即「淫奔」之說）未予留意，而且似有認同之嫌。

四、在錢先生的觀念裡似乎有一個模糊地帶，即《國風》的詩與「民俗歌謠」的關係究竟如何？未見釐清。所以有時隨著《詩序》走，有時隨著《朱傳》走；以致全文枝葉繁茂，根本隱晦，予人以「博而寡要」的印象。

（原載於《孔孟月刊》第三十六卷第三期，民國八十六年十一月）

貳、《桑中》作者身分與其作意辨

《鄘風‧桑中》篇：

爰采唐矣，沬之鄉矣。云誰之思？美孟姜矣。期我乎桑中，要我乎上宮，送我乎淇之上矣。

爰采麥矣，沬之北矣。云誰之思？美孟弋矣。期我乎桑中，要我乎上宮，送我乎淇之上矣。

爰采葑矣，沬之東矣。云誰之思？美孟庸矣。期我乎桑中，要我乎
上宮，送我乎淇之上矣。

《桑中》這首詩，《詩序》以爲是詩人作來「諷刺淫者」的；朱熹則以爲是
「淫者自狀其醜」的（註二）；皆以爲「踰禮敗俗」，不足爲訓的。錢先生
云：

> 夫自作與否，誠不可知，而亦不必辯。設身處地，借口代言，詩歌
> 常例。貌若現身說法，實是化身賓白。篇中之「我」，必非詩人自道。
> 假曰不然，則《鴟鴞》出於口吐人言之妖鳥，而《卷耳》作於女變男形
> 之人痼也。……如李後主之「奴爲出來難」（註三），均代人稱
> 「奴」，猶《詩》云：「既見君子，我心則降。」乃代「還士之妻」稱
> 「我」。人談長短句時，了然於撲朔迷離之辨，而談《三百篇》時，渾
> 忘有揣度擬代之法；朱熹《語類》卷八解道：「讀《詩》且只將做今人
> 做底詩看」，而《桑中》堅執爲「淫者自狀其醜」，何哉？豈所謂「上
> 陣廝殺，忘了槍法」乎！《桑中》未必淫者自作，然其語氣明爲淫者自
> 述。桑中、上宮，幽會之所也；孟姜、孟弋、孟庸，幽期之人也；
> 「期」、「要」、「送」，幽歡之顛末也。直記其事，不著議論意見，
> 視爲外遇之簿錄也可；視爲醜行之招供也無不可。……古樂府《三婦
> 豔》乃謂三婦共事一夫，《桑中》則言一男有三外遇，於同地幽會。
> ……「桑中」俗語流傳，眾皆知非美詞。司馬相如《美人賦》：「暮宿
> 上宮，有女獨處。……」則「上宮」亦已成淫肆之代稱矣。

錢先生此文所論，可摘述其要點如下：㈠《桑中》是詩人自敍或是代言，誠
不可知，不必置辯。㈡借口代言爲詩歌常例，如《鴟鴞》以鳥代言，《卷耳》以
女代言，李後主以「奴」代言，《召南・草蟲》以「還士之妻」代言。長短句
慣用代言之法，《三百篇》自亦如此。㈢朱熹本已有此見識，然而說《桑中》
時卻堅持爲「淫者自狀其醜」，這等於「上陣廝殺，忘了槍法」；亦即說詩時
忘了自己原有的信念。㈣從一男子與三女子在三個相同的地點「期」、
「要」、「送」，可視爲「外遇之簿錄」，亦可視爲「醜行之招供」。㈤後世

詩人如司馬相如，在其詩文中即以「上宮」爲「淫肆之代稱」。可見《桑中》的「俗語流傳，皆非美詞」；亦即認定該詩爲詩人自敍與三女幽會的「外遇簿錄」。

筆者以爲錢先生此說仍未跳脫漢、宋窠臼。如以民間歌謠來看，既非「淫者自狀其醜」，亦非詩人「諷刺淫者」之作；乃是一個平民詩人的「狂想曲」。民間歌謠本有浪漫的特性，平民雖無緣與貴族女子成親，卻設想這些貴族女子一個接一個的來與他幽會，享盡人間豔福。其實他是在做白日夢，畫餅充飢，自我陶醉，完全沒有這回事。一旦按實際來說，不論是「淫者自狀」或詩人「代言」用以「刺淫」的，都會有些滯礙。姚際恆《詩經通論》云：

> 夫既有三人，必歷三地，豈此一人者于一時而歷三地，要三人乎？
> 大不可通。

如說明白些，三女雖居三地，所期所要所送的卻都在相同之處，說這三位貴族女子都到桑中等候他，到上宮幽會，然後送他到淇水之上才分手，如非出於憑空設想，要以眞人實事來說，姚氏認爲這是絕對說不通的。

民間歌謠是不嫌虛構空想的。人民的生活愈困苦，虛構空想的慾念愈強烈。筆者在童年時，曾在浙東鄉間親聞一則抒情民歌，敍長工與年輕女主人相戀的故事。唱者即是一位長工，歌聲悠揚，情節曲折纏綿，敍女主人垂愛這位長工，長工也傾慕女主人，以至於信誓旦旦，難分難捨，結果即以私奔收場。這個長工是在同伴一起工作時請他唱他才唱的，他有天賦的歌喉，熟練的技巧，嘹亮的歌聲洋溢於整個的田野。他可以說替天下長工唱出了共同的心願。如果將這則民歌記錄下來，供大家研讀，可否說成「刺淫」的？或「淫者自狀其醜」的？或如錢先生所言「視爲外遇之簿錄」與「醜行之招供」的？

我們如仔細研讀錢先生這段文章，不難發現其中有著本質上的矛盾。前面說是「借口代言」，「必非詩人自道」，還將朱熹的「詩人自狀其醜」的意見批駁了一番；可是後面說到自己的主張時，以爲這可「視爲外遇的簿錄」與「醜行之招供」，這與朱熹的「淫者自狀其醜」又有什麼分別呢？故筆者以爲錢先生所言，仍未跳脫《詩序》、《朱傳》的窠臼，都只是從「眞人實事」上說。一旦說成是一首民間歌謠，是平民詩人的一首狂想曲，情節是虛構的，則

前人所說的是非都可一筆勾銷了！

說到這裡，還須一提的，即古人把《桑中》說成是「亡國之音」。《樂記》云：

> 鄭衛之音，亂世之音也，比于慢矣。桑間，濮上之音，亡國之音也，其政散，其民流，誣上行私而不可止也。

「桑間之音」，歷來學者都以為就是《桑中》這首詩。《詩序》云：

> 《桑中》，刺奔也。衛之公室淫亂，男女相奔，至於世族在位，相竊妻妾，期於幽遠，政散民流而不可止。

《詩序》中「政散民流而不可止」的話，顯然是從《樂記》「其政散，其民流」引用過來的。它為了呼應《樂記》「亡國之音」的說法，才配上「衛之公室淫亂，……相竊妻妾」等的人事編敍。根據這一編敍，《桑中》詩裡的男女不是在「淫奔」嗎？所以朱熹在首章之下云：

> 衛俗淫亂，世俗在位相竊妻妾，故此人自言將采唐於沬，而與其所思之人相期會迎送如此也。

他是認定這首詩是「淫詩」，詩中的孟姜、孟弋、孟庸三位女子都是貴族。《詩序》倡「美刺之說」，遇到這一類的詩，都說是「刺淫」的。「淫奔」與「刺淫」的不同，朱子說是「此人（即詩中的男子）自言」的；《詩序》說是寫詩的人「代言」的，其目的在於譏刺「公室淫亂」的。如果不這樣說，照朱子的說法，《詩經》中竟然有三十多首「淫詩」，《詩經》豈不成了「宣淫」的書？孔子以此為教材，豈不成了「導淫」的人？所以「淫奔」、「刺淫」，竟然聚訟千載，爭論不休。其唯一解決的辦法，就是恢復民歌的本來面目。如《桑中》這首詩，原是一個平民詩人的「狂想曲」，人物是假設的，情景是虛構的，「刺淫」乎？「淫奔」乎？還需要去追究《詩序》、《朱傳》之間的誰是誰非嗎？至於《樂記》把它說成「亡國之音」，恐怕《桑中》沒有這麼大的

本事吧？如還不信，民間靡靡之音何代無之？何處無之？幾曾見因這些民歌而亡國的？

（原載於《孔孟月刊》第三十六卷第四期，民國八十六年十二月）

參、「興」義辨

錢先生在《關雎》㈣篇首云：

> 《關雎・序》：「故詩有六義焉：……二曰賦，三曰比，四曰興。」按「興」之義最難定。劉勰《文心雕龍・比興》：「比顯而興隱。……『興』者，起也。……起情者，依微而擬議。……環譬以託諷。……興以託喻，婉而成章。」是「興」即「比」，均主「擬議」、「譬」、「喻」；「隱」乎，「顯」乎，如五十步之於百步，似未堪別出並立，與「賦」「比」鼎足驂靳也。……劉氏不過依傍毛、鄭，而強生「隱」「顯」之別以爲彌縫。蓋毛、鄭所標爲「興」之篇什泰半與所標爲「比」者無以異爾。

這是以爲《詩經》「六義」中的「興」義本較難辨，毛、鄭所標的「興」與「比」無所差別；劉勰《文心雕龍》依附毛、鄭，以「擬議」、「譬」、「喻」說「興」，與「比」相混，實不足以採信。

> 胡寅《斐然集》卷一八《致李叔易書》載李仲蒙語：「索物以託情，謂之『比』；觸物之起情，謂之『興』；敍物以言情，謂之『賦』。」頗具勝義。「觸物」似無心湊合，信手拈起，復隨手放下，與後文附麗不銜接，非同「索物」之著意經營，理路順而詞脈貫。惜著語太簡。

這裡錢先生錄李仲蒙的解說，以爲比較可取；然僅以「觸物以起情」說之，嫌他說得太簡略。

以下他舉了好些例子，認爲是較能說明「起興」的作意的：

　　項安世《項氏家說》卷四：「作詩者多用舊題而自述己意，如樂府家『飲馬長城窟』、『日出東南隅』之類，非眞有取於馬與日也。特取其章句音節而爲詩耳。《楊柳枝曲》每句皆足以柳枝，《竹枝詞》每句皆和以竹枝，初不於柳與竹取興也。《王》國風以『揚之水，不流束薪』賦戍甲之勞；《鄭》國風以『揚之水，不流束薪』賦兄弟之鮮。作者本用此二句以爲逐章之引，而說詩者乃欲即二句之文，以釋戍役之情，見兄弟之義，不亦陋乎？大抵說詩者皆經生，作詩者乃詞人，彼初未嘗作詩，故多不能得作詩者之意也。」

這是引項安世之說，以爲「興」體詩的首句如「飲馬長城窟」、「日出東南隅」、《王風》、《鄭風》的「揚之水，不流束薪」等，都是利用舊題作爲起興的方法。又如《楊柳枝曲》、《竹枝詞》等，每句皆以「柳枝」、「竹枝」起頭，成爲一種套式。它們的作用，不在文義的表達，而僅在音節的配合而已。經生說詩，在這些詩句中強求文義，所以都不得詩人的本意，造成誤解。

　　朱熹《詩經集傳》註：「比者，以彼物比此物也。……興者，先言他物以引起所詠之詞也」；《朱子語類》卷八〇：「《詩》之『興』，全無巴鼻，後人詩猶有此體。如：『青青陵上柏，磊磊澗中石。人生天地間，忽如遠行客。』又如『高山有涯，林木有枝。憂來無端，人莫之知』；『青青河畔草，綿綿思遠道』」。與項氏意同，所舉例未當耳。倘曰：「如竇玄妻《怨歌》：『熒熒白兔，東走西顧。衣不如新，人不如故。』或《焦仲卿妻》：『孔雀東南飛，五里一徘徊。十三能織素，……』則較切矣！

這是引朱熹的「興」義解說與所舉的幾個例子，以爲與項氏意見相同，只是有的例子不很適當。隨著錢先生舉「熒熒白兔」、「孔雀東南飛」二首詩，以爲是「較切」的例子。

　　接著引徐渭《青藤書屋文集》卷十七《奉師季先生書》云：

> 《詩》之「興」體，起句絕無意味，自古樂府亦已然。樂府蓋取民
> 俗之謠，正與古國風一類。今之南北東西雖殊方，而婦女、兒童、耕
> 夫、舟子、塞曲、征吟、市歌、巷引。若所謂《竹枝詞》，無不皆然。
> 此真天機自動，觸物發聲，以啓其下段欲寫之情，默會亦自有妙處，決
> 不可以意義說者。

這是以為「興」體詩的起句絕不取義，古樂府多有其例，是「天機自動，觸物
發聲」而產生的，決不可以向含義上去說。

錢先生還舉如下的例子：

> 曹植《名都篇》：
> 名都多妖女，京洛出少年。寶劍值千金，……
> 甄后《塘上行》：
> 蒲生我池中，其葉何離離！傍能行仁義，……

這兩首詩的下文與開頭的文句毫無關係，有如《饒歌》首句「妃呼豨」的「有
聲無義」，只是「發端之起興」作用而已。錢先生還舉童年時所習聞的兩首兒
歌：

> 一二一，一二一，香蕉蘋果大鴨梨，我吃蘋果你吃梨。

另一首云：

> 汽車汽車我不怕，電話打到姥姥家。姥姥沒有牙，請她肯水疙瘩！
> 哈哈！哈哈！

又報載美國紐約民眾示威大呼云：

> 一二三四，戰爭停止。五六七八，政府倒塌！

像這些「一二一」、「一二三四」、「汽車汽車我不怕」等句,「作用無異於
『妖女』、『池蒲』」全無意義,即屬於六義中的「興」體。錢先生再回頭談
到《詩經》。

> 《三百篇》中如「匏有苦葉」、「交交黃鳥止於棘」之類,託
> 「興」發唱著,厥數不繁。毛、鄭詮爲「興」者,凡百十有六篇,實多
> 「賦」與「比」;並名之曰「興」,而說之爲「比」,如開卷之《關
> 雎》是。

《邶風・匏有苦葉》首章:

> 匏有苦葉,濟有深涉。深則厲,淺則揭。

《秦風・黃鳥》首章:

> 交交黃鳥,止于棘。誰從穆公,子車奄息。

錢先生以爲這兩首詩的首句是「興」,與下文都無意義上的關連。至於《毛
傳》所標「興」體的詩一百十六篇,實多「賦」與「比」,,而且雖定爲
「興」,說的卻是「比」;即如開卷的《關雎》篇,《毛傳》以「鳥摯而有
別」爲說,與下文淑女配君子對文,這即是「比」而不是「興」了。

由此看來,錢先生對於「興」義的解釋,除了指正前人說「興」爲「比」
視爲不當外,所見仍有偏執的現象。茲辨析如左:

一、界說問題:「興」者「起」也,這是大家都會贊同的一句話。但
「起」的含義是什麼?是「開一個頭」嗎?這開頭的句子與下文該有怎樣的關
係呢?如沒有明確的界說,即會產生各種不同的詮釋。《朱傳》云:「興者,
先言他物以引起所詠之詞也。」這原是比前人的解釋要簡明些的,但「先言」
的「他物」與用來「引起」下面「所詠之詞」之間,有沒有某種關連呢?朱子
在《語類》裡說:「《詩》之『興』,全無巴鼻,後人詩猶有此體。」他遂舉
了「青青陵上柏」、「高山有涯」等例,以證起頭的詩句與下文是毫不相干

的。可是他在《詩集傳》裡卻不是這樣，例如《關雎》首章之下去：

> 周之文王生有聖德，又得聖女姒氏以爲之配，宮中之人於其始至，見其有幽閒貞靜之德，故作是詩。言彼關關然之雎鳩，則相與和鳴於河洲之上矣，此窈窕之淑女，則豈非君子之善匹乎？言其相與和樂而恭敬亦若雎鳩之情摯而有別也。後凡言興者，其文意皆放此也。

只這一說，將淑女配君子，說成就像雎鳩雌雄二鳥的「情摯而有別」，而且明確地說詩中的「君子」即是「文王」，「淑女」即是「大姒」，這已是涵義複雜的「比」了，那裡是「興」呢？而且還立下規矩，說「後凡言『興』者，其文意皆放此」。這是告訴人說「興」都該從「比」意上說。這正是朱子說「興」問題之所在。也即是說，「興」究竟要怎樣說才算確當？求之於鄭玄、朱熹等人，是得不到答案的。亦即界說不清，是古人說「興」的主要問題。

二、例證問題：錢先生在文中所舉的各家例證，都只是一個目的，即是起興的句子與下文只有音節的作用，絕無意義的瓜葛。例如「飲馬長城窟」、「日出東南隅」、《楊柳枝曲》、《竹枝詞》、《國風·揚之水》、竇玄妻《怨歌》、焦仲卿妻《孔雀東南飛》、曹植《名都篇》、甄后《塘上行》以及《鐃歌》、兒童歌謠等，都是起頭的句子與下文全不相干的。其實，錢先生拿這一類例子來證「興」體詩，顯然已犯上「以偏概全」的錯誤，「興」體詩不全是如此的。

三、類型問題：「興」體詩大別爲兩個類型：㈠是音節起興；㈡是情景起興。錢先生所詮釋的該是前一種類型，這一類型起興的句子與下文的關係，的確只有音節的作用，沒有任何的關連。但是有些起興的句子，除了音節的作用以外，還有某種情景的配合，可以稱爲情景起興。例如《古史辨》第三冊顧頡剛《起興》一文所舉的《吳歌》：

> ㈡螢火蟲，夜夜紅。親娘織紵換燈籠。……
> ㈢蠶豆花開烏油油，姐在房中梳好頭。……
> ㈦陽山頭上竹葉青，新做媳婦像觀音。……
> 　陽山頭上竹葉黃，新做媳婦像夜叉。……

這三首歌的上一句與下一句，除了音節作用外，還有情景的配合。螢火蟲在晚
上發出的亮光與燈籠的燭光情景是相應的。這與「㈠螢火蟲，彈彈開。千金小
姐嫁秀才。……」作一比較，就會知道兩者不同之處在那裡了。同樣的，第㈢
首敍蠶豆花發出烏油油的光澤，與姐在房中梳成烏油油的頭髮是相應的。第㈦
首敍陽山青翠的竹葉與美麗的新婦相應；枯黃的竹葉與醜陋的新婦相應。像這
類的起興，不能視為只有音節的作用。顧先生說它們「起首的一句和承接的一
句是沒有關係的」，這就不大適當了。

　　《詩經》裡起興的情形亦復如此。前文所舉的《揚之水》、《匏有苦葉》
兩者是明顯地只有音節的作用，屬於前述的第㈠類。至於《秦風・黃鳥》與
《周南・關雎》就不同了。《黃鳥》是悼三良的詩。三良為穆公殉葬，詩人至
其墓園憑弔，內心至為悲戚；見墓園樹上黃鳥飛鳴，若有情思，即藉以起興。
令人讀之，倍感淒涼，這就不能說是無義的了。《關雎》篇的「關關雎鳩，在
河之洲」；與「窈窕淑女，君子好逑」之間，不是完全不相干的。詩人為詠君
子逑淑女，取一對水鳥和鳴於河洲之中來起興，自是一種情景的配合。但如深
化其含義，如《毛傳》云：

　　　　雎鳩，王雎也。……鳥摯而有別。……后妃說樂君子之德，無不和
　　諧，又不淫其色，慎固幽深，若雎鳩之有別焉。

歐陽修《詩本義・關雎》云：

　　　　蓋《關雎》之作，本以雎鳩比后妃之德，故上言雎鳩在河洲之上，
　　關關然雄雌和鳴，下言淑女以配君子，以述文王太姒為好匹，如雎鳩雄
　　雌之和諧爾。

《毛傳》說后妃的「說樂君子」，就像雎鳩的「摯而有別」。歐陽修更以為
「君子」即「文王」，「淑女」即「太姒」，文王太姒匹配，就像雌雄雎鳩的
和諧相處。這樣說來已是「比」，而不是「興」了。
　　「興」不取義，但是「興」不是完全無義；其義即在於情景的配合。茲舉

《詩經》裡屬於情景起興的例子如下：

《周南·桃夭》首章：

桃之夭夭，灼灼其華。之子于歸，宜其室家。

《召南·鵲巢》首章：

維鵲有巢，維鳩居之。之子于歸，百輛御之。

《召南·殷其雷》首章：

殷其雷，在南山之陽。何斯違斯，莫敢或遑。振振君子，歸哉歸
哉！

《召南·小星》首章：

嘒彼小星，三五在東。肅肅宵征，夙夜在公，寔命不同。

《邶風·燕燕》首章：

燕燕于飛，差池其羽。之子于歸，遠送于野。瞻望弗及，泣涕如
雨。

《唐風·綢繆》首章：

綢繆束薪，三星在天。今夕何夕，見此良人。子兮子兮，如此良人
何？

《陳風·月出》首章：

月出皎兮，佼人僚兮。舒窈糾兮，勞心悄兮。

《小雅·鴻雁》首章：

鴻雁于飛，肅肅其羽。之子于征，劬勞于野。爰及矜人，哀此鰥
寡。

《小雅·蓼莪》末二章：

南山烈烈，飄風發發。民莫不穀，我獨何害。

南山律律，飄風弗弗。民莫不穀，我獨不卒。

以上開頭兩句《朱傳》都標爲「興也」，與下文所敘，都有情景的關連，不能
說是全無意義的。

再以《孔雀東南飛》來說，「孔雀東南飛，五里一徘徊」，與下文有沒有
關係呢？錢先生僅以「十三能織素，十四學裁衣」承接的幾句上說，認爲與寶

玄妻的《怨歌》同類，是沒有關係的。顧先生也認為與下文「一點沒有關係」，但又說：「一來是可以用『徊』字起『衣』、『書』的韻腳，二來是可以借這句有力的話作一個起勢。」但如僅有音節的作用，何以又會借它作為有力的起勢呢？胡適先生在《白話文學史》中說：「是當時歌詞的『開篇』。……編《孔雀東南飛》的民間詩人，以此母題恰合焦仲卿夫婦故事，遂取用此歌以作引子。」所謂「母題」相合，即是兩者情景上某種程度的關連。原來焦仲卿夫婦生離死別、纏綿悱惻的故事，拿「孔雀東南飛，五里一徘徊」兩句詩「起興」，不僅韻腳相合，而且情景交融；彷彿在天空徘徊的孔雀，即是這一對情人的化身；讀之令人有無限淒苦蒼涼之感。顧先生所謂「有力的起勢」；胡先生所謂與「母題恰合」，即是情景起興最好的說明。我們還能說這兩句詩與下文一點也沒有關係的嗎？

四、鄭樵理論的效應問題：鄭樵《詩辨妄》云：

> 興者，所見在此，所得在彼；不可以事類推，不可以理義求也。

他說這番話，原是為毛、鄭說「興」為「比」而發的，但他也只能破人之妄，並未替自己建立良好的理論體系。就以這四句話來說，「所見在此，所得在彼」，這「此」與「彼」之間有無關係？「不可以事類推，不可以理義求」，只是消極的說不可這樣，不可那樣；對於「興」的作法與用意都沒有明確的提示，給人的印象自然以為起興的文句與下文是沒有關係的了。鄭樵此說，自朱熹以至於近世知名學者如顧頡剛、屈萬里、何定生等都受到影響，都把起興的句子說成只有「聲」的作用，沒有「義」的關連；結果都已犯上「以偏概全」的錯誤。

錢先生的「興」義疏證，顯然曾受鄭樵的影響，以為起興的句子只有音節的作用，不知尚有「情景起興」這一類。由於這一類似「賦」似「比」，時生爭議。但是如能真切體會，為起興中最有旨趣的一類。許多學者由於難辨，索性撇開不談。筆者特予標舉，用以區分，使「興」義得到較為完整的體認與讀解。

但如跳脫古人窠臼，「興」的作法原是普遍存在於詩文之中的。除了前人在篇首斷某句為「興」作機械式的解說外，我們發現許多涵義雋永的詩文，往

往是賦比興三者層累地而且有機地融合在一起的。由於篇幅所限，這個問題留待另文討論。

（原載於《孔孟月刊》第三十六卷第五期，民國八十七年一月）

肆、「興」義的另一種解說

賦比興是詩文共有的作法，相互爲用，無所不在。如要認眞探討，任何一句詩文，三者必居其一。其中「興」義的有無、多寡，往往決定於詩文作者文藝技巧的高下；讀者亦可憑此而定詩文品質的優劣。

這自然不是僅從章首起興的文句來說的。《詩大序》只說「賦、比、興」，不加詮釋。《毛傳》注「興」於篇首，自此《鄭箋》、《孔氏正義》視爲成法，說「興」僅限於篇首，而且往往與「比」混在一起。後世學者爲攻鄭、孔之謬，遂倡無義之說，延至今世，仍未絕響。實則「興」不限於篇首，也不是全不取義的。歷代有些才智之士，早已跳脫漢儒窠臼，提出新的見解，賦予「興」義豐富的內涵，是值得我們稱道的。茲舉述於下：

司馬光《溫公續詩話》有云：

> 古人爲詩，貴於意在言外，使人思而得之。……近世詩人惟杜子美最得詩人之體。如「國破山河在，城春草木深。感時花濺淚，恨別鳥驚心」。「山河在」，明無物矣！「草木深」，明無人矣！花鳥平時可娛之物，見之而泣，聞之而悲，則時可知矣！他皆類此，不可徧舉。

司馬光這段話，說明詩文貴有言外之意。杜甫《春望》，說者皆以爲是「賦」，他敎人要體會言外之意，才算讀懂了這首詩。這「言外之意」，即是「賦」中見「興」的一種作法。可見他不以爲「興」的詩句僅限於篇首的了。

王夫之《薑齋詩話》有云：

> 又問：少陵七律異於諸家處，幸示之。答曰：如「吹笛關山」篇，則曰次聯應首聯「風」字「月」字，三聯歎美，有何關涉？不知此前六句皆「興」，末二句方是「賦」。……更有異體如《童稚情親》篇，詩

意已完，後四句以「興」足之。如後四句，於義不缺，然不可以其無意
而竟去之者；如畫之有空紙；不可以其無樹、石、人、物而竟去之也。

可見王氏以爲「興」的詩句或在一首詩的前頭，或在一首詩的後頭，或有六
句，或有四句，全看詩文內容而定。

清人李重華《貞一齋詩話》有云：

興之爲義，是詩家大半得力處。無端說一件鳥獸草木，不明指天
時，而天時怳在其中；不顯言地境，而地境宛在其中；且不實說人事，
而人事已隱約流露其中，故有興而詩之神理全具也。

又云：

詠物一體，就題言之，則賦也；就所作詩言之，即興也，比也。

李氏已見得「興」體難爲，是「詩家大半得力之處」；其好處，即在於使「詩
之神理具全」；其作法，即在於不顯言、不實說。這些話顯然已跳脫前人說
「興」的格局。他後面的一段話，已將一首詠物詩從題目與寓意兩方面來分，
可有賦、比、興三體的解說。這對詩人作法多層次的理解，亦是前人所未曾想
及的。

近世徐復觀先生在《釋詩的比興》中云：

詩經上，賦比興比較明顯地區別，乃由比興在一章詩的位置所形成
的形式，是在詩發展的素樸階段中所形成的素樸地形式。……但隨著詩
人對表現技巧自覺加強，及學養的加深，於是素樸地形式，便會變爲複
雜地形式。最顯著的結果之一，即是賦比興各以獨立形態而出現的機會
較少，以相互滲和融合的方式而出現的機會特多。這種滲和融合，不僅
表現在一篇一章中，更有將三種要素，凝鑄在一句之內，即是最高作品
最精采的句子，常是言在環中，意在言外，很難指明它到底是賦、是
比、是興，而實際則是賦比興的混合體；尤其在此時的興，常不以自己

本來面貌出現，而是假借賦比的面貌出現，因而把賦比轉化爲更深更微的興，這常能在一句詩中，賦予它以無限地感歎流連的生命感。此時的興，已昇華而與詩人的生命合流，使詩人的詩句，不論以何種形貌出現，都爲惆悵不甘的話句。對一切的詩人，都應以這種作品的有無、多少，來衡量他的地位。

徐先生這段話要點有三：

一、從賦比興在詩中的位置所形成的形式來看，《詩經》的作法多以三者獨立的形態出現的，所以屬於素樸形式；《詩經》以後的詩，多以相互滲和融合的方式出現的，所以成爲較有文藝技巧的複雜形式。

二、三法混合，不僅表現在一篇一章中，更有凝鑄在一句之內的。

三、混合後的興，常不以本來面目出現，是假借賦比的形式轉化爲更深更微的興；這才是詩的最高技巧。詩人品質的高下，就是要看這種技巧的有無、多少來決定的。

徐先生這幾點意見，都相當精闢；尤其後二點見解，爲前人所未發；「興」義在詩文中的功用，得到極高的評價。這是自《毛傳》以下只知以章首說「興」者所從未想及的。但是不無遺憾的，徐先生將鍾嶸「文已盡而意有餘」這句話，解釋爲「章尾起興」，這又恐失之偏頗。徐先生說：

> 一切藝術、文字的最高境界，乃是在有限的具體事物之中，敞開一種若有若無，可意會而不可言傳的主客合一的無限境界。興用在一章詩的結尾，恰恰發揮了此一功能。

又說：

> 所以在結尾的興，較之在章首的興，其氣息情意，總是特別深厚，能給讀者以更強的感動力。這是興的一大飛躍，也是詩的一大飛躍。

徐先生爲了證明這一點，特地舉了一個例子：

這種興體，經常出現在最好地絕句的無窮韻味。如王昌齡的《從軍行》：

琵琶起舞換新聲，總是關山離別情，

撩亂邊聲聽不盡，高高秋月照長城。

上面這首詩若說高高秋月照長城與「邊城」無關，則何以讀來使人有無限寂寞荒寒悵觸之感，因而自自然然地把主題中的邊愁推入到無底無邊的深遠中去呢？若說它與主題的邊愁有關，則又是什麼地方有關？而這種有關，又在表明一種具體的什麼呢？

由徐先生的舉述，可知王昌齡《從軍行》末句「高高秋月照長城」是全首最有韻味的句子，從作法上看，這正是章尾起興的句子。徐先生這一見識，可謂獨到，是前人未曾言及的。但是說了章首起興，再說章尾起興，似乎忽略了一首詩如果以三法複疊的形式出現時，有可能整體表現，是不分章首、章尾的。例如朱熹的《觀書偶感》：

半畝方塘一鑑開，天光雲影共徘徊。

問渠那得清如許？為有源頭活水來。

這首詩如從字面上看，寫的是一個小池塘，清明似鏡，天光雲影與清澈的池水相映成趣，可鑑可賞；探究它為何這等清明？答案是它有源頭活水不斷流入的緣故。這出自寫實的筆法，無疑是「賦」，可是它的題目是《觀書偶感》，可見不是在寫池塘光景，而是在寫讀書的心境。讀書時心境清明，領悟力強，就像池塘有源頭活水。這在作法上說，自然是「比」。但如進一步說，朱熹寫這首詩僅限於以心方物就算了嗎？不是的，他的題目既是《觀書偶感》，其為文旨趣自然要落在一個「感」字上。他讀書時心領神會，觸類旁通，感到趣味無窮，才寫這首詩紀錄他的心跡。這在作法上說，是藉賦、比之法表達其言外之意，無疑地已用上「興」法了。像這種三法同時呈現在一篇詩文之中，成為層累而有機的結合，不是更能說明詩文的涵義嗎？而這時的「興」，你說是在章首還是章尾呢？

徐先生詮釋王昌齡《從軍行》時，認為「高高秋月照長城」是章尾起興最

好的例子，但是說到後頭，自己也說不清楚到底是什麼緣故會有這等強烈的感觸？筆者則以爲這即是一種「情景起興」的筆法。試想，戍守邊關，征戰無期，聽的是胡人的樂聲，想的是關山之情。抬頭仰望，只見一輪明月高高地朗照著長城。此情此景，自然會引發詩人無限的愁思。所以如照徐先生的說明，這首詩的主題是「邊愁」，就該說成每句詩都在寫「邊愁」。「邊」是邊疆，是中國與胡人國境相接的地方，這地方就是長城。詩人身在軍中，與胡人對壘，「琵琶新聲」、「撩亂邊聲」，寫的是胡人的樂聲與軍營中的號角、戰馬以及兩軍呼叫的聲音。這些都是身處邊境令人愁思的素材。「總是關山離別情」，敘的是離家萬里，對家人親友相思之情。就憑這些「聲」與「情」，足以說明詩人要表達的「邊愁」了；末了再配以「高高秋月照長城」，是要以具象來突顯這一「邊愁」的情景。長夜漫漫，秋風蕭瑟，抬頭仰望，月照長城，自會產生「無限寂寞荒寒悵觸之感」。這種感興，本來是詩人的，讀者如能逆溯而得，也就轉爲是讀者的了！

如再進一步說，明月當空，這是常見之景，萬里長城，這是自古而有的一座石牆。月照長城，何異於月照高山、月照江湖；「高高秋月照長城」，何異於「月兒彎彎照九州」。其所以成爲涵義雋永者，實不在它的本身，而在於前面三句有關「邊愁」氣氛的營造。故如談到章尾起興時，自應給予前面各句適度的評價。

「興」義除了從詩文中講求，還須顧及樂聲的作用。鄭樵在《通志‧樂略正聲‧序論》中說：

> 夫詩之本在聲，聲之本在興；鳥獸草木乃發興之本。漢儒之言詩者，既不論聲，又不知興，故鳥獸草木之學廢矣。臣之論詩，專爲聲歌，欲以明仲尼之正樂。

鄭氏以爲詩要以聲歌爲根本，聲歌又要以「興」的作用爲依歸。漢儒專事章句的詮釋，不知聲歌的作用，所以都不得其解。他這一主張雖不免偏執，但詩文藉聲歌起興，這是至今仍在採用的方法。明朝陸時雍《詩鏡總論》云：

> 三百篇每章無多言，每有一章而三四疊用者，詩人之妙在一歎三

詠，其意已傳，不必言之繁而緒之紛也。故曰：「詩可以興。」詩之可
以興人者，以其情也，以其言之韻也。夫獻笑而悅，獻涕而悲者，情
也；聞金鼓而壯，聞絲竹而幽者，聲之韻也。是故情欲其真，而韻欲其
長也，二言足以盡詩道矣！

《詩經‧國風》的詩往往每章數句，數章重複其文詞，一欸三詠，足以興起讀
者或聽者的感情，這正足以說明聲歌與起興的關係。比如《周南‧芣苢》：

> 采采芣苢，薄言采之。采采芣苢，薄言有之。
> 采采芣苢，薄言掇之。采采芣苢，薄言捋之。
> 采采芣苢，薄言袺之。采采芣苢，薄言襭之。

《芣苢》這首詩形式極為簡單，以作法言，無疑的是「賦」。方玉潤《詩經原
始》云：

> 此詩之妙，正在其無所指實而愈佳也。夫佳詩不必盡皆指實；自鳴
> 天籟，一片好音，尤足令人低迴無限。若實而按之，興會索然。讀者試
> 平心靜氣，涵詠此詩，恍聽田家婦女三三五五於平原繡野風和日麗中，
> 群歌互答，餘音裊裊，若遠若近，忽斷忽續，不知其情之何以移，而神
> 之何以曠？則此詩可不必細繹而自得其好焉！……今世南方婦女登山採
> 茶，結伴謳吟，猶有此遺風。

經此一說，《芣苢》這首詩被說活了。原來他不從字面上談，而從一群婦女在
原野中的活動上談。她們一邊採，一邊唱，一邊表演各種採芣苢的動作；「群
歌互答，餘音裊裊」，這時鄭樵所謂「詩之本在聲，聲之本在興」，才算得到
適當的印證。

聲歌起興既可視為興體詩文作法的一種，就可提供我們多一種思考，即三
百篇的聲歌如果至今仍在，在樂聲悠揚下，感受自有不同，「起興」的意義或
許不只在文詞之中尋求了！

我們如果將思想的觸角伸展到文化的各個層面，則將發現「興」法的應用

更爲廣泛了。許多令人難忘的電影主題曲,在正片未映之前即引發人們對劇情強烈的感應;國劇在開演之前,先演奏幾通鑼鼓,聲音響徹雲霄,敲得整個村落家家相聞,人人動心;情人幽會時送一份禮物或一束鮮花;咖啡座上幽雅的佈置和輕柔的樂音;凡是這些營造氣氛的措施,都可視爲「興」法的運用。

由此看來,「興」的應用至爲廣泛;今日我們談「興」應該從舊說的窠臼中跳脫出來。「興」,出現於章首,分「音節」與「情景」兩種;前者無義,後者有義;只是這個「義」屬於「情景」的配合,沒有「比喻」的作用。錢先生將「興」說成全是「無義」的,這是不對的。再進一步說,「興」在詩文中原不限於章首,或在章尾;或及於全章全篇;或與賦、比作機械的排列;或藉賦、比作有機的結合;更有可能藉聲歌的氣氛營造起興。姚際恆在《詩經通論‧詩經論旨》中說:「興比賦亦爲活物。」這是值得我們深思的。

(原載於《孔孟月刊》第三十六卷第六期,民國八十七年二月)

伍、「詩」字涵義辨

錢先生《詩經正義》開卷「一《詩譜序》」云:

> 鄭玄《詩譜序》:「《虞書》曰:『詩言志,歌永言,聲依永,律和聲。』然則詩之道放於此乎!」《正義》曰:「名爲詩者,《內則》(註四)說負子之禮云:『詩負之。』《註》云:『詩之爲言承也。』《春秋說題辭》云:『在事爲詩,未發爲謀,恬憺爲心,思慮爲志,詩之爲言志也。』《詩諱‧含神霧》(註五)云:『詩者持也。』然則詩有三訓:承也,志也,持也。作者承君政之善惡,述己志而作詩,所以持人之行,使不失墜,故一名而三訓也。」按此即並行分訓之同時合訓也。

這是探討「詩」字含義,錢先生引述古代三個解說:一是《虞書》的「詩言志」;二是《內則‧註》的「詩之爲言承也」;三是《詩緯‧含神霧》的「詩者,持也」。志、承、持,一名而三訓,錢先生稱之爲「並行分訓之同時合訓。」

如此詮釋，似嫌簡略，故錢先生續予說明：

> 然說「志」與「持」，皆未盡底蘊。《關雎‧序》云：「詩者，志
> 之所之；在心爲志，發言爲詩。」《釋名》（註六）本之云：「詩，之
> 也；志之所之也」《禮記‧孔子閒居》論「五至」云：「志之所至，詩
> 亦至焉」；是任心而揚，唯意所適，即「發乎情」之「發」。《詩緯‧
> 含神霧》：「詩者，持也。」即「止乎禮義」之「止」；《荀子‧勸
> 學》篇曰：「詩者，中聲之所止也」；《大略》篇論《國風》曰：「盈
> 其欲而不愆其止」；正此「止」也。非徒如《正義》所云：「持人之
> 行」，亦且自持情性，使喜怒哀樂，合度中節，異乎探喉肆口，直吐快
> 心。《論語‧八佾》之「樂而不淫，哀而不傷」；《禮記‧經解》之「溫
> 柔敦厚」，《史記‧屈原列傳》之「怨悱而不亂」；古人說詩之語，同
> 歸乎「持」而「不愆其止」而已。

這是引《詩序》、《禮記‧孔子閒居》將《虞書》的「詩言志」說成「志之所
之」或「志之所至」。「志之所至，詩亦至焉」；表示詩歌是隨個人心志之所
至而作成的。至於《詩緯》：「詩者，持也。」這「持」的含義，即是「止乎
禮義」的「止」，如《荀子‧勸學》篇說「詩者中心之所止也」的「止」。其
義不只如《正義》所說的「持人以行」，而且是「自持情性，使喜怒哀樂，合
度中節」；亦即能做到孔子在《論語‧八佾》裡說的「樂而不淫，哀而不
傷」；《禮記‧經解》說的「溫柔敦厚」的地步。

「持」的意思，還可舉例如《史記‧屈原列傳》之「怨悱而不亂」。錢先
生說：

> 陸龜蒙《自遣詩三十首‧序》云：「詩者，持也，持其情性，使不
> 暴去。」「暴去」者，「淫」、「傷」、「亂」、「怨」之謂，過度不
> 中節也。夫「長歌當哭」，而歌非哭也，哭者情感之天然發洩，而歌者
> 情感之藝術表現也。「發」而能「止」，「之」而能「持」，則抒情通
> 乎造藝，而非徒以宣洩爲快有如西人所嘲「靈魂之便溺」矣。「之」與
> 「持」一縱一斂，一送一控，相反而亦相成，又背出分訓之同時合訓

者。

這是以爲「詩」訓爲「持」，「持」有「執持中道」之意，或訓「不愆其止」，亦即止於「合度」、「中節」，故可訓「詩」爲「止」；或訓「詩」爲「之」，「之」有「往」義，即詩人情感的宣洩通過藝術的手法能有所「持」，不至於失度。故「之」之於「持」，從詩人的作意而言，一主放，一主收；一主送，一主控。錢先生以爲這兩者的作用雖然相反，卻是相成的。這種現象錢先生稱之爲「背出分訓之同時合訓者」。如加以詮釋，簡單地說，即一個詞語有兩個意義相反的解說，可以同時存在，使該詞語的含義更能周延。

錢先生對「詩」字的含義還續有引述，他說：

> 又李之儀《姑溪居士後集》卷十五《雜題跋》「作詩字字要有來處」一條引王安石《字說》：「詩從言從寺，寺者，法度之所在也。」（參觀晁說之《嵩山文集》卷十三《儒言》八「詩」）倘法度指防範懸戒，儆惡閑邪而言，即「持人以行」之意。金文如《邾公望鐘》正以「寺」爲「持」字。倘「法度」即杜甫所謂「詩律細」，唐庚所謂「詩律傷嚴」，則舊解出新意矣。

王安石說：「詩從言從寺，寺者，法度之所在也。」這是拿「詩」從「寺」字一端上說，何以說「寺者，法度之所在」呢？《說文・通訓定聲》：「《三倉》：寺，官舍也。」《漢書・元帝紀・注》：「凡府庭所在皆謂之寺。」可見「寺」爲官署之名，官署自可說成「法度之所在」。但「法度」一詞，錢先生引前人之說，又有二訓：一是倘法度指防範懸戒，儆惡閑邪而言，即「持人之行」之意。二是倘法度即杜甫所謂『詩律細』，唐庚所謂「詩律傷嚴」，則是指「詩律」方面的要求而言的。這樣說來，「詩」如以「寺」取義，「寺」訓「法度」，則詩有「法律」的效應與「詩律」的講求。

以上錢先生對「詩」字的解釋讀來頭緒紛繁，如作一番整理，可依其重點列述如下：

一、詩訓「志」。據《虞書》：「詩言志。」《詩譜序・正義》曰：「《鄭注》在《堯典》之末彼注云：『詩所以言人之志意也。』」

　　二、詩訓「承」。《禮記・內則》有「詩負之」句，其下註云：「詩之言承也。」

　　三、詩訓「持」。《禮記・內則》「詩負之」之下，《正義》曰：「《詩緯・含神霧》云：『詩者，持也。以手維持則承奉之也。』謂以手承下而抱負之。」故《正義》訓「持」為「持人以行」。

　　以上即錢先生所說「詩有三訓」的「三訓」。

　　四、詩訓「之」。《關雎・序》云：「詩者，志之所之也。在心為志，發言為詩。」《釋名》本之云：「詩，之也，志之所之也。」

　　五、詩訓「至」。《禮記・孔子閒居》論「五至」云：「志之所至，詩亦至焉。」

　　六、詩訓「止」。錢先生以為即「止乎禮義」之「止」。《荀子・勸學》篇曰：「詩者，中聲之所止也。」《大略》篇論《國風》曰：「盈其欲而不愆其止。」正此「止」也，非徒如《正義》所云「持人以行」，「亦且自持情性，使喜怒哀樂合度中節。」《論語・八佾》之「樂而不淫，哀而不傷」；《禮記・經解》之「溫柔敦厚」；《史記・屈原列傳》之「怨誹而不亂」；同歸乎「持」而「不愆其止」而已。

　　錢先生還進一步詮釋「之」與「持」在含義上有「一縱一斂，一送一控」相反相成的作用。

　　七、詩訓「寺」。王安石《字說》云：「詩從言從寺，寺者，法度之所在也。」這是從「寺」為「官舍」即公署一端去說，以為「詩」從「寺」即有以「法度」規範人們行為之意。

　　八、詩訓「寺」，「寺」訓「法度」，從「詩律」方面說，以為「詩律」正是詩的「法度」。

　　由此看來，錢先生廣徵博引，似已說盡了「詩」字可能有的含義。但這樣的詮釋，似有「博而寡要」之嫌，茲陳拙見如下：

　　一、既說「詩有三訓」，則「詩」的含義僅止於「志」、「承」、「持」三義，不應該還有下文的「之」、「至」、「止」、「寺」等訓。

　　二、前列八訓之說，實多重複之處，如《虞書》所謂「詩言志」，《詩大序》所謂「詩者，志之所之」說的是一個意思。詩人作詩，所要表達的即是他的心志與情意；以其作意言，即是「志」，以其表達方式言，即是「志之所

之」，以其結果言，即是作成的詩。所以不能說「志」是一個意思；「志之所之」又是一個意思。

三、「之」、「止」、「至」三字在解說「詩」義時，是相通的，可以互相取代的。如《關雎‧序》：「詩者，志之所之也。」《禮記‧孔子閒居》論「五至」云：「志之所至，詩亦至焉。」《荀子‧勸學》篇云：「詩者，中聲之所止也。」這裡的「之」、「至」、「止」三字在三句中互相調換是同樣適用的。既是同義的，又何須費詞呢？至於錢先生說：「《詩緯‧含神霧》云：『詩者，持也。』即『止乎禮義』之『止』。」「持」與「止」義各有別，怎可說成是同義相通的呢？

四、錢先生常以「並行分訓之同時合訓」與「背出分訓之同時合訓」爲說，前者以「一詩三訓」爲例；後者以「之」與「持」爲例。這裡隱藏著一個誤解；誤解之所在即是《禮記‧內則》篇的「詩負之」的「詩」字。《內則》云：「國君世子生，告于君，接以大牢，宰掌具，三日，卜士負之。吉者宿齊，朝服寢門外，詩負之。」這是說國君的世子誕生，應行的慶賀禮節與有關人員的服務舉止。鄭玄注云：「詩之言承也。」《正義》曰：「《詩緯‧含神霧》云：『詩者，持也，以手維持則承奉之也。』義謂『以手承下而抱負之』。」由此可見，這個「詩」字是抱嬰兒的動作，或訓「承」，或訓「持」，都只是「以手承下而抱負之」的意思，與「詩言志」的「詩」字絕非同類。因此，不僅錢先生「一詞三訓」之說不能成立，即「之」與「持」的「背出分訓之同時合訓」之說，也同樣不能成立。

五、鄭玄在《詩譜序》「《虞書》曰：詩言志」之下註云：「詩所以言人之志意也。」孔穎達《正義》隨之曰：「舜誡群臣，使之用詩，是用詩規諫，舜時已然。」《關雎‧序》：「《關雎》，后妃之德也，風之始也，所以風天下而正夫婦也。」鄭玄註云：「此風謂十五國風。風是諸侯政教也。」這是古文家自《詩序》至孔氏《正義》所編造出來的《詩經》大義。錢先生將詩的三訓（志、承、持）說成是：「承君政之善惡，述己志而作詩，所以持人之行，使不失墜，故一名而三訓也。」這顯然是師法前人加以推演的一種創見。但是任何一種理論，必須經得起事實的考驗。以三百篇來說，如以「承君政之善惡」說詩，《國風》中有多少篇是符合此義的？以「持人之行」說詩，《國風》中有多少篇是符合此義的？以「法度之所在」說詩，《國風》中又有多少

篇是符合此義的？例如錢先生在「三〇、《采葛》」篇說：

> 「一日不見，如三月兮」；《傳》：「一日不見於君，憂懼於讒
> 矣。」按《鄭風·子衿》：「一日不見，如三月兮」；《箋》：「獨學
> 而無友，故思之甚。」二解不同，各有所當。

意謂《采葛》篇《詩序》云：「懼讒也。」《毛傳》云：「桓王之時，政事不
明，臣無大小，使出者則爲讒人所毀，故懼之。」把《采葛》說成桓王時臣子
出使遠方，懼怕朝中讒人所毀，故一日不見其君，就像隔了三個月那麼久。
《子衿》篇《詩序》云：「刺學校廢也。亂世則學校不脩焉。」《毛傳》云：
「言禮樂不可一日而廢。」《鄭箋》云：「君子之學，以文會友，以友輔仁。
獨學而無友，則孤陋而寡聞；故思之甚。」前者以政說詩，後者以教說詩，按
之詩文，極爲牽強。如以民歌說之，男女相思，情景如繪，眞切可感，讀之有
味。錢先生則讚許漢儒之說，評之爲「二解不同，各有所當」。但憑此一觀
點，即可推知錢先生仍不失爲古文詩說的傳人。

　　六、詞義的多元與分歧，是文化進步的象徵，也是讀解者必須注意的一件
事。舉例來說，例如「文」字，從詞書上看（註七），有下列八種含義：

　　㈠錯畫也。見《說文》王注：「注，交錯也，錯而畫之，乃成文也。」
《易·繫辭》：「物相雜，故成文」。《樂記》：「五色成文而不亂。」㈡字
也。《書序》：「由是文籍生焉。」注：「文，文字也。籍，籍書。」㈢文辭
也。《國語·楚辭》：「則文詠物以行之。」注：「文，文辭也。」㈣道藝
也，詩書禮樂制度等皆是。《論語·學而》：「行有餘力，則以學文。」鄭
注：「文，文藝也。」朱注：「文謂詩書六藝之文。」又《子罕》：「文王旣
歿，文不在茲乎？」朱注：「道之顯者謂之文，蓋禮樂制度之謂。」㈤華也，
質之對。《論語·雍也》：「質勝文則野，文勝質則史。」㈥美也，善也。
《禮樂記》：「禮減而進，以進爲文。樂盈而反，以反爲文。」㈦理也。如木
有文亦曰有理，見《韻會舉要》。㈧法文也。《正字通》：「吏玩法亦曰舞
文。」

　　以上所舉「文」字的含義，各有屬性，不容相雜，如以「詩文」一詞求
之，只有「文辭」一義相合，其他如「錯」、「字」、「道藝」、「華」、

「美」、「善」、「理」、「法文」等,都不該在「詩文」這一詞義中有所牽
扯的了。同時的「詩」字古人亦有多義之說,如以「詩文」一詞求之,則這個
「詩」字自有其屬性,說者該有所選擇,與「詩文」的「詩」字即有「承」
字、「持」字之義;其致誤之因,於此顯然可見,毋須置辯了。

　　七、「詩」字的含義在古人的詮釋中,較可取的,還是《虞書》中,「詩
言志」這句話。但還須補充的有兩點:㈠單以這個「志」字來說,容易使人覺
得偏於「理性的思考」,而忽略了「情感的表達」。即以「理」與「情」相比
較來看,「詩」的內涵應該「情」重於「理」;這可以《國風》的詩為證。所
以鄭玄說:「詩所以言人之志意也。」「志」字之下加一「意」字,涵義就寬
泛多了。「志意」可訓為「心志」與「情意」,「情」自然包涵在其中;可以
勉強說成「詩」是具有「志」與「意」,亦即「理」與「情」兩方面的內涵。
㈡如進一步說,鄭玄說:「詩所以言人之志者」,實不足以說明詩的特性。因
為一切文學作品,都在表達人之志意。所以《虞書》接著說:「歌永言,聲依
永,律和聲。」這是說「詩」不僅「言志」,而且要拉長其文句加以歌唱;既
要歌唱,就得講求其聲調與韻律,產生音樂的效果。「志」、「歌」、
「聲」、「律」四者結合在一起,「詩」的特性才得以顯示出來。我們探討
「詩」字的涵義,《虞書》這幾句話已有扼要的舉述,認為是值得重視的。

　　由此看來,錢先生「詩」字新詮,雖有創見,但如作深入探討,不難發現
其中有不少盲點,成為似是而非的說法,對讀者將會造成負面的影響。故筆者
略陳管見,以就正於同好。

附註:

註一　請參閱拙著《詩經名著評介》第二集《詩經鄭昭公史詩考》一文。該書由臺北
　　　市五南圖書出版公司印行。

註二　《朱文公全集》卷七。《讀呂氏詩記》語。

註三　李後主《菩薩蠻》。

註四　《禮記》第五卷《內則》篇。

註五　《詩緯》,緯書之一種。《隋書‧經籍志》有《詩緯》十八卷,宋均注,今其
　　　書已佚。《玉海山房‧輯佚書》輯有《含神霧》、《汎歷樞》、《推度災》三
　　　篇。

註六　《釋名》，書名。亦名《逸雅》，凡八卷，漢北海人劉照撰，分二十七篇；可因以考見古音，並推求古人制度之遺，爲《爾雅》、《說文》後極有價值之書。

註七　見《辭海》一三一三頁，「文」字注。

　　　　　　　（原載於《孔孟月刊》第三十六卷第七期，民國八十七年三月）

附錄一

《詩傳大全》與《詩傳通釋》關係再探，楊晉龍著
——中央研究院元代經學會議講評稿

　　主持人、各位貴賓：楊先生的論文，我曾仔細拜讀一遍，現在又聽了他的報告，使我得益良多。

　　由於題目所限，這篇論文原來很不好寫。因為兩書以朱子《詩集傳》為共同底本，《詩傳大全》又以《詩傳通釋》為底本，《詩傳大全》編纂者胡廣等人又是奉旨行事的，在明朝永樂年間皇帝下詔曰：「帝王修齊治平之道具於此，有益詩教。」這就有二層意義：㈠朱子《詩集傳》是皇帝特別重視的一部書。㈡這部書是具有「修齊治平」的政教功能的。胡廣等人在如此氣氛之下主編《詩傳大全》，自然是誠惶誠恐。於是在選擇材料時，訂出了排除條款，楊生先代為開列七條，即「⑴斥言朱《傳》者」、「⑵義異於朱《傳》者」、「⑶意與朱《傳》重複者」、「⑷朱《傳》明晰無需加注者」、「⑸意見離題者」、「⑹意見相近者去其重」、「⑺引錄詩詞為說者」。凡是犯上以上七條任何一條，即予排除，不予錄用。由此可見《詩傳大全》其實是「大不全」的一部書。

　　為什麼這樣說呢？因為朱《傳》原是一本有不少優點，也有不少缺點的書。它的優點如㈠主張《國風》是「民俗歌謠」的詩；㈡「六義」的解說簡單明瞭；㈢每首詩旨標示要言不繁；㈣注釋、翻譯文詞洗鍊，設想周到。因此這本書歷代被選為功令用書、學校教本，為其他名家之著，如歐陽修《詩本義》、蘇轍《詩集傳》、王質《詩總聞》、呂祖謙《家塾讀詩記》等所不及。但是朱《傳》的問題也不少，舉其犖犖大者，如：㈠「淫詩」之說問題；㈡《國風》為「民俗歌謠」這一觀點不能貫徹問題；㈢賦比興作法解說不一問題等。既有問題，後人豈可一體尊信呢？舉例來說，他採信鄭樵的意見，以為《詩序》是「村野妄人作」，所以倡言「反序」，在朱《傳》開卷《國風》之下說：「國風者，民俗謠歌之詩也。」可是一到解說詩義，就改口了，在《關雎》首章之下說：

　　　　周之文王，生有聖德，又得聖女姒氏以為之配，宮中之人於其始
　　至，見其有幽閒貞靜之德，故作是詩。

這豈不是遵照《詩序》：「《關雎》，后妃之德也」而說的嗎？他還在《葛
覃》說：「此詩后妃所自作。」《卷耳》說：「此亦后妃所自作。」《螽斯》
說：「后妃不妒忌而子孫眾多。」《桃夭》說：「文王之化自家至國。」《召
南》各首詩則多以「南國被文王之化」為說。像這些以「文王之化」、「后妃
之德」的觀點來談詩義，與「民俗歌謠」的主張能不衝突嗎？

　　再舉一例，朱子定《國風》中有三十二首「淫詩」，這也是很有爭議的。
一則他對「民歌」認識不清；二則他對《詩經》時期民間風氣及行為標準認識
不清；三則他對自己說詩的立場認識不清。影響所及，促使他的後學王柏主張
刪詩。這一主張引起反彈是必然的，清儒姚際恆說：「《集傳》使世人指責
者，自無過淫詩一節。」又說：「是使三百篇為誨淫之書，吾夫子為導淫之
人，此舉世之所切齒而歎恨者。」可見朱子這一主張引起學者的反感有多嚴
重。可是在胡廣等人奉旨修書之下，一概撇開不談。

　　再舉一例，朱子在賦比興作法方面，有的把「興」說成「比」；如《衛
風、淇奧》，他標的是「興」，卻說：「衛人美武公之德，而以綠竹始生之美
盛，興其學問自修之進益也。」這是將「綠竹之美盛」比作「學問之進益」，
明明是「比」，怎會是「興」呢？有的每章逐句標示，破壞體例。如《頍弁》
每章之下注：「賦而興又比也。」以為這章的文句前面是「賦」，中間是
「興」，最後是「比」。這是與其他詩篇只標章首是不一樣的。如果都照這一
方法去做，恐怕會紛爭不斷。即以《頍弁》來說，劉瑾標的是「賦而比也」，
可見文學的鑑賞容許適度的自由心證，不宜一格相成的。

　　我舉這些例子的意思，在於說明朱《傳》不是沒有缺點的。胡廣等撇開不
談，實為情非得已。但是缺點不是因此而消失。譬如打漁人到池塘裡去撈魚，
撈來了許多小魚，大魚卻潛伏在水底沒有撈到。回來告訴家人說：「池塘裡的
魚已經被我撈光了。」這豈不是笑話？我說胡廣的《詩傳大全》其實是個「大
不全」，就是這個意思。

　　話說遠了，回到主題，楊先生這篇論文，其主要貢獻，是治學有方、觀察

入微，花了大功夫製作成 10 份統計表，分析得十分透徹，讓讀者知道兩書之間有著怎樣的關係，也讓我們知道朱《傳》在元、明兩代有著怎樣的地位，我拜讀之後，是深有得益的。

但是，我既被命爲「講評人」，總不能不說幾句建議性的話。以下是我的淺見：

㈠《詩傳大全》奉旨編修，視朱《傳》爲絕對眞理；可是朱《傳》問題不少，《大全》避而不談，前賢多所指責。本論文亦不曾提及，並有維護之傾向。在學術研究的立場上看，似可再予斟酌。

㈡本論文標題「三、《詩傳大全》對《詩傳通釋》的改造」。其「改造」一詞似不甚妥。因爲《通釋》在前，《大全》在後，《大全》以《通釋》爲底本，採用者多，不採者少。如不採用，無損於《通釋》一書的存在。比如今古文詩說各不相同，不能執其一端說誰「改造」了誰？即以「刪除」一詞稱之，也是值得推敲的。因爲所刪的部份，或許正是劉瑾補充或糾正朱《傳》的地方，似不宜偏袒胡廣等人的作爲。

㈢本論文「結論 11」下云：「《通釋》與朱《傳》則『主而不純』，《大全》卻『純一無雜』，因此有原則性的差異。《大全》遂以增刪引錄條文的方式改造《通釋》，便完全符合永樂帝『修書詔』（的要求）。」這裏的「不純」，是指《通釋》偶有朱《傳》以外的解說，或有補充、糾正的作用。「無雜」是一以朱《傳》爲主的官方要求。從學術研究的立場來看，似不宜推崇「無雜」而貶抑「不純」。

㈣本論文 37 頁論《詩傳大全》與《詩傳通釋》的關係云：「一爲集體合唱的成果，一爲個人獨唱的呈現。雖然兩者的唱詞完全相同（同尊朱《傳》），但將「獨唱」改成「合唱」，還是需要若干的變動。」這一比似欠允洽。因爲兩書都是廣徵博采而成，一人主編與數人合編並無本質上的不同，所不同的是編者的基本觀點。如劉瑾奉有「修書詔」，他也自會編出與胡廣等人同一模式的《大全》來。

㈤結論類多以簡短扼要爲尙。本論文「結論」分列十二點，文長三千餘字，其中多複述之詞，似可予以凝縮。

㈥詞語詮釋方面：

⑴ 33 頁 13 行：「歐陽修之論，僅是將朱《傳》之泛稱，指實爲成王而

已。」據此而言先後，似乎朱《傳》先出，歐陽修早已見聞，才將朱《傳》之泛稱，改爲「指實」的「成王」。在語法上似有時序倒置之嫌。

(2) 34 頁倒數第 8 行：「《小雅·何人斯》朱《傳》『其心甚險，何爲往我之梁。』《通釋》引歐陽修曰：『魚梁者，古人營生之具，《詩》屢言之。』此梁恐是橋梁一類而言，歐陽修求之過深，遂以爲指魚梁，故刪除。」此說未必允當，《邶·谷風》之「毋逝我梁，毋發我笱」，《箋》：「梁，魚梁。笱，所以捕魚也。」此爲歐陽修所本。而且《邶·谷風》之「毋逝我梁」與《何人斯》之「胡逝我梁」同一句式，《谷風》之「梁」既知是「魚梁」，則《何人斯》之「梁」即可推知亦當是「魚梁」。再從訓詁通例上看，一詞如有二義，鄭、朱在《谷風》訓「梁」爲「魚梁」，在《何人斯》即須另訓爲「橋梁」，用以識別。今不加訓，故知必爲一義。王靜芝《詩經通釋》在《何人斯》注：「梁，魚梁也。參《邶風·谷風》。」以爲兩者必是同義，似可供作參考。

(3) 36 頁第 6 行：「《衛風·淇奧》朱《傳》云：『衛人美武公之德，而以綠竹始生之美盛，興其學問自修之進益也。』《通釋》引彭氏曰：『陳氏云：淇之澤深矣，所可見者其隈之綠竹也。君子平居切磋琢磨，所以學問自修者至矣，徒見其外瑟僩赫喧，而不思忘之，是其積於中者厚矣。』輔廣曰：『以綠竹始生之美盛，興武公道學自修之進益，遂言其威儀之盛，而盛德至善民不能忘，則固已極其終始而言之矣。』二者意見相近。《大全》遂刪去彭氏。」《淇奧》首二句毛《傳》標「興」說「比」，其文云：「猗猗，美盛貌。武公質美德盛，有康叔之餘烈。」孔氏《正義》云：「以綠竹美盛比武公質美德盛也。」其比、興相混如此。朱子說「興」，原有創見，曾云：「興者，先言他物，以引起所詠之詞也。」認爲「興」的作用在於「引起」，即是「起一個頭」，只是這先言之「他物」與引起下面的「所詠之詞」之間，有無「比喻」的作用，沒有說清楚。但如從其「比者，以彼物比此物也」來看，可見「興」不得有「比喻」之義。可是朱子說《詩》常受毛、鄭的影響，標的是「興」，說的是「比」。毛、鄭、孔、朱、下及彭氏、陳氏、輔廣等人，說詞有多寡而已，實無本質上的差異。故談捨誰取誰，似有捨本逐末之嫌。

以上是我的淺見，如有說錯的地方，敬請楊先生與在座貴賓指正。

一九九八·十二·廿三

附錄二

行政院國科會資料中心彙編學術著作目錄

- 趙制陽，詩經氓篇新說，東方雜誌，附刊於詩經虛字通辨。
- 趙制陽，詩經關雎辨義，中華復興月刊，附刊於詩經虛字通辨。
- 趙制陽，一九六七、一〇，毛詩序傳六義辨，自印。
- 趙制陽，一九七一、〇二，詩經虛字通辨，協進印書館，臺北市。
- 趙制陽，一九七三、〇九，竹書紀年不該懷疑嗎？中國語文月刊，三二卷六期。
- 趙制陽，一九七三、〇九，焦氏易林的史證價值，中國語文月刊，三三卷三期。
- 趙制陽，一九七五、十二，詩經賦比興綜論，楓城出版社，新竹市。
- 趙制陽，一九七七、〇八，仲氏考，中國語文，四一卷二期。
- 趙制陽，一九七七、〇九，衛莊公考，中國語文，四一卷三期。
- 趙制陽，一九七九、一二，詩經七月篇諸說綜論，孔孟月刊，一八卷四期。
- 趙制陽，一九七九、〇一，詩經卷耳篇諸說綜論，中華文化復興月刊，一四卷七期。
- 趙制陽，一九七九、〇三，尹吉甫姓氏考，中國語文，四〇卷三期。
- 趙制陽，一九七九、〇六，孫子仲考，中國語文，四〇卷六期。
- 趙制陽，一九七九、十一，高本漢詩經論文評介，東海學報第一期，東海大學。臺中市。孔孟學報第七四期，臺北市南海路四五號。
- 趙制陽，一九七九、十二，朱熹詩集傳評介，中華文化復興月刊，一二卷一二期。
- 趙制陽，一九八〇、〇二，詩序評介，中華文化復興月刊，一三卷二期。
- 趙制陽，一九八〇、〇四，毛傳評介，中華文化復興月刊，一三卷四期。
- 趙制陽，一九八〇、〇八，鄭玄詩譜詩箋評介，中華文化復興月刊，一三卷八期。
- 趙制陽，一九八〇、〇九，崔述讀風偶識評介，孔孟學報，四〇期。
- 趙制陽，一九八〇、〇九，歐陽修詩本義評介，中華文化復興月刊，一三卷九期。
- 趙制陽，一九八〇、十二，姚際恆詩經通論評介，中華文化復興月刊，一三卷十二期。
- 趙制陽，一九八一、〇二，方玉潤詩經原始評介，中華文化復興月刊，一四卷二

期。

- 趙制陽，一九八一、〇四，顧頡剛詩經論文評介，東海學報，第二期，頁一五一～一六七，東海大學。（時補奉其抽印本）孔孟學報，第四一期，臺北市南海路四五號。
- 趙制陽，一九八一、〇七，詩經研究方法的討論，中華文化復興月刊，第一六〇期，頁一二～一八，臺北市。
- 趙制陽，一九八一、〇九，聞家驊詩經論文評介，孔孟學報，第四二期，頁二三一～二五四，孔孟學會，臺北市。
- 趙制陽，一九八一、一〇，皮錫瑞詩經通論評介，中華文化復興月刊，一四卷一〇期。
- 趙制陽，一九八三、〇二，詩經甘棠召伯考，中國語文月刊，五二卷二期。
- 趙制陽，一九八三、一〇，詩經名著評介，學生書局，臺北市和平東路一九八號。（獲國科會七十三學年度教授級研究成果獎）
- 趙制陽，一九八四、〇五，王柏詩疑評介，中華文化復興月刊，一七卷五期，頁三三～四六，臺北市重慶南路二段十五號。
- 趙制陽，一九八五、〇三，左傳季札觀樂有關問題的討論，中華文化復興月刊，一八卷三期，臺北市重慶南路二段十五號。
- 趙制陽，一九八五、〇四，魏源詩古微評介，孔孟學報，第四九期，臺北市南海路四十五號，孔孟學會。（獲國科會七十五學年度教授級研究成果獎）
- 趙制陽，一九八六、〇四，詩經鄭風昭公史詩考，孔孟學報第五一期，臺北市南海路四十五號，孔孟學會。（獲國科會七十五學年度教授級研究成果獎）
- 趙制陽，一九八六、〇八，詩大序有關問題的討論，中華文化復興月刊第一九卷八期，臺北市重慶南路二段十五號。（獲國科會七十六學年度教授級研究成果獎）
- 趙制陽，一九八七、〇四，詩經衛莊姜史詩考——詩序附會史事舉證，中華文化復興月刊，二〇卷四期，頁二二～三五。
- 趙制陽，一九八七、〇四，今古文詩說比較研究，孔孟學報第五三期。（獲國科會七十七學年度教授級研究成果獎）
- 趙制陽，一九八八、〇二，詩經二南有關問題的討論，中華文化復興月刊，二一卷二三期。
- 趙制陽，一九八八、〇七，孫著「周先祖以熊爲圖騰考」質疑，文復月刊，二一卷七、八期。
- 趙制陽，一九九〇、〇四，傅斯年詩經論文評介，孔孟學報第五九期。

- 趙制陽，一九九〇、〇六，孫著「中國歷史上第一次農奴大起義」質疑，明新學報第一〇期。
- 趙制陽，一九九一、〇三，古史辨詩經論文評介（上）孔孟學報第六一期。
- 趙制陽，一九九一、〇九，古史辨詩經論文評介（下）孔孟學報第六二期。
- 趙制陽，一九九二、〇四，經義述聞詩經之部評介，孔孟學報第六三期。
- 趙制陽，一九九三、〇五，《詩經名著評介》第二集，五南圖書公司出版，臺北市和平東路二段三三九號四樓
- 趙制陽，一九九三、〇九，錢穆《讀詩經》評介，《孔孟學報》第六十六集。
- 趙制陽，一九九四、〇九，王質《詩總聞》評介，《孔孟學報》第六十八集。
- 趙制陽，一九九五、〇三，魯迅論《詩經》評介，《孔孟學報》第六十九集。
- 趙制陽，一九九五、〇九，郭沫若《詩經》論文評介，《孔孟學報》第七十集。
- 趙制陽，一九九六、〇三，蘇轍《詩集傳》評介，《孔孟學報》第七十一集。
- 趙制陽，一九九六、〇九，鄭樵《詩經》論文評介，《孔孟學報》第七十二集。
- 趙制陽，一九九七、〇三，《韓詩外傳》評介，《孔孟學報》第七十三集。
- 趙制陽，一九九七、〇九，呂氏《家塾讀詩記》評介，《孔孟學報》第七十四集。
- 趙制陽，一九九八、〇九，俞平伯《讀詩札記》評介，《孔孟學報》第七十六集。
- 趙制陽，一九九六、〇六，與錢鍾書先生談《毛詩正義》：《桃夭》之「夭」義辨，《中國語文》第四六八集。
- 趙制陽，一九九六、〇六，與錢鍾書先生談《毛詩正義》：「鄭聲」與「鄭詩」辨，《中國語文》第七四一集。
- 趙制陽，一九九七、一一，談錢鍾書先生《毛詩正義》：《狡童》詩旨辨。《孔孟月刊》第三十六卷第三期。
- 趙制陽，一九九七、一二，談錢鍾書先生《毛詩正義》：《桑中》作者身分與其作意辨。《孔孟月刊》第三十六卷第四期。
- 趙制陽，一九九八、〇一，談錢鍾書先生《毛詩正義》：「興」義辨。《孔孟月刊》第三十六卷第五期。
- 趙制陽，一九九八、〇二，談錢鍾書先生《毛詩正義》：「興」義的另一種解說。《孔孟月刊》第三十六卷第六期。
- 趙制陽，一九九八、〇三，談錢鍾書先生《毛詩正義》：「詩」字涵義辨。《孔孟月刊》第三十六卷第七期。
- 趙制陽，一九九九、〇九，《魯詩故》評介，《孔孟學報》七七期。
- 趙制陽，一九九九、一〇，《詩經名著評介》第三集，萬卷樓圖書公司出版，台北市和平東路一段67號14樓之一。

國家圖書館出版品預行編目資料

　　詩經名著評介／趙制陽著. --初版. --臺北
　市：萬卷樓，民88
　　　冊；　　公分
　　ISBN 957-739-250-4(第三集：平裝)

　　1.詩經-研究與考訂

831.18　　　　　　　　　　　　　88015321

詩經名著評介（第三集）

著　　　者：趙制陽
發　行　人：許錟輝
責 任 編 輯：李冀燕、黃淑媛
出　版　者：萬卷樓圖書有限公司
　　　　　　台北市和平東路一段 67 號 14 樓之 1
　　　　　　電話(02)23216565・23952992
　　　　　　FAX(02)23944113
　　　　　　劃撥帳號 15624015
出版登記證：新聞局局版臺業字第 5655 號
網 站 網 址：http://www.wanjuan.com.tw/
E　　-mail：wanjuan@tpts5.seed.net.tw
經 銷 代 理：紅螞蟻圖書有限公司
　　　　　　台北市內湖區文德路 210 巷 30 弄 25 號
　　　　　　電話(02)27999490
　　　　　　FAX(02)27995284
承 印 廠 商：晟齊實業有限公司
電 腦 排 版：浩瀚電腦排版股份有限公司
定　　　價：600 元
出 版 日 期：民國 88 年 11 月初版

ISBN 957-739-250-4